HELEN BRYAN

DAS ZEICHEN DER SCHWALBE

amazon crossing

Das Buch

Menina überlebt als Kleinkind einen verheerenden Wirbelsturm, der über die südamerikanische Pazifikküste hinweggefegt ist. Ihr einziger Besitz: eine Medaille mit einer Schwalbe. Das kleine Waisenmädchen wird von einer amerikanischen Familie adoptiert.

Menina wächst zu einer schönen und intelligenten jungen Frau heran. Sie blickt einer glänzenden Zukunft entgegen, als ein weiteres traumatisches Ereignis all ihre Träume zunichte macht. Menina flieht nach Spanien, dort vergräbt sie sich in Nachforschungen für eine Collegearbeit und versucht so, ihr Unglück zu vergessen. Das Thema ihrer Arbeit: Ein Künstler aus dem 16. Jahrhundert, der seine Werke mit dem Bild einer Schwalbe signiert – mit eben jenem Bild, das auch auf Meninas Medaille zu sehen ist.

Plötzlich findet sich Menina in einem abgelegenen spanischen Kloster wieder und kommt der Legende von fünf Waisenmädchen auf die Spur, die der Spanischen Inquisition entkommen und in die Neue Welt fliehen konnten. Stellt Meninas Medaille eine Verbindung zu ihnen oder zu ihrer eigenen Vergangenheit dar? Hat der Zufall sie in dieses Kloster geführt – oder das Schicksal?

Das Zeichen der Schwalbe (im Original: *The Sisterhood*), Liebesgeschichte und historischer Thriller zugleich, umspannt Kontinente und Jahrhunderte in atemberaubendem Tempo.

Die Autorin

Helen Bryan wurde in Virginia, USA, geboren, machte ihren Abschluss am Barnard College und lebt seit 1971 in London. Dort absolvierte sie die Ausbildung zum Barrister und wurde am Inner Temple als Anwältin vor Gericht zugelassen. Ihre Biografie *Martha Washington: First Lady of Liberty* wurde mit einer »Citation of Merit« der Colonial Dames of America ausgezeichnet. Mit *Fünf Frauen, der Krieg und die Liebe* (im Original: *War Brides*) hat sie bereits einen historischen Roman verfasst, der zur Zeit des Zweiten Weltkriegs spielt und sowohl in den USA als auch in Deutschland die Kindle-Bestseller-Liste stürmte. Wichtigste Inspiration waren dabei die Erinnerungen der Kriegsgeneration, vor allem aber die Berichte jener Frauen, die in Churchills Special Operations Executive als Agentinnen eingesetzt wurden.

Auch bei ihrem neuen Roman handelt es sich um eine romantische Saga, in der sie Ereignisse im 16. Jahrhundert in Spanien und Spanischamerika mit einer geheimnisvollen und spannenden Suche in der Gegenwart verknüpft.

Das Zeichen der Schwalbe

HELEN BRYAN
Übersetzt von Rita Kloosterziel

amazon crossing

Die Originalausgabe erschien 2013 unter dem Titel »The Sisterhood«
bei Amazon Publishing, Las Vegas

Deutsche Erstveröffentlichung bei AmazonCrossing,
Luxemburg, Dezember 2013

Umschlaggestaltung: bürosüd° München, www.buerosued.de
Lektorat: Daphne Grossmann, Judith Zimmer
Satz: Judith Zimmer, Hamburg
Printed in Germany
by Amazon Distribution GmbH, Leipzig

ISBN 978-1-477-84961-3

www.amazon.com/crossing

Für meine Familie

PROLOG

Aus der Chronik der Sors Santas de Jesús,
Kloster Las Golondrinas, Andalusien, Spanien,
Juni 1552

Es ist Mitternacht, doch bis auf die Kinder im Waisenhaus schläft niemand. Bei Sonnenuntergang kam ein Bote aus dem Tal herauf, um die Äbtissin zu warnen. Wie Wölfe, die sich an den Schafpferch anschleichen, so nähert sich das Inquisitionstribunal. Bald wird es hier sein. Alle in unserem Orden sind wach, von der jüngsten Novizin bis zur alten, bettlägerigen Sor Augustina. Wir beten, die Königin möge sich schützend vor uns stellen, und bitten um Mut, wenn sie es nicht tun sollte. Wir müssen uns das Beispiel unserer geliebten Gründerin in ihrer Stunde schwerer Prüfungen vor Augen halten.

Ich, Sor Beatriz von den Heiligen Schwestern Jesu, Dienerin Gottes und Schreiberin des Klosters Las Golondrinas, mache nun meinen letzten Eintrag in diese Chronik, die ich über vierzig Jahre lang geführt habe. Heute Nacht müssen die Chronik und die Medaille unserer Gründerin, die beiden wertvollsten Besitztümer unseres Ordens, das Kloster verlassen, um zu verhindern, dass sie in die Hände der Inquisition fallen. Nur so können wir das spirituelle Erbe unserer Gründerin lebendig erhalten. Nach ihrem Plan, der uns im Laufe der Jahre offenbart wurde, soll beides nach Spanischamerika geschickt werden, und wir beten, die gehorsame Erfüllung ihrer Wünsche möge dazu führen, dass man die Chronik und die Medaille eines Tages wiederfindet.

Seit den frühesten Tagen des Christentums hat unser Orden Zeugnis von einer weiblichen Tradition der Spiritualität abgelegt, die die Männer der Kirche unterdrückten und durch eine

Doktrin ersetzten, mit der sie Gott und die Religion nach ihrem eigenen Abbild neu erfanden. Vor Jahrhunderten rief Kaiser Konstantin Bischöfe zum Konzil von Nicäa zusammen. Unter ihnen war Streit ausgebrochen und in Nicäa sollten sie sich auf eine kirchliche Doktrin einigen. Übereinstimmend kamen sie zu einem seltsamen Ergebnis: Sie erklärten Maria, die Mutter Jesu, zur ewig jungfräulichen Mutter Gottes – wenngleich Jesus selbst nie eine göttliche Herkunft für sich beanspruchte und unsere Gründerin der lebende Beweis war, der Marias immerwährende Jungfräulichkeit widerlegte.

Diese von Männern gemachten Doktrinen fegten alles beiseite, übertönten die Stimme der Frauen und damit die Stimme der Vernunft und der Erfahrung. Widerstand wurde zu Ketzerei erklärt, ungeachtet der Wahrheit. Diakonissen, die in der frühen Kirche so aktiv gewesen waren, mussten mit ansehen, wie ihre Autorität erst beschnitten und dann gänzlich ausgelöscht wurde. Schon bald debattierten Männer der Kirche darüber, ob Frauen, ähnlich wie Tiere, überhaupt eine Seele haben. Von der sicheren Warte ihrer spirituellen Überlegenheit aus fällt es Männern der Kirche leicht zu glauben, die erzwungene Unterwerfung der Frauen sei echt.

Nach außen zeigt unser Orden Gehorsam der Kirche gegenüber, doch er hat nie aufgehört, Zeugnis von der Wahrheit abzulegen. Die Beweise dafür haben wir in unserem Evangelium und in der Medaille unserer Gründerin bewahrt, Beweise, die nun wichtiger sind denn je.

Seit der *Reconquista* hat die Inquisition eine Welle religiösen Schreckens ausgelöst, um so den Einfluss der christlichen Monarchen auf Spanien zu festigen. Ein stetig wachsendes Netz von Familiaren der Inquisition behält alles im Auge, hetzt und verleumdet. Nachbarn bespitzeln sich gegenseitig und Diener beäugen ihre Herren und Herrinnen. Sie zeigen an, wer freitags die Vorhänge in seinem Haus schließt, wer weder Schweinefleisch noch Schalentiere anrührt, wer Fleischiges und Milchiges trennt, wer einen neunarmigen Leuchter verborgen hält, wer gen Mekka betet, wer im Monat Ramadan fastet, wer das Pessachfest feiert. Leute werden schrecklicher Verbrechen angeklagt, die fiebrigen Fantasien entspringen, sie werden weggeschleppt, den Folterknechten ausgeliefert und finden schließlich auf dem Scheiterhaufen den Tod. Jeder ist verdächtig. Alle leben in Angst vor Anschuldigungen.

Nun bekundet ein franziskanischer Eiferer, Fr. Ramón Sanchez, ihm sei die Heilige Jungfrau erschienen und sie habe geweint, weil sich heimliche Juden und Muslime als Nonnen verkleiden, Klöster durch ihre Anwesenheit entweihen und sich mit dem Ziel zusammenrotten, unsere christlichen Monarchen zu stürzen. Er schwört, die Jungfrau bitte die, die ihr in Liebe zugetan sind, diese abscheulichen Umtriebe aufzuspüren, sie gnadenlos zu zerschlagen und die Klöster zum Ruhme Gottes von Ketzern und Ungläubigen zu säubern. Ach, wie viel Böses wird da im Namen einer Frau angerichtet! Möglicherweise von einem Irren, doch mit der willigen Unterstützung von Männern, die niemand irre nennen würde.

Und es heißt, Fr. Ramón sei zugleich ungebildet und irre, eine gefährliche Kombination. Er kann weder lesen noch schreiben, er hat Anfälle, er fastet ununterbrochen und seine Ordenstracht starrt vor Schmutz und Blut von einem *cilice*, den er um den Leib trägt. Er schreit im Schlaf, von Dämonen gepeinigt, die ihn dazu bringen wollen, ihn zu lockern. Und dennoch übt er eine seltsame Macht über jene aus, die mit ihm in Berührung kommen, seine Predigten stacheln den Pöbel zu Gewalt an, die Menschen grölen zustimmend, wenn er von einer »Reinigung« der Klöster spricht. Die Äbtissin meint, dass sich die Stimmung bald gegen ihn wenden wird – die Jesuiten des Heiligen Offiziums werden sich nicht auf ewig von einem rohen Bauern anführen lassen. Doch bis dahin ist er so gefährlich wie eine Giftschlange.

Im letzten Jahr unterrichtete das Heilige Offizium die Äbtissin davon, dass man eine Untersuchung beginnen würde, um festzustellen, ob die Bekundungen des Fr. Ramón zutreffen. Ihre Tribunale würden jedes Kloster in Spanien besuchen, eine Arbeit, die viele Jahre dauern wird. In jedem Kloster würde das Tribunal eine Liste möglicher Ketzer benötigen, um sie einer Prüfung zu unterziehen.

Nicht nur die Äbtissin, auch alle anderen in unserem Orden würden lieber sterben als einen solchen Verrat zu begehen. Die vornehmste Regel unseres Ordens wurde von unserer Gründerin festgelegt; sie besagt, dass wir Mädchen und Frauen vor der Gewalt von Männern schützen. Seit den frühesten Tagen unserer Gemeinschaft, als die ersten Schwestern in Höhlen lebten, fanden Frauen aus den Bergdörfern bei uns Zuflucht, wenn ihre Männer sie schlugen und misshandelten. Unsere erste Äbtissin entschied, dass ein Mann, bevor seine Frau zu ihm zurückkehrte, als Unterpfand für sein zukünftiges Wohlverhalten unserem Kloster etwas von Wert überlassen sollte. Die Männer hier haben uns Ordensfrauen schon immer besondere Eigenschaften zugesprochen, seien es Heilkräfte oder übernatürliche Fähigkeiten, und so erwies sich diese Regelung als wirksam.

Unser Orden ist kaum bekannt, unser Kloster liegt fernab in den Bergen und beides war für unsere Arbeit günstig. Über Jahrhunderte nahm die Kirche unsere Existenz kaum zur Kenntnis, sie schickte uns lediglich von Zeit zu Zeit einen älteren Priester, der die Messe lesen und seine letzten Jahre unter unserer Pflege verbringen sollte. Nach der *Reconquista* unternahm Königin Isabel eine Pilgerreise hierher, um ein christliches Kloster zu ehren, das auch unter der Herrschaft der Mauren Bestand hatte. Gerade unsere Abgeschiedenheit von der Welt fand ihre Zustimmung, glaubte sie doch, dass sie eine Gewähr für unsere Spiritualität und Tugend sei. Aus diesem Grund erwies sie uns die Gunst ihrer besonderen Aufmerksamkeit und ihres Schutzes.

Die sündige Welt erkannte jedoch in eben dieser Abgeschiedenheit und Unbekanntheit einen Grund, uns aufzusuchen. Höflinge, die die Königin bei ihrem Besuch begleiteten, stifteten ein Waisenhaus, das in unseren Klostermauern errichtet werden sollte. Dafür hatten sie ihre eigenen Beweggründe, und diese waren bisher wie ein Bollwerk gegen die Inquisition, obwohl die Inquisition immer mächtiger und einflussreicher geworden ist.

Die strengen katholischen Sitten am Hofe haben neue Opfer hervorgebracht, die bedrohten *escondidas*, die »verborgenen Mädchen«: uneheliche Töchter von Höflingen und ihren Mätressen, oftmals Damen der Aristokratie. Es gibt auch Kinder, die den Begierden der übelsten Art entspringen – Väter und Brüder und Onkel, die ihre eigenen Töchter, Schwestern und Nichten geschwängert haben. Die Granden müssen die Früchte solcher Begierden verbergen, sonst setzen sie ihre Position bei Hofe aufs Spiel.

Man lässt die Mädchen heimlich verschwinden und bringt sie zu uns, meist, wenn sie abgestillt sind. Angeblich gibt es jemanden bei Hofe, einen Mann in bedeutender Stellung, der ihr Verschwinden mithilfe von Mittelsmännern bewerkstelligt. Diese Mittelsmänner wissen nicht, wer die Mütter der Kinder sind. Und die Mütter erfahren nur, dass ihre Töchter in ein weit entfernt liegendes Kloster gebracht werden. Außer den Höflingen, die das Waisenhaus gestiftet haben, wäre es nur wenigen möglich, die Spur der Kinder bis nach Las Golondrinas zu verfolgen.

Die verborgenen Kinder bringen eine Mitgift mit, den Preis für die Schuld ihrer Eltern. Sie lernen das Leben außerhalb der Klostermauern nie kennen und zu gegebener Zeit werden sie alle Nonnen. Die Sünde der Eltern sei dadurch abgegolten, dass die Kinder Gott geweiht werden, lautet die fromme Begründung. Die Wahrheit ist jedoch sehr viel grausiger, und das ist der Grund, weshalb wir der Errichtung des Waisenhauses zugestimmt haben. Oftmals ist es die einzige Möglichkeit, das Leben dieser Kinder zu retten. Unerwünschte Säuglinge sind hilflose Opfer; sie zu ersticken oder wie junge Katzen zu ertränken, ist das Werk eines Augenblicks.

Die Waisenmädchen sind zwar eine heikle Angelegenheit, doch was uns bei der Inquisition in Gefahr bringt, sind die fünf älteren Mädchen, die ihren Weg hierher fanden, um sich im Kloster zu verstecken – Esperanza, Pía, Sanchia, Marisol und Luz. Für vier von ihnen sind die Vorbereitungen fast abgeschlossen: Sie sollen noch heute Nacht aufbrechen, um Zuflucht in Spanischamerika zu finden und dort Ehemänner zu suchen. Sollten sie der Inquisition in die Hände fallen, müssten sie fürchterliche Befragungen über sich ergehen lassen, die schnell drei »Ketzerinnen« zutage fördern würden, dazu ein Mädchen, das wie eine weiße Hirschkuh gejagt wird, weil ihre Existenz nichts Geringeres als eine Bedrohung für den Thron bedeutet. Die fünfte ist die arme kleine Erbin Luz, die es um jeden Preis vor ihrem Vater zu schützen gilt. Luz, die begnadete Stickerin, die das wundervolle Altartuch gefertigt hat, das wir der Königin als Geschenk geschickt haben, muss zurückbleiben. Sie würde die anderen auf ihrer Reise in Gefahr bringen. Da sie nicht sprechen kann, werden sie vielleicht Gnade walten lassen.

Vielleicht.

Die verwitwete Schwester der Äbtissin, die Beata Sor Emmanuela, wird die vier Mädchen auf ihrer Reise begleiten. Als Laienschwester ist Sor Emmanuela nicht an die Klausurregel der Kirche gebunden, die es Nonnen unmöglich macht, die Klostermauern ohne eine schriftliche Erlaubnis zu verlassen.

Die Äbtissin hält es für das Sicherste, die Verantwortung für die Medaille und die Chronik zwischen Sor Emmanuela und dem ältesten Mädchen, meiner Helferin Esperanza, aufzuteilen. Sor Emmanuela wird die Medaille um den Hals tragen, doch der Schlüssel zu ihrer Bedeutung ist in der Chronik verborgen. Esperanza wird die Chronik an sich nehmen. Die Äbtissin hat ihr aufgetragen, einen Bericht über die Reise zu verfassen, so wie ich es getan hätte, und ich habe ihr unser Evangelium gezeigt, das in lateinischer Sprache geschrieben auf den mittleren Seiten der Chronik versteckt ist. Sie hat keine Mühe, die lateinische Sprache zu lesen und zu verstehen. Noch wichtiger ist jedoch, dass sie den Hinweis auf jene Überzeugungen verstehen wird, die den Juden, den frühen Christen und später den Muslimen gemeinsam sind. Es sind Überzeugungen, die ein fruchtbarer Boden für Frieden unter den unterschiedlichen Religionen sein sollten, nicht für gegenseitige Verfolgung. Sollte der Chronik auf der Reise nach Spanischamerika etwas zustoßen, so ist auf Esperanzas Gedächtnis ebenso Verlass wie auf ihren Verstand. Sie hat geschworen, dass sie das Evangelium auswendig lernen und erneut aufschreiben wird, wenn es nötig würde.

Selbst jetzt noch, während wir die Ankunft der Inquisitoren erwarten, betet die Äbtissin, das Geschenk von Luz möge die Königin dazu bewegen, uns zu schützen und die Hand der Inquisition aufzuhalten. Doch wir können nicht auf Wunder oder das erlösende Wort der Königin warten. Eine Beata ist gerade gekommen, sie weinte vor Angst. Reisende sind am Tor, trotz der frühen Morgenstunde. Die Überraschung ist eine der Waffen der Inquisition.

Nun ist es an der Zeit, der Chronik Lebewohl zu sagen. Mögen sie und die Medaille unserer Gründerin eine sichere Zuflucht finden und eines Tages, so Gott will, zu diesem heiligen Ort zurückkehren. Mögen jene, die dies lesen, für die beten, die unsere Schätze ins Exil und in Sicherheit bringen, für die, die zurückbleiben, für die, die vielleicht in der Zukunft wiederkehren, und für die Seele der Schreiberin Sor Beatriz.

Friede sei mit Euch und Gottes Gnade und Segen.

Deo gratias. Gott ist groß.

KAPITEL 1

Pazifikküste Südamerikas,
Frühjahr 1983

Die ersten Anzeichen traten im Dezember auf. Zu Navidad spülte das warme Meer tote Fische in die Netze der Fischer. Verängstigte Frauen drängten sich in die Kirchen. Sie zündeten Kerzen an und beschworen Gott, die Jungfrau und alle Heiligen, El Niño aufzuhalten. Die Bauern klammerten sich an ihren Aberglauben, das kapriziöse atmosphärische Wetterphänomen ließe sich dadurch besänftigen, dass man es nach dem Christuskind benennt. Diesmal kam El Niño jedoch als der Teufel daher, El Diablo. Zur Mittagszeit nahm der Himmel eine seltsame Farbe an. Die Leute blickten besorgt nach oben, bekreuzigten sich und beteten leise. Mitten am Tag senkte sich Finsternis über alles, der Wind frischte auf und heftiger Regen setzte ein. Der Himmel schien tiefer und tiefer auf die Erde zu sinken, der Wind wurde stärker und die Menschen flehten ältere, dunklere Götter an, bis sie das Beten ganz aufgaben, voller Angst nach ihren Kindern riefen und hastig Schutz suchten.

Der Orkan, der schlimmste im Verlauf von hundert Jahren, wurde später als Mano del Diablo bekannt, die Hand des Teufels. Er schlug mit grausamer Wucht zu. Mit fürchterlichem Kreischen machte sich der Wind an Fensterläden zu schaffen, ließ sie gegen die Wände krachen, riss sie schließlich aus den Angeln und schleuderte sie ebenso durch die Luft wie alles andere, das er zu packen bekam – Türen, Dächer, Bäume, Fahrräder, Autos und Lastwagen hob er hoch und zerschmetterte sie, als sei es Kinderspielzeug. Der Regen prasselte wie ein Kugelhagel herunter, er war so hart, dass er Hühner, Ziegen und Babys tötete. Bauern, die unterwegs waren oder auf ihren Feldern arbeiteten, fasste der Sturm gnadenlos und fegte sie weg. Und die Armen in den Elendsvierteln – wohin sollten sie fliehen? Schlammlawinen begruben wacklige Hütten und ihre Bewohner unter sich, haushohe Wellen donnerten vom Meer heran und rissen Boote und Fischer mit, die sich an Land gerettet hatten. Dachziegel und Bäume und Menschen wurden in die Luft geschleudert, aufgesogen, zu Boden geschmettert, lebendig begraben, zermalmt, auf die offene See geschwemmt.

Zwei Tage lang toste der Wind, krachten Trümmer donnernd zur Erde, brachen Häuser in sich zusammen und polterten Gesteinsmassen in die Tiefe. Dann kehrte eine unheimliche Stille ein, nur unterbrochen von schwachen Rufen und gedämpften Schreien von Überlebenden, vom Flüstern der Verstörten und Hinterbliebenen, dem Weinen von Kindern und dem schrillen Kläffen verwundeter Hunde. Die Menschen versuchten zu begreifen, was geschehen war. Die Lebenden gruben mit bloßen Händen, um an die Eingeschlossenen und Verletzten heranzukommen, ihre Familien und Nachbarn, während die Hilferufe unter den Trümmern der eingestürzten Häuser allmählich schwächer wurden. Die Rettungsdienste waren bemitleidenswert in ihrer Hilflosigkeit; sie hatten keinerlei schweres Räumgerät und keine Spürhunde. Von den verletzten Überlebenden hörte man nur die Schreie, sehen konnte man sie nicht, und viele derjenigen, die gefunden wurden, starben trotzdem, weil es nicht genug Medikamente, Nahrungsmittel und Decken gab.

Es dauerte eine Woche, bis der Flughafen wieder geöffnet werden konnte. Zu diesem Zeitpunkt hatte sich der Gestank des Todes über allem ausgebreitet. Schließlich kamen auch die Rettungsmannschaften, nachdem das allgemeine Chaos und umständliche Formalitäten ihre Einreise zunächst verhindert hatten. Gleichzeitig tauchte die Weltpresse auf, und als die Hilfe allmählich anlief, hatten die Reporter keinen Mangel an Horrorgeschichten, mit denen sie ihre Appelle ausschmückten, die

Opfer der Katastrophe zu unterstützen. Den hartgesotteneren unter den Korrespondenten, die mit der Region vertraut waren, war jedoch nur allzu klar, dass ein Großteil der Katastrophenhilfe auf private Konten in der Schweiz abgezweigt werden würde.

Am neunten Tag gab es inmitten von Tod und Zerstörung eine einzige gute Nachricht. Bei einer letzten raschen Suche entlang der Küste hatte ein Schiff der Marine ein kleines Mädchen entdeckt, lebend und unverletzt. Bei Einbruch der Dunkelheit hatte die Besatzung ihre Suche schon einstellen wollen, als sie ein Weinen hörte. Das Weinen hielt auch in der Nacht an, während die Matrosen mit ihren Scheinwerfern die Küste absuchten und mit dem Bug ihres Schiffes aufgedunsene Menschenleichen und Tierkadaver beiseiteschoben.

Im Morgengrauen entdeckten sie schließlich, dass das Weinen von einem Fischerboot kam, das zwischen zersplitterten Baumstämmen und einem toten Maultier eingeklemmt war. Es sah leer aus, doch zwei junge Matrosen kletterten auf das Boot, um nachzusehen. Dann hörte man sie rufen. Sie fanden das Mädchen unter einem Knäuel von Fischernetzen. Sie waren so schwer, dass es sich nicht daraus hatte befreien können. Das Kind war vielleicht zwei oder drei Jahre alt und bis auf eine Kette mit einer Medaille, die mehrmals um seinen Hals geschlungen war, war es vollkommen nackt. Es schien kaum möglich, dass die Kleine weder an Unterkühlung gestorben noch in einer Welle ertrunken war, doch sie weinte und nuckelte an ihrer Faust.

Die Geschichte von der kleinen Überlebenden tauchte kurz in der Presse auf, dazu gab es Fotos von dem Kind, dem Boot, der Medaille und den beiden grinsenden Matrosen. Doch Nachrichten sind kurzlebig und schon bald hatte sich die internationale Presse den nächsten Schlagzeilen zugewandt. Andernorts gab es Kriege und Scheidungen von Prominenten, über die es zu berichten galt. Das kleine Mädchen verschwand in einem nahe gelegenen Waisenhaus und lediglich ein Bündel vergilbender Zeitungsausschnitte zeugte noch von seiner Existenz.

Im Schatten der Anden,
Frühjahr 1984

Ein Jahr nach dem Mano del Diablo bahnte sich ein klappriges Gefährt mit der Aufschrift »Taxi« einen Weg durch die Gassen des ältesten Teils der alten Provinzhauptstadt, in der noch längst nicht alle Spuren der Katastrophe beseitigt waren. Schließlich wurden die mit Schlaglöchern übersäten Straßen so schmal, dass das Auto nicht weiterfahren konnte. Der Fahrer hielt an und machte seinen Passagieren mit Gesten klar, dass die Fahrt zu Ende war. Vom Rücksitz stieg ein amerikanisches Ehepaar mittleren Alters aus, beschattete die Augen mit der Hand und sah sich um. »Sie haben gesagt, dass es im alten Teil der Stadt ist«, sagte die Frau und sah auf ihren Stadtplan, »und alt sieht dieses Viertel nun wirklich aus. Es fällt ja beinahe in sich zusammen.« Die rundliche Dame trug einen schlichten Faltenrock, dazu eine passende Strickjacke und Pumps mit niedrigen Absätzen. Nervös tätschelte sie ihr sorgfältig frisiertes Haar.

Ihr Begleiter, ein stämmiger Mann in einem Hemd mit Button-Down-Kragen, Fliege und kariertem Jacket, rückte schwitzend die Kamera zurecht, die er um den Hals trug – ein preiswertes Modell. Man hatte ihn gewarnt, dass er seine teure Fotoausrüstung besser zu Hause ließ. Er hielt einen Reiseführer umklammert und unter einem Arm trug er seltsamerweise einen großen Teddybären mit einer rosa Schleife. Schützend nahm er seine Frau beim Ellbogen. »Komm, Sarah-Lynn. Halte deine Handtasche fest«, brummte er mit einem Blick auf den Taxifahrer, der in seinem Sitz lümmelte und sich eine Zigarette drehte. In dieser Gegend sorgten die *Norte Americanos* unweigerlich für Aufsehen. Männer in Unterhemden und Frauen in billigen Baumwollkleidern beäugten sie von baufälligen Holzverschlägen aus oder lehnten auf Balkonen, die von den bröckelnden Fassaden der Häuser herabzustürzen drohten, und betrachteten sie mit unverhohlener Neugier. Zerlumpte Kinder mit aufgedunsenen Bäuchen drängten sich an die Eisentore, die die Toreinfahrten versperrten, und lugten durch die Gitterstangen. Das Paar bahnte sich einen Weg an alten Wagen, an Eseln und Bettlern und scheppernden Autos mit quietschenden Bremsen vorbei, deren Fahrer ausspuckten und sich gegenseitig Beleidigungen an den Kopf warfen und dabei mit der Hand an die Autotür schlugen, um ihrem Standpunkt Nachdruck zu verleihen. Die beiden gingen an provisorischen Verkaufsständen vorbei, an denen gebratener Fisch und *arepas* angeboten wurden. Eine Prostituierte saß in einer Tür auf einem zerbrochenen Stuhl und rief ihnen auf Spanisch etwas Spöttisches zu, was ihre Gefährten mit lautem Gelächter quittierten. Frauen riefen, Babys weinten, Kinder wurden ausgeschimpft oder bekamen Ohrfeigen. Die Straßen stanken nach Bratfett, Urin, Tabak, Schweiß, Abgasen, faulendem Müll, Tierkot und Angst. In der Ferne erhoben sich die schneebedeckten Anden rein und unerreichbar vor dem harten blauen Himmel.

Die Amerikaner drehten ihre Straßenkarte hin und her, sahen sich um und ignorierten die Leute um sie herum. »Da! Den erkenne ich von den Plakaten wieder!«, rief Sarah-Lynn plötzlich und zeigte auf einen weiß getünchten Glockenturm, der in den 1970ern auf einem berühmten Reiseplakat abgebildet war, als es noch Zugverbindungen in diesen abgelegenen Teil Südamerikas gab. Damals hatten die Andenkenhändler gute Geschäfte mit ihren Schwalben aus Ton, billigen Silberarmreifen und Kalebassen gemacht, die mit traditionellen Mustern bemalt waren.

Touristen gab es hier schon lange nicht mehr, doch ein paar alte Männer harrten immer noch hoffnungsvoll an den Klostermauern aus. Ihre schäbigen Waren hatten sie auf schmutzigen Decken ausgebreitet. »Hallo! Hübsche Andenken?«, bettelten sie.

»Das ist ganz sicher der Glockenturm, Virgil. Ich denke, wir haben es geschafft ... Oh, was für ein Gestank!« Sie rümpfte die Nase, als ihr ein Windhauch von den offenen Abwasserkanälen entgegenwehte.

Ihr Mann schlug in aller Seelenruhe seinen Reiseführer auf. »Ältestes Kloster in Lateinamerika, *El Convento de las Golondrinas*. Dort wohnen *Las Sors Santas de Jesús de Los Andes*«, las er vor und probierte dabei seine kürzlich erworbenen Spanischkenntnisse aus. Er spürte, dass Gewalt in der Luft lag, die nur darauf wartete loszubrechen. Sein Instinkt sagte ihm, dass er um jeden Preis vermeiden musste, Angst zu zeigen oder Eile an den Tag zu legen, sonst würden die Leute wie Geier über sie beide herfallen. Daher gab er sich selbstbewusst und lässig und tat so, als interessierte er sich wie ein ganz normaler Tourist für die Sehenswürdigkeiten. »Jede Menge Vögel hier, hör dir nur diesen Lärm an! Kein Wunder, dass sie es das Kloster der Schwalben nennen. *Las Golon... Golondrinas!*«

Er spürte, wie sich die Blicke seiner Zuschauer in seinen Rücken bohrten, doch er stand unbeirrt da und blätterte in seinem Reiseführer, als ginge ihn das alles nichts an. »Hier steht, dass es einen alten Aberglauben um die Schwalben gibt, wegen der Art und Weise, wie sie jedes Jahr bei ihrem Vogelzug immer wieder an denselben Ort zurückkehren. Früher ließen sich die Matrosen eine Schwalbe als Glücksbringer tätowieren, damit sie von ihrer Reise sicher wieder zurückkehrten, genauso wie die Vögel. Und wenn sie auf See umkamen, glaubten sie, dass Schwalben herunterfliegen und die Seele der Tätowierten geradewegs in den Himmel tragen würden. Ist das nicht irre? Ganz schön groß, das Kloster, nicht wahr?«, meinte er. Er ließ sich nicht aus der Ruhe bringen. Er nahm die Schutzkappe vom Objektiv seiner Kamera und drehte an der Entfernungseinstellung herum. »Ist bestimmt so groß wie ein ganzer Häuserblock. Wo mag wohl der Eingang sein?«

Sarah-Lynn faltete ihre Straßenkarte zusammen und sah sich nach einem Tor in der Klostermauer um. Virgil redete wie ein Wasserfall, weil er nervös war. Sie wusste genau, wie ihm zumute war, sie war ja selbst schrecklich aufgeregt. Plötzlich zuckte sie zusammen. Ein alter Mann hielt ihr ein Tablett mit schäbigen Andenken unter die Nase und murmelte: »Billig! Billig!«

»Virgil, sag diesem Mann, dass wir keine Souvenirs wollen!«

Ihr Mann blickte den Andenkenverkäufer kopfschüttelnd an. Dann nahm er Sarah-Lynn beim Arm und zog sie weg, um ein Foto von ihr vor dem Tor zu machen, das er inzwischen entdeckt hatte. Dabei redete er weiter. »Bevor die Spanier kamen, hatten die Inkas auf diesem Gelände so eine Art Haus für Frauen, die Jungfrauen der Sonne oder irgendetwas anderes Heidnisches. Sie hatten einen Garten, ganz aus Silber, mit goldenen Blumen.«

Er sprach weiter, laut und im Plauderton, während er immer wieder auf den Auslöser drückte. »Tja, und die Spanier haben das Haus abgerissen und aus den Steinen haben sie ein Kloster für Nonnen gebaut, die als Missionarinnen aus Spanien hierher kamen. Sie bauten auch eine Schule und ein Krankenhaus für die Töchter der Eingeborenen und ein Waisenhaus. Da gab es jede Menge uneheliche Kinder, die spanischen Männer und die Indianerfrauen ... Und die Nonnen nahmen die Kinder auf und sorgten dafür, dass sie getauft wurden und in Sicherheit waren. Hier gab es sogar ein Frauengefängnis ...«

»Ich will nichts über Gefängnisse hören, Virgil! Wir gehen gleich dort hinein und holen unser Kind und wir müssen uns ein für allemal entscheiden, welchen Namen wir ihr geben.«

»Ich dachte, wir wären uns einig. Wenn es ein Mädchen ist, haben wir immer gesagt, nennen wir es nach deiner Mama. Und wenn es ein Junge ist, sollte er Virgil Walker Jr. heißen.« Sarah-Lynn tätschelte ihrem Mann den Arm. Er hatte sich einen Jungen gewünscht.

»Gott hat uns dieses kleine Mädchen geschickt. Ich weiß, dass sie etwas ganz Besonderes ist. Wo um alles in der Welt ist das Eingangstor?«

»Das ist hinter dir. Ich mache ein paar Bilder für das Album, das wir für sie zusammenstellen sollen. Du weißt schon, das Album, von dem die Frau von der Adoptionsstelle gesprochen hat. Und dann sehen wir wohl besser zu, dass wir hineingehen. Schließlich sollen sie nicht auf die Idee kommen, dass wir es uns anders überlegt haben.«

Im Kloster wartete die Oberin hinter ihrem Schreibtisch mit dem uralten schwarzen Telefon. Durch die vergitterten Fenster, die hoch oben in die Wände eingelassen waren, fielen schräg die Sonnenstrahlen. Der Raum war vollgestopft mit schweren, altmodischen Möbeln aus dunklem, geschnitztem Holz. An den Wänden hing die Portraitsammlung des Klosters. Mädchen mit dunklen Augen und dichten Augenbrauen, in feinen Kleidern, mit Schmuck um den Hals und Blumen in den Händen starrten auf die Oberin herab. Es waren längst verstorbene *monjas coronadas*, gekrönte Nonnen, Mädchen kurz vor ihrem Eintritt ins Kloster. Ein solches Portrait einer Tochter, die Christus geweiht war, galt im sechzehnten und siebzehnten Jahrhundert in den Familien der spanischen Kolonialherren als Statussymbol. In ihren *salas grandes*, in denen man Besuch empfing, waren diese Bilder deutlich höher an der Wand angebracht als die Verlobungsbilder von Töchtern, die mit ganz normalen Männern vermählt wurden. Es war üblich gewesen, diese Portraits schließlich dem Kloster des Mädchens zu schenken. Die Oberin empfand ihre stumme Anwesenheit als beruhigend und oft genug bat sie sie in Klosterangelegenheiten um ihren imaginären Rat.

Die altmodische Wanduhr tickte. Die Oberin fragte sich allmählich, ob das amerikanische Ehepaar es sich anders überlegt hatte und doch nicht kommen und Isabelita abholen würde. Sie seufzte und blickte auf, um ihren heiteren Gefährtinnen noch einmal die Gründe darzulegen, die für die Adoption sprachen. Sie erinnerte sie daran, dass ein weiterer Bürgerkrieg drohte: Im Kloster berichtete man sich von Gräueltaten und von Paramilitärs, die im Ausland ausgebildet worden waren und jede Menge Waffen zur Verfügung hatten. Und sie erinnerte sie an die Vision, die Sor Rosario letztes Jahr hatte, kurz vor dem Wirbelsturm.

Sor Rosario, die jüngste Nonne und zudem ein recht flatterhaftes Wesen, war eines Abends durch die Gänge des Klosters geeilt, weil sie sich wie üblich zur Komplet verspätet hatte, als ihr eine »Vision« den Weg versperrte. Die Oberin war skeptisch und befragte sie eingehend. Eigentlich rechnete sie fest damit, dass die Vision große Ähnlichkeit mit einer Statue der Madonna aus der Renaissancezeit aufweisen würde, der Sor Rosario besonders zugetan war. Die Statue stand in einer kleinen Kapelle in der Klosterkirche. Die Witwe eines Konquistadors hatte sie eigens als letzte Ruhestätte für ihren Mann bauen lassen. Durch ein Fenster oberhalb der Statue strömte das Licht, als strahlte es direkt aus himmlischen Sphären. Die Madonna war schlank und blond, auf ihrem blauen Gewand prangten goldene Sterne. Sie trug einen roten Umhang mit Hermelinbesatz, eine fein gearbeitete Krone und unter ihrem Kleid lugten goldene Schuhspitzen hervor.

Sor Rosario berichtete: »Sie war groß, mit langen dunklen Haaren, die ihr über den Rücken fielen. Mit ihren dunklen Augen hat sie mich direkt angeschaut. Schwarze Augen. Dichte Augenbrauen, die sich über der Nase trafen. Der Abendwind frischte gerade auf und ihr Kleid und ihr Umhang blähten sich hinter ihr – sie sah aus, als hätte sie Flügel! Sie sagte etwas von einer Warnung, einem Versprechen und von etwas, an das wir uns erinnern sollten. Ihre Stimme war nicht weich und mild – sie sprach mit lauter Stimme, wie es Frauen tun, wenn sie wollen, dass die Männer ihnen zuhören, egal ob es die Männer interessiert oder nicht.«

»Na sowas!« Das klang nicht wie die Madonnenvisionen, von denen die Oberin bisher gehört hatte.

Sor Rosario nickte. »Natürlich bin ich niedergekniet und wollte gerade ein *Ave* sprechen, doch da stampfte sie mit dem Fuß auf und hob die Hand: Ich sollte schweigen. Sie meinte, für all das wäre keine Zeit und ich sollte ihr aufmerksam zuhören. Ein schrecklicher Sturm würde kommen. Der Himmel würde aufgerissen und der Engel des Todes würde seine Flügel über uns breiten. Doch ein Segen oder eine Gabe würde vom Meer kommen, etwas würde gefunden ... wir müssten etwas retten ... aber ihre Stimme wurde leiser und ich konnte nicht jedes Wort verstehen. Und da stampfte sie wieder mit dem Fuß auf und sah mich zornig an, aber ich glaube, das war, weil sie noch nicht alles gesagt hatte, was sie sagen wollte und –«

»Sie *stampfte* mit dem *Fuß* auf, Sor Rosario? Vielleicht haben Sie das alles nur geträumt.« Die Oberin seufzte, schloss die Augen und massierte sich die Stirn, um einen Anflug von Kopfschmerz zu vertreiben. Manche Nonnen, besonders die schwärmerischen Naturen, behaupteten häufig, sie hätten Visionen, vor allem, wenn es nicht genug zu essen gab. Bei diesen Visionen ging es meist um Santa Teresa und Rosen.

»Oh, nein! Sie war ganz echt, Mutter Oberin. Ihr Umhang war braun.« Sor Rosario war die Enttäuschung anzumerken.

Früher hatte sie eine Vorliebe für schöne Kleider gehabt. »Einfach nur braun. Blau, hätte ich gedacht, oder vielleicht ein hübsches Rosa, aber nein ... es war so ein gräuliches Braun. Ein grober Stoff, am Saum waren weißliche Flecken, so als hätte sie ihn durch irgendetwas geschleift, das dann getrocknet ist. Sie verschwand allmählich, dabei redete sie aber weiter, sie schrie fast, doch es war kaum noch zu hören – etwas von Männern und Narren ... die Sors Santas de Jesús müssen etwas beschützen ... die Chronik. Das war es – die Chronik beschützen! Weil darin eine Erklärung steht, die mit der Gabe zu tun hat, mit der Gabe aus dem Meer.«

»Die Chronik? Die haben wir seit einem halben Jahrhundert nicht mehr zu Gesicht bekommen – wie sollen wir sie ›beschützen‹?« Die Oberin schnaubte ärgerlich. Die Chronik des Ordens war ein uraltes Buch, das angeblich aus ihrem Mutterhaus in Spanien stammte, wo immer das auch sein mochte. Es gab auch eine Medaille, die angeblich ebenfalls von dort kam, aber im Bürgerkrieg im Jahr 1932 verschwunden war. Sor Agnes, eine ältere und ziemlich vergessliche Nonne, hatte die Chronik vorsichtshalber versteckt, als Revolutionäre das Kloster angriffen. Legenden von Inkaschätzen, die in der Krypta der Klosterkirche vergraben sein sollten, hatten sie angestachelt. Damals hatten die stabilen Klostertore dem Druck des Pöbels standgehalten, doch die Geschichten über die verborgenen Schätze der Inkas lebten weiter und kamen in regelmäßigen Abständen an die Oberfläche. Vermutlich war es nur eine Frage der Zeit, bis die Tore nachgaben.

Als die Armee den Aufstand im Jahr 1933 niederschlug, suchten die Nonnen, die damals im Kloster lebten, vergebens nach der Chronik. Die damalige Oberin flehte Gott um Geduld mit Sor Agnes an, die starb, ohne sich erinnert zu haben, wo sie das alte Buch versteckt hatte. Sie flüsterte nur, dass es an einem geheimen Ort verborgen sei.

Da die Chronik nun verschwunden war und nicht wieder auftauchte, gaben die Nonnen ihre Traditionen in Erzählungen an die jüngeren Nonnen weiter, doch im Laufe der Zeit gingen immer mehr Einzelheiten verloren. Als die Oberin selbst eine junge Novizin war, erinnerten sich nur die allerältesten unter den Nonnen daran, die Chronik tatsächlich gesehen zu haben, bevor sie verschwand. Sie erzählten den Novizinnen, dass sie sie sofort wiedererkennen würden: Es war ein altes, in Leder gebundenes Buch mit Pergamentseiten. Auf dem Einband war undeutlich das vergoldete Bild eines Vogels zu sehen.

Die Oberin fragte Sor Rosario ärgerlich, ob ihre »Vision« auch einen Hinweis auf das Versteck der Chronik gegeben hätte, wenn sie denn so wichtig war. Sor Rosario schüttelte den Kopf. Die Oberin seufzte und fragte, ob die Vision erklärt hätte, was sie mit »Sturm« meinte: War es ein politischer Sturm, der sich da anbahnte, oder ein Wettersturm? Und was sollten die Nonnen dagegen tun? Doch Sor Rosario zuckte nur bedauernd mit den Schultern. Die Mutter Oberin gab den Versuch auf, noch irgendetwas Sinnvolles aus ihr herauszuholen, und schickte sie zurück an ihre Arbeit.

Ein paar Tage später beantwortete der *Mano del Diablo* die erste Frage.

Im Waisenhaus des Klosters stellten Nonnen und Laienschwestern zusätzliche Pritschen auf und hielten ihre dürftigen Vorräte an Arzneimitteln und geflickte Nachthemden, Unterwäsche und fadenscheinige Pullover für die traumatisierten und verletzten Kinder bereit, von denen mehr und mehr ins Kloster kamen. Improvisierte Rettungsmannschaften, die Polizei, die Armee, Nachbarn und Fremde lieferten sie am Tor ab.

Durch die Neuankömmlinge wurden die Bestände des Klosters fast vollkommen aufgebraucht. Früher einmal hatte die Mitgift, die eine Nonne aus einer Adelsfamilie bei ihrem Eintritt ins Kloster mitbrachte – Land, Gold-, Silber- und Smaragdminen und riesige Geldsummen –, das Kloster bereichert, doch im Laufe der Jahrhunderte nahm der Reichtum des Klosters mit jeder Berufung ab. Als Sor Rosario, ihre letzte Novizin, kam und darum bettelte, aufgenommen zu werden, bestand ihre Mitgift aus zwei mageren Hühnern – sie waren ihre gesamte Habe. Und so ruhte die Last des Waisenhauses auf den Schultern einer immer kleiner werdenden Gruppe älterer Nonnen und ebenso alter Laienschwestern. Und die Kinder, die die Katastrophe zu Waisen gemacht hatte, weinten die ganze Nacht. Sie weinten vor Schmerzen und sie weinten um ihre

Familien. Sie machten ins Bett und hatten Albträume. Die, die nicht weinen konnten, hätten dringend Hilfe durch Spezialisten gebraucht, doch daran war nicht zu denken. Sor Rosario schürzte ihre Nonnentracht und scheuerte Kochtöpfe und Böden, kochte Laken aus, trug den älteren Kindern auf, sich um die jüngeren zu kümmern, und verdünnte den Maisbrei und den letzten Rest der Jodtinktur mit Wasser, bis sie nicht mehr rotbraun war, sondern allenfalls noch einen rosigen Schimmer aufwies.

Schon bald konnten sich die Nonnen und Laienschwestern vor Erschöpfung kaum noch auf den Beinen halten, doch es gab so viel zu tun, dass sie die nachmittägliche Siesta ausfallen ließen. Schließlich befahl die Oberin jedoch, dass alle – Kinder, Nonnen, Laienschwestern, selbst der ältere Mann, der alle möglichen Arbeiten im Kloster erledigte – sich nach dem Mittagessen eine Stunde ausruhen und sich nicht von der Stelle rühren sollten, egal was passierte.

Diese kurze Zeit der Stille wurde eines Nachmittags durch hastige Schritte im Korridor unterbrochen. »Mutter Oberin!«, rief Sor Rosario, als sie um die Ecke fegte. Ihre Röcke waren von der Arbeit am Morgen noch gerafft und der Perlenstrang um ihre Taille baumelte wild hin und her, während sie durch den Kreuzgang zum Büro der Oberin rannte. »Mutter Oberin!«, rief auch die alte Nonne, die hinter ihr herhastete. Ihre schrille Stimme kippte vor Aufregung und Atemlosigkeit. »Der Schlüssel! Sie müssen kommen, sofort!«

An ihrem Schreibtisch fuhr die Oberin hoch und rückte ihren Schleier zurecht. Sie war wieder einmal über den Geschäftsbüchern des Klosters eingenickt. Das Kloster brauchte dringend Geld. Das Dach über dem überfüllten Schlafsaal hing durch und Lebensmittel waren knapp und wurden von Tag zu Tag teurer. Die Versorgung der Kinder, die durch den Hurrikan zu Waisen geworden waren, brauchte ihre gesamten finanziellen Mittel auf. Oft gingen die Kleinen hungrig zu Bett. Es gab nicht genug Decken und obwohl sich die Kinder zu dritt oder viert in ein Bett drängten, um sich gegenseitig zu wärmen, zitterten sie nachts vor Kälte. Und was Kleidung und Sandalen anging ... Sorge und Verzweiflung ließen die Oberin immer schläfrig werden. Bei ihrem Nickerchen war ihr die Brille heruntergerutscht, doch nun schob sie sie wieder hoch und schimpfte: »Sor Rosario! Sor María Gracia! Die Siesta! Es besteht keinerlei Anlass zu *rennen*! Sehr unschicklich!« Die Oberin gab sich alle Mühe, streng zu klingen, doch insgeheim fragte sie sich, woher die beiden so viel Energie nahmen. »Welchen Schlüssel meinen Sie?«

Sor María Gracia war derart außer Atem, dass sie kein Wort hervorbrachte, doch Sor Rosario japste: »Matrosen, zwei ... im Besuchsraum ... der Schlüssel ... das *locutio* aufschließen!«

Die Oberin war schockiert. »Der Schlüssel? Das *locutio* aufschließen? Sor Rosario! Dieses Tor schließen wir nie auf! Das *locutio* symbolisiert unsere Trennung von der Welt und –«

»Mutter Oberin«, meldete sich Sor María Gracia zu Wort, »die Welt hat uns eine Gabe geschickt!«

Sor Rosario nickte ernst. Ihre Augen waren weit aufgerissen. »Ich habe Sor María Gracia gesagt, dass es genau so ist, wie die Vision es versprochen hat«, setzte sie begeistert an.

»Die Vision – also wirklich!«, fuhr die Oberin sie an und dachte bei sich, dass Sor Rosario ein leichtgläubiges Bauernmädchen war und Sor María Gracia nicht mehr alle Sinne beisammenhatte. Dann lehnte sich Sor María Gracia vor und flüsterte der Oberin etwas ins Ohr.

Die Oberin zuckte zurück und starrte sie an. »Zwei Matrosen mit einem weiteren Kind, das *unsere* Medaille um den Hals trägt? Und die Pförtnerin meint, ich soll mich darum kümmern?« Sie dachte an die Vision, von der Sor Rosario berichtet hatte. Zumindest soweit es den Wirbelsturm betraf, stimmte ihre Warnung.

»Die Pförtnerin irrt sich, ganz bestimmt!« Die Pförtnerin war alt, doch auf ihre Augen war Verlass. »Nach dreihundert Jahren ist die Wahrscheinlichkeit, dass es unsere Medaille ist, ziemlich gering. Trotzdem ...«

Mit erstaunlich raschem Schritt machte sich die Oberin auf den Weg in den Besuchsraum. Dabei tastete sie nach dem schweren Schlüsselbund, das an ihrem Gürtel hing. Die beiden Nonnen hasteten hinter ihr her. Als sie im Besuchsraum ankamen, hatte die Oberin bereits einen langen rostigen gusseisernen Schlüssel herausgesucht, der mit einem Kreuz und dem Symbol eines Vogels mit gegabeltem Schwanz verziert war. Sie hatte Mühe, ihn ins Schloss zu stecken.

Auf der anderen Seite des Tores traten zwei junge Matrosen von einem Fuß auf den anderen, während sich hinter dem *locutio* die Nonnen sammelten. Das Gitter, das in das Tor eingelassen war, erzitterte, so als würde jemand ungeduldig daran rütteln. Eine Frauenstimme murmelte etwas, das wie ein ausgesprochen weltlicher Fluch klang. Der Matrose, der ein kleines untererernährtes, daumenlutschendes Kind auf dem Arm trug, sah seinen Gefährten an und zog die Augenbrauen hoch. Der andere zuckte mit den Schultern und schüttelte den Kopf. Die Nonnen benahmen sich offenbar etwas seltsam.

Die beiden Matrosen wussten, dass sie das Richtige taten. Sie hatten das Kind zu einem Nebeneingang des Klosters gebracht, wo es seit Hunderten von Jahren eine vergitterte Luke gab, durch die ausgesetzte Babys und Kinder der Pförtnerin auf der anderen Seite übergeben wurden.

Sie hatten an die Luke geklopft, die Pförtnerin war gekommen. »Nimm ihr erst die Medaille ab, damit die Kette nicht an der Luke hängen bleibt und sie verletzt«, sagte der Matrose mit dem Kind auf dem Arm zu seinem Begleiter. Dieser wickelte die Kette ab und schob sie zusammen mit der Medaille durch die Luke. Gerade wollte er das Kind auf den Boden stellen, als sie hinter dem Tor die Pförtnerin kreischen hörten. Sie schob die Medaille zurück und sagte, sie müssten das Kind und die Medaille zur Oberin bringen. Dann schlug sie die Luke zu.

Nun konnten sie atemlose Stimmen auf der anderen Seite des *locutio* hören – »Öl aus der Küche, Mutter Oberin« – und eine blasse Hand mit einem schmalen Goldring wurde durch die Gitterstäbe sichtbar. Mit einem Tuch rieb sie fieberhaft am Schloss. Mit lautem Knarren ging das Eisentor schließlich einen Spalt weit auf.

»Nun?«, fragte die Oberin gebieterisch. Sie war hoch gewachsen und ehrfurchtsgebietender denn je, weil sie durch die ständige Knappheit an Lebensmitteln im Kloster hager geworden war. Sie rührte die zubereiteten Speisen kaum an und gab vor zu fasten, damit so viel wie möglich für die Kinder blieb.

Die beiden Matrosen traten nervös einen Schritt zurück. »Wir wollten sie zum Waisenhaus bringen, wir haben sie vor einer Woche auf dem Meer gefunden«, setzte der eine an, der das Kind auf dem Arm hatte. »Und sie hatte das hier um den Hals ... Zeig sie ihr, Juan.« Der andere nickte und hielt eine grünliche Scheibe hoch, die an einer angelaufenen Goldkette baumelte. Die Oberin blinzelte, nahm sie in die Hand, um sie genauer anzusehen und drehte sie um. »Wo ... haben ... Sie ... die ... her?«

Der andere Matrose antwortete: »Sie trug sie um den Hals, als wir sie fanden. Sie war ganz allein auf einem Fischerboot, das einzige Lebewesen weit und breit. Die Kette war viele Male um ihren Hals gewickelt, Mutter Oberin, so als hätte jemand gehofft, dass die Medaille sie schützen würde. Und das hat sie wohl auch getan – es ist ein Wunder, dass sie überlebt hat.«

Die Oberin starrte auf die Medaille. Sie traute ihren Augen kaum. Über Jahrhunderte hatten sie in ihrem Orden die alten Geschichten über die Medaille des Klosters, ihre Beschreibung und ihre Herkunft lebendig gehalten, obwohl die Medaille selbst verschwunden war. Doch nun hielt sie eine Medaille in der Hand, die genau zu der Beschreibung passte – auf der einen Seite eine Schwalbe, auf der anderen das Bild einer Frau. Konnte es wirklich wahr sein? »*Deo gratias*«, brachte sie schließlich hervor. »Sie haben recht getan.« Sie nahm das kleine Mädchen und wies Sor María Gracia an, auf der Stelle etwas zum Anziehen für die Kleine zu suchen und etwas Geld aus der Armenbüchse zu nehmen und eine Laienschwester zum Milchholen zu schicken.

Während Sor María Gracia in Richtung Armenbüchse davontrippelte, machte Sor Rosario Gurrlaute und streckte die Arme nach der Kleinen aus. Die Oberin gab sie ihr und sah sich die Medaille genau an. Einer der Matrosen räusperte sich schließlich. Die Oberin blickte auf. Instinktiv wusste sie, dass der Bischof nichts von all dem erfahren durfte. »Bitte, sprechen Sie mit niemandem über Medaillen und Wunder und dergleichen! Das würde nur sensationsgierige Leute zum Kloster locken und wir haben sowieso schon alle Hände voll zu tun. Die Kleine ist einfach ein weiteres Kind für das Waisenhaus.«

»Ja, Mutter Oberin.«

»Gott segne Sie«, sagte sie knapp, schob das quietschende Tor wieder zu und schloss ab.

Dann lehnte sie sich erschöpft gegen die Mauer. Die Verantwortung lastete schwer auf ihren Schultern. Was war zu tun? »Schicken Sie nach dem Pater. Möglicherweise ist das Kind getauft, doch wir können uns nicht sicher sein. Wir werden sie Isabela Salomé nennen. Aber erwähnen Sie ihm gegenüber die Medaille nicht.«

Die Oberin tat das Einzige, was eine Nonne tun konnte: Beten. Sie kehrte in ihr Büro zurück, schloss die Tür hinter sich und sank auf ihrem Betstuhl auf die Knie. Vor langer Zeit hatte die Ehefrau eines spanischen Vizekönigs das schwere hölzerne Möbel einer früheren Oberin des Klosters überreicht. Es war solide und unbeweglich wie ein Thron, mit reichen Schnitzereien von Engeln und Totenköpfen versehen, ganz im Stil des siebzehnten Jahrhunderts. Die Oberin betete, wie sie nie zuvor gebetet hatte, bat um Inspiration, wo die verschwundene Chronik verborgen sein mochte. Es war ungeheurer wichtig, dass sie sie fanden – darin war die ganze Geschichte enthalten, sie *musste* doch irgendwo sein ... Sie schloss die Augen, umklammerte das Pult in ihrer Inbrunst und rief jeden Heiligen einzeln mit den Worten an: »Bitte, bitte, weise uns den Weg zu der Chronik.«

Sie erschrak, als sich unter ihrem Klammergriff ein Seitenteil des Pultes plötzlich lockerte. Die Oberin hielt mitten im Gebet inne. Sie beugte sich zur Seite und betrachtete das Holzstück unter ihrer Hand. Sie drückte fester und mit einem Klicken sprang das Seitenteil wie eine Tür auf. Ein Geheimfach? Die Oberin schob vorsichtig eine Hand in das, was eigentlich ein Hohlraum hätte sein sollen. Doch hinter der Seitenwand ging es nicht weiter. Dann wurde ihr klar, dass darin etwas festgeklemmt war, etwas Unförmiges, das in groben Stoff eingewickelt war.

Sie brauchte beide Hände, um es durch die Öffnung zu zerren. Die Oberin wagte kaum zu atmen, als sie eine Lage aus geölter Wolle und eine weitere Lage aus ausgetrockneter Seide entfernte. Und dann – da war sie: ein altes, in Leder gebundenes Buch, ziemlich groß, wie ein Hauptbuch, mit einer schwarz angelaufenen Goldschließe und dem kaum erkennbaren Umriss eines Vogels mit langem, gegabeltem Schwanz. Das Buch bestand aus Pergamentseiten, dünn wie Seidenpapier, die mit einer sauberen und klaren Schrift beschrieben waren. Die Tinte hatte sich mit der Zeit dunkelbraun verfärbt, war aber erstaunlich gut zu lesen. Die Oberin erkannte, dass der größte Teil des Buches auf Spanisch geschrieben war, doch in der Mitte – da war der Teil in lateinischer Sprache! Das Evangelium! »*Deo gratias!*«, flüsterte sie. »Das Versteck von Sor Agnes! Ich habe die Chronik gefunden!«

Wieder dachte sie an Sor Rosarios Vision, an die Warnung vor dem Wirbelsturm und die Ankündigung einer »Gabe«, und nun hatte der Orden im Verlauf weniger Stunden die Medaille und die Chronik wiederbekommen. Irgendwo musste es eine Verbindung zwischen ihnen und dem Kind geben, doch Gottes Wege sind unergründlich und sie mussten abwarten, wohin sie führen würden. In der Zwischenzeit galt es, nichts von all dem nach außen dringen zu lassen.

Leider hielten sich die jungen Matrosen nicht an die Anweisung der Oberin, nichts zu sagen. Ein gelangweilter amerikanischer Journalist bekam mit, wie sie in einer Bar von dem Kind und seiner Zaubermedaille erzählten, und fand, dass es eine gute Geschichte war. Er lockerte ihre Zungen mit Cachaça und ein bisschen Bargeld, ein Vermögen für junge Männer, die normalerweise mit dem Sold der Marine auskommen mussten. Sie erzählten ihm alles, während er sich Notizen machte, und die Nachrichtenagenturen wärmten seine Story über die »Zaubermedaille« des *Mano del Diablo* auch Monate später immer wieder auf.

Wie die Oberin befürchtet hatte, bekam der Bischof Wind von der ganzen Sache. Er schickte dem Kloster einen strengen Brief und erinnerte den Orden daran, dass der Verdacht der Ketzerei seit Jahrhunderten wie eine Giftwolke über den *Sors Santas de Jesús* hing. Er beabsichtige, diese Angelegenheit mit der wundersamen Medaille genauestens zu untersuchen und Rom Bericht zu erstatten, schrieb er. Priester, die man beschuldigte, Kinder missbraucht zu haben, bereiteten der katholischen Kirche zur Zeit genug Probleme, weiterer Ärger oder zusätzliche Kontroversen seien zum gegenwärtigen Zeitpunkt alles andere als willkommen. Er befahl der Oberin, ihm die Medaille unverzüglich zu übergeben. Er würde das Kind Isabela persönlich befragen und es dann zusammen mit der Medaille und seinem Bericht nach Rom schicken.

Die Oberin versuchte, Zeit zu schinden. Sie antwortete vage und erläuterte, dass das Kloster seit dem *Mano del Diablo* überfordert sei, alles ginge durcheinander und eine einzelne kleine Medaille zu finden, sei etwa so aussichtslos wie die sprichwörtliche Suche nach der Nadel im Heuhaufen. Hinterlistig bat sie den Bischof, die fragliche Medaille zu beschreiben, damit sie sie erkennen würde, falls man sie fände. Und schließlich führte sie an, dass Isabela erst drei Jahre alt sei und daher bei einer offiziellen Befragung sicherlich keine große Hilfe sein würde.

Die Oberin hatte nicht die Absicht, die Medaille herauszugeben, ebenso wenig, wie sie vorhatte, Isabela in den Vatikan zu schicken. Doch die Nonnen konnten den Bischof nicht bis in alle Ewigkeit hinhalten und sie hatte keine Ahnung, was sie als Nächstes tun sollte.

Die Antwort kam in Form eines Anrufs einer amerikanischen Missionsgesellschaft. Eines Tages hatte die Oberin den Bezirkschef von Christian Outreach am Telefon – sie seien *Südliche* Baptisten, wie der Mann am anderen Ende der Leitung betonte. Das sagte ihr nicht viel. Die Oberin hatte nicht die geringste Ahnung, wie sich eine protestantische Sekte von der anderen unterschied, sie hatte nur gehört, dass ihre Missionare Taschenbuchausgaben der Bibel und Kaugummi verteilten und dass die Taufe von Konvertiten in riesigen Massenveranstaltungen in Flüssen stattfand. Der Mann von Christian Outreach erklärte ihr, dass ihre Kirchen in den USA einen Spendenaufruf für die Opfer der *Mano-del-Diablo*-Katastrophe gestartet hätten. Ob die Oberin erlauben würde, dass ein Fotograf ins Kloster käme, um Waisen für den Aufruf abzulichten? Ihre Organisation Christian Outreach würde einen Teil der Spenden an das Kloster weiterleiten, versprach er.

Die Oberin stimmte zu – die Geldnot im Kloster war inzwischen so groß, dass jeden Tag zwei der Laienschwestern zum Betteln auf einen zentralen Platz in der Stadt geschickt wurden.

Und dem Fotografen, den die Missionsgesellschaft schickte, fiel die hübsche und fotogene Isabelita mit ihren großen sehnsüchtigen Augen sofort auf. Sie wurde zum Gesicht des Spendenaufrufs.

Die Südlichen Baptisten spendeten großzügig und zwei Monate später fiel die Oberin fast in Ohnmacht, als sie die Geldanweisung aus den Vereinigten Staaten bekam. Das Geld würde ausreichen, die Medizinvorräte aufzufüllen, das ganze Kloster ein Jahr lang mit Lebensmitteln und jedes Kind mit Decken, Schuhen und Kleidung zu versorgen, das Dach des Schlafsaals zu reparieren und das Schulzimmer auszustatten. Selbst Spielzeug würden sie kaufen können. Und dann gab es die Ankündigung, noch mehr Geld zu schicken. Wenn es Gott gefiel, durch die Baptisten Wunder zu vollbringen, so dachte sie sich, dann war es nicht an ihr, Einwände zu erheben. Vielmehr sah sie ihre heimliche Überzeugung bestätigt, dass es auf der Welt genug Probleme gab und man nicht auch noch darauf bestehen musste, dass alle Menschen Gott auf dieselbe Weise anbeteten. Vor Seinem Thron war genug Platz für alle, die Ihm dienten – für Baptisten und Hindus, Siebenten-Tags-Adventisten, Muslime und Juden ebenso wie für Katholiken. Die Tatsache, dass sie mit dieser Überzeugung sehr weit von den Lehren der Kirche entfernt war, machte es der Oberin bisweilen schwer, ihre Gedanken in einen erkennbaren doktrinären Rahmen einzupassen. Es gelang ihr mehr schlecht als recht und der Bischopf wäre entsetzt, wenn er davon wüsste, doch das änderte nichts an ihrer Überzeugung.

Dann rief der Bezirkschef von Christian Outreach ein weiteres Mal an. Diesmal kam er mit der Neuigkeit, dass ein amerikanisches Ehepaar Isabelas Foto bei einer Spendenaktion in der Kirche gesehen hatte und so sehr von ihr eingenommen war, dass sie sie adoptieren wollten. Er erklärte, dass sich die Baptisten unmittelbar nach dem *Mano del Diablo* in Washington für ihr »Adoptiere eine Waise«-Projekt stark gemacht hatten. Daraufhin hatte die US-Regierung die Einwanderungsgesetze vorübergehend soweit gelockert, dass solche Blitzadoptionen möglich wurden. Die Oberin bat um Bedenkzeit.

Die Nonnen kamen zu einem Konvent zusammen, um darüber zu entscheiden. Die Oberin warnte: »Weder Isabelita noch die Medaille noch die Chronik sind hier in Sicherheit. Die Marxisten putschen die Bauern mit den alten Geschichten von den Kirchen auf, die das Gold der Spanier horten, während das Volk hungert. Und außerdem ist der Bischof wild entschlossen, dass sich der Vatikan mit der Sache befassen soll. Der Vatikan hat einen offiziellen Ermittler benannt und wenn sie erfahren, dass wir auch die Chronik gefunden haben ...«

»Dann schicken sie die Inquisition«, murmelte Sor Rosario.

Ohne auf diese aufrührerische Bemerkung einzugehen, fuhr die Oberin fort: »Wo könnten wir unsere Medaille und die Chronik besser verstecken als bei Isabelita in einer ganz gewöhnlichen Kleinstadt in Amerika, wo sie vollkommen unauffällig unter Protestanten aufwächst? Bei den Adoptionspapieren kann ich eine falsche Spur legen, sodass es schwierig sein dürfte, sie ausfindig zu machen. Und dann ist eine Adoption nach Amerika eine Chance für eines unserer Waisenkinder, wie sie sich nur selten bietet.«

Dem konnten die Nonnen nicht widersprechen. Wenn sich ein Waisenmädchen nicht berufen fühlte, ins Kloster einzutreten – und das war schon seit vielen Jahren nicht mehr vorgekommen –, konnten die Nonnen nicht viel tun, um ihm seinen weiteren Lebensweg zu ebnen. Sobald ein Mädchen sechzehn Jahre alt war, wurde es neu eingekleidet und mit einem überschwänglichen Empfehlungsschreiben in die Außenwelt entlassen, damit es vielleicht eine Stelle als Dienstmädchen fand.

Die Nonnen hatten viele Fragen – ob die potenziellen Adoptiveltern vertrauenswürdig waren, wie die Oberin sicherstellen wollte, dass Medaille und Chronik nicht verloren gingen, sobald sie das Kloster verlassen hatten. Die Oberin versprach, dass sie darauf bestehen würde, das Ehepaar kennenzulernen, bevor sie die Papiere unterschrieb. Und was die Medaille und die Chronik anging, so hatte die Oberin eine Idee. Die Nonnen murmelten vorsichtige Zustimmung, als sie sie erläuterte. Letzten Endes hing jedoch alles von den Adoptiveltern ab.

Während sie auf die Amerikaner wartete, war die Oberin schon fast zu dem Schluss gekommen, dass ihr Nichterscheinen ein

Zeichen für Gottes Willen war. Offensichtlich sollten Isabelita, die Chronik und die Medaille trotz allem im Kloster bleiben. Doch da erschien Sor Rosario, verkündete, Señor und Señora Walker seien eingetroffen, und führte die beiden herein.

Einer nach dem anderen ließen die Walkers ein nervöses »*gracias*« hören. Virgil Walker zog seinen Sprachführer aus der Tasche und setzte an, einen Satz in holprigem Spanisch zu konstruieren. Der Oberin gelang es, ein steifes Lächeln aufzusetzen, und sie sagte: »Bitte setzen Sie sich. Wir können Englisch sprechen.« Als junges Mädchen hatte sie Englisch gelernt; mittlerweile war es zwar etwas eingerostet, doch die Telefonate mit den Leuten von Christian Outreach waren eine gute Übung gewesen.

»Danke, Ma'am«, entgegnete Mr Walker erleichtert. »Wir haben versucht, ein bisschen Spanisch zu lernen, haben einen dieser Intensivkurse belegt, aber gerade in dem Moment, in dem wir es brauchen, fallen mir die einfachsten Wörter nicht ein.« Die Oberin lächelte wieder, diesmal weniger steif. Die beiden waren genauso nervös wie sie. Das machte ihr Mut – das und der Teddybär.

Sie warf einen Blick in die Akte des Ehepaares, die sie vor sich auf dem Schreibtisch liegen hatte, obwohl sie ihren Inhalt schon auswendig kannte. Sarah-Lynn und Virgil Walker, siebenunddreißig und vierzig Jahre alt, waren seit achtzehn Jahren verheiratet und hatten seitdem vergeblich auf Kindersegen gehofft. Es gab ein Empfehlungsschreiben des Pastors ihrer Gemeinde, der sie als ehrliche Leute und gute Christen beschrieb und hinzufügte, dass Mrs Walker Hausfrau sei, außerdem Mitglied des Gartenvereins und aktives Mitglied des Bibelkreises der Gemeinde. Ein weiterer Brief stammte von ihrem Kongressabgeordneten, der sie als Säulen der Gesellschaft pries. Außerdem war da noch ein Schreiben der Handelskammer von Laurel Run, Georgia, das bestätigte, dass Virgil Walker der Besitzer einer erfolgreichen Installationsfirma in der Stadt und ein aktives Mitglied des örtlichen Rotarierclubs war. Die Oberin hatte Laurel Run in dem Atlas gesucht, der zum Buchbestand des Klosters gehörte. Er stammte aus dem Jahr 1930 und zeigte mehrere Verwaltungsbezirke im Staat Georgia an. Schließlich

pe für Mädchen – lauter Dinge, von denen die Oberin noch nie gehört hatte.

Plötzlich zuckten die Walkers erschreckt zusammen. Gewehrschüsse waren zu hören, dann eine Explosion. Sie kamen zwar nicht aus unmittelbarer Nähe, klangen aber näher als sonst.

Die Oberin nahm Isabelitas Akte. Darin waren auch die Zeitungsausschnitte abgeheftet. »Hier finden Sie alles, was wir über Isabelita wissen. Wir können nur spekulieren, wer ihre leiblichen Eltern waren – sehr wahrscheinlich stammten sie aus dieser Gegend und sie sind ganz sicher tot. Möglicherweise kamen sie aus einem der Fischerdörfer an der Küste oder sie haben versucht, mit dem Boot zu fliehen.«

Die Walkers nickten und Virgil nahm die Akte an sich. »Unsere Adoptionshelferin hat ganz besonders darauf hingewiesen, das Adoptivkinder wissen müssen, woher sie kommen. Vor allem, wenn es eine Adoption ins Ausland ist. Sonst kann das zu einem großen Problem werden, wenn sie älter sind. Also, wir werden ihr auf jeden Fall alles erzählen.«

Die Oberin nahm ein großes Paket, das auf ihrem Schreibtisch lag. »Ich verstehe. Und da so wenig über Isabelita bekannt ist, habe ich zwei Andenken, die wir ihr mitgeben möchten. Da ist einmal die Medaille, die sie bei ihrer Rettung um den Hals trug. In den Zeitungsausschnitten in der Akte werden Sie Fotos davon sehen. Wir waren sehr überrascht, als wir sie sahen, weil unser Kloster früher einmal eine solche Medaille besessen hat. Wir meinen, dass sie sie haben sollte.

Und dieses Buch ist auch für sie. Es ist sehr alt und enthält einige Aufzeichnungen aus unserem Kloster. Die Nonnen in unserem Orden waren immer ausgesprochen gebildet und die Schreiberin des Klosters hatte die Aufgabe, alles festzuhalten, was geschah. Vielleicht möchte Isabelita sie eines Tages lesen, falls sie dann noch genügend Spanisch kann. In der Mitte ist ein Teil, der in lateinischer Sprache geschrieben ist, aber ich weiß, dass die Kinder heutzutage keinen Lateinunterricht mehr in der Schule haben. Zu meiner Zeit war das noch anders. Nun, das ist alles, was wir ihr mitgeben können. Bevor ich der Adoption zustimme, müssen Sie mir feierlich versprechen, ihr diese beiden Dinge an ihrem sechzehnten Geburtstag zu geben.« Die Oberin bedauerte zutiefst, dass sie die Chronik nicht hatten lesen können, bevor sie sie nun aus der Hand gaben. Einige Nonnen hatten sich im Laufe des vergangenen Jahres daran versucht, doch Gott allein wusste, wo das alte Lateinwörterbuch des Klosters war. Niemand konnte besonders gut Latein und außerdem gab es im Kloster so viel zu tun, dass sie noch nicht einmal genug Zeit gehabt hatten, um den spanischen Teil der Chronik zu lesen.

Sarah-Lynn beugte sich vor und sah die Oberin ernst an. »Das ist wunderbar! Natürlich versprechen wir es, nicht wahr, Virgil?«

Ihr Mann nickte. »Ja, Ma'am, ich gebe Ihnen mein Wort. Wir sorgen dafür, dass sie diese Dinge bekommt. Und an unserer Highschool wird Latein als Teil des Begabtenprogramms angeboten. Wenn man Latein belegt, kann man sich für ein Stipendium fürs College bewerben, daher besteht der Elternbeirat darauf, dass es angeboten wird. Also, wir werden unser Möglichstes tun, dass sie auch Latein nimmt. Virgil Walker hält sein Wort«, fügte er hinzu und streckte instinktiv die Hand aus, um den Handel mit einem Handschlag zu besiegeln. Die Oberin war überrascht, fing sich aber rasch und streckte ihre eigene zarte Hand aus, die er mit einem festen Griff umfasste. Sie glaubte ihm.

»Sehr gut. Ich bin mit der Adoption einverstanden.« Die Oberin nickte den Walkers zu und schob Sarah-Lynn das Paket hinüber, die »Danke« flüsterte. Dann läutete sie eine kleine Silberglocke und Sor Rosario erschien so prompt, dass die Oberin wusste, dass sie an der Tür gehorcht hatte. »Bitte, bringen Sie Isabelita her.«

Sor Rosario ließ sich Zeit. Während sie warteten, machte die Oberin höfliche Konversation und zeigte stolz auf die Portraits der gekrönten Nonnen. Sie seien etwas ganz Besonderes, erklärte sie. Auf jeden Fall seien sie alt. Sie erzählte, dass die Kinder im Waisenhaus an Feiertagen in ihr Büro kommen und sie sich ansehen durften. Das war ein besonderes Vergnügen für sie, das Klosterleben war für Kinder recht spartanisch und ein Besuch im Salon der Oberin war eine ihrer wenigen

Vergnügungen. Die Oberin erklärte den Walkers, wie sie bei diesen Gelegenheiten etwas über diese außergewöhnlichen Mädchen erzählte, die sich in ihren wunderschönen Kleidern, mit ihren Blumen, mit dem Schmuck und den kunstvoll gefertigten Kronen darauf vorbereiteten, Nonnen zu werden. »Isabelita liebt diese Bilder. Als ich sie nach dem Grund fragte, sagte sie, sie lächeln sie an.« Die Oberin lächelte ebenfalls. »Vielleicht stimmt es. Die Kinder freuen sich aber vor allem deshalb auf diese Besuche bei den gekrönten Nonnen, weil sie dann heiße Schokolade und Mandelgebäck bekommen. Die Mädchen, die ins Kloster eintraten, bekamen auch solche Mandelkekse. Sie symbolisierten die Süße des klösterlichen Lebens, das Gott geweiht ist.«

Die protestantischen Walkers nahmen diese Information ein wenig benommen auf, daher wechselte die Oberin höflicherweise das Thema.

»Nun, was kann ich Ihnen über Isabelita sagen, sodass Sie sie ein wenig kennenlernen? Sie ist wirklich ein gutes Kind, sehr folgsam, sie spricht ihre Gebete und legt ihre Kleider ordentlich zusammen. Sie ist gesund. Sie ist noch nie krank gewesen oder irgendwie ungehorsam, obwohl … Als Christian Outreach so großzügig war, konnten wir Spielsachen für die Kinder kaufen – wir hatten uns hier noch nie Spielzeug leisten können.« Die Oberin zuckte entschuldigend mit den Schultern. »Isabelita war so hingerissen von den Farbstiften und den Malbüchern, dass sie die Wände des Schlafsaals und einige der Messbücher in der Kapelle bemalt hat, bevor wir sie aufhalten konnten.«

»Du liebe Güte, das Kind war einfach froh, etwas zum Spielen zu haben!«, rief Sarah-Lynn.

Virgil grinste. »Wir haben zu Hause einen neuen Kühlschrank, ganz weiß ist er. Der könnte ein bisschen Bemalung vertragen«, sagte er. »Ich kaufe ihr die größte Schachtel mit Farbstiften, die es gibt, und dann kann sie malen, so viel sie will.«

Da klopfte es an der Tür des Arbeitszimmers und alle drei wandten sich um. Sor Rosario hatte ein wunderschönes kleines Mädchen an der Hand, ihr Haar war sorgfältig geflochten, sie trug eine blitzsaubere, sorgfältig geflickte weiße Schürze, weiße

Socken und neue weiße Sandalen. Die Oberin schob den Gedanken an Opferlämmer beiseite. Nachdem es »*Buenas tardes*, Mutter Oberin« gesagt hatte, lächelte das Kind schüchtern unter seinen langen Wimpern hervor und begrüßte die Walkers mit »*Buenas tardes*«.

»Tja, hallo.« Virgil lächelte.

»Mein kleiner Schatz!«, hauchte Sarah-Lynn.

Die Oberin winkte das Kind zu sich und nahm sein Gesicht in beide Hände. In langsamem Spanisch, damit die Walkers verstehen konnten, was sie sagte, erklärte sie: »Diese guten Leute waren einsam ohne ein kleines Mädchen, das zu ihnen gehört, und sie haben dich als ihre Tochter ausgewählt. Deine Eltern im Himmel wachen über dich und sind glücklich, dass Gott sie als deine neue Mutter und deinen neuen Vater geschickt hat. Du wirst das Kloster heute verlassen und mit ihnen gehen. Doch wo immer du auch hingehst: Unsere Gebete begleiten dich jeden Tag.« Ihr Ton war ernst und sie blickte in die Augen des Kindes, die weder braun noch schwarz waren, sondern von einem tiefen Tintenblau. Das Wort der Oberin war Gesetz. Das Mädchen nickte gehorsam. »Gutes Kind«, flüsterte die Oberin.

Sie schraubte einen altmodischen Tintenfüller auf. »Nun müssen wir noch die Papiere fertig machen. Der volle Name auf ihrem Taufschein lautet María Salomé Isabela Luz de los Angeles – den Nachnamen ›Licht der Engel‹ geben wir allen unseren Waisen, deren Familiennamen wir nicht kennen. Doch wie ist es mit ihren Vornamen? Möchten Sie ihr einen anderen geben?« Die Oberin versuchte so beiläufig wie möglich zu klingen.

Virgil sah seine Frau an. Die Adoptionsberaterin hatte immer wieder betont, wie wichtig es war, die ethnische Herkunft der Kinder zu respektieren. Würden sie gegen diese Regel verstoßen, wenn sie diesen ziemlich exotischen Namen gegen einen anderen austauschten? Er sagte vorsichtig: »Das ist wirklich ein schöner Name, nur ein bisschen ungewöhnlich – gibt nicht viele Mädchen, die Salomé heißen, vielleicht wegen Johannes dem Täufer und der Sache mit seinem Kopf –«

»Einen amerikanischeren Namen vielleicht? Brenda oder Marjorie oder ... Nancy?«, schlug die Oberin vor und überlegte dabei fieberhaft, welche amerikanischen Mädchennamen es noch gab. »Susan?«

Virgil war sichtlich erleichtert. »Diese Namen sind hübsch, aber wir hatten uns einen Namen für eine Tochter überlegt, falls wir jemals eine haben würden. Menina Ann Walker.«

Die Oberin blickte erstaunt auf. »Menina« war das alte katalanische Wort für die Hofdame der Königin.

»Wo wir herkommen, ist es üblich, Kindern die Namen von Familienmitgliedern zu geben. Sarah-Lynns Mutter hieß Menina. Sie starb kurz nach unserer Hochzeit. Und Ann war der Namen meiner Mutter. Was meinen Sie?«

»Menina Ann Walker – das klingt sehr amerikanisch. Sehr hübsch.« Die Oberin füllte sorgfältig die offiziellen Adoptionsdokumente aus, in einer Handschrift, die sie immer und immer wieder geübt hatte, bis sie so verschnörkelt aussah, dass sie fast, aber nicht ganz unleserlich war. »Nur noch ein Formular, für die Unterlagen des Klosters.« Nun trug die Oberin die Namen der Adoptiveltern als Mary und John Smith ein, als Wohnort schrieb sie »Chicago«. Isabelitas alten und neuen Namen notierte sie so, dass man sie beim besten Willen nicht entziffern konnte. Den neuen Namen verzierte sie obendrein noch mit einem Tintenklecks und schraubte den Füller dann mit zufriedenem Gesichtsausdruck wieder zu. Dann unterschrieben die Walkers alle Papiere – sie waren viel zu nervös, um sie zu lesen oder gar zu übersetzen. Falls jemand auf die Idee kam, Isabelita zu suchen, hätte er kaum einen brauchbaren Anhaltspunkt.

»Isabelita, von heute an hast du einen neuen Namen: Menina Ann Walker. Es ist Gottes Wille«, sagte die Oberin auf Spanisch. Sie saß kerzengerade auf ihrem Stuhl, schob die Brille hoch und blickte Sor Rosario stirnrunzelnd an, die sich verdächtig oft die Augen abtupfte. Sor Rosario schluchzte kurz auf, beugte sich hinunter und nahm Isabelita fest in den Arm. Dann kam die Oberin um ihren Schreibtisch herum, beugte sich steif zu ihr hinunter und umarmte sie ebenfalls. »Denk daran: Sei gut.« Sie flüsterte dem Kind ins Ohr: »Sei ein gutes Mädchen. Ein sehr gutes Mädchen. Gott beschütze und bewahre dich. *Adiós.*«

»Sie können alle ganz beruhigt sein«, sagte Virgil zu den Nonnen. »Wir geben ihr eine gute Erziehung. Und halten unser Versprechen«, fügte er hinzu. Er beugte sich hinunter und hielt dem Kind den Teddy entgegen. Isabelita sah die Oberin um Erlaubnis bittend an. Als diese nickte, breitete sich ein strahlendes Lächeln auf ihrem Gesicht aus, und sie nahm den Teddy in die Arme. Virgil hob sie mitsamt dem Teddy auf den Arm und sagte: »Nanu, wen haben wir denn hier?« Das Kind kicherte und vergrub das Gesicht im Fell des Bären. »Menina, Schätzchen, Mama und Daddy gehen jetzt mit dir Eis essen, *helado*. Magst du *helado*?« Das Kind nickte. Sie hatte keine Ahnung, was *helado* war, doch offenbar erwartete man von ihr, dass sie nickte. »Und danach setzen wir uns in ein großes Flugzeug und fliegen davon. Familie Walker fliegt nach Hause.«

Sor Rosario öffnete die Tür und folgte ihnen laut schniefend nach draußen. Die Oberin lauschte, wie ihre Schritte im Flur allmählich leiser wurden. Nun, da sie wieder allein war, blickte sie zu den *monjas coronadas* auf. »Möge Gott sie geleiten und beschützen, doch ich bin sicher, das wir das Richtige getan haben. *Deo gratias*, für die Walkers, meine Schwestern. *Deo gratias*.«

KAPITEL 2

Laurel Run, Georgia,
März 2000

Die eindringliche Ermahnung »Sei ein gutes Mädchen«, die die Oberin ihr zum Abschied mit auf den Weg gegeben hatte, blieb lange in Meninas Gedächtnis haften, auch als ihre Erinnerungen an die Oberin, Sor Rosario und selbst an das Kloster längst zu einem undeutlichen Bild verblasst waren.

»Sei ein gutes Mädchen! Sei ein sehr gutes Mädchen!«

Und sie war tatsächlich ein gutes Mädchen. Die Bewohner der kleinen Stadt Laurel Run waren sich einig, dass Menina Walker ihren Adoptiveltern alle Ehre machte. Sie war höflich, brachte immer die besten Noten nach Hause, sang im Chor der Baptistengemeinde, half ihrer Mutter, ohne dass sie sie darum gebeten hätte, und war auf der Highschool eines der Mädchen mit einem »guten Ruf« gewesen. Nie hatte sie heimlich geraucht, nie gekifft, war nie betrunken nach Hause gekommen und hatte auch nicht im Autokino sexuelle Erfahrungen gesammelt. Angesichts des Verhaltens ihrer eigenen Töchter rauften sich die Mütter von Laurel Run die Haare und fragten sich, wie Sarah-Lynn Walker es geschafft hatte, ein derart damenhaftes Geschöpf wie Menina großzuziehen. Ständig ermahnten sie ihre Töchter, sich ein Beispiel an ihr zu nehmen.

Bei solchen Gelegenheiten erwiderten die Mädchen oft, dass Menina ja kaum anders konnte, als gut zu werden. Das hübsche

Kind, das die Walkers aus Südamerika mitgebracht hatten, war zu einem ungelenken Teenager herangewachsen. Seit ihrem zwölften Lebensjahr war Menina ein gutes Stück größer als ihre Mitschüler, sie trug eine Zahnspange und stand in dem Ruf, das Superhirn der Klasse, eine Streberin und ein Vorbild in mustergültigem Betragen zu sein. Erst in ihrem letzten Schuljahr war aus dem dünnen Entchen ein Schwan geworden, doch die Jungen sahen in ihr nur die Klassenbeste, nicht jemanden, mit dem man ausgehen wollte.

Dabei war Menina geradezu erblüht. Mit neunzehn Jahren war sie groß und schlank, sie hatte feine Gesichtszüge, weiche olivfarbene Haut und dunkle Haare, die ihre wunderschönen saphirblauen Augen besonders zur Geltung brachten. Trotz ihres bereitwilligen Lächelns war aber eine gewisse Vorsicht in ihrem Verhalten spürbar. Und eine leichte Schüchternheit in ihren schönen Augen ließ erkennen, dass ihre Schönheit etwas Neues für sie war – und dass sie sich erst daran gewöhnen musste.

Selbst jetzt glaubte sie nicht recht, wie sehr sie sich verändert hatte, egal, was der Spiegel und ihre vernarrten Eltern ihr sagten. Allerdings verbrachte sie nicht allzu viel Zeit damit, sich über ihr Aussehen Gedanken zu machen. Sie war zwangsläufig so vernünftig geworden, genau das nicht zu tun, und außerdem wusste sie, dass sie etwas von einem Sonderling an sich hatte. Und sie hatte noch etwas anderes gelernt: Wenn man sich hässlich und von den kichernden Mädchencliquen der Klassenkameradinnen ausgeschlossen fühlt, ist es das beste Gegenmittel, sich in der Schularbeit zu vergraben. Es machte ihre Eltern stolz, wenn sie lauter Einsen schrieb und die Beste in ihrer Klasse war und der Star des Begabtenprogrammes an ihrer Highschool. Und tatsächlich machte ihr die Schule wirklich Spaß.

Niemand hatte jemals etwas Abfälliges über Meninas hispanische Herkunft gesagt. Im Gegenteil: Die Walkers hatten immer wieder betont, dass sie stolz darauf sein sollte. Als die beiden ihr Versprechen an die Oberin einlösten und ihr an ihrem sechzehnten Geburtstag die Medaille und das alte Buch gaben, hatte Virgil eine kleine Ansprache darüber gehalten, wie wichtig ihre Herkunft sei und wie ihre leiblichen Eltern ihr vielleicht die Kette mit der Medaille um den Hals geschlungen hatten, weil sie hofften, dass sie Zauberkräfte hätte, die ihr Kind retten würden. Menina hatte sich seine Worte zu Herzen genommen.

Allerdings hatte sie früh erkannt, dass sie als Waise des *Mano del Diablo* und als Adoptivtochter der Walkers privilegiert war. Sie war sich der Vorurteile nur allzu bewusst, die die Leute in Laurel Run gegen Mexikaner und andere hispanische Einwanderer hatten, die mit zerbeulten Lastwagen voller schäbig gekleideter Kinder herumfuhren und bereit waren, für einen Hungerlohn Geschäfte auszufegen, Tanksäulen zu bedienen oder schwere Gartenarbeit zu verrichten. Im Ort regte sich heftiger Widerstand, als Geld für ein Gemeinschaftszentrum für die hispanische Bevölkerung gespendet wurde, das am Stadtrand entstehen sollte. Auch an der Highschool sparten die Schüler nicht mit Witzen und abfälligen Bemerkungen über die »Spics«, wie sie verächtlich genannt wurden, und je öfter Menina sie hörte, desto wütender wurde sie. Eines Nachmittags schwang sie sich nach der Schule auf ihr Fahrrad und fuhr zu dem Zentrum.

Im Büro des Leiters, einem kleinen Raum, roch es nach Mörtel: Arbeiter waren gerade damit beschäftigt, eine große Bronzetafel anzubringen, auf der stand, dass das Gemeinschaftszentrum ein Geschenk der Pauline-und-Theodore-Bonner-II.-Stiftung sei. Menina stellte sich vor und bot ihre ehrenamtliche Hilfe an. Schon bald gab sie hispanischen Kindern Englischunterricht, beriet die Eltern bei allen möglichen praktischen Problemen und half ihnen dabei, Formulare für Gesundheitsfürsorge und Lebensmittelmarken auszufüllen. Es machte ihr Spaß, etwas Nützliches zu tun, und gleichzeitig begann sie, ihr Spanisch wieder aufzufrischen. Als sie ihre Sprachkenntnisse allerdings an dem alten Buch aus dem Kloster testen wollte, musste sie feststellen, dass das Buch einfach zu schwierig war. Die *s* sahen wie *f* aus und außerdem schien es auch nur von Nonnen zu handeln. Aufzeichnungen aus einem Kloster, genau wie ihre Eltern gesagt hatten. Nicht besonders interessant.

Als die Zeit kam, aufs College zu gehen, zog Menina es vor, nicht von zu Hause wegzuziehen. Sie bekam ein Stipendium, um Kunstgeschichte am örtlichen Junior College zu studieren. Holly Hill war eine reine Mädchenschule und die alten Damen von Laurel Run nahmen Meninas Entschluss, dort zu studieren, wohlwollend zur Kenntnis. Es war eine ausgesprochen damenhafte Entscheidung, fanden sie, ebenso wie die Wahl des Studienfachs.

Das College war einer dieser Anachronismen, die man in den Südstaaten häufiger antrifft. Zwei unverheiratete Blaustrümpfe hatten Holly Hill zunächst als »Akademie für Damen« gegründet. Dort bekamen junge Damen Unterricht in Latein, Geschichte und Naturwissenschaften, und das zu einer Zeit, in der man Blumenstecken, Sticken und ein paar Brocken Französisch als vollkommen angemessene Vorbereitung auf ihr Leben betrachtete. Die Gründerinnen verfuhren nach dem Motto »Wenn ein Mädchen Cicero lesen kann, kann es auch Rezepte lesen.« Latein (ein Fach, das Menina liebte, wie sie einmal uncoolerweise zugegeben hatte) gehörte weiterhin zu den Zugangsvoraussetzungen für ein Studium am Holly Hill. Dank der Zuwendungen wohlhabender ehemaliger Schülerinnen verfügte das College über eine hervorragend ausgestattete kunstgeschichtliche Abteilung.

Damenhaft zu sein hatte auch seine Vorteile. In ihrem ersten Collegejahr war Menina dem gut aussehenden Theodore Bonner III. aufgefallen. Als Theos Sportwagen abends immer öfter in der Einfahrt zum Haus der Walkers auftauchte, nahm die ganze Stadt diese Tatsache zur Kenntnis. Theo war der einzige Sohn einer der ältesten und wohlhabendsten Familien in Georgia. Als Sohn reicher Eltern hätte er ein Jetset-Leben genießen können; stattdessen stand er kurz vor dem Abschluss seines Jurastudiums. Statt in eine der angesehenen Anwaltskanzleien in Atlanta einzusteigen, wollte er nach seinem Studium für eine gemeinnützige Organisation arbeiten, die Armen kostenlose Rechtsberatung bot. Allgemein galt er als ein »Junge, der mit beiden Beinen fest auf dem Boden steht und der es zu etwas bringen wird«. Es gab Spekulationen, dass er in die Politik gehen würde; hinter den Kulissen waren die

Bonners seit Generationen am politischen Geschehen in Georgia beteiligt.

Und in einer Zeit, in der unverheiratete Frauen und Männer zusammenlebten, um vor der Eheschließung herauszufinden, ob ihre Beziehung funktionierte, hatte Theo etwas ganz und gar Altmodisches getan und Menina einen Heiratsantrag gemacht, ein Jahr, nachdem sie sich kennengelernt hatten.

Bei Kaffeekränzchen und Bibelstunden, beim Mittagessen im Gartenclub und beim Abendessen in der Gemeinde wurde Sarah-Lynn von den Freunden der Walkers beglückwünscht und beneidet. Sie wurde nicht müde, ihnen zu erzählen, wie Menina und Theo sich zum ersten Mal begegnet waren.

Auch während ihres Collegestudiums half Menina weiterhin zweimal in der Woche im Hispanischen Gemeinschaftszentrum aus. Sie hatte ein paar Wochen zuvor in Holly Hill angefangen, als sie eines Tages direkt von der Arbeit im Atelier zu einem ihrer Kurse für die Benutzer des Zentrums hastete. Zum Umziehen blieb keine Zeit und so trug sie ein löchriges altes Sweatshirt und farbbekleckerte Jeans. Es war ihr schrecklich peinlich, als der Leiter des Zentrums sie in sein Büro rief und sie Theodore und Pauline Bonner als ihre engagierteste ehrenamtliche Mitarbeiterin vorstellte. Die Bonners waren gekommen, um sich die Aktivitäten im Zentrum anzusehen. Verlegen schüttelte Menina einem distinguierten grauhaarigen Mann, einer schlanken, elegant gekleideten älteren Frau und ihrem Sohn die Hand. Theo Bonner III. erwiderte den Händedruck und sagte, er studiere Jura und begleite seine Eltern, um zu sehen, ob die Besucher des Zentrums von der kostenlosen Rechtsberatung Gebrauch machen könnten, die die juristische Fakultät anbot.

Theo war größer als Menina, er sah gut und auf attraktive Weise ungepflegt aus. Er war braun gebrannt mit sonnengebleichtem Haar, das aussah, als könnte es einen Haarschnitt gebrauchen, und trug ein ausgefranstes Sakko, das aus einer Kleidersammlung hätte stammen können. Der Leiter des Zentrums bat Menina, die Bonners bei einem Rundgang durch das Haus zu begleiten. Theos Anwesenheit machte Menina nervös und während sie die Besucher durch das Zentrum führte, warf sie ihm immer wieder einen verstohlenen Blick zu. Irgendetwas an ihm gab ihr das Gefühl, als würde ihr ein Stromstoß durch die Glieder fahren. Sie versuchte, sich so normal wie möglich zu geben, bis Theo einen ihrer Blicke auffing, sie angrinste und ihr zuzwinkerte. Als die Bonners sich verabschiedet hatten, verfluchte Menina ihr löchriges Sweatshirt und die schmutzige Jeans, in der sie aussah, als sei sie geradewegs aus einer Mülltonne gekrochen. Dann seufzte sie und ermahnte sich, sich nicht wie eine Idiotin aufzuführen. Theo Bonner war unerreichbar.

Und so war sie sprachlos, als er eine Woche später anrief. Er gestand, dass er dem Leiter des Zentrums ihre Telefonnummer abgeschwatzt hatte, und verabredete sich mit ihr. Zu Weihnachten im darauffolgenden Jahr hielt Theo um ihre Hand an. Menina war wie geblendet, zum ersten Mal in ihrem Leben war sie verliebt. Sie konnte kaum glauben, dass das alles nicht nur ein Traum war – und natürlich sagte sie Ja.

Hinter Sarah-Lynns Rücken vermuteten die Damen, dass Menina vor allem deshalb verlobt war, weil sie auf den Rat ihrer Mutter gehört und keinen Sex vor der Ehe hatte, was übrigens genau das war, was ihre eigenen Mütter ihnen geraten hatten: »Männer denken sich doch: Warum soll ich die Kuh kaufen, wenn es die Milch umsonst gibt?« Menina war hübsch und damenhaft – und sie hatte einen Mann wie Theo Bonner III. wirklich verdient. Die Damenwelt von Laurel Run betrachtete sie voller Wohlwollen und fand das alles sehr romantisch.

Die Einzige, die von Meninas Heiratsabsichten überhaupt nicht begeistert war, war Meninas beste Freundin, Becky Taliaferro. Seit Menina angerufen und ihr von ihrer Verlobung erzählt hatte, war sie allerdings nicht einen Augenblick lang mit ihr allein gewesen, um ihr genau das zu sagen. Becky fand Theo nett und ganz sicher auch attraktiv und Menina schien sehr verliebt zu sein, doch sie war noch nie mit jemand anderem zusammen gewesen, was wusste sie also von Männern? Außerdem hatten Becky und Menina immer vorgehabt, nach dem College gemeinsam zu reisen und die Welt kennenzulernen. Becky hoffte ehrlich gesagt, dass ihre Freundin nicht als Hausfrau enden würde, auch wenn sie natürlich eine reiche Hausfrau wäre. Menina war einfach zu klug dafür. Es waren nicht nur ihre guten Schulnoten, nein, sie war klug, weil sie sich Gedanken machte. Sie dachte wirklich über Dinge nach. Menina war der einzige Mensch, den Becky kannte, der das Zeug zum Gelehrten hatte – so war sie einfach.

Als treue Freundin hatte Becky jedoch zugestimmt, bei der Hochzeit im Juni Meninas Trauzeugin zu sein. Nun, drei Monate vor dem großen Ereignis, war sie extra vom College nach Hause gekommen, um ihr Kleid für die Trauung auszusuchen. Die beiden jungen Frauen lümmelten auf Liegestühlen im Wintergarten der Walkers, tranken Eistee und aßen Kekse. Mit seinen abgenutzten Rattanmöbeln, sonnengebleichten Kissen und Stapeln von alten Zeitschriften strahlte der Raum eine gemütliche Schäbigkeit aus. Der Wintergarten war das Spielzimmer für Menina und Becky gewesen, seit die Taliaferros in das Haus neben den Walkers gezogen waren. Der siebenjährige Wirbelwind Becky hatte irgendwann genug davon, die Katze zu ärgern, Umzugskartons aufzureißen und ihre Mutter in den Wahnsinn zu treiben, und war über den Zaun geklettert, um sich mit der siebenjährigen Menina anzufreunden. Es dauerte nicht lange, da waren die freche, lebhafte, blonde Becky und die zurückhaltende, dunkelhaarige, wohlerzogene Menina unzertrennlich. Sie waren immer zusammen, entweder in dem einen oder dem anderen Haus. Die Taliaferros nannten Menina bald nicht mehr »dieses nette Mädchen der Walkers«, sondern gaben ihr den Spitznamen »Kind des Lichts«, weil sich Becky, die es faustdick hinter den Ohren hatte, in Meninas Beisein geradezu engelhaft benahm.

Im Wintergarten hatten sie sich als Kinder aus Klapptischen und Decken Zelte gebaut und an Regentagen Picknicks veranstaltet, mit zwölf hockten sie heimlich über einem verbotenen Ouija-Brett und in der Highschool-Zeit schoben sie die Klapptische beiseite, um genügend Platz für ihre Cheerleaderproben zu haben. In ihrem Abschlussjahr saßen sie an den Tischen und füllten gemeinsam ihre Bewerbungen für einen Platz am College aus. Damals hatte Becky ihre Freundin damit aufgezogen, dass Holly Hill ein langweiliger alter Kasten sei, während Menina ihrerseits stichelte, dass sie angesichts Beckys Vorfreude auf ein hektisches Studentenleben an der University of

Georgia und die Aufnahme in einer Studentenverbindung mit Hunderten anderer Studentinnen die schlimmsten Befürchtungen hegte.

Keine von beiden hätte sich vorstellen können, wie schnell ihre Entscheidungen sie in unterschiedliche Richtungen führen würden. Während Menina kurz vor ihrer Hochzeit mit Theo stand, hatte Becky die Gelegenheit genutzt und war flügge geworden. Niemand hätte es für möglich gehalten, dass sie ihr Studium als Erzieherin abbrechen und einen Platz an der Grady School of Journalism bekommen würde, dem Institut für Journalistik an der University of Georgia. Wenn sie zwischen zwei Männerbekanntschaften gerade Zeit dazu hatte, arbeitete sie dort mit überraschender Ernsthaftigkeit an einer Karriere als Auslandskorrespondentin, wie Marie Colvin und Christiane Amanpour. Damit man sie mit ihrem hübschen Gesicht, ihren großen blauen Augen und ihren blonden Locken für voll nahm, hatte sie sich einen goldenen Nasenstecker und eine Tätowierung auf der Schulter zugelegt und trug die Motorradjacke ihres aktuellen Freundes. All das, vom Journalismus bis zur Lederjacke, brachte ihre Mutter auf die Palme.

Nun saßen die Freundinnen wieder einmal an ihrem Lieblingsplatz und es schien vollkommen unmöglich, über so erwachsene Dinge wie Hochzeiten und Berufswünsche zu sprechen. Sie fragten sich, wie sie so schnell in diese Phase ihres Lebens geraten waren. Dann sagte Menina: »Du hast das hier noch gar nicht gesehen. Schau mal. Ist er nicht wunderschön?« und verscheuchte damit die Gespenster ihrer Kindheit. Sie hatte ihren Verlobungsring – ein großer, von Saphiren flankierter Diamant – mit dem Stein nach innen gedreht, um ihre Freundin damit zu überraschen. Nun drehte sie ihn richtig herum und wedelte mit den Fingern ihrer linken Hand vor Beckys Augen. Die Abendsonne schien durch die Bäume in den Wintergarten und ließ den Diamantring kleine Funken an die Wand malen.

»Oh, Kind des *Lichts*!«, rief Becky und beugte sich auf ihrem Liegestuhl vor. »Der ist ja herrlich! Hat Theo ihn ausgesucht oder hat Mutter Bonner ihn mit der Nase darauf gestoßen?«

»Theo hat ihn ausgesucht. Er meint, Saphire passen zu meinen Augen. Ist das nicht süß? Aber ›Mutter Bonner‹ – also wirklich!« Menina lachte. »Unter uns gesagt: Mutter Machiavelli würde eher passen! Ich konnte mir beim besten Willen nicht vorstellen, wie sie wirklich ist, bis ich sie besser kennengelernt habe. Weißt du noch, dass sie letztes Jahr in diesem Artikel in der Vogue vorgestellt wurde? In dem es um Frauen ging, die ›Altes Geld des Südens, neue Politik des Südens und die Macht hinter dem Thron‹ darstellen? Diese Frau ist Politikerin durch und durch.«

Becky biss in einen Zuckerkeks. »Warum verzichtet sie nicht einfach auf den Mittelsmann und kandidiert selbst für ein Amt?«

»Ach, weißt du, sie kann ganz schnell auf liebes Frauchen umschalten. Dann redet sie davon, dass Politik Männersache ist, aber ich glaube, dass ihr das Strippenziehen Spaß macht, diese Fundraising-Dinner und all diese Dinge. Dass sich die Bonners vor Kontakten in der Politik kaum retten können, das haben sie ihr zu verdanken. Ich weiß sowieso nicht, ob Theo wirklich den Ehrgeiz hat, in die Politik zu gehen. Er redet davon, aber er hat ja gerade erst seine Anwaltsprüfung bestanden. Er möchte ein paar Jahre in der Rechtsberatungsstelle arbeiten.«

»Theo als Freund der Armen? Und wo wir gerade bei Armut sind: Habt ihr vor, von dem zu leben, was er da verdient? Du wirst dir eine Arbeit suchen müssen, oder?«

»Nun, viel ist es nicht, was er in der Rechtsberatung verdient. Aber Pauline hat mich zum Mittagessen eingeladen, nachdem wir uns Weihnachten verlobt haben, und sie hat mir gesagt, dass wir etwas aus Theos Treuhandfond bekommen. Sieh mich nicht so an! Ich habe Pläne, natürlich werde ich mir eine Stelle suchen! Aber es wäre trotzdem eine Hilfe, wenn ich nicht Vollzeit arbeiten müsste, solange ich an meiner Abschlussarbeit schreibe.«

»Du gehst auf ein Junior College und musst praktisch eine Doktorarbeit abliefern. Also ehrlich!«

Menina nickte. »Ja, so schwer hatte ich mir das nicht vorgestellt, als ich mich beworben habe.« Ihr Stipendium war großzügig bemessen – Holly Hill war teuer, hatte dafür aber auch kleine Klassen und gut ausgestattete Ateliers zu bieten, und das zahlenmäßige Verhältnis zwischen Lehrern und Studentinnen war hervorragend. Das Stipendium war allerdings an eine Bedingung geknüpft, die viele Bewerberinnen abschreckte. Es war zum Ende des neunzehnten Jahrhunderts von einer ehemaligen Schülerin von Holly Hill, einer Kunstliebhaberin, gestiftet worden. Sie wollte die »Damen« am Holly Hill ermutigen, einen Beitrag zur Wissenschaft der Kunstgeschichte zu leisten, ohne dabei einen unschicklichen Konkurrenzkampf mit Männern aufzunehmen. Die Stipendiatinnen verpflichteten sich, nach dem Abschluss ihrer Ausbildung eine Abhandlung zu einem neuen kunsthistorischen Thema ihrer Wahl zu schreiben. Das Stipendium sah sogar zusätzliche Gelder für Reisen vor, wenn sie für die Forschungen nötig sein sollten. Holly Hill besorgte die Veröffentlichung dieser Arbeiten, die damit der gesamten akademischen Welt zugänglich wurden. Der Haken an der Sache war die Strafklausel: Falls eine Stipendiatin ihre Arbeit nicht innerhalb eines Jahres nach dem Ende ihres Studiums in Holly Hill ablieferte, war sie von Rechts wegen dazu verpflichtet, das Stipendium zurückzuzahlen.

Als Menina ihren Eltern begeistert berichtete, dass sie das Stipendium bekommen würde, hatte sie diese Bedingung nicht erwähnt, und dabei war es bisher geblieben.

»Ja, diese Arbeit hält mich ganz schön auf Trab«, sagte Menina, »doch wenn ich sie hinter mir habe, mache ich meinen Abschluss an der University of Georgia. Und dann vielleicht einen Graduiertenkurs. Ich mag Kunstgeschichte wirklich und am liebsten würde ich irgendwann in einem Museum arbeiten. Wir werden sehen. Wir werden alle Hände voll zu tun haben mit Seminaren, einem Teilzeitjob, Essen kochen und all diesen Dingen, aber Theo ist ziemlich beschäftigt, also werde ich Zeit haben. Wir haben in der Nähe der Uni ein paar tolle Wohnungen gesehen, in der Gegend mit den alten Häusern. Eine ganze Reihe der Mitglieder aus Theos Studentenverbindung sind verheiratet und viele von ihnen leben in diesem Viertel. Sie laden sich reihum zum Essen zu sich nach Hause ein. Mama sammelt schon Rezepte für alle möglichen Gerichte, damit wir gerüstet sind, wenn wir dran sind.«

Menina erwähnte nicht, dass ihr Pauline bei dem gemeinsamen Mittagessen ein ganz anderes Bild von ihrem und Theos Eheleben präsentiert hatte. Ihre anfängliche Bestürzung wich bald gereiztem Staunen, als Pauline ihr unmissverständlich klarmachte, dass Theo sein Image als zukünftiger Politiker aufbauen wollte. Als Mrs Theo Bonner III. würde Menina Frauenvereinigungen wie der Junior League beitreten, ehrenamtlich arbeiten und an Mittagessen zugunsten diverser Wohltätigkeitsorganisationen teilnehmen, um Kontakte zu den Ehefrauen prominenter Geschäftsmänner zu knüpfen, die viel Geld in politische Kampagnen steckten. Für Becky wäre das, was Pauline gesagt hatte, wie ein rotes Tuch, daher beschloss Menina, ihr besser nichts davon zu erzählen. Sie würde sich einfach überlegen müssen, wie sie an ihren eigenen Plänen festhalten konnte, ohne ihre künftige Schwiegermutter vor den Kopf zu stoßen.

Menina seufzte und zerstieß die Eiswürfel in ihrem Glas. »Das Schwierigste an der Abschlussarbeit war das Thema, aber wenigstens das habe ich mittlerweile. Als sie vor ein paar Monaten die Bibliothek in Holly Hill ausgemistet haben, gab mir die Bibliothekarin ein altes Buch, das niemand haben wollte. Und darin fand ich mein Thema. Es ist ein Privatdruck aus dem Jahr 1900 und enthält Portraits eines Künstlers namens Tristán Mendoza. Er hat sie in Spanien im sechzehnten Jahrhundert gemalt. Alle Portraits zeigen Frauen in hochgeschlossenen Kleidern, bis zu den Ohren zugeknöpft, keine tiefen Ausschnitte oder so etwas, nicht wie bei diesen englischen Portraits königlicher Mätressen, die dir ihre Brüste förmlich entgegenstrecken. Diese Damen haben Rosenkränze und Gebetbücher in der Hand, aber wenn du sie dir ansiehst, sehen sie auf einmal anders aus – also, irgendwie glutvoll und lockend, so wie die mit den Brüsten. Das ist regelrecht pornografisch, es ist schwer zu erklären. Keiner meiner Lehrer hat jemals von Tristán Mendoza gehört, aber sie haben gesehen, was ich meinte, und sagten, am spanischen Hof hätten damals ziemlich strenge Sitten geherrscht. Die Christen hatten gerade die Mauren besiegt und die Mauren waren in vielen Dingen puritanisch, also mussten die Christen noch puritanischer sein, um ihre Überlegenheit zu beweisen. Aber weißt du, was am interessantesten ist?«

»Ich höre«, seufzte Becky.

»Ich habe mir die Drucke mit einer Lupe genauer angesehen und Tristán Mendoza hat unter seiner Signatur einen Vogel gemalt! Eine kleine Schwalbe, die genauso aussieht wie die Schwalbe auf meiner Medaille!«

»Warum?«

»Das habe ich mich auch gefragt und soweit ich es herausfinden konnte, scheint es auch sonst niemand zu wissen. Wenn die Schwalbe Tristán Mendoza etwas bedeutet hat, dann hat sie meinen leiblichen Eltern vielleicht auch etwas bedeutet. Ich muss einfach mehr darüber erfahren. Mein Dad sagt, dass sie wahrscheinlich Katholiken waren und glaubten, dass die Medaille Zauberkräfte oder so etwas hat.« Menina stiegen Tränen in die Augen, wie immer, wenn sie an ihre leiblichen Eltern und ihre Hoffnung dachte, die Medaille würde ihr das Leben retten. Wie sehr wünschte sie sich, dass sie den wunderbaren Mann kennenlernen könnten, den sie bald heiraten würde, oder dass sie sie in ihrem Brautkleid sehen würden. Sie schob den Gedanken beiseite und wischte sich rasch die Tränen weg. »Und stell dir vor: Der Prado ist das einzige Museum, in dem es Werke von Tristán Mendoza zu sehen gibt, also muss ich tatsächlich nach Madrid fahren und in den Prado gehen! Und mein Stipendium kommt sogar für meine Reisekosten auf. Wahrscheinlich sollte ich auch das alte Buch in den Prado mitnehmen, das die Nonnen mir gegeben haben. Es ist ganz schön alt und hier liegt es nur in einer Schublade in meinem Zimmer herum. Im Museum gibt es ganz bestimmt eine Handschriftenabteilung und wenn es keine geben sollte, werden sie mir sagen können, wo ich eine finde.«

»Madrid!« Becky lehnte sich vor und die beiden klatschten sich ab. »Grandios! Ich hoffe, du findest heraus, was du wissen willst. So, es wird dunkel, ich gehe jetzt besser. Ich erwarte einen Anruf von einem Typen, er wollte sich wegen eines Projekts mit mir in Verbindung setzten, das mir hoffentlich zu einem Sommerpraktikum bei der *New York Times* verhelfen wird.«

»Oh, Becky! Ich rede viel zu viel! Erzähl mir, was es damit auf sich hat!«

»Okay, erinnerst du dich an diesen Typen hier aus Laurel Run, Junior, ein etwas unterbelichteter Junge, der die Highschool abgebrochen und eine Weile an der Tankstelle gearbeitet hat und dann zum Tode verurteilt wurde, weil er ein Ehepaar ermordet haben soll? Also, er sitzt in der Todeszelle und versucht nun, in Berufung zu gehen oder eine Wiederaufnahme seines Verfahrens zu erreichen. Weißt du, er hatte einen Volltrottel von einem Pflichtverteidiger, die Beweislage war total lückenhaft und so weiter und so fort, ein Justizirrtum. Sein neuer Verteidiger ist sehr daran interessiert, den Fall an die Öffentlichkeit zu bringen, aber bisher hat sich Junior geweigert, mit irgendjemandem zu reden. Aber ich habe Kontakt mit seinem Anwalt aufgenommen und Junior hat sich an mich erinnert, aus der Zeit, als ich mit Mamas Auto zum Tanken kam. Und er hat gesagt, weil ich das einzige Mädchen war, das nicht zu hochnäsig war, um mit ihm zu reden, will er jetzt mit mir reden. Sein Anwalt wollte anrufen und mir sagen, wann ich zum Gefängnis rausfahren kann.«

»Ich wette, du hast deiner Mutter nichts davon gesagt, dass du ins Gefängnis fährst!«

»Ähm, nein. Das soll eine Überraschung sein. Ich muss los.«

Sie umarmten sich. »*Hasta la vista*, Kind des Lichts«, rief Becky, als sie über den Zaun verschwand.

»Becky hat sich überhaupt nicht verändert«, murmelte Sarah-Lynn düster, während sie ihr nachsah. »Was um alles in der Welt hat sie sich dabei gedacht, sich dieses Ding in die Nase zu stecken? Das wird sie für die Hochzeit doch hoffentlich herausnehmen, oder? Für welche Kleiderfarbe hat sie sich denn nun entschieden – für Blau oder Lavendel?«

»Oh, tut mir leid, Mama, ich habe ganz vergessen, sie zu fragen! Wir haben uns über alle möglichen anderen Dinge unterhalten und da habe ich gar nicht mehr an die Kleider gedacht. Ich habe Becky von meiner Abschlussarbeit erzählt und –«

»Schon wieder diese Abschlussarbeit! Die wird warten müssen, Schätzchen, schließlich gibt es da solche Kleinigkeiten wie die Anprobe deines Hochzeitskleides und dann müssen wir ein

Silberbesteck aussuchen und die endgültige Gästeliste zusammenstellen, bevor wir die Einladungen verschicken können.«

»Später, Mama.« Menina entwischte ihrer Mutter und begann, den Tisch zu decken. Sie wusste, dass sie sich zwischen Batist und Tüll entscheiden und sich Gedanken über Blumenarrangements, das Muster auf dem Silberbesteck und all die anderen Dinge machen sollte, die ihrer Mutter so am Herzen lagen, aber eigentlich war ihr das alles gar nicht wichtig. Die große Sache war nicht die Hochzeitsfeier und alles, was damit zusammenhing, die große Sache war das Zusammenleben mit Theo – sie konnte es kaum abwarten. Abgesehen von der Tatsache, dass sie dann *endlich* Sex haben konnten, würde es einfach himmlisch sein, zusammen aufzuwachen und zu wissen, dass sie ihn auch jeden Abend sehen würde. Der Gedanke machte sie überglücklich.

Sie wusste zwar, dass andere junge Frauen ein ausgefülltes Sexualleben hatten, ohne gleich als Huren gebrandmarkt zu werden, doch was Sexualität anging, so sprudelte sie selbst nicht gerade über vor Selbstvertrauen. Menina hatte sich tatsächlich zu Herzen genommen, was ihre Mutter über Sex vor der Ehe und über Kühe und Milch gesagt hatte, die es umsonst gab. Und Theo, der jede Frau auf der Welt hätte haben können, hatte sich für sie entschieden. In ihrem tiefsten Innern dachte Menina, dass ihre Mutter vielleicht wirklich recht hatte. Ihre Angst, Theo zu verlieren, war zu groß gewesen, um es auszuprobieren.

KAPITEL 3

Laurel Run, Georgia,
April 2000

Menina und Theo hatten noch nicht entschieden, wo sie ihre Flitterwochen verbringen wollten. Vielleicht eine Woche in Venedig, eine weitere Woche in Paris – das waren jedenfalls Theos Vorstellungen. Nicht, dass Menina sich beklagt hätte, doch wenn sie ihre Flitterwochen um eine Woche verlängern könnten, würde sie liebend gern mit ihm nach Madrid fahren. Sie würde in den Prado gehen, sich dort die Bilder von Tristán Mendoza ansehen und herausfinden, welche Informationen das Museum sonst noch hatte. Sie wurde ganz aufgeregt bei dem Gedanken und war sich sicher, dass es Theo gefallen würde.

In der Zwischenzeit machte sie ihre Mutter schier verrückt, weil sie ständig in die Bibliothek entwischte, wenn sie eigentlich irgendetwas erledigen sollte, das mit der Hochzeit zusammenhing. Bisher hatte sie erst ein Buch aufspüren können, in dem Tristán Mendoza erwähnt wurde. Er war um das Jahr 1487 in Andalusien zur Welt gekommen, hatte in Italien studiert und war dann nach Spanien zurückgekehrt. Dort war er als Maler sehr erfolgreich, bis er sich plötzlich vom Königshof zurückzog. Nicht etwa, weil er gestorben war – in einem späteren Bericht aus dieser Zeit war die Rede von »dem großen Künstler Mendoza, nun ein armer Pilger und elender Bettelmönch«.

Der einzige weitere Beweis dafür, dass er nicht während seiner Zeit als Maler bei Hof gestorben war, war ein signiertes Werk aus dieser späteren Phase, das Dokumenten zufolge in der Zeit vor dem Zweiten Weltkrieg in England aufgetaucht war. Es zeigte eine Frau mit einem Umhang und war von Mendoza signiert. Unter der Signatur war wie immer der kleine Vogel zu sehen. Ein wohlhabender englischer Sammler hatte das Bild bei einer Auktion bei Sotheby's ersteigert, doch leider existierte es nicht mehr. Während der deutschen Fliegerangriffe auf England hatte eine Bombe das Haus des Sammlers in Mayfair zerstört. Nach dem Krieg fand man unter den Papieren, die der Mann in seinem Landhaus aufbewahrt hatte, eine Liste, auf der das Inventar seines Londoner Hauses verzeichnet war. Unter anderem wurde seine Kunstsammlung aufgeführt, zu der das Gemälde einer »unbekannten heiligen Frau, eine seltene späte Arbeit von Tristán Mendoza« gehörte.

Das Buch, das Menina gefunden hatte, erwähnte, dass sich möglicherweise weitere Werke von Mendoza in privaten Sammlungen in Spanien befänden, wenn sie nicht während des spanischen Bürgerkrieges in den 1930er Jahren geplündert oder zerstört worden waren. Seine einzigen bekannten Bilder hingen jedoch im Prado. Menina fand das ausgesprochen praktisch und wenn man im Prado etwas über Privatsammlungen wusste, würden sich sicher Kontakte herstellen lassen.

Menina hatte vor, Theo am darauffolgenden Wochenende wegen der Reise nach Madrid zu fragen. Die Bonners gaben eine besondere Dinnerparty und Theo meinte, es sei wichtig, dass sie beide daran teilnahmen.

Als er sie am Abend der Party abholte, war sie gespannt und aufgeregt. Pauline hatte angerufen und ihr gesagt, dass unter den Gästen nicht nur der Gouverneur und seine Frau, eine Angehörige des Landesparlaments, sein würden, sondern auch einige wichtige und einflussreiche Wahlkampfspender. Menina hatte sich ein neues Kleid gekauft, in dem sie sich ganz mondän vorkam. Es war schwarz, hatte einen tiefen runden Ausschnitt und einen Rock mit kecken Rüschen. Dazu trug sie Sarah-Lynns Perlen, das Haar fiel ihr locker auf die Schultern und an ihrer linken Hand funkelte ihr Verlobungsring. Sie gab ihren Eltern einen Abschiedskuss und dann machte sie sich Hand in Hand mit Theo auf den Weg.

Während der Autofahrt schien Theo in Gedanken vertieft zu sein und um das Schweigen auszufüllen, plauderte Menina über ihre Pläne, nach Madrid zu fahren. Er murmelte etwas davon, dass er zu viel zu tun habe.

Zu viel zu tun? Zu viel für die Flitterwochen oder für eine Reise nach Spanien? Sie holte tief Luft und machte sich klar, dass die Bedingungen, die an ihr Stipendium geknüpft waren, ihr Problem waren, nicht seins. Außerdem war sie diejenige, die sich für die Schwalbe interessierte, nicht er. Sie würde ganz vernünftig sein. »Oh, ist schon okay. Ich verstehe. Ich kann das auch alleine machen, dann fahre ich eben später hin. Das Stipendium deckt die Reisekosten.«

Theo unterbrach sie. »Bei dem Dinner heute Abend stehen wir beide im Rampenlicht.« Er nahm eine Hand vom Steuer und legte sie ihr aufs Knie. »Wir hatten nicht erwartet, dass so schnell Bewegung in die Sache kommt. Tubby Gaines, der seit Ewigkeiten im Landesparlament sitzt, will sich nach der nächsten Legislaturperiode zur Ruhe setzen – und damit eröffnet sich für mich eine Möglichkeit einzusteigen. Heute Abend geht es um die Strategien im Vorfeld des Wahlkampfes. Der wichtigste Punkt ist, dass mich die Wähler als verantwortungsbewussten Bürger sehen, nicht als Sohn reicher Eltern. Wenn ich gewählt werde, ebnen mir ein paar Legislaturperioden im Landesparlament möglicherweise den Weg für einen Sitz im Senat. Was meinst du? Ganz schön aufregend, oder? Tatsächlich hängt heute Abend alles von dir ab.«

»Von *mir*?«

»Genau. Wenn ich als Spross der Bonners für eine Nominierung kandidiere, kriegen die Leute das möglicherweise in den falschen Hals. Dann sagen sie, dass ich eben ein junger reicher Typ bin, der sich ein bisschen als Politiker versucht. Doch mit einer wunderbaren Frau und kleinen Kindern – bingo! Dann bin ich John Kennedy. Du bist wunderschön und intelligent, aber du bist kein Männerschreck oder ein verbissenes Karriereweib. Du gehst in die Kirche und, nun, du bist unglaublich damenhaft. Mit dir an meiner Seite *muss* ich einfach gut aussehen, selbst wenn ich ein Serienmörder wäre. Und mit deinem Hintergrund, dass du adoptiert bist und hispanische Wurzeln hast und ehrenamtlich im Hispanischen Gemeinschaftszentrum arbeitest, fängst du die hispanischen Wählerstimmen ein. Das ist heutzutage die wichtigste Bevölkerungsgruppe. Also, polier deine Spanischkenntnisse auf, Schätzchen, dann kannst du meine Wahlkampfreden übersetzen.« Seine Hand drückte ihr Knie.

»Mmmm.« Menina sah aus dem Fenster. Sie war enttäuscht. Ihre eigenen Pläne hatte er wie Staub weggewischt.

Dennoch gab sich Menina beim Dinner alle Mühe. Bis der Nachtisch serviert wurde, machte sie höfliche Konversation. Dann lenkte Theos Mutter das Gespräch auf die Damen unter den Gästen und ihre ehrenamtlichen Aktivitäten, die ihre freie Zeit ausfüllten und so hervorragende Möglichkeiten eröffneten, Kontakte zu knüpfen. Die Frauen antworteten mit einem Schwall von Angeboten. Eine von ihnen meinte, das Komitee, das Spenden für das Sinfonieorchester sammelte, brauche dringend junges Blut. Eine andere sagte, im Vorstand der Organisation, die sich um das Wohl von Kindern kümmerte, sei ein Platz frei geworden, den Menina sicherlich wunderbar ausfüllen würde. Eine dritte bestand darauf, dass Menina sie unbedingt besuchen und mit ihr über eine Museumsstiftung sprechen müsse, die schon viel zu lange von alten Damen aus immer denselben Familien geleitet würde. Während Menina noch überlegte, wie sie all diese Angebote höflich ablehnen könnte, meinte Theos Mutter nachdrücklich: »Viele Frauen warten jahrelang auf eine Einladung, bei diesen Aktivitäten mitarbeiten zu können. Schließlich finden sie in den Medien große Beachtung.«

Innerlich sträubte sich alles in Menina. Sie brachte ein verkniffenes Lächeln zustande und entgegnete, im Augenblick würde sie keine neuen Verpflichtungen übernehmen. Ihre Abschlussarbeit und das Studium am College brächten genug Verpflichtungen mit sich. Zufällig hörte der Gouverneur, was sie sagte, und hob die Augenbrauen. Theo blickte sie finster an und schüttelte kaum merklich den Kopf. Und seine Mutter fragte sie mit honigsüßer Stimme, ob denn Meninas kleine

Projekte nicht warten könnten. Sollte für eine Frau nicht die Karriere ihres Mannes an erster Stelle stehen? Menina rammte den Löffel in ihren Pfirsich Melba, war aber zu höflich, um in der Öffentlichkeit zu streiten.

Auf dem Heimweg fragte Theo sie, warum sie nicht verstehen könne, dass die Damen ihr einen Gefallen täten.

»Sie tun dir und deiner Mutter einen Gefallen, das willst du doch wohl sagen. ›Meine kleinen Projekte‹, also wirklich.«

»Menina, sei vernünftig. Meine Mutter wird ihre Beziehungen spielen lassen und dann brauchst du diese verdammte Arbeit überhaupt nicht zu schreiben. Du wirst nämlich keine Zeit haben, in Spanien herumzugondeln oder dich in der Bibliothek zu vergraben. Wir müssen uns nach einem Haus umsehen – meine Eltern kaufen es uns als Hochzeitsgeschenk – und dann musst du es einrichten und Leute einladen und Gesellschaften geben. Ich weiß, dass meine Mutter mit dir darüber gesprochen hat, über die Junior League und diese Dinge. Und dann noch etwas: Wir sollten bald eine Familie gründen – vielleicht nicht gleich neun Monate nach der Hochzeit, sonst fangen die Leute an nachzurechnen, aber zum Ende des ersten Jahres könnten wir ein Baby haben. Wähler wollen einen Kandidaten und seine Familie auf den Wahlplakaten sehen. Am College die Kunststudentin zu spielen ist gut und schön, aber nun ist es an der Zeit, dass du erwachsen wirst!«, sagte er gereizt. »Schließlich ist es nur eine Medaille, keine Wünschelrute, die dich zu deinen leiblichen Eltern führt.«

Menina traute ihren Ohren kaum. »*Was* wird deine Mutter tun? Und eine Familie gründen? Ich werde kein Baby bekommen, nur damit die Leute dich wählen! Ich verstehe, was dir wichtig ist, aber es gibt auch Dinge, die mir wichtig sind. Und ... und ... nur zu deiner Information: Ich fahre auf jeden Fall nach Spanien, auch ohne dich!«

Theo trat so heftig auf das Gaspedal, dass der Sportwagen schlingerte. Er wäre fast von der Fahrbahn gerutscht und Menina wurde es angst und bange. Vielleicht hätte sie sich doch mehr Gedanken über die Zukunft machen sollen. Seine Worte beschworen ein Bild herauf, das überhaupt nichts mit ihren eigenen Vorstellungen gemeinsam hatte. Vor ihrem inneren

Auge sah sie sie beide zusammen in einer Studentenwohnung leben, Freunde zum Essen einladen, sich gegenseitig von ihrem aufregenden und interessanten Tag erzählen und vielleicht ein paar Reisen ins Ausland unternehmen, bevor Kinder kamen. Stattdessen hatte es den Anschein, als sollte ihr Alltag daraus bestehen, dass sie sich mit den Damen der Gesellschaft zum Lunch traf, das Haus einrichtete und Kinder zur Welt brachte, die sie vermutlich allein großziehen müsste, weil Theo zu sehr mit seinem wichtigen Leben beschäftigt wäre.

Wie konnte es sein, dass sie derart unterschiedliche Vorstellungen von ihrem Leben nach der Hochzeit hatten? Vielleicht kannte sie Theo doch nicht so gut wie sie dachte.

»Theo?«

Keine Antwort.

»Wir müssen reden.«

Keine Antwort.

»Es geht nicht nur um eine Reise oder ein Baby. Es geht um uns, darum, wie wir zusammen leben wollen und wie wir beide das vom Leben bekommen, was wir uns wünschen. Es ist wichtig.«

Keine Antwort.

Menina holte tief Luft. »Die Hochzeitsvorbereitungen haben uns regelrecht überrollt, wir haben überhaupt keine Zeit für uns gehabt, seit du um meine Hand angehalten hast, aber lass uns jetzt in aller Ruhe darüber reden.«

Keine Antwort.

Was um alles in der Welt war los? Sie hatte ihn noch nie so schweigsam und feindselig erlebt wie jetzt. Das war nicht der Theo, den sie liebte, sondern ein zorniger Fremder. Die Situation jagte ihr derartige Angst ein, dass sie herausplatzte: »Wenn wir nicht reden können, sollten wir die Hochzeit so lange verschieben, bis wir es können.«

Schweigen.

Sie hatte erwartet, dass Theo am See vorbeifahren würde, doch im letzten Moment bremste er so hart, dass der Wagen ins Schleudern geriet, und bog von der Straße ab. Er hielt am Ufer des Sees und schaltete schweigend den Motor ab. Es war eine wunderbare Nacht, der Mond spiegelte sich auf der Wasseroberfläche und die Zikaden sangen – die Stimmung draußen war ganz anders als die vergiftete Atmosphäre im Auto. Schließlich seufzte Theo schwer und drückte auf den Knopf, mit dem sich die Rückenlehnen verstellen ließen. Er schob die Armlehne herunter, sodass er Menina den Arm um die Schultern legen konnte. Menina fühlte sich elend und saß wie erstarrt da.

»Menina, es tut mir leid. Bist du sauer auf mich?«, fragte er. Er küsste sie aufs Ohr, dann fuhren seine Lippen zu einer Stelle genau unter dem Ohr hinunter und den Hals entlang.

»Ja, bin ich«, murmelte sie und versuchte die Tatsache zu ignorieren, dass ihr immer ein Stoß durch den Körper fuhr, wenn er sie an genau dieser Stelle küsste.

»Du hast recht, wir müssen das jetzt klären«, flüsterte er und bedeckte ihren Hals so lange mit Küssen, bis sie sich schließlich an ihn lehnte und spürte, wie sich der Knoten in ihrem Magen löste. Trotzdem mussten sie reden, nicht herumknutschen.

»Du bist traurig und durcheinander. Gib mir einen Kuss und dann reden wir«, flüsterte ihr Theo ins Ohr. Dann gab er ihr einen langen, tiefen Kuss, die Art von Kuss, die ihr immer den Atem raubte und ihr Interesse am Reden dahinschwinden ließ.

»Ich wünschte, wir wären schon verheiratet«, flüsterte sie, als sie schließlich nach Luft schnappte. Sie küssten sich wieder und Theo drückte wieder auf den Knopf und ließ die Rückenlehnen noch weiter nach hinten gleiten. Sein Kuss wurde drängender. »Man kann sich nicht richtig unterhalten, wenn man sich so weit zurücklehnt«, protestierte Menina.

»Lass es uns einfach tun!«, murmelte er ihr ins Ohr. Dabei schob er ein Knie zwischen ihre Beine. »Na, komm schon«, sagte er, »ein anständiges Mädchen wie du muss mich dann heiraten und wir brauchen diese ganze Diskussion nicht.«

»Ich will ja, Theo, aber … es dauert jetzt nicht mehr lange und ich würde lieber in einem Bett liegen und die ganze Nacht Zeit haben, nicht in einem Auto auf dem Nachhauseweg. Und wir müssen uns wirklich über ein paar Dinge unterhalten und außerdem ist dieser Sitz nicht besonders bequem und der Schaltknüppel ist –« Sein Atem kitzelte sie am Hals und sie kicherte. »Theo, hör auf! Nein!«, sagte sie und versuchte, ihn wegzuschieben.

Doch Theo atmete schwer in ihr Ohr und schien nicht zu hören, was sie sagte. Auf jeden Fall ließ er sich nicht wegschieben. Er war viel größer und schwerer als Menina, mit seinem Gewicht hielt er sie fest, sodass sie sich nicht rühren konnte. Und dann tat er etwas, das sie dazu brachte, ihn noch entschlossener wegzudrücken. »Theo! Nein, Theo, hör auf!«

»*Theo!*«

Nun wehrte sie sich mit verzweifelter Kraft. »Nein ... nein, nein! Hör auf, Theo, hör auf! ... Theo, nicht! Nicht so. Nein, nein, nein! *Bitte, hör auf! Ich will nicht!*« Ihre Stimme steigerte sich zu einem angsterfüllten Flehen. Das konnte er doch nicht machen! Das würde er *nie* tun – aber er hörte nicht auf. Er hörte auch dann nicht auf, als sie schrie. Er drückte ihr die Hand auf den Mund, sie konnte kaum atmen und rang nach Luft. Blinde Panik verlieh ihr Kraft, doch es half nicht. Er war größer und stärker und er war grob, doch der Schock über das, was da gerade passierte, war schlimmer als der Schmerz.

Als Theo schließlich von ihr abließ, setzte sich Menina mühsam auf. Ihr Atem ging stoßweise und sie begann zu zittern. Sie war zu schockiert, um zu weinen, sie hörte nur, wie sie ein ersticktes Wimmern hervorbrachte, und ein Monster mit Theos Gesicht sagte: »Menina! Na komm, was ist denn schon dabei? Es macht nichts, wir wollen doch sowieso heiraten! In ein paar Monaten lachen wir darüber.« Er zog den Reißverschluss an seiner Hose zu.

Es macht nichts? Lachen? Sie spürte immer noch den Druck seiner Hand auf ihrem Mund und der Rest ihres Körpers fühlte sich an, als sei sie zusammengeschlagen worden, als hätte jemand ihr Innerstes nach außen gekehrt. »Bring. Mich. Nach. Hause«, sagte Menina so würdevoll, wie es ihr mit zusammengebissenen Zähnen möglich war. Sie versuchte, ihr Kleid herunterzuziehen.

»Schätzchen, nun mach doch nicht solch ein Theater wegen ein bisschen Sex vor der Hochzeit. Sei locker! Nächstes Mal macht es dir Spaß, versprochen!«

Hochzeit? Nächstes Mal? Hatte sie das richtig verstanden? Versuchte er, ihr weiszumachen, dass es völlig *in Ordnung* war, sie zu vergewaltigen? In ihrem Kopf wirbelte alles durcheinander. Dann kamen ihr plötzlich Zweifel. Sarah-Lynn sagte immer, dass ein Mädchen die Zügel in der Hand hatte. War ihr Kleid etwa zu sexy gewesen? Menina fand es hübsch und Sarah-Lynn hätte sie kaum aus dem Haus gehen lassen, wenn sie darin nicht damenhaft ausgesehen hätte, aber vielleicht hatte sie die falsche Art von Signal gesendet? Und sie hatte Leidenschaft gezeigt, so wie sie Theo geküsst hatte – vielleicht hatte er das als Zustimmung verstanden. War sie *selbst schuld*, dass er sie vergewaltigt hatte? Die Unsicherheit machte die letzten Reste ihres Selbstvertrauens zunichte, doch gegen ihr zerschmettertes Herz konnte sie nichts ausrichten.

Als sie vor ihrem Haus hielten, sagte Theo: »Okay, wir reden, wenn du das möchtest, und dann ist alles gut.« Menina versuchte gar nicht, ihm zu antworten. Sie stieß die Autotür auf, riss sich den Verlobungsring vom Finger und schleuderte ihn so weit weg, wie sie konnte. Dann rannte sie zum Haus.

Theo hastete hinter ihr her. »Wir sehen uns morgen, wenn du dich beruhigt hast«, sagte er.

»Ich will dich n-n-nie mehr wiedersehen!« Menina schlug die Haustür zu und verriegelte sie. Dann stürmte sie in ihr Zimmer, warf sich auf ihr Bett und zog sich das Kissen über den Kopf, um ihre Schreie zu ersticken. Schließlich weinte sie sich in einen unruhigen Schlaf.

Am frühen Morgen wachte sie mit schmerzendem Kopf auf. Ihr Leben war zerstört und sie wusste mit trostloser Klarheit, dass niemand jemals erfahren durfte, was geschehen war. Eine junge Frau, die einen Mann der Vergewaltigung beschuldigte, forderte den Zorn all seiner Freunde heraus, die sich oft genug zusammentaten und der Polizei weismachten, dass die Frau eine verlogene Schlampe sei. Dass sie dafür bekannt sei, ganz wild auf Sex zu sein, dass sie es immer und mit jedem trieb. Theo hatte viele Freunde, eine ganze Heerschar von Mitgliedern seiner Studentenvereinigung, und dann waren da ja auch noch die Bonners – sie hatten genügend Macht und konnten tun, was sie wollten. Wer weiß, was sie unternehmen würden, wenn sie ihren Liebling der Vergewaltigung bezichtigte, welche Geschichten sie in Umlauf bringen würden? Wenn Sarah-Lynn mitbekam, wie Menina in aller Öffentlichkeit als aufreizende

Schlampe bezeichnet würde, würde es ihr das Herz brechen. Virgil würde mit seinem Gewehr auf Theo losgehen und wegen Mordes auf dem elektrischen Stuhl enden. Sarah-Lynn würde ihren Mann verlieren und die Leute würden einander zuraunen, dass Menina eine ganz üble Kreatur sei und die Walkers ruiniert hätte, und das, nach allem, was sie für sie getan hatten.

Nein, sie konnte es niemals jemandem erzählen – der Polizei nicht, ihren Eltern nicht, nicht einmal Becky. Ein Aufruhr aus Gefühlen und Zweifeln ließ ihren Kopf schwirren. Kurzentschlossen griff sie sich eine Schere und zerschnitt alles, was sie am Abend zuvor getragen hatte, in winzigkleine Stücke, die sie in ihrem Badezimmer die Toilette hinunterspülte. Dann stand sie schluchzend unter der Dusche und schrubbte ihren ganzen Körper immer und immer wieder unter dem dampfend heißen Wasserstrahl, bis das Wasser kalt wurde. Benommen zog sie sich an und ging ins Esszimmer, um ihren Eltern gegenüberzutreten.

Die Walkers saßen am Frühstückstisch und lasen die Sonntagszeitung, bevor es Zeit war, zur Kirche zu gehen. Virgil meinte: »Wirst du krank, Schätzchen? Du siehst gar nicht gut aus.«

Am liebsten hätte Menina die Wahrheit herausgeschrien, doch sie riss sich zusammen und beschränkte sich darauf, mit zitternden Händen ein Stück Toast zu zerkrümeln. An ihrer Linken fehlte der Verlobungsring. »Theo und ich haben Schluss gemacht.«

Am Frühstückstisch herrschte bestürztes Schweigen.

»Schluss gemacht! Wie könnt ihr denn Schluss machen?«, jammerte Sarah-Lynn entgeistert, während Virgil Menina den Arm um die Schultern legte.

»Was ist passiert?«, fragte er.

Das Einzige, was Menina stammelnd hervorbrachte, war, dass Theo nicht verstünde, was ihr wichtig sei. Dann verstummte sie. Unter dem Tisch zerriss sie eine Papierserviette in kleine Fetzen.

»Ich verstehe es immer noch nicht!«, sagte Sarah-Lynn ungläubig.

»Mama, *bitte* …«, krächzte Menina heiser.

»Was werden bloß die Leute sagen?«

Menina hatte nicht gedacht, dass sie noch Tränen übrig hätte, doch nun liefen sie ihr wieder über die Wangen. Virgil nahm sie noch fester in den Arm und goss ihr eine Tasse Kaffee ein. »Komm, trink einen Schluck«, sagte er.

Das Telefon läutete und Virgil ging an den Apparat. Seine Lippen formten lautlos das Wort »Theo«, während er die Sprechmuschel mit der Hand zuhielt. Menina begann zu zittern und der Kaffee in ihrer Hand schwappte auf den Tisch. Sie schüttelte den Kopf und floh in ihr Zimmer. Weder wollte sie mit Theo am Telefon reden noch wollte sie ihn sehen, als Virgil später an ihre Zimmertür klopfte und sagte, er stünde mit bekümmerter Miene an der Haustür.

»Schick ihn weg, Daddy! Bitte!«

Kurz darauf kam Virgil in Meninas Zimmer zurück und schloss die Tür hinter sich. »Willst du deiner Mutter und mir erzählen, was los ist? Das sieht dir so gar nicht ähnlich.«

»Ich will ihn nicht sehen. Nie wieder.«

Virgil sah sie verschmitzt an. »Bist du schwanger? Schätzchen, das ist nicht das Ende der Welt. Was macht das schon, wenn euer Baby weniger als neun Monate nach der Hochzeit auf die Welt kommt. Wir wollten immer schon Großeltern sein, wenn's ein bisschen früher ist, ist uns das nur recht.«

Menina starrte ihn entsetzt an. *Schwanger?* Auf diesen furchtbaren Gedanken war sie noch gar nicht gekommen. War das etwa Theos *Absicht* gewesen? Sie zu schwängern?

»Nein!«, rief Menina, kreuzte heimlich Mittel- und Zeigefinger und betete, dass das stimmte.

»Ich versuche mal, deine Mutter zu beruhigen«, sagte Virgil kurz darauf.

Theo rief immer wieder an, doch Menina weigerte sich, mit ihm zu sprechen. Pauline Bonner rief Sarah-Lynn an, in der Hoffnung, in einem Gespräch von Mutter zu Mutter zu erfahren, was los war. Sie hatte mitbekommen, dass die beiden sich gestritten hatten, doch mehr war von Theo nicht zu erfahren. Sie hoffte, »die Kinder« würden die ganze Sache bald aus der Welt schaffen.

Durch ihre Mutter erfuhr Becky, dass bei den Walkers etwas nicht stimmte, und so schwänzte sie ihre Montagsvorlesung und kam nach Laurel Run. Menina lag auf dem Bett in ihrem abgedunkelten Zimmer – mitten am Tag waren die Vorhänge zugezogen. Becky watete durch eine Flut aus gebrauchten Papiertaschentüchern zum Bett. »Menina?«

»Geh weg, ich schlafe«, hörte sie Menina mit heiserer Stimme sagen, so als hätte sie stundenlang ununterbrochen geweint.

Becky zog die Vorhänge auf und holte ihr ein Glas Wasser aus dem Badezimmer. »Du kannst weglaufen, aber du kannst dich nicht verstecken, Kind des Lichts. Trink das und erzähl mir, was los ist.«

Menina setzte sich auf und Becky unterdrückte einen entsetzten Aufschrei. Sie sah schrecklich aus – ihr Haar war struppig, sie hatte tiefe Schatten unter den Augen und einen gehetzten Gesichtsausdruck, den Becky noch nie an ihr gesehen hatte. Sie wich zurück, als Becky sie in den Arm nahm, sagte aber nicht, was los war, außer dass sie und Theo nicht heiraten würden.

»Oh, Menina! Ist das Theos Idee?«

»Nein.«

»Ist es eine andere Frau?«

»Nein.«

»Seine Mutter? Sie ist eine herrische Ziege.«

»Nein, es hat nichts mit ihr zu tun.«

»Nun, ähm ... Ist er schwul? Manchmal merken die Männer selbst das überhaupt nicht –«

»Nein«, erwiderte Menina mit versteinerter Miene. »Reden wir nicht darüber.«

»Bist du schwanger? Ehrlich, das ist heutzutage keine große Sache ... «

Menina stöhnte und vergrub ihr Gesicht in den Kissen. »NEIN!«

»Hat er dir ... Hat er dich irgendwie angesteckt?« Beckys Magen krampfte sich angstvoll zusammen. Menina war doch nicht etwa *HIV-positiv*? Sie war das einzige Mädchen, das sich an die mütterliche Weisung hielt, mit dem Sex bis nach der Hochzeit zu warten. Es war vollkommen *unmöglich*, dass sie sich angesteckt hatte. Unter ihrem Kissen vergraben schüttelte Menina mit dem Kopf. »Hat er dich geschlagen? Es ist mir vollkommen egal, wer er ist – wenn er dich geschlagen hat, gehen wir zur Polizei und lassen ihn festnehmen.«

»Keine Polizei! Vergiss es, Becky. Fahr wieder ins College. Ich will nicht mehr reden, ich bin müde.« Menina rollte sich mit angezogenen Knien auf dem Bett zusammen, zog sich die Decke über den Kopf und versank in Schweigen. Leise verließ Becky das Zimmer und schloss die Tür.

Im Flur kam ihr Sarah-Lynn mit einem Teller entgegen, auf dem sie ein Sandwich mit Hühnchenfleisch und Salat angerichtet hatte, wie Menina es besonders gern mochte. »Sie will gar nicht mehr essen«, flüsterte sie Becky zu. »Seit zwei Tagen schon hat sie keinen Bissen mehr angerührt. Und nächste Woche ist eine Brautparty und ein großes festliches Mittagessen und dann müssen ja auch all die Einladungen noch adressiert werden. Meinst du, es ist nur die übliche Nervosität vor der Hochzeit?«

Becky sagte vorsichtig: »Vielleicht. Mrs Walker, geben Sie mir das Sandwich.« Mit dem Teller in der Hand marschierte sie zurück in Meninas Zimmer. Sie zog ihrer Freundin die Decke vom Kopf und sagte entschieden: »Was immer auch passiert ist, du brauchst unbedingt Abstand von Theo und deiner Mutter und diesem ganzen Hochzeitsgetue, damit du dir in Ruhe ein paar Dinge überlegen kannst. Dein Stipendium gibt dir die Möglichkeit zu reisen und genau das wirst du tun.«

»Was? Ich will nirgendwo hinreisen. Ich …«

»Oh, doch, das willst du.« Becky reichte ihr ein Papiertaschentuch. »Du willst nach Spanien fahren und du wirst nach Spanien fahren. Nächsten Samstag …«

Menina setzte sich langsam auf. »*Was?*«, fragte sie noch einmal, als hätte sie nicht richtig gehört. Dann brach sie plötzlich wieder in Tränen aus. Becky versuchte, nicht zu zeigen, wie beunruhigend sie dieses Verhalten fand. Stattdessen sagte sie energisch: »Okay, wir schließen einen Handel ab. Irgendein hohes Tier von der Uni, eine Professorin für Kunst, organisiert eine dreiwöchige Reise nach Madrid. Am nächsten Wochenende geht's los. Eigentlich war sie für Studenten der Kunstgeschichte gedacht, aber es sind noch ein paar Plätze frei und die überzähligen Tickets werden in der Unizeitung zum Verkauf angeboten.

Der Flug und die Unterkunft sind im Preis inbegriffen, irgendeine Jugendherberge oder so was ähnliches. Sie machen diesen ganzen Kulturkram – Museen, Kathedralen, genau das, was du unter Spaß verstehst. Und, ja, du fährst mit! Du wolltest doch sowieso in den Prado, also, hier ist deine Chance.«

»Oh, Becky, das geht nicht ... das Kofferpacken und meine Eltern ... du weißt schon ... sie würden sich Sorgen machen.« Menina wedelte vage mit der Hand.

»Ja, klar, wenn du am helllichten Tag in einem abgedunkelten Zimmer sitzt und dir die Augen aus dem Kopf weinst, ist das natürlich viel besser – das macht ihnen nicht die geringsten Sorgen. Wenn du noch ein paar Tage so weitermachst, schleppen sie dich in die nächste Irrenanstalt und lassen dich mit Medikamenten vollstopfen. Und außerdem: Bei dem, was deine Mutter für die nächste Zeit geplant hat, wird es bestimmt nicht lustig, wenn sie anfängt, alles abzublasen. Also, du isst jetzt dein Sandwich und ich fahre los und besorge eines dieser Tickets. Und dann rede ich mit deinen Eltern.«

Menina starrte sie verständnislos an, dann nahm sie den Teller, betrachtete das Sandwich und seufzte. »Das wird ihnen nicht gefallen.« Sie hatte Magenschmerzen. Vielleicht sollte sie tatsächlich versuchen, etwas zu essen.

Becky schnaubte. »Die Professorin, die die Reise organisiert, heißt Serafina Soundso, sie ist Spanierin, daher leitet sie die ganze Sache. Wahrscheinlich eine vertrocknete alte Schachtel mit derselben Vorstellung von damenhaftem Benehmen wie deine Mutter. Und überhaupt: Hast du eine bessere Idee?«

Das Sandwich stockte auf halber Strecke zu Meninas Mund. »Nein.« Sie biss einen Happen ab.

»Dachte ich's mir doch. Und du sorgst am besten dafür, dass dieses Sandwich verschwunden ist, wenn ich wieder da bin. Dann packen wir deinen Koffer.«

Menina aß ihr Sandwich, als täte ihr das Kauen weh, aber sie aß es. Als Becky von einer schwierigen Unterhaltung mit den Walkers in ihr Zimmer zurückkehrte, war sie gerade dabei, lustlos ein paar Jeans und Sweatshirts in einen Koffer zu stopfen. »Nicht diese Sachen!«, rief Becky und kippte den Koffer aus. Sie bemühte sich, forsch und optimistisch zu klingen. »So geht das nicht! In Madrid ist man die ganze Nacht unterwegs, da geht man nie zu Bett.« Sie hielt Röcke und Tops und Hosen gegeneinander und überlegte mit abschätzend zusammengekniffenen Augen, was zusammenpasste.

»Lass doch dieses ganze Zeugs. Ich gehe sowieso nicht aus.«

Becky tauchte aus dem Kleiderschrank auf. »Du musst aber ausgehen. Du hast nie einen anderen Mann als Theo kennengelernt. Es gibt noch mehr Fische im Teich, weißt du.«

»Ist mir egal!«, fuhr Menina sie an. Beim bloßen Gedanken an Männer bekam sie derartige Bauchschmerzen, dass sie sich krümmte. Als sie ins Bad rannte, stellte sie fest, dass die Schmerzen, die sie schon den ganzen Nachmittag hatte, Krämpfe waren: Sie hatte ihre Periode. Voller Erleichterung darüber, nicht schwanger zu sein, duschte sie und zog sich an. Nachdem Becky gegangen war, setzte sie sich zum Abendessen zu den Walkers an den Tisch und gab sich alle Mühe, sich normal zu verhalten und nicht zu weinen. Bis zum Dessert schaffte sie es, dann floh sie wieder in ihr Zimmer.

In der darauffolgenden Woche war die Stimmung im Haus der Walkers angespannt. Sarah-Lynn betete insgeheim, dass es nur die übliche Nervosität vor der Hochzeit war. Auf der Suche nach Dingen, die Menina auf ihrer Reise brauchen könnte, stellte sie das gesamte Haus auf den Kopf und stopfte alles in einen Rucksack, den Virgil in aller Eile bei L. L. Bean geordert hatte.

Becky kam noch einmal nach Laurel Run, um ihrer Freundin einen großen braunen Umschlag mit Flugtickets, Reiseplan und Informationen der Reiseleiterin zu bringen. Menina tauchte gerade lange genug aus dem Nebel ihres Unglücklichseins auf, um zu registrieren, dass Becky ihr Interview im Gefängnis abgesagt haben musste.

»Oh, Becky, das tut mir so leid!«

»Ich lasse mir einen anderen Termin geben. Mach dir keine Sorgen, das war nicht so wichtig«, sagte Becky wenig überzeugend. Menina fühlte sich noch elender – sie war Becky eine schreckliche Freundin.

Eine Frau aus Sarah-Lynns Bibelgruppe brachte einen altertümlichen Reiseführer über Spanien für Menina vorbei, der von einem christlichen Verlag herausgegeben worden war. Menina dankte ihr gleichgültig und legte das Buch auf ihren Nachttisch. *Das* würde sie ganz bestimmt nicht mitnehmen.

Virgil machte keine Witze mehr, wie es sonst seine Art war, und es war bedrückend mitanzusehen, wie Sarah-Lynn alles mied, was mit Hochzeiten zu tun hatte. Menina war zu deprimiert, um sich auf die Reise zu freuen, doch am Ende der Woche dachte sie, dass es in Spanien auch nicht schlimmer sein konnte als zu Hause.

Am Samstagnachmittag brachten die Walkers sie nach Atlanta zum Flughafen. Im Flugzeug schlüpfte Menina auf ihren Fensterplatz und war froh, die Sitzreihe für sich zu haben. Kurz vor dem Abflug tauchte jedoch eine Nachzüglerin auf und warf sich in den Sitz am Gang. Zum Glück blieb der Platz zwischen ihnen frei; Menina war nicht danach zumute, Ellbogen an Ellbogen neben jemandem zu sitzen. Bald zog der Flughafen von Atlanta an ihrem Fenster vorbei, erst langsam, dann schneller, bis er nach unten wegsackte, als das Flugzeug abhob, eine Kurve flog und dann steil nach oben stieg. Menina sah zu, wie unter ihr die abendlichen Lichter von Atlanta immer kleiner wurden, und hatte das Gefühl, alles Bekannte und Vertraute hinter sich zu lassen. Nach einiger Zeit schob eine Stewardess einen Getränkewagen durch den Gang. »Möchten Sie etwas trinken?«

Menina brachte ein knappes Lächeln zustande und sagte: »Eine Cola, bitte. Nein, warten Sie ... vielleicht ... Bourbon. Einen großen.« Virgil trank Bourbon. Wenn Sarah-Lynn nicht hinsah.

»Einen großen Bourbon, selbstverständlich. Mit Wasser?«

»Wie bitte? Oh. Ja, mit Wasser. Danke.« Die Stewardess lächelte, ließ ein paar Eiswürfel in ein Glas klirren, leerte zwei Miniaturflaschen darüber aus und fügte etwas Wasser aus einer großen Flasche hinzu. Dann reichte sie Menina das Glas und eine Handvoll weiterer Bourbonfläschchen und zwinkerte ihr verschwörerisch zu. »Sie gehören wahrscheinlich zu der Gruppe mit dem Junggesellinnenabschied. Wie ich schon zu den anderen Damen gesagt habe: Sie können genauso gut jetzt schon mit dem Feiern anfangen.« Menina hatte die Miniaturen schon ablehnen wollen, doch nun nahm sie sie und rang sich ein Lächeln ab. »Danke. Woher wussten Sie das?«

»Spanien ist bei Jungesellinnen echt beliebt, wissen Sie – Sehenswürdigkeiten, tolle Bars, tolle Geschäfte.« Die Stewardess grinste. »Und *sehr weit* weg von allen, die vielleicht nicht unbedingt wissen sollten, was man so treibt. Na, dann wünsche ich Ihnen viel Spaß.« Damit wandte sie ihre Aufmerksamkeit der Dame am Gang zu, die jedoch abwinkte.

Menina starrte in ihr Glas. Sie hatte vielleicht ein Dutzend Gläser Wein in ihrem Leben getrunken und machte sich eigentlich nichts aus Alkohol, doch der Geruch des Bourbon erinnerte sie an ihren Vater. Sie nahm einen großen Schluck und hätte ihn fast sofort wieder ausgespuckt. Der widerwärtige Geschmack erschien ihr irgendwie passend. Menina goss zwei weitere Fläschchen auf die schmelzenden Eiswürfel und leerte das Glas entschlossen in einem Zug. Kurz darauf trank sie noch ein Fläschchen.

Als das Abendessen gereicht wurde, schüttelte sie den Kopf. Es ging ihr besser – und gleichzeitig schlechter. Alles schien verschwommen und undeutlich. Wahrscheinlich war sie betrunken. Bei den letzten beiden Fläschchen machte sie sich gar nicht die Mühe, den Inhalt ins Glas zu schütten, sondern trank den Bourbon direkt aus der Flasche. Inzwischen war ihr alles egal. Sie schmeckte überhaupt nichts mehr. Becky hatte recht gehabt, das hier war eine gute Idee, dachte Menina und wurde ohnmächtig.

Als sie zu sich kam, wusste sie nicht, wo sie war. So elend hatte sie sich in ihrem ganzen Leben noch nicht gefühlt. Sonnenlicht strömte durch das Kabinenfenster und Menina kniff die Augen zusammen, während sie sich mit einem wachsenden Gefühl des Entsetzens allmählich erinnerte, was am Abend zuvor passiert war. Über das Lautsprechersystem war die Stimme des Piloten zu hören: Sie warteten darauf, auf dem Flughafen von Malaga landen zu können. »*Malaga?* Fliegen wir nicht nach Madrid?«, fragte Menina die Frau am anderen Ende der Sitzreihe krächzend.

Die Frau schrieb gerade etwas; auf Meninas Frage sah sie auf und warf ihr über den Rand ihrer Nickelbrille hinweg einen seltsamen Blick zu. Sie war etwa Mitte fünfzig, eine eindrucksvolle Erscheinung mit einer auffallenden grauen Strähne in ihrem schwarzen Haar. Obwohl sie die Nacht im Flugzeug sitzend zugebracht hatte, sah sie in ihrem schwarzen Kaschmirpullover und ihrem schlichten Rock elegant aus. Dazu trug sie modernen Silberschmuck und Armreifen. Menina erkannte zu ihrem Entsetzen, dass dies die Reiseleiterin war. Sie hatte ihr Foto auf dem Begleitschreiben gesehen, das sie zusammen mit den Tickets bekommen hatte. Professor Serafina Lennox, Professorin und Autorin, die Expertin für spanische Kunst – und damit vermutlich der einzige Mensch auf der Welt, der etwas über Tristán Mendoza wissen könnte. Ihr sackte das Herz in die Hose. »Sie sind Professor Lennox, nicht wahr?«, fragte sie matt.

Die Frau hob die Augenbrauen, als fragte sie sich, was um alles in der Welt Menina auf dieser Reise zu suchen hatte. Dann holte sie eine Karte aus ihrer Handtasche und reichte sie Menina. »Ja. Es ist immer schön, die Studenten und Studentinnen kennenzulernen. Habe ich Sie schon mal in einem meiner Seminare gesehen? Sie sind ...?« Menina murmelte ihren Namen und schob die Karte in ihre Hosentasche, während sie fieberhaft überlegte, wie sie erklären sollte, was sie hier machte. Im Moment fiel ihr keine gute Möglichkeit ein.

Professor Lennox fuhr fort: »Wegen des schlechten Wetters sind wir nach Malaga umgeleitet worden. Sie haben ... ähm, geschlafen, als wir in die Turbulenzen geraten sind, daher habe ich Ihren Sicherheitsgurt fester gezogen und dabei ist mir Ihre Medaille aufgefallen. Ist sie alt?«

»Ich weiß eigentlich nicht viel darüber, tut mir leid.« Das Sprechen fiel ihr schwer und Menina war nicht danach zumute zu erklären, was es mit der Medaille und mit ihrer Abschlussarbeit auf sich hatte. Sie wandte sich ab und blickte aus dem Fenster. Nach dem Sturm war die Luft klar und hell, unter ihnen waren dunkelblaue Berge mit Schneekappen zu sehen. Als das Flugzeug zum Landeanflug ansetzte, konnte Menina in der Ferne die Küste sehen und darüber hinaus das blaugraue Mittelmeer. Ihre Hand schloss sich nervös um ihre Medaille, während das Flugzeug tiefer und tiefer sank, bis die Räder schließlich mit einem Ruck auf der Landebahn aufsetzten, der in ihrem Kopf schmerzhaft widerhallte.

»Willkommen in Spanien«, sagte Professor Lennox trocken.

KAPITEL 4

Spanien, Karwoche,
April 2000

Am Flughafen von Malaga war die Hölle los. Menina verlor Professor Lennox aus den Augen, den einzigen Menschen aus ihrer Reisegruppe, den sie wiedererkennen würde. Als sie versuchte herauszufinden, wann ihr Flug nach Madrid starten würde, zuckte die junge Frau am Informationsschalter hilflos mit den Schultern und sagte gehetzt: »Niemand weiß, wann Ihr Charterflug geht. Ist *Semana Santa*! Ich weiß nicht. Vielleicht heute nicht. Sie müssen da drüben warten.« Sie zeigte vage in Richtung Abflughalle, die aus einer einzigen wogenden Menschenmasse zu bestehen schien. Menina hatte das Gefühl, dass sie sich entweder hinlegen und an ihrem Kater sterben oder sich irgendwie nach Madrid durchschlagen müsste, um dort in der Jugendherberge zu ihrer Reisegruppe zu stoßen.

»Gibt es eine andere Möglichkeit, nach Madrid zu kommen – mit dem Zug oder einem Bus?«

»Züge unmöglich diese Woche, wenn Sie keine Reservierung haben, ist *Semana Santa*, aber Sie können einen Bus vom Flughafen nehmen. Da, an den Telefonen vorbei. Länger als Zug, aber schöner Ausblick. Heute Abend sind Sie in Madrid.«

Als Nächstes versuchte Menina, von einem Münztelefon aus ihre Eltern anzurufen. Das gelispelte Spanisch des Telefonvermittlers klang ganz anders als der lateinamerikanische Akzent, den sie gewöhnt war, und als sie ihn nicht verstand, legte er schließlich auf. Eine ältere Frau blieb stehen und zeigte ihr, was sie tun musste, und dann endlich hörte sie den Freiton und die verschlafene Stimme ihres Vaters am Apparat: »Menina? Alles in Ordnung?«

Nein, eigentlich nicht. »Mir geht's gut. Tut mir leid, ich habe die Zeitverschiebung vergessen. Bei euch muss es halb fünf in der Frühe sein ...«

Am anderen Ende der Leitung gähnte Virgil. »Nein, ist schon okay, Schätzchen. Schön, dass du gut in Madrid gelandet bist. Genieße es. Geh einkaufen, mit dieser neuen Visa-Karte. Kauf deiner Mutter eine Handtasche, ich habe gehört, dort in Spanien haben sie schönes Leder. Um alles andere brauchst du dir keine Sorgen zu machen. Und wenn du wiederkommst, hat sich der ganze Schlamassel in Luft aufgelöst.«

»Na, das sehen wir dann ... Aber ich bin noch nicht in Madrid, Dad. Das Wetter war schlecht und wir sind nach Malaga umgeleitet worden. Hier am Flughafen geht alles durcheinander und niemand weiß, wann wir nach Madrid weiterfliegen können. Und weil ich nicht unbedingt in der Abflughalle auf dem Boden schlafen möchte, nehme ich den Bus nach Madrid. Heute Abend bin ich dort.«

»Sei vorsichtig. Und lass dich nicht von fremden Männern ansprechen.«

»Fremde Männer!« Menina musste lachen. »Ich bin doch kein Kind mehr.«

»Übrigens, wo wir gerade von fremden Männern sprechen: Als wir gestern Abend vom Flughafen zurückkamen, haben ein Mann und eine Frau bei uns geklingelt, nette Leute. Sie haben nach dir gefragt. Sie hatten diesen Artikel in der Zeitung gesehen – nun, du weißt schon, welchen ich meine, er war gestern drin. Jedenfalls hatten sie irgendwas mit der katholischen Kirche zu tun und mit der Adoption von euch Hurrikan-Kindern. Deine Mutter hat ihnen Kuchen und Kaffee serviert und wir haben ihnen deine Akte gezeigt und ein bisschen in Erinnerungen geschwelgt. Sie sagten, sie würden schrecklich gerne deine Medaille sehen, wahrscheinlich sei sie sehr alt, meinten sie. Und dann fragten sie, wann du zurückkommst. Ich habe ihnen gesagt, dass das eine Weile dauern kann, du würdest in Spanien über irgendeinen alten Maler forschen. Und sie …«

In der Leitung erklangen Pieptöne. Menina stellte fest, dass sie keine Münzen mehr hatte.

»… aus irgendeinem Grund dachten sie, wir hießen Smith, und sie fragten, wann wir aus Chicago hierhergezogen seien. Keine Ahnung, woher sie das hatten, aber wir haben das grade gerückt und …«

»Mein Geld ist aufgebraucht! Tschüß, ich rufe wieder an, wenn ich –«, und dann war die Leitung unterbrochen.

Menina hängte den Hörer ein und hob ihren Rucksack hoch. Er wog mindestens eine Tonne. In Atlanta hatte sie gar nicht darauf geachtet, doch nun machte sie ihn auf, um zu sehen, warum er so schwer war. Für den Fall, dass die Fluglinie ihr Reisegepäck verbummelte, hatte sie einen Pullover, ein zusätzliches T-Shirt, etwas Unterwäsche, saubere Socken und Tampons eingepackt. Auch der Samtbeutel mit dem Buch, das die Nonnen ihr gegeben hatten, war im Rucksack. Das wollte sie wirklich nicht verlieren, wenn ihr Koffer abhanden kommen sollte. Außerdem hatte sie das kleine Lateinwörterbuch aus ihrer Zeit an der Highschool dabei, falls sie den Leuten im Prado sagen musste, worum es in dem lateinischen Teil des Buches ging – für ein Gebetbuch schien es ihr zu kurz zu sein. Den spanischen Teil konnten sie selbst entschlüsseln.

Sie grub tiefer und fand eine Shampootube und andere Toilettenartikel im Miniaturformat, Aspirintabletten, ein paar kleine Handtücher, die sich im nassen Zustand ausdehnten und die Menina früher im Sommercamp benutzt hatte, und einen neuen Reisebademantel. Ihre Mutter hatte diese Dinge in den Rucksack gestopft. Dann rief sie plötzlich: »Oh nein!« Ganz unten hatte ihre Mutter den schweren alten Reiseführer über Spanien versteckt, den Menina eigentlich überhaupt nicht mitnehmen wollte. In die Seitentasche hatte Sarah-Lynn einige Notizblöcke, Kugelschreiber und ein paar von den Schokoriegeln gesteckt, die Menina so gern aß. Auf der anderen Seite waren zwei Flaschen Wasser, die sie auf dem Flughafen in Atlanta gekauft hatte.

Die Frau, bei der sie die Busfahrkarte nach Madrid kaufte, meinte: »Ist *Semana Santa*.« Alles gehe drunter und drüber, einen direkten Bus gebe es nicht. Menina müsse Richtung Ronda fahren und dann umsteigen. Sie gab ihr einen Busfahrplan und tippte mit dem Stift auf die Haltestelle, an der der Bus nach Madrid abfahren würde. Sie dürfe ihn nicht verpassen, schärfte sie ihr ein, es gebe nur diesen einzigen Bus nach Madrid am Tag.

Der Busfahrer, ein dunkelhäutiger Mann mit einem riesigen Bauch, der sich über dem Hosenbund wölbte, stand an der offenen Gepäckluke und kaute auf einem Zahnstocher. Menina zeigte ihm ihre Fahrkarte und den Namen des Ortes, an dem sie in den Bus nach Madrid umsteigen sollte. »*Si! Le dire*.« Ich sage Ihnen Bescheid. Der Fahrer lächelte, in seinem Mund blitzte ein Goldzahn auf. Er warf Meninas Koffer in die Luke und streckte die Hand nach ihrem Rucksack aus, doch sie schüttelte den Kopf. Den würde sie in den Bus mitnehmen und während der Fahrt in dem alten Reiseführer lesen.

Menina suchte sich zwei freie Plätze, nahm zwei Aspirintabletten und holte den Reiseführer hervor. Eine Viertelstunde später fuhr der Bus los, ließ das Flughafengelände bald hinter sich und fuhr in westlicher Richtung auf einer Küstenstraße entlang. Am Straßenrand wechselten Baustellen und Siedlungen mit neuen Ferienhäusern einander ab. Auf dem Meer war ein Öltanker am Horizont zu sehen, Sonnenlicht tanzte auf den Wellen und eine strahlend weiße Luxusyacht nährte sich der Küste, während sie die gewundene Straße entlangfuhren.

Dann bog der Bus ins Landesinnere ab und die Ferienhäuser wichen frisch bepflanzten Feldern, gelegentlich waren alte Bauernhäuser mit hölzernen Schuppen zu sehen, die an der Rückseite angebaut waren. Die Sonne schimmerte auf den silbrigen Blättern der Olivenbäume, die auf terrassenförmig angelegten und von Steinwällen durchzogenen Feldern wuchsen. Mit Feuerholz beladene Pferdekarren schwankten schwerfällig einher, Frauen in schwarzen Strümpfen und Strickjacken und ausgeblichenen Kopftüchern trugen Brotlaibe, ein altes Paar führte einen Esel mit Korbflaschen voller Wein auf dem Rücken über ein Feld, auf dem Wildblumen im Wind wogten.

Menina schlug ihren Reiseführer auf. Das Wort »Andalusien«, so hieß es da, stammte vom arabischen »Al Andalus« und Reste der maurischen Zivilisation, die zwischen 711 und 1492 auf der iberischen Halbinsel ihre Blütezeit erlebte, waren immer noch überall zu finden. »Bei näherem Hinsehen entdecken Sie die Spuren der Mauren – Terrassenfelder, Brunnen und Gewölbebögen, Orangen- und Mandelbäume und sogar Kirchen, in denen manches an die Moscheen erinnert, die sie einst waren. Die moderne Straße folgt einem uralten Weg, der die Berge mit der Küste verbindet. Man kann immer noch die weißen Steine sehen, die ihn markieren, und die Bewohner der Bergdörfer benutzen ihn auch heute noch. Archäologen haben Tonscherben gefunden, die mit der purpurnen Farbe aus Tyros gefärbt, und halb eingesunkene Altäre, die der phönizischen Göttin Astarte geweiht waren. Es liegt daher nahe, dass die Phönizier von der Küste aus in die Berge vorgedrungen waren, bevor die Römer den Mittelmeerraum kolonialisierten. Dieser Weg aus vorrömischer Zeit setzt sich in östlicher Richtung fort und führt in die Berge, vermutlich bis nach Frankreich.«

Der Reiseführer machte den Leser auf die »weißen Dörfer« aufmerksam, die an den Berghängen zu kleben schienen. Sie stammten aus der Zeit der Mauren. Selbst viele hundert Jahre später lebten alte Gebräuche, Legenden und mancher Aberglaube in ihnen fort.

Für Menina hatte diese Geschichte etwas Beruhigendes, die Tatsache, dass sich die Zeit weiterdrehte, dass das Leben weiterging, war tröstlich. Vielleicht würde es auch für sie irgendwann weitergehen.

Sie las weiter. Die Feierlichkeiten der *Semana Santa*, die auch heute noch in vielen Dörfern begangen wurden, lockten seit Hunderten von Jahren Reisende und Pilger nach Andalusien. Sie waren religiöser Brauch, Fiesta und großes Drama zugleich und sollten dem gemeinen Volk den Sieg der Christen über die Mauren verkünden. Bei den meisten Prozessionen waren Festwagen beteiligt, zum Teil Jahrhunderte alt, die Figuren des gekreuzigten Christus, der Jungfrau Maria oder Heiliger zeigten. Bisweilen waren auf den Festwagen auch Reliquien von Heiligen in juwelenbesetzten Behältnissen – Knochenstücke, getrocknetes Blut oder vertrocknete Körperteile, denen oftmals Zauberkräfte nachgesagt wurden. Alle beteiligten sich an der Prozession: Priester, Akolythen und örtliche Würdenträger mit ihren Medaillen und Auszeichnungen gingen an der Spitze des Zuges, gefolgt von religiösen Bruderschaften, die man *confraternidas* nannte, Nonnen und Laien und meist auch eine Gruppe auserwählter Kinder. Die Umzüge fanden für gewöhnlich nachts statt, sie führten durch Straßen, die von Fackeln erleuchtet waren, und alle Teilnehmer trugen Kerzen. Danach dauerten die Fiestas bis zum Morgengrauen, es gab Wein und besondere Speisen, es wurde gesungen und getanzt und die Menschen trugen traditionelle Trachten. Von nah und fern kamen Zigeuner angereist, die Marktstände aufbauten und nebenher Pferde verkauften. Ihre einzigartigen Gesänge, in denen sie den Tod Christi und das Leid seiner trauernden Mutter beklagten, stellten eine weitere jahrhundertealte Tradition dar, die bis in die Zeit der *Reconquista* zurückreichten.

Wurde die *Semana Santa* auch zu Tristán Mendozas Lebzeiten auf diese Weise gefeiert? Menina ließ das Buch sinken, um darüber nachzudenken. Dabei sah sie aus dem Fenster und beobachtete einen Raubvogel, der am Himmel über dem Tal dahinglitt. Elegant zog er seine Kreise, ihm zuzusehen, hatte eine hypnotische Wirkung und Menina schlief ein.

Eine Stunde später erwachte sie mit einem Ruck, als der Bus anhielt. Zuerst dachte sie, sie seien an der Haltestelle angekommen, an der sie in den Bus nach Madrid umsteigen sollte, doch der Busfahrer drehte sich zu ihr um und schüttelte den Kopf. Sie schob ihr Fenster auf und lehnte sich hinaus. Sie hielten an einem Platz vor einer weiß getünchten Kirche. Auf dem Platz drängten sich Menschen, viele von ihnen trugen andalusische Trachten – Frauen mit gerüschten Röcken und hohen, kunstvoll verzierten Kämmen im Haar und Männer in kurzen, mit Litzen besetzten Jacken. Manche von ihnen waren hoch zu Ross. Im Vergleich dazu sahen die Touristen schmucklos aus. Sie hielten Fotoapparate in der Hand und schlenderten langsam über einen Markt in der Mitte des Platzes, wo dunkelhäutige Männer und Frauen wetteiferten, um ihnen Teppiche und Spitze und Kupferutensilien zu verkaufen, die sie auf Decken ausgebreitet hatten. Von irgendwoher duftete es verführerisch nach Gegrilltem oder Würstchen.

Dann wurde eindringlicher Trommelschlag über dem Lärm hörbar, und die Leute auf dem Platz verstummten, als der Trommelschlag lauter wurde. Sie drängten sich zur Seite, um eine Gasse in der Menge frei zu halten. Mit den Trommeln ertönte ein düsterer Sprechgesang, der klang, als würde er durch ein Mikrofon verstärkt. Dann zog die Prozession langsam vor dem Bus vorbei. Ein Priester in schwarzer Robe ging an der Spitze. Er trug einen langen Stab mit einem Kruzifix, das in schwarze Gaze gehüllt war. Hinter ihm gingen in Roben gekleidete Jungen und sangen den Antwortgesang zu dem, was aus dem Mikrofon ertönte.

Dann stockte Menina der Atem. Ein riesiges, mit schwarzem Stoff verkleidetes Holzgestell kam näher, auf dem die trauernde Madonna als überlebensgroße Gipsfigur dargestellt war. Die Figur bewegte sich schwankend über der Menschenmenge und die schwitzenden Männer, die das schwere Gestell auf ihren Schultern trugen und vor Anstrengung Grimassen schnitten, erschienen im Vergleich zu ihr winzig klein. Unter einem gigantischen silberfarbenen Glorienschein mit durchbrochenem Schnörkelmuster umrahmten ein Wimpel und ein schwarzer Schleier das bleiche, von Trauer verzerrte Gesicht der Jungfrau. An ihren Händen, die sie zum Gebet erhoben hatte, baumelte ein Rosenkranz aus übergroßen schwarzen Perlen, an dem ein Kreuz hing. Zu ihren Füßen lag der geschundene, verdrehte Körper des toten Christus. Aus seinen Wunden tropfte ganz realistisch rotes Blut. Dieses Bild blendete alles andere auf dem Platz aus und einige der Teppichverkäuferin stimmten einen schrillen Trauergesang an, eine urtümliche Klage, so voller Schmerz und Leid, dass sie Menina einen Schauder über den Rücken jagte.

Der nächste Teil der Prozession war noch seltsamer. Im langsamen Rhythmus der Trommelschläge gingen Gestalten in lilafarbenen Roben mit hohen spitzen Kapuzen, die bis auf zwei Sehschlitze ihr Gesicht vollständig bedeckten. In den Händen hielten sie etwas, das aussah wie Peitschen aus Stacheldraht. Alle paar Schritte hoben sie alle gleichzeitig ihre

Peitschen und schlugen sich damit selbst auf den Rücken. Bei einigen der Gestalten konnte man schwache rote Flecken auf den Schultern ausmachen. Dann verklang die Trommel mit einem Wirbel und einem letzten Schlag, die Prozession kam zum Stehen. Der Gesang verstummte. In die Stille hinein ertönte ein Befehl und dann hoben die Männer, die das Holzgestell trugen, alle gleichzeitig ihre Last an und setzen sie langsam auf dem Platz ab. Auf ihren Schultern, dort, wo das Gestell auflag, hatten sie dicke Polster umgeschnallt. Sie rieben sich den Nacken und wischten sich den Schweiß von der Stirn. Die Männer in den lilafarbenen Roben nahmen die Kapuzen ab, viele zündeten sich eine Zigarette an. Wein und Kaffee wurden herumgereicht.

»*Están practicando*«, erklärte der Busfahrer, drehte sich halb zu seinen Passagieren um und zeigte mit dem Daumen auf die Männer. Sie probten. Der Fahrer lehnte sich aus dem Fenster und wechselte lachend ein paar Bemerkungen mit einigen der Männer. Dann schlug er mit der Hand auf die Seite des Busses und ließ den Motor an. Als sich der Bus vom Platz entfernte, blickte Menina zurück. Sie fühlte sich aufgewühlt. In Laurel Run bedeutete Ostern Lilien in der Kirche, gefärbte Eier und Damen mit neuen Hüten. Was sie hier gerade gesehen hatte, war urtümlich und unmittelbar – es ging um Tod und Blut und Schrecken und den eisernen Griff der Religion.

Allmählich mussten sie sich der Haltestelle nähern, an der sie umsteigen sollte, dachte Menina. Als sie immer weiterfuhren, wünschte sie sich, dass sie sich am Flughafen etwas zu essen gekauft hätte. Meninas Magen begann ernsthaft zu knurren. Sie stand auf, um einen Schokoriegel aus ihrem Rucksack zu holen. In diesem Moment fuhr der Bus um eine steile Kurve, sodass sie das Gleichgewicht verlor. Sie packte die Gepäckablage mit beiden Händen, dann kam eine weitere Kurve und schließlich schnaufte der Bus langsam eine schmale Straße hoch in ein weißes Dorf, das über dem Tal zu hängen schien. Am Rand eines sonnenbeschienenen Platzes mit einem gekachelten Brunnen, einer weißen Kirche mit rotem Ziegeldach, blühenden Orangenbäumen und einem Café mit Tischen davor kam er zum Stehen.

Der Fahrer stand auf und verkündete, sie würden hier eine Stunde Pause machen, für »*la comida*«. Er zeigte auf seine Uhr und ermahnte alle, pünktlich wieder am Bus zu sein. Und sie sollten alle ihre Siebensachen mitnehmen; Spanier seien ehrliche Leute, doch selbst hier oben in den Bergen gebe es heutzutage viele Afrikaner und andere diebische illegale Einwanderer. Er zwinkerte Menina zu, klopfte auf seinen Bauch und winkte sie zu sich. Sie machte sich an ihrem Rucksack und ihrer Handtasche zu schaffen und beachtete ihn nicht. Erst würde sie etwas essen und dann wollte sie sich die Kirche ansehen und einen großen Bogen um den Fahrer machen.

Im Café stand eine lärmende Gruppe von Männern um eine Bar, die sich unter dem Gewicht von Weingläsern und Flaschen zu biegen schien, obwohl es erst Mittagszeit war. Der Goldzahn des Busfahrers blinkte auf, als er beiseiterückte, damit Menina sich neben ihn setzen konnte. Menina ging schnell wieder nach draußen und setzte sich an einen der Tische vor dem Café unter einen Orangenbaum. Sie holte einen Block aus ihrem Rucksack und begann zu zeichnen: die Kirche, die Blumen und etwas auf dem Hügel über dem Dorf, das aussah wie die Überreste eines alten Schlosses. Sie hätte schrecklich gerne einen Cheeseburger oder ein Club-Sandwich gegessen, doch der Kellner schüttelte den Kopf. Er würde ihr etwas bringen. Sie verstand zwar nicht, was er ihr bringen wollte, doch sie nickte und machte sich dann über die Oliven her, die er auf den Tisch stellte, als er ihre Cola servierte. Dann aß sie ein großes Kartoffelomelette mit Kräutern und Paprika. Nachdem sie ihre Rechnung beglichen hatte, fühlte sie sich zu satt, um gleich aufzustehen und die Kirche zu besichtigen.

Die Leute aus dem Bus waren noch in der Bar und der Platz war menschenleer. Die einzigen Geräusche kamen von den Schwalben, die über ihr hin und her flogen, und von dem Brunnen in der Mitte des Platzes. Immer wieder wehten ihr kleine Duftwolken von den Orangenblüten um die Nase, Bienen summten und die heiße Sonne auf ihrem Rücken fühlte sich angenehm entspannend an. Menina legte ihren Rucksack auf den Tisch, lehnte den Kopf darauf und schloss für einen Moment die Augen.

Ein Ruck an ihrer Stuhllehne riss sie aus dem Schlaf. Während sie noch verzweifelt versuchte, sich zu erinnern, wo sie war, sah Menina einen Jungen weglaufen und durch eine schmale Lücke zwischen zwei Häusern verschwinden. Es war später Nachmittag und der Platz lag im Schatten. Sie schauderte und griff nach der Handtasche, die sie über ihre Stuhllehne gehängt hatte. Zu ihrem Entsetzen war sie nicht da. Sie sprang auf, blickte sich suchend um, sah auch unter dem Tisch nach, doch ihre Handtasche war verschwunden – mitsamt ihrem Geld, dem Reisepass, dem Rückflugticket und ihrer neuen Kreditkarte. Mit sinkendem Herzen wurde ihr klar, dass der Junge, den sie hatte weglaufen sehen, sie wahrscheinlich gestohlen hatte. Aber bestimmt würde der Busfahrer sie trotzdem weiterfahren lassen, schließlich hatte er ihre Fahrkarte ja gesehen … Doch die Stelle, an der der Bus gehalten hatte, war leer. Er war ohne sie abgefahren und hatte ihren Koffer mitgenommen. »Nein«, wimmerte sie. »Nein!« Ihr Magen krampfte sich zusammen.

Und dann bekam sie Angst. Der Platz war voll von den Arbeitern, die sie vorher im Café hatte trinken sehen und die nun ein großes Gestell am Rande des Platzes zusammenzimmerten. Als sie eine junge Frau ganz allein da stehen sahen, kamen einige der Männer näher. »Du bist freundliches Mädchen, nein?«, fragte einer von ihnen auf Spanisch. Dabei huschte ein listiges Lächeln über sein Gesicht, das schlechte Zähne freilegte. Sein Freund stieß einen leisen Pfiff aus und hob die Augenbrauen. Die Männer tasteten ihren Körper mit Blicken ab und tauschten einen Witz in einer kehligen Sprache, die Menina nicht verstand, doch sie konnte sich nur allzu gut vorstellen, worum es ging. Einer der Männer rieb Daumen und Zeigefinger aneinander, die allgemein verständliche Geste für Geld. »Ein Gläschen trinken, ja?«, sagte ein Mann. Gelächter.

Etwas Bedrohliches lag in der Luft und lediglich aus einem Selbsterhaltungsinstinkt heraus gelang es Menina, sich zu zwingen, ruhig zu bleiben und sich nicht wie ein Opfer zu verhalten. Auf der anderen Seite des Platzes war ein Schild mit der Aufschrift »*Policia*« zu sehen. Dem Himmel sei Dank. Sie zwang sich, die Männer keines Blickes zu würdigen und in aller Ruhe ihren Rucksack zu schultern. Dann überquerte sie den Platz, vorbei an den anzüglich grinsenden Männern. Sie spürte ihre Blicke in ihrem Rücken. Ohne Geld und ohne Reisepass war sie in ernsthaften Schwierigkeiten, doch die Polizei würde ihr helfen, das amerikanische Konsulat in Madrid zu benachrichtigen, damit sie einen neuen Pass bekam. Und von der Polizeiwache aus konnte sie auch ihre Eltern anrufen und sie bitten, ihr telegrafisch Geld zu schicken – auch wenn sie den nötigen Erklärungen mit einem unguten Gefühl entgegensah. Wie dumm von ihr, in eine derart missliche Lage zu geraten!

Die Tür zur Polizeiwache war unverschlossen. Menina trat ein und rief »*Hola?*«An der Anmeldung war niemand zu sehen, also ging sie einen Flur hinunter, bis sie den einzigen Raum fand, in dem Licht brannte. Darin saß ein Polizist allein an einem Schreibtisch, auf dem sich Aktenberge türmten. Er war in ein Schriftstück vertieft und blickte überrascht auf, als Menina an der offenen Tür klopfte. Zu ihrer Erleichterung hatte sie es nicht mit einem blutigen Anfänger zu tun, sondern mit einem Polizisten um die dreißig, mit einem Schnurrbart und dichten dunklen Haaren. Der Kragen seines Uniformhemdes war offen.

»*¿Señora? ¿Qué puedo hacer para usted?*« Was kann ich für Sie tun? Er stand sofort auf und knöpfte sein Hemd zu, als sei es ihm peinlich, dass sie ihn in einem Moment der Entspannung ertappt hatte. Er war so groß wie Menina, schwer, aber fit, und strahlte eine Autorität aus, die sie in ihrer Situation eher beruhigend fand.

Sie gab sich Mühe, auf Spanisch zu schildern, was passiert war. »Bitte entschuldigen Sie, ich möchte einen Diebstahl melden. Ich bin auf dem Platz eingeschlafen und meine Tasche mit meinem Geld und meinem Pass wurde gestohlen. Mein Bus ist einfach abgefahren – mit meinem Koffer. Und ... die Männer auf dem Platz waren ... ziemlich unangenehm.« Ihr Atem ging stockend und ihr wurde schwindelig. »Darf ich mich setzen, bitte?«

Der Polizist musterte sie prüfend. Er stellte sich als Hauptmann Fernández Galán vor und zu Meninas Überraschung wich seine höfliche Miene einem missbilligenden Blick. Er schob ihr einen Stuhl an seinen Schreibtisch und sagte auf

Englisch: »Bitte. Sie müssen ein Formular ausfüllen, ein *informe del crimen.*«

Sie nahm den Rucksack ab und setze sich. Er schob das Schriftstück, das er so aufmerksam gelesen hatte, zur Seite und seufzte. Halbherzig zog er mehrere Schubladen auf, bevor er das richtige Formular gefunden hatte und vor Menina auf den Tisch legte. »Können Sie das lesen?«

Menina nickte.

»Engländerin?«

»*Americana.*«

»Mrs?«

»Nein, *señorita.*«

»Bitte, ich spreche Englisch«, sagte er kurz angebunden. »Tragen Sie hier Ihren Namen ein«, wies er sie an und zeigte auf eine Zeile auf dem Formular. Als sie »Menina Walker« schrieb, runzelte er die Stirn. Wenigstens starrte er sie nicht so anzüglich an wie der Busfahrer und die Männer da draußen. Sie blickte wieder auf das Formular. Ihre Lippen bewegten sich, als sie die Fragen auf Spanisch wieder und wieder durchlas. Nach dem Erlebnis auf dem Platz war sie immer noch durcheinander und musste feststellen, dass ihr Kopf plötzlich vollkommen leer gefegt war. Der Polizist beobachtete sie einen Augenblick, dann zog er ihr das Formular ungeduldig weg. »Miis Walker, erklären Sie mir, was passiert ist, und ich trage es ein. Sonst sitzen wir noch den ganzen Abend hier.«

Er setzte sich, klickte seinen Kugelschreiber an und schrieb, während Menina ihm sagte, wie alt sie war und was sich in ihrer Handtasche befand. Ihr Reisepass – nein, sie wusste die Passnummer nicht. Ungefähr sechstausend Euro in Reiseschecks, eintausend oder so in bar, ihr Ticket für den Rückflug und eine Kreditkarte. Nein, auch die Kreditkartennummer hatte sie nicht. Sie erklärte, wie sie den Ruck an ihrer Stuhllehne gespürt hatte, als sie auf dem Platz saß, erzählte von dem Jungen, der weggelaufen war, und wie sie merkte, dass ihr Bus ohne sie abgefahren war.

Er warf ihr einen Blick zu, der ihr deutlich zu verstehen gab, für wie dumm er sie hielt, und fragte, wohin sie unterwegs sei.

»Ich wollte nach Madrid, von Malaga aus, und die Dame, die mir die Busfahrkarte verkauft hat, sagte, ich sollte diesen Bus nehmen. An der Haltestelle nach Ronda sollte ich umsteigen in den Bus nach Madrid. Der Busfahrer hatte versprochen, mir zu sagen, wann ich aussteigen muss.«

Nervös verstummte sie mitten im Satz. Sie hörte, wie die Männer draußen hämmerten und sich gegenseitig etwas zuriefen. Was sollte sie bloß machen, wenn sie hier auf der Polizeiwache alles erledigt hatte?

»Wo sind Sie geboren?«

Sie nannte ihm ihren Geburtsort und er blickte erstaunt auf. »Warum sagen Sie, dass Sie Amerikanerin sind?«

»Ich bin Amerikanerin. Ich wurde adoptiert.«

»Beruf? Nein, sagen Sie nichts. Ist es ›Modell‹ oder ›Schauspielerin‹?«, fragte er. Menina fand, dass er sarkastisch klang.

»Ich bin Studentin, am College.«

Durch seine dichten Augenbrauen wirkte seine Miene streng. »Miis Walker, in ein paar Tagen haben wir hier ein paar Touristen, die wegen der Prozession zur *Semana Santa* kommen, aber das sind meist keine reichen Leute. Wir sind nur ein altes Dorf in den Bergen. Um diese Jahreszeit sind hier einige britische Rentner und die katholischen Touristen, die kommen und sich unsere religiösen Feierlichkeiten ansehen wollen, aber –« er breitete die Hände aus – »hier gibt es nichts für *muchachas de la llamada*.«

»Die was?«

»Teure Mädchen – wie sagt man das auf Englisch? Die höfliche Bezeichnung, ich glaube, sie ist ›Callgirls‹ – im Süden von Spanien, mit den Yachten, den reichen Männern. Die teuersten gehen als Klosterschülerinnen durch. Wie Sie, zum Beispiel.«

»*Wie bitte?*«

Er schlug mit der Hand auf den Tisch. »Oh bitte, Miis Walker! Ich bin Polizist – mir können Sie nichts vormachen. Meinen Sie wirklich, dass man nichts merkt? Reisen den reichen Arabern hinterher, den Drogenhändlern, den Waffenschmugglern, mit ihren Parties auf den Yachten, wo schöne Mädchen immer willkommen sind. Aber hier in den Bergen sind meist arme Arbeiter aus dem Ausland, die sich zur Osterzeit Geld damit verdienen, dass sie die Festwagen für *Semana Santa* bauen, weil die meisten Männer aus den Dörfern anderswo arbeiten oder mittlerweile zu alt sind. Oder vielleicht haben Sie ein Problem mit Drogen und jeder Mann mit ein bisschen Geld ist gut genug. Obwohl ich sagen muss, dass Sie nicht aussehen, als hätten Sie ein Problem mit Drogen. Noch nicht.«

Menina starrte ihn mit offenem Mund an. Er hatte sie als *Prostituierte* bezeichnet? Und als Drogenabhängige? Sie war noch keine zwanzig Minuten in dieser Polizeiwache – was hatte sie getan, dass er *das* von ihr dachte? »Ich bin kein ... kein ... Callgirl«, stammelte sie. »Und ich nehme auch keine Drogen. Soweit ich weiß, habe ich noch nicht einmal eine Droge zu Gesicht bekommen. Ich will einfach nur nach Madrid, um dort ...«

»Madrid? Ist *das* hier die Straße nach Madrid?«, unterbrach er sie und zeigte auf das Fenster und die Aussicht auf die Berge.

»Woher soll ich das wissen? Ich bin zum ersten Mal in Spanien!«

»Miis Walker, was immer Sie auch sein mögen: Ich wünschte, Sie wären nicht hergekommen. Denn jetzt muss sich jemand um Sie kümmern, und ich kann es nicht tun, weil ich zu beschäftigt bin.«

Ich hasse Spanien, dachte Menina bitter. Allmählich ging ihr auf, dass sie womöglich in noch viel größeren Schwierigkeiten steckte, als sie bisher vermutet hatte. Niemand wusste, wo sie war. *Sie selbst* wusste noch nicht einmal, wo sie war. Und wenn dieser grässliche Polizist sie für eine Prostituierte hielt, dann mussten die Männer draußen auf dem Platz zu demselben Schluss gekommen sein. Das würde ihr Gezischel und ihre Bemerkungen erklären. Mittlerweile war sie so beunruhigt, dass sie gar nicht richtig hinhörte, als der Hauptmann ihr eine Frage stellte.

»Ich sagte: Was wollen Sie in Madrid?«

»Ich muss in den Prado. Fürs College muss ich eine Arbeit über einen Künstler schreiben ...«

»Wahrscheinlich über Picasso.«

»Picasso? Natürlich nicht!« Man brauchte nur »spanischer Künstler« sagen und schon dachten die Leute, dass man Picasso meinte, dabei gab es im Prado gar keine Picassos. Aber wahrscheinlich wäre es besser, das nicht zu sagen.

»Ah, Sie meinen also, Picasso ist nicht im Prado?« Der Hauptmann hob die Augenbrauen.

»Nein, die Picassos hängen im Reina Sofia Museum!«, fuhr Menina ihn an. Dieser Mann war nicht nur unhöflich, er machte sie regelrecht wütend. Vermutlich wusste er ganz genau, wo die Picassos waren. »Der Künstler, über den ich forsche, ist älter, er heißt Tristán Mendoza, Sie haben wahrscheinlich noch nie von ihm gehört, heutzutage gibt es kaum jemanden, der ihn kennt. Er war Portraitmaler – und seine einzigen Werke sind im Prado. Ich habe eine Medaille mit demselben –«

Menina fand, sie hatte genug gesagt. »Hören Sie, das ist unwichtig, das interessiert Sie alles gar nicht. Darf ich bitte Ihr Telefon benutzen und meine Eltern anrufen? Selbstverständlich als R-Gespräch, aber sie werden sich Sorgen machen und mein Vater kann mir telegrafisch Geld überweisen und –«

Hauptmann Fernández Galán war ganz still geworden und starrte an die Decke. »Ein alter Künstler?«, fragte er, als sei es das Seltsamste, das er je gehört hatte.

»J-J-Ja!«, stammelte sie.

»Hmmm.« Offenbar versuchte er, sich eine weitere sarkastische Bemerkung zurechtzulegen. Was für ein fürchterlicher Mann! Es war ein langer und anstrengender Tag gewesen und Menina fühlte sich plötzlich sehr müde und spürte, wie ihr die Tränen in die Augen stiegen. Sie suchte in ihrer Hosentasche nach einem Taschentuch, doch die Taschentücher waren in ihrer Handtasche. Und die war weg. Weg! Alles war weg! Sie war eine Idiotin, sie hatte alles versemmelt und sie hatte Angst und, mein Gott, was sollte sie bloß machen? Plötzlich rannen ihr die Tränen über die Wangen. Wie ein Kind wischte sie sie mit dem Ärmel weg.

Sie spürte eine leichte Berührung auf dem Arm. »Bitte.« Sie hob den Kopf und sah den Hauptmann, der ihr ein weißes baumwollenes Taschentuch anbot. Es sah sogar sauber aus. Vorsichtig nahm sie es und murmelte: »Danke.« Sie wischte sich die Augen trocken und putzte sich die Nase und der Hauptmann kam ihr nicht mehr gar so verärgert vor. Er wirkte eher resigniert. »Tristán Mendoza, wie? War wann? Was hat er gemalt?«

»Oh –« Sie schniefte. »Wahrscheinlich Mitte bis Ende des sechzehnten Jahrhunderts.« Sie schniefte noch einmal. Wollte der Mann plötzlich eine Lektion in Kunstgeschichte? »Portraits. Meistens Frauen. Aber es könnte auch sein, dass er –«

»Und Sie haben wirklich alte Gemälde studiert?«

»Nun, nicht *alle*, die jemals gemalt wurden«, konnte sich Menina nicht verkneifen. »Ja, am College.«

»Okay, das ist etwas anderes. Dann können wir nur eins tun.«

»Ich weiß. Lassen Sie mich telefonieren, *bitte!*«

Der Hauptmann schüttelte den Kopf, breitete in einer Geste der Hilflosigkeit die Arme aus und zuckte mit den Schultern. »Leider muss ich Ihnen sagen, dass Sie niemanden anrufen können. Ich habe ein Handy, aber das nutzt hier oben nichts, wir haben kein Netz. Und im Dorf gibt es ein paar Telefone, aber die Leitung ist kaputt – das passiert in Spanien ziemlich oft, vor allem in den Bergen. Nun ist *Semana Santa* und so lange ist an eine Reparatur nicht zu denken. Kein Internet, keine E-Mails, kein Telefon. Glauben Sie mir, das ist im Moment ein großes Problem für mich.«

»Okay, können Sie mich bitte irgendwo hinbringen, wo es ein funktionierendes Telefon gibt? Und ein Hotel? Dann sind Sie mich los.«

In ihrer Hosentasche war immer noch die Karte, die Professor Lennox ihr gegeben hatte. Dem Himmel sei Dank. Sie würde Professor Lennox anrufen und sie bitten, ihr aus diesem Schlamassel herauszuhelfen.

Er schüttelte den Kopf. »Nein, tut mir leid, aber ich kann das Dorf im Moment nicht verlassen. Erst nach Ostern. Also müssen Sie leider solange hierbleiben.«

Und damit tauchte ein ganz neues Problem auf. Die *Semana Santa* hatte gerade erst begonnen. Also würde eine ganze Woche vergehen, bis sie ihre Eltern erreichen und ihnen sagen konnte, dass alles in Ordnung war. Sie würden sich schreckliche Sorgen machen. Und wo sollte sie unterkommen?

Offenbar konnte er Gedanken lesen. »Gibt einen Ort, wo Sie wohnen können, aber ich muss Sie selbst hinbringen.«

»Ich kann ein Hotelzimmer bezahlen, wenn mein Vater mir Geld schickt«, sagte sie in dem Versuch, zumindest ansatzweise die Zügel wieder in die Hand zu nehmen.

Hauptmann Fernández Galán schüttelte den Kopf und stand auf. Inzwischen wirkte er fast ein wenig belustigt. »Keine telegrafischen Leitungen hier. Und auch kein Hotel. Aber Sie brauchen kein Geld, wo ich Sie hinbringe.«

Das klang beunruhigender als alles, was er bisher gesagt hatte. Doch Menina hatte die Wahl zwischen dem Polizisten und den Männern auf dem Platz. Sie beugte sich vor, um ihren schweren Rucksack zu schultern, nur um festzustellen, dass der Hauptmann ihn schon gegriffen hatte und ihr die Tür aufhielt. Von der Polizeiwache aus ging der Weg durch enge gewundene Gassen zwischen weiß getünchten Häusern hindurch, die vom Platz wegführten. Der Geruch von gebratenen Zwiebeln und Knoblauch lag in der frostigen Abendluft. Sie hörte Frauenstimmen und das Geklapper von Geschirr. Normalität. Doch die Hoffnung auf ein Bett in einem dieser Häuser zerschlug sich, als sie sie hinter sich ließen und einen steilen Anstieg begannen, der früher einmal als Terrasse angelegt sein musste. Sie folgten einem schmalen Pfad zwischen Olivenbäumen. In der Ferne verglommen das letzte Rosa und Orange eines atemberaubenden Sonnenuntergangs hinter den Bergen. Der Hauptmann blieb stehen und zeigte auf die dunkle Masse der Schlossruine über ihnen. »Dort gehen wir hin.«

»Oh?« Menina hielt Ausschau nach Lichtern, nach irgendwelchen Zeichen dafür, dass dort jemand wohnte, doch das Gebäude sah vollkommen verlassen aus. Und am Ende des Pfades war es sehr dunkel. Sie kamen zu einem Tor, das in einen Steinbogen eingelassen war, und blieben stehen. Es hatte zwei schwere, eisenbeschlagene hölzerne Türflügel mit einer Luke, die mit einem Gitter versperrt war. War es ein Gefängnis? Bis auf die Vögel war kein Laut zu hören. Wie konnte sie nur so dumm sein und mit einem Mann an einen völlig menschenleeren Ort gehen, der sie für eine Prostituierte hielt? Und noch dazu mit einem bewaffneten Mann.

»Wo sind wir?«, fragte Menina misstrauisch und begann zurückzuweichen. Sie war fit – sie konnte schneller laufen als er, ins Dorf zurück. Aber was dann? Würde jemand in den Häusern sie aufnehmen, an denen sie vorbeigekommen waren?

Der Hauptmann spürte, wie ihr zumute war. »Haben Sie keine Angst. Dies ist ein Kloster, ein sehr altes Kloster, vielleicht das älteste in Spanien. Niemand weiß, wie es wirklich heißt; die Leute nennen es *Las Golondrinas*, wegen den *golondrinas*. Hören Sie nur.«

Der Hauptmann zog an einem Seil und Menina machte einen erschrockenen Satz, als eine Glocke über ihrem Kopf laut erklang und die Schwalben aufstörte, die in einer lärmenden, ärgerlich schimpfenden Wolke davonflogen. »Niemand weiß, wann die ersten Nonnen hierherkommen. Aber war vor der *Reconquista*. Es war ein maurisches Dorf, aber als die Mauren in Spanien sind, gibt es viele Christen, viele Juden. Sie müssen eine besondere Steuer bezahlen und den Mauren keinen Ärger machen, aber ist okay, Christ oder Jude zu sein. Und Nonnen machen keinen Ärger. Wenn sie hineingehen, die Nonnen, sie verlassen das Kloster nie wieder. Steuern sind auch kein Problem – Kloster war reich und Mädchen bringen Geld mit, wenn sie kommen, um Nonnen zu werden. Die Mädchen, sie kommen als Babys hierher und sie werden Nonnen.«

»Oh, das klingt ... Als Babys? Warum? Wie sollten sie als Babys wissen, dass sie einmal Nonnen werden wollen?«

»War Waisenhaus. Sie haben keine Eltern, vielleicht haben keine Wahl. Ich weiß nicht.«

Er zog noch einmal an dem Glockenstrang. »Die Nonnen machen Medizin und Kuchen und Süßigkeiten.« Er zeigte auf das Fenster mit seinen dunklen eisernen Gitterstäben. »Sie verkaufen hier, um die Religionssteuer zu bezahlen. Und weil es sehr, sehr altes Kloster ist, kamen viele Pilger hierher, Leute, die ihre Sünden bereuen. Es gab eine Art Krankenhaus – kranke Leute kommen auch, muslimische und jüdische kranke Leute, Nonnen behandeln sie auch, wie die Christen auch, und ein Waisenhaus.«

»Klingt, als hätten sie eine Menge zu tun gehabt.« Menina taten die Füße weh und mittlerweile war sie so müde, dass sie sich am liebsten unter den Olivenbäumen schlafen gelegt hätte. Aber was war, wenn die Männer vom Platz sie hier fanden?

»Ja, große Damen, sogar Königinnen, sie machen Pilgerreise hierher, weil es so alt ist, so heilig. In der Kapelle ist ein Grab von einer Prinzessin aus dem Norden, aus Leon, war Christin, die herkam, um Nonne zu werden in der Zeit der Mauren. Und hinter dem Kloster sind Höhlen in den Bergen, wo Nonnen begraben sind, wie die Katakomben in Rom. Aber jetzt«, er zuckte die Schultern, »ist nicht so wichtig, niemand kommt her. Sind nur ein paar alte Nonnen. Sie machen immer noch Süßigkeiten, sie verkaufen an die Touristen in *Semana Santa*. Damit verdienen sie nicht viel Geld. Nonnen sind jetzt sehr arm, arm und alt. Ist schwer für sie. Sie werden krank. Leute im Dorf helfen immer noch, bringen ihnen Essen, damit sie nicht verhungern, und Feuerholz, aber im Winter ist sehr kalt.«

Er zeigte nach oben und Menina blinzelte im Dämmerlicht. Viel konnte sie nicht erkennen. »Fenster kaputt. Alles kaputt. Sie sagen, Kloster schließt, wenn die letzte Nonne stirbt. Schlimm zu denken, dass eines Tages eine einzige alte Frau ganz allein hier wohnen wird, alle anderen tot. Ist viele Jahre her, als ich ein Junge war, da kamen noch ein paar Pilger, aber seit langer Zeit nicht mehr. Aber es gibt Räume, wo Pilger und Reisende schlafen konnten. Darum bringe ich Sie hierher.«

»Vielleicht war das keine gute Idee. Es kommt niemand zum Tor«, meinte Menina beunruhigt. Sie schwankte, was besser war: in diesem unheimlichen Gemäuer Schutz vor den Männern auf dem Platz zu suchen oder sich zu weigern, auch nur einen einzigen Fuß hineinzusetzen. »Wir sollten sie nicht belästigen.«

»Machen Sie sich keine Sorgen, Nonnen sind da, hören nur schlecht. Immer man muss warten und ein paar Mal läuten, bis sie hören.« Wieder zog er am Glockenstrang. »Außerdem ist gut für sie, wenn ein Besucher über Bilder Bescheid weiß.«

»Warum?«

»Weil die alten Klöster wie dieses hier, sie haben Bilder. Wenn Sie hier übernachten, können Sie helfen. Sie können sehen, ob es Bilder gibt, die etwas wert sind, die die Nonnen verkaufen können. Dann könnten sie heizen, die kranken Nonnen könnten Pfleger haben und Medizin, ein paar Sachen könnten repariert werden.«

»Das hört sich nach einer guten Idee an, aber ich bin wirklich keine Expertin. Sehen Sie, ich bin erst im Junior College! Was Sie brauchen, ist ein Spezialist.« Sie tastete nach der Karte in ihrer Hosentasche. »Und es gibt eine Spezialistin, eine berühmte Frau, sie ist unsere Reiseleiterin, Professor Lennox. Sie ist eine halbe Spanierin, glaube ich. Und ich könnte sie anrufen, ich müsste nur irgendwo ein Telefon finden«, bettelte Menina. Wie konnte es sein, dass es überhaupt keine Telefone gab? »Ich habe ihre Handynummer.«

»Aber ich sage Ihnen doch, gibt kein Telefon. Hier gibt es noch nicht einmal elektrischer Strom. Aber versuchen Sie, bitte. Ist gut, wenn Sie etwas finden, aber wenn nicht, dann können Sie nichts machen. Machen Sie sich keine Sorgen. Sor Teresa spricht ein bisschen Englisch. Hat sie als Mädchen gelernt, Sie können sie fragen.«

Kein Telefon, kein Strom. Großartig! Aber er hatte »bitte« gesagt ...

In diesem Moment öffnete sich das vergitterte Fenster. Eine hohe alte Stimme rief »Aha!« und fragte ärgerlich, wer da die Glocke läute. Und sie habe um diese Uhrzeit keine *polvorónes*, fügte sie hinzu.

»Ah, Sor Teresa«, sagte Hauptmann Fernández Galán und nahm seine Kappe ab. Plötzlich klang er höflich und respektvoll. Er wünschte der Sprecherin einen guten Abend, sprach sie mit »*Tia*« – Tante – an und setzte in rasend schnellem Spanisch zu einer Erklärung an. Aus den Bruchstücken, die Menina mitbekam, konnte sie sich zusammenreimen, dass er sagte, er habe ein nettes amerikanisches Mädchen bei sich, das leider ausgeraubt worden sei und seinen Bus verpasst habe, ein sehr nettes Mädchen, das bis nach Ostern irgendwo übernachten müsse. Und ob dieses nette Mädchen nicht in einem der Pilgerzimmer schlafen könne.

Das Gitter schloss sich und dann hörte man, wie ein Riegel zurückgeschoben wurde. Die schwere Holztür öffnete sich einen Spalt und Menina erspähte eine gebeugte Gestalt, eine alte Frau in Nonnentracht, die eine Laterne in der Hand hielt. »*Deo gratias*, Alejandro«, begrüßte sie den Hauptmann mürrisch. Sie schien nicht erfreut, ihn und Menina zu sehen, und murmelte etwas davon, dass sie gerade bei der Abendandacht seien.

Der Hauptmann erklärte. Menina versuchte zu verstehen, was er sagte. Sie hörte ihren Namen und die Wörter »Madrid« und »Malaga« und »Studentin«. Er wollte gerade etwas über die Gemälde im Kloster sagen, als Sor Teresa ihn unterbrach, so als schelte sie einen kleinen Jungen. Ihre hohe alte Stimme sagte etwas in abgehacktem Spanisch, das sich für Menina anhörte wie, nein, sie würden nicht schon wieder eine seiner Frauen aufnehmen ... die letzte war ... kam und ging, wie es ihr gefiel, zu jeder Tages- und Nachtzeit ... sehr störend ... schockierend ... Zigaretten ... kurze Röcke. Menina hörte sie das Wort »Hippies« ausspucken.

Sor Teresa verstummte einen Moment, um Atem zu holen. Hauptmann Fernández Galán wiederholte seine Bitte und entschuldigte sich dafür, dass das letzte Mädchen sich nicht gut benommen habe. Und er schwöre bei dem Grab seiner Eltern, dass er Menina noch nie zuvor gesehen habe. Ein nettes Mädchen.

Menina staunte, dass der Hauptmann sie als »nettes Mädchen« vorstellte. Vor einer knappen Stunde hatte er sie noch als Prostituierte bezeichnet. Und hatte der Hauptmann etwa die Angewohnheit, seine Freundinnen vorübergehend im Kloster unterzubringen? Wie seltsam. Aber sie brauchte einen Schlafplatz. Menina beugte sich vor und versicherte der Nonne in ihrem besten Spanisch, dass sie keine Freundin des Hauptmanns und kein Hippie sei, dass sie nicht rauche, nirgendwo hingehen wolle und niemandem Probleme bereiten würde. Und könnte sie bitte, bitte bleiben, bis der nächste Bus nach Madrid fuhr? Sor Teresa starrte Menina an, als könnte sie geradewegs durch sie hindurchblicken, dann zog sie die Tür ein Stück weiter auf, packte sie nicht allzu sanft am Arm und zerrte sie hinein.

Der Hauptmann fügte noch hinzu, dass sie Menina die *pinturas* im Kloster zeigen solle und ob Sor Teresa bitte Englisch sprechen könne – doch Sor Teresa beachtete ihn gar nicht und schob das Tor zu. Er schaffte es gerade noch, Meninas Rucksack durch den Spalt zu schieben und seine Hand im letzten Moment zurückzuziehen, bevor es zuschlug.

Sor Teresa verriegelte das Tor und wandte sich zu Menina. »Sie bleiben«, sagte sie kurz angebunden, »in Kloster. Nicht aus dem Kloster gehen zu Männer! Keine Männer.«

»Ja, Ma'am!«, erwiderte Menina und griff müde nach ihrem Rucksack. Keine Männer war genau das Richtige für sie. »Selbstverständlich ... *sí ... comprendo.*«

»Hmpf«, schnaubte Sor Teresa. Sie klang nicht überzeugt. Dann hob sie die Laterne hoch über den Kopf und humpelte mit überraschender Geschwindigkeit voraus. Die Lampe tauchte sie in schwankendes Licht, während sie Menina durch ein Gewirr aus Korridoren führte. Menina sah zerbrochene Bodenfliesen und verschlossene Türen, doch außerhalb des Lichtkegels lag alles in undurchdringlicher Dunkelheit. Außer ihnen beiden war keine Menschenseele zu sehen. Es roch nach Moder und Staub und eine Maus oder etwas anderes huschte vorbei.

Schließlich blieb Sor Teresa in einem Korridor stehen und drückte eine der Türen auf, die sich knarrend öffnete. Sie hielt die Laterne hoch. »Hier«, sagte sie auf Spanisch. Der Raum war eine kleine, dumpf riechende, weiß getünchte Zelle. An einer Wand hing schief ein Kruzifix, darunter stand ein hölzernes Gestell zum Hinknien. Das Fenster war mit Schlagläden verschlossen, auf dem Bett lagen vergilbte Laken und eine zusammengefaltete Decke. Die bestickten Kissenbezüge waren geflickt. Unter dem Fenster standen ein Stuhl und ein kleiner Tisch mit einer Sturmlampe. Schwester Teresa fuhr mit dem Saum ihrer Tracht über die Tischplatte und sagte: *»Por alimento.«* Aus einer Tasche zog sie zwei Kerzenstummel und eine Streichholzschachtel hervor, zündete eine der Kerzen an und steckte sie in die Sturmlampe. Dann reichte sie Menina die andere Kerze und die Streichhölzer. *»Gracias«*, sagte Menina und gab sich Mühe, nicht so entgeistert zu klingen, wie sie sich fühlte. Sor Teresa winkte ihr, sie solle ihr in den dunklen Korridor folgen. Dort schob sie eine weitere knarrende Tür auf. *»Servicios«*, sagte die alte Nonne. »Toilette.«

»Oh ...«, sagte Menina zögernd. Sie hielt ihre Kerze hoch und konnte ein Loch im Boden und einen Stapel alter Zeitungen ausmachen. An der gegenüberliegenden Wand sah sie eine rostige Pumpe über einem altertümlichen Steinwaschbecken in einem Metallgestell. Kein elektrischer Strom und nun das! Sor Teresa war verschwunden. Da Menina inzwischen dringend pinkeln musste, benutzte sie die primitive Toilette und riss Stücke aus dem Zeitungspapier, das vermutlich als Toilettenpapier herhalten sollte. Es dauerte eine ganze Weile, bis die Pumpe mit lautem Ächzen einen eiskalten Wasserstrahl über ihre Hände spülte.

Als sie sich durch den dunklen Korridor zu ihrem Zimmer zurücktastete, ließ ein Luftzug die Kerzenflamme bedrohlich flackern. Ihr Schatten tanzte gespenstisch im zuckenden Lichtschein. Sie war erleichtert, dass aus der offenen Tür ihres Zimmers ein schwaches Licht schimmerte. Auf dem Tisch stand ein Tablett, das mit einem Leinentuch abgedeckt war. Jemand hatte ihr Abendessen gebracht! Unter dem Tuch sah sie eine Tonschale mit Suppe, die einen unverkennbaren Knoblauchgeruch verströmte, Brot, Käse und eine kleine Karaffe mit Rotwein. Menina merkte plötzlich, wie hungrig sie war. Auf der heißen Suppe schwamm ein pochiertes Ei und sie war köstlich. Sie wischte die Schale mit dem Brot aus und spülte den Käse mit dem Wein hinunter.

Menina zog sich aus und wickelte sich in den Reisebademantel, den ihre Mutter in den Rucksack gepackt hatte. Er war aus einem leichten, flauschigen Stoff und fühlte sich in dem feuchtkalten Raum angenehm warm an. Die Matratze war dagegen dünn und knubbelig. Sie rutschte hin und her und versuchte, es sich einigermaßen bequem zu machen.

Sie schloss die Augen und dämmerte gerade ein, als unten im Dorf erneut die langsamen Trommelschläge erklangen. Auch der klagende Gesang, den sie am Nachmittag schon gehört hatte, ertönte wieder. Nun würde sie garantiert nicht einschlafen können. Sie setzte sich auf und griff nach dem Reiseführer, dem einzigen Lesestoff, den sie zur Hand hatte. Hoffentlich hielt die Kerze in der Lampe bis zum Morgen durch! Wie sollte sie das nur eine ganze Woche aushalten?

Als sie aufwachte, lehnte sie zusammengesunken an der Wand, mit dem aufgeschlagenen Buch im Schoß. Auf ihrer Uhr war es halb sieben. Langsam sah sie sich in dem kargen kleinen Zimmer um und versuchte sich zu erinnern, wo sie war. Im Licht des frühen Morgens sah sie, dass jemand das Tablett vom Abend zuvor weggenommen und dafür ein weiteres Tablett auf den kleinen Tisch gestellt hatte. Diesmal waren es Kaffee, heiße Milch und warmes Mandelbrot. Sie hatte ein schlechtes Gewissen – ihre Eltern würden einen Anfall bekommen, wenn sie sich von alten Damen wie vom Zimmerservice im Hotel bedienen ließe.

In diesem Moment hörte sie flüsternde Stimmen. Sie horchte am Fenster. Stand da jemand auf der anderen Seite der Schlagläden? Dann klopfte es an der Tür. Menina wandte den Blick vom Fenster in den Raum und merkte, wie ihr Atem stockte. Mitten im Zimmer sah sie eine Schar von Mädchen. Sie trugen ausladende Röcke aus dunklem Stoff und weiße Halskrausen, wie sie im sechzehnten Jahrhundert typisch waren, und hatten sich wie zu einem Gruppenfoto aufgebaut. Sie sahen sie mit flehenden Augen an. »*Sala grande ... locutio sala ... sala de las niñas ... jardín de peregrinos*«, hörte sie junge Stimmen flüstern.

»Was? *¿Qué?*« Menina rieb sich die Augen und schaute noch einmal hin, doch alles, was sie sah, waren Staubkörner, die im streifigen Sonnenlicht tanzten. Stress und Jetlag konnten seltsame Dinge anrichten.

Sor Teresa kam durch die Tür gehumpelt und bellte: »*Deo gratias.*« Sie sagte, Menina könne mit ihnen zur Messe gehen, während sie hier sei – die Klosterkapelle hatte eine Eingangstür, die jeden Morgen für die alten Damen entriegelt wurde, die zur Messe kamen. Menina konnte sich zu ihnen setzen.

Menina lehnte ab und erklärte, sie sei keine Katholikin. Bevor sie anbieten konnte, ihr Tablett in die Küche zu tragen, wo immer sie auch sein mochte, und das Geschirr zu spülen, hatte Sor Teresa es schon gepackt und erklärte barsch, es sei Zeit für die Vigil.

Menina holte das Päckchen mit Zahnbürste und Zahnpasta aus ihrem Rucksack, das sie im Flugzeug bekommen hatte, außerdem ein Stück Seife, wie man sie in Hotelbadezimmern findet, und wusch sich todesmutig im eiskalten Wasser aus der Pumpe. Dann zog sie sich an, versuchte, noch ein wenig in ihrem Reiseführer zu lesen und wartete ansonsten ab, ob Sor Teresa oder sonst jemand kommen und mit ihr über die Gemälde reden würde. Doch bald entschied sie, dass sie nicht ewig ohne irgendeine sinnvolle Beschäftigung in diesem kleinen Zimmer sitzen konnte. Vielleicht sollte sie sich selbst auf die Suche nach den Bildern machen. Sie wünschte, Becky wäre hier.

KAPITEL 5

Kloster Las Golondrinas, Spanien,
April 2000

Das Kloster schien aus einem Gewirr von Korridoren zu bestehen. Durch die Spalten in den Wänden und Decken pfiff der Bergwind, Vögel flogen ein und aus, tschilpten und bauten Nester unter dem Dach. Das einzige Licht kam durch vergitterte Fenster, die hoch oben in die Mauern eingelassen waren. Als sich ihre Augen an das Dämmerlicht gewöhnt hatten, sah Menina, dass die Wände über und über mit verblichenen Karten mit religiösen Motiven bedeckt waren. Außerdem hingen dort getrocknete Blumen, grellfarbige Bilder von Madonnen, der Heiligen Teresa von Avila, Herz-Jesu-Bilder, Lithografien diverser Päpste und schlecht gemalte Heiligenbilder. Menina vermutete, dass die meisten Bilder aus der Mitte des neunzehnten oder dem frühen zwanzigsten Jahrhundert stammten und kaum etwas wert waren. Sie wusste genug, um ihre eigenen Grenzen zu kennen, doch ihr Studium in Holly Hill hatte ihren Blick geschärft. Die Sachen, die hier an den Wänden hingen, waren Ramsch.

Sie ging einen Korridor nach dem anderen entlang, an offenen Türen vorbei, hinter denen sie ähnliche Zimmer sah wie ihr eigenes: ein schmales Bett, ein Tisch, ein Stuhl und ein Kruzifix an der Wand. In früheren Zeiten waren sie wahrscheinlich von Pilgern belegt gewesen. Menina zog die Nase kraus. Noch nie hatte sie etwas Ähnliches gerochen wie diese Mischung aus Alter und Schimmel und Moder.

Sie hoffte, sie würde die Kapelle finden oder einer der Nonnen begegnen, doch die Korridore lagen verlassen da. Dann gelangte sie zu einem Raum, in dem tiefe Steinbecken an den Wänden und eine altertümliche eiserne Pumpe angebracht waren. Geflickte Nachthemden hingen zum Trocknen auf einem hölzernen Gestell. Sie öffnete die Tür zu einem größeren Raum mit Fliesen an Wänden und Boden und einem weiteren Steinbecken, einer Pumpe und ein paar Töpfen und Pfannen, die schief an Eisenhaken von der niedrigen Decke baumelten. Außerdem gab es einen zerkratzten Holztisch und an einem Ende des Raumes einen riesigen offenen Kamin. Auf dem Tisch sah Menina Krüge, mit Weidengeflecht eingefasst, mit der Aufschrift »*Vino*« und »*Aceite de oliva*« – Wein und Olivenöl, zu Zöpfen geflochtene Zwiebeln und Knoblauchknollen, Körbe mit Eiern, Babyartischocken und Kartoffeln, an denen noch Erde klebte, ein paar Zitronen und ein Stück Honigwabe auf einem Teller. An der Feuerstelle hingen einige Bündel mit getrockneten Kräutern, neben dem Kamin waren Holzscheite aufgestapelt und in der Glut köchelte ein Eisentopf vor sich hin. Sie beugte sich hinunter und nahm den Deckel ab. Knoblauchduft strömte ihr entgegen und sie merkte, dass sie sehr, sehr hungrig war. Das süße Brot zum Frühstück hatte wunderbar geschmeckt, aber es war eben nur eine einzige Scheibe gewesen. Sie setzte den Deckel auf den Topf zurück und sah sich nach irgendetwas um, das sie knabbern könnte, ganz gleich, was.

Unter dem Waschbecken entdeckte sie einen großen Korb mit altbackenem Brot, der die Aufschrift »*pollos*« trug. Einige Brocken waren nur ein bisschen trocken, andere dagegen hart wie Stein. Menina fand ein großes Stück von einem Brotlaib, der ein bisschen frischer aussah als der Rest, und brach einen Bissen davon ab. Sie tunkte ihn in den Honig und aß ihn, auch wenn sie dabei ein schlechtes Gewissen hatte. Was übrig blieb, brach sie in zwei Teile, die sie sich in die Jackentaschen stopfte, für den Fall, dass es kein Mittagessen gab. Dann setzte sie ihre Erkundungstour fort. Von der Küche aus gelangte sie in einen größeren, weiß getünchten Raum mit einem großen Kreuz aus dunklem Holz. Darunter standen ein Pult mit einem aufgeschlagenen Buch und drei lange Tische mit Bänken davor. Das Esszimmer der Nonnen?

Von diesem Raum aus führte eine Tür in ein weiteres dämmriges, stilles Zimmer mit niedriger Decke. Menina trat ein, dann rief sie erschrocken: »Entschuldigung!« Das Zimmer war voller Leute. Es waren ungewöhnlich ruhige Leute. Alle hatten Hüte auf und standen vollkommen still – und Menina erkannte, dass es keine Menschen, sondern Heiligenfiguren aus Gips waren, mit angeschlagenen Glorienscheinen. An den Wänden reihten sich staubige, mit Spinnweben bedeckte Vitrinen aneinander und in der Mitte des Raumes sah sie Sessel, auf deren Armlehnen achtlos hingeworfene gehäkelte Schondeckchen lagen.

Seltsam. Es sah aus, als sei alles in einer Zeitkapsel eingefroren, dachte Menina. Der Staub stieg ihr in die Nase und sie musste niesen. In der Stille klang es sehr laut.

Über einem leeren Weihwasserbecken, das ein kurzes Stück über dem Boden in die Wand eingelassen war, hing ein Medaillon aus blau-weißer Emaille, das die Madonna und das Kind zeigte. Als sie sich umsah, entdeckte Menina, dass die Wände voller kleiner geschnitzter Figuren waren – Madonnen, Engel, Putten. Sie wünschte, sie hätte Stift und Schreibblock mitgebracht, um alles aufzulisten. Außerdem gab es ein paar schmutzige und mottenzerfressene Wandteppiche und einige Bilder, die mit den Jahren so dunkel geworden waren, dass darauf kaum etwas zu erkennen war. Menina konnte Moses in den Binsen ausmachen, auf einem anderen Bild sah sie kleine Engel, die mit einem Lamm spielten, Johannes den Täufer als wohlgenährtes Kleinkind, wie er durch knöcheltiefes Wasser watete und dabei ein winziges Kreuz hochhielt, und ein großes Gemälde mit der Jungfrau, zwei anderen Frauen und einigen Kindern, die zu ihren Füßen spielten. Alle Bilder schienen etwas mit Kindheit zu tun zu haben – hatte dieser Raum zum Waisenhaus gehört?

Sie wischte Staub und Spinnweben von einer der Vitrinen und versuchte, hineinzusehen. Sie war voller Spielzeug. Eine Puppenschar mit leeren Gesichtern und glasigen Augen starrte sie an. Die meisten waren in Nonnentrachten gekleidet. In einer anderen Vitrine erkannte Menina unterschiedlich große Puppen in schlichten, langen Kleidern, die früher einmal weiß gewesen sein mussten. Jede Puppe hatte einen Wimpel auf dem Kopf, der durch winzige braune Bröckchen von Blumen oder etwas Ähnlichem gehalten wurde. Bräute Christi als Puppen. Für Menina, die unter Baptisten aufgewachsen war, sahen sie fremd, exotisch und ein wenig bizarr aus.

Auf den unteren Böden stand eine Ansammlung von Puppengeschirr. Als Menina genauer hinsah, erkannte sie jedoch, dass es keine Teller, Schüsseln und Becher waren, sondern Altargeschirr: kleine silberne und goldene Kruzifixe, Kelche und Monstranzen. Daneben standen kleine Altäre aus Marmor und Alabaster mit winzigen Altartüchern, puppengroße Beichtstühle und Weihwasserbecken. Kleine Figuren, die Christus, die Jungfrau und verschiedene Heilige darstellten, waren so gefertigt, dass man sie auf ein kleines Holzgestell schrauben konnte, wie Menina es am Tag zuvor bei der Prozession gesehen hatte.

Eine weitere Vitrine enthielt Messbücher, die mit Elfenbeinschnitzereien verziert waren und in eine Kinderhand passten, Rosenkränze für Puppen aus Saatperlen, kleine Palmzweige, kleine Peitschen aus angelaufenem Silber, die mit so winzigen Dornen bestückt waren, dass man sie kaum noch erkennen konnte. Es gab auch kleine vergoldete Altarschranken – Menina meinte sich zu erinnern, dass sie *reredos* hießen –, die wunderbar verziert waren, und Kerzenleuchter in Miniaturformat mit schiefen Kerzen aus echtem Wachs.

In der letzten Vitrine lag etwas, das wie Schmuck aussah. Menina zuckte zurück. Winzige Kristallschatullen und -gefäße, mit schwarz angelaufenem Silber, Gold und staubigen Edelsteinen eingefasst, enthielten noch winzigere Reliquien aus Elfenbein und Ebenholz – Totenschädel, ein paar abgetrennte Hände, ein Menschenherz, der kleine blutüberströmte Kopf von Johannes dem Täufer ... Menina wusste, dass man diese Behältnisse Reliquienschreine nannte. Sie konnte auch erkennen, wo man sie benutzt hatte. Das große dunkle Ding in einer Ecke war eine Kapelle, so groß wie eine Puppenstube.

All diese Dinge beschworen das Bild von Kindernonnen herauf. *Kindernonnen?* Sie schauderte, verließ die *sala* und war froh, am Ende des Ganges Sonnenlicht zu sehen. Durch einen Steinbogen gelangte sie in den Klostergarten. Über einem Kreuzgang im romanischen Stil drängten sich wettergegerbte Wasserspeier mit abgeschlagenen Nasen. Bienen summten in überwucherten Kräuterbeeten umher, zwischen denen Wege aus verblassten roten und blauen Kacheln verliefen. Auf einem Podest stand ein Springbrunnen und ließ ein schwaches Plätschern hören. Es war ein Garten wie aus einem mittelalterlichen Stundenbuch, nur in völlig vernachlässigtem Zustand.

Menina hockte sich auf die niedrige Mauer des Kreuzgangs, als die Klosterglocke die Stille durchbrach. Zwölf Schläge, es war bereits Mittag. Zeit fürs Mittagessen. Sie brach ein Stück von ihrem Brot ab. Im Sonnenlicht hatte es eine wenig appetitliche graue Farbe. Sie sollte besser in ihr Zimmer zurückkehren und nachsehen, ob dort etwas zu essen stand. Wenn sie nur jemanden fragen könnte, wo ihr Zimmer war. Da hörte sie Schritte und sah hinter den Bögen auf der gegenüberliegenden Seite des Kreuzganges eine Nonne durch die Schatten hasten. Menina rief: »*Momento, por favor!*«, und dann: »*Hola!*«, doch die Nonne konnte sie nicht gehört haben, denn ihre langen schwarzen Röcke fegten aus dem Blickfeld, als sie im Innern des Klosters verschwand.

Menina stopfte das Brot in ihre Tasche zurück und versuchte, sie einzuholen. Sie konnte die Schritte hören, die vor ihr her durch das Dämmerlicht eilten, und nach der Stille und den gespenstischen Erscheinungen am frühen Morgen klangen sie vertraueneinflößend. Nach der Helligkeit im Garten konnten sich Meninas Augen nicht so schnell an das gedämpfte Licht im Innern des Gebäudes gewöhnen. Sie tastete an der Wand nach einem Lichtschalter, dann fiel ihr ein, dass es im Kloster ja gar keinen Strom gab. Die Schritte der Nonnen hörte sie nun nicht mehr und die Tatsache, dass sie nichts sehen konnte, schärften ihre anderen Sinne. Sie nahm einen süßen und leicht moschusartigen Geruch wahr, der sie an Sarah-Lynns Bienenwachspolitur erinnerte. Sie streckte eine Hand aus und spürte einen Luftzug, dann einen Türrahmen. Sie tastete sich an einer Wand entlang, bis sie über etwas Unförmiges stolperte. »Oh, Mist, was ist das jetzt?«, murmelte sie und rieb sich das Schienbein. Mittlerweile hatten sich ihre Augen soweit an das dämmrige Licht gewöhnt, dass sie eine große dunkle Form erkennen konnte. Sie fuhr mit der Hand darüber. Das Ding fühlte sich wie eine Truhe mit eisernen Beschlägen an. Menina tastete sich an der Kante entlang und bahnte sich einen Weg in den Raum. Unter den Dachvorsprüngen, wo die Schwalben ihren üblichen Lärm machten, drang Licht herein und sie konnte erkennen, dass sie sich in einem weiteren Raum mit niedriger Decke befand. Es roch nach Holzfeuern und ein eiserner Kerzenleuchter mit blassen, halb heruntergebrannten Kerzen ließ sie vermuten, dass die Nonnen diesen Raum tatsächlich benutzten. Sie blickte suchend über den Tisch, in der Hoffnung, Streichhölzer zu finden.

Sie entdeckte einen kleinen eisernen Behälter, der Streichhölzer enthielt, zündete zwei Kerzen an und sah sich um. Im Flackerlicht erkannte sie Stühle mit hohen Lehnen, einen Tisch und ein großes schwarzes Kruzifix über einem offenen Kamin. Der geflieste Boden war uneben und an manchen Stellen eingesunken. Eine Wand des Raumes bestand aus einem Eisengitter, wie bei einer Gefängniszelle. Auf der anderen Seite war ein Vorhang vor das Gitter gezogen. An einer Wand waren Regale befestigt, auf denen einige Körbe mit Nähzeug standen, ansonsten waren sie leer. In einer Nische war Feuerholz gestapelt.

Und an den übrigen Wänden hingen Bilderrahmen. Die Gemälde darin waren schwarz vor Alter und sie waren noch viel schmutziger als die im Zimmer des Waisenhauses.

Menina nahm eine Kerze aus dem Kerzenhalter und hielt sie dicht an das Bild, das ihr am nächsten hing. Mit der Nase wenige Zentimeter von der Oberfläche entfernt kniff sie die Augen zusammen und versuchte, durch die matte Spiegelung der Kerzenflamme hindurch etwas zu erkennen. Nach und nach konnte sie unter den Schichten des Alters und des Schmutzes die schwachen Umrisse eines Gesichts ausmachen.

Sie hatte ein Portrait gefunden. Und jetzt?

Das Brot in ihrer Tasche – das war's. Sie hatte gehört, dass man Gemälde mit Brot reinigen konnte, weil es den Schmutz aufnahm. Es war keine besonders gute Methode und modernes

Brot enthielt viele chemische Stoffe und Bleichmittel, die jede Menge Schaden anrichten würden. Doch das Brot in Meninas Tasche war kein amerikanisches Supermarktbrot, es war grau, also war es vielleicht ungebleicht. Sollte sie es versuchen? Wahrscheinlich nicht, doch diese Gemälde hatte seit Jahren niemand mehr beachtet, und wenn sie nichts unternahm, würde das auch so bleiben. Sie wusch sich die Hände im Weihwasser, dann wischte sie sie an ihrer Hose ab und versuchte, sie so sauber wie möglich zu bekommen. Sie riss ein Stück von der Brotkrume ab und knetete es, bis es weich und formbar war. Dann pustete sie über die Oberfläche des Bildes, um den losen Staub zu entfernen und drückte das weiche Brot vorsichtig in eine Ecke der dunklen Leinwand.

Das Brot wurde immer schwärzer, je mehr Schmutz es aufnahm. Der Bilderrahmen sah aus, als sei er vergoldet.

»Okay, dann wollen wir mal sehen, wie du aussiehst.« Mit einem weiteren Stück Brot machte sich Menina daran, das Gesicht freizulegen. Sie drückte es vorsichtig an und nach und nach kamen dichte Augenbrauen über dunklen Augen und der Nasenrücken zum Vorschein, dann ein Gesicht, das sie mit seinen dunklen Augen anstarrte. Menina arbeitete sich von einer Seite zur anderen vor und stellte fest, dass der Künstler es geschafft hatte, Augen zu malen, die dem Betrachter zu folgen schienen. Auf jeden Fall lohnte es die Mühe, den Rest des Portraits freizulegen.

Unter der Schmutzschicht, so erkannte Menina bald, war keine Heilige oder die Jungfrau Maria verborgen, sondern eine junge Frau in eleganten Kleidern. Sie konnte einen fein gearbeiteten Ärmel erahnen, einen Farbfleck, der zu einer Blume in ihrer Hand gehörte, eine Art Unterkleid mit Stickereien und Schmuck. Und obwohl der Schmutz ihre Leuchtkraft dämpfte, waren die Farben kräftig genug, um sie zu erkennen – rot und schwarz und grün und blau. Offenbar war es das Portrait einer wohlhabenden jungen Frau und dennoch war etwas Exotisches oder Primitives daran. Menina bezweifelte, dass es ursprünglich aus Europa stammte.

»Woher kommst du?«, fragte sie das Portrait, um die Stille zu durchbrechen. Sie zuckte zusammen, als sie Sor Teresa hinter sich gackern hörte: »Aha! Hier sind Sie also!« Menina drehte sich hastig um. Sor Teresa stand in der Tür. »Sie sollten nicht hier sein, ist nur für Nonnen«, sagte sie vorwurfsvoll. »Wenn ist Besuch, Frauen aus dem Dorf, sie kommen und sitzen hier.« Sie zeigte auf das Eisengitter. »Alle Leute, sind keine Nonnen, sie sitzen auf der anderen Seite. Was machen Sie da?« Das Misstrauen in ihrer Stimme war kaum zu überhören.

Menina kam sich vor wie ein ungehorsames Kind, das man bei etwas Verbotenem ertappt hatte. »Das war Hauptmann Fernández Galáns Idee! Er sagte, ich sollte mich nach Gemälden umsehen, die vielleicht wertvoll sein könnten, um sie zu verkaufen, und wir könnten sie zu –«

Sor Teresa richtete sich zu voller Größe auf und ließ einen empörten Schwall spanischer und englischer Worte auf Menina niederprasseln. »Wie können Sie es wagen, Hauptmann Fernández Galán zu beschuldigen! Alejandro ist kein Dieb! Sie sind es, die uns bestehlen will. Pah! Sie müssen das Kloster verlassen!«

»Nein, nein, nein! Wir wollen nichts *stehlen*. Der Hauptmann meint, das Kloster braucht Geld, und er wollte, dass ich ein Gemälde finde, das Sie verkaufen können.«

»Hmpf!«, machte Sor Teresa. Dann folgte ein weiterer spanisch-englischer Wortschwall, der sich hauptsächlich um Alejandro und seine schlimme Lebensweise drehte. Sie wüsste nicht mehr, was sie von ihm halten sollte. Menina stellte erstaunt fest, dass sie offenbar einen wunden Punkt getroffen hatte. Sor Teresa hatte eine Menge über den Hauptmann zu sagen, über das Leben, das er führte, dass er immer schon ein ... irgendetwas Schändliches ... gewesen sei, seit er ein kleiner Junge war. Und das sei er auch heute noch, nicht einen Deut besser ... Und dann folgte etwas in schnellem Spanisch, darüber, dass er schamlosen Mädchen hinterherlief, die ihr Leben damit zubrachten, Aufmerksamkeit zu erregen und Männer anzulocken. Genau diese Sorte Mädchen schien er anzuziehen. Sie warfen sich ihm geradezu an den Hals, kein Wunder, dass er nicht verheiratet war – er kannte ja nur *putas*. Menina starrte sie überrascht an. Sor Teresa hatte die Freundinnen des Hauptmanns gerade als *Huren* bezeichnet! Zählte sie sie etwa auch dazu? Nun, sie war es wirklich leid, dass die Leute sie so nannten!

»Ich bin keine *puta* und auch keine seiner Freundinnen! Ich habe ihn gestern zum ersten Mal gesehen! Er hat mir deutlich zu verstehen gegeben, dass er mich für eine komplette Idiotin hält, weil ich den falschen Bus genommen und mir meine Sachen habe stehlen lassen. Er war wirklich unhöflich. Aber da Sie mir erlauben, hier zu übernachten, dachte ich, ich könnte versuchen zu helfen, wie der Hauptmann es vorgeschlagen hat. Es tut mir leid, dass ich in Ihren privaten Bereich eingedrungen bin, doch ich konnte niemanden finden, den ich hätte fragen können. Warum lassen Sie mich Ihre Gemälde nicht ansehen? Wie ich dem Hauptmann schon erklärt habe, studiere ich Kunstgeschichte nur am College, ich weiß ein bisschen, aber nicht viel. Was ich tun kann, ist, den Schmutz zu entfernen, mit altbackenem Brot. Und ich kann mir Notizen machen, wenn etwas aussieht, als könnte es wertvoll sein. Dann kann ein richtiger Fachmann sich die Sachen ansehen und Sie beraten, wenn Sie verkaufen wollen.«

»Hmpf«, machte Sor Teresa wieder. »Wir werden sehen. Vielleicht wollen wir unsere Gemälde nicht verkaufen. Nun kommen Sie. Sie müssen essen und ich muss in die Kapelle zurück.«

»War hier die Bibliothek?«, fragte Menina, während sie Sor Teresa aus dem Raum folgte.

»Altes Skriptorium«, antwortete Sor Teresa.

»Skriptorium? Eine Schreibstube?«

»Ja, eine Nonne hat hier immer geschrieben. Kloster hatte immer eine Schreiberin – eine *scriba*. Viele Bücher, war auch eine Bibliothek, etwas Besonderes, weil nicht so viele Bücher damals, Bücher sehr wertvoll. Nicht so viele Leute konnten lesen. Aber in diesem Kloster waren die Nonnen immer gebildet, konnten lesen, daher kamen viele Leute, wollten wissen, was in den Büchern steht, die Schreiberin findet die Bücher und sagt ihnen, was sie wissen wollen.«

»Sie hat es nachgeschlagen«, sagte Menina.

»Ja. Erst müssen Leute Erlaubnis von der Äbtissin haben, aber wenn sie erlaubt, sie können zum Skriptorium gehen. Sie sehen, ist *locutio* in diesem Raum, wie in Salon der Äbtissin.

Die Kirche sagt, Nonnen müssen hinter dem *locutio* sein. Deshalb gibt Gitterstäbe, wie Gefängnis, um Nonnen und die Welt getrennt zu halten. Ist lange her. Heute schreiben wir nicht mehr, aber wir sitzen hier und arbeiten. Nicht zu viele Fenster kaputt. Und Kamin ist gut, schön groß, weil Schreiberin nicht arbeiten kann, wenn zu kalt. Schreiberin ist guter Job, finde ich!« Sor Teresa stieß ein unerwartetes Lachen aus.

»Ich habe das Portrait eines Mädchens gefunden. Sie sieht nicht wie eine Nonne aus. Wie kann es sein, dass ihr Portrait hier im Kloster ist?«

»Ein Mädchen?« Wieder lachte Sor Teresa leise. »Natürlich ist Mädchen! Viele Mädchen kamen nach Las Golondrinas vor langer Zeit. Heute wissen Leute nicht mehr, aber es war eine Zeit, als viele Mädchen kamen. Wir helfen ihnen, retten ihnen manchmal das Leben«, murmelte sie und ging voran durch den Korridor. »Die Welt ist ein gefährlicher Ort für Mädchen, wenn sie allein sind. Aber das ist eine lange Geschichte. Alles in Las Golondrinas ist eine lange Geschichte. Und alt. Zu alt. Bald sind alle unsere Geschichten vergessen, über die Nonnen, über unseren Orden, über die Mädchen. Wenn nicht ein Wunder kommt, niemand wird wissen, was hier passiert ist. Sie sind das letzte Mädchen, denke ich. Ha! Vielleicht können Sie unsere Geschichten erzählen, nein?«

»Vielleicht können Sie mir die alten Geschichten erzählen und ich versuche es«, sagte Menina, in der Hoffnung, Sor Teresa zu besänftigen. Was mochten das wohl für Geschichten sein, fragte sie sich.

KAPITEL 6

Madrid,
Winter 1504

Der Haushalt der Familie des Defensor del Santo Sepulchro trug Trauer. In der Mitte der großen Empfangshalle stand eine aufwendig geschmückte Totenbahre, mit schwarzem und goldenem Stoff behangen und von dicken Bienenwachskerzen umgeben. Darauf lag der Körper einer etwa dreißigjährigen Frau. Ihr wächsernes Gesicht verschwand fast unter einem Schleier aus Brüsseler Spitze. Um ihre Finger war ein Rosenkranz aus großen schwarzen Perlen mit einem Kruzifix aus Gold und Diamanten gewunden. Eine Woche nach ihrem totgeborenen Sohn war die Gräfin gestorben und sein winziger Sarg mit einem Lamm auf dem Deckel lag an ihrer Seite. Die Leichen waren seit fast drei Tagen aufgebahrt, umgeben von der Familie und einem Heer von Nonnen, Mönchen und Priestern, die ununterbrochen Totenwache hielten und für die Seelen der Verstorbenen beteten. Am nächsten Tag sollte eine Prozession zur Totenmesse in die Kirche des Heiligen Nicolás de los Servitas ziehen. Danach würde die Beerdigung in der Familiengruft stattfinden.

Die einzige Tochter der Familie, die fünfzehnjährige Isabela, kniete allein auf einer Seite der Totenbahre, ihr Vater, ihre sechs Brüder und der Priester auf der anderen. Auch wenn ihre Kleidung von Wohlstand und ihre Haltung von Frömmigkeit zeugten, so war es vor allem ihr Gesicht, das sie interessant erscheinen ließ. Es war eher anziehend als schön, intelligent und wach, mit regelmäßigen Gesichtszügen und dunkelblauen Augen unter dichten Brauen. Im flackernden Licht der Kerzen verschmolz Isabelas schwarzes Trauerkleid mit dem Dunkel der Schatten, sodass ihr blasses Gesicht und der steife weiße Rüschenkragen umso deutlicher hervortraten. Ihre Perlenohrringe leuchteten sanft im Kerzenschein, ebenso wie ihr dunkelgoldenes Haar unter dem Spitzenschleier, der ihren gesenkten Kopf bedeckte. Von Zeit zu Zeit hob sie rasch die Augen und sah, dass der Priester sie genau beobachtete. Schnell senkte sie den Blick auf ihre gefalteten Hände, während Herz und Kopf rasten.

Sie wusste, dass ihr Vater und der Priester um eine Entscheidung rangen, was mit ihr geschehen sollte. Ihre Familie war alt und ihr Stammbaum hatte sogar noch mehr Gewicht als die riesige Mitgift, die sie einem Kloster oder einem Ehemann einbringen würde. Isabela trug *la limpieza de sangre* in sich, die Reinheit des Blutes, sie gehörte einer rein katholischen Familie an, die die Jahrhunderte maurischer Herrschaft in Spanien unbefleckt von Mischehen mit Mauren oder spanischen Juden überdauert hatte. Seit der *Reconquista* hatten *Cristianos Viejos*, Alte Christen wie die Familie des Grafen, noch an Wohlstand und Bedeutung gewonnen. Ihr Name bedeutete »Verteidiger des Heiligen Grabes«. Jahrhundertelang hatte die Familie unter den Augen der maurischen Herrscher Geld für die Befreiung Jerusalems von den Ungläubigen abgezweigt. Als Ihre Katholischen Majestäten Isabel und Fernando schworen, Spanien wieder an Gott und die katholische Kirche zu übergeben, liefen sie mit ihrem Plan, das Land von Ungläubigen – Mauren, Juden und Ketzern – zu reinigen, beim Grafen offene Türen ein. Sein Stolz auf seinen Stammbaum wurde nur von seiner Hingabe an die Kirche übertroffen.

Drei seiner Söhne, von denen keiner besonders kräftig war, waren für die Kirche vorgesehen und befanden sich bereits im Seminar in Valladolid. Die anderen drei waren mit Töchtern aus anderen Familien Alter Christen verlobt. Nur Isabelas Zukunft war noch ungewiss. Sie hatte seit ihrer Geburt ein lahmes Bein und der Priester hatte den Grafen schon oft gedrängt, sie in eines der Eliteklöster von Madrid zu stecken. Er hatte ihm immer wieder vor Augen geführt, wie vorteilhaft es für die Familie wäre, eine Tochter bei Nonnen mit königlichem Blut und engen Verbindungen zum Hof unterzubringen.

Es stimmte und dennoch ... der Graf vermutete, dass der Aufstieg des Priesters in der Kirche von seiner Fähigkeit abhing, ihr menschliche Beutestücke mit Wohlstand und aus gutem Hause in die Arme zu treiben. Doch die Sache mit dem Stammbaum ließ den Grafen zögern. Der uralte, edle Titel der Familie konnte auch an weibliche Nachkommen weitergegeben werden. Sollten seine Söhne kinderlos sterben, würde der Titel an Isabela gehen und durch sie an ihre Kinder.

Kurz vor der Geburt ihres letzten Kindes hatte die Gräfin darauf gedrängt, dass Isabelas Heirat eine weitere Absicherung für den Familiennamen sein sollte, und der Graf hatte in verschiedenen Familien Verhandlungen über ihre Verlobung geführt. Nun kniete er neben der Totenbahre seiner Frau und schwor, diese Verhandlungen zu einem raschen Ende zu bringen, ohne das Ende der Trauerzeit abzuwarten. Er war der Machenschaften des Priesters allmählich überdrüssig.

Isabela schwankte auf den Knien, sie fühlte sich matt. Die Leichen waren bereits zwei Tage lang aufgebahrt und sie war sich sicher, dass sie einen leichten Verwesungsgeruch riechen konnte. Ihr Geruchssinn war neuerdings besonders ausgeprägt und ihr Magen rebellierte. Schnell presste sie sich ihr Taschentuch an den Mund, um nicht würgen zu müssen, und tastete mit fliegenden Fingern nach der Duftkugel, die ihr an einer Goldkette um die Taille hing. Sie hielt sie sich an die Nase und atmete den Duft von getrockneter Orangenschale, Nelken und Anis ein. Doch nachdem sie den Geruch des Todes einmal wahrgenommen hatte, schien er sie in seiner erstickenden Umarmung festzuhalten. Sie musste weg, sonst würde sie sich vor allen hier im Raum übergeben ... Sie begann, sich von dem Samtkissen zu erheben, auf dem sie gekniet hatte. Wegen ihrer Behinderung war man nachsichtig mit ihr und niemand würde sie dafür tadeln, dass sie sich zurückzog.

Sie schüttelte den Kopf, als ihr ein Diener aufhelfen wollte. Erneut bekreuzigte sie sich und wandte sich zur Tür. Es kostete sie Mühe, sich aufrecht zu halten. Sie wollte zeigen, dass sie ohne Hilfe zurechtkam, dass sie stärker war, als sie schien. Sie wusste, dass Alejandro sie beobachtete, und spürte, dass seine Augen ihr von seinem Platz unter den singenden Mönchen aus mit Liebe und Sorge im Blick folgten, obwohl er sich seine Kapuze tief ins Gesicht gezogen hatte. Morgen um diese Zeit würden sie dieses Haus hinter sich gelassen haben. Zusammen.

Dass die Tochter aus der Familie des stolzen Defensor del Santo Sepulchro ihr Schicksal mit dem eines Hauslehrers der Familie verbinden würde, hätte niemand für möglich gehalten. Aus diesem Grund konnten die beiden jungen Leute sich unter den Augen aller leidenschaftlich ineinander verlieben.

Da die Gräfin durch ihre Schwangerschaften zu krank war, um sich um die Erziehung ihrer Tochter zu kümmern, wurde Isabela schon früh mit ihren Brüdern zusammen ins Schulzimmer geschickt. Ihre Lehrer waren ältliche Gelehrte aus dem nahegelegenen Kloster, die die Anwesenheit eines kleinen Mädchens mit missbilligendem Zungenschnalzen kommentierten. Was konnten Frauen mit Bildung anfangen? Doch der Graf war mächtig genug, um sich in den meisten Dingen durchzusetzen, und Isabela, begierig nach Aufmerksamkeit und Lob, erwies sich als die gewissenhafteste Schülerin unter den Geschwistern und erwarb sich durch Fleiß und Disziplin nach und nach die Anerkennung der Lehrer. Bisweilen vergaßen sie tatsächlich, dass sie ein Mädchen war.

Und dann kam ein neuer Lehrer in die Familie, kurz vor Isabelas vierzehntem Geburtstag.

Fr. Alejandro Abenzucar war Student am Seminar von Valladolid, ein junger Mann von vierundzwanzig Jahren, der sich vor allem in Mathematik und griechischer und lateinischer Philosophie hervortat. Sein Ruf als vielversprechender katholischer Gelehrter war bis zum Grafen vorgedrungen, der immer auf dem Besten für seine Söhne bestand und die Vorgesetzten des jungen Mannes überredete, ihn sein Ordensgelübde verschieben zu lassen, damit er ein oder zwei Jahre lang die Söhne des Grafen unterrichten konnte. Die Leiter des Seminars sahen keinen Nutzen darin mitzuteilen, dass der Clan der Abenzucars eine einflussreiche und wohlhabende maurische Familie gewesen war, die ein großes Lehnsgut in einem andalusischen Tal besaß und nach der *Reconquista* zum Christentum übergetreten war – jedenfalls die meisten von ihnen. Als Beweis dafür, dass ihre Konversion echt war, hatte sich der jüngste Sohn für ein Leben in der Kirche entschieden.

Die Vorgesetzten des Fr. Alejandro hatten nicht in Betracht gezogen, dass der *converso* nicht nur ein gut aussehender junger Mann war, sondern zudem ein freundliches Herz hatte. Ebenso wenig ahnten sie, dass er die Vorstellung von einem Leben als Priester grässlich fand und insgeheim gegen die erniedrigende und erzwungene Konversion seiner Familie aufbegehrte. Und außerdem war er unglaublich einsam. Kaum einer der anderen Seminarstudenten machte sich die Mühe, sich mit einem *converso* anzufreunden, egal, ob er als begnadeter Schüler galt oder nicht.

Und was Isabela anging, so fiel es niemandem auf, dass sie kein Kind mehr war, sondern mittlerweile im heiratsfähigen Alter. Abgesehen von ihrem lahmen Bein ein hübsches Mädchen, das sich nach der Zuneigung verzehrte, die einem Mädchen in einer Familie von Jungen kaum jemals zuteil wurde. Und niemand fragte sich, was einem vierzehnjährigen Mädchen Fr. Alejandros Mathematik und Logik nutzen sollten. Isabelas Anwesenheit im Schulzimmer war schon so lange vollkommen selbstverständlich und wie jedes wohlerzogene Mädchen war sie stets in Begleitung einer Anstandsdame. Ihre Gouvernante, eine strenge ältere Dame, saß während der Unterrichtsstunden neben Isabela und nähte oder betete den Rosenkranz. Nur Isabela wusste, dass die alte Frau mittlerweile taub wie ein Stock war und oft einschlief, während sie kerzengerade auf ihrem Stuhl saß oder auf einem Kissen kniete. Isabela half, ihre Gebrechen zu vertuschen. Sie gab ihr einen leisen Stoß, wenn sie wach und aufmerksam erscheinen sollte, und in den kalten Monaten legte sie ihr vorsichtig einen Schal über die Schultern, wenn sie schlief.

Zunächst befremdete es Alejandro, als er ein Mädchen im Schulzimmer vorfand, doch schon bald versöhnten ihn dieselben Eigenschaften, die auch die anderen Lehrer an ihr zu schätzen gewusst hatten, mit ihrer Anwesenheit. Ihr Verstand war hellwach, sie antwortete mit Bedacht auf die Fragen, die er stellte, sie hörte aufmerksam zu und wusste anzuwenden, was sie lernte. Nach und nach fielen ihm weitere Tugenden auf: wie ordentlich sie war und wie wunderbar leserlich ihre Handschrift, ihr bescheidenes Auftreten und die liebenswürdige Aufmerksamkeit, die sie der alten Dame an ihrer Seite zuteil werden ließ. Und vor allem bemerkte er den Ausdruck auf ihrem Gesicht, wenn er sie ansprach, wie sie vor Freude errötete, wenn er eine ihrer Arbeiten lobte, und wie sie schüchtern den Blick senkte und ihre langen Wimpern dabei ihre Wangen streiften.

Er erkannte, dass ihre Anwesenheit Morgen für Morgen das Schulzimmer erleuchtete. Es war ihm egal, dass sie ein lahmes Bein hatte. Tatsächlich hatte er es kaum bemerkt. Im Seminar hatte er keinen Kontakt zu jungen Frauen und so träumte er ständig von ihnen. Und dann begann er, nur noch von Isabela und ihren wunderschönen Augen zu träumen.

Für ein schüchternes Mädchen, das keine Männer außerhalb ihrer Familie kannte, war Alejandro so strahlend wie Apollo in seinem feurigen Streitwagen, und Isabela brachte es regelmäßig aus der Fassung, wenn er sie ansprach. Bisher hatte sie immer nur kurz in den Spiegel geschaut, um zu prüfen, ob ihr Haar ordentlich gekämmt war, doch nun betrachtete sie ihr Spiegelbild eingehender, um abzuschätzen, wie er sie sehen mochte. Sie begann, sich sorgfältig zu kleiden, überlegte, ob diese oder jene Farbe ihr besser stand, rundete ihre Toilette mit etwas Geschmeide ab und parfümierte ihr Haar. Und dann bereitete ihr der Gedanke, dass er ihre Bemühungen wahrnehmen könnte, in seiner Anwesenheit wahre Höllenqualen.

Alejandros Unterkunft befand sich im Lehrerquartier neben der Familienkapelle, doch dort verbrachte er immer weniger Zeit. Immer wieder überquerte er den Innenhof auf dem Weg zur Bibliothek des Grafen, wo er seine Unterrichtsstunden vorbereitete. Der Innenhof war der Ort, an dem Isabela sich nachmittags am liebsten mit ihrer Nadelarbeit hinsetzte. Während die Gouvernante über ihren Rosenkranzperlen murmelte, tauschten sie einfache, alltägliche Nettigkeiten aus. Alejandro sah in Isabelas Augen, suchte verzweifelt nach einer interessanten Bemerkung, die er machen könnte, und stammelte: »Das Wetter ist heute sehr schön« oder »Wie laut die Kirchenglocken heute läuten«. Zum Entsetzen des Gärtners brach er zerstreut die schönsten Blüten von den sorgfältig kultivierten Pflanzen im Innenhof, um sie Isabela zu überreichen. »Die Farbe Eures Stickfadens«, sagte er dann, während seine Hand die ihre streifte.

Isabela nickte dann, nahm die Blume und schenkte ihm ein Lächeln. Es war schön, wenn ihr jemand Blumen schenkte. Schließlich fragte Alejandro, ob er ihr vorlesen dürfte, während sie nähte – natürlich aus einem frommen Buch. Seine Wahl fiel auf *Die göttliche Komödie*. »Darin geht es um die Liebe! Eine Allegorie der heiligen Liebe«, rief er begeistert.

Liebe! Isabela errötete und starrte so angestrengt auf ihre Stickerei, als hätte sie in ihrem Leben noch nie etwas so Interessantes wie blaues Stickgarn gesehen. »Wählt, was Ihr für das Beste haltet«, murmelte sie. »Ich habe es noch nicht gelesen. Mein Italienisch ist nicht gut genug.«

»Ah, genau! Dann zieht Ihr doppelten Nutzen daraus – neben dem lehrreichen Diskurs verbessert Ihr auch Eure italienischen Sprachkenntnisse.« Doch der lehrreiche Diskurs handelte von Liebe und Verehrung. Und das Gespräch über diese interessanten Themen eröffnete ihnen in der Tat die Möglichkeit, ihr Italienisch zu üben, eine Sprache, die die Gouvernante nicht beherrschte. Wenn ihre Ohren jedoch noch so fein gewesen wären wie früher, hätte sie gar kein Italienisch verstehen müssen, um die Leidenschaft herauszuhören, mit der die beiden die höfische Liebe, die nach nichts verlangte als der Verehrung ihres Objektes, und die profane irdische Liebe miteinander verglichen, die nach sehr viel mehr verlangte. Tatsächlich wurde so viel zum Thema Liebe und ihre Ekstase gesagt, während Alejandro dicht neben ihr saß, dass Isabela Schwierigkeiten hatte, ihre Gedanken auf das Erhabene der Liebe zu konzentrieren. Mit Alejandro an ihrer Seite war die Luft hell und süß und der Klang seiner Stimme verursachte in ihr einen Aufruhr der Gefühle, ließ ihr Herz laut pochen und ihre zitternden Finger einen hoffnungslosen Wirrwarr aus ihrer Näharbeit machen.

»La gloriosa donna della mia mente« – »die glorreiche Herrin meiner Gedanken« – wie Dante Beatrice genannt hatte, klang in Isabelas Ohren nach, als sie daran dachte, wie eindringlich er in ihre Augen geblickt hatte, als er diese Worte sagte. Nachts, wenn sie im Bett lag, flüsterte sie sie immer und immer wieder. Gleichzeitig rief sie sich streng ins Gedächtnis, dass Beatrice rein und unerreichbar gewesen war und man die Worte keusch verstehen musste.

Eines Nachmittags dann, mitten in einer sehr erhitzten Diskussion über die Intensität spiritueller Leidenschaft, musste sich die Gouvernante wieder einmal hastig entschuldigen und Alejandro rief: »Ich muss es Euch sagen oder sterben!« Er fiel vor ihr auf die Knie und ergriff ihre Hände: »Ihr seid mein Engel, Ihr seid die Blume, die glorreiche Herrin meines Herzens. Ich lege mein Leben, meine Seele, in Eure Macht und werde die Wahrheit nicht länger vor Euch verbergen. Ich bin kein Christ, der das Zölibat im Herzen trägt, sondern ein Maure mit Blut in seinen Adern. Und ich bin nicht Dante, der auf ewig ohne Beatrice lebt. Ich würde lieber sterben als von Euch getrennt zu werden.«

»Ein Ungläubiger!«, rief Isabela entsetzt. Alejandro sprach tapfer weiter. Die Liebe eines Mauren für eine Christin hatte nichts Unehrenhaftes. Bis zur *Reconquista* hatte sich die Familie der Abenzucars mit christlichen und jüdischen Nachbarn verheiratet und pflegte eine lange Freundschaft mit einem christlichen Kloster – dem Kloster der Schwalben, Las Golondrinas, das über dem Tal stand, in dem die Besitztümer der Abenzcars lagen. Die Frauen seiner Familie erklommen den Berg, um die Nonnen zu besuchen und ihnen getrocknete Früchte, Gewürze und Mandeln als Gaben für die christlichen Feste zu bringen, während die Nonnen beteten, wenn die Abenzucars an Krankheiten litten oder die Frauen im Wochenbett lagen. Und sie ließen sie an der Medizin teilhaben, die sie mit so großem Geschick herstellten.

Obwohl sie sich kaum vorstellen konnte, dass es zwischen Nonnen und Ungläubigen derart enge und herzliche Beziehungen geben sollte, begann Isabelas erschrockene Miene zu weichen.

»Wenn Ihr mir nicht glaubt, so werdet Ihr in der Bibliothek Eures Vaters ein Buch finden, das beweist, dass ich die Wahrheit sage. Es sind die Erinnerungen eines ehrbaren christlichen Einsiedlers, eines wahrhaftigen Alten Christen wie Ihr es seid, der vor Hunderten von Jahren in den Bergen lebte und der die Nonnen des Klosters der Schwalben für ihre Gelehrsamkeit und ihre friedlichen Beziehungen zu ihren Nachbarn lobte.«

»Aber Ihr seid konvertiert und das ändert alles«, sagte Isabela traurig.

Alejandros Miene verfinsterte sich, als er ihr schilderte, dass er diesen Schritt nicht aus eigenem Willen getan hatte. Nach der *Reconquista* wurden ehemals mächtige und wohlhabende muslimische Familien wie die Abenzucars vor eine grausame Wahl gestellt: Taufe oder Exil und der Verlust aller Ländereien und all ihres Wohlstandes. Doch sein alter Vater hatte bestimmt, dass einige gehen und einige bleiben sollten. Mehrere Familien jüngerer Cousins waren nach Portugal geflohen, doch Alejandros Eltern, Brüder und Schwestern und ihre Familien mussten Christen werden und dort bleiben, um ihren Besitz zu schützen. Die Taufe war eine bloße Formalität. Die Abenzucars würden heimlich Moslems bleiben und auf bessere Zeiten hoffen.

Auf dem Gut seiner Eltern wurde eine Massentaufe der Familie und all ihrer Diener und der Bauern auf ihrem Besitz abgehalten. Eine betrübliche Notwendigkeit, hatte sein Vater angenommen, der sie jedoch nicht den geringsten Glauben zu schenken brauchten. Wie konnten sie sich ernsthaft der blasphemischen Anbetung dreier Götter verschreiben, statt Allah anzubeten, den einzigen Gott?

Die Abenzucars hatten jedoch nicht vorhergesehen, was die kirchlichen Autoritäten unternehmen würden, um ihre Konversion zu besiegeln. Alejandros Augen füllten sich mit Tränen und seine Stimme stockte. Nach der Taufzeremonie wurde eine große Gruppe von Leuten aus dem Tal, ihre Freunde und Nachbarn, Männer, Frauen, Kinder und Alte, zusammengetrieben und zu einem riesigen Berg aus Ästen und Zweigen geführt. Das Verbrechen, dessen sie sich schuldig gemacht hatten, wurde verlesen. Sie waren Akolythen, waren getauft, hatten aber heimlich die muslimischen Riten praktiziert. Die Abenzucars wurden gezwungen, das nachfolgende Glaubensgericht mitanzusehen, bei dem die angeklagten Ketzer vor ihren Augen bei lebendigem Leib verbrannt wurden. Ihre Schreie und ihre flehentlichen Bitten an Alejandros Vater, der machtlos dabeistehen musste, waren ein warnendes Beispiel für das, was falsche Christen zu erwarten hatten. Man machte ihnen klar, dass jene Feinde der Kirche als Feinde Spaniens bestraft würden. Und so habe Alejandro sich verpflichtet, Mönch zu werden, um jeden Argwohn gegen die Konversion der Abenzucars zu zerstreuen.

Was sollte Isabela nun tun? Alejandro sollte eigentlich der Todfeind eines jeden christlichen Spaniers sein. Doch ihr Herz übertönte das, was die Religion ihr eingebläut hatte, und außerdem erregte Alejandros Geschichte ihr Mitleid mit ihm und den armen Opfern.

»Gott ist groß! Ich liebe Euch. Verratet mich, wenn es sein muss. Mein Leben gehört Euch und Ihr könnt damit machen, was Ihr wollt.« Alejandro nahm ihre Hand und küsste die Innenseite ihres Handgelenks. Isabela dachte, sie würde in Ohnmacht fallen.

Die Gouvernante kam zurück und murmelte etwas über ihr Gedärm. Alejandro ließ Isabelas Hand los. »Euer Geheimnis ist sicher. Ich werde Euch nie verraten«, flüsterte Isabela hinter dem Rücken der Gouvernante. Sie sehnte sich danach, noch einmal Alejandros Lippen zu spüren.

Im Schulzimmer wagten sie nun kaum, einander anzusehen, so sehr waren sie sich der Anwesenheit des anderen bewusst. Immer öfter fand Alejandro es nötig, sich über Isabelas Schulter zu beugen und auf einen Absatz in einem Buch hinzuweisen. Isabela murmelte dann: »Meint Ihr diesen hier? Oder diesen?« und zeigte an irgendeine Stelle auf der Seite, nur um ihn so lange wie möglich in ihrer Nähe zu halten.

Und als eines Tages niemand außer ihnen und der schnarchenden Gouvernante im Schulzimmer war, küsste Alejandro ihren Nacken, während Isabela sich über ein Buch beugte. Sie schauderte, ihre Lippen öffneten sich und sie blickte auf. Bevor die beiden jungen Leute wussten, wie ihnen geschah, trafen sich ihre Lippen. Isabela löste sich zuerst. Sie hätten gesündigt, flüsterte sie. Alejandro flüsterte, dass es ihm egal sei, und küsste sie erneut, mit so viel Leidenschaft, dass Isabela sich mitreißen ließ und nicht protestierte. Die Gouvernante rührte sich und sie sprangen auseinander.

»Kommst du heute Nacht zu mir?«, bat Alejandro flüsternd.

Isabela hatte keine Zeit, etwas anderes zu tun als »Ja!« zu flüstern.

Isabelas Gouvernante schlief tief und fest in einem Alkoven in Isabelas Zimmer, doch für den Fall, dass sie aufwachen sollte, stopfte Isabela ihre Kissen so unter die Decke, dass sie wie eine schlafende Gestalt aussahen. Sie streifte ein besticktes Nachthemd über, parfümierte sich mit Rosenessenz aus einem kleinen Glasfläschchen und dann schlüpfte sie lautlos durch ein Vorzimmer die Treppe hinunter zum Dienstboteneingang, der zum Innenhof führte, wo Alejandro sie in seine Arme schloss, als gehörte sie genau dort hin.

Sie liebten sich leidenschaftlich. Nacht für Nacht trafen sie sich hinter den großen Pflanzentrögen in den Ecken des Innenhofs oder in Alejandros Zelle, wo sie sich auf seinem schmalen Bett aneinanderschmiegten. Isabelas goldenes Haar fiel in Wellen über ihre nackten Schultern, während Alejandro zwischen zwei Küssen Dantes Sonette rezitierte. Doch Dantes Liebe zu Beatrice war nichts im Vergleich zu ihrer.

»Dante und Beatrice hatten kaum ein Wort miteinander gewechselt, dann hat sie einen anderen geheiratet und ist gestorben, und Dante konnte nur noch ihren Schatten betrauern. Wozu soll eine solche Liebe gut sein?«, murmelte Isabela. Sie lehnte den Kopf an Alejandros Schulter, genoss ihre Wärme und Kraft und verspürte Mitleid für Beatrice.

Alejandro küsste ihr Haar. »Sie hat ein großartiges literarisches Werk hervorgebracht.« Er seufzte. »Aber ich will keine große Literatur schreiben. Ich wünsche mir nur, nie von dir getrennt zu werden.«

Für diese Augenblicke gefährlichen Glücks, in denen es außer ihnen beiden nichts anderes gab, riskierten sie alles. Sie fürchteten den Moment, in dem Alejandro ins Seminar zurückkehren und sein Gelübde ablegen musste und Isabelas Schicksal auf die eine oder andere Weise besiegelt wurde. Isabela wusste, dass ihr Vater mehrere Heiratsangebote prüfte, doch vermutlich würde der Priester seine Ränkespiele, mit denen er sie ins Kloster befördern wollte, nicht so leicht aufgeben. Egal, wie dieser Machtkampf zwischen ihrem Vater und dem Priester ausging: Eine Zukunft ohne die Wärme von Alejandros Liebe erschien ihr trostlos und kalt wie der Tod selbst.

Dann kam eine Zeit, in der Isabela morgens übel war, und eines Tages fiel sie in ihrem Schlafzimmer ohnmächtig zu Boden, als sie sich für die Messe anzog. Als sie zu sich kam, fühlte sie sich schwach und elend und übergab sich in ihr Taschentuch. Sie schickte ihre Zofe nach einem Teller mit dünnen Zitronenscheiben, nach denen sie plötzlich ein unstillbares Verlangen hatte. Die Zofe brachte ihr den Teller und merkte listig an, dass sie in Isabelas Wäsche seit einiger Zeit keine Spur ihres Monatsblutes gefunden habe; vielleicht würde es bald nötig sein, Isabelas Kleider weiter zu machen. Als Isabela sie überrascht ansah, schüttelte die Zofe den Kopf und murmelte, wie interessant diese Entdeckung für Isabelas künftigen Ehemann sein würde. Isabela dachte an die heftige Übelkeit, die die Schwangerschaften ihrer Mutter begleitete – und an ihre Vorliebe für Zitronen in dieser Zeit. Ein schrecklicher Gedanke keimte in ihr auf.

Die Zofe plapperte weiter. Das sei typisch für die muslimischen *conversos*. Sie hätten nichts anderes im Sinn als unter die Röcke christlicher Mädchen zu kommen. »Fr. Alejandro … für einen Priester ist er wirklich gut aussehend … und Ihr lernt so eifrig …« Sie lachte gekünstelt. Dann erwähnte sie, dass ihr Onkel ein Familiar der Inquisition sei. Sie, die Zofe, wolle auch ein Familiar werden und ihr Onkel habe ihr versprochen, dass er ein gutes Wort für sie einlegen wolle, wenn sie Augen und Ohren offenhielt und ihm Bericht erstattete. Erst in der vergangenen Woche, fügte sie mit verträumter Miene hinzu, habe sie ihrem Onkel gesagt, dass die Köchin eine heimliche Jüdin sei und mit dem Teufel unter einer Decke stecke, um das Baby der Gräfin zu töten, wenn es auf die Welt kam, weil sie seine Leiche für kannibalistische jüdische Riten haben wollte. Als man die Köchin abholte, habe sie vor Schreck geweint und ihre Unschuld beteuert. Man habe ein neue Köchin angeheuert. Die alte würde wahrscheinlich nicht wiederkommen.

Die Zofe meinte, sie rechne täglich damit, ihre Belohnung für diese Information zu erhalten. Und um wie viel größer würde die Belohnung für den Hinweis ausfallen, dass der Bastard eines *morisco* die Ehre einer Familie von Alten Christen befleckte! Was für ein hübsches Armband Isabela da am Handgelenk trage. Schweigend löste Isabela das Schmuckstück und reichte es ihrer Peinigerin, dann wandte sie den Kopf ab.

Als Isabela es Alejandro erzählte, legte er seine Hand auf ihren Bauch und rief erstaunt: »Ein Kind! Nun *müssen* wir heiraten! Die Entscheidung ist uns aus den Händen genommen worden. Gott ist groß!«

Doch Isabela konnte nur daran denken, was passieren würde, wenn ihr Zustand bekannt würde. Man würde sie den Inquisitoren ausliefern und sie einer schonungslosen Untersuchung unterziehen, nur um an ein Geständnis und an Beweise zu kommen, die ausreichten, um Alejandro zu verurteilen. Dann würde man sie lebendig begraben, während Alejandro in den Händen der Inquisition so lange gefoltert würde, bis er ein vollständiges Geständnis ablegte. Wie die unglücklichen Moslems auf dem Anwesen seiner Familie würde er als Abtrünniger auf dem Scheiterhaufen verbrannt werden.

Alejandro sagte, er habe einen Plan. Sie würden zu seinen Cousins nach Portugal fliehen, noch bevor die Zofe ihrer Bestechungsgeschenke überdrüssig wurde und man Isabela ihren Zustand ansah. »Aber wie?«, hatte Isabela schluchzend gefragt. »Und wann?«

»Still, meine Liebste! Bald, wenn deine Mutter niederkommt und der Haushalt mit den Vorbereitungen für die Taufe zu tun hat.«

Doch dann war es der Tod der Gräfin, der die perfekte Möglichkeit bot. Die Trauermesse sollte eine der seltenen Gelegenheiten sein, zu denen Isabela den Palast verlassen konnte, selbstverständlich in Begleitung ihrer Gouvernante. Die alte Frau stellte jedoch kaum ein Hindernis dar. Unter seiner Kutte würde Alejandro die Kleidung eines Handwerkers anziehen, während Isabela unter ihrem Umhang ein schlichtes Kleid tragen sollte. Sie hatten vor, nach der Trauermesse davonzuschlüpfen und sich unter die Menge zu mischen, wenn die Familie sich auf den Weg zur Bestattung in der Familiengruft machte. Das Grabgewölbe war ein enger Raum und weder Isabela noch Alejandro waren bedeutend genug, um an der Grablegung teilzunehmen. Wegen der Beerdigung wimmelte es im Palast des Grafen nur so von Leuten und es würden Stunden ins Land gehen, bevor irgendjemand Isabela und Alejandro in der Menge vermissen würde. Alejandros wohlhabender Vater hatte ihm einen Beutel mit Goldstücken mitgegeben, mit denen er seine Ausgaben am Seminar bestreiten konnte, und nun hatte Alejandro damit die nötigen Vorkehrungen bezahlt. Der bescheidene Planwagen eines Bauern, Maultiere und Vorräte für die Reise würden in einer Seitenstraße in der Nähe der Kirche des Heiligen Nicolás de los Servitas für sie bereitstehen.

Nur ein kleines Detail galt es noch zu besprechen – der Ort, an dem sie sich am folgenden Tag bei der Kirche treffen sollten, falls sie in der Menge getrennt würden. Alejandro hatte ihr gesagt, sie solle um Mitternacht in eine entlegene Ecke des Innenhofes kommen, damit er ihr einen kleinen Lageplan der Kirche geben konnte, auf dem er ihren Treffpunkt in einer der Kapellen markiert hatte. Hinter einem Wandbehang gab es eine Seitentür, die in eine Gasse führte. Dort würde Alejandro auf sie warten.

Isabela war besorgt, dass ein Treffen gefährlich werden könnte. Schließlich waren so viele Priester und Mönche im Haus, doch Alejandro versicherte ihr, dass nach der nächtelangen Totenwache alle versuchen würden, vor dem Begräbnis am nächsten Tag ein bisschen Schlaf nachzuholen.

Während Isabela also an der Totenbahre ihrer Mutter kniete und für die Seelen ihrer Mutter und ihres kleinen Bruders betete, flocht sie schuldbewusst auch ein paar Bitten um den Erfolg ihres Plans ein.

Als sie schließlich aus der Halle mit ihren Gerüchen floh, schickte Isabela ihre Zofe weg und schnürte erleichtert ihr enges Mieder auf. Wie geschwollen sich ihre Brüste anfühlten! Sie sagte sich, dass sie nur noch bis morgen Geduld haben müsse. Sie wartete, bis es Zeit war, Alejandro zu treffen, dann warf sie sich einen wollenen Umhang über ihr Nachthemd und ging vorsichtig die steile Hintertreppe hinunter, die von den Dienstbotenzimmern in den Innenhof führte. Sie musste sich am Geländer abstützen. In der Dunkelheit drang aus der großen Eingangshalle lautes Schnarchen an ihr Ohr.

Sie wartete. Sie fror bis auf die Knochen und fürchtete, dass auch Alejandro eingeschlafen war. Schließlich hörte sie leise Schritte auf den Fliesen. Sie eilte ihm entgegen und warf sich der vermummten Gestalt in die Arme. »Oh Alejandro, wärme mich in deinen Armen. Es ist so kalt.«

Doch anstatt sie zu umfassen, erstarrte die Gestalt und wich mit einem überraschten Ausruf zurück. Sie stieß sie unsanft von sich und schob die Kapuze zurück. Und Isabela sah nicht Alejandro, sondern – den Priester! Da tauchte eine weitere Gestalt aus dem Schatten auf und flüsterte eindringlich: »Isabela, wir müssen uns beeilen! Der Priester ist noch wach, aber ich hatte Angst, dass Ihr Euch erkältet, wenn Ihr zu lange warten müsst …«

Erst da wurde Alejandro des Priesters gewahr, der rief: »Du willst die Tochter des Grafen verführen? Schurke, Ungläubiger, die Ehre dieses christlichen Hauses so zu beleidigen! Abtrünniger! Teufel! Falscher Christ!«

Diener und Mönche erschienen und rieben sich den Schlaf aus den Augen. »Ergreift ihn!«, brüllte der Priester.

Isabela warf sich ihm zu Füßen und beteuerte, es sei ihre Schuld, doch es war zu spät. Alejandro wurde von vier Männern gepackt und weggeschleppt. Es sei alles seine Schuld, rief er, nicht Isabelas.

Der Graf wurde sofort benachrichtigt. Zunächst weigerte er sich zu glauben, dass sich seine Tochter zu einem heimlichen Treffen mit einem bedeutungslosen, konvertierten Mönch hatte locken lassen. Hätte er geahnt, wie weit ihr Verhältnis gediehen war, hätte er sein Schwert gezogen und Isabela und Alejandro an Ort und Stelle erschlagen. So ließ er Isabela auspeitschen, bis sie das Bewusstsein verlor, und dann in ihrem Zimmer einschließen. Am nächsten Tag brach er alle Verlobungsverhandlungen ab.

Isabelas Zofe brachte ihr einmal am Tag Brot und Wasser und Isabela verbrachte die Zeit in Schmerz und Schweigen. Ein Monat verging und Ostern rückte näher. Die Striemen auf ihrem Rücken heilten. Die Übelkeit verschwand und ihre Mitte wurde runder. Die listige Zofe flüsterte ihr zu, dass sich nach dem milden Winter in den Armenvierteln der Stadt eine Fieberepidemie ausbreite. Sie berichtete Isabela auch, dass Alejandro durch eine gigantische Bestechungssumme, die seine Familie gezahlt hatte, mit dem Leben davongekommen sei. Allerdings habe man ihn gezwungen, im Armenhospital zu arbeiten, wo die Pest umging. In den schillerndsten Farben beschrieb sie die Hölle aus Schmutz, Leid und Tod, in der Alejandro ausharren musste, bis Isabela sich die Ohren zuhielt und der Zofe eine Brosche gab, damit sie verschwand.

Im Spiegel sah Isabela, dass sie sich verändert hatte. Ihre einstmals weichen Wangen waren hohl, sie hatte dunkle Schatten unter den Augen und ihr dunkelgoldenes Haar war matt und leblos. Als das Wetter wärmer wurde, fühlte sie sich wie erstickt von einem üblen, durchdringenden Geruch, der über allem zu liegen schien. Die Pest? Ihre Zofe deutete an, dass es Mittel und Wege gebe, ein Kind nicht zu bekommen; sie murmelte etwas von einem Trunk und Giften und alten Frauen, die sich »darum kümmern« würden. Isabela stellte sich taub. Mit Zaubersprüchen, Hexenkunst und Giften, die das Baby aus ihrem Körper verschwinden lassen würden, wollte sie nichts zu tun haben. Sie erinnerte sich an die Freude auf Alejandros Gesicht, als sie ihm davon erzählte, und spürte eine so innige Liebe zu ihrem Baby, dass es ihr fast den Atem abschnürte. Inzwischen nahm sich die Zofe ungestraft, was immer ihr von Isabelas Sachen gefiel – Schmuck und Kleider, Handschuhe, einen Schal, Bänder. Isabela achtete kaum darauf. Sie konnte nur an eines denken: Wie sollte sie das Baby retten?

Alejandro schaffte es, Isabela einen Brief zukommen zu lassen, in dem er sie seine liebste Beatrice nannte, sein Licht in der Hölle. Sie solle ihn vergessen und nur an sich und ihr gemeinsames Kind denken. Wenn es ihr gelänge, das Tal der Schwalben zu erreichen, könne sie seine Familie um Hilfe bitten. Isabela küsste das Papier und sah einen schwachen Hoffnungsschimmer. Alejandro lebte. Vielleicht war es möglich, nach Portugal zu fliehen … Das Baby strampelte in ihrem Bauch, wie um sie zu ermutigen. Würde sich die gierige Zofe bestechen lassen, ihnen bei ihrer Flucht zu helfen? Isabela versuchte es ihrerseits mit Durchtriebenheit. Sie erinnerte die Zofe daran, dass die Inquisition ihr keine Belohnung bezahlt hatte, als sie die Köchin verriet. Dagegen würde sie reichlich entlohnt werden, wenn sie ihr und Alejandro zur Flucht verhalf. Die Zofe sah ein, dass Isabela recht hatte, und erklärte sich bereit, Briefe zwischen den Liebenden hin- und herzutragen. Schließlich mussten sie überlegen, was sie alles brauchen würden – Maultiere, Lebensmittel und Bestechungsgelder für diejenigen, die Alejandro bewachten.

Dann kehrte die Zofe mit der Nachricht zurück, dass Alejandro tot war. Er war der Pest erlegen, man hatte seinen Körper in ein Massengrab in einer Kalkgrube hinter dem Armenhospital geworfen, zusammen mit den Leichen der Armen. Isabela zeigte keine Gefühlsregung, war zu leer zum Weinen. War er mit ihrem Namen auf den Lippen gestorben? Auch sie sehnte sich nach dem Tod, doch sie musste weiterleben, zumindest bis das Baby auf der Welt war. Ihr war klar, dass sie eine Möglichkeit finden musste, vor der Geburt des Kindes aus dem Palast zu fliehen und sich zu den Abenzucars durchzuschlagen. Die gerissene und unehrliche Zofe war ihre einzige Hoffnung, doch dann wurde selbst diese schwache Verbindung gekappt. Ein neues Dienstmädchen, eine Taubstumme, brachte Isabela ihr Essen und Isabela sah ihre frühere Zofe nie wieder.

In der Hoffnung auf eine Belohnung hatte die Zofe dem Grafen verraten, dass Isabela und der *morisco* sich immer noch Briefe schrieben und die gemeinsame Flucht planten. Der Graf glaubte ihr nicht und ließ sie ohne Essen und Trinken im Keller einsperren, um zu verhindern, dass ein so skandalöses Gerücht die Runde machte. Dort saß sie umgeben von Ratten in der Dunkelheit, versuchte, Feuchtigkeit aus den Wänden zu saugen und wusste: Nun bestand ihre einzige Rache darin, dass der edle Stammbaum des Grafen durch das Blut von Ketzern verschmutzt werden würde! Sie starb eines elenden Todes.

Auch Isabela war eine Gefangene. Ihr war nur allzu klar, dass ihre Situation mit jedem Tag gefährlicher wurde. Und dann war es ausgerechnet der Priester, der ihr eine Möglichkeit zur Flucht verschaffte. In den Familien der Alten Christen hatte sich die versuchte Verführung Isabelas durch einen Ungläubigen herumgesprochen, auch wenn sich der Graf alle Mühe gab, solche Berichte zu unterdrücken. Der Priester riet dem Grafen, Isabela in einem Kloster weit weg von Madrid unterzubringen, vorzugsweise in irgendeinem unbedeutenden Nonnenorden. Das sei unter den gegebenen Umständen das Beste, sollten doch das Mädchen und der Skandal, den sie verursacht hatte, in Vergessenheit geraten und schließlich sterben.

Als der Graf seiner entehrten Tochter mitteilte, welches Schicksal ihr bevorstand, hörte Isabela ihm mit gesenktem Kopf und unterwürfiger Miene zu, um den Hoffnungsschimmer zu verbergen, die seine Worte in ihrem Herzen aufleuchten ließen. Sie sank in die Knie und bat ihren Vater, ihr in seiner Bibliothek drei Tage Zeit zu gewähren, um ein Kloster zu finden, wie es ihm vorschwebte. Da ihr Vater keine bessere Idee hatte, gab er seine Erlaubnis und entließ sie dann mit unfreundlichem Nicken. Dass ihr Reifrock höher saß als sonst, fiel ihm nicht auf. Isabelas verkrüppeltes Bein hatte ihr immer schon ein etwas unförmiges Aussehen verliehen.

In der Bibliothek des Grafen suchte Isabela verzweifelt nach dem Buch, in dem das Kloster der Schwalben oberhalb des Tals erwähnt wurde, in dem die Abenzucars lebten. Schließlich fand sie es, einen zerfledderten Band mit verschimmelten Seiten. Sie musste niesen, als sie es aufschlug. Der Gefolgsmann eines christlichen Einsiedlers hatte es zur Zeit der Mauren geschrieben. Der junge Mann hatte sich dem Einsiedler in seiner Höhle in den andalusischen Bergen angeschlossen und wollte eigentlich die Entbehrungen seines Herrn teilen und seine Lehren für die Nachwelt festhalten. Doch der Einsiedler erlegte sich so lange Fastenzeiten und Schweigeperioden auf, dass sich sein Gefolgsmann auf der Suche nach Nahrung und Unterhaltung unter die Bewohner der Bergregion mischte. Zu ihnen gehörte eine religiöse Gemeinschaft von Frauen, die im Haus der Schwalben lebten, wie die Mauren es nannten. Die Christen nannten es das Kloster Las Golondrinas.

Isabela hatte noch nie von diesem Orden gehört. Las Sors Santas de Jesús – die Heiligen Schwestern Jesu. Nach dem Bericht des Gefolgsmannes erzählten sich die Bewohner der Gegend, dass der Orden schon vor den Mauren und sogar vor den Westgoten, die vor den Mauren kamen, dort gelebt hatten, vermutlich seit der Zeit der Besetzung Spaniens durch die Römer. Die Ordensfrauen wussten viel über Medizin und das Kloster war bekannt für seine Wohltätigkeit, die allen Armen in diesem Landstrich zugute kam, egal, welcher Religion sie angehörten. Die Leute in den Bergen waren überzeugt, dass die Nonnen über besondere Kräfte verfügten, die Gott ihnen verliehen hatte. Sie sagten auch, dass die Schwalben, die jedes Jahr aus ihrem Winterquartier zum Kloster zurückkehrten und dem Ort seinen Namen gaben, die Seelen verstorbener Nonnen seien und dass eine hochgewachsene Frau in einem wehenden Umhang im Kloster herumgeisterte. Das Wichtigste war jedoch, dass es dem Wunsch des Grafen entsprach, seine Tochter vor der Welt zu verstecken.

Für Isabela zählte allein die Nähe des Klosters zum Anwesen der Abenzucars. Im Augenblick wusste sie noch nicht, was sie tun würde, wenn sie das Tal erreichte, in dem die Familie lebte. Was sie ihnen sagen würde, ob sie bereit wären, sie aufzunehmen – darüber würde sie sich während der Reise Gedanken machen. Würde sie eine so lange Reise überstehen, ohne dass ihr Zustand auffiel? Sie musste es wagen. Zum Glück war sie schlank; die Wölbung ihres Bauches konnte sie dadurch verbergen, dass sie stärker humpelte als sonst und dabei ihre Röcke schwingen ließ oder sich so auf ihren Gehstock stützte, dass die Röcke nach vorn fielen.

Auch der Graf hatte noch nie von diesem Orden gehört, zog aber seine eigenen Erkundigungen ein. Was er erfuhr, erfüllte ihn mit grimmiger Zufriedenheit. Das Kloster hatte Verbindungen zu Alten Christen und befand sich weit weg von Madrid in den Bergen, am Ende einer alten römischen Route, die von der Küste aus in diesen Teil Andalusiens führte. Er schickte nach seinen Notaren; sie sollten die Mitgift vorbereiten, die Isabela mitnehmen würde. Sobald diese Angelegenheiten geregelt waren, reisten sie aus Madrid ab. Isabela saß von Ledervorhängen verborgen in der Kutsche, doch ihren Plan, zu den Abenzucars zu fahren, würde sie nun nicht durchführen können. Ihr Vater begleitete sie zu Pferde.

Tag für Tag fuhren sie mit quälender Langsamkeit dahin. Isabela hätte die Kutsche am liebsten zur Eile angetrieben. Sie stützte sich auf die Kissen und zählte immer und immer wieder die Anzahl der Monate. Nach ihrer Rechnung würden sie das Kloster gerade rechtzeitig erreichen, es sei denn, das Baby käme zu früh. Die Schwierigkeiten, die ihre Mutter während ihrer Schwangerschaften und der Geburt ihrer Kinder gehabt hatte, waren das Thema zahlreicher geflüsterter Unterhaltungen unter den Dienerinnen und Pflegerinnen im Haushalt des Grafen gewesen und so wusste Isabela mehr über diese Dinge als die meisten unverheirateten jungen Frauen. Ihr war klar, dass ihr nicht mehr viel Zeit blieb. Ein Maultier lahmte. Ein Rad drehte sich nicht so, wie es sollte. Sie unterbrachen ihre Reise, um Salbe für das Maultier zu besorgen, und dann, um das Rad reparieren zu lassen. Ungeduldig fragte Isabela den Kutscher, wie weit es noch sei. Der Kutscher wusste es nicht.

Die Straße in die Berge wurde immer steiler. Frische Maultiere wurden vor die Kutsche gespannt und auch die Kutscher wechselten. Nun waren es Männer, die aus der Gegend stammten. Auf ihre Frage zeigten sie auf den Berg vor ihnen und verkündeten die höchst willkommene Nachricht, dass sie das Kloster Las Golondrinas am folgenden Tag erreichen würden. Im Innern der Kutsche strich Isabela über ihren Bauch, um das strampelnde Baby zu beruhigen. Als die Kutsche an einer Berghütte hielt, wo sie die Nacht verbringen sollten, hatte ein dumpfer Schmerz in Unterleib und Rücken eingesetzt. Die ganze lange Nacht hindurch kam und ging, kam und ging dieser Schmerz und Isabela lag schlaflos und schweißgebadet vor Angst auf ihrem Strohlager.

KAPITEL 7

Kloster Las Golondrinas,
Sommer 1505

Am darauffolgenden Tag stemmten sich die Maultiere keuchend und mit äußerster Anstrengung ins Geschirr, um die Kutsche das letzte Steilstück hochzuziehen, bevor sie schließlich stehen blieben. Nach der Fahrt über die gewundene Bergstraße war Isabela übel. Sie lehnte sich aus dem Fenster und sog gierig die kühle, saubere Luft ein, so unendlich erfrischend nach der sengenden Hitze in der Ebene. Als sie sich umsah, um einen Blick auf das Heim zu erhaschen, in dem Alejandro aufgewachsen war, blinkten ihre goldenen, mit Rubinen besetzten Ohrringe in der Sonne. Unter ihr breiteten sich gepflegte Gemüsegärten und Terrassenfelder mit Olivenbäumen aus, sie konnte die Glocken hören, die Ziegen um den Hals tragen, und von irgendwo erklang der Ruf der Schafhirten. In der Ferne klammerten sich kleine weiße Dörfer an die Bergwände.

Die Erleichterung darüber, dass sie ihr Ziel erreicht hatte, und der Duft nach sonnenwarmen Kräutern und Kiefernnadeln beruhigten ihre Nerven und ihren Magen. Sie reckte den Hals, um die Tore und Mauern des Klosters mit seinen vergitterten Fenstern sehen zu können. Um den Glockenturm segelten Schwärme von Schwalben. Isabela blinzelte in der hellen Sonne. Wäre nicht das Kreuz auf dem Glockenturm gewesen, hätte das Kloster ebenso gut eine der zahlreichen leer stehenden maurischen Festungen sein können, die mit dem Rücken zur Bergwand standen. Auf ihrer Reise waren sie an vielen dieser Festungen und Burgen vorbeigekommen, die die Mauren errichtet und in der Zeit der *Reconquista* verlassen hatten. Und dort, genau wie es in dem Buch beschrieben stand: die Statue, die eine Hand nach den Steinschwalben zu ihren Füßen ausstreckte. Sie waren so realistisch geformt, dass es aussah, als wollten sie sich gleich in die Lüfte erheben. Isabela schloss die Augen und einen Augenblick lang war es nicht der Windhauch, den sie auf ihren Wangen spürte, sondern Alejandros Atem, und sie fühlte sich getröstet.

Nur einen Augenblick lang. Weitere Prüfungen standen ihr bevor. Wieder packte sie der Schmerz, diesmal kam er unerbittlicher, eindringlicher. Sie umklammerte ihr Taschentuch noch fester, ihr Atem ging flacher. Kleine Schweißperlen erschienen auf ihrer Oberlippe. Sie sah zu ihrem Vater hinüber. Er sprach gerade mit dem Stallburschen, der darauf wartete, seine Zügel zu nehmen. Sie biss auf ihr Taschentuch. Verzweifelt versuchte sie, sich von dem Schmerz abzulenken und rief sich in Erinnerung, was der Gefolgsmann über diesen Ort geschrieben hatte.

Bevor das Kloster errichtet wurde, hatten Frauen hier heidnische Göttinnen verehrt. Irgendwie hatten sie den Weg zu diesem abgelegenen Flecken Erde gefunden. Die Phönizier hatten Bruchstücke von Votivkeramik und Amulette und einen kleinen Stein mit einer Inschrift in punischer Schrift hinterlassen, die ihn als den Schrein der Göttin Astarte auswiesen. Laut Plinius wurden karthagische Frauen hier zurückgelassen, als Hannibal ihre Männer auf Elefanten über die Berge führte, um Rom anzugreifen. Die Frauen widmeten den Astartes-Altar ihrer Göttin Tanit. In der Zeit des Kaisers Hadrian machten sich immer wieder abenteuerlustige junge Soldaten auf die Suche nach einer legendären Kolonie wunderschöner karthagischer Frauen in den Bergen. Doch der christliche Gott und die Fürbitte der Jungfrau hatten heidnische Verbindungen besiegt …

Der Schmerz ebbte ab. Isabela unterbrach ihre stummen Ausführungen und fragte sich, was ihr Vater so lange mit einem der Stallburschen zu besprechen hatte. Kurz darauf krampfte sich ihre Hand, die auf dem Kutschenfenster ruhte, wieder um das zusammengedrückte Taschentuch. Sie *musste* hinein. Bald.

Dann öffnete der Kutscher den Schlag und stellte einen Klotz vor die Stufen. »Komm, Tochter«, sagte der Graf streng. Beim Aussteigen brauchte sie seine Hilfe; mit einer Hand bauschte sie ihre Röcke, die andere Hand reichte sie ihm und versuchte, nicht schmerzhaft das Gesicht zu verziehen. Schweiß bedeckte ihre Stirn. Das Leben des Babys hing davon ab, dass sie sich nichts anmerken ließ. Sie beschwor den Schmerz zu warten, nur noch ein kleines Stück ... noch ein Schritt ... noch einer.

Sie erreichten das Tor und der Graf klopfte laut. Ein vergittertes Fenster glitt auf und eine Frauenstimme fragte, wer da sei. Der Graf nannte seinen und Isabelas Namen und Titel und einen Augenblick später öffnete sich das Tor gerade so weit, dass Isabela eintreten konnte. In diesem Moment überrollte sie die nächste Woge des Schmerzes und Isabela hielt den Atem an. Ein leises Stöhnen entfuhr ihr und der Graf schien eine grimmige Freude über ihren scheinbaren Widerwillen zu empfinden, durch das Tor zu gehen. Ihr Zögern hing jedoch damit zusammen, dass sich ihr ein heißer Schwall über die Oberschenkel ergoss. Sie neigte den Kopf und küsste die Hand ihres Vaters. Dabei ergriff sie die einzige Möglichkeit, Rache zu üben, die sich ihr bot. »Lebt wohl. Von diesem Augenblick an lege ich den Namen der sündigen Isabela in den Staub zu meinen Füßen. In Euren Gebeten nennt mich Sor Beatriz. So werde ich heißen, wenn ich die Profess ablege.«

Sie ließ seine Hand los und wandte ihm den Rücken zu. Als sie durch das Tor ging, streckte sich ihr eine blasse Hand entgegen, die in dem Ärmel einer Nonnentracht steckte, und zog sie hinein. Die Pförtnerin verneigte sich wortlos vor dem Grafen und schwang das große Tor mit einem dumpfen Schlag zu. Isabela klammerte sich an den Arm der Pförtnerin und sank mit einem Aufschrei, den sie nicht länger unterdrücken konnte, in die Knie – wegen des Schmerzes und weil sie gefangen war. Ihr Plan war missglückt. Ihre letzte Möglichkeit, die Abenzucars zu erreichen, war vertan.

KAPITEL 8

Kloster Las Golondrinas,
Sommer 1505

Isabela lag schwer atmend auf einem harten Bett, während zwei Nonnen in schwarzer Tracht und eine Beata in einem braunen Kleid sich über ihr hin und her bewegten. Jenseits der Kerzen, die am Endes des Bettes brannten, war der Raum dämmrig. Sie wusste nicht, wie lange sie schon so lag, im Klammergriff des Schmerzes, der sie wie ein großes Tier gnadenlos gepackt hielt und immer wieder kam, um sie in Stücke zu reißen. Jedes Mal, wenn er sich erneut näherte, stöhnte Isabela mit zusammengebissenen Zähnen. Wenn er verebbte, blickte sie verwirrt um sich. Da war das schlichte, kahle Zimmer, der Schatten der Nonnen im flackernden Licht. Wie war sie hierhergekommen? Alles war unwirklich, unbekannt – das Bett, auf dem sie lag, die Leute um sie herum, ihr eigener Körper. Sie sehnte sich danach zu schlafen. Ihr Vater ... die Reise ... das Tor ... Das Denken fiel ihr schwer, hier kam der Schmerz schon wieder ... Sie versuchte, nicht zu schreien. Sie schnappte nach Luft, dann biss sie die Zähne zusammen. Doch am Ende ergoss sich der Schrei, als der Schmerz wieder über sie kam, stärker als zuvor.

Als sie schließlich Luft holte, wischte ihr die Beata wieder die Stirn trocken und sagte ihr, sie solle an einem nassen Tuch saugen, das nach bitteren Kräutern schmeckte. Der Schmerz ließ nach, doch ihr war schwindelig. Was war passiert? Die

Pförtnerin, erinnerte sie sich vage. Die Pförtnerin hatte das Tor zugeschlagen und gerufen ... das Baby – oh Gott, der Schmerz, schon wieder ...

Die ganze lange Nacht und den darauffolgenden Tag hindurch trieb Isabela hilflos durch einen Albtraum, in dem sie nichts wahrnahm außer dem Schmerz, der kam und ging. Wenn sie die Augen öffnete, sah sie die besorgten Mienen der Nonnen, die miteinander flüsterten und an ihr herumdrückten und -schoben. Sie versuchte, sie wegzuscheuchen.

Dann drang eine feste, gebieterische Stimme durch einen Nebel der Erschöpfung zu ihr durch. Sie befahl ihr zu pressen, *jetzt, pressen!* Immer wieder, immer wieder. Die Stimme wurde lauter und eindringlicher und zwang Isabela zu gehorchen oder es zumindest zu versuchen, doch sie hatte keine Kraft mehr. Irgendjemand ergriff ihre Handgelenke und zog sie hoch, jemand anderes stützte ihren Rücken und dann erklang wieder die gebieterische Stimme, doch sie schien aus großer Ferne zu kommen. Jetzt, sagte sie, JETZT ... Der heiße, süßliche Geruch von Blut erfüllte den Raum. Isabela sah das Gesicht ihrer toten Mutter, allerdings hatte ihre Mutter den schwarzen Schleier beiseitegeschoben, der es umgab, und rief: »Jetzt! Jetzt!«

Isabela bäumte sich zu einer letzten Anstrengung auf und fiel nach hinten. Sie wusste, dass sie sterben würde. Sie zitterte am ganzen Körper, ihr wurde kalt, sie fiel, fiel in die Tiefe. Sie schoben ihr etwas in den Mund, aber sie konnte es nicht schmecken. Das Baby ... Sie drehte den Kopf weg, wollte um Gnade für das Baby bitten. Doch sie waren stärker, irgendetwas füllte ihren Mund aus und sie konnte nicht sprechen, sie würgte ... Gift ... Sie ließ die Dunkelheit über ihrem Kopf zusammenschlagen.

Als sie die Augen wieder öffnete, strömte Sonnenlicht durch das schmale Fenster und draußen lärmten Vögel. Zwischen ihren Beinen fühlte es sich sehr wund und empfindlich an und ihr Bauch fühlte sich zugleich schwer und leer an. Ihre Hand ertastete schwach die neue Flachheit, die nun fest umwickelt war. Sie trug ein Nachthemd aus grobem Leinen und ihr Haar war zu einem Zopf geflochten. Im Zimmer gingen mehrere Nonnen geschäftig hin und her und unterhielten sich im Flüsterton. Eine von ihnen trug eine Schüssel mit Wasser, eine andere stand vor einem offenen Kästchen und ordnete die kleinen Glasflaschen darin. Am Fenster stand eine weitere Nonne mit einem Bündel im Arm, das sie hin- und herschaukelte. Das Bündel begann zu weinen.

Das klingt wie ein Baby, dachte Isabela. Dann erinnerte sie sich.

Raschelnde Röcke näherten sich und ein *»Deo gratias!«* erklang. Die Stimme, die sich ihrem Bett näherte, war dieselbe feste, gebieterische Stimme, die ihr befohlen hatte zu pressen. Eine Nonne mit einem breiten, ziemlich strengen Gesicht mit dichten Augenbrauen, von einem Wimpel umgeben, beugte sich über ihr Bett. An ihrem Hals baumelte eine Kette mit einer Medaille, an der Taille hing ein Rosenkranz, ihre Arme waren in den Ärmeln ihrer Tracht verschränkt und sie strahlte eine furchteinflößende Autorität aus. »Ich bin die Äbtissin. Wie fühlt Ihr Euch? Sprecht, wenn Ihr könnt, doch wenn es nicht geht, ruht Euch aus und ich komme später wieder.«

Isabela war verzweifelt. Die Äbtissin war gekommen, um das Baby mitzunehmen. Sie schluckte und blickte unverwandt auf die Medaille, die vor ihren Augen baumelte. Auf der Medaille war ein kleiner Vogel zu sehen und wenn sie sie einfach weiter ansah, würde alles ... »Isabela! Seht mich an!«, befahl die Stimme.

Starr vor Schreck hob Isabela die Augen. »Ehrwürdige Mutter Äbtissin ... das Baby ist unschuldig.«

»Das ist schon besser! Ihr könnt sprechen. Ihr habt uns allen einen fürchterlichen Schrecken eingejagt. Wir dachten schon, das Baby würde nicht herauskommen, aber am Ende, Gott sei Dank, habt Ihr es geschafft. Ihr habt eine Tochter geboren, die wir Salomé getauft haben, als wir dachten, dass Ihr sterbt, ohne ihr einen Namen gegeben zu haben. Wollt Ihr sie nicht auf den Arm nehmen? Sie weint nun schon seit fünf Tagen nach ihrer Mutter. Eine Amme ist ja gut und schön, aber es ist das Beste, wenn ihre Mutter sie stillt.«

Salomé? Stillen? Das Baby schrie aus vollem Halse und Isabela versuchte, sich aufzurichten. Sie zuckte vor Schmerz zusammen. Sie spürte einen Druck in ihren Brüsten und ihre

Brustwarzen brannten. »Oh! Wie mache ich das?« Auf der Vorderseite ihres Nachthemdes bildeten sich zwei feuchte Kreise.

Die Äbtissin nickte wohlwollend. »Gut. Eure Milch kommt. Ihr werdet bald wissen, wie es geht.« Mit starken Armen half sie Isabela, sich aufzusetzen. »Zieht die Vorderseite Eures Hemdes nach unten – so ist es richtig.« Sie winkte die Nonne, die das Baby hielt, zu sich. Die Nonne legte das Kind in Isabelas Armbeuge. Als Salomé die Brustwarze an ihrer Wange spürte, drehte sie sofort den Kopf und schloss ihren winzigen Mund darum. Sie schauderte und begann, gierig zu saugen.

Trotz ihrer Schwäche flog ein freudiges Lächeln über Isabelas Gesicht, als sie auf das kleine rosige Menschenbündel hinabsah. »Wie wunderschön sie ist! Seht Euch die Haare an, so dicht, und solch vollkommene kleine Finger!« Das Baby öffnete ein Auge und starrte seine Mutter an, als wollte es sagen: »Aber natürlich! Was hast du denn erwartet?« Dann trank es schmatzend weiter. Isabela zog sie enger an sich.

»Wir nehmen an, dass Euer Vater nichts wusste«, sagte die Äbtissin.

»Nein«, antwortete Isabela zögernd.

»Hmpf! Männer sehen nur, was sie sehen wollen. Die Pförtnerin wusste sofort Bescheid und achtete darauf, dass sie das Tor schnell wieder schloss«, meinte die Äbtissin trocken. »Ihr habt recht daran getan, Euren Zustand bis zum letzten Moment zu verbergen. Wahrscheinlich hat es Euer Leben und das des Kindes gerettet.«

Isabela blickte auf und fragte ängstlich: »Werdet Ihr mich zurückschicken?«

»Wünscht Ihr es?«

»Nein.«

»Und der Vater des Babys?«

»Tot«, flüsterte sie und strich dem Baby sanft über den Kopf. »Tot. Er ... Ich wollte hierherkommen, weil seine Familie im Tal lebt –«

»Die *Abenzucars?*«

Isabela nickte und hielt den Atem an.

Die Äbtissin blickte sie nachdenklich an. »Hmm. Ihr jüngster Sohn, ich kannte ihn, als er noch ein Kind war. Er kam mit seiner Mutter und seinen Tanten zu Besuch. Ein lieber Junge, und klug. Er ist Mönch geworden, eine Art Geisel, nachdem die Familie konvertiert ist.«

Isabela nickte. »Er hat es mir erzählt. Er war der Lehrer meiner Brüder. Wir wollten fliehen, nach Portugal, und dann, als wir getrennt wurden, sagte er mir, ich solle versuchen, zu seiner Familie zu gelangen, aber mein Vater beschloss, mich zu begleiten ... und es war nicht möglich. Und nun denke ich, dass Alejandros Familie nur verstehen würde, dass ihr Sohn meinetwegen tot ist, und sie würden mich hassen, selbst wenn sie bereit wären, Salomé zu sich zu nehmen, und dann wären wir für immer getrennt.«

»Meine Liebe, ich glaube, Ihr tut den Abenzucars Unrecht. Doch davon abgesehen könnte es schreckliche Folgen für die Abenzucars, für das Baby und für Euch haben, wenn jemand außerhalb des Klosters die Wahrheit erfahren würde. Ich meine, es ist in Eurem Interesse, Euer Gelübde abzulegen und mit dem Baby hierzubleiben und die Abenzucars nicht zu benachrichtigen.«

Isabela murmelte: »Hierbleiben? Ich kann doch wohl kaum das Keuschheitsgelübde einer Nonne ablegen!«

»Hmm. Wir sind alle Sünder, Leben ist kostbar und Kinder sind ein Segen. Viele berühmte Nonnen, Priorinnen und Äbtissinnen, sogar Heilige der Kirche, waren ebenfalls Mütter. Männer und Frauen der Kirche betrachten Keuschheit unterschiedlich. Männer verleihen ihr eine unnötige spirituelle Bedeutung und setzen sie als Werkzeug ein, um Frauen zu beherrschen. Doch für religiöse Frauen bedeutet die Freiheit von familiären Verpflichtungen, dass sie sich in der Andacht und dem Studium üben und ein Leben im praktischen Dienst an Gott führen können. Nun, wie dem auch sei, es steht Euch frei, selbst zu entscheiden. Ihr könnt bei mir eine vollständige Beichte ablegen und im Laufe der Zeit entscheiden, ob Ihr bleiben wollt und ob Ihr die Profess ablegen möchtet oder nicht.«

Das wurde immer seltsamer. »Bei Euch die Beichte ablegen? Doch eher bei einem Priester, oder?«

Die Äbtissin erhob sich und faltete die Hände. »Ach, unser alter Priester!«, sagte sie abschätzig. »Natürlich, wir haben hier einen Priester, obwohl er die meiste Zeit schläft. Die Kirche achtet darauf, dass unserer Gemeinschaft armer, schwacher Frauen ein Priester zur Seite steht, weil Männer, selbst wenn sie alt und gebrechlich sind und vor sich hinsabbern, in jedem Fall die spirituelle Oberherrschaft über Frauen innehaben. Pah! Die Priester, die sie uns schicken, sind immer so alt, dass wir gezwungen sind, sie bis zu ihrem Tod zu versorgen und zu pflegen. Glücklicherweise darf die Äbtissin von Las Golondrinas die Beichte abnehmen, Bußen auferlegen und die Absolution erteilen.«

Isabela starrte sie mit offenem Mund an. Die Äbtissin erlaubte sich ein kleines Lächeln.

»Eine Ausnahmegenehmigung. Erteilt von Bischof St. Valerius von Saragossa, bevor er unter Kaiser Diokletian den Märtyrertod starb. Weil unser Kloster hier in den Bergen so abgelegen war. Er hoffte, unser leuchtendes Beispiel würde die Frauen in der Bergregion von der Ehelosigkeit überzeugen.« Die Äbtissin verdrehte die Augen, als wollte sie den Himmel bitten, er möge ihr Geduld geben. »Ich frage mich oft, ob Männer der Kirche es lieber sähen, dass es gar keinen Nachwuchs mehr gibt. Bisher hat der Papst diese Genehmigung nicht zurückgenommen, weil wir mächtige Freunde am Hofe haben, die –«

Irgendwo jenseits des Zimmers war das Kreischen einer Frau zu hören und die Äbtissin tätschelte Isabela die Hand. »Hier ist eine Schwester mit etwas zu essen. Versucht zu essen und ruht Euch aus. Wir unterhalten uns später weiter. Ich muss gehen. Eine Frau aus dem Dorf steht kurz vor der Niederkunft, leider eine schwierige Geburt, fürchte ich. Kommt, Schwestern, vergesst die Medizintruhe nicht und auch nicht die frischen Handtücher.«

Die vier Nonnen rauschten aus dem Zimmer. Neben Isabela standen auf einem Hocker eine irdene Schüssel mit dampfend heißer Suppe, Brot, ein Pfirsich und ein Kelch mit Wein. Salomé schlief. Isabela legte sie vorsichtig ab und trank ihre Suppe. Sie duftete nach Kräutern und ein pochiertes Ei schwamm darin. Es war das köstlichste Mahl, das sie je gegessen hatte. Sie tupfte den letzten Tropfen Suppe mit dem Brot auf und aß dann den Pfirsich, langsam und genussvoll. Der Saft lief ihr am

Kinn herunter. Sie trank einen Schluck Wein. Ihr Leidensweg war zu Ende, die Last der Angst und der Heimlichkeit, die sie so lange getragen hatte, fiel ihr von den Schultern, und auch wenn sie es kaum glauben konnte, so waren sie und das Baby am Leben und in Sicherheit. Ihre Erleichterung war so groß, dass ihr Tränen in die Augen stiegen. Sie wusste, dass sie hierbleiben würde. Sie nahm Salomé auf den Arm, hielt sie fest an sich gedrückt und flüsterte: »Wir sind in Sicherheit, mein Schatz. Dein Vater hat uns hierhergeleitet und seine Seele wird bei uns sein. Gott ist groß, Salomé. Gott ist groß.«

KAPITEL 9

Aus der Chronik der Sors Santas de Jesús,
Kloster Las Golondrinas, Andalusien,
Januar 1509

Friede sei mit allen, die diese Zeilen lesen.

Auf Anweisung der Äbtissin beginne ich, Sor Beatriz von den Heiligen Schwestern Jesu, Schreiberin des Klosters Las Golondrinas, diese Chronik unseres Ordens. Was auch immer dem Kloster widerfahren mag, so vertrauen wir darauf, dass diese Aufzeichnungen, die das Evangelium unserer Gründerin und die Traditionen enthalten, welche unsere Arbeit leiten, erhalten bleiben und in der Zukunft Zeugnis von der Wahrheit ablegen.

Wir sollen uns vorstellen, so sagt die Äbtissin, dass jemand, der den Orden nicht kennt, dieses Buch vielleicht in ferner Zukunft aufschlägt. Um einer solchen Person die Dinge nahezubringen, die in der Chronik enthalten sind, hält sie es für hilfreich, dass ich mit meiner eigenen Aufnahme in den Orden, den Gründen für meine Berufung zur Schreiberin und mit den besonderen Umständen beginne, die zu diesem Buch geführt haben. Sonst würde ich niemals wagen, über mich unwürdige Person an erster Stelle oder überhaupt zu schreiben, doch es ist meine Pflicht, der Äbtissin in allem zu gehorchen.

Nach der Geburt meiner Tochter Salomé im Kloster folgten drei Jahre, die ich als Novizin verbrachte, bis ich an Salomés drittem Geburtstag mein Gelübde ablegte und den Namen Sor Beatriz annahm. Meine Tochter teilte die Freude dieses Tages mit uns allen und saß bei dem Willkommensfestmahl in der *sala grande* neben mir. Die anderen Schwestern fütterten sie mit Leckerbissen und Süßigkeiten, als sei sie ein Vogelkind.

Salomé lebt bei mir in meiner Zelle. Die Äbtissin erlaubt nicht, dass sie von mir getrennt und bei den Waisen untergebracht wird, und sagt in ihrer direkten Art, dass wenigstens ein Kind im Kloster seine Mutter haben soll. Ich hatte kaum zu hoffen gewagt, dass mir so viel Glück vergönnt sein würde. Das Kind fügt sich in den Tagesablauf von uns Nonnen ein. Sie wacht kurz auf, wenn ich in den frühen Morgenstunden zur Terz aufstehe, und hört dann die Messe mit uns in der Kapelle. Sie ist sehr fügsam und versteht, dass ihre Mutter und die anderen zu bestimmten Zeiten am Tag Ruhe haben müssen, wenn sie ihr Gewissen prüfen oder meditieren, und dass wir zu anderen Zeiten sehr viel zu tun haben, sodass sie einen großen Teil des Tages mit den Waisenkindern verbringt und mit ihren Puppen und Spielsachen spielt, während ich meiner Arbeit nachgehe. In der restlichen Zeit hätscheln und schelten die anderen Schwestern sie, beten mit ihr und erzählen ihr Geschichten von den Heiligen. Sie hat viele Mütter.

Ich erwartete, dass man mir die niedrigsten Arbeiten im Kloster zuweisen würde, doch die Äbtissin wünschte, dass ich der alten Sor Angela zur Hand ging, die seit fünfunddreißig Jahren dem Skriptorium vorstand. Sor Angela war gefestigt in ihrem Glauben, jedoch eine entschlossene Wächterin über ihren Herrschaftsbereich. Unter ihrer Anleitung katalogisierte und entstaubte ich Bücher, Schriftrollen und Manuskripte, mischte Tinte und bereitete Schreibfedern vor, putzte die Kerzen, sorgte dafür, dass Siegel und Wachs dort waren, wo sie sein sollten, achtete darauf, dass sauberer Sand zum Löschen bereitstand und dass jedes Kind im Waisenhaus sein eigenes Messbuch und ein Buch über das Leben der Heiligen hatte. Das Einzige, das mir Sor Angelas widerwilliges Lob eintrug, war meine Handschrift – sie sagte immer wieder, es sei ein Segen, dass ich wenigstens gelernt hätte, schnell und sauber zu schreiben. Als Sor Angela vor einem Monat im Schlaf starb, sagte die Äbtissin, dass ich am besten geeignet sei, ihren Platz einzunehmen.

Bisher hatte sich die Schreiberin vor allem um die Korrespondenz des Klosters gekümmert – geschäftliche Angelegenheiten und Anfragen, wie eine bestimmte Medizin herzustellen sei oder wie unsere Krankenstation aufgebaut ist. Außerdem oblag ihr die Überwachung der Aufzeichnungen und Bücher und Dokumente, die im Skriptorium aufbewahrt werden. Unsere Äbtissin ist jung und hält auf Ordnung und System. Dass unsere Aufzeichnungen nach planloser Methode auf viele Schriftrollen verteilt sind, hat ihr noch nie gefallen. Sie war immer schon überzeugt, dass das Kloster eine richtige Chronik haben sollte, vor allem, um genau festzuhalten, wann unsere geliebte Gründerin dem Kloster als Vision erschienen ist. Bei diesen Gelegenheiten hat sich die Gründerin immer aus einem bestimmten Grund gezeigt, sei es, um Rat zu erteilen oder um eine Warnung auszusprechen. Ihre Worte wurden der Schreiberin immer genauestens diktiert, sodass man sie nachlesen konnte, wenn es nötig war.

Natürlich steht das Skriptorium allen im Orden offen – seit den frühesten Tagen der Gemeinschaft herrscht die Regel, dass Wissen für alle da ist und dass alle Nonnen eine gute Schulbildung bekommen, lesen und schreiben können und Arithmetik und Latein lernen. Doch Sor Angela erlaubte niemandem, die Schriftrollen zu berühren. Sie sagte immer, sie seien auf eine bestimmte Weise geordnet, die nur sie verstünde, und in einer bestimmten Wandnische, hinter einem Vorhang. Selbst die Äbtissin zögerte, wenn sie die Schriftrollen zu Rate ziehen wollte, nicht nur wegen Sor Angela, sondern auch, weil es schwierig war, sich in den Schriftrollen zurechtzufinden. Doch solange Sor Angela über das Skriptorium herrschte, konnte man nichts tun.

Sor Angela wusste nicht, dass es zu meinen Aufgaben gehörte, über sie zu wachen, da sie bisweilen eine Kerze umstieß, ohne es zu merken. Aber, ach, hätte sie das Skriptorium in Brand gesetzt, hätte sie damit kaum einen größeren Schaden anrichten können als mit ihrer Methode der Aufbewahrung.

In der letzten Woche war ich damit beschäftigt, Tinte zu mischen, um einen Brief zu beantworten, als die Äbtissin kam und den Bericht über die Worte der Gründerin zu lesen wünschte, die sie bei ihrem letzten Erscheinen gesprochen hatte. Dieses Ereignis lag mehr als dreißig Jahre zurück. Sie ließ es nicht zu, dass ich aufstand und den Bericht für sie holte, also wies ich ihr den Weg zu der Wandnische, in der die Schriftrollen aufbewahrt werden. Ich hatte gerade meine Feder in die Tinte getaucht, als die Schreie der Äbtissin den Frieden zerrissen. Ich ließ meine Feder fallen und eilte so schnell zu ihr, wie mein lahmes Bein es mir ermöglichte, da ich fürchtete, sie hätte vielleicht ein Schlangennest aufgestört und sei gebissen worden. Doch hinter dem Vorhang war die Wandnische ein Durcheinander aus zerfetzter Schafshaut und Pergament – das Werk von Ratten! Der Anblick war so schrecklich, dass die Äbtissin und ich den Verlust beweinten.

»Vielleicht«, sagte die Äbtissin und trocknete sich mit dem Ärmel die Augen, »ist es nicht so schlimm, wie es aussieht.« Doch es war so schlimm. Auch ohne die Ratten waren viele Schriftrollen zerfallen, durch das Alter brüchig geworden, oder sie waren durch Schimmel unleserlich. Einige zerfielen in unseren Händen zu Staub.

Während wir die Fetzen zu ordnen versuchten, seufzte die Äbtissin. »Es ist ein Brief gekommen, vom Heiligen Offizium der Inquisition, der mich unruhig macht. Daher suchte ich den Eintrag vom letzten Erscheinen unserer Gründerin. Ich glaube, es war kurz nachdem unsere katholischen Monarchen Isabel und Fernando geheiratet hatten. Damals warnte sie uns, dass sie geschworen hatten, Spanien unter dem christlichen Glauben zu vereinen und die Mauren zu vertreiben. Und sie würden mit dem Segen des Papstes die Macht der Inquisition stärken, um das Land von Ketzern und Ungläubigen zu reinigen. Die Gründerin warnte vor Schrecken, die über das Volk kommen würden, und erteilte einen Rat, wie das Evangelium zu schützen sei. Das ist es, was ich wissen muss. Der Brief vom Heiligen Offizium kündigt eine systematische Prüfung aller religiösen Häuser an. Vor allem solche Klöster wie das unsere, die in der besonderen Gunst der königlichen Familie stehen, sollen untersucht werden, da ›die Verbindung zur königlichen Familie eine regelmäßige Bestätigung der Reinheit des Glaubens und der Abwesenheit von Ketzern notwendig macht‹. Natürlich suchen sie nach Moslems und Juden, und selbst wenn es keine gibt, hat die Inquisition Methoden, welche zu entdecken oder zumindest *conversos*, die automatisch in Verdacht geraten. Pah! Es ist übel, was die Inquisition macht, eine Spaltung zwischen denen herbeizuführen, die Gott dienen und den Armen helfen. Unser Orden hat immer friedlich gelebt, unter den Römern und den Westgoten und am längsten unter unseren maurischen Herrschern. Wir haben dem Propheten Mohammed stets den größten Respekt entgegengebracht und wie die Juden und auch die Moslems führten die ersten Christen alles auf den Willen Gottes zurück. Wir haben so viel gemeinsam, gleichgültig, ob wir Juden, Moslems oder Christen sind – nur Gott kann über uns urteilen. Und dennoch erzeugt die Kirche Uneinigkeit und Blutvergießen. Aber wir müssen tun, was wir können.« Sie legte einen Stapel von Pergamentfetzen aufeinander, während sie sprach, doch es war unmöglich festzustellen, ob diese Stücke aneinanderpassten.

Dann machte ich eine glückliche Entdeckung. Die Schriftrolle, die als letzte beschrieben wurde, war neuer und hatte daher weniger Schaden gelitten. Sie war angenagt, aber einzelne Teile waren noch leserlich. »Hier ist etwas, Mutter Äbtissin. Dieses Stück passt an dieses. Seht ... Man kann etwas von dem Geschriebenen lesen ... *In der Zeit der Herrschaft des Abu l-Hasan Ali, Sultan von Granada, kam unsere Gründerin zu uns ...*«

Die Äbtissin rief aus: »Ein Wunder! *Deo gratias.* Ich glaube, es war zur Zeit des Abu l-Hasan Alis! Ist der Rest leserlich? Könnt Ihr es entziffern?«

»Noch nicht. Ich werde versuchen, das zu kopieren, was leserlich ist, und den Sinn zu entschlüsseln. Aber, Mutter Äbtissin, ich habe eine Idee. Warum sollten wir nicht diese Gelegenheit ergreifen und eine richtige Chronik unseres Ordens beginnen, wie Ihr es immer gewünscht habt? Wir könnten das Geschenk der Abenzucars verwenden.«

Die Abenzucars – auch heute noch ein bittersüßer Name – hatten uns ein sehr schönes Geschenk für das Skriptorium geschickt: ein großes Buch mit unbeschriebenen Pergamentseiten, so wunderbar bearbeitet, dass sie fast durchscheinend sind. Sie sind viel besser als die alten Schriftrollen, die nach Ziegen stanken. Das Buch ist in Leder gebunden, mit goldenen Verzierungen. Es ist sogar eine goldene Schwalbe auf dem Einband zu sehen. Es wurde uns als Dank für einen heilsamen Kräuterbalsam aus unserem Garten geschickt. Dabei handelte es sich um Kräuter, die in den tiefer gelegenen Gegenden nicht wachsen, und die Abenzucars brauchten den Balsam, als ihre jüngste Tochter nach der Niederkunft nicht heilen wollte und sie um ihr Leben fürchteten. Die junge Frau genas, *Deo gratias*. Salomés Tante. »Das Buch lässt sich leichter vor Ratten schützen als das Durcheinander aus alten Schriftrollen und es hat genügend Seiten für die Aufzeichnungen vieler Jahre.«

Die Äbtissin nickte, erhob sich und wischte sich den Staub von den Händen. »Wir dürfen nicht vergessen, dass Gott sogar Katastrophen mit Absicht schickt. Ja, nehmt das Buch der Abenzucars. Es ist groß und wenn Ihr in kleiner, enger Schrift schreibt, passt sehr viel hinein. Und natürlich kann ein einzelnes Buch so geschützt und sogar transportiert werden, wie es bei Schriftrollen unmöglich ist. Und ich sehe einen weiteren Vorteil. Unser Evangelium fällt auseinander; es könnte in die neue Chronik kopiert werden, bevor es ebenso verloren ist wie die Schriftrollen.«

Das Evangelium! Daran hatte ich nicht gedacht, doch die Äbtissin hatte recht. Obwohl die Ratten es in der silbernen Kassette, in der es aufbewahrt wurde, nicht annagen konnten, so wurde es doch allmählich von der Zeit zerstört. Wenngleich die Nonnen das Evangelium natürlich auswendig kennen, ist es ein Ritual unseres Ordens, dass eine Nonne am Abend vor ihrer Weihe eine besondere Audienz bei der Äbtissin hat, bei der sie den Segen der Äbtissin und ihre Worte des Willkommens entgegennimmt und ihr unser großer Schatz, das alte Evangelium, gezeigt wird. Als ich an der Reihe war, sah ich aufgeregt zu, wie sie es aus seinem silbernen Behältnis nahm. Das kostbare Dokument ähnelte einem Bündel trockener Blätter, so alt, dass sie zerfielen und ihr kleine Fetzen davon in den Schoß fielen. Leider ist das Evangelium, auch wenn es nicht von Ratten angenagt wurde, kaum in einem besseren Zustand als unsere armen zerstörten Schriftrollen.

Die Äbtissin hatte recht: Unser Evangelium muss bald kopiert werden, sonst ist es verloren. Es muss jedoch auch vor der Inquisition geschützt werden, aus demselben Grund, aus dem sie diese Chronik nicht finden dürfen, in der das Erscheinen unserer Gründerin und die Medaille der Äbtissin erwähnt werden. Beides untergräbt die Doktrin und die Macht einer Kirche, in der Männer Gott nach ihrem eigenen Abbild neu ersinnen und Frauen ihre wahre Spiritualität versagen. Würden Evangelium und Chronik entdeckt, wäre es unser aller Ende, und die darauf folgende Zerstörung würde verhindern, dass die Wahrheit jemals ans Licht kommt, wie die Äbtissin glaubt, dass es eines Tages geschehen wird.

Die Äbtissin erhob sich und rieb sich entschlossen die Hände. »Kopiert das Evangelium in die Mitte des Buches – in lateinischer Sprache, so wie es jetzt ist – und schreibt unsere Chronik um diese Seiten herum, so wie unser Orden das heilige Buch umfängt. Und wenn alles zusammen in einem Buch steht, wird es verständlicher für denjenigen, der es vielleicht in ferner Zukunft einmal liest. Lasst die Magd das Skriptorium ausfegen und sagt ihr, dass sie die Fetzen ins Feuer werfen soll, wenn Ihr sie kopiert habt.«

Getreu der Wünsche der Äbtissin arbeitete ich bei Tageslicht und bei Kerzenschein, um diesen Bericht des letzten Erscheinens unserer Gründerin zu retten:

1470 Anno Domini. Friede ... allen ... lesen ... Herrschaft des Abu l-Hasan Ali, Sultan von Granada ... die Äbtissin eine Vision ... Gründerin ... Nachricht ... Infanta Isabel von Kastilien trotzte König Enrique ... Infante Fernando ... von Aragon ... Spanien ... Gottes Königreich ... Mauren geschlagen und vertrieben ... Königin Isabel ... Pilgerreise nach Las Golondrinas ... die karthagische Straße ... Hütet euch ... die Inquisition wird ... denkt an das Schicksal der Katharer ... Carcassonne ... Gran Canaria ... einer Mission das Evangelium ... die Medaille.

Die Äbtissin und ich deuteten diese Worte als eine Warnung vor dem Interesse der Inquisition an Las Golondrinas, das mit der Verbindung der Königin mit dem Kloster zu tun hatte.

Königin Isabel hatte tatsächlich eine Pilgerreise hierher unternommen, nach der endgültigen Niederschlagung der Mauren. Um den Mut eines christlichen Ordens zu würdigen, der durch Jahrhunderte der muslimischen Dunkelheit hindurch das Licht des Glaubens am Leben erhalten hatte, schwor sie, Las Golondrinas unter ihren besonderen Schutz zu stellen. Bis heute sind königliche Damen unsere Gönnerinnen und Beschützerinnen, doch unsere Gründerin wollte uns gewiss an das Schicksal der »ketzerischen« Katharer erinnern, als das »katholische« Heer Carcassonne zerstörte und alle verbrannte und henkte, die nicht widerriefen. Wollte die Gründerin uns warnen, dass wir zum Schutz der Medaille und des Evangeliums eine Mission in Gran Canaria errichten sollten?

Aber wann? Und wie?

Sommer 1509

Im Frühjahr und Sommer, wenn die Straße passierbar ist, die auf den Berg führt, kommen die Kinder. Heute empfingen wir zwei. Sie haben sehr feine Kleider und sind beide ungefähr ein Jahr alt. Ich halte die Höhe ihrer Mitgift in der Mitgiftliste fest. Wir haben keine weiteren Auskünfte, die wir unseren Aufzeichnungen hinzufügen könnten. Die Kinder haben keine Namen, bis auf die, die wir ihnen geben. Es heißt, die Vorkehrungen, um sie in großer Heimlichkeit vom Hofe wegzubringen, würden von einer Reihe von Schurken getroffen, die als Mittelsmänner dienen, sodass niemand weiß, wo die Kinder schließlich Aufnahme finden. Die meisten befinden sich in der Obhut von bäuerlichen Ammen, die uns nichts über ihre wahre Herkunft sagen können.

Arme namenlose Unschuldige. Sehnen sich die Mütter, so sie denn leben, nach ihren Töchtern? Ich stelle mir vor, so von Salomé getrennt sein zu müssen, und danke Gott jeden Tag für die Zuflucht, die wir hier gefunden haben. Die Nachricht hat mich erreicht, dass mein Vater nun glaubt – vielleicht, weil er durch einen der Diener davon Kenntnis erhielt –, dass ich ein Kind erwartete, als er mich hier zurückließ. Er hat Rache geschworen, doch ich vertraue auf den Schutz Gottes.

Winter 1510

Es ist ein harter Winter. In den Bergen schneit es unablässig. Und doch ist im Garten der Pilger wie durch ein Wunder die Quelle nicht eingefroren.

Salomé nimmt mit den anderen Mädchen im Schulzimmer am Unterricht teil und lernt die Gebete in lateinischer Sprache und die Zahlen. An einem behelfsmäßigen Tisch aus Holzbrettern spielt sie »Schreiben«. Sie möchte mir alles nachmachen und sitzt da, während sich ihr liebliches Gesicht vor Konzentration verzerrt, und übt Buchstaben. Dann sieht Salomé zu mir auf und ein Lächeln lässt ihr Gesicht leuchten – so wie es einst das Gesicht ihres Vaters leuchten ließ, wenn ich morgens ins Schulzimmer kam.

Von wundersamen Ereignissen ist zu berichten. Am Dreikönigstag war der Himmel voller Sternschnuppen, an drei aufeinanderfolgenden Nächten. Trotz der Kälte blühte ein Mandelbaum und Leute aus der Gegend erzählen, dass sie feurige Drachen am Himmel gesehen haben. In den Dörfern herrscht bitterer Hunger und die Äbtissin und die Schwester, die die Vorräte verwaltet, verteilen das, was wir an Getreide, Öl und Trockenfrüchten haben, damit alle etwas bekommen. Die Nonnen fasten natürlich so viel wie möglich – der Glaube ist ein großer Bewahrer des Lebens –, doch die Kinder im Waisenhaus und die Patienten in unserem Hospital müssen essen. Unablässig kämpfen wir darum, unsere Vorräte vor den Ratten zu schützen. Möge Gott uns alle bis zum Sommer und zur nächsten Ernte erhalten.

Frühjahr 1512

Plötzliches Tauwetter, wie es in der Fastenzeit bisweilen vorkommt, hat in der vergangenen Woche eine Katastrophe über das Dorf gebracht. Als der Schnee schmolz, begrub ein Erdrutsch einen tiefer gelegenen Hang unter sich, an dem die Ziegen und Schafe des Dorfes grasten. Die Tiere wurden mitgerissen und fünf Männer, die sie hüteten, wurden schwer verletzt in unser Hospital gebracht. Die Schwestern kämpfen um das Leben von vieren von ihnen, doch der fünfte wird ganz gewiss sterben. Er hat eine schwangere Frau und viele Kinder, die ohne ihn mittellos dastehen und denen wir helfen müssen.

Um diese Zeit des Jahres sind unsere Vorratskammern fast leer. Die Äbtissin hat die letzten Reste an Zucker und Mehl, die wir noch gehortet hatten, zu *polvorónes* verbacken. Der Bruder des sterbenden Mannes will sie in der Stadt verkaufen. Er nimmt den alten, aber steileren Maultierpfad, der zwischen den Bäumen hindurchführt. In der Osterzeit sind unsere *polvorónes* in den Häusern der Reichen sehr begehrt und der Bruder wird dann im Tal der Schwalben so viele Lebensmittel einkaufen, wie sie erübrigen können, damit wir sie unter den hungrigen Dorfbewohnern verteilen. Im Kloster gibt es zu den Mahlzeiten nur noch einen dünnen Haferschleim, doch Nonnen können vom Gebet allein leben. Salomé bekommt den größten Anteil meiner Portion. Sie ist zu dünn und ihre Haut sieht fast durchscheinend aus.

Sommer 1514

Wir haben Nachricht, dass man die spanischen Gouverneure auf der Insel Hispaniola für ihre Behandlung der Eingeborenen dort kritisiert und dass in Sevilla die Pest viele Todesopfer gefordert hat. Wir beten für die Priester, die die Gewalt gegen die

Indios verurteilt haben, und sprechen Novenen für ein Ende der Pest, für die Toten und die Sterbenden. Das Heilige Offizium schickte einen weiteren Brief, in dem es eindringlich darauf hinweist, dass es die Pflicht der Gläubigen sei, all jene anzuzeigen, die im Verdacht stehen, falsche Christen zu sein. Die Äbtissin war für den Rest des Tages schlecht gelaunt.

An dem Hang unterhalb des Klosters sind Terrassen angelegt worden und die Apfelbäume und die neuen Olivenbäume gedeihen prächtig. Unsere Hühnerschar wird größer, das Federvieh sucht sich sein Futter unter den Bäumen, doch wegen der Füchse müssen wir achtgeben, dass wir sie zur Nacht alle in ihren Stall scheuchen. Wir lassen besondere Messen lesen, auf dass wir in diesem Jahr eine gute Ernte haben.

Frühjahr 1518

Zwei reisende Mönche ersuchten die Äbtissin um Erlaubnis, am *locutio* des Skriptoriums wegen medizinischer Dinge mit mir sprechen zu dürfen. Sie waren auf der Suche nach einem Heilmittel gegen den Biss eines tollwütigen Hundes. Durch die Gitterstäbe im Skriptorium flüsterten sie, sie hätten gehört, dass die Ungläubigen eine Medizin hätten, die ganz sicher wirke. Und sie waren in schrecklicher Sorge um ihren Bruder, den der Hund gebissen hatte. Ich unterbrach meine Arbeit und suchte die Abhandlung von Avicenna, doch ihr verstohlenes Drängen ließ mich vermuten, dass sie Informanten der Inquisition waren. Da Avicenna ein muslimischer Arzt war, sagte ich ihnen, dass wir das Heilmittel, das ich ihnen kopiert hatte, vor zweihundert Jahren von einem christlichen Einsiedler bekommen hätten, der in einer Berghöhle in der Nähe gelebt habe. Vielleicht hätten sie von dem Buch gehört, das sein Gefolgsmann geschrieben habe? Ein sehr heiliger Mann. San Hieronimo habe ihm das Heilmittel offenbart. Ich schärfte ihnen ein, dass es nur wirken würde, wenn es mit reinem Herzen angewandt und dazu besondere Gebete an die Jungfrau und den Heiligen Antonius gesprochen würden.

Die Mönche können nicht lesen.

September 1520

In diesem Spätsommer folgten zwei königliche Prinzessinnen den Spuren der verstorbenen Königin und statteten uns einen Besuch ab, in Begleitung vieler edler Damen. Ihr Gefolge hinterließ großen Eindruck. Schneeweiße Maultiere zogen ihre Kutschen, sie wurden von Vorreitern mit farbenfrohen Bannern, einer großen berittenen Garde in Livree und vielen Jesuiten eskortiert. Die Prinzessinnen ließen in der Kapelle eine Trauermesse für ihre Großeltern lesen, Isabel und Fernando, und für ihre verwitwete Mutter, Königin Juana, die in einem Kloster in Tordesillas eingesperrt ist. Nach dem Geschwätz der Kammerzofen bewahrt sie, seit sie vor langen Jahren zur Witwe wurde, den konservierten Leichnam ihres Mannes in ihrer Zelle auf, um Gesellschaft zu haben. Sie beschreiben sie als geistig verwirrt. Andere sagen, dass die Geschichte mit dem Leichnam ihres Gatten erfunden ist, dass sie bei Verstand ist und gegen ihren Willen als Gefangene festgehalten wird. Die Arme! Eine Frau ist der Macht der Kirche und weltlicher Autoritäten hilflos ausgeliefert, wenn sie sie für verrückt oder schwach oder beides erklären, um so zu begründen, warum man sie beiseiteschafft.

Die Prinzessinnen blieben drei Tage lang bei uns. Sie nahmen am täglichen Leben im Kloster mit seinen Messen, Gebeten und Mahlzeiten teil und setzten sogar Strohhüte auf, um in unserem Garten Gemüse zu ernten. Die Kinder aus dem Waisenhaus sangen ihnen eine Hymne, die recht schön klang, wie wir fanden, und dann gaben sie jedem Kind eine Goldmünze. Auch Salomé bekam eine solche Münze, weil sie annahmen, dass sie eines der Waisenmädchen sei. Die Prinzessinnen erneuerten das Versprechen ihrer Großmutter und versicherten, das Kloster stünde unter ihrem besonderen Schutz. Vor ihrer Abreise überreichten sie dem Kloster ein großzügiges Geschenk. Die drei Tage haben die Äbtissin erschöpft.

Salomé sitzt den halben Tag bei mir. Mit ihren Aufgaben ist sie vor den anderen Mädchen fertig und dann wird sie unruhig. Latein und Griechisch fallen ihr leicht und sie versteht nun auch ein wenig Italienisch und Französisch. Ich sage ihr, dass sie still sitzen und schreiben üben muss, und erkläre ihr, wie wichtig es ist, sauber und gleichmäßig und leserlich zu schreiben. Und ohne Tintenkleckse – trotz ihrer tränenreichen Beteuerungen, dass das unmöglich sei. Sie stampft mit dem Fuß auf, wenn ich sie zwinge, bei Fehlern etwas noch einmal abzuschreiben, doch sie lernt, schön und gleichmäßig zu schreiben.

Die Äbtissin gibt Salomé kleine Aufgaben im Skriptorium, lässt sie den Gänsekiel nachspitzen oder die Tinte zubereiten. Und da Salomé gewissenhaft ist und sich immer die Hände wäscht, bevor sie ein Buch berührt, erlaubt die Äbtissin ihr, sich unsere wunderschön illustrierten Messbücher anzusehen. Unsere königlichen Gönnerinnen haben uns einige sehr schöne Bücher geschenkt, mit Goldschrift und Bildern von Heiligen und Engeln und der Jungfrau, Burgen, Rittern und Tieren, die so fein gemalt sind, dass sogar ihre kleinen Schnurrhaare erkennbar sind, von Feldern und Wäldern, Sonne und Mond und Sternen, in denen man einen Blick auf eine leuchtende himmlische Welt erhaschen kann. Salomé liebt sie ebenso sehr wie die Äbtissin und ich und hat inzwischen auch ein feines Gespür für die Gemälde im Kloster.

Viele der Bilder, die die Pilger uns schenken, mag sie nicht – im Vergleich zu unseren herrlichen Handschriften sind sie oft schlecht gemalt, ein Triumph des Glaubens über das Können, doch die Äbtissin besteht darauf, dass wir alle diese Geschenke aufhängen. Der dunkle Gang, durch den wir jeden Morgen auf unserem Weg zur *sala de las niñas* gehen, ist voll mit den schrecklichsten Bildern.

Doch bisweilen gelangen feinere Bilder aus der Mitgift eines Waisenmädchens zu uns und Salomé hilft der Äbtissin die Gemälde auszusuchen, die in der *sala de las niñas* aufgehängt werden sollen. Da sind Bilder von der Jungfrau und dem Kind und von Kinderheiligen. Oftmals zeigen sie den sanften Einfluss der italienischen Schule mit ihren wunderbar satten Farben, empfindsamen Gesichtern und exquisit gemalten Landschaften im Hintergrund, die die Wärme der göttlichen Gnade ausstrahlen. Die *sala de las niñas* soll ein freundlicher Raum für die Waisenkinder sein.

Mit ihren fünfzehn Jahren ist Salomé groß für ihr Alter. Sie hat die dunkelblauen Augen ihres Vaters und Haar, das so golden ist wie meines einst war, bevor es abgeschoren wurde. Sie versteht nicht, warum sie noch nicht den Habit der Novizinnen tragen darf. Ich sage ihr, alles zu seiner Zeit, doch mein Herz ist in Aufruhr, wenn ich an ihre Zukunft denke. Ich habe als Nonne Frieden und Zufriedenheit gefunden, doch ich war einmal verliebt, und ich sehe, dass auch meine Tochter solcher Leidenschaft fähig ist. Ich möchte nicht, dass sie wie die Waisenmädchen gezwungen ist, den Schleier anzulegen, doch ich sehe nicht, wie sie die Welt außerhalb des Klosters erleben oder heiraten soll. Und natürlich kann ich sie nicht allein wegschicken. Wenn ich überlege, was für Salomé am besten wäre, stelle ich mir vor, dass es Alejandro und mir gelungen wäre, nach Portugal zu fliehen. Wir würden in einer Winternacht am Feuer sitzen und über Salomés Zukunft und die unser anderen Kinder sprechen. Doch es ist undankbar, zu klagen. Salomés Leben wird so verlaufen, wie Gott es will.

Sommer 1521

Salomé ist sechzehn und trägt nun endlich den Habit der Novizinnen, nach dem sie sich so gesehnt hat. Sie findet, dass sie damit aus dem Schulzimmer zu einem höheren Stand aufgestiegen ist und dass sie nun mit den anderen Mädchen gleichgestellt ist, die mit sechzehn Jahren ihr Noviziat beginnen. Sie ist lebhaft und liebevoll und voller Übermut.

April 1523

Etwas Aufregendes ist geschehen! Gestern Abend ist der Äbtissin im Kreuzgang unsere Gründerin erschienen! Es ging so schnell, dass die Äbtissin kaum Zeit hatte zu verstehen, was da passierte, bevor die Gründerin ihre Anweisungen aussprach und dann verschwand. Die Inquisition wird nach Las Golondrinas kommen, auch wenn der Zeitpunkt unsicher ist, und die Äbtissin muss nun Vorbereitungen treffen, unsere Medaille und das Evangelium zur sicheren Aufbewahrung wegzuschicken. In Gran Canaria soll ein Missionskloster unseres Ordens errichtet werden. Die Äbtissin muss zwölf Frauen aussuchen: vier Schwestern, die die Profess abgelegt haben, vier Novizinnen und vier Beatas in mittleren Jahren, die vor allem gesund und vernünftig sein sollen. Die älteste Nonne wird ermächtigt, die Aufgaben einer Oberin wahrzunehmen und die Beichte zu hören, und eine andere muss als Schreiberin einen Bericht der Reise festhalten. Zu gegebener Zeit folgen andere Mitglieder des Ordens ihnen nach.

Während die Äbtissin mir all dies für unsere Chronik diktierte, ging sie im Skriptorium auf und ab. »Ich weiß nicht, ob wir die Medaille und das Evangelium sofort mitschicken oder abwarten sollen, bis die Mission fertig ist, und sie dann einer späteren Gruppe mitgeben. Was wäre, wenn sie verloren gingen, weil ich zu hastig handelte?«

»Vielleicht ist es besser, vorsichtig zu sein«, antwortete ich. »Erinnert Euch an den Schaden, den die Ratten hier angerichtet haben. Nun haben wir eine besondere, mit Metall ausgeschlagene Kassette, die in die Wand des Skriptoriums eingelassen ist. Dort wird die Chronik seitdem sicher aufbewahrt. Wir sollten warten, bis wir wissen, dass es in Gran Canaria einen ebenso sicheren Ort gibt. Wer weiß, welche Bedingungen die Mission in Gran Canaria vorfindet oder wie sie ein passendes Gebäude finden sollen. Vielleicht ist es das Beste, die Nachricht abzuwarten, dass alles bereit ist, und dann können die Medaille und die Chronik die Reise antreten.«

»Ja, ich glaube, das ist das Beste, Sor Beatriz. Wir werden warten, bis die Mission einen Platz für sie bereitet hat.«

Juni 1523

Das Kloster stürzte sich in die Vorbereitungen und zwei Monate später ist alles bereit. Die Äbtissin hat zwei Männer aus dem Dorf nach Sevilla geschickt, wo sie Vorkehrungen für die Schifffahrt der Missionarinnen nach Gran Canaria treffen sollten. Sie kehrten mit der Nachricht zurück, dass der Schiffskapitän unter dem Seefahrer Kolumbus gedient habe und unsere Gruppe in guten Händen sei. Nun war es an der Zeit, diejenigen auszusuchen, die fahren sollten.

Die Äbtissin beriet sich mit der Versammlung älterer Nonnen, dann kam sie zu mir ins Skriptorium. Sie sah ernst aus. »Wir haben in der Versammlung eine Entscheidung gefällt, Sor Beatriz, doch auch Ihr müsst eine Entscheidung treffen. Die Mission braucht eine Schreiberin …«

»Ihr wünscht, dass ich nach Gran Canaria fahre?« Ich war erstaunt. Mein Bein schmerzt oft so sehr, dass ich nicht laufen kann, und meine Schreibhand ist bisweilen so steif und geschwollen, dass mir das Schreiben unmöglich ist.

Die Äbtissin schüttelte den Kopf. Plötzlich wusste ich, was sie als Nächstes sagen würde. Die Erde schien sich unter meinen Füßen aufzutun, das Herz stockte mir in meiner Brust und ich umklammerte die Seiten des Pultes, um nicht zusammenzusinken.

»Salomé ist die fähigste und intelligenteste unter den Novizinnen und Ihr habt sie die Pflichten einer Schreiberin gelehrt. Sie ist jung, doch sie ist am besten von allen geeignet, die Schreiberin des neuen Hauses zu sein, und ich brauche Euch nicht zu sagen, wie sehr das geschriebene Wort dazu beigetragen hat, den Orden seit Jahrhunderten in schwesterlicher Einheit zusammenzuhalten. Nun wird es uns über die Meere hinweg zusammenhalten. Ich werde sie nicht ohne Eure Zustimmung wegschicken, doch auch Ihr habt ihren Gesichtsausdruck gesehen, wenn wir über die Mission sprechen.«

Das hatte ich. Nun wurde der Raum um mich herum dunkel und in meiner Brust zog sich etwas zusammen, sodass ich nicht atmen konnte. Wie plötzlich sich das Leben ändern kann! Ich bemühte mich mit aller Kraft, weise und klug zu sein und nicht an mich selbst zu denken. Ich wusste, dass Salomé nicht nur bereit war, der Äbtissin zu gehorchen, sie war begierig, die Fahrt anzutreten, obwohl sie versuchte, es vor mir zu verbergen. Die Äbtissin wartete schweigend, sie drängte mich nicht, doch meine Pflicht war klar. Der Orden hatte mir und meinem Kind Zuflucht und Frieden geboten, als ich dachte, es gäbe weder Zuflucht noch Frieden in der Welt. Und nun war es an der Zeit, dem Orden als Dank dafür etwas zu geben und zugleich meiner Tochter zu erlauben, die einzige Chance auf ein Leben außerhalb der Klostermauern zu ergreifen, die sie je haben würde. Sie ist fast achtzehn und sollte ihr Gelübde im kommenden Jahr ablegen. Ich spürte eine Vorahnung, dass ich sie nie in ihrer Nonnentracht sehen würde.

Ich fasste all meinen Mut zusammen und stimmte zu. Kurz darauf kam Salomé ins Skriptorium gelaufen, außer Atem vor Aufregung. »Oh Mutter! Die Äbtissin sagt, Ihr habt Eure Erlaubnis gegeben! Ich sehne mich so danach zu fahren, doch dann bricht mir das Herz bei dem Gedanken, Euch zu verlassen!«

Ich versicherte ihr, dass Gott über uns wachen und uns in unseren Gebeten vereinigen würde, und dann wiederholte ich, was die Äbtissin über die Aufzeichnungen gesagt hatte, die Salomé machen würde. Sie schlang mir die Arme um den Hals und versprach atemlos, dass sie über alles berichten wollte, was sie sah und erlebte. »Ich kann kaum glauben, dass ich die Schreiberin sein soll, Mutter! Und die Äbtissin hat gesagt, dass Ihr mit der nächsten Gruppe von Nonnen nachkommen werdet, sobald alles vorbereitet ist. Und meine Profess lege ich erst ab, wenn Ihr dabei seid. Wir werden nicht lange voneinander getrennt sein. Nur so lange, bis wir unser neues Kloster für alte Nonnen hergerichtet und einen Pfad für ihre Sänften freigelegt haben, die armen alten Schätzchen!«, fügte Salomé spitzbübisch hinzu. »Doch ich werde meine Pflichten gewissenhaft erfüllen. Ihr werdet stolz auf mich sein. Und von Gran Canaria kommen und gehen die Schiffe, also kann ich Briefe ans Kloster schicken und über alles berichten, was wir tun, und Ihr werdet sie so unterhaltsam finden, dass Ihr wünscht, ich wäre schon früher gefahren!« Bei dem Gedanken, mich zu verlassen, kamen ihr die Tränen. In den darauffolgenden Tagen war sie in einem Zustand großer Aufregung und ihre Stimmung wechselte ständig zwischen Vorfreude und Trauer.

So erging es allen im Kloster, von den Dienerinnen bis zu den ältesten Nonnen. Dennoch wurden Listen zusammengestellt, Anweisungen diktiert, Kisten gepackt, ausgeleert und wieder neu gepackt.

Allzu bald war alles bereit. In der Nacht vor ihrer Abreise nahm die Äbtissin den zwölf Frauen die Beichte ab. Nach einer schlaflosen Nacht wurde am nächsten Morgen eine besondere Messe gelesen, dann folgte ein rasches Frühstück, das kaum eine von uns anrühren konnte. Unsere Nerven waren aufs Äußerste gespannt.

Der Priester, der während der Messe eingeschlafen war, wurde wachgerüttelt, um einen wohlwollenden Brief des Bischofs vorzulesen, der unsere Unternehmung guthieß, den Heiden auf Gran Canaria das Wort Gottes zu bringen und so die muslimischen Ungläubigen daran zu hindern, das Gift ihres Glaubens zu verbreiten. Als über den Bergen der Tag anbrach, setzten sich die Kutschen in Richtung Sevilla in Bewegung. Salomé hob den Ledervorhang und winkte, bis sie nicht mehr zu sehen waren.

Das Kloster und mein Herz fühlen sich leer an, doch Salomé wird schreiben, wenn sie ankommen, und wir alle freuen uns auf ihre Briefe und die Nachrichten über unsere Mission. In den Monaten, die auf ihre Abreise folgten, klammerte ich mich an diesen Gedanken.

Juli 1524

Aus Gran Canaria hat uns keine Nachricht erreicht, doch die Äbtissin hat einen unheilvollen Brief vom Heiligen Offizium erhalten. Er unterscheidet sich merklich von den üblichen Mahnungen, wir mögen uns vor Lust und Völlerei und Faulheit hüten und uns streng an die Klausurregel halten, auf dass wir unbefleckt von der Welt und ihren Lastern seien ... Dieser Brief teilte uns mit, dass man Kenntnis über den Bastard eines *morisco* habe, dem das Kloster Unterschlupf gewähre wie der Apfel dem Wurm. Das Heilige Offizium werde einen Ermittler schicken, der ihre Identität feststellen und jene bestrafen werde, die für ihre Anwesenheit verantwortlich seien. Die Äbtissin hat Anweisung, mit Nachforschungen zu beginnen und so mögliche Verdächtige herauszusuchen, die dann von den Ermittlern eingehender befragt werden würden.

Ich sagte, dass mein Vater unter den Dienerinnen des Klosters eine Zuträgerin gefunden haben müsse, wenngleich keine besonders schlaue. »Wie dankbar sollten wir sein, dass Salomé nicht mehr hier ist. Und sie ist mit dem besonderen Segen des Bischofs abgereist! Ich kann also wahrheitsgetreu antworten, dass wir hier keine Kinder eines *morisco* haben«, sagte die Äbtissin.

Als sie mich verließ, dankte ich dem Allmächtigen dafür, dass Salomé von der Überprüfung durch die Inquisition verschont bleibt, und bereute, dass ich sie vermisst hatte. Gott ist groß.

Deo gratias, die Ermittler der Inquisition sind nicht zu uns gekommen. Wir hatten grauenhafte Geschichten über ihre gnadenlose Suche nach Ketzern in anderen Klöstern gehört und wussten, dass man ganz gewiss einige aus unserem Orden mitgenommen hätte, um das Schicksal der Nonnen in den Zellen der Inquisition zu teilen. Der Grund für unsere Gnadenfrist ist das Ausbrechen einer schrecklichen Krankheit, die sich mit Husten und Fieber, schmerzenden Gelenken und einem brennenden Hautausschlag in rasender Eile erst in unserem Hospital und dann im Waisenhaus verbreitet hat. Die ältesten Patienten und die jüngsten Kinder hat es besonders getroffen. Dann wurden auch viele der Schwestern krank, die die Patienten im Hospital gepflegt hatten, und zwei der älteren Nonnen, die sich angesteckt hatten, starben. Die Äbtissin ließ mich einen Brief schreiben, in dem ich das Heilige Offizium warnte, dass sich viele Männer in den Pilgerhäusern angesteckt hätten. Die Krankheit führe bei Männern zu schrecklichem Leiden an ihren Geschlechtsteilen und während sie einige mit Blindheit schlage, befreie sie andere von fleischlichen Gelüsten, da sie keinerlei Hoffnung mehr hätten, sich diesen Gelüsten hinzugeben.

Wir erhielten die Antwort, dass Gott diese Geißel gewiss als Strafe für unsere Sünden über das Kloster geschickt habe, dass aber der Ermittler seinen Besuch vorerst verschieben würde.

Die Sorge um so viele Kranke hat uns unseren Garten vernachlässigen lassen und die Ernte ist schlecht. Wir fürchten den Winter. Die guten Abenzucars haben uns Oliven, getrocknete Feigen und Datteln geschickt, dazu Öl aus ihrer Ernte, eine Gabe, die in diesem Winter für viele den Unterschied zwischen Leben und Tod bedeuten wird. Zwei kleine Zwillingsmädchen sind angekommen, sehr hübsche Kinder im Alter von zwei Jahren, fein gekleidet in Seide und Edelsteine, wie Kurtisanen. Ihre doppelte Mitgift wird uns helfen, im Frühjahr Zutaten für unsere *polvorónes* zu erstehen, doch, oh – ihre arme Mutter! Sich von einem Kind zu trennen muss furchtbaren Schmerz bedeuten. Sich von zweien zu trennen muss wie der Tod selbst sein.

In der *sala grande* fand die Feier zur Professablegung von zwei unserer älteren Waisenmädchen statt, während ein weiteres Waisenmädchen die Gelegenheit beim Schopf ergriff und während der Feierlichkeiten mit einem jungen Mann aus dem Dorf davonlief und einen großen Skandal entfachte. Wir können nicht herausfinden, wie sich die jungen Leute treffen und einen solchen Plan aushecken konnten, da die Mädchen das Kloster nicht verlassen dürfen. Und dennoch wünscht mein Herz ihnen Glück.

Keine Nachricht aus Gran Canaria. Ich bete täglich, stündlich für unsere Mission und für Salomé.

Mai 1526

Nun ist das Wetter sehr warm und unsere Ziegen- und Schafherden sind in diesem Jahr stark gewachsen. Ihre Glocken läuten, wenn sie grasen. Es ist ein schöner Klang. Die Schwalben singen wieder an ihren Dachüberständen. Doch die Chronik – wie auch meine andere Arbeit – liegt brach. Seit Salomé fort ist, flammt in meinem lahmen Bein immer wieder eine Entzündung auf und hindert mich daran, lange Zeit an meinem Schreibpult zu sitzen. Und meine Hände schmerzen, sodass ich manchmal gar nicht schreiben kann. Wenn ich doch nur eine passende Schülerin oder Helferin unter den Novizinnen finden könnte! Doch diese Arbeit ist mühevoll und jenen, die genügend Geduld aufbrächten, fehlt eine gute und klare Handschrift, während jene, die schön schreiben, zu ungeduldig sind.

August 1527

Es sind bereits vier Jahre ins Land gegangen, doch wann immer die Glocke am Klostertor läutet, halten wir in unserer Arbeit oder unserem Gebet inne und hoffen, dass nun endlich ein Bote mit einem Brief von unserer Mission gekommen ist. In diesem Sommer hat die Glocke oft geläutet, doch es waren Pilger und Kranke, die am Tor standen. Es heißt, dass die Pest in die Städte zurückgekehrt sei, und es kommen viele reumütige Pilger, die fürchten, die Krankheit sei Gottes Strafe für ihre Schlechtigkeit. Die Unterkünfte für die Männer und auch für die Frauen sind mehr als voll und wir beten, dass die meisten von ihnen genesen, bevor die Straßen nicht mehr passierbar sind und wir über den Winter viele zusätzliche Münder zu stopfen haben. Es ist Erntezeit und alle arbeiten hart von früh bis spät. Die Äbtissin arbeitet so schwer wie die jüngeren Nonnen. Sie pflegt die Kranken im Hospital und gestern war sie dabei, Zwiebeln und Knoblauch zu sammeln und in den Kellergewölben auf Stroh zu legen und unsere letzten Pfirsiche, die noch nicht ganz reif sind, in Honig einzulegen. Doch sie bekam Atemnot und wir überredeten sie schließlich, diese Arbeit anderen zu überlassen.

Juni 1530

Wir müssen die Hoffnung für unsere Mission vollends aufgeben. Jedes Jahr im Frühjahr schickt die Äbtissin Männer aus dem Dorf in den Hafen von Sevilla, um unter den Schiffskapitänen herumzufragen, was sie von Gran Canaria und einem Kloster dort wissen, das zum Orden der Heiligen Schwestern Jesu gehört. Doch obwohl viele Seeleute Gran Canaria kennen, hat niemand unseren Boten etwas zu berichten. Sie sagen, dass unsere Frauen sehr wahrscheinlich von Piraten gefangen wurden oder bei einem Schiffsunglück ertrunken sind. Das ganze Kloster betrauert ihren Verlust.

Oktober 1538

Gestern kam ein Pilger, der behauptete, er sei Künstler und werde uns unsere Gastfreundschaft ganz gewiss mit einem Gemälde vergelten. Aus Erfahrung wissen wir, was das bedeutet: Er hat vor, lange Zeit hierzubleiben, denn diese Gemälde brauchen immer viel Zeit. Die Äbtissin stöhnte, dass die große Zahl der reumütigen Künstler, die ihre Arbeiten dem Kloster vermachen, wahrhaft wundersam sei – sie alle müssten ein sehr verruchtes Leben führen. Und da die Gemälde meist fürchterlich sind, sind wir es, die büßen müssen. Die Äbtissin sagt, dass Salomé bei ihrem Anblick in lautes Gelächter ausbrechen würde. Dennoch meint sie, dass sie alle irgendwo aufgehängt werden müssen. Einige landen schließlich an den Wänden der *sala grande*, doch die meisten werden in die finstersten und ältesten Gänge verbannt. Die Äbtissin besteht darauf, dass im Besuchsraum nur Portraits hängen dürfen, und da es davon nur wenige gibt, bleibt ihr das Schlimmste erspart.

März 1539

Der süße Duft der *polvorónes* erfüllt das Kloster bei Tag und bei Nacht. Der Hof hat eine große Anzahl für die *Semana Santa* bestellt und wohlhabende Familien folgen seinem Beispiel. Alle Schwestern und Beatas wechseln sich beim Backen ab und die

Küchenmägde sind rund um die Uhr damit beschäftigt, den Ofen zu heizen. Ich helfe in der Küche, so oft es geht. Wenigstens ist es am Ofen warm, auch wenn das Stehen meinen Rücken schmerzen lässt.

September 1539

Die Schwalben haben ihre Reise gen Süden angetreten. Bald wird es Winter. Meine Hände werden steif und ich habe oftmals Schwierigkeiten, die Feder zu halten. Ich denke oft über meine Sünden nach und es fällt mir auf, wie grau alles ist – die Wolken, das Wetter, das sterbende Licht des Herbstes.

Frühjahr 1540

Wieder naht die Osterzeit, die langen dunklen Tage der Fastenzeit neigen sich dem Ende entgegen, Schnee schmilzt und obwohl es sehr kalt ist, wärmt die Sonne im Kreuzgang die Knochen der älteren Nonnen, wie ich eine bin. Derweil wartet das Kloster darauf, dass der warme Wind die Schwalben aus Afrika zurückbringt. Der Äbtissin ging es diesen Winter nicht gut, sie verbrachte die meiste Zeit in einem Sessel vor ihrem *locutio*. Ich arbeite vormittags im Skriptorium und helfe ihr nachmittags bei den alltäglichen Angelegenheiten des Klosters. Die jüngste Schwester der Äbtissin, die vor kurzem Witwe geworden ist, wohnt nun als Laienschwester im Kloster. Diese Beata, Sor Emmanuela, überlässt uns den Besitz, den sie von ihrem Ehemann geerbt hat, und ich habe ihr Vermögen und ihre Besitztümer katalogisiert.

Ich bin oft kurzatmig und ich glaube, es wird nicht mehr lange dauern, bis ich mich zu den Nonnen geselle, die in einer Höhle hinter dem Kloster zur letzten Ruhe gebettet sind, wie die frühen Christen in den Katakomben von Rom. Und dann wird eines der Waisenmädchen in meine Fußstapfen treten. Ich sehne mich nach einer fähigen Helferin.

KAPITEL 10

Kloster Las Golondrinas,
Frühjahr 2000

»Junge Frauen! So viele junge Frauen im Kloster! Junge Frauen damals besser!« Sor Teresa brummte etwas über moderne junge Frauen vor sich hin, während sie überraschend geschwind durch die schattigen Gänge des Klosters auf Meninas Zimmer zu humpelte, wo das Mittagessen wartete.

Menina bot ihr ihre Hilfe an. »Wirklich, Sor Teresa, Sie können mir doch nicht immer das Essen aufs Zimmer bringen. Lassen Sie mich mit den Nonnen zusammen essen. Ich kann kochen und beim Abwasch helfen. Zu Hause –«

»Nein!« Sor Teresa schüttelte eigensinnig den Kopf und griff auf ihre Mischung aus Englisch und Spanisch zurück. »Pilger hier wohnen, wir müssen sie versorgen. Ist so üblich bei Nonnen, wir sind immer unter uns, bei Essen, und hören einer Schwester zu, wenn aus einem heiligen Buch vorliest. Wenn wir reden, dann ist über Angelegenheiten von Kloster, ist nicht für Leute von außerhalb. Früher, wenn Pilger kamen, da gab ein Zimmer für die Männerpilger zu essen und ein anderes Zimmer für die Frauenpilger, und Männer und Frauen hören zu, wenn bei Essen aus dem heiligen Buch gelesen wird, genau wie Nonnen. Nun keine Pilger mehr. Wir stellen kaputte Möbel in diese Zimmer. Wasser läuft herein, Dach wird bald herunterkommen.« Sor Teresa zuckte resigniert mit den Schultern. »Aber wir haben zu essen für Sie, keine Sorge.«

Menina rief: »Männer? Sie haben Männer in ein Nonnenkloster gelassen?«

»Oh, waren arme Männer, kranke Männer, sterbende Männer, Männer, die Buße tun, *Pilger*, ja. Sie sind getrennt von Frauen, eigener Speisesaal, eigene Tür in Kapelle, sogar eigenes Hospital, mit großem Tor. Tor ist verschlossen. Auch so in Kapelle. So können sie beten, Messe hören, nicht die Frauen sehen, die die Nonnen in Frauenhospital versorgen. Laienschwestern, die Beatas, versorgen die Männer. Wenn sie mit Nonnen sprechen wollen, dann tun sie das an *locutio*, das Sie gesehen haben. Nur wenn Priester oder Mönch, dann die Äbtissin sieht ihn von Angesicht zu Angesicht.«

»Klingt ganz schön verrückt ... Ich meine, dass man solchen Aufwand treibt, um Männer und Frauen zu trennen«, sagte Menina. Auch wenn sie zugeben musste, dass sich diese aufwendige Geschlechtertrennung zwar verrückt anhörte, ihr im Augenblick aber durchaus entgegenkam.

»Sind keine Männerpilger jetzt. Pah!« Sor Teresa schüttelte nachdrücklich den Kopf. »Männer heute nicht so gut wie früher. Damals auch nicht so gut, darum kamen viele her, um zu bereuen. Aber sie bereuen. Heute sind Menschen sehr schlecht, aber bereuen nicht. Machen sich keine Sorgen wegen Sünden. Denken nicht über Gott, sie denken, Gott sieht sie nicht. Sie vergessen ihre Religion. Sie vergessen ihre Pflicht. Ihre Familien. Haben große Ideen. Dann wer weiß, was sie tun.«

Sor Teresa, die vor Menina her durch die Gänge hastete, unterbrach plötzlich ihre Schmähreden und stützte sich mit einer Hand an der Wand ab, so als müsste sie nach Luft schnappen oder als täte ihr etwas weh.

»Sogar Alejandro vergisst. Er war Ministrant, hat die Figuren bei *Semana Santa* getragen. Sein Vater war alter Republikaner, Polizist hier, hatte viele Kinder, hasste die Kirche, sprach kein Wort mit dem Priester. Aber seine Frau, Alejandros Mutter, sie will unbedingt, dass Kinder getauft werden, konfirmiert. Sie ist gutes Mädchen, obwohl sie heiratet einen Mann, der die Kirche hasst. Dann Kinder werden groß, erst eins, dann noch eins kommt zu Kloster, um Tia Auf Wiedersehen zu sagen, sagen, ist zu altmodisch hier, keine guten Jobs. Sie gehen nach Madrid, nach Saragossa, drei gehen in Salamanca, ein Mädchen geht nach London für Universität und dann trifft Mann und heiratet.«

»Und Ale... der Hauptmann, warum ist er nicht gegangen?«

»Alejandro, das Baby, ist der letzte. Er wird geboren, als seine Mutter denkt, gibt keine Kinder mehr. Ha! Sie hat Überraschung. Aber sie stirbt, als er fünf Jahre alt ist, und als er achtzehn ist, sein Vater kommt und fragt mich, was soll mit Alejandro machen. Er ist sehr schlau in Schule, lernt Englisch, er findet heraus, dass er nach Vereinigte Staaten gehen kann, für ein Jahr, zur Schule gehen, lebt bei Familie von amerikanische Polizist. Dann kommt nach Hause. Ich denke, ist keine gute Idee, aber sein Vater hört nicht. Und als Alejandro dorthin geht, ist Mädchen in der Familie, er mag sehr. Und nach einem Jahr er sagt seinem Vater, er kommt noch nicht nach Hause, er wird studieren in Vereinigte Staaten, ist Stipendium, das er für Polizeischule bekommen kann. Alejandros Vater ist sehr stolz, sagt, ist große Chance zu studieren in Amerika. Er sitzt an *locutio* und erzählt mir, er wird erlauben, aber ich warne ihn, nicht zu tun, nicht letztes Kind Erlaubnis geben, wird in Amerika bleiben. Aber Alejandros Vater hört wieder nicht und tut ihm später leid.«

Menina fuhr der Gedanke durch den Kopf, dass es jedem, der nicht auf Sor Teresa hörte, früher oder später leidtun würde. »Alejandro ist dort fünf Jahre. Er kommt nur zweimal nach Hause. Jedes Jahr sein Vater denkt, jetzt kommt nach Hause und bleibt. Aber als Alejandro mit Studium fertig ist, ist sein Vater traurig. Alejandro sagt, er bleibt in Amerika. Er kann dort Polizist sein, kann seine amerikanische Frau heiraten. Und dann liegt sein Vater im Sterben. Alejandro kommt nach Hause und er schämt sich, dass er Vater so lange allein gelassen hat. Er verspricht Vater, dass er bleibt. Aber als er das tut, etwas ist anders ... Alejandro ist Polizist, ja, aber nicht Polizist wie sein Vater. Ich denke, vielleicht er hat schlechte Dinge gelernt in Amerika.«

»Oh?«, sagte Menina fragend. »Was meinen Sie damit?«

»Ja, ich glaube, er hat zu viel Geld für Polizist. Sein Vater hatte große Familie, hatte nie so viel Geld, aber niemand hier hat viel Geld, kommen alle zurecht. Alejandro lebt in Haus von Vater, ist einsam, Eltern tot, keine Frau, keine Kinder, keine Schwester zum Kochen, das Haus sauber halten. Er gibt viel Geld aus für Haus seines Vaters, sagt, er macht fertig für seine amerikanische *novia*, die kommt bald – kein Wasser vom Brunnen, muss es im Haus haben, muss Badezimmer haben, *drei* Badezimmer, und elektrischer Strom, hat neue Küche, macht Haus größer, er redet sogar von Swimmingpool! Lastwagen kommen mit vielen Kisten, mit Kacheln und Rohren und sogar ... wie heißt? Ah, Kühlschrank! Er hat auch Kühlschrank! Männer arbeiten viele Monate, bis das Haus ist ein Palast für seine *novia*. Ganze Dorf wartet auf *novia*, will sehen, sie muss Prinzessin sein, aber selbst als Haus fertig ist, keine *novia*. Alejandro geht wieder nach Amerika, nur für kurze Zeit, kommt hierher zurück. Keine *novia*. Keine Frau. Ist sehr unglücklich, glaube ich.«

Hmm, dachte Menina, vielleicht war das der Grund, weshalb der Hauptmann sie gleich auf den ersten Blick nicht leiden konnte – weil sie ebenfalls Amerikanerin war.

»Er kauft schnelles Auto, hat laute Musik, kocht sogar sein Essen in seiner neuen Küche! Und dann isst alleine! Ist sehr einsam. Spricht nicht mehr von *novia*.« Sor Teresa schüttelte den Kopf. »Diese Dinge sind nicht gut! Aber am schlimmsten ist Freundinnen! Pah! Jetzt er hat viele Freundinnen! Sehr schlechte Mädchen mit hohen Absätzen, Röcke sind viel zu klein, zeigen die ganzen Beine. Und den Bauch! Mädchen heute haben keine Scham. Sie rauchen Zigaretten. Malen das Gesicht an. Zeigen allen alles. Wollen nicht zu Hause bleiben, Kinder großziehen, sich um die Familie kümmern. Ich denke, solche schlechten Mädchen, Alejandro ist *Playboy*!« Sor Teresas Stimme verriet Betroffenheit und Verzweiflung.

Hauptmann Fernández Galán ein Playboy? Das überstieg Meninas Vorstellungsvermögen. »Aber Sie verlassen doch das Kloster nicht, Sor Teresa – wie können Sie all diese Dinge wissen?«, fragte sie und unterdrückte ein Kichern.

»Aha! Was glauben Sie? Sind alte Frauen im Dorf, sie kommen zur Messe jeden Morgen, sie kommen danach zu *locutio*.

Sie sehen alles, sie erzählen mir alles.« Offenbar hatte sie sich erholt und ging nun weiter den Gang entlang. »Alles!«, wiederholte sie zufrieden.

»Verstehe.« Es würde nicht viel brauchen, um eine Schar alter Frauen zu schockieren. Einen Moment lang verspürte Menina Mitleid mit dem Hauptmann, den sein Versprechen am Sterbebett des Vaters hier gefangen hielt. Doch sie fragte sich, ob Sor Teresa andeuten wollte, dass er ein ›Dirty Cop‹ war, der sich bestechen ließ? In diesem gottverlassenen Nest? Von wem? Und wofür?

»Ich bin ärgerlich, als Alejandro Sie ins Kloster bringt«, fuhr Sor Teresa fort. »Ich denke, hier ist wieder ein schlechtes Mädchen. Aber als Sie sprechen, klingen Sie nicht wie die anderen Mädchen. Und so sage ich Ja, weil ich mit den Ohren sehe.«

Dieser plötzliche Gedankensprung ließ Menina den Kopf schütteln. Inzwischen waren sie in Meninas winzigem Zimmer angekommen, in dem ein Tablett mit Brot, Käse, Oliven und einer Orange stand. Dazu gab es eine Karaffe Rotwein. Wein zum Mittagessen! Unvorstellbar! Sie überlegte, was sie tun konnte, um nicht für den Rest des Tages hier festzusitzen. Es war ein wenig klaustrophobisch. Als Sor Teresa sich zum Gehen wandte, fragte Menina: »Gibt es hier einen Balkon oder eine Terrasse, wo ich an der frischen Luft sein kann? Sagten Sie nicht etwas von einem *jardín de peregrinos*?«

»Kein Balkon«, meinte Sor Teresa. »Ah! Aber ja! Pilgergarten. Kommen Sie schnell, ich zeige Ihnen jetzt«, sagte sie dann und huschte einen weiteren Gang hinunter, der enger und dunkler war als die anderen. Die Wände waren kahl bis auf einige Rahmen, in denen verblichene Holzschnitte zu stecken schienen. Die Decke war niedriger und es stank nach moderndem Holz, Schimmel, feuchtem Putz und kleinen toten Tieren. Die Fliesen, auf denen sie dahineilten, waren zerbrochen und staubig und knirschten unter ihren Füßen. »Ist alter Teil von Kloster.«

Was Sie nicht sagen, dachte Menina und passte auf, wo sie hintrat.

Vor einer hohen Holztür blieben sie stehen. Sor Teresa stellte sich auf die Zehenspitzen und mühte sich vergeblich mit einem rostigen Riegel ab, bis Menina »Lassen Sie mich mal« sagte und ihn schließlich aufschob.

Die Tür ließ sich halb aufschieben und blieb, nur an einer Türangel hängend, schief und unverrückbar offen stehen. Licht strömte in den dunklen Gang. Draußen erwies sich das, was zunächst wie ein Urwald aussah, bei näherem Hinsehen als ein kleiner umschlossener Garten, dessen hinterer Teil an eine Felswand grenzte und der mit Rosen, Jasmin und Unkraut überwuchert war. Einige verkrüppelte Orangenbäume blühten in dem Dickicht und Menina konnte eine verwitterte Statue erkennen, die in einer bogenförmigen Nische hoch oben in der Felswand stand.

»Niemand benutzt seit langer Zeit«, sagte Sor Teresa. Sie zeigte auf ein bemoostes muschelförmiges Alabasterbecken, das unterhalb der Statue in den Felsen eingelassen war. »Ist eine Quelle.« Leises Plätschern war zu hören.

Wasser? Menina hatte Durst. Aus der rostigen Pumpe im Badezimmer kam seltsam braunes Wasser, das sie nicht zu trinken wagte, doch wenn dieses Wasser sauber war, konnte sie vielleicht ihre Plastikflasche vom Flughafen füllen. »Kann man es trinken?«

»Natürlich, ist aus dem Berg, ist sauber. Viele Brunnen hier – ich weiß nicht, wie viele – und Quellen. Immer Kloster hat Wasser aus dem Berg. Früher wir hatten Eimer, war sehr schwer zu tragen. Aber dann wir modernisieren, Pumpen ist leichter«, sagte Sor Teresa selbstzufrieden. »Garten war für Frauenpilger«, erklärte sie dann. »Hier zu sitzen, ist ruhig, kann beten und meditieren. Heilige Bücher lesen. Ist besonderer Ort. Ist gut hier zu sein, glaube ich.«

Menina konnte sehen, dass es eine Weile her sein musste, seit jemand einen Fuß in diesen Miniaturdschungel gesetzt hatte, und sie hoffte, dass sie im hohen Unkraut nicht über die Gebeine eines lange vermissten Pilgers stolpern würde, doch zumindest konnte sie hier an der frischen Luft sein. An drei Seiten war eine umlaufende Marmorbank, auf der sie sitzen konnte. Sie legte einen schmalen Trampelpfad zu der Bank an und bahnte sich einen Weg zu dem Brunnen. Zum Glück hatte sie schwere Schuhe an. Ihr Fotoapparat war in ihrem Koffer gewesen, sodass sie keine Fotos machen konnte, doch sie beschloss, den Garten zu zeichnen und ihren Eltern das Bild in der nächsten Woche von Madrid aus zu schicken.

Während sie durch den Garten trampelte und überlegte, war Sor Teresa verschwunden. Menina holte ihre leere Wasserflasche und füllte sie an dem dünnen Strahl unter der Statue. Sie hielt die Flasche hoch und betrachtete das Wasser, doch es war vollkommen klar. Keine undefinierbaren Teilchen schwammen darin herum. Auf jeden Fall konnte sie keine Amöben entdecken. »Also, dann …«, sagte sie und trank. Dann ging sie in ihr Zimmer zurück und aß ihr Mittagessen.

Dank der Kombination aus dem ungewohnten Wein am Mittag und Jetlag wurde Menina wieder schläfrig und so rollte sie sich auf ihrem Bett zusammen und nickte ein. Es war jedoch ein ruheloser Schlaf, sie hatte das Gefühl, dass jemand nach ihr rief und sie immer wieder an den Rand des Wachzustandes zerrte, bevor der Jetlag sie wieder in den Schlaf zog. Als sie aufwachte, wusste sie einen Moment lang nicht, wo sie war. Sie rieb sich die Augen und versuchte sich zu erinnern, was sie in einem fremdem Zimmer tat, in dem die späte Nachmittagssonne das Muster der Eisenstäbe vor dem Fenster auf den Boden malte. War sie im Gefängnis?

Dann kehrte die Erinnerung zurück und sie sank stöhnend zurück auf ihr Bett. Sie dachte an ihre Eltern, sie mussten inzwischen halb wahnsinnig sein vor Sorge. Ganz bestimmt hatten sie im Hostel in Madrid angerufen und erfahren, dass niemand sie gesehen hatte und niemand wusste, wo sie war. Doch es gab überhaupt nichts, was Menina hätte unternehmen können. Sie würden Becky die Schuld geben, sie würden die Polizei und vermutlich das FBI und wer weiß wen sonst noch anrufen, aber würde all das auch nur das Geringste ändern? Wie lange würde es dauern, bis jemand die spanische Polizei soweit brachte, nach ihr zu suchen? Und wie sollten sie sie finden, falls sie tatsächlich aktiv wurden? Vermutlich würden sich die spanischen Behörden erst wieder rühren, wenn die Feiertage vorbei waren. Damit war der Hauptmann ihre einzige Verbindung zur Außenwelt und sie misstraute ihm. Was hatte er denn so Dringendes zu tun, dass er das Dorf nicht einmal für kurze Zeit verlassen konnte?

Menina beschloss, dass sie eine Waschprozedur in dem grauenvollen Badezimmer nicht länger aufschieben konnte. Aus ihrem Rucksack holte sie die Toilettenartikel im Miniaturformat, die Sarah-Lynn ihr eingepackt hatte, und die zusätzliche Garnitur Unterwäsche, die Socken, die sich ausdehnenden Handtücher und ein Sweatshirt, von dem sie gar nicht mehr wusste, dass sie es mitgenommen hatte. Sie biss die Zähne zusammen und seifte sich im eisigen Wasser aus der Pumpe ab. Dann wusch sie sich die Haare. Zitternd wickelte sie sich in den Bademantel und wusch ihre Wäsche, so gut es ging. Wieder in ihrer Zelle hängte sie die nassen Sachen auf und versuchte gerade, ihr Haar zu kämmen, als Sor Teresa mit einer anderen alten Nonne auftauchte, die sie als Sor Clara vorstellte. Die beiden brachten Menina ihr Abendessen und eine frische Kerze.

Sor Clara war eine kleine vertrocknete Frau, die etwas von einer Grille an sich hatte. Sie schien sogar noch älter zu sein als Sor Teresa. Ihr gutmütiges, von Runzeln zerfurchtes Gesicht wirkte noch verknitterter, als sie ihren zahnlosen Mund zu einem freundlichen Lächeln verzog und Menina mit zittriger Stimme mit *»Deo gratias«* begrüßte. Sie tätschelte ihr die Wange und sagte auf Spanisch, es sei lange her, dass sie einen jungen Gast im Kloster gehabt hätten. Sie sei herzlich willkommen, möge ihr Aufenthalt ihr Trost und Frieden bescheren.

Dann falteten die beiden alten Nonnen die Hände in ihren Ärmeln und Sor Teresa begann, in langsamem Spanisch zu sprechen, das sowohl Menina als auch Sor Clara verstehen konnten. »Ich habe das, was Alejandro über die Gemälde gesagt hat, mit den anderen Schwestern besprochen.« Sor Clara nickte heftig. »Wir haben geschworen, bis zu unserem Tode hier im Kloster zu bleiben, doch es stimmt: Wir brauchen Geld. Das Einzige, was wir tun können, ist *polvorónes* zu verkaufen. Und die Leute helfen uns, wo sie nur können. Wir sind die letzten unseres Ordens, heutzutage haben junge Frauen keine Berufung mehr. Einige der Schwestern sind älter als Sor Clara und ich und können nicht mehr aufstehen. Einige sind krank und brauchen Medizin und warme Decken. Wir ertragen unser Ungemach, wie Gott es uns schickt, doch selbst in einem einfachen Leben gibt es Dinge, die notwendig sind, damit wir Gott bis zum Ende dienen können.«

»Und wenn Gott neue Arbeit für uns hat, sind wir bereit«, meldete sich Sor Clara zu Wort. Wieder nickte sie, als würde sie stehenden Fußes zu neuen Missionen aufbrechen, wenn es nötig wäre.

»Warum hilft die Kirche nicht? Ich meine, sie müssten doch so eine Art Sozialkasse haben. Ich kann mir einfach nicht vorstellen, dass die katholische Kirche Nonnen verhungern lässt«, versuchte Menina zu helfen. »Haben Sie denn nicht nachgefragt?«

Sor Teresa schwieg einen Augenblick, bevor sie antwortete. »Las Golondrinas beherbergt eine sehr alte religiöse Gemeinschaft, möglicherweise die älteste der Welt, und vielleicht hatten wir ein paar ... kleine Unstimmigkeiten mit Rom, vor langer Zeit. Der Inquisition gefiel unser Kloster nicht, doch ich glaube, wir standen unter dem Schutz der Königin von Spanien. Trotzdem achten wir immer darauf, Rom nicht zu behelligen. Sor Clara meint, vielleicht hat Gott Sie zu uns geschickt, damit Sie uns jetzt helfen. Daher sage ich Ihnen, ja, das Kloster hat viele Gemälde. Alle sind alt, kann sein, dass einige davon gut sind, ich weiß es nicht. Viele sind ganz schrecklich, finde ich, aber wir haben nie abgelehnt, wenn uns jemand ein Gemälde geschenkt hat. Das alte Skriptorium und der Besuchsraum sind die einzigen Räume in dem Bereich, der früher der Äbtissin vorbehalten war, die wir heute noch nutzen. Dort gibt es einige Gemälde, einige Portraits, vielleicht waren es die besten, weil es die Räume der Äbtissin waren. Heute sitzen wir in diesen Räumen. Die Portraits dort zu haben ist schön, sie leisten uns Gesellschaft. Und in der *sala grande* sind noch viel mehr Gemälde, die Wände sind voll davon, doch wir haben die *sala grande* so viele Jahre lang nicht benutzt, dass ich nicht weiß, was da hängt. Und in der *sala de las niñas* gibt es, glaube ich, auch Bilder. Sor Clara wird Ihnen alles zeigen. Sie ist die einzige Nonne, die wir noch haben, die etwas mit den Bildern zu tun hatte. Vielleicht erinnert sie sich an etwas. Wenn Sie gute Bilder finden, dann können wir entscheiden, was wir tun. Sie können das Hühnerbrot zum Reinigen nehmen.«

Bei der Erwähnung der Brotreste für die Hühner gluckste Sor Clara, wiegte sich hin und her und machte ruckartige Bewegungen mit dem Kopf, so als wollte sie Körner vom Boden aufpicken. »Gock, gock!«, rief sie übermütig.

Menina fragte sich, wie hilfreich Sor Clara letztendlich sein würde.

Dann gab Sor Clara plötzlich einen gellenden Aufschrei von sich, als sei sie von etwas gebissen worden. Ihr Blick war unverwandt auf die Medaille geheftet, die Menina auf dem Tisch hatte liegen lassen und die matt im Kerzenlicht schimmerte. Sor Clara zog Sor Teresa am Ärmel und murmelte etwas in schnellem Spanisch, das Sor Teresa überrascht ausrufen ließ. »Sor Clara sagt, Sie haben eine heilige Medaille. Sie sind nicht katholisch – wie sind Sie darangekommen?«

»Meine Eltern haben mich aus einem Waisenhaus geholt und adoptiert. Als die Nonnen mich aufnahmen, hatte ich diese Medaille um den Hals, und sie sagten, ich sollte sie behalten. Ist sie etwas Besonderes?«

Sor Clara nahm sie in die Hand, drehte sie um und ihr Blick wurde noch starrer. Dann flüsterte sie Sor Teresa etwas zu, während sie die Vorder- und Rückseite der Medaille zwischen ihren Fingern rieb. Sor Teresa antwortete ihr im Flüsterton. Mit offenem Mund starrte Sor Clara Menina an.

»Aha! Ein Kloster? Das haben Sie uns nicht gesagt«, sagte Sor Teresa barsch.

»Nein, also, ich dachte nicht, dass es wichtig ist ...«

»Sie haben einen spanischen Namen, oder? Im Spanischen bedeutet Ihr Name Dienerin einer Dame – nein, keine Dienerin, eine Hofdame. Sie kennen das Gemälde *Las Meninas*? Von Velázquez? Die Infantin und ihre Gefährtinnen, ihre ›*meninas*‹, im Prado?«

»Oh, dieses Gemälde meinen Sie! Ja, natürlich kenne ich das. Es ist so berühmt, jeder kennt es.« Die Unterhaltung auf Spanisch wurde allmählich anstrengend und Menina war ein wenig verwirrt – wie waren sie plötzlich von der Medaille auf Velázquez gekommen?

»Aha, Sie sind also eine Menina! Hm, wie auf dem Gemälde. Aber Alejandro sagt, dass Sie nicht nach Velázquez suchen, sondern nach Tristán Mendoza. Als ich den anderen das erzählte, hat Sor Clara den Namen erkannt.«

»*Wie bitte?*« Nun schwirrte Menina endgültig der Kopf.

»Ja. Sor Clara kann sich nicht an Dinge erinnern, die heute Morgen passiert sind, und manchmal ist sie wie ein Kind, aber was vor langer Zeit war, ja, daran erinnert sie sich sehr gut. Als Sor Clara Novizin war, war es ihre Aufgabe, eine Liste der Bilder zu schreiben.«

Menina antwortete auf Englisch: »Ein Inventar? Sor Teresa, es tut mir leid, aber ich glaube, ich bin zu müde, um alles zu verstehen, was Sie auf Spanisch sagen.«

Zuvorkommenderweise antwortete auch Sor Teresa auf Englisch. »Sie ist sich sicher, dass sie Tristán Mendoza in das Register geschrieben hat.« Sor Clara wiederholte den Namen und fügte etwas auf Spanisch hinzu. »Mehrmals vielleicht, sie ist sich nicht sicher«, sagte Sor Teresa.

Menina vermutete, dass Sor Claras Gedächtnis ihr wahrscheinlich einen Streich spielte, doch sie wollte nicht unhöflich sein. »Das wäre ... unglaublich. Wenn das Kloster eines seiner Gemälde hat, könnte das eine Menge Geld wert sein, also sollten wir auf jeden Fall danach suchen. Und, sehen Sie, wenn Tristán Mendoza seine Arbeiten signiert hat, malte er immer eine Schwalbe unter seine Signatur, genau wie der kleine Vogel auf der Rückseite dieser Medaille. Mein Dad sagt, es ist eine Schwalbe, ähm, eine *golondrina*, wegen des gegabelten Schwanzes. Also habe ich mich gefragt, warum er das gemacht hat und darum –«

Sor Teresa unterbrach sie. »Ist Zeit für Vigil. Früher haben alle Nonnen in *Semana Santa* Nachtwache gehalten, doch nun wechseln wir uns ab.«

Sie legte die Medaille auf den Tisch zurück. Ihre alte Hand zitterte. »Kommen Sie, Sor Clara«, befahl sie auf Spanisch.

Sor Clara gehorchte widerspruchslos und als sie den beiden nachsah, fiel Menina auf, wie dünn und gebrechlich die beiden alten Damen aussahen. Ihre Nonnentracht war fadenscheinig und an manchen Stellen geflickt, der Saum war zerfranst. Die Armen!, dachte Menina. Es musste doch *irgendetwas* geben, das sie verkaufen konnten! Und am besten machte sie sich bald auf die Suche danach, denn wenn sie es nicht tat, würde es so bald auch niemand anders tun. Damit könnte sie sich die Zeit vertreiben, bis sie wieder abreisen konnte, und wenn sie nichts fand, was sich verkaufen ließ, nun, dann musste sie sich etwas einfallen lassen, um den Nonnen zu helfen. Und überhaupt: Vielleicht gab es ja tatsächlich einen Tristán Mendoza hier im Kloster? Wenn das kein Thema für eine Abschlussarbeit war!

Ihr Hunger erinnerte sie an ihr Abendessen auf dem Tisch. Während sie im Schein der Kerze ein kaltes Gemüseomelette aß und einen kleinen Krug Wein leerte, las sie noch einmal in dem Reiseführer. Sie versuchte, sich das Brot aufzuheben, doch ihr Hunger war so groß, dass sie es ebenfalls hinunterschlang. Dann blies sie die Kerze aus, die ein gutes Stück heruntergebrannt war, doch sie fühlte sich überhaupt nicht schläfrig. Wie hatten die Leute vor Fernsehen und Taschenbüchern bloß die Abende verbracht? Sie wälzte sich unruhig im Bett hin und her, boxte sich ihr klumpiges Kissen zurecht und wünschte, es wäre schon Morgen. Dann hörte sie unten im Dorf Trommeln und Gesang. Wie gern würde sie sehen, was da vor sich ging! Vielleicht gab es eine Möglichkeit, die Felswand am Ende des Pilgergartens hochzuklettern und von dort aus ins Dorf zu sehen. Außerdem hatte sie Durst und ihre Wasserflasche war leer.

Menina tastete nach den Streichhölzern, zündete den Kerzenstummel an und fand die leere Wasserflasche. Sie zog ihre Schuhe an, wickelte sich die Decke von ihrem Bett um die Schultern und öffnete vorsichtig ihre Zimmertür. Der Gang war unheimlich, doch wenn alte Damen sich im Dunkeln zurechtfanden, gab es keinen Grund zur Sorge. Sie trat mutig in die Dunkelheit und versuchte, im schwachen Lichtschein der Kerze einen Bogen um zerbrochene Fliesen zu machen. Mit einer Hand stützte sie sich an der Wand ab und bahnte sich einen Weg zu der schief hängenden offenen Holztür, die in den Garten führte und in der tiefschwarzen Finsternis des Ganges ein helleres Rechteck abbildete. Die Nachtluft war kühl, doch nach dem moderigen Geruch im Innern des Gebäudes war ihre Frische wunderbar. Am Himmel blinkten die Sterne und sie roch die Osterfeuer und hörte den Gesang und das unregelmäßige Klatschen der Zuschauer, das die Musik begleitete.

Menina fühlte unter ihrer Hand die Felswand, die noch warm von der Sonne des Tages war. Schließlich ertastete sie das schmale Rohr, aus dem Wasser in das Becken rann. Sie füllte ihre Flasche und trank. Dann blies sie ihre Kerze aus, wickelte die Decke fester um ihre Schultern und saß warm eingehüllt da, betrachtete die Sterne, lauschte auf das friedliche Plätschern des Wassers und auf die Stimmen der Frauen, die durch die Dunkelheit klangen. War das so, wie die Nonnen es erlebten? Dass sich außerhalb der Mauern das Leben abspielte, dass sie es hörten und rochen, ohne es jemals sehen oder daran teilnehmen zu können? Sie hatte nicht mehr an Klöster gedacht, seit sie klein war und ihre Eltern ihr die Fotos von dem Ort zeigten, an dem sie sie gefunden hatten. Sie erinnerte sich daran, wie traurig sie gewesen waren, als sie davon sprachen; offenbar war das Kloster, kurz nachdem Menina es verlassen hatte, von einer Meute von Revolutionären angegriffen worden. Dabei wurden einige der Nonnen getötet.

Davon abgesehen kamen Klöster bei den Südlichen Baptisten einfach nicht vor. Erst als sie sich in Holly Hill mit der Renaissance beschäftigte, erfuhr sie mehr über Klöster – dass Nonnen Schulen und Krankenhäuser leiteten, Grundbesitz verwalteten und sogar fromme Theaterstücke für Zuschauergruppen aufführten, die hinter dem *locutio* saßen. Nonnen mit guten Kontakten hatten sogar einen Einfluss auf die Politik. Sie gaben Kunstwerke und Musikstücke in Auftrag; manche Klöster waren wichtige Kunstmäzene. Sie stellten eine wichtige Kraft in der Gesellschaft dar, auch wenn sie gewissermaßen ein Leben parallel zur Welt führten.

Plötzlich fiel ihr auf, dass sie vor lauter Sorge um alle möglichen anderen Dinge gar nicht mehr an Theo gedacht hatte. Das letzte Mal war gestern vor dem Mittagessen gewesen, als sie mit dem Bus unterwegs war. Während sie so im Pilgergarten saß, abgeschnitten vom Rest der Welt, holte Menina tief Luft und stieß vorsichtig an die schrecklichen Erinnerungen, so wie man mit der Zunge einen schmerzenden Zahn anstößt, um zu sehen, wie schlecht es sich anfühlte. Es war nicht weg, doch für den Augenblick fühlte sie sich ruhig und sicher. Sie wollte den Zauber dieses Augenblicks nicht stören, saß einfach da und blickte zu den Sternen hinauf, bis die Sänger müde wurden und der Gesang verstummte. Sie wusste, dass sie versuchen sollte zu schlafen. Sie stand auf und streckte sich, tastete nach den Streichhölzern und zündete den Kerzenrest hinter seinem Glasschirm an. Ein leises Rascheln war zu hören – ein Zweig, den ein Windhauch streifte, ein Salamander oder vielleicht eine Maus. Sie hielt die Kerze hoch, konnte aber nichts sehen. »Gute Nacht«, sagte sie in die Dunkelheit.

KAPITEL 11

Kloster Las Golondrinas, Spanien,
Frühjahr 2000

Menina zog sich das dünne Kissen über den Kopf, doch der Lärm hörte nicht auf. Im Gegenteil: Er kam unerbittlich näher und wurde lauter. »*Deo gratias!*«, rief ihr Sor Teresa mit durchdringender Stimme ins Ohr und stellte das Frühstückstablett mit lautem Gepolter auf den Tisch. Menina zwang sich, sich aufzusetzen, und strich sich die Haare aus den Augen.

»Hi«, murmelte sie benommen und versuchte, sich zu erinnern, wo um alles in der Welt sie war, welcher Wochentag es war und was diesen entsetzlichen Krawall veranstaltete. »*Gracias!*« Sie schob sich hoch. Dienstag. Heute war Dienstag. Und der Chor der Vögel vor ihrem Fenster legte sich mächtig ins Zeug.

»Gut, jetzt sind Sie wach, also sage ich Ihnen, dass Sie gehen in einer Stunde, nach der Messe«, sagte Sor Teresa, »mit Sor Clara in das Zimmer der Äbtissin, nach Gemälden suchen. Ich muss gehen und öffnen das Tor zur Kapelle, Leute hereinlassen für Messe.« Sor Teresa hastete davon.

»Okay, *sí*. Toll. Danke.« Menina rieb sich den Schlaf aus den Augen und rief sich in Erinnerung, wo sie war. Sie sank an die Wand zurück, trank ihren Kaffee und aß das Mandelbrot, so langsam sie konnte, um so lange wie möglich etwas davon zu haben. Dann schnappte sie sich Handtuch und Zahnpasta und ging den Gang hinunter ins Badezimmer. Das war das Erste, was sie tun würde, sobald sie in die Zivilisation zurückkehrte: Sie würde sehr lange sehr heiß duschen!

Als Sor Clara kam, griff Menina sich einen Notizblock und einen Kugelschreiber und folgte der kleinen Nonne kreuz und quer durch das Gewirr an Gängen, bis sie den Brunnen im Kreuzgang hören konnten. Sor Clara führte sie durch die Kolonnaden zu dem Eingang, durch den Menina auch am Tag zuvor gegangen war, und dann waren sie wieder im dämmrigen Besuchsraum. Allmählich fand sich Menina in diesem Labyrinth von einem Kloster zurecht.

Sor Clara zupfte sie am Arm und deutete auf einen großen Korb mit Brotstücken. »Alejandro. *Pobres pollos!* Arme Hühner!« Sie kicherte.

Zum Arbeiten brauchte Menina Licht. »Ich kann nichts sehen«, sagte sie auf Spanisch.

»Ah«, sagte Sor Clara und blickte sie überrascht an. »Ist dunkel für Sie?« Mit unsicheren Schritten ging sie zur gegenüberliegenden Wand und zerrte an einer schweren Stoffbahn, die wie ein Vorhang aussah. In dem Sonnenstrahl, der sich ins Zimmer stahl, tanzten Staubkörner. Sor Clara nieste.

»Perfekt«, sagte Menina und nieste ebenfalls. Sie zog den Vorhang weiter auf und stellte einen Stuhl so, dass er nicht wieder zufallen konnte. Bei näherem Hinsehen erwies er sich als Wandteppich, der von einer Vorhangstange herabhing. Er war verblichen und ausgefranst, doch man konnte erahnen, dass die grobe Wolle früher einmal bunt eingefärbt gewesen sein musste. Auch ein Muster aus Schlangen und Vögeln ließ sich gerade noch erkennen. Es gab mehrere Teppiche dieser Art, die schief an den Wänden hingen. Sie alle hätten dringend in die Reinigung gemusst.

»Nonnen sitzen in diesem Zimmer im Winter«, sagte Sor Clara. »Ist warm. Alejandro und andere Männer bringen Holz.« Sie zeigte auf einen Stapel Feuerholz, der in einer Nische aufgetürmt war. »Wir flicken unsere Kleider, lesen, beten den Rosenkranz.«

Menina murmelte: »Hm, wie schön.« Sie brannte darauf, an dem Portrait des Mädchens weiterzuarbeiten. Sie knetete ein

Stück Brot, bis es weich genug war, und machte sich ans Werk. Hinter einem Schmutzschleier brachte ein matter rot-schwarzer Hintergrund die feine Kleidung und den schwach leuchtenden Schmuck des Mädchens zur Geltung. Menina schätzte sie auf fünfzehn oder sechzehn Jahre, sie vermutete, dass es ein Verlobungsportrait war. Das dunkle Haar des Mädchens war übersät mit Perlen und sie trug eine mit Goldstickereien verzierte Tunika, die an jeder Schulter von einer juwelenbesetzten, von Bändern durchzogenen Schnalle gerafft wurde. Auch an den Ärmeln des weißen Untergewandes waren Edelsteine zu sehen, am Hals und an den Handgelenken rüschte sich Spitze. Das Mädchen hatte eine Kette mit einem sternförmigen Anhänger um den Hals. Bis auf einen drapierten Vorhang war der Hintergrund vollkommen schwarz: Es gab weder einen Stuhl noch Bücher, Stickrahmen, Haustiere oder einen Horizont, Wolken oder Himmel.

In der Linken, dicht am Handgelenk, hatte das Mädchen einen eng gefalteten Fächer. In der rechten Hand hielt sie eine Nelke an ihr Herz. Es brachte Menina ein wenig aus der Fassung, dass sie ihren Blick gebieterisch und entschlossen zu erwidern schien. Trotz der Blume am Herzen und der Tatsache, dass das Mädchen wie für eine Hochzeitsfeier herausgeputzt war, machte sie auf Menina den Eindruck einer starken Persönlichkeit mit einem stählernen Willen. In der rechten oberen Ecke des Bildes stand etwas geschrieben. Menina reinigte die Stelle mit Brot und konnte Schnörkelschrift und eine Jahreszahl erkennen: 1590, in goldenen römischen Ziffern. Sie trat einen Schritt zurück, kniff die Augen zusammen und versuchte, die Schrift zu entziffern. Nachdem sie das, was wie der Buchstabe *f* aussah, als *s* identifiziert hatte, konnte sie schließlich lesen, dass das Portrait María Salomé Beltrán zeigte, königlichen Inka- und edlen spanischen Blutes, die Tochter von Don Teo Jesús Beltrán und Doña Isabela Beltrán de Aguilar, vor ihrem Eintritt in das Kloster Las Golondrinas de Los Andes. Es sah aus wie ein Verlobungsportrait, nur dass das Mädchen mit Jesus verlobt war.

Irgendwo regte sich eine ferne Erinnerung in ihr: Bilder an einer Wand, ganz besondere Mädchen, wie Nonnen gekleidet. Der Geschmack von heißer Schokolade und süßem Kuchen ...

Sie bekam es nicht richtig zu fassen, doch es war ganz gewiss nichts, was sie in der Kirche der Ersten Baptisten in Laurel Run erlebt hatte.

Je länger Menina das Portrait betrachtete, desto mehr Fragen drängten sich auf. Das Mädchen war wunderschön, es sah reich aus. Doch dieses Kloster, in das sie ging, schien in den Anden zu liegen und zumindest ein Elternteil war ein Inka. Wie also kam das Portrait einer zukünftigen Nonne, das vor mehr als vierhundert Jahren in Spanischamerika gemalt worden war, auf einen Berg in Spanien am Ende der Welt?

»Aha!«, rief Sor Teresa. Menina drehte sich hastig um. Ein erstaunter Blick auf ihre Armbanduhr verriet ihr, dass sie mehr als fünf Stunden gearbeitet hatte. Aus dem Sessel, in dem Sor Clara döste, war regelmäßiges Schnarchen zu hören. »Sor Clara!«, sagte Sor Teresa laut und vorwurfsvoll. Die arme Sor Clara fuhr erschreckt auf.

»Sor Teresa, kommen Sie und sehen Sie sich an, was ich gefunden habe«, sagte Menina hastig, um Sor Clara eine Rüge zu ersparen. »Vielleicht können Sie mir sagen, was dieses Bild hier macht.«

Sor Teresa blinzelte in Meninas Richtung. Sie rieb sich die Augen, trat einen Schritt zurück und blinzelte wieder. »Meine Augen sind nicht mehr so gut, wie sie mal waren. Es ist zu hell hier drinnen. Ich kann nicht viel erkennen.« Sor Teresa hatte den Kopf gedreht, wie um sich das Bild anzusehen, doch ihr Blick ging zu weit nach links. So als könnte sie überhaupt nicht sehen. Dann erkannte Menina, was ihr bisher nicht aufgefallen war: Die Augen der Nonne waren mit einem Schleier überzogen, die Hornhaut war trüb. Menina wedelte mit einer Hand vor Sor Teresas Gesicht hin und her. Wieder blinzelte die Nonne, ihr Blick folgte Meninas Hand jedoch nicht. Das arme alte Ding, dachte Menina.

»Sor Teresa, Sie können nichts sehen, nicht wahr?«

»Gott hat meine Augen getrübt, damit meine Seele besser sieht«, erwiderte Sor Teresa barsch. »Und ich kann hören. Ich sehe, was ich höre.«

»Wie finden Sie sich im Kloster zurecht, wenn Sie nicht sehen können?«

»Oh, das Kloster ... Ich bin hier so viele Jahre, ich erinnere mich an alles aus Zeit, als ich noch sehen konnte. Nun leitet Gott meine Schritte. Und bei all Ihrem Geplauder vergesse ich, dass Sie Besuch haben. Kommen Sie.« Und damit war die Diskussion um ihr Augenlicht endgültig beendet.

»Fantastisch! Meine Eltern haben sich an das amerikanische Konsulat gewandt.« Menina stieß einen Seufzer der Erleichterung aus. »Hauptmann Fernández Galán muss irgendwo ein funktionierendes Telefon aufgetrieben haben.«

»Ja, ist Alejandro. Er ist Besucher.«

»Oh.« Mist! »Warum?«

»Sie fragen ihn. Kommen Sie zum *locutio*, dort können Sie reden.«

»Zum was?«

»Nonnen können das Kloster nicht verlassen. Wenn Leute besuchen, müssen sie mit den Nonnen durch das *locutio* sprechen.« Sie wies auf die Wand aus dicken Eisenstangen. »Alejandro sitzt auf der anderen Seite, Sie sitzen auf dieser Seite«, befahl Sor Teresa. »Ist abgeschlossen. Also kann nichts passieren. Ha! Ist etwas Neues für Alejandro!«

»Und ich dachte, es könnte hier nicht mehr seltsamer werden«, murmelte Menina. »Ich hatte ja keine Ahnung.«

Sie hörte Schritte und der Hauptmann zog auf der anderen Seite den Vorhang zurück. »Guten Morgen, Miis Walker. Ich hoffe, Sie haben Ihre Nächte im Kloster überlebt.«

»Hi. Ja. Es ist komisch, sich durch Eisenstangen hindurch zu unterhalten. Wie im Gefängnis.«

»Verstehe. Ist nicht das Ritz, aber was wichtig ist: Das Gitter ist stark. Vertrauen Sie mir. Warum ich Sie hierher bringe, ist nicht verrückt, und warum Sie hierbleiben sollten, ist nicht verrückt. Ich erkläre später, jetzt habe ich es eilig. Ich wollte nur fragen, warum sagt mir Sor Teresa, suche ein Menge Brot und bringe es her, für Menina. Ich denke, sie kann nicht solchen Hunger haben!«

»Das Brot ist für die Gemälde – Sie hätten Sor Teresa wegen der Bilder um Erlaubnis bitten sollen. Sie war furchtbar wütend, als sie merkte, dass ich mich hier umsah. Sie dachte, ich wollte die Bilder stehlen. Genauer gesagt, dachte sie, ich würde Sie beschuldigen, mich dazu angestiftet zu haben.«

»Ich habe versucht, sie zu fragen! Aber Sie haben ja gesehen, wie sie mir das Tor vor der Nase zugeschlagen hat.«

»Ja, nun, egal. Sie hatten recht, es sind eine Menge Gemälde hier und Sor Teresa hat mir erlaubt, sie mir anzusehen. Ich habe ihr gleich gesagt, dass alles, was vielversprechender aussieht, von einem Experten geprüft werden muss, aber die meisten Bilder sind so schmutzig, dass man sowieso nichts erkennen kann. Altbackenes Brot ist eine alte Methode, sie zu reinigen. Es ist nicht ideal, aber etwas anderes fällt mir im Augenblick nicht ein. Ich nehme nur genügend Schmutz von der Oberfläche ab, um einen ungefähren Eindruck zu bekommen. Ich versuche, sehr vorsichtig zu sein, damit die Leinwand nicht beschädigt wird oder die Farbe abblättert.

Die Bilder in den Gängen scheinen mir wertlos zu sein, aber Sor Clara sagt, dass in den Räumen der Äbtissin Portraits hängen«, fuhr Menina fort. »Dort bin ich gerade beschäftigt, und in der *sala grande* gibt es noch mehr. Ich habe irgendwo gelesen, dass Klöster im Spanischen Bürgerkrieg geplündert wurden – kurz vor dem Zweiten Weltkrieg, nicht wahr? In den 1930er Jahren. Ist dieses Kloster geplündert worden? Es ist zwar ziemlich chaotisch im Kloster, aber nach randalierenden Horden sieht es nicht aus. Vielleicht sind die Gemälde, die vor dem Krieg hier hingen, immer noch da.«

Auf der anderen Seite der Gitterstäbe nickte Alejandro. »Sie haben recht, es wurde nicht geplündert«, meinte er. »Ungewöhnlich. In anderen Teilen Spaniens wurden Klöster und Kirchen von den Republikanern niedergebrannt, weil die Kirche den Faschisten geholfen hat. Viele Nonnen und Priester wurden getötet, doch niemand steckte Las Golondrinas in Brand. Aber hier ist anders. Niemand tötet die Nonnen, auch wenn die meisten Leute hier Republikaner waren. Sie würden sie nie angreifen.«

»Okay, ich hoffe, ich finde etwas, das ein bisschen Geld einbringt. Es ist offensichtlich, dass sie dringend Geld brauchen. Ihre Nonnentracht fällt bald auseinander und wussten Sie, dass Sor Teresa blind ist?«, fragte Menina. »Sie sollte zum Arzt gehen, vielleicht braucht sie eine Katarakt-Operation oder möglicherweise hat sie ein Glaukom. Und Sor Clara ist … nun ja, sie ist einfach alt. In einem Moment ist alles in Ordnung mit ihr und im nächsten ist sie ganz durcheinander. Und die beiden sagen, dass sie zu den Jüngeren gehören. Die anderen Nonnen habe ich noch nicht kennengelernt, aber ich glaube, einige von ihnen sind bettlägerig. Viele der Fenster sind kaputt, im Winter muss es also eiskalt sein. Sie können eine Gruppe hilfloser alter Damen nicht einfach verhungern und erfrieren lassen. Und alte Leute stürzen leicht und können sich dabei schwer verletzen. Was ist, wenn sich eine von ihnen die Hüfte bricht – wie soll Sor Teresa sie aufheben?« Menina war empört.

Hauptmann Fernández Galán seufzte. »Ich weiß. Ist ein großes Problem. Im Dorf, wir versuchen zu helfen. Wir bringen ihnen zu essen und im Winter haben sie ihre offenen Kamine und Kohlenbecken – Sie wissen, was ein Kohlenbecken ist? Die Leute bringen ihnen Holz und Holzkohle und …«

»Holz und Holzkohle reichen nicht, um so ein riesiges Gemäuer zu heizen. Und außerdem sind Kohlenbecken brandgefährlich und an den Dämpfen von Holzkohle kann man sterben. Oder eine vergessliche alte Nonne löst einen Brand aus und die bettlägerigen Schwestern verbrennen, verhungern oder sterben an Unterkühlung.«

»Ja, ich weiß, aber die Nonnen sind eigensinnig und weigern sich, das Kloster zu verlassen«, beteuerte er. »Es ist das Leben, das sie sich aussuchen. Ist eine Sache der Ehre, eine Prüfung ihres Glaubens, an ihrem Gelübde festzuhalten und hier zu sterben. Früher, da kamen immer Mädchen, um Nonnen zu werden oder um einfach im Kloster zu leben und zu arbeiten, Laienschwestern nannte man sie – legten kein Gelübde ab und trugen die Nonnentracht nicht, aber lebten wie Nonnen. Es gab ein Hospital für die alten und die Laienschwestern kümmerten sich um sie. Aber keine Nonnen mehr, nicht einmal Laienschwestern, seit vielen Jahren. Und selbst die Leute, die Essen und Holz und Dinge bringen, die sie brauchen, diese Leute werden auch alt. Die jungen wie meine Brüder und Schwestern, sie kommen manchmal zurück für Ferien oder Feiertage, aber wollen nicht in einem Dorf leben. Sie wollen das Leben in der Stadt, schöne Wohnungen und Autos, gute Jobs und Kinos und Urlaub. Alte Nonnen sind nicht ihre Verantwortung.« Er seufzte.

»Ist das der Grund, weshalb Sie noch immer hier leben?«, fragte sie. »Um sich um die Nonnen zu kümmern?«

»Sor Teresa war die Lieblingstante meiner Mutter. Sie hat meiner Mutter einmal das Leben gerettet. Nun ist mein Vater tot und meine Brüder sind weggezogen, sind nur ein paar alte Nonnen, viele sind Cousinen meiner Mutter. Ich bin hier der einzige Mann aus der Familie, und ja, ich habe Verantwortung für sie. Ich habe es meinem Vater versprochen.« Genau wie Sor Teresa es ihr erzählt hatte.

Einen Moment lang war Menina ergriffen. Dann dachte sie, dass sich das alles ganz schön und gut anhören mochte, doch mit ihr war er ausgesprochen unfreundlich und grob umgesprungen. Obwohl sie zugeben musste, dass er sie vor diesen Arbeitern auf dem Platz gerettet hatte, die sie angestarrt hatten, als sei sie ein Stück Fleisch. Aber das hieß noch lange nicht, dass sie ihn nett finden musste.

»Ich suche weiter. Ich würde den Nonnen gerne helfen und zudem ist es auch ganz interessant. Aber vergessen Sie das Brot nicht – gleich morgen früh, ja? Ich verbrauche eine Menge Brot und ich glaube, die Nonnen haben sowieso nicht genug zu essen, also möchte ich nicht ihres nehmen.«

»Kein Problem. Gibt immer Brotreste im Dorf, wird nicht weggeworfen, weil die Leute die Schweine und Hühner damit füttern. Ich werde es bringen. Also, wir sehen uns.«

Nein, wir müssen uns nicht sehen, bring nur einfach das Brot vorbei, hätte Menina am liebsten gesagt. Aber sie tat es natürlich nicht.

Nachdem Menina ihre Mittagsmahlzeit aus Brot und Käse und einer Art kalter Tomatensuppe gegessen hatte, war es später Nachmittag und Sor Clara sagte, sie sei in der Kapelle an der Reihe, daher würden sie für heute Schluss machen. Und morgen würden sie sich die *sala grande* vornehmen.

Menina befühlte die Unterwäsche, die sie am Abend zuvor gewaschen hatte. Sie war immer noch nass. Am besten hängte sie sie in die Sonne. Sie nahm die Sachen und machte sich auf den Weg in den Pilgergarten. Dort breitete sie ihre Wäsche auf einem warmen Stein aus und füllte ihre Flasche mit Wasser. Dann ging sie in ihr Zimmer zurück, nahm sich einen Notizblock und streifte durch die engen Gänge, die Sor Teresa als den ältesten Teil des Gebäudes bezeichnet hatte. Die Tür zum Garten stand offen und ließ genügend Licht herein, sodass Menina sich zwei Bilder an der Wand genauer ansehen konnte. Sie sahen aus wie Holzschnitte. Zwischen ihnen hing ein kleines Portrait eines Mönchs mit Tonsur.

Der Mönch hatte eine krumme Nase und trug eine einfache Kutte mit Kapuze. Er hatte die schmalen Lippen geschürzt und schielte mit seinen kleinen Schweinsäugelchen in die Ferne. Versuchte der Künstler damit zu sagen, dass er kurzsichtig war? Oder den Blick auf etwas Spirituelles, etwas jenseits dieser Welt gerichtet hielt? Sie nahm das Bild von der Wand und ging damit näher ans Tageslicht. Je länger sie es betrachtete, desto stärker spürte sie, dass er etwas sah, das ihm eine selbstgefällige Befriedigung bereitete. Und je länger sie es betrachtete, desto weniger gefiel ihr dieser Mönch. »Fr. Ramón Jiménez« stand über seinem Kopf und darunter konnte sie mit Mühe die Worte »*Tribunal del Santo Oficio de la Inquisición*« entziffern.

Sie hängte das Bild an seinen Platz zurück und wandte sich den Holzschnitten zu, die in seiner Blickrichtung hingen. Der erste schien eine fröhliche Szene darzustellen, ein Volksfest oder etwas Ähnliches. Aufgeregte Leute, die mit dem Finger zeigten und ihre Kinder in die Höhe hielten, Soldaten, ein Podium, über dem eine Art Banner drapiert war, Leute in einfachen Kitteln, die Wachskerzen in der Hand hielten.

Das Gegenstück war weniger fröhlich. Es zeigte die Leute in den einfachen Kitteln, die mit Seilen zusammengebunden waren, auf einem brennenden Holzstapel, und ein Mädchen mit langen Haaren, das auf die Knie gesunken war und die Hände flehend einer Frau auf dem Podium entgegenstreckte. Die Leute wurden bei lebendigem Leib verbrannt und um sie herum fand ein Volksfest statt. Vom Podium aus sah der Mönch von der Inquisition zu.

Die Holzschnitte mit ihrer seltsamen Mischung aus unschuldiger Freude angesichts eines Spektakels und fürchterlichem Leiden wirkten zutiefst verstörend. Entsetzt wich Menina zurück und floh in den Garten, hinaus an die frische Luft und die langen Strahlen der untergehenden Sonne. Sie sank auf die

Marmorbank und vergrub das Gesicht in den Händen. Nie hätte sie es für möglich gehalten, dass bloße Bilder derart schrecklich sein konnten. Sie wusste, was sie darstellten: Die Inquisition verbrannte Ketzer auf dem Scheiterhaufen. Es waren Bilder aus einer längst vergangenen Zeit. Heute war die Welt anders. Oder? Warum hatte sie das Gefühl, als spielte sich das alles direkt vor ihren Augen ab?

Menina saß im Sonnenuntergang auf der Bank, dann ging sie hinein, schloss die Tür zum Garten und tastete sich durch den Gang zurück. Dabei blickte sie starr geradeaus, obwohl es jetzt hier drinnen so dunkel war, dass sie die schrecklichen Holzschnitte und den bösartigen Mönch gar nicht erkennen konnte. In ihrem Zimmer hatte jemand die Kerze in der Lampe angezündet und ein mit einem Tuch abgedecktes Tablett auf den Tisch gestellt. Sie aß, zog sich aus, schlüpfte in den Bademantel und versuchte, noch ein paar Seiten in ihrem Reiseführer zu lesen. Sie wünschte, sie hätte einen Liebesroman oder eine Zeitschrift oder irgendetwas anderes aus ihrer sauberen, geordneten amerikanischen Welt mitgebracht. Schließlich fiel sie in einen unruhigen Schlaf und begann zu träumen.

Sie stand mitten in einer Menschenmenge, die sich langsam vorwärts schob, um irgendein Ereignis auf der Plaza zu sehen. »Sieh nur«, sagte ein Mann. Es war der dicke Busfahrer. »Siehst du das Spektakel, ja?« Er zeigte nach vorn. Am Ende der Plaza war ein ausladendes Podium aufgebaut, auf dem lauter Priester und Würdenträger standen. Irgendein Fest schien im Gange zu sein. Eine Prozession zog vorbei und sammelte sich vor den Würdenträgern auf dem Podium. Dahinter folgte eine langsamere, düsterere Prozession – barfüßige Männer, Frauen und Kinder, die alle die gleichen Büßergewänder trugen und Kerzen in den Händen hielten. Die Menge winkte und rief ihnen zu, höhnte und grölte. Eine schöne junge Frau, ungefähr so alt wie Menina, sah sie mit schreckgeweiteten Augen an. Mit feierlicher Stimme wurden Namen vorgelesen und die Leute mit den Kerzen in den Händen schrien auf und weinten. Die junge Frau in Meninas Alter fiel vor dem Podium auf die Knie und flehte eine Frau an, die eine Krone auf dem Kopf trug. Sie war Jüdin, weil sie nie einen anderen Glauben kennengelernt hatte, doch sie war eine getreue Spanierin, würde bald heiraten, habt Gnade …

»Ketzer!«, schrie der Busfahrer. »Verbrennt sie!« Er leckte sich die Lippen, als die Soldaten begannen, die Prozession in die Mitte der Plaza zu stoßen.

»Jetzt wird's lustig!«, rief der Busfahrer. Erst herrschte Stille, dann ein Trommelwirbel und dann war alles voller Feuer … Ihr Gesicht war schon ganz heiß von dem Feuer, als Menina durch ihre eigenen Entsetzensschreie aufwachte, sich in den Seilen wand, die sie fesselten, in dem verzweifelten Versuch, den Flammen zu entkommen, die um ihre Füße züngelten. Sie setzte sich in dem schmalen Bett auf. Zitternd rieb sie sich die Augen, um den Albtraum zu vertreiben. Nur ein Traum, sagte sie sich immer wieder. Trotzdem lag sie für den Rest der Nacht wach und kämpfte gegen den Schlaf an, damit der Traum nicht wiederkehrte.

KAPITEL 12

Aus der Chronik der Sors Santas de Jesús,
Kloster Las Golondrinas, Andalusien,
Herbst 1548

Deo gratias, endlich habe ich eine Gehilfin im Skriptorium. Nicht eine der Novizinnen, sondern ein achtzehnjähriges Mädchen, das an unserem Tor zusammenbrach, bevor die Herbststürme einsetzten. Sie trug grobe Knabenkleidung, sie war von Läusen übersät, sie war krank und nahezu bewusstlos. Ihre Gefährtin, ein Mädchen aus den Bergen mit dem Namen María, musste sie eigenhändig die Oliventerrasen hinaufgezerrt haben. Von María erfuhren wir, dass das Mädchen Esperanza hieß. Sie sei in Gefahr, sagte sie, und sie bat die Damen von den Schwalben, ihr zu helfen. María selbst wollte nicht bleiben und etwas zu sich nehmen oder ausruhen. Sie hatte es eilig, weiterzukommen, sagte, sie hoffe, bald verheiratet zu sein.

Esperanza lag viele Wochen im Hospital, bevor sie uns mehr erzählen konnte. Sie war ausgemergelt und schwach, dann fantasierte sie im Fieber, weil sie so lange der Kälte ausgesetzt war. Sie redete wirr von einem Geheimnis, das ihr Angst mache. Wenn ich an der Reihe war, bei ihr zu sitzen, versuchte ich, sie zu beruhigen und sie zu trösten und ihr immer wieder zu versichern, dass sie in Sicherheit sei. Als sie schließlich soweit genesen war, dass sie aufstehen konnte, hatte ich sie längst lieb gewonnen. Irgendwie füllte sie die Leere aus, die Salomé in meinem Herzen hinterlassen hatte.

Esperanza suchte die Äbtissin auf, überreichte ihr einen Geldbeutel mit *reales* und sagte, sie könne für ihre Unterkunft bezahlen, wenn sie bleiben dürfe, bis es Sommer wurde. Bis dahin wolle sie gerne jede Arbeit verrichten, die man ihr zuweise, in der Küche oder im Waschhaus oder an einer anderen Stelle.

»Meine Liebe, Ihr könnt so lange bleiben, wie es nötig ist. Unser Orden ist dem Schutz der Frauen verpflichtet und mir scheint, dass Ihr vor irgendetwas schreckliche Angst habt – obwohl Ihr auch in Euren fiebrigsten Augenblicken nicht sagtet, was es ist«, meinte die Äbtissin. »Und was Eure Arbeit hier angeht ...« Die Äbtissin nahm Esperanzas Hände und besah sie sich genau. Es sei offenkundig, dass sie noch nie Töpfe gescheuert oder Kleider gewaschen habe, sagte sie, und sie bezweifle, dass Esperanza bei niederen Arbeiten von großem Nutzen sein würde. Rasch fragte ich, ob sie sich im Skriptorium als meine Gehilfin betätigen könne. Während ihrer Genesung hatte ich genug Zeit mit ihr verbracht, um herauszufinden, dass sie nicht nur klug, sondern auch gebildet war. Ich hatte sie ein oder zwei Briefe für mich abschreiben lassen und ihre Schrift war hervorragend.

»Es ist ungewöhnlich, dass jemand, der nicht in unseren Orden aufgenommen wurde, Einblicke in unsere Angelegenheiten bekommt ... doch, Esperanza, Ihr scheint verschwiegen genug zu sein, was Eure eigenen Geheimnisse angeht. Kann ich auf Eure Verschwiegenheit vertrauen, wenn es um unsere geht?«

Esperanza nickte. »Ich gebe Euch mein Wort, Äbtissin.«

»Sehr gut.« Dann tadelte die Äbtissin Esperanza dafür, dass sie nicht an María dachte, die sie gerettet hatte. »Warum schickt Ihr ihr nicht ein paar Eurer *reales* als Hochzeitsgeschenk?« Esperanza errötete und rief: »Aber ja, natürlich!«

Als ich ihr unsere Bibliothek und das Skriptorium zeigte, seufzte sie zufrieden und begann sofort, sich nützlich zu machen. Dabei befolgte sie genauestens alle Anweisungen, die ich ihr gab. Wie schade, dass sie nicht dem Orden beitreten wird. Sie wäre eine hervorragende Schreiberin, wenn ich nicht mehr bin! Doch sie hat ihrem Vater auf seinem Totenbett versprochen, dass sie heiraten würde, und sie ist fest entschlossen, ihr Versprechen zu halten. Sie hat sich gut erholt, an Körper und Geist, und die Zeit, die ihr neben den heiligen Offizien, Gebeten und Mahlzeiten bleibt, verbringt sie an meiner Seite. Bisweilen ist sie so vertieft in ein Buch, dass ich sie mit einem scharfen Wort in die Gegenwart zurückrufen muss. Ich vertraue ihr immer mehr der Schreibarbeiten an und vor allem die Schwestern im Hospital loben ihr Geschick, Ratschläge und Hinweise aus unseren medizinischen Büchern herauszusuchen.

Als sich Esperanza an ihre Aufgaben gewöhnt hatte, setzte die Äbtissin alles daran zu erfahren, welches gefährliche Geheimnis sie verbarg. Wenn wir sie schützen sollten, mussten wir wissen, warum. Schließlich erklärte sich Esperanza bereit, ihre Geschichte zu erzählen, und die Äbtissin beschloss, nachdem sie ein wenig davon gehört hatte, dass sie sie in der Chronik niederschreiben sollte.

Esperanza war das einzige Kind eines Beraters des Königs. Ihre Mutter starb bei ihrer Geburt und sie führte ein einsames Leben in Sevilla, in einem düsteren Haus voller Gemälde, Wandteppiche, Bücher und Schatten. Esperanza wurde der Obhut eines Kindermädchens anvertraut, das in einen Soldaten verliebt war. Sie nutzte jede Gelegenheit, zum Gottesdienst in die Kathedrale zu gehen, weil ihr Soldat ganz in der Nähe auf Wache war.

Eines Tages, als das Kindermädchen mit Esperanza die Messe besucht hatte, herrschte ausgelassene Stimmung auf den Straßen, in der Ferne waren Trompeten und Trommeln zu hören. Eine lärmende Menschenmenge schob und drängte vorwärts auf die Plaza zu, um irgendeinem Schauspiel beizuwohnen. »Der Herr ist nicht da, wir haben keine Eile«, sagte das Kindermädchen. »Komm, Schatz, lass uns ein bisschen Spaß haben, ja?« Sie zerrte Esperanza zu ihrem Wachsoldaten, der das Kind auf seine Schultern hob, damit es eine bessere Sicht hatte.

Am Ende der Plaza befand sich ein Podium. Darauf saßen, dicht an dicht, Priester und Würdenträger und als die Trommelschläge näherkamen, betrat eine Prozession von Mönchen mit Kapuzen auf dem Kopf die Plaza. Gefolgt wurde sie von einer weiteren, langsamer dahinschreitenden Prozession – barfüßige, in die gleichen einfachen Kittel gekleidete Menschen, zuerst die Männer, dann Frauen und Kinder, mit Wachskerzen in der Hand. Neben ihnen gingen Wachen. Esperanza fing den Blick eines kleinen Mädchens auf, ungefähr so alt wie sie selbst, das am Rande der Menge an der Hand einer Frau ging. Esperanza winkte ihr zu. Die Frau und das kleine Mädchen erwiderten ihren Blick mit furchtsam geweiteten Augen. Sie winkten nicht zurück. Mit feierlicher Stimme wurden Namen verlesen und die Leute mit den Wachskerzen in den Händen schrien auf und weinten.

Das Kindermädchen zeigte auf die Leute in den Kitteln. Ihr Gesicht war gerötet und ihre Augen leuchteten. »Dies sind Ketzer, Feinde der Kirche. Falsche Christen, die zu ihren bösen muslimischen und jüdischen Sitten zurückgekehrt sind.« Sie leckte sich die Lippen, als die Wachen die Prozession auf einen großen aufgeschichteten Haufen aus Reisigbündeln und Stroh in der Mitte der Plaza stießen. Einige der Leute, die sich auf den Haufen zuschleppten, wurden beiseitegezogen. Geschickt legten Soldaten ihnen eine Schlinge um den Hals und zogen zu. Die Gestalten sackten auf den Boden. Sie wurden hochgehoben und auf den Scheiterhaufen geworfen. Unter den Zuschauern machte sich abfälliges Murren breit.

»Garrottieren«, sagte der Wachsoldat, auf dessen Schultern Esperanza saß. Missbilligend schnalzte er mit der Zunge. »Für die, die sich's leisten können.«

»Sie haben unseren Herrn getötet – lasst sie leiden. Lang lebe die Inquisition!«, riefen die Leute ringsum. Das kleine Mädchen und ihre Mutter weinten und klammerten sich aneinander. Die Mutter flehte die Soldaten an, als die Musik einsetzte. Mönche, die Fackeln in den Händen hatten, zündeten sie an und warteten, bis alle Büßer, darunter auch das Mädchen, dem Esperanza zugewinkt hatte, und die Frau, die ihre Hand hielt, zusammengedrängt und mit einem Seil fest miteinander verschnürt waren. »Jetzt wird's lustig«, rief das Kindermädchen.

Ein Trommelwirbel übertönte die Schreie und Gebete und die Mönche neigten ihre brennenden Fackeln an den Scheiterhaufen. Rauchschwaden quollen empor und dann züngelten Flammen um die Füße und Beine der zusammengebundenen Menschen, flackerten höher und höher, bis die Zuschauer die sengende Hitze auch auf ihren Gesichtern spürten. Das Kind, dem Esperanza zugewinkt hatte, war von Flammen eingeschlossen, die Luft war erfüllt von Lauten entsetzlicher Qual, während die Leute auf dem Scheiterhaufen sich wanden und krümmten und dann zu schmelzen und zusammenzusinken schienen. Esperanza sah zu, starr vor Schreck, bis der Wind die Flammen plötzlich anfachte und eine dichte Rauchwolke die Zuschauer einhüllte. Sie war schwer von dem Gestank verbrannten Menschenfleischs und trug ihnen die grauenhaften Schreie der Sterbenden zu. Eine weitere Rauchwolke verdunkelte die Plaza und Esperanza verlor das Bewusstsein. Als sie aufwachte, lag sie in ihrem eigenen Bett. Der Gestank von brennendem Fleisch war in ihren Lungen, ihrem Haar und auf ihrer Haut und sie musste sich mehrmals heftig übergeben.

Ihr Vater fand Esperanza, die zitternd in ihrem Erbrochenen lag, mit versengten Augenbrauen, fiebrig und hysterisch, während sich das Kindermädchen in der Küche mit ihrem Wachsoldaten amüsierte. Esperanzas Vater, normalerweise ein sanftmütiger Mann, packte das Kindermädchen bei den Haaren und schleuderte sie gegen die Wand wie ein Wahnsinniger, bis sie den Ausflug zur Plaza gestand. Sie habe dem Kind ein fröhliches Spektakel geboten, plapperte sie. Unter schrecklichen Flüchen und Verwünschungen warf er sie aus dem Haus.

Eine ruhige und bedachtsame ältere Frau nahm ihren Platz ein, wachte über Esperanza, wenn sie schlief, und tröstete sie, wenn die Albträume kamen. Wenn Esperanza die Augen schloss, sah sie immer wieder das Gesicht des Kindes in den Flammen vor sich und Schreie füllten ihren Schlaf. Sie fürchtete sich vor allem, rührte ihr Essen kaum noch an, kaute an ihren Fingernägeln, bis sie bluteten, und wurde mit jedem Tag dünner und nervöser. Ihr verzweifelter Vater beschloss, dass es nur einen Weg gab, die Dämonen aus ihren Gedanken zu vertreiben: Ihre Gedanken sollten mit Studien angefüllt werden.

Er verpflichtete eine Reihe von Lehrern und stellte einen täglichen Stundenplan auf, der einen Universitätsgelehrten entmutigt hätte: Griechisch, Latein, Französisch, Italienisch, Astronomie, Philosophie und Geschichte. Sie lernte Zeichnen, Malen und Komposition der Lyrik. Sie hatte Unterricht in Religion, Musik, Stickerei und Tanz. Selbst auf ein kleines Kind zugeschnitten war es ein strenges Regiment, doch es hatte die gewünschte Wirkung. Esperanza bekam wieder Appetit und nachts fiel sie in tiefen Schlaf, zu müde zum Träumen.

Esperanza verbrachte ihre Zeit nicht länger im Kinderzimmer. Stattdessen wurde sie die Gefährtin ihres Vaters. Sie lasen zusammen und studierten die Sterne und beim Essen prüfte er ihr Wissen in Mathematik oder Philosophie. Dann stellte er die farbigen Spielsteine auf das *Alquerque*-Brett und zeigte ihr, mit welchen Zügen sie einen seiner Steine schlagen konnte. Der alte Freund ihres Vaters, ein Musiker namens Don Jaime, war oft bei ihnen.

Als Esperanza dreizehn Jahre alt war, weihte ihr Vater sie gegen den Rat von Don Jaime in ein Geheimnis ein – eine verborgene Kammer im Innern des Hauses. Sie war voller Bücher, die die Kirche verboten hatte. Da waren der Qur'an der Moslems und die Kabbalah und der Talmud der Juden, maurische Übersetzungen aus dem Arabischen und Griechischen von Texten über Medizin und Naturgeschichte, das großartige Buch des Persers Ibn Sina über die Medizin, das *Buch der Heilung*, und al-Mas'udis Geschichte einer Reise in ein fernes Land jenseits des Meeres des Nebels und der Dunkelheit, die er Hunderte von Jahren vor der *Reconquista* niedergeschrieben hatte. Diese Bücher waren Kunstwerke, sie waren in Leder und Gold gebunden, mit komplizierten Mustern verziert, mit Messing- oder Silberschließen versehen – von überwältigender Schönheit und der Inquisition ein Dorn im Auge.

Zusammen lasen Esperanza und ihr Vater diese Bücher, vor allem das Buch von Ibn Sina, das im Herzen ihres Vaters einen besonderen Platz einnahm. Er lehrte sie, dass diese Bücher Wissen und Weisheit enthielten, die den Menschen von Gott gegeben wurden. Gott offenbare sich den Menschen auf unterschiedliche Weise, durch die Hilfe der gesegneten Propheten vieler Religionen. Nachdem sie das schreckliche Autodafé mit angesehen habe, müsse Esperanza wissen, dass sie niemals einen Menschen der Ketzerei bezichtigen dürfe. Und auch diese verborgene Bibliothek dürfe sie nie erwähnen.

Esperanza verstand, dass die Überzeugungen ihres Vaters denen ihrer religiösen Lehrmeister zuwiderliefen und dass er vor allem das Zölibat für Nonnen und den Klerus ablehnte. Sie spürte, dass es etwas mit ihrer Mutter zu tun hatte, doch wenn sie Fragen nach ihr stellte, seufzte ihr Vater nur und sagte, er würde es ihr erzählen, wenn sie älter sei.

Kurz vor Esperanzas sechzehntem Geburtstag bekam ihr Vater einen Husten, der ihn fast zerriss, er hatte immer wieder Fieber und rang nach Luft. Esperanza sah ihn ganze Tage lang in dem *Buch der Heilung* lesen. Er probierte ein Heilmittel nach dem anderen aus, während er sich ein Taschentuch vor den Mund hielt und Blut hustete. Sie las mit ihm zusammen in dem Buch, prägte sich die Symptome ein und mischte Medizin und Salben für Brustwickel, doch sie halfen ebenso wenig wie die Ärzte und Apotheker. Bei ihren Brettspielen sah sie, dass seine Hände schmal und bleich geworden waren und zitterten, wenn er die Spielsteine setzte.

Ihr Vater versicherte ihr, dass er noch nicht so bald sterben werde. Und es gab Tage, an denen er aß und umherging und wieder er selbst zu sein schien und an denen sie hoffte, dass es ihm tatsächlich besser ging. Doch dann verschlechterte sich sein Zustand plötzlich und als sie einen Diener nach dem Priester schicken wollte, schüttelte er den Kopf. Als sein Leben dahinschwand, nahm er ihre Hand und sagte, er habe es einst bedauert, keinen Sohn zu haben, doch schon lange empfinde er dies nicht mehr als einen Verlust. Er gab ihr seinen Segen, erzählte ihr, sie sei die Letzte einer angesehenen Familie und nahm ihr das Versprechen ab, sich niemals für ein religiöses Leben im Zölibat zu entscheiden, sondern zu heiraten und Kinder zu haben, auf dass ihr Geschlecht nicht aussterben möge.

Esperanza bat ihn, ihr von ihrer Mutter zu erzählen, bevor es zu spät sei, doch ihr Vater bedeutete ihr zu schweigen. Nach Luft ringend hielt er drei Finger hoch, um ihr zu zeigen, dass er ihr drei Dinge sagen müsse. Erstens: Sie sei die Erbin seines gesamten Vermögens und müsse immer auch an die Armen denken, Wohltätigkeit sei eine Pflicht. Zweitens: Damit sie nicht das Opfer von Glücksrittern und Mitgiftjägern würde, habe er sie der Obhut eines Freundes anvertraut, eines Edelmannes, der für seine Frömmigkeit bekannt sei und geschworen habe, einen passenden Ehemann für sie zu finden. Esperanza müsse versprechen, sich der Entscheidung dieses Vormundes zu fügen und sich nicht von mädchenhaften Vorstellungen leiten zu lassen, wie sie in Rittergedichten und -geschichten stünden. Mit seinem letzten rasselnden Atemzug flüsterte Esperanzas Vater: »Drittens ... deine Mutter ... Don Jaime ... frage Don Jaime.«

Nach dem Tod ihres Vaters gebot es der Anstand, dass sie sich im Haus ihres Vormundes niederließ. Dort bemerkte sie bald, dass das Vertrauen ihres Vaters in ihren Vormund fehl am Platze gewesen war. Er war zwar ein Edelmann, nach außen hin fromm und ein Gönner vieler wohltätiger Einrichtungen, war aber weniger wohlhabend, als es den Anschein hatte, und weniger ehrlich. Trotz seiner unterwürfig vorgebrachten Trauerbekundungen war Esperanza nicht wohl in ihrer Haut.

Sie ging ihm und seiner Frau nach Möglichkeit aus dem Weg, blieb in ihren Zimmern und vertiefte sich in ihre Bücher. Eines Tages wurde sie von einem Diener zu ihrem Vormund gerufen. Esperanza rechnete damit, von ihrer bevorstehenden Verlobung zu erfahren, und wappnete sich innerlich. Doch als sie mit ihrer Gouvernante den Salon betrat, fand sie ihren Vormund aufgebracht auf und ab schreitend vor. Er ging direkt auf sie zu und schob sein wütendes Gesicht vor ihres. Dabei schrie und fluchte er so wüst, dass ihr Speicheltropfen in die Augen sprühten. Esperanza und ihr Vater seien verlogene Ketzer, brüllte er. Entsetzt und erstaunt rief Esperanza: »Mein Herr, wovon redet Ihr? Wer beschuldigt uns?«

»Spielt nicht die Närrin, die geheime Sammlung verbotener Bücher, die Euer Vater gehortet hat, ist entdeckt. Sie beschuldigen ihn *und* Euch. Der Schmutz der Ungläubigen wurde verbrannt, so wie Euer Vater hätte verbrannt werden sollen, und Ihr mit ihm.«

Esperanza vergrub das Gesicht in den Händen. Ihr war, als sei ihr Vater ein weiteres Mal gestorben. Diese wunderbaren Bücher, die Schätze ihres Vaters, allesamt zu Asche verbrannt. Von Grobianen, Dummköpfen, barbarischen Eiferern! In ihrem Herzen brandete derartige Wut auf, dass sie sich zwingen musste, weiterhin mit gesenktem Kopf und niedergeschlagenen Augen dazustehen, damit ihr Vormund ihr nichts anmerkte. Den Rest seiner Vorhaltungen hörte sie schweigend an. Die Bücher hätten ihrem Großvater gehört, sagte er, einem muslimischen Händler, dessen verbotene Bücher ihn als falschen *converso* entlarvten, dessen Sohn eine ungläubige Hure geschwängert habe.

Esperanza sah ihn vollkommen fassungslos an. Wieder schob er sein Gesicht ganz nah an ihres und stieß wütend hervor, dass er, um ihre Heirat arrangieren zu können, den Beweis ihrer *limpieza de sangre* hätte vorbringen müssen, nur um zu entdecken, dass sie keines habe. Ihre Mutter habe dem muslimischen Glauben ihrer Familie nie entsagt und habe das Herz einer lügnerischen Ketzerin im Kloster Regina Coeli in Sevilla unter der Tracht einer Nonne verborgen, um dann den Bastard eines weiteren *converso* zur Welt zu bringen.

Die hässlichen Worten hallten Esperanza in den Ohren wider. Der Boden unter ihren Füßen schwankte, dann wurde alles dunkel. Als sie wieder zu sich kam, lag sie auf den kalten Marmorplatten. Ihre Gouvernante hielt ihr eine stark riechende Duftkugel unter die Nase und betrachtete sie mit einer Mischung aus Misstrauen und Abneigung. »Eure Mutter war eine hurende Novizin! Dann könnt Ihr auch nicht besser sein!«

»Aber wie kann das sein?«, widersprach Esperanza unter Tränen. »Nonnen können ihr Kloster nicht verlassen. Mein Vater war die Güte selbst. Er wäre niemals ... Eine Nonne würde nicht ...«

Die Gouvernante schwieg.

Allein in ihrem Schlafzimmer ging Esperanza ruhelos auf und ab. Sie konnte nicht still sitzen und hatte fürchterliche Angst. Sie war in diesem Haus gefangen. Dann erinnerte sie sich an die letzten Worte ihres Vaters: »Frage Don Jaime.« Außer ihm gab es niemanden, den sie hätte fragen können. Während sich dieser schreckliche Tag dem Ende zuneigte, kritzelte Esperanza eine Nachricht in lateinischer Sprache. Für den Fall, dass sie in die falschen Hände fiel, formulierte sie ihre Botschaft zweideutig: Sie flehe den Bettelmönch Bruder Jaime an, ihr die

Beichte abzunehmen. Esperanza hatte niemandem, dem sie diese Botschaft anvertrauen konnte, nur ihren Pagen, der nicht lesen konnte und ihr treu ergeben war. Sie gab ihrem kleinen Boten eine Münze und einige Süßigkeiten und schickte ihn los.

Der Page kehrte wohlbehalten zurück, doch Esperanza verbrachte eine schlaflose Nacht. Hatte Don Jaime ihre Botschaft verstanden? Am nächsten Tag jedoch wurde sie in die Empfangshalle gerufen, wo ein schmutziger Mönch sie erwartete. Seine Füße waren nackt und sein Gesicht war von einer Haube verborgen. Er kratzte sich, offenbar hatte er Läuse. Als sie die Halle betrat, dröhnte Don Jaimes tiefe Stimme vorwurfsvoll: »Bereut! Und legt die Beichte ab, um Eure Seele vorzubereiten auf das, was vor ihr liegt.« Esperanza brach in Tränen aus und führte ihn in eine stille Ecke des Raumes. Sie sank in die Knie, den Kopf in den Händen verborgen. In diesem heuchlerischen Hause würde niemand Einwände gegen einen Mann Gottes erheben.

Unter seiner Haube murmelte Don Jaime: »Haltet Euren Kopf gesenkt und hört zu. Ihr seid das Kind einer wahren Ehe, einer muslimischen Ehe und auch einer getauften christlichen Ehe. Dennoch ist das, was Euer Vormund in Erfahrung gebracht hat, zum Teil richtig. Eure Mutter war eine liebe und gebildete Dame, deren Eltern und Großeltern gezwungen wurden zu konvertieren. Ihre Familie bestand aus erzwungenen *conversos* und war ein Hindernis für eine Eheschließung. Als ihre Eltern starben, öffnete das Vermögen Eurer Mutter ihr die Tore des Klosters Regina Coeli. Es war bekannt für seine Apothekerinnen und Nonnen, die in medizinischen Dingen geschickt und sehr bewandert waren.

Doch vor siebzehn Jahren, noch bevor sie ihr Noviziat beendet hatte, kam eine seltsame und tödliche Seuche in einem der ärmsten und am dichtesten bevölkerten Viertel von Sevilla auf, in der Nähe der Docks, wo Schiffe aus Amerika beladen und entladen wurden. Zwei Matrosen, die gerade von einer Galeone aus Hispaniola an Land gekommen waren, waren die ersten Opfer. Sie tranken in einer Taverne in den Docks, als sie plötzlich krank wurden. Sie brannten vor Fieber, nach einem Tag waren ihre Leiber so angeschwollen, dass sie fast platzten, sie bluteten aus den Ohren und der Schmerz in ihren Köpfen ließ sie schreien, bis der Tod ihre Qualen beendete. Bei ihnen waren einige Huren, die bald darauf krank wurden, mit denselben Krankheitszeichen, mit denselben Qualen. Auch sie starben. Kurze Zeit später waren auch einige andere Männer krank, die den Huren ebenfalls beigewohnt hatten, und die Seuche verbreitete sich in dem Viertel, in dem viele Matrosen lebten, wie Feuer in trockenem Holz. Auch in anderen Teilen der Stadt wütete sie und tötete erst viele Vollmatrosen, dann Ladenbesitzer und Metzger und andere, und dann die Dienerschaft in den Häusern der Reichen und schließlich die Reichen selbst.

Es war die Zeit im Jahr, in denen viele Schiffe zwischen Amerika und Spanien hin- und herfuhren, bevor die Herbststürme begannen, und der Verlust von Seeleuten zu einer solchen Zeit ist eine Katastrophe. Spanien rechnete mit einem Angriff muslimischer Heere, die sich in Nordafrika sammelten, und konnte seine Verteidigung nur mithilfe der Reichtümer aus der Neuen Welt aufrecht halten.

Schon bald gab es zu viele Tote, als dass man sie aus den Straßen hätte einsammeln können, und wer immer konnte, floh aus Sevilla. Euer Vater war einer der wenigen mit medizinischem Wissen, die blieben, um zu helfen. Und er erinnerte einen verzweifelten Verwaltungsbeamten daran, dass es im Kloster Regina Coeli eine Novizin gab, von der man sich erzählte, dass sie wusste, wie man Krankheiten aus der Neuen Welt behandeln musste.

Vor ihrem Eintritt ins Kloster war Sor María Caterina eine tüchtige Apothekerin. Als sie ihr Noviziat begonnen hatte, wurde der Erzbischof auf sie aufmerksam, weil sie zurückgekehrte Missionare von Krankheiten heilte, die sie aus der Neuen Welt mitgebracht hatten. Unter ihrer Pflege genasen diese Priester häufig und von ihnen lernte sie viel über Krankheiten der Neuen Welt und über Heilmethoden der Eingeborenen. Spanische Ärzte neideten ihr ihren Erfolg und nannten sie eine ungläubige Hexe, doch der Erzbischof erlaubte nicht, dass man Schritte gegen sie unternahm.

Normalerweise hätte Sor María Caterina ihre Ratschläge durch das *locutio* erteilt, doch das Problem mit der Seuche war zu drängend, als dass man Nachrichten durch Boten ins Kloster hinein und wieder hinausschicken konnte. María Caterina sollte selbst zu den Patienten gehen. Auf Anweisung des Erzbischofs wurde sie in einer stürmischen Nacht, in der nur wenige Menschen unterwegs waren, hastig zu einer wartenden Kutsche geleitet, zusammen mit ihrer Truhe mit Medizin.

Es war ein schwerer Sommersturm mit heftigem Regen und Winden, die Unrat durch die Luft wirbeln ließen. Die Pferde wurden nervös. Die Straßen waren glatt und nass und schließlich kam ein heftiger Donnerschlag, der die Pferde durchgehen ließ. Der Kutscher verlor die Kontrolle und Sor María Caterina bekam schreckliche Angst, als die Pferde parallel zum Fluss mit der Kutsche davonjagten. Kurz bevor sie einen Abhang hinunter auf das Flussufer stürzten, löste sich die Kutsche von dem Pferdegespann. Kutscher und Vorreiter fielen in den Fluss, doch ein Passagier wurde hinausgeschleudert. Euer Vater sah den Unfall. Er war vor die Tür getreten, um die Blitze zu beobachten, und hastete den Abhang hinunter, um dem Passagier zu helfen. Zu seiner Überraschung war es eine Frau, die sich, zutiefst erschreckt, aber unverletzt, nur um die Truhe sorgte, die sie in der Kutsche bei sich gehabt hatte. Sie sagte, sie sei unterwegs zu dem Viertel, in dem das Fieber wütete. Euer Vater bestand darauf, sie und ihre Medizin zum Ziel ihrer Reise zu begleiten.

Schon bald waren sie in ein Gespräch über die Seuche vertieft. Beide erinnerten sie sich daran, dass Ibn Sina ähnliche Anzeichen erwähnt hatte, und sie sprachen über die besonderen Merkmale dieser neuen Krankheit. Erst als die Dame ungeduldig ihren Umhang abnahm, um besser sehen zu können, was sie tat, bemerkte Euer Vater, dass seine interessante Begleiterin die Kutte einer Novizin trug.«

»Wie hat mein Vormund all das herausgefunden?«, wollte Esperanza wissen.

»Da er ein Legat aus dem Vermögen Eures Vaters erhält, sobald Eure Vermählung stattfindet, ließ er keine Zeit verstreichen, sondern suchte sofort nach Beweisen für Eure Abstammung. Als er mit den üblichen Methoden nichts in Erfahrung bringen konnte, versprach Euer Vormund demjenigen eine hohe Belohnung, der ihm die nötigen Informationen beschaffen würde. Der Diener Eures Vaters war der Informant. Zuerst verriet er das Versteck der geheimen Bücher Eures Vaters, dann berichtete er, was er mit eigenen Augen gesehen hatte. Dass Euer Vater eine Novizin kennengelernt habe, die allein, ohne jegliche Begleitung, unterwegs gewesen sei. Dass sie über die schwarze Magie gesprochen hätten, die nötig sei, um die Krankheit zu besiegen, wie Euer Vater und Sor María Caterina abgewartet hätten, ob die Schutzmaßnahmen, die sie beide ergriffen hatten, erfolgreich sein würden. Dass sie überlebt hätten, sei ein Beweis, dass der Satan sie gegen eine Seuche geschützt habe, die Gott geschickt habe.

Wochenlang versorgten sie die Kranken und die Sterbenden, schliefen ein paar Stunden, wann immer es ihnen möglich war. Von Zeit zu Zeit schickte Sor María Caterina eine Nachricht ans Kloster, jedoch erlaubte sie niemandem, ihr zu helfen, um nicht eine weitere Nonne und vielleicht das ganze Kloster der Krankheit auszusetzen. Es schickte sich nicht für eine Novizin, doch es waren schwierige Zeiten.

Als das Weihnachtsfest nahte, beendete eine Zeit der Kälte schließlich die Epidemie. Sor María Caterina wusste, dass sie nun ins Kloster zurückkehren sollte. Zwar hatte sie ihr Gelübde noch nicht abgelegt, doch Novizinnen bekommen nur selten die Erlaubnis, dem Kloster endgültig den Rücken zu kehren. In seiner Verzweiflung ersann Euer Vater einen kühnen und gefährlichen Plan: Sor María Caterina würde einfach verschwinden. Sie würden zum muslimischen Glauben ihrer Vorfahren zurückkehren, als Muslime vor den Augen Gottes heiraten und aus Spanien fliehen.

Sie und Euer Vater kamen in mein Haus, wo sie vor mir und zwei anderen Zeugen verkündeten: ›Ich erkenne keinen anderen Gott an als Allah und Mohammed ist sein Prophet.‹ Sie heirateten als Muslime. Als Zeichen ihres Versprechens gab Euer Vater Eurer Mutter einen sehr schönen Ring, mit Diamanten und Perlen besetzt. Doch das Glück in ihrer beider Augen war größer als der Wert aller Juwelen der Welt.

Als María Caterina nicht mehr ins Kloster zurückkehrte, durchsuchte man das Stadtviertel, in dem sie gearbeitet hatte, doch man fand nur einen einzigen Schuh und leere Medizinflaschen. Man nahm an, dass sie der Krankheit erlegen und ihr Leichnam zusammen mit anderen Opfern in ein Gemeinschaftsgrab geworfen worden war. Stattdessen verbarg sich das Paar in meinem Haus. Ich flehte sie an, Spanien sofort zu verlassen, doch die Regelung seiner Angelegenheiten, die Euer Vater meinte, vornehmen zu müssen, verzögerte ihre Abreise, und dann stellte María Caterina fest, dass sie ein Kind erwartete, und war zu krank, um reisen zu können. Sie nahm Eurem Vater das Versprechen ab, dass er, wenn sie die Geburt nicht überleben sollte, das Baby taufen und als Christ aufwachsen lassen würde, als der natürliche Sohn oder die natürliche Tochter Eures Vaters.«

»Und meine Mutter?«

»Sie starb bei der Geburt, so wie sie es befürchtet hatte, und um Euretwillen führte Euer Vater sein Leben fort. Weder Eure Mutter noch Euer Vater hat sich jemals von dem muslimischen Glauben abgekehrt, dem sie angehörten, doch Euer Vater hielt sein Versprechen und erzog Euch als Christin. Nur der Diener kannte die Wahrheit und hat für sein Schweigen über viele Jahre Geld von Eurem Vater erpresst. Ein Geringerer als Euer Vater hätte den Missetäter ermorden lassen. Euer Vormund ist zu gierig, um Euch an die Inquisition auszuliefern. Euer Vermögen würde an das Heilige Offizium fallen und er hat vor, es für sich zu behalten.«

»Und der Diener … Er ist doch sicher in Gefahr?«

»Ah, der Diener … Man fand ihn mit aufgeschlitzter Kehle in einer finsteren Gasse. Räuber, ganz bestimmt von Eurem Vormund angeheuert«, antwortete Don Jaime trocken. »Nun, meine Liebe, die Frau Eures Vormundes wirft mir misstrauische Blicke zu. Ich werde einen Weg finden, Euch zu helfen. Lasst die Frau sehen, wie ich Euch segne.«

Esperanza wurde klar, dass es niemanden in ihrer Nähe gab, dem sie vertrauen konnte. Mit jedem Bissen und jedem Schluck Wein fürchtete sie, vergiftet zu werden. In jeder dunklen Ecke im düsteren Haus ihres Vormundes vermutete sie Böses, das dort lauerte. Die Albträume ihrer Kindheit kehrten zurück und die schlaflosen Nächte forderten ihren Tribut, so wie damals,

als sie klein war. Sie konnte nicht essen und nicht schlafen und wurde krank – erst teilnahmslos, dann fiebrig, erst unwillig, dann unfähig, sich von ihrem Bett zu erheben. Tage glitten unmerklich in die Nacht über. Das Fieber wurde schlimmer, ihre Gelenke schmerzten und brannten. Einmal blickte sie auf und sah die Frau ihres Vormundes, die sich mit einem Rasiermesser in der einen Hand und einer Strähne von Esperanzas Haar in der anderen über sie beugte. Esperanza versuchte zu schreien und verlor das Bewusstsein.

Als sie schließlich wieder zu sich kam, tupfte ein traurig dreinblickendes Dienstmädchen ihr das Gesicht mit Rosenwasser ab. Esperanzas Kopf fühlte sich seltsam an. Als sie mit der Hand darüber fuhr, bemerkte sie, dass man ihr das Haar abgeschoren hatte. »Wegen des Fiebers«, flüsterte das Mädchen. »Aber es wächst nach. Ich bin María, Euer neues Mädchen. Don Jaime schickt mich. Er hat einen Plan, aber erst müsst Ihr Euch Mühe geben, wieder gesund zu werden.«

Verwundert stellte Esperanza fest, dass auch ihrem Vormund und seiner Frau daran gelegen schien, ihre Genesung zu fördern. Sie schickten nach einem berühmten Arzt, der alle möglichen Stärkungsmittel empfahl. Sie bekam Fleischbrühe mit Eiern darin, Brot aus feinem Mehl und gewürzten Honigwein und ständig fragte man sie, was sie essen wolle, und drängte sie, sie solle doch sagen, was sie am liebsten aß. Das Merkwürdigste war, dass die Frau ihres Vormunds jeden Tag in ihr Zimmer kam, um ihr vorzulesen, aus dem tristesten Buch, das man sich vorstellen konnte, wie Esperanza dachte. Es war ein langweiliges Werk über das Wesen der Frau und ihren Pfad der Tugend, eine Litanei über die Unvollkommenheit der Töchter Evas, die die Sünde in die Welt brachten. Durch ihre Minderwertigkeit und spirituelle Schwäche, so hieß es da, waren Frauen zu nichts fähig, weshalb sie sich dem Vater, den Brüdern und dem Ehemann zu unterwerfen hatten. Mit Nachdruck und vielsagenden Blicken las die Frau von Esperanzas Vormund das Kapitel über das Gebaren und die Pflichten einer christlichen Ehefrau vor.

Schließlich konnte die Frau des Vormunds der Versuchung nicht mehr widerstehen, Esperanza zu berichten, dass sie durch die Güte ihres Vormunds einem Edelmann zur Frau versprochen sei, der bereit sei, über die Schande ihrer Geburt hinwegzusehen. Esperanza vermutete gleich, dass dies nicht mit rechten Dingen zuging, und fragte nach dem Namen ihres zukünftigen Ehemannes. Don César Guzman, lautete die knappe Antwort.

María, die Esperanza eine Schüssel mit Suppe brachte, flüsterte: »Ich frage Don Jaime.« Sie blickte der Frau des Vormunds nach, die gerade die Zimmertür hinter sich schloss, und rollte die Augen. »Trinkt dies hier.«

Einige Tage später beugte sich María über Esperanza und zischte ihr ins Ohr: »Don Jaime sagt, es ist besser, den Satan persönlich zu heiraten als Don César Guzman. Er ist alt und er hat schon vier Frauen beerdigt, alles reiche Waisen wie Ihr. Er ist mit einer Krankheit seiner Weichteile gestraft, mit Pusteln und Schwellungen und einem übelriechenden Ausfluss, und seine Versuche, einen Sohn zu zeugen, verursachen ihm schreckliche Leiden. Der Wunsch nach einem Sohn hat seine Seele aufgefressen. Er hat seine Frauen gequält, als sie nicht schwanger wurden, und nach ein paar Jahren sind sie dann gestorben. Don Jaime sagt, dass Don César sie vergiftet hat. Er glaubt, dass Euer Vormund einen Handel mit ihm abgeschlossen hat und Euch Don César zusammen mit einer großen Mitgift anbietet, dafür dass er keine Fragen über Eure Mutter stellt. Euer Vormund wird den Rest Eures Vermögens behalten und Don César wird Euch am Leben lassen, solange Ihr ihm Kinder schenkt. Euer Vormund und Don César wollen die Heirat vorantreiben und Ihr müsst so bald wie möglich fliehen.«

»Fliehen? Aber wie? Die Tore sind verriegelt, meine Gouvernante lässt mich Tag und Nacht nicht aus den Augen und die Wache am Tor würde mich zurückhalten, wenn ich das Haus verlassen wollte. Und wo könnte ich mich verstecken?«

»Don Jaime hat einen Plan ersonnen, aber Ihr müsst mich mitnehmen. Die Frau Eures Vormunds ist die grausamste Dienstherrin unter der Sonne. Sie trägt den Dornengürtel unter ihrem Kleid, um ihren Leib zu kasteien, und der Schmerz drängt sie, den Leib anderer Menschen zu kasteien. Bei dem geringsten Anlass sorgt sie dafür, dass ihre Diener unbarmherzig geschlagen werden, vor allem die jungen. Weil die Schläge besonders gut für ihre Seele sind, sagt sie. Sie gibt uns kaum zu essen und dann bestraft sie uns, wenn wir einen Bissen stehlen, weil wir so hungrig sind. Ich sehne mich nach den Bergen und nach meiner Mutter und einem Jungen ... den ich versprochen hatte zu heiraten, bevor mein Vater mich als Dienerin verkauft hat. Ich muss in mein Dorf zurück, sonst vergisst er mich noch und heiratet eine andere.«

»Aber wie sollen wir hier herauskommen? Und wohin?«

»Ich sage Euch, wie wir's machen. Ihr und ich, wir verkleiden uns als Burschen und schlagen uns in die Berge durch. Dort gibt es ein Kloster, nicht weit von meinem Dorf – Frauen und Mädchen gehen zu den Nonnen, wenn sie geschlagen oder schlecht behandelt werden. Um die Frauen zurückzubekommen, müssen die Männer der Äbtissin etwas geben, als Unterpfand für ihr gutes Betragen. Männer fürchten und achten das Kloster, in unserem Dorf behandeln sie Frauen besser, als Männer es normalerweise tun. Die Nonnen werden Euch vor Don César verstecken.«

Die Gouvernante, die in diesem Moment zurückkehrte, hörte die Worte »Don César«. Wütenden Schrittes durchquerte sie das Zimmer, gab María eine schallenden Ohrfeige, weil sie geschwatzt hatte, und jagte sie davon.

Eine Flucht schien unmöglich. Bei dem Gedanken daran brach Esperanza in verzweifeltes Weinen aus, doch nach einer Weile trocknete sie sich die Tränen mit dem Betttuch. Sie hatte versprochen, sich den Entscheidungen ihres Vormunds zu beugen, doch ihr Vater hätte niemals gewünscht, dass sie Don César heiratete. In ihrer misslichen Lage hatte sie keine Wahl. Sie musste Don Jaime vertrauen. Und sie musste zuversichtlich sein, sonst würde ihre Hochzeit stattfinden, sobald sie herausfanden, dass sie aus dem Bett aufstehen konnte.

Wenn ihre Gouvernante oder die Frau ihres Vormunds ihn nicht an sich genommen hatten, dann hatte sie noch einen geheimen Vorrat an goldenen *reales* in einem versteckten Fach in der geschnitzten Kleidertruhe aus Zedernholz, die sie aus dem Haus ihres Vaters mitgebracht hatte. Als es ihrer Gouvernante in jener Nacht zu langweilig wurde, weiter am Krankenbett zu wachen, und sie das Zimmer verließ, stand Esperanza, die sich schlafend gestellt hatte, leise auf und wühlte in ihrer Truhe. Der Beutel mit den *reales* war noch da. Sie nahm ihn mit in ihr Bett. Von dieser Nacht an wartete sie, bis ihre Gouvernante sie allein ließ, dann schlüpfte sie aus dem Bett und ging so lange im Zimmer auf und ab, bis sie sie zurückkehren hörte. Sie versuchte, wieder zu Kräften zu kommen; es ging ihr besser, doch sie hielt ihre Genesung geheim und lag tagsüber weiterhin schwach und leidend da.

Eines Tages im späten Frühjahr flüsterte María ihr zu: »Der Sommer ist die einzige Zeit, in der wir in die Berge reisen können, und wir müssen bald aufbrechen. Ich bringe Euch einen neuen Nachttopf, den ich unter Eurem Bett verstecke. Von nun an müsst Ihr das Schlafmittel dort hineinschütten, das die Frau Eures Vormunds Euch bringt. Ich hole den Nachttopf jeden Tag und bewahre den Schlaftrunk auf. In der Nacht, in der wir uns auf den Weg machen, mische ich ihn in den Wein der Gouvernante, wenn ich ihr das Abendessen bringe. Und auch dem Wächter am Tor gebe ich ein Schlafmittel, er grabscht immer nach mir und zerrt an meinem Mieder! Ich werde ihn anlächeln und sein Weinglas auffüllen, und mein Mieder schnüre ich auf, dann denkt er, ich würde mich erweichen lassen. Dann verkleiden wir uns als Jungen …«

»Als Pagen? Aber mein Page ist sehr klein und ich bin …«

»Nein, Dummkopf! Als Küchenjungen! Wenn Ihr mir etwas für unseren Küchenjungen gebt, wird er sich von seinen zerlumpten Kleidern trennen – er ist so groß wie Ihr. Ich warne Euch, sie stinken, aber umso besser. Und da Euer Haar sowieso schon kurz ist, müsst Ihr Euch nur das Gesicht und die Hände schmutzig machen …« Sie blickten beide auf Esperanzas Hände. Weiß und schmal, mit rosafarbenen Fingernägeln. »Reibt Euch Ruß auf die Hände und unter die Fingernägel. So wie Eure Hände jetzt aussehen, würden wir sofort auffliegen, auch wenn wir verkleidet sind«, meinte María. »Und wir brauchen Geld.«

Triumphierend zog Esperanza ihren Beutel mit den *reales* hervor, doch María schüttelte den Kopf. »Bauernlümmel mit *reales*? Sie würden uns für Diebe halten und festnehmen!« Sie nahm eine der Münzen. »Hätte ich nie gedacht, dass ich mal einen *real* in der Hand halte! Don Jaime wird mir kleine Münzen dafür geben, wie Bauern sie haben.«

Inzwischen achtete die Gouvernante nicht mehr darauf, ob Esperanza ihren Schlaftrunk zu sich nahm. Zehn Abende lang schüttete sie ihn in den zusätzlichen Nachttopf. Am zehnten Tag schlüpfte María in ihr Zimmer und schob ein nach Schweiß und Junge stinkendes Bündel unter ihr Bett. Am elften Tag regnete es heftig, doch zum Abend hin klarte es auf. Am Nachmittag kam María, um den Nachttopf mit dem Schlaftrunk zu holen und formte mit den Lippen die Worte: »Heute Nacht!« Als es Abend wurde zitterte Esperanza vor Angst und klapperte mit den Zähnen, sodass die Gouvernante die Stirn runzelte und meinte, sie müsse wohl wieder Fieber haben. Der Geruch von Krankheit stieg ihr in die Nase – das Kleiderbündel unter Esperanzas Bett – und so hielt sie Abstand.

Bis die Gouvernante ihr Abendessen verzehrt und ihren Wein getrunken hatte und schließlich wie tot in ihrem Sessel zusammensackte, war die Kerze heruntergebrannt. María öffnete die Tür und flüsterte: »Schnell!«

Sie trug geflickte Hosen und ein schmutziges Lederwams über einem zerlumpten Leinenhemd und hatte sich ihre Zöpfe abgeschnitten. Rasch zog Esperanza sich an, auch wenn sich die verdreckten Kleider unangenehm auf der Haut anfühlten. »Macht Euch die Hände und das Gesicht mit Wasser aus dem Krug nass und reibt Asche aus dem Kamin darauf«, wies María sie flüsternd an. Sie band Esperanza den Beutel mit den *reales* unter die Hose, sodass sich im Schritt eine Rundung abzeichnete. Esperanza sagte, es sei unbequem, doch María beharrte darauf, dass dies zu ihrer Verkleidung dazugehöre. Und weil Esperanzas Dialekt sie verraten würde, sollte María das Reden in ihrem ländlichen Dialekt übernehmen. Sie seien Bauernjungen, würde sie sagen, wenn sie gefragt würden, zwei Brüder, die in ihr Dorf zurückkehrten. María war der Klügere von beiden, Esperanza dagegen war ein schlichter Bursche, von Geburt an stumm. Esperanza schielte und kratzte sich dort, wo der Beutel hing, und María unterdrückte ein Kichern.

Sie schlichen sich an dem schlafenden Wächter vorbei, öffneten die Tür und warteten, während erst eine Gruppe betrunkener Männer vorbeitorkelte und die Nachtwächter ihre Runde gedreht hatten. »Jetzt! Bleibt im Schatten«, befahl María. Sie hasteten in die Nacht, wohl wissend, dass der Wächter Alarm schlagen würde, sobald er aufwachte, und die Suche nach ihnen sofort beginnen würde.

Dass diese Befürchtung zutraf, mussten sie schon bald feststellen. Wenn sie Halt machten, um sich einen Unterschlupf oder etwas zu essen zu suchen, selbst, wenn sie sich eine Fahrt auf einem Bauernkarren erbettelten, drehten sich alle Gespräche um die gestohlene Erbin und die Belohnung, die derjenige erhalten sollte, der sie ihrem Vormund wohlbehalten zurückbrachte. In einer Taverne, in der man ihnen aus Mitleid einen Kanten Brot und ein wenig Suppe gegeben hatte, gerieten sie in ernsthafte Gefahr. Sie kauerten im Schatten am Feuer, als eine Gruppe bewaffneter Wachen hereinkam und fragte, ob jemand die Erbin gesehen habe. Die Belohnung, von der sie sprachen, war sogar noch höher als die Summe, die zuerst versprochen worden war. Die Gespräche in der Taverne verstummten und Esperanza wartete entsetzt darauf, dass man sie den Wachen übergeben würde, vor allem, als einer der rauen Burschen sich laut lachend vorbeugte, ihr auf den Rücken schlug und rief: »Hier ist sie, Euer Ehren! Her mit der Belohnung!« Dann grölten alle vor Lachen über den schmutzigen Einfaltspinsel, der über seinem Brot sabberte und nickte und über den Witz grinste, während er sich eine Laus vom Kopf suchte und sie zwischen den Fingernägeln zerknackte.

Ihre Reise war beschwerlich. Schon bald hatten sie Löcher in ihre Schuhsohlen gelaufen und wickelten sich Lumpen um die Füße, so gut es eben ging. Esperanza humpelte und sie ließen sich von Bauernkarren mitnehmen, wann immer es möglich war. Doch der Sommer war schon weit vorangeschritten, als sie die Ausläufer der Berge erreichten, die so viel näher zu sein schienen, als sie aufgebrochen waren. Sie waren zwei hungrige junge Mädchen und am Ende eines Tages war ihr Hunger so groß, dass sie immer wieder mehr für Essen ausgaben, als sie beabsichtigt hatten. Ihr Münzenvorrat war fast aufgebraucht, doch María ließ es nicht zu, dass sie mit einem *real* bezahlten. Nun überlebten sie mit ein wenig Brot und Öl und wilden Früchten.

Trotz Hunger und Erschöpfung wurde María immer zuversichtlicher. Sie zeigte auf die weißen Steine, die ihren Weg durch den Wald markierten, und ermunterte Esperanza und spornte sie unablässig an. Sie stiegen immer höher in die Berge. Die Luft wurde dünner und kühler und am weiten Himmel kreisten Adler und Falken.

Esperanza verlor jegliches Gefühl für Zeit. Ihre Füße waren wund und sie konnte an nichts anderes denken, als einen Fuß vor den anderen zu setzen, bis der Tag vorüber war. Sie konnten schon lange nichts mehr zu essen kaufen und waren auf die Wohltätigkeit der Leute in den Dörfern angewiesen. Esperanzas Füße bluteten. Sie bekam wieder Fieber. Schließlich weigerte sie sich, weiterzugehen. Sie wollte sich nur noch am Straßenrand niederlegen und sterben. María ließ sie auf einem Stein zusammengesunken zurück und kam mit einem Stück hartem Brot und einem halb verfaulten Apfel wieder, den sie aus irgendeinem Schweinetrog gestohlen hatte. Beides gab sie Esperanza und versicherte ihr, es sei nicht mehr weit, Esperanza müsse es versuchen.

Zwei Tage später gelangten sie zu einem terrassenförmig angelegten Olivenhain, der ihnen wie das Dach der Welt erschien. Nach einer Nacht im Freien waren sie steifgefroren. María stieß und zog und lockte Esperanza die Terrasse hoch bis zu einem Tor, das in eine hohe Steinmauer eingelassen war. »Hier!«, keuchte sie. »Nur noch ein kleines Stück weiter! Noch ein oder zwei Schritte« – dann ließ sie sie in den Staub sinken, um an einem Glockenstrang zu ziehen. Das Letzte, was Esperanza hörte, war das Läuten der Glocke. Sie scherte sich nicht mehr darum, ob sie lebte oder starb.

Sie erwachte, umgeben von Schwestern, die ihr die zerlumpten und verlausten Kleider vom Leib schnitten. Sie versuchte verzweifelt, sich aufzurichten. Dabei rief sie immer wieder, sie müsse fliehen, bevor sie sie mit dem Satan verheirateten. Sie flößten ihr Kräuterbrühe ein und einen beruhigenden Trank und wickelten sie in Decken, die sie an heißen Steinen erwärmt hatten. Allmählich wurde sie ruhiger. Schließlich fiel sie in einen Schlaf, der so tief war, als sei sie gestorben.

»Und sie werden mich umbringen, wenn sie mich finden«, sagte sie, als sie soweit genesen war, dass sie sprechen konnte.

»Ich weiß«, sagte die Äbtissin.

Inzwischen ist Esperanzas Haar gewachsen, ihr hageres Gesicht ist runder geworden und ist nicht mehr so bleich. Im Skriptorium ist sie zufrieden. Bei den Einträgen in die Chronik ist sie mir eine große Hilfe, wenn meine Hand und mein Handgelenk zu steif und geschwollen sind. Es ist gut, wieder ein Mädchen an meiner Seite zu haben, vor allem eines, das seine Aufgaben so gewissenhaft erledigt.

Und so arbeiteten wir ruhig im Skriptorium, bis zu einem Tag, kurz nachdem die Schwalben zurückgekehrt waren. Sie bauten ihre Nester und erfüllten dabei das Kloster mit heiterem Lärm. An diesem Tag kam ein neues Kind. Dieses Kind war keines mit Mitgift und Amme, sondern eines, das in Lumpen gehüllt am Tor zurückgelassen wurde, trotz des heftigen Regens, der die ganze Nacht hindurch niedergegangen war. Die Äbtissin schickte nach mir und – zu meiner Überraschung – nach Esperanza.

KAPITEL 13

Aus der Chronik der Sors Santas de Jesús,
Kloster Las Golondrinas, Andalusien,
Frühjahr 1549

Zuerst bemerkten wir das Kind mit dem Kopf und dem Gesicht eines Erwachsenen gar nicht, das da auf einem kleinen Hocker zu Füßen der Äbtissin saß. Luz spricht nicht und sie kann über Stunden so still dasitzen, dass sie fast unsichtbar ist. Es war seltsam, ein Kind mit der Statur eines Zwergs in einem zerlumpten Kleid und durchgelaufenen Schuhen zu sehen. Die großen Häuser rühmen sich ihrer Zwerge, sie kleiden sie in feine Stoffe und halten sie wie Schoßhunde, zu ihrem Vergnügen, so als seien sie keine menschlichen Wesen mit einer Seele. Es ist eine üble Sitte und Esperanza flüsterte mir zornig ins Ohr: »Ich hätte nie gedacht, dass sich die Äbtissin einen Zwerg hält. Eine Schande ist das!«

Die Äbtissin fuhr sie an: »Starr mich nicht so missbilligend an, Esperanza! Dieses Mädchen haben wir heute früh am Tor gefunden.«

Esperanza errötete. Die Äbtissin beugte sich über das Zwergenkind, legte ihm die Hand unter das Kinn und hob sein Gesicht ein wenig, sodass das Licht darauffiel. Das Kind zuckte zurück und der Grund für die mühsam unterdrückte Wut der Äbtissin wurde nur allzu deutlich sichtbar. Um die Nase herum konnten wir Spuren von Abschürfungen erkennen und was zunächst wie eine Hasenscharte ausgesehen hatte, war eine schlecht verheilte Narbe, wahrscheinlich die Folge eines Schlages, bei dem die Oberlippe gespalten worden war. Mit großen schreckerfüllten Augen blickte es uns eine nach der anderen an. Sein Gesicht war schmutzig, das Haar matt und verlaust. Die Miene der Äbtissin wurde sanft. »Kind, hier bist du in Sicherheit. Niemand wird dich schlagen. Aber kannst du uns nicht deinen Namen nennen und uns sagen, wie alt du bist?«

Das Kind schwieg.

»Wer hat dich hergebracht?« Das Zwergenmädchen griff in die Tasche seines Kleides und zog ein gefaltetes Papier hervor, das sie der Äbtissin reichte. Dann senkte es den Kopf wie ein Tier, das auf den nächsten Tritt wartet.

Die Äbtissin faltete das Papier auf und las vor:

Hochgeschätzte Schwestern, ich habe eine weite Reise unternommen, um meine Enkeltochter Luz Eurer Gnade und Pflege anzuvertrauen. Es gibt niemanden sonst, an den ich mich wenden kann. Ich werde bald sterben und kann sie nicht länger beschützen. Durch die Umstände seiner Geburt hat dieses Kind schreckliches Unrecht erlitten. In unserer Familie ist es seit Langem üblich, dass Cousinen und Cousins untereinander heiraten, um das Vermögen und den Besitz der Familie zu bewahren, und mein einziges Kind, meine Tochter, wurde mit einem Cousin verheiratet, der sie liebte, seit sie ein Kind war. Er betete sie an, sie war ihm eine gute Ehefrau ohne Fehl und Tadel und allen Dienern des Hauses eine gütige Herrin – auch dem schelmischen Zwerg, den ihr Mann hielt, und der dafür bekannt war, dass er den Küchenmädchen nachstellte. Dann gebar sie ihr erstes Kind, das Ihr hier seht. Von dem Augenblick an, als das arme Kind auf der Welt war, war das Glück meiner Tochter zerstört. Als mein Schwiegersohn die arme Luz sah, war er außer sich vor Wut. Er war überzeugt davon, dass mein Mädchen ihn mit seinem Zwerg hintergangen hatte. Meine Tochter beteuerte ihre Unschuld, doch man zerrte sie an den Haaren vom Kindbett und sperrte sie als Ehebrecherin ein. Nur einen Priester durfte sie noch sehen, um ihre Beichte abzulegen, und dann überließ man sie dem Tod.

Als ich erfuhr, was geschehen war, eilte ich zu meinem Schwiegersohn, um ihm zu sagen, dass, obwohl nie darüber gesprochen wur-

de, die Frauen in unserer Familie immer wieder Zwerge zur Welt gebracht hatten. In fast jeder Generation war es so und die Kinder wurden versteckt gehalten. Er wollte mir nicht zuhören und erlaubte mir nicht, meine Tochter zu sehen. Das arme Mädchen starb allein, eingesperrt in ihrem Gemach, in einer Blutlache, wie mir die Diener berichteten, die sie fanden. Der unglückliche Zwerg wurde nie wieder gesehen.

Ich bat mächtige Männer, die ich kannte, den Tod zweier unschuldiger Menschen zu untersuchen, doch sie alle wollten damit nichts zu tun haben. Ein Mann dürfe die Angelegenheiten in seiner Familie nach eigenem Gutdünken regeln, sagten sie, und wenn er seiner Frau Unrecht tue, müsse er es mit seinem Gewissen abmachen. Er solle beichten und Buße tun.

Eine Frau gilt nichts, sie ist Staub unter den Füßen der Männer, es gibt keine Gerechtigkeit für meine Tochter! Ich bat meinen Schwiegersohn, mir das Kind zu überlassen, doch der vermutete Betrug machte ihn irre, und er schwor, dass er diese Kreatur leiden lassen würde. Ich durfte im Haus bleiben, um es mit anzusehen. Ich blieb in der Hoffnung, das arme Kind vor seinem Vater schützen zu können, doch es gelang mir nur selten. Mit der Zeit wurde der Mann immer schlimmer, er hat Luz wie einen Hund behandelt – hat sie geschlagen, getreten, verhöhnt. Sie durfte noch nicht einmal ihre Gebete lernen, musste am Feuer auf einem Strohlager schlafen und bekam nur Küchenabfälle zu essen. Dennoch ist Luz als Erstgeborene die Erbin seines gesamten Vermögens, so ist es in der Familie üblich. Er wagt nicht, sie zu töten, denn er beabsichtigt, sie mit einem verwaisten Cousin zu verheiraten und sich ihr gemeinsames Vermögen zu sichern.

Als mein Schwiegersohn für einige Wochen zu einer Jagdgesellschaft aufbrach, nahm ich Luz und floh. Ich hatte gehört, dass verzweifelte Frauen im Kloster der Schwalben Schutz und Hilfe finden, die ihnen andernorts verwehrt wird. Um der Liebe Gottes und der Jungfrau willen, habt Mitleid mit Luz und gewährt ihr Schutz, und ich werde für die verbleibenden Tage meines Irdenlebens und danach vor dem Thron des Allmächtigen für Euch beten.

Die Äbtissin faltete das Papier zusammen. »Schrecklich. Selbstverständlich nehmen wir das arme Kind auf. Wir würden auch die Großmutter aufnehmen, wenn man sie ausfindig machen könnte. Doch ich habe neben Sor Beatriz auch nach dir, Esperanza, geschickt, weil ich möchte, dass jedes Wort in der Chronik festgehalten wird, um Zeugnis abzulegen von der Unmenschlichkeit und Grausamkeit, die Frauen erleiden. Doch ich bin auch neugierig. Du hast uns erzählt, dass du gemeinsam mit deinem Vater verbotene Bücher gelesen hast. Die Mauren haben die Natur aufmerksam beobachtet und sie waren in den Naturwissenschaften bewandert. Und die Kirche hat so viele ihrer Werke verbrannt.« Das Verbrennen von Büchern ärgert die Äbtissin über die Maßen.

»Ja«, sagte Esperanza vorsichtig. »Mein Vater hatte viele Bücher über Medizin, die er mir vorgelesen hat, und ich habe jene studiert, die ich selbst lesen konnte ...«

»Die Schwestern im Hospital sagen, dass du ... Kannst du dich an etwas erinnern, das mit Zwergen zu tun hat?«

Esperanza dachte einen Moment nach. Dann sagte sie, ein griechischer Text über die Viehzucht habe auf die Folgen von Inzucht unter schwachen Tieren und auf die kränklichen Kälber und die dreibeinigen Ziegen hingewiesen, die dabei entstehen. Und daraus habe der Verfasser geschlossen, dass Inzucht in kleinen Gruppen von Menschen zu schwächlichem Körper und verwirrtem Geist führen könne. Dann habe er seine Beobachtungen über die Viehzucht auf Beispiele übertragen, in denen menschliche Inzucht ähnliche Folgen habe.

Das war reine Ketzerei. Die Kirche lehrt, dass die Beobachtung von Verhaltensweisen von Tieren keine Bedeutung für menschliches Leben habe, da der Mensch nach Gottes Ebenbild geschaffen sei. Esperanzas Vater war jedoch ebenso wie der Verfasser dieser Abhandlung davon überzeugt, dass es die Ordnung der Natur sei, und die Natur war für ihn eine Offenbarung Gottes. Und der Text hatte davon gesprochen, dass Mitglieder einer Familie, in der Zwerge oder Kinder mit schwacher Wirbelsäule geboren wurden, keine Blutsverwandten heiraten sollten, auch keine Verwandten entfernten Grades. Bitter fügte Esperanza hinzu, dass die Abhandlung mit den anderen Büchern der Bibliothek ihres Vaters verbrannt worden sei. Die Äbtissin verzog das Gesicht und murmelte eine Verwünschung gegen ungebildete Narren, die Wissen unterdrückten und den

Schmerz in der Welt vergrößerten, sodass unschuldigen Kindern wie Luz unermessliches Leid zugefügt würde.

»Danke, Esperanza.« Dann wandte sie sich Luz zu und sagte: »Kind, dein Name bedeutet Licht, das wunderbare Licht, das in deiner Seele leuchtet und das fortan in Sicherheit leuchten wird. Geh mit Esperanza, sie wird dafür sorgen, dass du gebadet wirst und saubere Kleider bekommst. Und dann richten wir ein kleines Bett für dich her. Du musst hungrig sein – bitte die Küchenschwester um etwas Suppe, Esperanza. Und sag ihr, dass sie noch ein Ei hineinrühren und Luz etwas Honigbrot geben soll, wenn noch welches übrig ist. Sag den Schwestern, die sich um die Kinder kümmern, dass sie diese Wunden mit Salbe versorgen sollen. Wenn Luz nicht sprechen will, müssen wir Geduld haben, sie macht es nicht aus Eigensinn.«

Es ist unmöglich zu schätzen, wie alt Luz ist. Die Äbtissin meint, sie sei vielleicht zwischen acht und zehn oder elf Jahre alt. Sie kann weder lesen noch schreiben und hat zu viel Angst vor allem, um etwas anderes als das Nähen zu lernen. Das macht sie jedoch sehr gut. Viele Mädchen werden während des langen Nähunterrichts ungeduldig, doch Luz hängt an den Lippen der Nähmeisterin und saugt jedes Wort in sich auf. Sie ist glücklich über ihren eigenen kleinen Nähkorb, mit bunten Seidenfäden, einem Nadelbuch, einer winzigen Silberschere und einem Fingerhut. Sie hält säuberlich Ordnung darin und beherrscht jeden Nähstich. Sie hat einen Hocker, der so niedrig ist, dass ihre Füße den Boden berühren, und darauf sitzt sie stundenlang und arbeitet stumm, bis sie zu den Gebeten oder den Mahlzeiten oder einem Spaziergang im Klostergarten gerufen wird. Ihre Stiche sind wunderschön, sehr ordentlich und kaum zu sehen – im Gegensatz zu Esperanzas Nadelarbeit. So klug sie auch sein mag: Esperanza bringt kaum eine Naht zustande, die nicht schief und ungleichmäßig ist. Luz wird gelobt und den anderen Mädchen als Vorbild vorgehalten und das hat Wunder gewirkt. Nach und nach ist sie rundlich geworden, ihre Wunden sind verheilt und manchmal lächelt sie sogar. Sie spricht jedoch nicht und bei jedem scharfen Wort oder einem lauten Geräusch läuft sie weinend davon und kauert sich in eine Ecke.

Esperanza ist viel glücklicher, seit sie Luz hat, um die sie sich kümmert. Während die anderen Mädchen Unterricht haben, bringt sie sie mit ins Skriptorium, wo sie sitzt und näht. »Sie ist ganz ruhig und lieb, nicht wahr, Luz? Und seht, was ich hier habe, Sor Beatriz«, sagte Esperanza eines Tages zu mir. Sie zog ein gefaltetes Taschentuch aus ihrer Tasche und breitete es aus. Es war so zart wie der Flügel einer Motte. »Luz hat das für mich gemacht. Ist es nicht zauberhaft?«

Luz glühte vor Freude, als ich das Taschentuch bewunderte. Es war wirklich wunderschön, mit einem Spitzenrand und einem aufgestickten Vogel. »Eine *golondrina*!« Esperanza zeigte auf den Vogel. »Ich habe ihr erzählt, wie sie überall im Kloster ihre Nester bauen und für sie singen, weil sie sie mit Brotkrumen füttert. Ist sie nicht ein liebes, schlaues Mädchen?« Luz errötete vor Glück und Esperanza umarmte sie.

Die Nähmeisterin hat Luz nun die Aufgabe übertragen, die Altarwäsche in der Klosterkapelle auszubessern. Normalerweise erlaubt sie niemandem, sie zu berühren. Währenddessen hat die Äbtissin einen Brief im Namen unserer Schutzherrin, der Königin, erhalten, mit der Bitte, für die christliche Bekehrung der Eingeborenen in Spanischamerika zu beten.

Die Äbtissin hat der Nähmeisterin aufgetragen, Luz eine neue Aufgabe zu geben. Sie soll ein Altartuch für die private Kapelle der Königin fertigen und es mit religiösen Symbolen besticken, zwischen denen kleine *golondrinas* zu sehen sind, das Emblem unseres Ordens. Wir werden es zusammen mit einem respektvollen Brief an den Hof schicken, in dem wir versprechen, so zu beten, wie die Königin es befiehlt, um sie unseres Gehorsams, der Reinheit unseres Glaubens und unserer ehrerbietigen Dankbarkeit zu versichern.

»Wir müssen jede Gelegenheit nutzen, die Königin daran zu erinnern, dass wir sie als unsere Beschützerin betrachten«, murmelte die Äbtissin.

KAPITEL 14

Kloster Las Golondrinas, Spanien,
April 2000

Die ganze Nacht über hatte Menina gegen den Schlaf gekämpft, um die Albträume abzuwehren, und so fühlte sie sich am Morgen ziemlich umnebelt, als sie Sor Clara durch die Gänge des Klosters folgte. Sie wünschte sich nichts sehnlicher als eine große Kanne Kaffee. Sor Clara führte sie am Skriptorium vorbei zu einer schweren doppelflügeligen Holztür. »Hier ist *sala grande*.« Die alte Nonne tastete nach einem Schlüsselbund, das sie an einer Kordel um die Taille trug. Schließlich fand sie den Schlüssel, der in das reich verzierte Eisenschloss passte. Er drehte sich zwar im Schloss, doch die Tür ließ sich nicht öffnen, so sehr sie auch dagegen drückte, vor sich hinmurmelte und betete.

Menina bat Sor Clara, beiseitezutreten, und versetzte der Tür einen kräftigen Tritt. Wie praktisch, dass sie feste Schuhe anhatte! Mit einem schabenden Geräusch schwang der Türflügel auf und blieb auf halbem Wege stecken – und wenn man von den Staubwolken ausging, die sie aufwirbelten, war dies das erste Mal seit vielen Jahren, dass jemand diesen Raum betrat. Menina nieste und sah sich um. Vor ihr öffnete sich ein Saal, der so lang und dunkel war, dass die gegenüberliegende Wand im Schatten lag. Sie vermutete, dass er sich über die gesamte Länge des Klosters erstreckte. Als sich ihre Augen an das Dämmerlicht gewöhnt hatten, bemerkte sie, dass er fast so aussah wie der Raum mit dem Eisengitter, in dem sie am Tag zuvor gewesen war, nur dass dieser hier viel größer war. Auch hier standen dunkle, geschnitzte Holzmöbel und unbequem aussehende Rosshaarsofas, aus denen die Füllung hervorquoll, dazu passende Sessel und ein riesiges Kruzifix, das schief an der Wand hing. Dann stockte Menina der Atem. Die Wände, die zunächst einfach nur dunkel ausgesehen hatten, hingen voll von gerahmten Bildern.

Durch die Staubkörnchen sickerte schwaches Licht auf einen fadenscheinigen Perserteppich mitten im Raum. Auf den Arm- und Rückenlehnen der Sessel lagen zerschlissene Schondeckchen, bei einem Sessel war die Armlehne abgefallen. Ein löchriger Tischläufer mit Stickereien zierte einen schweren Holztisch, der unter der staubigen Gipsstatue der Jungfrau Maria und zwei Kerzenleuchtern mit dicken, schief stehenden Kirchenkerzen an der Wand stand. Der modrige Geruch, der das ganze Kloster durchzog, war atemberaubend, und die Stille war so schwer, dass man glaubte, sie greifen zu können.

»Wie lange ist es her, dass dieser Raum benutzt wurde?«, fragte Menina und sah sich um.

»Viele Jahre. Ist kalt im Winter. Aber ich glaube, das Bild von Tristán Mendoza war in diesem Raum.«

»Wissen Sie noch, wo es war, Sor Clara?«, fragte Menina schwach und blickte entmutigt auf die Wände, an denen wahrscheinlich Hunderte von Bildern hingen, allesamt dunkel vor Schmutz und Alter. Das war wie die berühmte Suche nach der Nadel im Heuhaufen. Sor Clara ging mühsam zu einem der unbequem aussehenden Sofas, setzte sich und sah Menina erwartungsvoll an.

»Sor Clara, wissen Sie, an welcher Wand es hing?«

»He?« Sor Clara legte die Hand hinters Ohr, um besser hören zu können. Menina wiederholte die Frage und schrie die alte Frau dabei fast an. Sor Clara verdrehte nur die Augen und zuckte mit den Schultern.

»Hm, diese Frage hätte ich mir sparen können«, sagte Menina zu sich. Sie entschied sich für einen kleinen Bilderrahmen, hob ihn vorsichtig von der Wand, nahm ein Stück Brot und begann, es weichzukneten. Dann drückte sie es sachte auf die Oberfläche des Bildes. Das Brot nahm den Schmutz auf, bis es schließlich in einzelne Krümel zerfiel. Menina trat einen Schritt zurück, betrachtete das Bild und konnte eine Hand ausmachen. Hastig fuhr sie fort, die Oberfläche mit mehr Brot zu bearbeiten, bis sie denselben Mönch mit seiner Tonsur, seiner krummen Nase und den kleinen Schweinsäugelchen erkannte, den sie am Tag zuvor gesehen hatte. Hier war er aus einer anderen Perspektive dargestellt. Menina trug das Bild in die Mitte des Raumes und suchte den unteren Rand nach einer Signatur ab, konnte aber nichts erkennen, kein Zeichen, keinen Namen und auch keinen Vogel. Sie wünschte, sie hätte eine Lupe. Sor Clara schlief mit offenem Mund, den Rosenkranz auf dem Schoß, und schnarchte leise.

Menina stellte den Mönch so ab, dass er nicht im Sonnenlicht stand, nahm ein weiteres Bild von der Wand und bearbeitete es so schnell wie möglich. Es würde Monate dauern, wenn man jedes einzelne Bild prüfen wollte.

Einige Stunden vergingen und Sor Clara rührte sich nicht. Menina machte sich Sorgen, die alte Nonne könnte womöglich tot sein, und sah nach, ob sie noch atmete, doch dann fiel ihr ein, dass sie wahrscheinlich wegen der Nachtwachen so müde war. Inzwischen lehnte ein halbes Dutzend düsterer Bilder in unterschiedlichen Größen an der Wand. Menina trat zurück und begutachtete ihre Arbeit. Immer wieder richtete sich ihr Blick auf den Mönch und je länger sie ihn ansah, desto unbehaglicher fühlte sie sich. Sie war müde und ein bisschen durcheinander und wahrscheinlich reagierte sie deshalb so dünnhäutig, doch das Bild strahlte etwas Böses aus und es gefiel ihr nicht. Schließlich drehte sie es mit dem Gesicht zur Wand.

Was die nächsten vier Bilder anging ... Sie betrachtete sie mit zusammengekniffenen Augen und versuchte zu erkennen, was sie darstellten, suchte nach bekannten Motiven und Symbolen und nach Themen, die immer wieder in religiöser Kunst auftauchten, die helfen würden, das Bild zu erschließen. Im College hatten die Übungen, bei denen die Studentinnen ein Gemälde »lesen« sollten, besonderen Spaß gemacht, doch im College gab es Lehrbücher und eine Bibliothek, in der man nachlesen konnte. Hier dagegen war sie auf sich gestellt und musste sich allein auf ihre Erinnerung verlassen.

In Holly Hill begann der Kurs über die Methodologie der Renaissance jedes Jahr mit ein und demselben Witz: Jeder, der im sogenannten »Bible Belt« aufgewachsen sei, habe einen Vorsprung, wenn es darum ging, die Motive in der Kunst der Renaissance zu erkennen. Zu ihrer eigenen Verwunderung hatte Menina festgestellt, dass es sich tatsächlich gelohnt hatte, jahrelang die Sonntagsschule der Baptisten besucht und zahllose Malbücher mit Geschichten aus der Bibel ausgemalt zu haben. Der Methodologie-Kurs verschaffte ihr zwar nicht mehr als ein paar Grundlagen, doch Menina liebte es, ein Gemälde nach Hinweisen auf seine geheime Botschaft zu untersuchen, die Bedeutung von Licht, Schatten und Farben und die Aussagekraft der Figurenanordnung und der Symbole zu ergründen. So stellten Lichtstrahlen, die durch ein Fenster in einen Raum strömten, das Göttliche Licht dar, das die Welt erhellt, Granatäpfel symbolisierten Fruchtbarkeit und die Auferstehung, Hunde standen für Treue und aus dem Gekrächz von Papageien hörten die Menschen im Mittelalter das Wort »Ave« heraus, als wollten sie zur Jungfrau Maria beten.

Die Perspektive des Künstlers war jedoch nur ein Aspekt. Malen war ein Dialog zwischen dem Künstler und dem Betrachter, und um ein Bild interpretieren zu können, musste man verstehen, wie der Maler meinte, dass die Menschen seiner Zeit es verstehen würden. Und das hing von vielen unterschiedlichen Faktoren ab – von der Entstehungszeit, von Politik und religiösen Überzeugungen. Die Frage, die man stellen musste, lautete: Wo trafen sich Maler und Betrachter? Vielleicht brachte das Bild einen Stifter oder einen Gönner des Künstlers mit heiligen Figuren in Verbindung – und der Punkt, an dem Künstler und Betrachter zusammenkamen, war, dass die Heiligkeit des Heiligen durch die Assoziation auf den Stifter abfärbte. Vielleicht sollte ein Bild beim Betrachter Ehrfurcht vor der Strahlkraft von Gottes Wort hervorrufen, vielleicht vermittelte es eine Botschaft von der Macht des Lebens über den Tod oder verband einen König oder eine Königin mit Gott oder erhellte ein Wunder, von dem jeder, der in jener Zeit lebte, gewusst hätte, wie von der Verwandlung von Wasser und Kommunionswein in Körper und Blut Christi – die Möglichkeiten waren endlos, doch es war wichtig, die Botschaft zu entdecken, die ein Gemälde demjenigen mitteilte, der es betrachtete.

Darüber dachte Menina nach, während sie ihren Notizblock aufklappte und die Kappe von einem Kugelschreiber zog. Sie würde systematisch vorgehen und jedes Bild mit einer Nummer versehen, bevor sie es reinigte, und dann kurz beschreiben, was sie sah. Dann würde sie es mit dem Dialogtest versuchen.

Sie nahm Bild Nummer eins herunter und kniff die Augen zusammen. Wo trafen sich alle bei diesem Bild? Je länger sie es betrachtete, desto hässlicher erschien es ihr – eine mondgesichtige Madonna, deren Hände so aussahen, als seien sie nachträglich dazugemalt worden. Sie ragten seltsam verdreht aus ihren Ärmeln hervor. Entweder hatte der Maler keine Ahnung von Anatomie oder er wollte ein künstlerisches Statement abgeben, doch darüber sollte sich jemand anders den Kopf zerbrechen. Für alle Fälle tupfte sie jedoch die Ecken frei, um nach der Signatur zu sehen. Sie fand ein C und dahinter etwas, das aussah wie »Lopez«.

Bild Nummer zwei war ebenso enttäuschend – nichtssagende Engel mit offenem Mund und flachem, leblosem Gesicht vor braunem Hintergrund. Keine Signatur. Menina stellte es neben die Madonna.

Nummer drei war ein Stillleben mit Rosen und Lilien, die einen Hinweis auf die Jungfrau Maria gaben, wie Menina wusste. Je nachdem, wie die Details herausgearbeitet waren und wie die Farben aussahen, konnte es wertvoll sein. Sie suchte nach einer Signatur, fand ein *B.* und stellte es beiseite.

Nummer vier zeigte ein schwerfälliges Kind, das ein Lamm auf den Schultern trug. Lamm und Kind hatten denselben theatralischen Schmollmund und dieselbe seelenvolle Miene. Es war so schrecklich, dass sie unwillkürlich lächeln musste. Sie stellte es zu der Madonna.

Dreieinhalb Stunden später lehnten zwei Dutzend Bilder wild durcheinander an den Wänden und Menina war vollkommen verdreckt. Sie fuhr sich mit dem Unterarm über die Stirn. Keines der Bilder sah besonders vielversprechend aus –

vielleicht ein bisschen besser oder zumindest älter als die, die in den Gängen hingen –, doch sie war sich sicher, dass nichts von dem, was sie bisher gesehen hatte, viel wert war. Sie richtete sich auf, reckte sich und sah sich noch einmal die Wände an. Inzwischen war es früher Nachmittag und im Raum war genügend Licht, um zu erkennen, dass ein großer schwarzer Rahmen, der etwa auf Augenhöhe hing, ein buckliges Muster aufwies.

Sie betrachtete den Rahmen aus der Nähe, dann kratzte sie mit dem Fingernagel darüber und hinterließ eine feine graue Spur. Menina spuckte auf den Rahmen, hauchte ihn an und rieb mit dem Ärmel ihres Sweatshirts darüber, bis der Ärmel schmutzig war und die Stelle, an der sie gerieben hatte, matt schimmerte. Nicht vergoldet, wie sie gedacht hatte, sondern aus Silber. Venezianisch? Ein silberner Rahmen war doch sicher ein Hinweis darauf, dass das Gemälde darin nicht allzu schlecht war. Sie sah es sich genauer an. Unter dem stumpfen Belag konnte sie ein kunstvolles Muster aus Weinranken erkennen. »Oh!«, rief sie plötzlich. Zwischen den Ranken sah sie kleine Vögel mit gegabelten Schwänzen.

Sie wankte unter dem Gewicht des Rahmens, als sie ihn abhängte und ihn an die Wand lehnte. Dann machte sie sich an die Arbeit. Allmählich konnte sie eine Ansammlung von Menschen ohne Gesicht ausmachen. Nein, an der Seite waren Gesichter im Profil zu sehen. Die anderen waren nicht gesichtslos, vielmehr zeigte das Bild sie von hinten. Sie blickten auf die rechte Mitte, wo etwas Helles war, etwas, das wie zwei Gestalten aussah … Dort in der Mitte passierte etwas … Sie konnte etwas sehen, das an ein bandagiertes Bein erinnerte. War das krumme Ding da eine Krücke?

Unter dem Schmutz kamen verstörende Gesichter zum Vorschein, manche im Profil, manche schief dargestellt – groteske Gesichter, Gesichter von Syphiliskranken oder Betrunkenen oder so etwas. Die Nasen waren zu kurz und zu breit, die Nasenlöcher verzerrt, die Münder standen offen. Es waren kranke und müde und verrückte Gesichter, geschwollene und zerschlagene Gesichter, von Hunger und einem harten Leben entstellt, eine Ansammlung leidender Menschen, die alle angespannt auf etwas blickten. Auf jemanden, der auf so etwas wie einer Bahre lag. Ein Skelett. Und am unteren Rand des Bildes bewegte sich etwas. Unter der jahrhundertealten Schmutzschicht wurden Dämonen sichtbar, die Körper wie Reptilien und menschenähnliche Gesichter hatten und Menina mit boshaften gelben Augen unbeirrt anstarrten, selbst wenn sie zwischen den Beinen der Menschen weghuschten, weg von dem, was sich in der Mitte des Bildes abspielte.

Menina wusste sofort, was das Gemälde darstellte – es war die Geschichte aus der Bibel, in der Jesus heilt und die Dämonen austreibt. Sie arbeitete weiter, bis sie zwei Gestalten in der Mitte des Bildes erkennen konnte. Zwei Männer im Profil? Nein, es sah aus wie ein Mann und eine Frau. Mit einem Rest Brot betupfte sie die untere linke Ecke. Und als das letzte Stück zu krümeln begann, meinte sie, ein *T* zu sehen. Dann ein *r*.

Das war unmöglich, ermahnte sie sich und dreht das Bild so, dass das Licht darauffiel. War das tatsächlich ein *T*? Und ein großes *M*? Inzwischen war sie so weit, dass sie den Schmutz sogar mit der Zunge abgeleckt hätte, um es herauszufinden, wenn das den Farben nicht so sehr geschadet hätte. In ihrer Aufregung sammelte sie verdreckte Brotkrümel vom Boden auf und rieb damit über das Bild, sicherlich ein wenig heftiger, als man es bei einem alten Gemälde normalerweise tun sollte. Und da – sie konnte es nicht glauben, rieb sich die Augen – da war ein kleiner Klecks. Ruhig, ganz ruhig, ein Klecks ist schließlich nur ein Klecks ... Wenn er nicht eine Schwalbe ist! Sie machte weiter, bis sie erst *T-r-i-s*, dann *M-e-n-d* erkennen konnte, und hörte dann auf zu reiben, um keinen irreparablen Schaden anzurichten.

Sie richtete sich auf und atmete ein paar Mal tief ein und aus. Sie, Menina Ann Walker, neunzehn Jahre alt, hatte gerade eine Entdeckung gemacht, eine Entdeckung, die in der Kunstwelt für Aufsehen sorgen würde. Eine Entdeckung – einfach so! Peng! Kunsthistoriker versuchten ein ganzes Berufsleben lang, das zu tun, was sie gerade getan hatte. »Ich glaub es einfach nicht«, murmelte sie immer wieder. Dann boxte sie mit der Faust in die Luft und rief: »Ja!« Was würden Becky und ihre

Lehrer am College von Holly Hill und ihre Eltern erst dazu sagen! Ja! Sie war so aufgeregt, dass sie einen kleinen Siegestanz improvisierte und dann »Sor Clara! Sor Clara? Wachen Sie auf! Ich habe gute Nachrichten!« rief und der alten Nonne dabei auf den Arm klopfte. Sor Clara gab einen lauten Schnarcher von sich und wachte auf. »Äh?«, fragte sie verwirrt.

Auf Spanisch sagte Menina sehr laut: »Ich habe den Tristán Mendoza gefunden! Ich habe ihn gefunden! Ich habe ihn wirklich gefunden! Er war tatsächlich hier, genau wie Sie gesagt hatten. Und ich habe ihn gefunden! Danke! Danke!«

»*Deo gratias ...*«, murmelte Sor Clara und rieb sich die Augen.

Im Gang waren Schritte zu hören. Sor Teresa rauschte herein und verkündete, Meninas Essen warte auf sie und sie müssten sich beeilen. Sor Clara werde zum Stundengebet erwartet und sie selbst müsse zurück in die Küche, weil dort die *polvorónes* im Ofen seien. Alle Welt wolle *polvorónes* und heute seien sie mit allem spät dran, sie habe viel zu viel zu tun und Alejandro habe gesagt, er müsse auf der Stelle mit Menina sprechen.

»Sor Teresa, sehen Sie sich das an! Ich habe den Tristán Mendoza gefunden! Ich habe ihn gefunden!« Menina hüpfte vor Aufregung beinahe wie eine Fünfjährige auf und ab, bis ihr plötzlich einfiel, dass Sor Teresa nichts sehen konnte. Sie wollte sich entschuldigen, doch die Mühe konnte sie sich sparen: Sor Teresa hörte überhaupt nicht zu.

»Wir sprechen später darüber. Kommen Sie jetzt!«, bellte sie. Sie ging durch den Gang voraus zu dem Raum mit dem *locutio* und sprach dabei so laut, dass ihre Stimme auf der anderen Seite der Gitterstäbe gut hörbar war. Es sei *Semana Santa*, beklagte sie sich, und sie hätten zu viel zu tun, um ständig Besucher für Menina in Empfang zu nehmen. Der Hauptmann erwiderte gelassen, dass er der einzige Besucher sei und er Menina wegen einer Angelegenheit der Polizei sprechen müsse.

Die beiden Nonnen humpelten davon, während Sor Teresa unbeirrt weiterschimpfte. Menina versuchte, nicht vor Freude herumzuhüpfen, und sprudelte aufgeregt heraus: »Hauptmann, Sie hatten recht mit Ihrer Vermutung, dass es im Kloster wertvolle Gemälde gibt. Sie glauben nicht, was ich gerade gefunden habe –«

Zu ihrer Überraschung zeigte er keinerlei Interesse an ihrer Entdeckung, sondern sagte: »Miis Walker, offenbar suchen einige Leute nach Ihnen.«

Der Tag wurde immer besser. »Dem Himmel sei Dank! Dann haben es meine Eltern also doch geschafft, jemanden in Bewegung zu setzen. Ich bin so erleich–«

»Ihre Eltern, wie? Auch wenn Sie mir nicht glauben: Ich hätte sie angerufen, wenn ich gekonnt hätte, aber es ging nicht. Also ist es vielleicht doch nicht Ihre Familie, die sie schickt«, sagte der Hauptmann langsam. »Und vielleicht ist es wichtiger denn je, dass Sie sich nicht blicken lassen.«

»Was? Aber natürlich sind es meine Eltern! Wer denn sonst? Ich hatte sie vom Flughafen aus angerufen und ihnen gesagt, dass ich noch nicht in Madrid bin und dass ich den Bus nehmen würde. Offenbar haben sie die Polizei dazu gebracht, den Bus aufzuspüren, und der Busfahrer hat erklärt, dass er mich hier zurückgelassen hat und –«

»Nein, es sind ein Mann und eine Frau, die Ihnen auf der Spur sind, und wer immer sie auch sind, sie gehören nicht zur Polizei. Im Gegenteil: Sie wollen nicht, dass die Polizei erfährt, dass sie nach Ihnen suchen. Und weil ich nicht will, dass sie mir Probleme bereiten, muss ich dieser Sache auf den Grund gehen. Und zwar jetzt. Sie müssen es mir sagen: Wer versucht, Sie zu finden?«

Plötzlich bekam Menina einen trockenen Mund und ihre euphorische Stimmung verpuffte, als die Erinnerung zurückkehrte. »Oh Gott, bitte, nicht Theo!«, murmelte sie. Er hatte das nötige Geld und die nötigen Beziehungen, um sie aufzuspüren, aber die Bonners würden doch sicher versuchen, die Tatsache schönzureden, dass die Hochzeit abgesagt worden war.

»Wer ist Theo?«, wollte der Hauptmann wissen.

»Ähm, niemand. Meine Eltern haben wahrscheinlich einen Privatdetektiv engagiert, um mich zu finden.«

»Nein, das glaube ich nicht. Und ich werde Ihnen sagen, warum ich das nicht glaube, und dann werden Sie mir sagen, warum sie Sie suchen, weil das alles keinen Sinn ergibt. Ein alter Mann, ein pensionierter Polizist, ein Freund meines Vaters, fährt von Malaga zurück in ein Bergdorf, wo er bei der

Familie seiner Tochter wohnt, und er hält an, um einen Kaffee zu trinken. Und während er seinen Kaffee trinkt, kommt ein Paar in die Bar, ein Mann und eine Frau, gut gekleidet. Wollen ein Plakat im Fenster der Bar aufhängen, ein Bild von einer jungen Frau, sehr hübsch, und darauf steht: ›Menina Walker‹, eine Amerikanerin, wird vermisst. Und da steht: große Belohnung für Informationen. Mein Freund meint, ich sollte das wissen ... Warum, das ist jetzt egal. Aber er will auch wissen, warum, also hört er immer gut zu – alte Gewohnheit. Und Leute denken nicht, dass ein alter Mann in der Ecke mit seiner Pfeife und seinem Kaffee zuhört. Er will sehen, was die beiden als Nächstes tun. Er trinkt mehr Kaffee, liest die Zeitung. Der Mann und die Frau bestellen etwas zu essen, zu trinken, geben viel Geld aus, viel für eine kleine Bar. Und Leute in der Bar sagen, okay, sie können ihr Plakat aufhängen, aber ist besser, eine offizielle Meldung bei der Polizei auszufüllen. Aber die beiden, sie sagen Nein, sie wollen die Polizei nicht belästigen.«

»Komisch, dass sie das sagen! Warum?«

»Ist seltsam, nein? Meinem Freund gefällt auch nicht –«

»Oh Mann, *was* gefällt Ihnen beiden daran nicht? Sie sollten doch froh sein, dass Sie mich an jemanden loswerden können.«

»Sie müssen zuhören ... Mein Freund weiß, warum ich das Dorf im Moment nicht verlassen kann, also fährt er nicht nach Hause, sondern kommt zu mir. Während die Leute essen, er geht nach draußen, als wollte er Pipi machen, um sich ihr Auto anzusehen, sich die Autonummer zu merken. Alte Gewohnheit. Und dann ist er überrascht, weil er etwas weiß, was die meisten Leute nicht wissen, noch nicht einmal die Polizei. Ein kleines Symbol auf dem Nummernschild zeigt, dass das Auto einer katholischen Organisation gehört, ist wie eine *confraternidad* – Bruderschaft. Aber mein Freund weiß, diese besondere Bruderschaft ist sehr alt in Spanien und sehr, sehr konservativ, manche sagen, stammt aus der Zeit der Inquisition, gefährlich, weil ... Wie sagt man? Sie hat Fanatiker, Leute, die alles tun würden, um die Kirche zu schützen.«

»Woher will er *das* denn wissen? Das klingt ziemlich weit hergeholt.«

»Sie müssen eines verstehen. Sie sind aus Amerika und für Amerikaner ist gestern vorbei, erledigt. In Spanien ist gestern nicht vorbei. Im Bürgerkrieg in den 1930ern sind schreckliche Dinge passiert, die die Leute bis heute nicht vergessen. Die Familie meines Freundes waren Republikaner, wie mein Vater. Im Jahr 1939 kamen Faschisten in dieses Dorf. Sie nahmen alle Männer und Jungen, sogar Kinder, und hängten sie auf dem Dorfplatz auf. Sie wollten auch meinen Vater aufhängen, aber er war auf der Jagd, weil gab nichts zu essen, und als sie kommen, versteckt er sich in den Bergen, in Höhlen.

Meine Mutter, seine Frau, war sechzehn und ein Baby war unterwegs. Sie rannte mit anderen Frauen zu diesem Kloster und die Nonnen nehmen sie auf und verriegeln das Tor. Faschisten sehr gefährlich, aber Faschisten sind Katholiken, brennen das Kloster nicht nieder. Und das Tor hält. Meine Mutter und die anderen Frauen sind in Sicherheit. Und so habe ich später, wegen der Nonnen, meine Eltern und meine Familie. Der Freund meines Vaters hatte nicht so viel Glück. Die Faschisten kamen auch in sein Dorf, brachten seine Eltern um, vergewaltigten viele Frauen, töteten viele Leute. Dafür hat er sein ganzes Leben die katholische Kirche gehasst, weil Faschisten sind Katholiken und die katholische Kirche unterstützt die Faschisten. Er hat einen guten Teil seines Lebens über die Kirche und ihre Geheimnisse geforscht, er weiß Dinge, die die meisten Leute nicht wissen. Der rechte Flügel der Kirche ist sehr altmodisch, heute denkt keiner mehr daran, alle meinen, ist nicht wichtig. Aber gibt sie, wie diese *confraternidad*, und haben viel Macht im Vatikan. Viel Macht anderswo. Und mein Freund weiß, diese Leute verschwenden keine Zeit damit, ohne Grund nach irgendwelchen Mädchen zu suchen. Und jetzt müssen Sie mir sagen, was der Grund ist. Spielen Sie keine Spiele.«

Spiele spielen? Menina wollte nur hier weg, sonst gar nichts. »Wie soll *ich* denn irgendetwas über katholische Organisationen wissen? Ich gehöre zu den Südlichen Baptisten – und die katholische Kirche wird kaum so dringend neue Mitglieder brauchen, dass sie Touristen kreuz und quer durchs Land verfolgt!«

»Wenn diese Leute Sie finden wollen, muss es etwas geben, das Sie mir verschweigen. Sie bekommen ihre Anweisungen von hoch oben in der Kirche, manche sagen sogar vom Vatikan. Und der Vatikan hat Kontakte in der Regierung, der Polizei, überall. Sie glauben, religiöse Fanatiker sind nicht gefährlich? Sie sind die gefährlichsten Leute der Welt. Sehen Sie sich Nordirland an, sehen Sie sich die Basken an. Sehen Sie sich den Mittleren Osten an. Und deshalb frage ich Sie noch einmal: Warum sind Sie in Spanien?«

»Aber das habe ich Ihnen doch schon tausendmal gesagt – ich will einfach nur nach Madrid fahren!«

»Miis Walker, fangen Sie mit diesem Mendoza an. Warum ist er wichtig?«

Allmählich kam Menina sich vor wie Alice im Wunderland. Sie hatte doch schon erklärt, was es mit Tristán Mendoza auf sich hatte. So interessant er auch für eine Studentin der Kunstgeschichte sein mochte, vor allem, wenn sie eine Abschlussarbeit über ihn schreiben wollte, war das noch lange kein Grund für diese seltsame Befragung. »Sehen Sie, ich interessiere mich für ihn, weil ich diese Medaille habe, aber die kann für niemanden außer mir irgendeine Bedeutung haben. Hier!« Sie streifte ihre Medaille ab und reichte sie ihm durch die Gitterstäbe. Sie erzählte ihm, wie man sie gefunden hatte und dass die Nonnen wollten, dass sie sie an ihrem sechzehnten Geburtstag bekam. »Aus diesem Grund ist sie mir wichtig, sie ist das Einzige, das mich mit meiner ursprünglichen Familie verbindet. Und dann – sehen Sie hier den kleinen Vogel auf der einen Seite? Der Grund, weshalb ich mich für Tristán Mendoza interessiere, ist, dass er seine Bilder mit genau diesem kleinen Vogel markierte, unter seiner Signatur. Ich wollte im Prado Forschungen zu seinem Werk anstellen – das ist das einzige Museum, das eines seiner Bilder besitzt – und herausfinden, ob diese Schwalbe etwas bedeutet, welche Geschichte dahintersteckt. Es wäre eine ... eine Verbindung zu meinen leiblichen Eltern. Die Walkers sind wunderbar und ich liebe sie, aber wenn Sie nicht adoptiert sind, können Sie dieses schreckliche Bedürfnis nicht verstehen, etwas über Ihre Ursprungsfamilie zu erfahren. Es ist so, als wäre da ein Loch mitten in Ihrem Leben. Ich weiß, dass die

Sache mit den Schwalben vielleicht nur ein Zufall ist, aber es ist wirklich der einzige Anhaltspunkt, den ich habe.«

»In Spanien ist die Familie sehr wichtig. Ich verstehe. Die Nonnen haben meiner Mutter geholfen, meiner Familie. Jetzt muss ich Sor Teresa helfen, so wie ich es meinem Vater versprochen habe.« Er hielt die Medaille in die Höhe, betrachtete sie mit zusammengekniffenen Augen und fuhr mit dem Finger über die abgegriffenen Gestalten auf beiden Seiten. Er dachte einen Moment nach, bevor er sie zurückgab.

Etwas weniger ungeduldig sagte er: »In den Bergen hier, da gibt es ein paar alte Geschichten über eine jüdische Christengemeinschaft, die in diesem Teil von Spanien lebte, als die Römer hier waren. Die ersten Christen waren auch Juden; ich glaube, sie sagen nicht, dass Maria, die Mutter von Jesus, immer Jungfrau ist, weil sie außer Jesus noch andere Kinder hat. Dann, Hunderte von Jahren später, als Konstantin Kaiser war, sagt die Kirche, ja, Jesus ist der Sohn Gottes, also ist wie Gott und Maria ist immer und ewig Jungfrau. Wer weiß zu dieser Zeit schon noch die Wahrheit über Maria? Aber katholische Kirche ist sehr mächtig und Leute dürfen nicht fragen, was wahr ist, müssen glauben, was die Kirche sagt, und die Kirche sagt, Maria ist ewige Jungfrau, das ist der Grund, warum sie ist mächtig bei Gott. Und ich glaube, in den alten Geschichten über die christlichen Juden, die hier waren, als die Römer hier sind, kommen auch Schwalben vor, aber ich weiß nicht, warum. Aber egal, Sie müssen mir den Rest Ihrer Geschichte erzählen, damit ich weiß, was ich *Ihnen* glauben kann. Als Erstes: Wer ist Theo? Was hat er mit der ganzen Sache zu tun?«

»Ähm, Theo ist niemand.«

»Wenn er niemand ist, warum denken Sie dann, dass er Leute schickt, um nach Ihnen zu suchen?«

Menina spürte Panik hochsteigen. »Theo war ... Okay, wir sollten eigentlich heiraten.«

»Sollten eigentlich? Sie sind verlobt mit Theo? Und das ist niemand?«

»Nein, ich bin nicht verlobt. Nicht mehr.«

»Warum?«

Menina bemühte sich, das Zittern in ihrer Stimme zu unterdrücken, als sie ihm erzählte, dass sie Streit gehabt und die Hochzeit abgesagt hätten. So ruhig wie möglich merkte sie an, dass es ständig vorkam, dass Leute sich trennten. Doch so sehr sie auch versuchte, die Bilder nicht hochkommen zu lassen, sah sie sich selbst und Theo im Auto am See und spürte Theos Hand auf ihrem Mund und ihre eigene Hilflosigkeit … All das stürzte auf sie ein, sie konnte die Erinnerung nicht wegschieben. Theos Hand, die ihre Schreie erstickte, sodass sie keine Luft bekam … als hasste er sie … und dann … Was ist denn schon dabei? … ihr Herz raste. »Und ich … er … ich bin nach Spanien gekommen, weil … « *Halt den Mund!*, befahl sie sich selbst.

»Aber Sie werden heiraten, wenn Sie nach Hause kommen?«

»NEIN!«

»Warum nicht?«

Sie hatte das Gefühl, als würde ihr langsam die Haut abgezogen. »Lassen Sie mich in Ruhe! Ich will nicht darüber reden!«

»Es ist besser, wenn Sie es mir erzählen.«

»Hören Sie, das alles geht Sie überhaupt nichts an, es hat nichts mit den Leuten zu tun, die Sie beschrieben haben, und auch nichts mit irgendwelchen Streitereien in der Kirche. Es hat nur mit mir zu tun!« Sie hielt sich an den Gitterstäben fest und begann zu weinen. »Und jetzt lassen Sie mich allein!«

»Miis Walker, es tut mir leid. Sich zu trennen, nicht zu heiraten, wie man es sich vorstellt … das tut weh. Aber vielleicht ist er kein guter Mann oder vielleicht kein guter Mann für Sie. Manchmal haben wir Glück und finden rechtzeitig heraus, dass wir dem Menschen, den wir lieben, nicht vertrauen können.«

Da war es um ihre Selbstbeherrschung geschehen. Stattdessen kam die Wut. Sie war so wütend, wie sie es noch nie in ihrem Leben gewesen war. Sie packte die Gitterstäbe mit beiden Händen und wünschte, sie könnte den Mann auf der anderen Seite umbringen. »Vertrauen? Er hat mich vergewaltigt! Und sagte dann, es sei doch egal, wir würden ja sowieso heiraten, und ich glaube, er wollte, dass ich schwanger werde, und ich weiß noch nicht einmal, ob es meine Schuld ist – meine Mutter würde sagen, es war meine Schuld, wenn sie wüsste, was passiert ist, also kann ich es ihr nicht erzählen. Und der Polizei kann ich es nicht erzählen, weil ich meine Familie nicht einem Gerichtsverfahren aussetzen will, bei dem alle seine Freunde aus seiner Studentenverbindung sagen, ich sei … ich sei eine … Ich kann es noch nicht einmal meiner besten Freundin anvertrauen! Ich versuche, damit klarzukommen, und es hat auch geklappt und ich fühlte mich besser und heute dachte ich … Aber Sie … haben das kaputtgemacht … Sie … Sie … arroganter Mistkerl!« Sie hörte sich selbst Wörter kreischen, die sie noch nie jemandem an den Kopf geworfen hatte, bis sie schließlich vor lauter Weinen und Schluchzen nicht mehr weitermachen konnte.

Der Hauptmann ließ sie schreien und weinen, bis sie kaum noch Luft bekam. »Es ist nicht gut, nichts zu sagen, wenn Ihnen etwas so Schreckliches passiert ist.« Er klang mitfühlend. Vernünftig. Was für ein Schwachsinn, dachte sie hilflos und hasste ihn. »Ist viele schlechte Leute auf der Welt, aber es ist nicht Ihre Schuld, wenn er einer davon ist.« Das machte alles nur noch schlimmer. Menina wollte sein Mitgefühl nicht. Und seine vernünftigen Sprüche wollte sie auch nicht. Sie wollte nicht, dass er oder sonst jemand davon *wusste*! Dass er es wusste, war wie eine weitere Vergewaltigung. So fest sie konnte, trat Menina gegen die Gitterstäbe des *locutio*, bis das Gitter wie wild rappelte und ihr der Fuß wehtat. »Sie verdammter Idiot! Sie blöder … Sie Scheißkerl!«, schrie sie, so laut sie konnte.

»Sie sind wütend«, sagte der Hauptmann. »Das ist gut! Seien Sie wütend auf ihn. Er verdient Ihre Wut. Und auf mich wütend zu sein, weil Sie mir das alles erzählt haben, ist besser, als auf sich selbst wütend zu sein, wegen etwas, was nicht Ihre Schuld ist.«

»Ach, halten Sie doch endlich die Klappe, Sie Klugscheißer! Halten Sie einfach den Mund!«, schrie Menina wieder.

Plötzlich erschien Sor Teresa und schimpfte: »Alejandro! Was ist hier los? Was hast du gesagt?« Sie legte Menina den Arm um die Schultern und sagte: »Wir gehen jetzt.«

Schluchzend und nach Atem ringend ließ sich Menina von Sor Teresa wegführen. Der Hauptmann rief etwas und fing dann seinerseits an, gegen die Gitterstäbe zu trommeln. Es sei wichtig, brüllte er. Menina war es vollkommen egal. Einen kurzen Augenblick lang hatte sie sich fast wieder gefühlt wie immer, doch das war ein Trugschluss gewesen. Ihr Leben war zerstört. Den Rest des Tages verbrachte sie wie in einem Nebel aus Trostlosigkeit. Sie zwang sich, ihr T-Shirt und einen weiteren Satz Unterwäsche zu waschen, und spülte die Sachen so lange im eisigen Wasser der Pumpe aus, bis ihre Hände steif vor Kälte waren. Dann setzte sie sich in den Pilgergarten und versuchte, sich Notizen zu dem zu machen, was sie am Vormittag gefunden hatte. Sie konnte sich an nichts erinnern. Sie nahm ihren Reiseführer zur Hand und las ein und denselben Abschnitt immer und immer wieder, bis sie das Buch schließlich zur Seite legte, weil sie weinte. An diesem Abend stand ein Teller mit kleinen Mandelkuchen auf ihrem Tablett. »*Polvorónes*«, sagte Sor Teresa und ging wieder hinaus.

Menina hatte keinen Appetit, weder auf die Kuchen noch auf irgendetwas anderes. Sie legte sich hin und starrte in die Dunkelheit. Ihr fiel ein, dass sie sich die Zähne nicht geputzt hatte. Erst wollte sie aufstehen, um es nachzuholen, doch dann beschloss sie, dass ihr Leben eh zum Teufel ging und ihre Zähne ebenso gut verfaulen konnten.

KAPITEL 15

Kloster Las Golondrinas, Spanien,
April 2000

Am nächsten Morgen schrillte Sor Teresas Stimme munter »*Deo gratias!*« und Menina rieb sich die geschwollenen Augen. Sie setzte sich auf; sie hasste die Welt und alles und jeden darin. Ihr Kopf schmerzte. Heute war Donnerstag, noch drei Tage bis Ostern. Dann fiel ihr die demütigende Szene vom gestrigen Nachmittag ein und dann war ihr alles egal.

Sor Teresa humpelte flink zur Tür hinaus. Menina trank ihren Kaffee, ohne ihn zu schmecken, und wand sich vor Scham bei dem Gedanken daran, wie sie am Tag zuvor die Beherrschung verloren hatte. Sie konnte es sich nicht leisten, sich noch einmal derart gehen zu lassen. Wie betäubt zog sie sich an.

Eine Stunde später war sie mit Sor Clara unterwegs zur *sala grande*, als die alte Nonne kurz in der Küche haltmachte und breit grinsend auf ein verblüffendes Etwas zeigte: einen großen Korb voller Fische aus Schokolade. Die Fische waren in Folie eingepackt und der Korb war mit mehreren Lagen regenbogenfarbenem Zellophan umwickelt. Über allem prangte eine riesige Schleife aus bunten, elegant gekräuselten Geschenkbändern. VALOR stand auf dem Etikett.

»Valor ist berühmt, sehr schön, sehr teuer!«, sagte Sor Clara anerkennend. »Hauptmann Fernández Galán hat ihn gebracht.«

Menina beäugte den farbenprächtigen Korb misstrauisch. »Warum?«

»Warum? Weil Fische sind christliches Symbol! In Spanien gibt es Schokoladenfische zu Ostern. Leute geben sie als Geschenk, in der Familie, an Freunde.« Sor Clara warf Menina einen listigen Blick zu. »Männer geben an Mädchen. Und hier ist eine kleine Nachricht.« Sie reichte Menina einen Zettel und wartete.

Menina faltete das Stück Papier auseinander, auf dem am oberen Rand »*Policía*« stand. Sie las vor: »*Señorita Walker, jedes Jahr zur Semana Santa schickt mir meine Schwester in Saragossa diese Fische, um mich daran zu erinnern, dass ich immer noch ihr kleiner Bruder bin. Bitte nehmen Sie sie für sich und die Schwestern mit Grüßen von mir. – Alejandro Fernández Galán*«

Normalerweise liebte Menina Schokolade. Nun kniff sie wütend die Lippen zusammen, zerriss die Nachricht in kleine Fetzen und war kurz davor, den Korb auf den Boden zu schleudern und ihn kurz und klein zu stampfen, als sie Sor Claras erschrockene Miene sah. »Sie müssen nehmen«, sagte die Nonne mit ängstlich zitternder Stimme und zeigte auf den Korb. »Bitte, Sie bringen mit. Alejandro sagte, er kommt nachher.«

Oh verdammt! »Warum?« Sie nahm den schweren Korb.

Sor Clara zuckte mit den Schultern und öffnete die Tür zur *sala grande*. »Ich weiß nicht, warum. Letzte Nacht ist wieder eine seiner Freundinnen hier.« Offenbar arbeitete das Nachrichtensystem der alten Damen auch zur *Semana Santa* auf Hochtouren. »So viele Freundinnen. Er sollte heiraten. Er ist einsam.«

»Ach, tatsächlich?« Das kam ein wenig schärfer, als Menina es beabsichtigt hatte. Warum gab er die verdammte Schokolade nicht seiner Freundin? Sollte sie doch fett werden! In der sala grande knallte Menina den Korb auf den Boden. Hauptmann Fernández Galán war eine Nervensäge! In einem Augenblick war er richtig grob und unhöflich, im nächsten machte er sich Sorgen um die Nonnen, dann wieder entlockte er ihr ihre Geheimnisse und gleich darauf tauchte seine brandneue Freundin auf. Sie hatte die Nase voll vom Hauptmann.

Eigentlich ging ihr alles auf die Nerven, auch die arme Sor Clara und die Wände voller blöder verdreckter Bilder. Und die

Tatsache, dass ihr vermutlich nur vier oder fünf Stunden mit gutem Licht blieben, machte sie noch ärgerlicher. Sie betrachtete das Gemälde mit der Menschenmenge und den Dämonen in seinem beschlagenen Silberrahmen und den hellen Fleck an der Wand, wo es gehangen hatte. Sie hatte es gefunden. Na und?

Menina sah sich um, ob ihr auch andere Rahmen ins Auge fielen. Wie es schien, hingen dort vier weitere Bilder im gleichen Format auf gleicher Höhe. Sie trat zu dem Gemälde, das ihr am nächsten hing, und tastete den Rahmen ab. Schwarz, gemustert und schwer. Sie zerrte so heftig daran, dass die Aufhängung riss. Tja, Pech gehabt. Ja, es war der gleiche Silberrahmen, dasselbe Muster. Drei weitere Rahmen dieser Art hingen nebeneinander. Sie hob auch diese Bilder von der Wand und bearbeitete zunächst das erste mit geknetetem Brot. Es war ihr gleichgültig, dass sie dabei nicht besonders vorsichtig zu Werke ging. Im Augenblick hätte sie nicht einmal ein ganzer Stapel verloren geglaubter Rembrandts begeistern können.

Unter dem Schmutz tauchte allmählich eine Gruppe von Frauen auf, die ein Schiff am Horizont beobachteten. Einige von ihnen kauerten dicht zusammengedrängt, andere knieten auf dem Boden und streckten die Arme nach dem Schiff aus. Um sie herum lagen allerlei Gegenstände, die aus achtlos hingeworfenen Bündeln gefallen waren. Die einzige stehende Gestalt war eine Frau, die einen Arm gegen das Schiff reckte. Trotz ihrer geringen Größe war sie die zentrale Figur. Sie trug einen Umhang, die derselbe Wind, der die Segel des Schiffes blähte, hinter ihr aufbauschte. An Deck standen Männer mit verschränkten Armen, sie starrten nicht an den Strand, sondern himmelwärts in die entgegengesetzte Richtung. Sie ließen die Frauen an Land zurück, das war ganz deutlich zu erkennen. Theseus, der Ariadne auf Naxos zurückließ – das war der einzige klassische Anhaltspunkt, der Menina einfiel, aber sie war sich nicht sicher. Die aufrecht stehende Frau sah irgendwie nicht aus wie eine kretische Prinzessin. Ein paar Soldaten im Hintergrund waren vermutlich Römer.

Menina betrachtete das Gemälde näher. War es Schimmel oder eine dunkle Wolke am Horizont, dort, wo das blaue Meer und der blaue Himmel aufeinandertrafen? Einer der Matrosen am Heck des Schiffes, eine winzige Gestalt, schien darauf zu zeigen. Nun bemerkte sie, dass alle Sichtlinien der dargestellten Figuren das Auge des Betrachters auf diese Wolke lenkten. Seltsam, anfangs fiel sie kaum auf, doch je länger Menina sie betrachtete, desto mehr dominierte die anscheinend so unbedeutende Wolke das Bild. Und sie sah aus, als bestünde sie aus lauter kleinen Punkten. Allerdings war das Gemälde ziemlich alt, jedenfalls stammte es nicht erst aus dem neunzehnten Jahrhundert, als französische Impressionisten, die Pointillisten, ebenfalls solche winzigen Punkte malten. Ihr Ärger legte sich allmählich. Zumindest ein ganz klein wenig.

Auch das nächste Bild zeigte eine Gruppenszene. Unter dem Schmutz saßen Frauen und Kinder um einen Tisch, auf dem Becher standen. Auch eine Flasche mit Weidengeflecht, wie sie sie in der Klosterküche gesehen hatte, stand darauf und von außen sahen Männer mit Helmen durch ein Fenster. Auf dem Tisch befanden sich Brotlaibe und ein großer Fisch, über dem Feuer hing ein Kessel. Zuerst dachte Menina, es sei ein Auftragsbild, auf dem die weibliche Verwandtschaft eines gediegenen Bürgers beim Essen gezeigt werden sollte, und, ja, der Fisch war ein christliches Symbol. Die Frauen waren einfach gekleidet – keine Schmuckstücke oder feinen Roben, keine Wimpel oder diese kompliziert gewickelten Turbane, die Frauen aus der Renaissancezeit bisweilen auf Bildern trugen. Abgesehen vom Fisch und einer Kerze gab es keinerlei Hinweise auf den devotionalen Charakter des Gemäldes – keine Heiligen, keine Blumen oder anderen Symbole, die sie mit der Jungfrau in Verbindung brachte, keine Engel oder biblische Anspielungen, die sie identifizieren konnte. Unter dem Dachvorsprung über der Gruppe um den Tisch schienen Vögel ihre Nester zu bauen. Schwalben. Was hatte es denn bloß mit den Schwalben auf sich?

Das nächste Bild zeigte wieder eine Landschaft, Berge. Dann entdeckte sie unter der Schmutzschicht winzige Gestalten in der rechten unteren Ecke. Eine Gestalt schien den anderen vorauszueilen, sie befanden sich alle auf einem Pfad oder einer Straße oder etwas Ähnlichem, der sich vom rechten unteren Rand nach oben auf die linke obere Ecke zubewegte und in

Berge führte, die kleine weiße Tupfen aufwiesen. Sie erinnerten Menina an die weißen Bergdörfer, die sie vom Bus aus in der Ferne gesehen hatte. Jemand – es war wahrscheinlich eine Frau, denn ihr langes schwarzes Haar wehte hinter ihr her und bis auf ein durchsichtiges Hemd schien sie nackt zu sein – rannte vor einer Gruppe von Männern davon, möglicherweise waren es Soldaten. An der Spitze des höchsten Berges war eine dunkle Spalte im Felsen sichtbar. Auf diesem Bild gab es ebenfalls eine Sturmwolke, eine dunkle Masse in der Ferne, von der der Betrachter ahnte, dass sie näherkam. Und die Leute auf dem Bild sahen sie nicht. Auch hier fiel Menina auf Anhieb kein biblisches oder klassisches Thema ein, auf das es sich beziehen könnte.

Sie wandte sich dem letzten Gemälde zu.

Wieder ein Portrait, wieder eine dunkelhaarige Frau. Allerdings stand diese Frau nicht kurz vor ihrem Eintritt ins Kloster. Sie war jung und zerzaust, als wäre sie gerade aufgestanden. An ihren Ohrläppchen baumelten Ohrringe, ein bunt gemusterter Schal rutschte ihr von der nackten Schulter, ihr Mund war leicht geöffnet und ihre schläfrigen Augen blickten keck, wissend, lockend. Das Haar fiel ihr in dichten Locken über die Schultern und schien ihre vollen Brüste zu kitzeln, die aus einem offenen Mieder hervorquollen. Menina dachte, dass sie eher wie ein Playmate des Monats aus dem sechzehnten Jahrhundert aussah als wie jemand, der in die Sammlung eines Klosters gehörte. Sie beschloss, dem Bild den Titel »Hauptmann Fernández Galáns Freundin« zu geben.

Menina zerrte die Bilder zum Fenster, um das letzte Licht zu nutzen, und mit einem Rest Brot gelang es ihr, auf jedem Gemälde den Schriftzug »Tristán Mendoza« sichtbar zu machen. Die Rahmen waren also tatsächlich ein Hinweis gewesen.

Okay. Nun hatte sie fünf Werke von Tristán Mendoza gefunden – zwei Landschaften, ein Interieur und zwei Portraits. Sie mochten zwar seltsam und schwer zu ergründen sein, trotzdem war es eine wichtige Entdeckung. Menina wünschte, sie könnte sich darüber freuen, doch ein gleichgültiges »Na und?« war alles, was sie fühlte. Dennoch war ihr Fund gut für die Nonnen. »Nun, Sor Clara, ich habe fünf Bilder von Tristán Mendoza gefunden.«

Sor Clara sah von ihrem Rosenkranz auf und hielt eine Hand mit gespreizten Fingern in die Höhe. Dann hob sie auch die andere Hand und hielt einen Finger hoch. Dann zählte sie die Finger. »Waren sechs von Tristán Mendoza. Sechs. Sor Teresa wird bald kommen, Zeit fürs Mittagessen.«

Mittagessen! Menina merkte, dass sie einen Mordshunger hatte. Schließlich hatte sie nichts mehr gegessen, seit sie gestern die Fassung verloren hatte. Sie schob den Gedanken ans Essen beiseite. »Sechs? Sind Sie sich sicher?« Sie ließ ihren Blick über die vollgehängten Wände schweifen.

»Sechs Bilder.« Sor Clara hielt ihre Finger gegen das Licht und betrachtete sie verträumt. »Eins, zwei, drei, vier, fünf, sechs«, zählte sie auf Spanisch.

Wahrscheinlich war Sor Clara vor Hunger ebenso schwindelig wie Menina. Sie versuchte, ihren Ärger über Hauptmann Fernández Galán und sein blödes Geschenk wiederzubeleben, doch inzwischen war sie so erledigt, dass ihr auch das egal war. Sie wickelte Lage um Lage des blassgrünen, gelben und lavendelfarbenen Zellophans ab, nur um zu sehen, was in dem Korb war. Natürlich würde sie keinen der Fische auch nur anrühren, geschweige denn essen, aber es war gemein, Sor Clara nicht wenigstens einen anzubieten. Sie streckte der Nonne den Korb entgegen und Sor Clara strahlte vor Freude, als sie sich einen Fisch aussuchte, ihn aus seiner Folie wickelte und ihn mit einem glücklichen Gesichtsausdruck verspeiste.

Menina sah sich den Korb an, der schier überquoll vor schimmernden, in Folie verpackten Fischen. Okay, einen einzigen blöden Fisch, dachte sie und nahm sich ein großes Exemplar.

»Ist gut?«, fragte Sor Clara.

»Mmmmm«, musste Menina widerstrebend zugeben. Sie suchten sich beide noch einen Fisch aus. Dann waren Schritte zu hören, die Tür flog auf und Sor Teresa rief: »Aha!« Sor Clara zuckte schuldbewusst zusammen. Menina bot Sor Teresa einen Fisch an, was ihr einen barschen Vortrag über Semana Santa bescherte, in der die Nonnen keine Süßigkeiten essen durften. Menina überlegte, wie gut es war, dass sie all die bunten Folienreste auf dem Boden vor Sor Claras Sessel nicht sehen konnte.

Sor Clara seufzte und ließ die Hand mit dem halb gegessenen Fisch sinken.

Menina wollte Sor Teresa von den Gemälden erzählen, die sie gefunden hatte, doch bevor sie ausholen konnte, unterbrach Sor Teresa sie: »Alejandro ist wieder hier und sagt, er muss Sie sprechen. Ich sage ihm, er muss sich benehmen, Sie nicht aufwühlen wie gestern. Er weiß, dass ich sehr böse auf ihn bin. Sor Clara! Kommen Sie!«

Verstohlen schob sich Sor Clara das letzte Stück Schokolade in den Mund und folgte Sor Teresa aus dem Raum.

Mit sinkendem Herzen sammelte Menina die Folienreste ein, nahm den Korb mit den Fischen und schloss die Tür zur *sala grande*. Im Raum war es plötzlich dunkel geworden, der Himmel hatte sich zugezogen und bald würde es regnen. Auch der Besucherraum nebenan war finster und sie setzte den Korb ab, tastete nach den Streichhölzern und zündete eine Kerze an. Heute würde sie sich in würdevolles Schweigen hüllen, nur Ja oder Nein sagen, wenn es unbedingt nötig war, und sonst gar nichts. Allerdings machte sie die Erinnerung an ihren wenig damenhaften Auftritt vom Vortag derart nervös und verlegen, dass sie sofort herausplatzte: »Alejandro … ich meine, Hauptmann Fernández – ähm?« Wie hieß dieser Mann eigentlich richtig?

»Miis Walker«, antwortete er von der anderen Seite des Gitters. »Mir gefällt es besser, wenn Sie mich Alejandro nennen.«

Nervös entgegnete Menina: »Oh. Prima, dann sagen Sie Menina zu mir, mich nennt auch niemand Miss Walker … Ähm, danke für die Schokolade. Ich habe noch nie einen Korb voller Fische gesehen. Zu Hause haben wir Ostereier, wissen Sie, die Kinder färben sie, und dann gibt es den Osterhasen …« Menina fluchte insgeheim. Ging das schon wieder los! Wie war das mit dem würdevollen Schweigen? Warum musste sie sich eigentlich immer derart idiotisch anhören? »Wegen der Schokolade«, setzte sie an.

»Oh, das. Bitte, war mir ein Vergnügen. Aber ich bin hier, weil ich Sie bitten möchte, etwas zu tun.«

»Hören Sie, ich arbeite, so schnell ich kann«, sagte Menina, »aber ohne Strom ist das Licht nicht so gut, wenn die Sonne weg ist, und im Dunkeln kann ich nichts sehen.«

»Es hat nichts mit den Bildern zu tun. Ich brauche Ihre Hilfe.«

Na sowas!

»Was soll ich machen?«, fragte Menina.

»Sie müssen das Tor öffnen und jemanden ins Kloster lassen, heute am späten Abend.«

»Ich soll *was* tun?«

»Ja. Ich bringe ein albanisches Mädchen her. Ich glaube, sie ist Albanerin. Sie ist besser bei Ihnen aufgehoben als bei den Nonnen. Ihnen wird nicht gefallen. Sie ist ungefähr sechzehn, vielleicht noch nicht ganz.«

Das war die Freundin, von der Sor Clara gesprochen hatte! Ein Mann in den Dreißigern sollte die Finger von einem Mädchen lassen, das praktisch noch ein Kind war. »Also, verstehe ich das richtig – Sie wollen, dass ich ein Mädchen ins Kloster lasse, eine Minderjährige, die Sie offenbar nicht allzu gut kennen, wenn Sie sich nicht sicher sind, woher sie kommt?«

Es hörte sich an, als wollte der Hauptmann, dass sie das Mädchen versteckte. Er setzte zu einer Erklärung an, doch Menina explodierte, bevor er damit fertig war. »Von Ihren ›Freundinnen‹ habe ich schon gehört! Sie ahnen ja nicht, wie schnell sich der Klatsch hier verbreitet. Die alten Damen, die zur Messe kommen, beobachten alles und jeden im Dorf und haben nichts Eiligeres zu tun, als Sor Teresa oder einer der anderen Nonnen davon zu berichten. Die Nonnen sind empört, sie denken, Ihre Freundinnen sind alles Prostituierte. Und ich bin die Letzte, die Ihnen helfen würde, in einem Kloster Sex mit einem Teenager zu haben!« Sie holte Luft. Dieser Mann war abstoßend, schmierig und schäbig.

»Bitte, ist nicht, was Sie denken! Die Mädchen, die die alten Damen sehen, ja, sie sollen wie Prostituierte aussehen. Ich bin ein Mann, alte Damen finden nicht gut, aber sind nicht überrascht. Ist Spanien – Männer sind Männer ...«

Da hatte er genau das Falsche gesagt. Menina, das nette Mädchen, das im Laufe von neunzehn Jahren kaum jemals mit jemandem gestritten oder ihre Stimme erhoben hatte, hörte sich zum zweiten Mal innerhalb von vierundzwanzig Stunden wie ein tobsüchtiges Fischweib herumbrüllen. »Männer behandeln Frauen wie ein Stück Fleisch! Wie kann es sein, dass

Männer so verdammt arrogant werden? Und jetzt, *jetzt* haben Sie dieses, dieses *Kind*, vielleicht fünfzehn Jahre alt? Sie sind beinahe alt genug, um ihr Vater zu sein! Was stimmt mit Ihnen nicht?«, schrie sie. Wieder war sie wütend und zeterte über Männer, diese verdammten Vollidioten. Sie klang wie ... Becky!

Gut!

»Das ist nicht ... Hören Sie mir einen Moment zu! Oh mein Gott, Sie glauben, ich will Kinder für Sex ... Nein, nein, nein!«

»Nein? Was ist es dann?« Meninas Stimme erreichte eine Lautstärke, von der sie gar nicht gewusst hatte, dass sie dazu fähig war.

»Okay! Sie sind nicht in der Stimmung, mir zu glauben, ist normal, nach allem, was Sie erlebt haben. Seien Sie still und dann erzähle ich Ihnen, was los ist, was die Polizei vorhat. Den Schwestern kann ich es nicht erzählen, nicht einmal Sor Teresa, aber jetzt denke ich, ist gefährlicher für zu viele Leute, wenn ich es Ihnen nicht erzähle. Mädchen ist in großen Schwierigkeiten, daher brauche ich Ihre Hilfe.«

»Nein, ich werde Ihnen verdammt noch mal nicht helfen! Sie sind widerwärtig!«

»Ach, und ich dachte, Ihre Stimme ist so sanft und nett! Hören Sie mir erst einmal zu, dann können Sie herumschreien, so viel Sie wollen. Vielleicht fragen Sie sich, warum ich in diesem Dorf bleibe? Hier ist ruhig und altmodisch, viele alte Leute. Vielleicht denken Sie, es ist wegen meiner Tante, weil meine Familie hier ist? Ja, diese Dinge sind wichtig. Aber weil meine Familie aus diesem Dorf stammt und alle wissen, was ich meinem Vater versprochen habe, ist es auch meine Tarnung. Ich bin hier, wegen etwas, was ich an der Polizeischule in den USA gelernt habe: Überwachung. Vor ein paar Jahren, als ich nach Spanien zurückkam, um hier zu leben, wurde ich für eine große Überwachungsaktion der spanischen Behörden und Interpol rekrutiert.«

»Was? Hier? Am Ende der Welt?«

»Ja, weil es das Ende der Welt ist. Heute kommen die meisten Leute auf der Fernstraße hierher. So wie Sie. Aber bevor es die Fernstraße gab, gab es eine alte Straße, die von der Küste aus, in der Nähe von Marbella, hierher führt, dann nach Osten durch

Berge ins Baskenland und dann zur Grenze. Diese Straße gibt es wahrscheinlich seit zweitausend Jahren, sie geht über dieses Dorf in die Berge, Richtung Frankreich. Ist eine schlechte Straße, schwer zu finden, viele Bäume, manchmal Felsbrocken fallen von den Bergen, sehr gefährlich, also benutzt sie heute niemand mehr. Doch es gibt viele alte Bergstraßen, in ganz Europa, bei gutem Wetter sind sie manchmal passierbar und es gibt Leute, die sie benutzen.«

»Wer?«

»Das ist es ja, was ich versuche, Ihnen zu erzählen. Seit Jahren beobachtet die Polizei in ganz Europa diese Straßen, weil Leute sie als Schmugglerroute von den alten Ostblockländern und von noch weiter weg benutzen, vom Irak und sogar von Afghanistan aus. Ist sehr große Polizeiaktion und seit Langem haben sie gründlich gearbeitet, um Falle zu stellen. Hier.«

»Oh.« Nach dieser Erklärung wurde Menina doch ein wenig kleinlaut, weil sie ihn angebrüllt hatte. »Drogen?«

»Ja, es geht auch um Drogen. Drogen sind ein riesiges Geschäft. Diese Männer, die nach Spanien kommen, wissen, dass die alten Straßen für die Behörden schwer zu überwachen sind. Sie bringen Heroin und Kokain quer durch Europa von Afghanistan und der Türkei. Ist ein großer Markt für Drogen hier, viele reiche Leute an der Küste in Marbella, Puerto Banus, anderen Orten im Süden, wo es die großen Yachten, Villen, viel Geld gibt. Und Verbrecher. Sie denken, sie sind in Sicherheit, können tun und lassen, was sie wollen. Aber sie schmuggeln noch Schlimmeres als Drogen. Vielleicht hören Sie selbst in Amerika, dass Banden mit Frauen aus Osteuropa handeln – Kosovo und Albanien und Rumänien und Ukraine. Die Leute dort sind sehr arm, haben nichts, keine Arbeit. Männer kommen und sagen jungen Mädchen, sie können nach Frankreich und Deutschland und England gehen, reiche Länder, viele schöne Jobs, in Restaurants, als Kindermädchen in reichen Familien, als Aupair, mit einem schönen Zimmer und Englischkurs und viel Geld. Können Geld nach Hause schicken zu ihren Familien, können Geld sparen und heiraten. Und so gehen die Mädchen natürlich – manchmal wollen sie gehen, manchmal zwingen die Familien sie, verkaufen sie sogar an diese Männer, und manchmal werden sie entführt. Dann stellen sie fest, dass Männer gelogen haben, gibt keine Jobs in Restaurant oder als Kindermädchen. Sie werden in Lastwagen eingesperrt und als Prostituierte verkauft, wie Sklaven. Die Männer, die sie bringen, schlagen sie, vergewaltigen sie, geben ihnen Drogen, damit sie als Prostituierte arbeiten, nehmen ihr Geld und bedrohen ihre Familien zu Hause, falls sie versuchen, wegzulaufen oder zur Polizei zu gehen.«

»Oh.« Menina lehnte die Stirn an das Gitter und schloss die Augen. Wieder spürte sie, wie Theos Hand ihr den Mund zudrückte, spürte ihre Angst und, was das Schlimmste war, ihre Hilflosigkeit. Als hätte er sie zu Dreck erniedrigt, zu einem Nichts. Ihr Mund fühlte sich trocken an. Bei dem Gedanken, dass das auch anderen jungen Frauen passierte, wurde ihr schlecht.

»Die Frauen, die die alten Damen bei Sor Teresa als meine ›Freundinnen‹ bezeichnen, sind Polizistinnen. Verdeckte Ermittlerinnen. Wie ich schon sagte, ist Spanien, Männer sind Männer. Ich bin nicht verheiratet. Alte Damen finden nicht gut, dass ich Prostituierte habe, aber niemand wundert sich. Alte Damen sind schockiert. Sie machen Skandal. Das ist es, was ich brauche, weil es gute Tarnung ist. Die Polizistinnen helfen mir, die Männer zu beobachten, die in den Bergdörfern kommen und gehen.

Es gibt eine Menge Baustellen, neue Villen für Ausländer in den Bergen, Arbeit für ausländische Arbeiter. Die Behörden können sie nicht alle überprüfen oder sie hindern, nach Spanien zu kommen. Und wenn sie mit einem Job fertig sind, reisen sie herum und suchen neue Arbeit. Sie haben einige dieser Männer gesehen, an dem Tag, als Sie Ihren Bus verpasst haben. Sie haben im Dorf gearbeitet. Dörfer wie unseres stellen sie heutzutage an, um die Festwagen für die Osterprozession zu bauen, weil hier nicht mehr genug junge Männer leben, um sie zu bauen. Wir wissen, dass sich Verbrecher unter die Zigeuner mischen, die zu dieser Zeit immer mit ihren Märkten kommen. Dann helfen sie alle, wenn die Lastwagen eine neue Ladung Mädchen und Drogen bringen. An dem Tag, als Sie auf die Polizeiwache kommen, bin ich wütend, weil ich nicht weiß, ob Sie einfach ein dummes Callgirl sind, das mir im Weg ist, oder ob Sie vielleicht ein Lockvogel sind oder irgendwie in der ganzen Sache drinstecken – eine Art Aufpasserin für die Mädchen, die sie herbringen. Ihre Geschichte mit der Arbeit fürs College und der Reise nach Madrid klang nicht überzeugend. Und als Sie gestern ›Theo‹ sagen, denke ich, ich muss wissen, ob er damit zu tun hat.«

»Oh! Nein, hat er nicht. Er ist ein ... widerlicher Typ, aber er schmuggelt keine Frauen oder Drogen.«

»Sie wissen gar nicht, wie knapp Sie davongekommen sind, vor ein paar Tagen auf dem Dorfplatz. Sie hätten Sie ohne Probleme mitnehmen können, wie die anderen Frauen. Sie sind sehr hübsch, sexy, jung. Sie haben Geld. Doch der Freund meines Vaters wurde unruhig, als er das Plakat mit Ihrem Foto sah. Er weiß von dieser Polizeiaktion und kam, um mich zu warnen. Wenn Leute kommen und nach einem amerikanischen Mädchen suchen, kann es unsere ganze sorgfältig geplante Aktion gefährden. Wir müssen so unauffällig wie möglich sein, bis wir sie geschnappt haben.«

»Natürlich. Das ist alles wirklich furchtbar.«

»Ja, und es wird noch schlimmer. Die Leute, die Drogen von diesen Banden kaufen, kaufen auch Frauen und sie bezahlen für sehr junge Mädchen. Sie waren wütend, weil Sie dachten, ich wollte eine Fünfzehnjährige – es gibt Männer, die wollen zwölfjährige oder noch jüngere Mädchen. Manche Besitzer von Yachten kaufen mehrere Mädchen für eine Vergnügungsfahrt, unterschiedlich alt, aber alle jung. Alles Mädchen, die dachten, sie werden ein besseres Leben haben, und die sich dann in der Hölle wiederfinden. Wenn die Mädchen, die sie kaufen, zurückkommen, werden sie weiterverkauft, aber manchmal kommen sie nicht wieder. Wir finden Leichen im Meer. Sie werfen die Mädchen über Bord, wenn sie mit ihnen fertig sind. Wenn Sie sehen würden, was mit ihnen passiert ist, bevor sie gestorben sind ... Diese Männer sind Tiere. Und die Männer, die Mädchen an die Besitzer von Yachten verkauft haben, bringen neue. Immer wieder neue. Und wir müssen dafür sorgen, dass es aufhört.«

Menina dachte an die Männer, die sie an jenem Nachmittag auf dem Dorfplatz umkreist hatten, nachdem sie ihren Bus verpasst hatte. Sie schloss die Augen. »Und dieses Mädchen, das ich heute Abend hereinlassen soll?«

»Sie heißt Almira. Sie kann nicht viel reden – sie haben ihr die Nase und den Kiefer gebrochen, aber ist mutiger und stärker als sie denken. Ich glaube, sie hat überlebt, weil sie wütend ist, so wie Sie gestern. Sie konnte entkommen und nun ist sie eine wichtige Zeugin, sie kann viele der Männer identifizieren. Letzte Woche, kurz bevor Sie kamen, brachte eine der verdeckten Ermittlerinnen, eine meiner ›Freundinnen‹, sie hierher. Wir hatten sie in einem geheimen Unterschlupf untergebracht, auf der Fahrt war sie auf der Rückbank des Autos versteckt. Almira sagte uns, dass der Lastwagen, in dem sie letztes Frühjahr eingesperrt war, eine Lüftungsklappe hatte, die sie aufstemmen konnte. Und als sie während der Fahrt hinaussah, sah sie, wie die Sonne in den Bergen unterging. Dieses Jahr haben wir dieselbe Zeit abgewartet, sodass die untergehende Sonne so stehen würde wie im vergangenen Jahr. Dann fuhren wir sie wieder auf der alten Straße Richtung Frankreich, sodass sie uns die Stelle zeigen konnte. In der Nähe fanden wir dann eine Gabelung, von der wir gar nicht gewusst haben, dass sie existiert. Nun wissen wir also, welche Straße sie benutzen. Almira ist ein schlaues Mädchen und sie hat ihr Leben riskiert, um zu helfen. Aber sie hat trotzdem sehr, sehr große Angst.

Es war Almira, die uns sagte, dass sie die Männer belauscht hat und dabei mitbekam, dass sie davon sprachen, weitere Mädchen zur Zeit der *Semana Santa* zu transportieren. Wir vermuten, dass es entweder morgen in der Nacht zum Karfreitag sein wird oder Samstagnacht, weil das die Nächte sind, in denen wir unsere traditionellen *Semana-Santa*-Prozessionen haben. Die Leute kommen ins Dorf und machen beim Umzug mit, mit Kerzen in der Hand. Dann ist ein Fest, viele Leute, sehr laut. Alle sehen sich die Prozession an, alle singen und achten nicht auf einen fremden Lieferwagen, der aus dem Wald kommt. Sehen die gefesselten Mädchen darin nicht.

Aber wir haben einen großen Fehler gemacht, die Polizistin und ich. Als meine Kollegin Almira wieder in den sicheren Unterschlupf bringen wollte, in dem sie lebt, bettelte Almira, in meinem Auto mitzufahren. Sie sagt, es ist so schön, sie hat noch nie solch ein Auto gesehen. Das arme Mädchen! Sie tat uns leid. Ich sagte meiner Kollegin, sie sollte ein Stück außerhalb des Dorfes auf uns warten, ich würde Almira zu ihr bringen. Wir fahren ein bisschen herum und steuern dann wieder das Dorf an. Almira lachte, spielte mit dem Radio herum und tat so, als sei sie ein Filmstar in Hollywood. Bis wir ins Dorf zurückkamen und sie die Männer erkannte, die auf dem Platz arbeiteten. Sie warf sich auf den Boden und begann zu jammern, dass sie sie umbringen würden. Ich sagte, sie würde bald wieder in ihrem sicheren Versteck sein, aber als ich zu dem vereinbarten Treffpunkt komme, ist meine Kollegin nicht da. Das ist schlecht und ich kann keine Nachricht schicken oder Hilfe herbeiholen. Ich muss weiter beobachten. Ich hatte keine Wahl, ich musste Almira mitnehmen und sie hier verstecken. Almira hat recht – wenn sie sie finden, ist sie tot. Sie versteckt sich in meinem Haus, aber das gefällt mir nicht. Es ist sicherer, wenn sie bei Ihnen im Kloster ist.«

»Sagen Sie mir, was ich tun soll.«

»Sie müssen um Mitternacht am Tor sein – um Mitternacht läutet die Glocke für die Vigil – und dann öffnen Sie es, um Almira einzulassen. Danach schließen und verriegeln Sie es. Die Mauern sind hoch, das Tor ist sehr stabil, das Kloster ist wie eine Festung, wenn es versperrt ist. Aber es ist besser, wenn die Nonnen nicht wissen, dass eine Zeugin der Polizei hier ist. Sie würden sich Sorgen machen.«

»Ja, natürlich.« Ihr sackte das Herz in die Hose. Mitten in der Einöde, meilenweit von allem entfernt und nun auch noch in eine gefährliche Polizeiaktion verwickelt. Doch sie wusste, dass sie Almira helfen musste. Almira weigerte sich, Opfer zu sein, trotz all der schrecklichen Dinge, die man ihr zugefügt hatte – noch schrecklicher als das, was Menina passiert war. Okay, wenn Almira das schaffte, dann würde auch Menina den nötigen Mut aufbringen.

Sie wünschte sich von ganzem Herzen, dass Becky hier wäre. Becky war zäh.

»Warten Sie! Was ist mit den Leuten, die nach mir suchen? Ich kann mir nicht vorstellen, was sie von mir wollen.«

Hauptmann Fernández Galán seufzte. »Ich denke, das ist ein anderes Problem; darum kümmern wir uns später.« Er räusperte sich. »Und noch etwas: Sie denken nichts Schlechtes mehr von mir? Sie wissen, dass ich kein Pädophiler bin? Dass ich keine Freundinnen habe?«

»Ich nehme an, ich muss Ihnen glauben, aber Sie haben alle an der Nase herumgeführt.« Einen Moment lang hatte sie überlegt, ob sie vielleicht entführt worden war, um Nonne zu werden, aber das behielt sie lieber für sich.

»Gut«, sagte er mit einem Seufzer der Erleichterung. »Und nur damit Sie es wissen: Eigentlich bin ich nicht alt genug, um Almiras Vater zu sein. Ich bin dreiunddreißig. Bis später.«

Menina rief ihm in die Dunkelheit nach: »Hauptmann ... Alejandro, bitte, können Sie heute Abend etwas zu essen mitbringen?« Sie hoffte, dass er es gehört hatte. Ansonsten würden Almira und sie sich von Schokoladenfischen und altbackenem Brot ernähren müssen.

Sie tastete sich zurück in ihr Zimmer. Was der Hauptmann ihr über den Mädchenhandel erzählt hatte, erschütterte sie. Am Donnerstag vor Ostern fiel das Abendessen recht karg aus. So langsam sie konnte, aß sie Brot und Linsen und einen Apfel und dachte daran, wie Sor Teresa ihr von den zahlreichen Mädchen berichtet hatte, die ins Kloster kamen. Nun, sie hatten nicht die geringste Vorstellung von dem Schlamassel, in dem Menina und Almira steckten. Sie hoffte inständig, dass sie Almira vor Sor Teresa verstecken konnte.

KAPITEL 16

Aus der Chronik der Sors Santas de Jesús,
Kloster Las Golondrinas, Andalusien,
Sommer 1549

Deo gratias, an diesem Tag der Geburt Salomés erlaubt mir meine Hand, ein wenig zu schreiben. Sie wäre jetzt fast fünfundvierzig Jahre alt, eine alte Frau. Doch Gott hat Mädchen gesandt, die die Leere in meinem Herzen ausfüllen – erst Esperanza, dann Luz und nun Pía. Sie ist eine ungewöhnliche Erscheinung, mit silbrigem Haar, hell wie das Mondlicht im Sommer, zarte blasse Haut, klare blaue Augen und feine Gesichtszüge. Sie ist vierzehn und gertenschlank, und wenngleich ihre monatlichen Zyklen gerade erst begonnen haben, bekommt sie bereits die Figur einer Frau. Die beeindruckende Sor Sofía, die solchen Mut beweist, wenn sie sich über die Klausurregel hinwegsetzt, um Angelegenheiten des Klosters zu erledigen, und die so schlagfertig ist, wenn jemand ihr Erscheinen misstrauisch hinterfragt, hat ihre Rettung bewirkt.

Pía ist sehr beherrscht und bei jemandem, der so jung ist wie sie, wirkt ihre eisige Ruhe unheimlich. Sie erzählte uns eine schreckliche Geschichte, in einer flachen Stimme ohne jedes Gefühl:

Meine Mutter starb, als ich zehn Jahre alt war. Sie war sehr schön und wir lebten in einem feinen Haus mit weichen Betten und seidenen Vorhängen und genug zu essen – lauter Dinge, über die ich nicht nachgedacht habe, bis ich sie nicht mehr hatte. Ich habe das Haar meiner Mutter geerbt, auf dem ihr Vermögen beruhte. Blonde Frauen sind selten in einem Land voller dunkelhaariger Schönheiten. Meine Großmutter kam aus einem Land hoch oben im Norden, wo die Menschen blasse Haut und Haare wie Sonne und Mond haben. Sie war mit ihrem Mann auf einem Schiff unterwegs, als Piraten angriffen. Die Piraten töteten ihren Mann und nahmen meine Großmutter gefangen. Sie verkauften sie in den Harem eines der letzten muslimischen Händler in Sevilla, zu Beginn der Regentschaft der *Reyes Católicos*. Doch die Mutter des Händlers fand heraus, dass meine Großmutter Christin war, wie sie selbst. Sie gehörte einer Sekte aus dem Norden an, die man Protestanten nannte. Die Mutter des Händlers hatte Mitleid mit meiner Großmutter, die gerade in den ersten Monaten schwanger war. Sie überredete ihren Sohn, seine Gefangene freizulassen, und so wurde meine Mutter unter ihrem Schutz geboren. Die Dame starb kurze Zeit später und hinterließ meiner Großmutter ein großzügiges Geldgeschenk, sodass sie sich und ihr Kind ernähren konnte.

Die feinen Gesichtszüge meiner Großmutter und ihr silbriges Haar machte viele Männer auf sie aufmerksam, doch die Ehe mit einer Außenseiterin, die weder Spanierin noch Katholikin war und für deren Familie sich niemand verbürgen konnte, stand außer Frage. Als Frau brauchte sie für die eigene Sicherheit und die ihres Kindes jedoch den Schutz, den nur ein wohlhabender Mann bieten konnte. Meine Großmutter kaufte ein Haus in Madrid und wurde eine Kurtisane.

Meine Mutter erbte ihre Schönheit, wie sie für den Norden so typisch war, und wurde im protestantischen Glauben erzogen, den meine Großmutter sich hartnäckig weigerte abzulegen. Als meine Mutter siebzehn Jahre alt war, nahm meine Großmutter für sie den Schutz eines gut aussehenden und charmanten jungen Grande an. Er war der einzige Sohn und Erbe einer Familie, die durch den Besitz von Silberminen in den amerikanischen Kolonien reich geworden war. Er versprach ihr ein feines Haus, schöne Kleider und Juwelen und Kutschen und Diener – alles, was sich eine schöne und eitle Frau nur wünschen konnte. Seine einzige Bedingung war, dass sie keine Kinder bekam. Seine Familie konnte keine Bastarde zulassen, die, so fürchteten sie, später Anspruch auf ihr Vermögen erheben würden. Meine Mutter sagte mir nur, dass sie über viele Jahre »dafür sorgte«, dass keine Kinder kamen, obwohl ein Schatten über ihr Gesicht flog, als sie es mir erzählte.

Sie wurde wieder schwanger und dieses Mal weigerte sie sich, »dafür zu sorgen«, in dem Glauben, dass mein Vater mich annehmen würde. Aber er tat es nicht. Er war sehr ärgerlich und ich durfte ihm nicht unter die Augen kommen. Dann kam die Nachricht, dass die Familie meines Vaters ruiniert war. Ihre Silberminen in den Kolonien hatte ein schreckliches Erdbeben zunichte gemacht, dadurch stürzte die Familie in Spanien in Schulden. In einem verzweifelten Versuch, sein Vermögen wiederherzustellen, begann mein Vater zu spielen und vergrößerte den Schuldenberg dadurch nur noch. Der Schmuck meiner Mutter wurde ebenso verkauft wie ihre Kutsche und aus unserem schönen Haus verschwanden die Möbel.

Die Wut meines Vaters richtete sich vor allem auf mich. Er nannte mich den protestantischen Welpen einer protestantischen Hündin und sagte, man hätte mich besser gleich nach meiner Geburt ertränkt, statt mich auf Kosten seiner Familie wie eine Prinzessin leben zu lassen. Er verbrachte immer weniger Zeit mit meiner Mutter, höhnte sogar, dass er lieber die hässliche Erbin umwerben würde, von der seine Familie hoffte, dass er sie heiraten würde. Gläubiger kamen in unser Haus und forderten Geld von meiner Mutter, das wir schon längst nicht mehr hatten.

Sie wurde krank und die Ärzte konnten sie nicht retten. Es war, als hätte sie keine Lebenskraft mehr. Mein Vater verkaufte das Haus, doch den Erlös hatte er schnell verspielt. Die hässliche Erbin heiratete einen anderen und mein Vater begann, mich mit berechnendem Blick zu betrachten. Obwohl er mich hasste, behielt er mich bei sich. Ich achtete sehr genau darauf, dass ich in seiner Gegenwart kein Wort sprach.

Am Hofe versuchte er, die Gunst des Königs zu erlangen und einen hoch bezahlten Posten zu bekommen, doch er hatte keinen Erfolg. Beim Glücksspiel wurde er immer waghalsiger und verzweifelter. Wir wechselten ständig unseren Wohnort, unsere Unterkunft wurde von Mal zu Mal schäbiger. Er konnte es sich zwar nicht leisten, mit dem König und seinem Gefolge durch das Land zu ziehen, doch wenn er in Madrid residierte, zog er seine letzten feinen Kleider an und wich den mächtigen Höflingen nicht von der Seite, in der Hoffnung auf ihre Gunst und ihren Einfluss. Damals lebten wir in zwei dunklen, schmutzigen Räumen in einer Straße, die von den schrillen Rufen der Prostituierten widerhallte, die ihre entstellten Gesichter im Schatten verbargen. Tagsüber wurde ich in eine Armenschule geschickt, doch sonst war ich jeden Tag lange Zeit allein. Oft war es kalt und ich hatte Hunger, außer bei den seltenen Gelegenheiten, wenn mein Vater mich anwies, mich mit dem wenigen, das ich besaß, herauszuputzen und mein Haar wie einen Umhang über die Schultern zu kämmen. Dann nahm er mich mit an den Hof.

Dort hielt ich die Augen gesenkt und sprach nur, wenn es nötig war, eine direkte Frage zu beantworten. Ich spürte, dass ich anfing, die Aufmerksamkeit einiger Leute auf mich zu ziehen. Eines Tages begleitete ein älterer Mann, ein Grande, der sich bisher von den Annäherungsversuchen meines Vaters abgewandt hatte, meinen Vater nach Hause. Ich wurde in das kalte Zimmer gerufen, das mein Vater sarkastisch als den »Salon« bezeichnete. Der Mann, der mir sehr alt vorkam, hatte einen durchdringenden Blick und feuchte rote Lippen. Ich mochte ihn nicht. »Mach deinen Knicks!«, befahl mein Vater.

Der Mann betrachtete mich kritisch. Er wies mich an, im Raum umherzugehen, dann rief er mich zu sich und befühlte mein Haar. Seine Finger krochen über meinen Kopf wie Rattenpfoten. Ich schrak vor seiner Berührung zurück, doch er wand sich eine Locke um den Finger und zog so heftig daran, dass mir Tränen in die Augen traten. Er lächelte, als ich versuchte, von ihm loszukommen.

»Wie die Mutter, so die Tochter«, sagte mein Vater. »Ihr werdet nicht viele Mädchen mit solchem Haar sehen.«

»Möglich. Aber sie ist trotzdem nicht so viel wert, wie Ihr meint. Wie alt?«

Ein listiger Blick stahl sich in das Gesicht meines Vaters. »Erst elf.« Das wunderte mich, denn ich war vierzehn Jahre alt. »Manchen Herren, die sie gerne jung und unberührt haben, ist sie eine Menge wert. Ich habe mehrere Angebote, aber da Ihr ein Kenner seid, dachte ich, dass Ihr ihre Jugend vielleicht besonders zu schätzen wisst. Entweder Ihr nehmt meine Bedingungen an oder ich bringe sie zu El Patrón ...«

Ich habe erst später erfahren, dass El Patrón der Name eines bedeutenden Hurenmeisters in Madrid war, doch ich spürte sofort, dass ich nicht zu ihm gehen wollte, wer immer er war.

Einen Moment lang erwiderte der Gast meines Vaters seinen Blick und zuckte dann die Schultern. »Pah! Das werde ich Euch geben.« Er warf einen Lederbeutel auf den Tisch. Mein Vater konnte sich nicht mehr gleichgültig stellen und griff hastig danach. Es sah aus, als sei viel Geld in dem Beutel, doch mein Vater warf ihn dem Mann zurück. »El Patrón hat das Doppelte geboten.«

Der alte Mann starrte mich eine Weile an, als überlegte er, dann stand er auf, nickte kalt und ging.

»Wer war das, Papa? Wird er wiederkommen?«, wagte ich zu fragen, doch er brummte nur, dass ich das noch früh genug herausfinden würde. Und wenn ich nicht täte, was er mir befahl – nun, die Inquisition habe Protestanten wie meine Mutter und mich verurteilt und er würde mich an sie übergeben. In der Schule hatte ich genug erfahren, um die Inquisition zu fürchten, sogar mehr als meinen Vater.

Am nächsten Tag sagte mein Vater, ich solle mein bestes Kleid anziehen und den Rest zu einem Bündel schnüren. Als ich damit fertig war, holte er einen kleinen Tiegel mit roter Creme hervor und betupfte damit meine Wangen und Lippen. Wir legten uns gerade unsere Umhänge um die Schultern, um auszugehen, als es klopfte und der alte Mann vom Tag zuvor in der Tür stand. Diesmal streckte er meinem Vater einen größeren Lederbeutel entgegen. Mein Vater zögerte, dann öffnete er den Beutel. Langsam breitete sich ein Lächeln auf seinem Gesicht aus und er schob mich zu dem Mann hin. »Geh«, befahl er mir.

»Wohin, Papa?«

»Wo du hingehörst«, antwortete er. Er beugte sich schon über den Tisch und zählte die *reales* aus dem Beutel. »Nehmt sie«, sagte er, ohne aufzusehen. »Ihre Sachen sind in dem Bündel dort.« Ich hörte das Klirren der Münzen auf dem Tisch, als mir der Mann das Bündel in den Arm drückte und mich aus dem Zimmer zog. Mit seinem festen Griff tat er mir weh und der Ausdruck auf seinem Gesicht gefiel mir nicht.

»Steig ein, damit wir uns die hübsche Beute genauer ansehen können«, murmelte er und schob mich in eine geschlossene Kutsche. Ich hatte viel zu viel Angst, um zu fragen, wohin wir fuhren. Dann war er neben mir, drückte seinen Körper an meinen und versuchte, mit den Händen meinen Umhang zu öffnen, obwohl ich ihn so fest wie möglich um mich geschlungen hielt. »Lass los«, keuchte er und blies mir seinen fauligen Atem ins Gesicht, »sonst schlage ich dich später, bis du ...«

Ich schrie, so laut ich konnte, und wehrte mich mit all meiner Kraft. Er schlug mich ins Gesicht und drückte mich mit einer Hand in den Sitz. Mit der anderen riss er mir den Umhang herunter und zerrte an meinen Röcken, als draußen ein Tumult entstand. Die Pferde wieherten angstvoll und der Kutscher schrie entsetzt auf, dann setzte sich die Kutsche mit einem Ruck in Bewegung. Immer schneller raste sie wild schwankend dahin. Die Leute auf der Straße schrien, die Räder rumpelten über allerlei Hindernisse und der Mann und ich wurden von einer Seite zur anderen geschleudert. Die schreckliche Fahrt endete, als sich die Kutsche zur Seite neigte und sich dann mit grauenvollem Krachen überschlug, sodass der Mann gegen das zersplitterte Dach geworfen, auf das Straßenpflaster geschmettert und ich auf ihn geworfen wurde.

Es war, als sei sein Kopf explodiert. Er lag halb in, halb außerhalb der blutigen Kutsche und als jemand die Tür aufdrückte, klammerte ich mich an mein Bündel und spürte etwas Warmes und Feuchtes auf meinem Gesicht. Ich hob meine Hand und sah, dass sie rot verschmiert war. Die Pferde wieherten wild, Hufe donnerten gegen die Kutsche. Ich hörte Leute rufen, dass sie durchgegangen seien, andere riefen, sie seien in ihrem Geschirr eingeklemmt, und eine weitere Stimme berichtete aufgeregt, sie hätten gescheut, als ein Schwarm kleiner Vögel wie aus dem Nichts auf sie zugeschossen sei. Wieder andere meinten, es sei der flatternde Umhang einer Frau gewesen, der, vom Wind aufgebläht, die Pferde erschreckt habe.

Die lärmende Meute fiel über die Kutsche her. Hände schoben sich durch das zerschmetterte Dach und durchsuchten die Taschen der Leiche. Ich war zu verängstigt, um zu schreien, als ich die schmutzigen Finger eines Gassenjungen einen Ring und die Schuhe des Mannes stehlen sah.

Dann zogen mich Hände aus dem Wrack. Unter der Kapuze eines braunen Umhangs sagte die Stimme einer Frau, ich sei nun in Sicherheit. Sie nahm meine Hand. »Du kannst noch laufen. Schnell!« Ich wurde auf die Füße gestellt. Sie verbarg mich unter ihrem Umhang und wir hasteten davon. Dann wurde alles dunkel und still.

Sor Sofías Bericht über das, was geschehen ist, ist auch nicht viel aufschlussreicher. Sie war in ihrer geschlossenen Kutsche eingeschlafen und eine Stimme berichtete ihr von einem Unfall – eine Kutsche sei umgestürzt, ein böser Mann sei tot. Dann wurde Sor Sofía geweckt, als würde eine unsichtbare Hand sie wachrütteln. Auf der Straße waren laute, aufgeregte Stimmen zu hören. Plötzlich schob jemand die Vorhänge beiseite und Pía wurde um sich tretend und hysterisch schreiend in die Kutsche gehoben. Eine Frau sagte scharf: »Es ist kein Mann, sondern eine Nonne. Hinein mit dir! Du bist in Sicherheit, das verspreche ich dir. Eure Erledigungen können warten, Sor Sofía. Kehrt zum Kloster zurück!«

Sor Sofía lässt sich nicht gern etwas sagen. Sie öffnete den Mund, um Fragen zu stellen und Antworten zu fordern, doch bevor sie ein einziges Wort hervorbringen konnte, wurde die Tür der Kutsche zugeschlagen und verriegelt und der Kutscher hatte gewendet und fuhr in die Richtung zurück, aus der sie gekommen waren. Als Pía feststellte, dass die Kutschentür verschlossen war, fiel sie in Ohnmacht.

KAPITEL 17

Aus der Chronik der Sors Santas de Jesús,
Kloster Las Golondrinas, Andalusien,
Spätsommer 1550

Pía war nicht die Letzte! Eine seltsame Botschaft erreichte die Äbtissin: Um ein »verborgenes Mädchen« rasch ins Kloster zu bringen, sei die Hilfe einer der Nonnen nötig, und es müsse eine starke und energische Nonne sein, da das Mädchen kein Baby sei. Uns blieb nicht viel Zeit, bald würden die Straßen im Winter unpassierbar sein, daher wurde Sor Arsinoe in größter Eile losgeschickt und kehrte mit Marisol zurück, mitten in einem kalten herbstlichen Hagelsturm, der die Bergstraße glatt werden ließ und beide bis auf die Haut durchnässte. Marisol sah wie eine ertrunkene Ratte aus, ihr Gesicht war von tropfnassem Haar eingerahmt und ihre braunen Augen schossen hin und her. Sie ist erst dreizehn Jahre alt, doch auch wenn sie vor Kälte und Angst halb tot war, so strahlt sie dennoch etwas aus, das wir im Kloster nur selten sehen – Trotz. »Meine Mutter mag mich hergeschickt haben, aber Ihr werdet aus mir keine Nonne machen! Ich werde fliehen!«, zischte sie zwischen zusammengebissenen Zähnen hervor, als sie weggeführt wurde, um eine trockene Novizinnentracht anzuziehen.

Nach Auskünften, die Sor Arsinoe mitbrachte, droht dem Mädchen Gefahr durch die Behörden und auf irgendeine Weise ist der Hofmaler Tristán Mendoza in die Sache verwickelt.

Sor Arsinoe glaubt, dass die Mutter im Kindbett im Sterben lag, als sie das Mädchen vom Hof wegbrachte. Ihr voller Name lautet María Isabela Vilar de Asunción, doch sie besteht darauf, Marisol genannt zu werden, und wies die Idee, dass Tristán Mendoza ihr Vater sei, mit Verachtung von sich. Sie behauptet, sie sei die Tochter von Don Diego Vilar de Asunción, dem Kommandeur der Flotten in die Neue Welt. Vernünftig wie immer meinte die Äbtissin, dass wir, wenn dies stimme, ihre Geschichte anhören sollten, um ihrem Vater Gerechtigkeit angedeihen zu lassen. Marisol ist schnell mit Widerspruch bei der Hand, doch den ruhigen Erklärungen der Äbtissin kann sie sich nicht verschließen.

Meine Mutter und mein Vater stammten aus Familien »Alter Christen«. Meine Großmutter starb, als meine Mutter geboren wurde, und Josefa, eine sechzehnjährige mittellose Cousine und zudem eine Waise, die sich keine Mitgift leisten konnte, kümmerte sich um meine Mutter und begleitete sie später zur Klosterschule. Als mein Großvater starb, erbte sein einziges lebendes Kind – meine Mutter – sein gesamtes Vermögen. Da sie keine Verwandten hatte, die man zum Vormund hätte berufen können, wurde sie als königliches Mündel am Hof aufgenommen. Zusammen mit Josefa lebte sie in Gemächern in der Nähe der Königin.

Don Diego Vilar de Asunción war dreißig Jahre älter als meine Mutter, als er ihr kurz nach ihrer Ankunft bei Hof zum ersten Mal begegnete. Sie war schön und reich und stammte aus guter Familie, und er suchte beim König um Erlaubnis nach, sie heiraten zu dürfen. Der König stimmte zu – Don Diego hatte viele Male die Flotten in die Neue Welt befehligt und war mit Reichtümern zurückgekehrt. Doch an Land war er ein Connaisseur von Gemälden und schönen Frauen, und er wies Tristán Mendoza an, das Verlobungsbild meiner Mutter zu malen.

Josefa war empört. Den Portraits von Tristán Mendoza sagte man nach, dass sie eine magische Macht auf Männer ausübten, die ihre Fantasie anregte, sodass sie ihren Blick nicht mehr davon wenden konnten. Josefa erzählte mir, Don Diego habe ihre

Einwände lachend hinweggefegt und gesagt, sie, Josefa, müsse meine Mutter bewachen und vor allem Ungehörigen bewahren.

Josefa berichtete mir stolz, dass Tristán Mendoza ärgerlich gewesen sei, weil sie meiner Mutter nicht von der Seite wich und auch das Geld nicht annahm, mit dem er sie bestechen wollte, ihn mit meiner Mutter alleinzulassen. Meine Mutter war immer belustigt, wenn Josefa das erwähnte. Sie meinte, der Künstler habe ihr Geschichten erzählt, die sie zum Lachen brachten, sodass es ihr nicht langweilig wurde, ihm Modell zu sitzen.

Als das Portrait fertig war, sagte Josefa, war Don Diego begeistert. Es hing im Schlafgemach meiner Mutter und meine Schwester und ich fanden es sehr schön. Auf dem Bild trug meine Mutter sehr viel prachtvollere Kleider, als sie es zu Hause tat, wo sie mit der Familie und häuslichen Angelegenheiten zu tun hatte. Auf dem Gemälde tanzte das Licht auf ihrem seidenen Kleid mit seinem weiten Rock und der steifen weißen Halskrause. Ihr Haar war hochgesteckt, das Gesicht von Perlen und Bändern eingerahmt, die Ärmel ihres Kleides waren mit Spitze besetzt und die Perlen ihres Rosenkranzes waren um ihre Finger geschlungen. Ihre dunklen Augen waren geweitet und obwohl sie schüchtern aussah, schienen sie zu lächeln, so wie sie es im wirklichen Leben taten. Josefa sagte, vor der Hochzeit sei das Portrait in einem der öffentlichen Räume des königlichen Palastes ausgestellt gewesen und habe dort große Bewunderung erregt, bis der Kronprinz, Don Balthazar, Gefallen daran fand.

An diesem Punkt in ihrer Erzählung schüttelte Josefa immer den Kopf. Sie murmelte dann, dass seit seiner Geburt vielleicht ein böser Fluch auf ihm laste. Er hatte ein grelles Lachen, das durch die Gänge des Palasts hallte, und oft raubten ihm Anfälle den Verstand, sodass er mit Schaum vor dem Mund heulte und mit unsichtbaren Gegnern kämpfte und dabei so sehr um sich schlug, dass man ihn wie einen Hund anketten musste. Obwohl er der Thronerbe war, blieben Heiratsverhandlungen ergebnislos. Meine Mutter wies Josefa an, über etwas anderes zu sprechen, das für junge Ohren besser geeignet sei als Hofskandale um den armen Prinzen. Dann runzelte Josefa finster die Stirn und entgegnete: »Ich weiß, was ich weiß«, sagte aber nichts mehr.

Nach der Hochzeit nahm mein Vater meine Mutter und das Portrait mit auf seine Burg, eine alte maurische Festung auf den Hügeln südlich von Madrid. In einer meiner frühesten Erinnerungen sitze ich mit Josefa in einem der zugigen Türme und winke meinem Vater zum Abschied, als er zu einer Seereise nach Spanischamerika aufbricht.

Meine Mutter hatte fünf Kinder, die ihre Zeit in Anspruch nahmen – meine drei älteren Brüder, eine Schwester, Consuela, und mich. Wir führten ein ruhiges Leben, begannen jeden Tag mit der Messe, dann hatten wir Unterricht. Nach dem Essen verschwanden die Jungen mit ihren Falken, Sätteln und Jagdhunden, während Consuela und ich unsere Musik und Stickereien hatten, unsere Tanzschritte übten oder Dame spielten. Consuela war drei Jahre älter als ich und mit dreizehn hatte sie große Ähnlichkeit mit meiner Mutter. Josefa sagte, ich sei wie mein Vater.

Wenn wir ihn zwischen zwei Reisen sahen, war mein Vater freundlich. Consuela und ich sangen ihm vor, er stellte meinen Brüdern Fragen zu ihrem Schulunterricht und brachte uns wunderbare Geschenke mit – Schmuck und weiche Schultertücher, vergoldete Nähkästchen und fein geschmiedete Schwerter für die Jungen. Er und meine Mutter zogen sich immer früh zurück. Ein paar Wochen später reiste er wieder ab.

Die Jungen schliefen in einem der Türme mit ihren Lehrern und Consuela, Josefa und ich schliefen in einem Alkoven an einem Ende der Wohnräume der Familie. Am anderen Ende lag das Schlafgemach meiner Mutter. Consuela schlief fest, doch ich hatte einen leichten Schlaf. Auch leise Geräusche – das Knacken der Holzscheite im Kamin, der Schrei eines Nachtvogels oder Josefas Schnarchen – weckten mich. Eines Nachts, einen Monat, nachdem mein Vater nach einem Herbstbesuch wieder abgereist war, hörte ich Hufgetrappel im Burghof. Eine laute Stimme befahl: »Öffnet, im Namen des Königs!«, und dann waren schwere Schritte zu hören. In barschem Ton wurden die Diener weggeschickt. Meine Mutter rief Josefa hastig zu, sie solle bei den Kindern bleiben. Ich sagte, sie klinge ängstlich, und an der Art, wie Josefa mir bedeutete zu schweigen, erkannte ich, dass auch sie Angst hatte.

Viele Stunden später ritten unsere geheimnisvollen Besucher wieder davon. Ich fragte Josefa, wer sie seien. Josefa schüttelte den Kopf und sagte nichts.

Am Morgen schlich ich mich in das Schlafgemach meiner Mutter. Sie hatte dunkle Ringe unter den Augen und einen Bluterguss auf der Wange. Josefa hatte einen Arm um ihre bebenden Schultern gelegt und ich hörte, wie sie sagte: »Aber was hättet Ihr tun können, ohne alles nur noch schlimmer zu machen? Er ist der Prinz und kann befehlen, in das Haus eines jeden Edelmannes im Land eingelassen zu werden. Und Ihr sagt, er hatte starke Männer bei sich …«

»Er selbst ist stark genug für zehn und außerdem ist er verrückt.« Meine Mutter weinte. »Er ist besessen … Er hat eine Kopie meines Portraits anfertigen lassen! Wenn er ein Kind zeugt, ist er sicher, dass der König ihn wieder als Erben einsetzen wird. Und wenn er keines zeugt, so behauptet er, werden sie sich gegen ihn verschwören und ihn töten. Er hat wie ein Wahnsinniger geredet, sagt, mein Bild spricht zu ihm, es verspreche ihm, ihn zu einem … normalen Mann zu machen! Und nun glaubt er, dass es wahr ist! Als er … fertig war, legte er mir seinen Dolch an die Kehle und befahl mir, nichts zu sagen, sondern abzuwarten, ob ich ein Kind erwarte! Wenn ich Don Diego warne, wird der Prinz sagen, ich hätte ihn in mein Bett gelockt und mein Mann würde mich verdammen, weil ich die Ehre seines Namens zerstört hätte. Wenn ich ihn nicht warne, fürchte ich um das Leben meines Mannes. Josefa, wir sind verloren! Verloren! Meine armen Kinder!«

Dann bemerkten sie mich und Josefa scheuchte mich hinaus. Später sagte sie mir, dass ich vergessen sollte, was ich gehört hatte, wenn ich meine Mutter liebte. Doch die Angst war in unser Leben getreten.

Nicht lange nach diesem Ereignis erhielt meine Mutter einen Brief von meinem Vater, mit der Unterschrift seines Sekretärs, in dem er befahl, meine Brüder sofort zur Schule der Franziskaner nahe Saragossa zu schicken. Es gefiel meiner Mutter nicht, doch natürlich gehorchte sie. Die Truhen der Jungen waren bald gepackt und ihre Diener bereiteten sich darauf vor, sie zu begleiten. Die Jungen waren gut gelaunt, als sie uns zum Abschied küssten, für sie war es wie ein neues Abenteuer. Consuela und ich standen auf dem Turm und winkten mit unseren Taschentüchern, bis sie nur noch kleine Punkte in der Ebene unterhalb der Burg waren. Die Augen meiner Mutter waren rot und sie sah besorgt aus.

Eine neue Dienerin kam ins Haus. Sie war es, die unsere Kerzen anzündete und die Mahlzeiten in unsere Gemächer brachte. Sie hatte schrägstehende Augen, die in verschiedene Richtungen gleichzeitig blickten. Ich fand, sie hatte etwas Böses in ihrem Gesichtsausdruck.

Als der Winter zu Ende ging und das Frühjahr begann, litten meine Mutter und auch Consuela an einer Krankheit des Magens. Josefa und meine Mutter schienen ein unglückliches Geheimnis zu teilen, das damit zu tun hatte, dass meine Mutter sich morgens ausruhen musste und oft den Wunsch nach Honig verspürte. Consuela wurde jedoch blass und dünn und teilnahmslos und hatte kein Interesse an ihren Schulstunden mehr. Sie wollte auch nicht mehr singen oder Dame spielen. »Fast vierzehn«, murmelte meine Mutter besorgt, »vielleicht beginnen ihre Tage – das macht Mädchen oft müde.«

Doch Consuela war bald so schwach, dass sie nicht mehr aufstehen konnte, und meine Mutter saß den ganzen Tag an ihrer Seite. Wenn sie wach war, überredete sie sie, ein wenig Brühe zu sich zu nehmen, wenn sie schlief, betete sie. Ich blieb ängstlich in der Nähe und wünschte mir, Consuela würde gesund aufwachen und wir könnten wieder zusammen lernen und spielen. Doch Consuelas wunderschönes Haar ging nach und nach aus und ihre Augen fielen ein. Meine Mutter war außer sich vor Sorge.

»Komm«, sagte Josefa eines Tages und zog mich aus dem Krankenzimmer, als meine Mutter und die Dienerin mit den schrägen Augen meine Schwester versorgten. »Du brauchst frische Luft und diesmal kommst du mir nicht drum herum, beim Ausbessern zu helfen!« Ich hasste diese Näharbeiten, doch es war ein schöner Frühlingstag, sehr willkommen nach der Kälte des Winters, und ich war froh, das Krankenzimmer hinter mir zu lassen. Wir nahmen unser Nähzeug – Josefa ihren großen Flickkorb und ich mein hübsches bemaltes Nähkästchen, das mein Vater mir für meine Fingerhüte, Stickseiden und Scheren gegeben hatte – und gingen zum Ostturm, von dem aus die Mauren einst die katholische Armee in der Ebene mit ihren Pfeilen beschossen hatten. Josefa hatte dicke Kissen in die Fensternische gelegt, die wie eine breite Fensterbank war.

Josefa fädelte mir umständlich einen Faden ein, steckte Nadeln in Stofflagen, um sie gleich darauf wieder herauszuziehen, räusperte sich, als wollte sie sprechen, und sagte dann aber doch nichts. Schließlich stieß sie mich an und meinte: »Sieh nur, die Schwalben sind aus Afrika zurück.« Über unseren Köpfen flogen die Schwalben hin und her, sie hatten Strohhalme im Schnabel und zwischen dem Gezwitscher älterer Vögel konnte man das fröhliche Piep-Piep der gerade geschlüpften Vogelkinder hören. Über die nächsten Tage blieb das Wetter schön und wir sahen den Vogeleltern zu, wie sie unermüdlich mit Insekten im Schnabel hin und her flogen und ihre Jungen fütterten. Josefa beobachtete sie mehr, als dass sie nähte.

»Sieh mal«, sagte sie eines Tages plötzlich. »Ein neues Vogelmännchen fliegt um das Nest über deinem Kopf hin und her.« Das neue Vogelmännchen flog zum Nest und kam mit einem der Babys im Schnabel wieder zum Vorschein. Es entfernte sich ein Stück und dann sahen wir, wie ein winziger Punkt aus seinem Schnabel zur Erde fiel. Zu meinem Entsetzen holte er die Babys eines nach dem anderen, um sie ein Stück vom Nest entfernt fallen zu lassen.

»Das Männchen will die Mutter zur Frau haben und um sie zu locken, tötet es die Babys ihres ersten Mannes«, flüsterte Josefa und blickte dabei vorsichtig über die Schulter. Wenige Tage später kam ein Bote auf einem schweißüberströmten Pferd. In dem Franziskanerkloster, in dem meine Brüder zur Schule gingen, hatte es einen Unfall gegeben. In ihrer Pause hatten sie auf dem Rand eines Brunnens im Kreuzgang gesessen. Als die Glocke sie wieder zum Unterricht rief, kamen meine Brüder nicht. Voller Ärger über ihren Ungehorsam ging ein Mönch los, um sie zu holen, doch er konnte sie nirgendwo finden. Das ganze Kloster suchte überall nach ihnen und schließlich machte ein Laienbruder, der Wasser aus dem Brunnen holen wollte, eine schreckliche Entdeckung. Alle drei lagen auf dem Boden des Brunnens, ertrunken. Falls sie um Hilfe gerufen hatten, so hatte sie niemand gehört. Es musste sehr schnell passiert sein, wahrscheinlich war einer von ihnen versehentlich hineingefallen und die anderen versuchten, ihn zu retten und ertranken ebenfalls.

Meine Mutter verlor das Bewusstsein.

Eine Woche später, als die Sommerhitze aus der Ebene emporstieg, starb auch Consuela.

Meine Mutter riss sich die Haare aus und weinte. Dann erhielt sie einen schrecklichen Brief von meinem Vater. Er verstieß sie ganz und gar. Immer öfter kniete meine Mutter vor ihrem privaten Altar und betete. Josefa ließ mich Tag und Nacht nicht aus den Augen und ließ mich nichts essen, was sie nicht eigenhändig zubereitet hatte. Die Dienerin mit den schrägstehenden Augen fiel die Steinstufen zur Küche hinunter, brach sich ein Bein und schlug so schlimm mit dem Kopf auf, dass sie nicht mehr richtig gehen und bei Tisch servieren konnte. Sie hockte in ihrer Küchenecke und murmelte, man habe sie die Treppe hinuntergestoßen, doch die anderen Diener mochten sie ebensowenig wie Josefa und hörten nicht auf sie.

Monate voller Unbehagen vergingen und meine Mutter wurde dicker um die Mitte. Ein weiterer Bote kam. Mein Vater war auf See verschollen. Eine Riesenwelle, so sagte man, die ihn trotz all seiner Erfahrung eines Nachts überrascht habe, als er auf Deck war. Am Hofe würden Messen für seine Seele gelesen. Die Königin, die schon immer gütig gewesen war, schickte die Nachricht, dass meine Mutter sich für ihre Niederkunft an den Hof begeben solle. Josefa sagte, wir könnten uns nicht weigern, sondern müssten den Schutz annehmen, den man uns anbot. Wir brachen zu einer langen und beschwerlichen Reise über die hitzeflirrende Ebene Richtung Madrid auf. Als wir ankamen, herrschte am Hofe Trauer. Der Kronprinz war tot. Gerüchte machten die Runde.

Man wies uns Gemächer im Palast zu, doch als der Herbst kam, waren sie trotz der Feuer und Kohlenbecken zugig und kalt. Meine Mutter schleppte sich schwer von einem Raum zum anderen, dann wurde sie bettlägerig. Wenn sie mich anblickte, sah ich die dunklen Schatten unter ihren Augen, und wenn sie die Hand von der Bettdecke hob, um meine Wange zu streicheln, waren ihre Finger geschwollen. Ich durfte still neben ihr im Bett sitzen und mit den Ringen spielen, die sie nicht mehr tragen konnte und die auf einer Truhe neben ihrem Bett lagen. Als die Nächte immer länger wurden, wurde ihr Schlafgemach von zwei dicken Kerzen erleuchtet, die sich rechts und links von ihrem Bett befanden und ein Kruzifix aus Ebenholz anstrahlten, das über dem Kopfende hing. Die Zugluft ließ die Kerzenflammen flackern und die langen Schatten auf dem Kruzifix zuckten hin und her, so als würde sich Christus vor Schmerz winden. Die Ringe meiner Mutter glitzerten im Kerzenlicht wie Drachenaugen – rot und grün. Ansonsten lag das Zimmer in tiefem Schatten. Ich hatte das Gefühl, dass dort etwas mit angehaltenem Atem wartete.

Jeden Abend, wenn Josefa meiner Mutter ihr Abendessen brachte, stellte meine Mutter dieselbe Frage: »Gibt es schon eine Antwort?« Josefa bestand darauf, dass meine Mutter erst etwas essen müsse und schließlich gehorchte sie aus lauter Erschöpfung, nahm ein paar Löffel Suppe zu sich, dann ein paar Schlucke aus einem Kelch aus venezianischem Glas, in dem süßer, nach Mandeln riechender Wein war. Josefa tupfte ihr sanft die Lippen mit einer leinenen Serviette ab und gab dann die immer gleiche Antwort: »Vielleicht morgen.«

»Schicke ihm noch einmal eine Nachricht, Josefa! Man sagt, er allein weiß, wie man es anstellt, wie man die Kinder schickt. Er ist meine letzte Hoffnung.«

Josefa wies mich an zu beten, auf dass es meiner Mutter besser ginge. Ich nahm meine Perlen und schloss die Augen, um die Tränen zurückzuhalten, und betete so inbrünstig ich konnte. Meine Gebete hatten Consuela nichts genutzt. Doch wenigstens kam Josefa eines Abends mit glücklicherer Miene ins Zimmer, beugte sich über meine Mutter und flüsterte ihr etwas zu. Ich schlich ein wenig näher und hörte die Worte: »Er hat die Angelegenheit in Gang gesetzt, schickt nach …« Den Rest konnte ich nicht hören.

In einer finsteren Nacht zum Ende des Monats regnete und stürmte es heftig. Der Kopf mit der Dornenkrone über dem

Bett meiner Mutter sah aus, als würde er hin- und hergeworfen, während sich der geschundene Körper in Todesqualen wand. Ich schreckte zusammen, als ich einen seltsamen Schrei aus dem Bett meiner Mutter hörte, wie der des bunten Vogels, den mein Vater von seinen Reisen mitgebracht hatte. Die Diener hassten diesen Vogel, sie sagten, er kreische mit den Stimmen der Verdammten. Sie ließen ihn zurück, als wir nach Madrid aufbrachen.

Der Weinkelch in Josefas Hand fiel zu Boden und zerschellte. Eine Dienerin wurde in aller Eile nach der Hebamme geschickt, dann nach den Ärzten und einem Apotheker, die kamen und sich hastig ihrer nassen Umhänge entledigten. Wieder und wieder machte meine Mutter dieses Geräusch und ich hielt mir die Ohren zu. Ein Priester kam im Laufschritt vorbei, begleitet von einem schläfrigen Jungen, der die Heiligen Sakramente trug. Ein Page zupfte Josefa am Ärmel und sagte, da warte jemand.

Sie wandte sich vom Bett ab, zog mich hoch und zerrte mich zur Tür. Ich bettelte, sie möge mich bei meiner Mutter lassen, doch sie schüttelte mich heftig und flüsterte mir eindringlich zu, ich müsse ein mutiges Mädchen sein; die Gebete meiner Mutter für meine Sicherheit seien erhört worden. Eine großgewachsene Nonne stand da, reglos und schweigend wie eine Statue. Über ihrem Arm hing ein Umhang, den sie nun ausbreitete. »Ich bin Sor Arsinoe«, flüsterte sie. »Sei ganz still und leg dies hier um.«

Ich drehte mich weg, doch Josefa griff sich den Umhang und wickelte mich so fest darin ein, dass ich mich nicht rühren konnte. »Geh mit Sor Arsinoe!«, befahl sie, während ich mich wehrte und um mich trat. »Wenn du deine Mutter liebst, geh sofort! Geh!« Ich wurde durch den dunklen Korridor zu einer Hintertreppe geführt, die zu den Küchen und Vorratsräumen führte, dann durch eine kleine Tür, zu der die Händler ihre Waren brachten. Eine Kutsche mit Vorhängen wartete im Regen. Die Nonne schob mich hinein und hier bin ich nun. Josefa und meine Mutter haben sich gegen mich verschworen und haben mich hierher geschickt. Ich werde ihnen nie verzeihen.

KAPITEL 18

Aus der Chronik der Sors Santas de Jesús,
Kloster Las Golondrinas, Andalusien,
Herbst 1551

Marisol war den größten Teil des vergangenen Jahres mürrisch und schweigsam – es ist ihr Versuch, sich nicht von der Traurigkeit überwältigen zu lassen. Und ein fünftes Mädchen, Sanchia, hat sich zu den anderen gesellt. Sie ist neun Jahre alt und kam, als die Schwalben davongezogen waren und Rauch aus dem Tal aufstieg, wo nach der Ernte die Felder abgebrannt wurden. Wie schrecklich passend! Als sie bewusstlos aus der geschlossenen Kutsche gehoben wurde, dachten wir erst, sie sei krank und liege möglicherweise im Sterben. Doch Sor Sofía, die sie herbrachte, sagte, sie schlafe nur fest. Da die verbrannten Beine und Füße ihr so fürchterliche Schmerzen verursachten, haben sie ihr während der Reise immer wieder ein Schlafmittel geben müssen.

Inzwischen heilen Sanchias Wunden und sie kann wieder laufen. Sie ist ruhelos, ihre vernarbten Beine und Füße schmerzen und sie kann im Unterricht nicht lange stillsitzen. Sie hüpft, zappelt und tanzt von früh bis spät, vom Aufstehen am Morgen bis zur letzten Ermahnung am Abend, nun endlich zu Bett zu gehen. Die Äbtissin konnte ihr ihre Geschichte entlocken, mithilfe eines Tellers Honignougat, das sie in kleine Stücke zerbrach und ihr nach und nach in den Mund schob.

Die Soldaten kamen, als wir schliefen. Sie warfen die Möbel und unsere Kleider herum und rissen die Kissen auf. Sie sagten, dass bei Juden immer Gold und Schmuck zu finden sei. Sie lachten, als sie die Kerzenleuchter fanden, die meine Mutter an den Freitagen anzündete, wenn die Vorhänge zugezogen waren. Die waren hinter einem Bild der Jungfrau versteckt, zusammen mit Papas Gebetbuch auf Hebräisch. Eines Tages, so hatte er mir versprochen, würde er mir beibringen, es zu lesen. Dann fanden sie die silbernen Weinbecher, die Mamas Familie gehört hatten, mit dem sechszackigen Stern darauf, der geheim ist. Mama legte den Arm um mich und sagte, die Soldaten seien glücklich und lachten, weil sie ein Spiel spielten, so wie das Spiel, das Papa und ich immer spielten, wenn ich so tat, als sei ich das Äffchen des Leierkastenmanns. Papa tat dann so, als drehte er seine Orgel und ich tanzte. Dann sah er auf und fragte: »Wo ist der kleine Affe?« und ich rannte davon und versteckte mich, bis meine Großmutter und mein Großvater mich mit Süßigkeiten aus meinem Versteck lockten, so wie man zahme Äffchen mit Nüssen lockt.

Dann nahmen die Soldaten uns mit, zu einem Ort, an dem viele Leute im Dunkeln eingesperrt waren. Mama sagte, auch das sei ein Spiel. Soldaten nahmen Papa und meinen Großvater mit und als sie wiederkamen, weinte Mama, und ich sagte, das sei kein gutes Spiel und ich hätte Angst und wolle nach Hause. Dann nahmen sie Mama und als sie zurückkam, sprach sie nicht mit mir. Ein Mann kam, um Mama und Papa zu sehen. Sie sprachen durch die Gitterstäbe und Mama sank in die Knie.

Kurz darauf bekam Mama ihre Stimme wieder und sagte mir, dass Papa und sie am nächsten Morgen eine Überraschung für mich hätten: Sie kannten einen Zauberspruch, der mich in einen echten Affen verwandeln würde. Ich würde mich mit ihnen verstecken und wenn sie und Papa die Zauberworte sprachen, würde ich mich in einen Affen verwandeln und musste davonhüpfen und -tanzen, so wie ich es immer tat.

Am nächsten Tag kamen die Soldaten wieder. Statt der Kleider, die wir von zu Hause mitgebracht hatten, gaben sie uns schreckliche kratzende Kittel. Wir mussten die Schuhe ausziehen und Kerzen in die Hand nehmen und dann verließen alle gemeinsam das Gefängnis. Draußen waren viele Leute, die auf uns zeigten und »Aas!« und »Mörder!« schrien und uns anspuckten.

Mama sagte, dass ich mir nichts aus diesen Leuten machen sollte, weil ich mich ja in einen Affen verwandeln würde. Der Zauber würde allerdings erst wirken, wenn wir am richtigen Ort waren. Dann würden sie und Papa den Zauberspruch sagen und ich dürfe mich nicht fürchten, sondern müsse zu der Nonne hüpfen, die mir Süßigkeiten geben und mich ganz schnell wieder in ein Mädchen verwandeln würde. Ich dürfe mich aber nicht umdrehen, sonst würde der Zauber nicht wirken.

Sie sagte, es werde ein Feuer geben und vielleicht würde es meine Füße ein bisschen verbrennen, aber ein Affe könne ja über das Feuer springen. Sie zeigte, in welche Richtung ich laufen sollte, und wiederholte immer wieder, was ich tun müsse, bis ich sagte: »Ich weiß, ja, weiß ich doch! Da drüben hin!« Dann banden sie Mama und Papa mit Stricken zusammen. Mama und Papa drängten sich dicht aneinander und ich war zwischen ihnen. Mich banden sie aber nicht mit Stricken fest.

Als die Musik begann, schoben sich meine Eltern an den Rand, mit mir zwischen sich. Die Leute rings um uns weinten und bettelten, doch die Menge um uns herum lärmte und jubelte. Ich hörte, wie meine Mutter meinen Vater fragte, ob er sicher sei, und er antwortete mit zittriger Stimme, dass aller Augen auf das Feuer gerichtet sein würden; niemand würde ein Kind bemerken, wenn es schnell war. Er ermahnte mich streng, den weißen Wimpel der Nonne nicht aus den Augen zu verlieren – sieh, sie kniet da im Schatten. »Warte auf den Zauberspruch«, sagte er immer wieder, »dann läufst du geradewegs zu ihr.«

»Ich weiß, ich weiß!«, sagte ich. Dann kamen Mönche mit ihren prasselnden Fackeln. Als sie die Fackeln an die Stelle hielten, wo wir standen, fragte ich mich, warum sie nicht besser aufpassten. Dann knisterte es. Rauch stieg auf und die Leute keuchten und schrien und plötzlich waren wir von Flammen umgeben. Meine Eltern husteten und meine Mutter sagte: »Jetzt!« Und dann hörte ich meine Eltern den Zauberspruch sagen: *»Yit'gadal v'yit'kadash, sh'mei raba!«* Wie ein Äffchen hüpfte ich über die Flammen, aber trotzdem verbrannten sie meine Füße und Beine so sehr, dass ich sehr schnell rannte, um wegzukommen. Ich hustete und würgte wegen des Rauchs. Die schrecklichen Schreie wurden immer lauter und dann kam die Nonne in den Qualm und bedeckte mich mit ihrem Habit und wir eilten davon. Als sie den Umhang wegnahm, war ich wieder ein kleines Mädchen, und ich weinte, weil mir die Beine und Füße so sehr wehtaten. Und dann hatte sie doch keine Süßigkeiten für mich!

Die Äbtissin gab ihr das letzte Stück Nougat. Sanchia aß es und dabei huschte ihr sorgenvoller Blick von einer Nonne zur anderen. Ihre Beine und Füße haben fürchterliche Narben und sie wiederholt den »Zauberspruch«, das jüdische Gebet für die Toten, immer und immer wieder, in dem Glauben, er würde sie irgendwie wieder mit ihrer Familie vereinen. Oh lieber Gott, ihre Familie ist Asche im Wind. Und wenn der Untersuchungsbeamte der Inquisition kommt, Fragen stellt und die Kinder prüft … Wenn sie diese Worte wiederholt, verrät sie sich und uns … Wir wagen nicht, daran zu denken.

Als Esperanza Sanchia in die *sala de las niñas* zurückbrachte, reichte die Äbtissin mir den Brief von der Inquisition. Las Golondrinas wird bald an der Reihe sein. Die Äbtissin berührte die Medaille um ihren Hals.

November 1551

Als der erste Schnee des Herbstes fiel, kam die Äbtissin aufgeregt in die Bibliothek und schickte Esperanza mit einem Auftrag hinaus. »Sor Beatriz! Ich habe die Gründerin gesehen! Ich war im Kreuzgang, als es zu schneien begann, und betete um Beistand, wie wir Esperanza und die anderen schützen könnten, und dabei dachte ich, dass der Schnee alles verbirgt. Plötzlich war sie da und ihr Umhang bauschte sich genau so hinter ihr, wie es immer beschrieben wird. Sie sagte: ›schickt sie‹, ›Bräute‹ und ›Spanischamerika‹, doch mehr konnte ich nicht hören. Sie verschwand ebenso plötzlich, wie sie erschienen war.«

Ich fragte mich, ob sie sich das alles nur eingebildet hatte. Die Äbtissin ist recht alt, älter als ich, und in großer Sorge. Sie besteht darauf, dass unsere fünf Mädchen sich nützlich machen. Zu unserer Überraschung zeigt die mürrische Marisol großes Geschick bei der Betreuung der Kinder im Waisenhaus und an den meisten Tagen führt sie Aufsicht in der *sala de las niñas*. Die ruhige Pía sitzt oft bei Luz, hilft ihr beim Flicken und Stopfen, und Esperanza arbeitet natürlich jeden Tag mit mir zusammen. Die Äbtissin holt Sanchia, so oft es geht, zu sich und versucht, sie auf eine Überprüfung durch die Inquisition vorzubereiten, ohne sich zu verraten. Sie erzählt ihr eine Heiligengeschichte nach der anderen und lässt sie sie wiederholen, ebenso wie ihren Katechismus und ihre Gebete und den Rosenkranz, sodass Sanchia die richtigen Antworten geben kann, wenn sie gefragt wird. Keine von uns glaubt, dass dieses Vorhaben gelingen wird, doch wir haben nicht das Herz, es der Äbtissin zu sagen.

Wir versuchen, uns auf die Weihnachtsfeierlichkeiten zu freuen, und auf die Feier, wenn Sor Serafina nach der Fastenzeit die Profess ablegt. Diese Feier wird größer ausfallen als sonst. Sor Serafina ist die Tochter eines reichen Witwers mit Ländereien und Silberminen in der neuen Welt. Anders als viele andere Novizinnen kam sie nicht als Waisenkind zu uns, sondern trat in das Kloster Las Golondrinas ein, nachdem sie in einem anderen Kloster zur Schule gegangen war. Sor Serafina ist eine lebhafte und schwatzhafte junge Frau. Ihre älteren Halbbrüder mögen sie sehr. Sie schicken ihr Briefe mit allerlei Neuigkeiten und in diesem Jahr unternahmen sie gar eine Reise zum Kloster, bevor das kalte Wetter einsetzte, um ihre Schwester zu besuchen. Sie sind schon mehrmals in den spanischen Kolonien gewesen, um sich dort um die Geschäfte ihres Vaters zu kümmern, und sollen bald wieder abreisen. Bei der Äbtissin haben sie Geld zurückgelassen, von dem ein besonders üppiges Bankett bezahlt werden soll, wenn ihre Schwester die Profess ablegt.

Das Neue Jahr
Januar und Februar 1552

An vielen Winterabenden, wenn die Bergwinde heulen und wir uns mit unseren Nähkörben vor dem Feuer versammeln und flicken oder stopfen, unterhält uns Sor Serafina mit den Geschichten, die ihre Brüder von Spanischamerika erzählen. Sie beschreibt so lebhaft, dass wir, wenn wir in die Flammen sehen, die fliegenden Schlangen sehen, von denen sie berichtet, die Gärten voller Gold und Edelsteine, breite schlammige Flüsse, endlose grüne Wälder, bunt gefiederte Vögel und mittendrin die strahlenden neuen Städte, die die spanischen Siedler errichtet haben, mit breiten Straßen und Kirchen und prachtvollen Häusern und, weiter in der Ferne gelegen, Haziendas, die sich bis zum Horizont erstrecken, wo die Berge an die Wolken reichen. Für uns, die wir unser Kloster sicher nie verlassen werden, klingt es alles sehr aufregend.

Sor Serafina hat auch einen Vorrat an schockierenderen Geschichten über die Eingeborenen und ihre Sitte, viele Frauen zu nehmen, und über die spanischen Siedler, denen es an katholischen Spanierinnen mangelt, die sie heiraten könnten, und die sich daher Geliebte und Konkubinen unter den Frauen der Mestizen nahmen, die sehr schön sind, und über ihre Kinder, die ungetauft bleiben, wenn nicht die spanischen Nonnen oder Mönche etwas dagegen unternehmen. Sie behauptet, dass Bordelle blühen und Scheidungen an der Tagesordnung sind. Ich tadelte Sor Serafina wegen solch frivoler Reden und sie schwieg einen Augenblick. Dann sagte sie, sie habe eine bessere Geschichte, diesmal eine Geschichte von Nonnen. Ich seufzte und nickte. Bei den Novizinnen war ich noch nie besonders streng.

Sie sagte, dass Francisco Pizarro und seine Konquistadors den Herrscher der Inkas gefangennahmen und hinrichteten und dass die Spanier danach plündernd und brandschatzend über das Gold und Silber und die Edelsteine der Eingeborenen herfielen und alles mitnahmen, was sie bekommen konnten. Wie trunken vor Reichtum entfernten sie sich immer weiter von der Küste, auf der Suche nach weiteren Schätzen. Schließlich gelangten sie im Schatten eines großen Berges zu einem Palast, der den sogenannten Jungfrauen der Sonne gehörte, einer Art heidnischer Nonnen, wie Sor Serafinas Brüder berichteten. Auch hier raubten die Spanier alles Gold und Silber und die Jungfrauen verschwanden. Sie wurden als Kriegsbeute verschleppt, um den Widerstand der Inkas auszuhöhlen, weil die Jungfrauen dort als heilig galten. Die Leute behaupteten jedoch, die Jungfrauen seien zu einer heiligen Festung in den Bergen geflohen, wo sie durch die Stollenöffnungen eines magischen Portals in das Land ihrer Götter gelangten.

Die Novizenmeisterin unterbrach die Erzählung und meinte, das sei nun genug von heidnischen Nonnen. Sor Serafina entgegnete, sie komme jetzt zu dem Teil über christliche Nonnen und über ein geheimnisvolles Rätsel. Das klang natürlich so aufregend, dass wir nicht widerstehen konnten, und so ließen wir unsere Näharbeiten sinken und hörten zu.

Ganz gewiss hat Gott uns Sor Serafina geschickt. Ihre nächsten Worte waren wie ein Sonnenstrahl in dunkler Winternacht!

Da der König und die Königin wünschten, die Eingeborenen mögen um ihres Seelenheils willen zum Christentum übertreten, reiste bald nach Pizarro ein spanischer Bischof mit einer Gruppe franziskanischer Mönche nach Spanischamerika. Er billigte die Zerstörung des Hauses der Jungfrauen der Sonne und ordnete an, dass der Ort heidnischen Kultes dadurch gereinigt werden solle, dass man aus den Steinen ein Kloster baute, mit einer prachtvollen Kapelle am Tor. Als der Bischof ins Landesinnere reiste, um es zu weihen, fand er zu seinem

Erstaunen und Ärger einen Orden spanischer Nonnen vor, die bereits von Kloster und Kapelle Besitz ergriffen hatten, ohne sein Wissen und ohne seine Erlaubnis. Er hatte keine Ahnung, wie dies geschehen konnte, doch hinter seinem Rücken murmelte man, die Wege der Kirchenoberen seien unergründlich. Die einzig mögliche Erklärung war, dass die Nonnen an Bord eines Schiffes von Pizarros Flotte in einer verborgenen Luke nach Spanischamerika gelangt waren.

Pizarro widersprach diesem Gerücht nicht. Sor Serafinas Brüder meinten, wahrscheinlich habe er vermeiden wollen, wie ein Narr dazustehen. Er konnte weder lesen noch schreiben und falls es Dokumente gab, die Licht in dieses Dunkel hätten bringen können, so konnte er sie nicht lesen und war zu eitel, seine Unwissenheit zuzugeben. Auch der Bischof protestierte nicht, denn er wollte nicht den Anschein erwecken, nicht das Vertrauen der kirchlichen Behörden zu haben. Wenn jemand die Nonnen erwähnte, kniff er stumm die Lippen zusammen, und er starb schließlich, während er noch auf eine offizielle Erklärung wartete.

Sor Serafinas Brüder glaubten jedoch, dass sich die Anwesenheit der Nonnen auf andere Weise erklären ließ. In den Tavernen an der Küste erzählten alte Matrosen, dass maurische Seefahrer von Spanien aus das schreckliche Meer des Nebels und der Dunkelheit überquert hatten und von Stürmen in ein fremdes Land getrieben worden seien. Darüber konnte man nicht sprechen, weil die Inquisition möglicherweise davon erfuhr. Das katholische Spanien wollte, dass der Triumph der Entdeckung allein katholischen Seefahrern vorbehalten sei. Doch die Matrosen, die um die Unwägbarkeiten der Winde und der Strömungen wussten – die unvorhersehbaren, grausamen Stürme machten die Überfahrt in die Neue Welt gefährlich –, glaubten, dass so etwas jedem Schiff passieren konnte, das sich in den Atlantik verirrte. Obwohl Nonnen wohl kaum selbst die Segel gesetzt hätten ... Es würde also auf immer ein Geheimnis bleiben!

Als Sor Serafina dies hörte, hatte sie gelacht und die Vermutungen ihrer Brüder einfallsreichen Unfug genannt. Ihre Brüder beteuerten jedoch, dass sie ihr das Beste noch gar nicht erzählt hätten. Wie es der Zufall wollte, hatte das Kloster, das anstelle des Palastes der Jungfrauen der Sonne errichtet worden war, schon bald große Schwalbenschwärme angezogen, genau wie das Kloster ihrer Schwester Sor Serafina. Zunächst hieß es einfach »das spanische Kloster« und der Nonnenorden wurde Sors Santas de Jesús de Los Andes genannt. Später jedoch bekam das Kloster wegen der Schwalben den Namen Las Golondrinas. Sor Serafina fügte gerade entschuldigend hinzu, dass es vielleicht alles nicht stimme, aber dennoch eine nette Geschichte sei, als ich mit einem Aufschrei aufsprang.

Der Nähkorb auf meinem Schoß fiel herunter und ich starrte Sor Serafina an, als hätte der Berg selbst gesprochen. Dann packte ich sie am Handgelenk und zerrte sie so hastig auf die Füße, dass auch ihr Nähkorb zu Boden polterte. Die anderen sahen mich erschrocken an. Es war nicht nötig, eine Novizin so heftig zur Ordnung zu rufen, auch nicht für eine derart lächerliche Geschichte. »Kommt mit, sofort«, befahl ich und begann, sie aus dem Raum zu ziehen.

Esperanza dachte wahrscheinlich, ich wollte Sor Serafina eine Ohrfeige geben, und rief: »Nein! Sor Beatriz, tut es nicht! Sor Serafina denkt sich das nicht aus. Ich habe auch schon davon gelesen ...«

»Dann kommst du auch mit«, wies ich sie an und zerrte Sor Serafina mit mir. Sie brach in Tränen aus und beteuerte, sie habe nur wiedergegeben, was ihre Brüder ihr erzählt hatten, und habe sich nichts Böses dabei gedacht. Zu dritt gingen wir direkt zum Zimmer der Äbtissin. Die Äbtissin sah von ihrem Messbuch auf und runzelte die Stirn angesichts dieser stürmischen Unterbrechung.

»Sor Serafina, wiederholt die Geschichte, die ihr uns erzählt habt.«

Mit leiser, weinerlicher Stimme folgte Sor Serafina meiner Anweisung, während Esperanza nervös und ungeduldig abwartete. Die Äbtissin ließ die Novizin ihre Geschichte zwei weitere Male erzählen, dann versicherte sie ihr, dass sie nicht in Ungnade gefallen sei und entließ sie. Esperanza wollte sich ihr schon anschließen, doch ich befahl ihr barsch, sie solle bleiben.

»Nun erkläre uns, warum du meinst, dass Sor Serafina die Wahrheit sagt.«

Sor Serafina ist ein wenig töricht und leicht zu beeindrucken, im Gegensatz zu Esperanza, deren Erinnerung klar und präzise ist. Und nun sagte sie, dass der Historiker al-Mas'udi im zehnten Jahrhundert von maurischen Matrosen berichtet hatte, die über das Meer des Nebels und der Dunkelheit verschwunden waren. Jahre später tauchten sie wieder auf, mit Schätzen und Geschichten von einem fremden Land, in dem es Goldwiesen und Edelsteinminen gab.

»Und du hast dieses Buch gesehen?«

»Natürlich. In der Bibliothek meines Vaters«, antwortete Esperanza.

»Und daher kann es stimmen, wenn Sor Serafina von Konquistadors erzählt, die auf spanische Nonnen treffen, die bereits in Spanischamerika waren? Das Schiff, auf dem unsere Mission unterwegs war, könnte der Wind ebenfalls Richtung Westen getrieben haben?«

»Wenn es einmal geschehen ist, warum sollte es dann nicht wieder geschehen?«, erwiderte Esperanza.

Die Äbtissin entließ auch sie.

Sie sah ebenso verstört aus, wie ich mich fühlte. »Spanische Nonnen in Neu-Spanien? Unsere Mission nicht ertrunken oder von Piraten gefangen genommen? Und der Name – Sors Santas de Jesús? Und der Bischof wusste nichts davon?«

Wir saßen da und überlegten, was dagegensprach. Schließlich meinte die Äbtissin: »Wenn es stimmt, so ist es ein Wunder.« Solche Nachricht, nach dreißig Jahren der Trauer! Wir wagen nicht zu hoffen und tun es trotzdem. Sobald die Straßen passierbar sind, wird die Äbtissin einen Brief an das Kloster senden, das unseren Namen trägt.

Der Tag, an dem Sor Serafina die Profess ablegte, war ein Freudentag für uns alle und beim festlichen Bankett wurde mehr Wein zugeteilt als sonst. Und getrunken.

Mögen jene, die dies lesen, für die Heiligen Schwestern Jesu beten, wo immer sie auch sind. Gott ist groß!

KAPITEL 19

Aus der Chronik der Sors Santas de Jesús,
Kloster Las Golondrinas, Andalusien,
Frühjahr 1552

Ein Jahr ist vergangen, seit die Äbtissin an das Kloster der Heiligen Schwestern Jesu, Las Golondrinas in Neu-Spanien in der Nähe der Anden, geschrieben hat. Nach dem Winter ist die Straße nun wieder passierbar. In der vergangenen Woche feierten wir Ostern und nun haben wir alle Hände voll zu tun, das Kloster auf die Pilger vorzubereiten, die nach der *Semana Santa* kommen. Das Hospital wurde von oben bis unten geschrubbt, die Laienschwestern, die sich um die Unterkünfte für die Männer und Frauen kümmern, haben in ihrem Lagerraum frische Strohmatratzen gestapelt, während die Pilgerzellen mit Betten, frischer Bettwäsche und Kerzen für unsere höher gestellten Besucher hergerichtet sind. Die Schlagläden sind geöffnet, die Frühlingswinde haben die rauchige Winterluft herausgepustet und das Kloster duftet nach Bienenwachs und Lavendel. Im Kreuzgang sind die Rosen und Kräuter beschnitten, die Wege sind gefegt. Im Pilgergarten blühen die Orangenbäume und das Muschelbecken unter der kleinen Quelle ist saubergescheuert. Auch die Jasminranke, die über der Felsspalte gewachsen ist, blüht und Rosmarin und Lavendel haben neue grüne Triebe.

Luz hat das Geschenk für die Königin fertig, mit dem sie den ganzen Winter über beschäftigt war: ein wunderbar gearbeitetes Altartuch aus einem Stück zarten, mit Spitze besetzen Leinen, mit flink dahinfliegenden Schwalben und einem zierlichen Schwalbennest, das die Initialen der Königin trägt. Es wurde zusammen mit einigen Rosmarinzweigen und einem respektvollen Brief losgeschickt, in dem wir Ihrer Majestät für die Güte ihres Schutzes danken und ihr versichern, dass wir unablässig für ihr Seelenheil und ihr körperliches Wohl und für die Bekehrung der Eingeborenen in den spanischen Kolonien in Amerika beten.

Die Schwester, die für unsere Hühner und Ziegen zuständig ist, reibt sich zufrieden die Hände, so zahlreich ist ihr Zuwachs. Für das Festessen zu Ostern wurden viele neue Lämmer gemästet. In der Küche wird eifrig gebacken und der Geruch der *polvorónes* mischt sich mit dem unseres alltäglichen Brotes. Das Silber in der Kapelle ist poliert, die Altarwäsche gewaschen und ausgebessert und die Dörfler haben uns zwei Fässer Wein vom vergangenen Herbst gebracht. In der Sakristei liegt ein Vorrat von Hostien, in ein Leinentuch eingeschlagen, bereit. Im Hospital haben die Schwestern saubere Binden, Wundsalben, Heiltränke und Tinkturen vorbereitet. Krankheit im Winter sorgt für manche Pilgerreise im Sommer.

Als ich heute zur Äbtissin ging, war ich überrascht und erschrocken, als ich auf der anderen Seite des *locutio* einen sehr schmutzigen und ziemlich wild dreinblickenden Mann sah. Seine schäbige Kleidung wurde in der Mitte von einem Strick zusammengehalten und ich dachte zuerst, er müsse einer der Einsiedler sein, die von Zeit zu Zeit den Weg zu uns finden, wenn ihnen nach ein wenig Gesellschaft und richtigem Essen zumute ist. Die Äbtissin winkte mich zu sich und murmelte: »Die Pförtnerin hat ihm heute Morgen das Tor geöffnet und er redete wirr, bestand darauf, dass er jemanden finden müsse, dass er es der Äbtissin sagen müsse. Die Pförtnerin schlug ihm vor, dass er erst einmal ins Pilgerquartier gehen und etwas essen und sich ausruhen solle, doch er begann zu toben, dass er ein junges Mädchen finden müsse, das man vielleicht hierher gebracht habe. Gleichzeitig wollte er sich nicht von seinem Esel trennen, der einen großen Korb auf dem Rücken trug. Zu ihrer Überraschung sah die Pförtnerin, dass er voller Pinsel und Farben und Leinwände war. Trotz seines wilden Aussehens klingt der Mann gebildet, er spricht wie ein Höfling, daher dachte sie, er sei vielleicht der Vater eines der Waisenmädchen und sei gekommen, um sie zurückzuholen. Die Pförtnerin handelte schließlich mit ihm aus, dass eine Beata ihn zur Äbtissin bringen würde, wenn er seinen Esel am Tor ließe.

Ich fragte ihn nach dem Namen des Mädchens und nach dem Grund, weshalb er es suche, aber –« Die Äbtissin hob die Augenbrauen und wies mit dem Kopf zum *locutio*. Ihre Miene zeigte mir, dass sie den Mann auf der anderen Seite für verrückt hielt. Und tatsächlich murmelte er etwas über den Kronprinzen Don Balthazar. Selbst bevor Marisol zu uns kam, hatten wir schon von seinen Anfällen und Wutausbrüchen gehört und auch von dem Gerücht, dass der König die Thronfolge geändert habe. Doch der Verrückte behauptete eindringlich, Don Balthazar sei auf Geheiß des Königs getötet worden und nun wollten sich einige Leute geschlossen hinter den Erben des Märtyrerprinzen stellen.

»Unmut gegen die Krone macht sich breit«, sagte der zerlumpte Mann. »Wo es Geheimnisse gibt, blühen die Gerüchte umso mehr. Die Unterstützer Don Balthazars sagen, er habe ein Kind gezeugt, ein Mädchen – und dieses Kind sei die rechtmäßige Erbin des spanischen Throns. Das Kind verschwand vor zwei Jahren ... Der König hat befohlen, es zu finden.«

»Aber was habt Ihr mit diesem Kind zu tun?«, fragte die Äbtissin.

»Ich muss das Mädchen finden, bevor es die Behörden tun. Weil ich verantwortlich bin. Ich muss ihm die Wahrheit sagen und es um Verzeihung bitten«, antwortete er. Hinter dem *locutio* konnten wir nur seine wilden Augen sehen, als er das Gesicht an die Gitterstäbe presste. »Und sie warnen, dass sie in Gefahr ist.«

»Verzeihung?«

»Ich habe großes Unrecht getan, Äbtissin. Gott hat mich mit einem Talent gesegnet, doch ich habe es missbraucht. Ich liebte Frauen über alles und machte mir meine Gabe zunutze, ihre Portraits so zu malen, dass sie Verlangen entfachten. Ich hatte Erfolg, denn ein Portrait zu malen ist, wie sich der Liebe hinzugeben. Frauen zeigten sich mir, vertrauten sich mir an, ergaben sich mir. Schöne Frauen haben viele mögliche Abbilder, das Gesicht, das sie der Welt zeigen wollen, und normalerweise das Gesicht, das sie versteckt halten. Portraits, wie die Liebe, erfordern eine Öffnung des Selbst. Ich konnte Eitelkeit und Durchtriebenheit und Geiz erkennen und sie als Eleganz oder Lebensfreude darstellen. Ich wusste um ihre Gelüste, ihre Gier, und vor allem wusste ich, wer ein verborgenes Kind hatte, eine Schande, die niemals ans Licht kommen durfte. Denn jene waren in meiner Schuld. Ich half ihnen, diese Kinder zu verbergen. Und nahm dafür die Bezahlung, die ich wünschte.

Ich bekam den Auftrag, das Verlobungsbild eines sehr jungen Mädchens zu malen. Sie war schüchtern und bescheiden, unberührt von bösen oder berechnenden Gedanken. Anfangs wollte ich sie verführen, so wie die anderen, und am Ende war ich halb in sie verliebt und darauf bedacht, ihr keinen Schaden zuzufügen. Dennoch fühlte ich mich verpflichtet, sie als sinnlich und begehrenswert zu malen – ihr zukünftiger Ehemann war ein Mann von Welt, sehr mächtig und reich und selbst ein großer Liebhaber der Frauen. Ich wandte all die Tricks an, die ich in meiner Kunst beherrsche: Ich gab den Augen einen vielsagenden Ausdruck, malte volle Lippen, malte sie so, wie sie aussehen mochte – wenn sie eine andere Frau gewesen wäre. Der künftige Ehemann war hocherfreut und bezahlte mir das Zweifache der vereinbarten Summe.

Das Portrait wurde bei Hofe allgemein bewundert, doch auf den Kronprinzen hatte es die stärkste Wirkung. Als ich den Auftrag bekam, eine Kopie für die privaten Gemächer des Kronprinzen anzufertigen, war mir unbehaglich zumute, ich wagte aber nicht, mich einem königlichen Befehl zu widersetzen. Ich war erleichtert, als das Mädchen heiratete und nicht länger am Hofe, sondern auf dem Anwesen ihres Mannes lebte, mitsamt dem Portrait. Doch ich konnte ihr liebliches Gesicht und ihre vertauensvolle Miene nicht vergessen und begann zu bereuen, dass ich das Portrait so gemalt hatte, wie ich es gemalt hatte. Ich hatte das Gefühl, sie irgendwie betrogen zu haben. Dass ich eine Kopie für den Prinzen angefertigt hatte, sollte ich jedoch noch mehr bereuen. Ich war es nicht gewohnt, mich schuldig zu fühlen, und um diese Gedanken zu vertreiben, füllte ich mein Leben an mit Arbeit und Frauen. Ich malte und malte und mit jedem Jahr wurde ich wohlhabender und erfolgreicher.

Als ich erfuhr, dass das Mädchen Kinder hatte und ein ruhiges Leben führte, dass ihr Mann ihr trotz seiner langen Abwesenheiten sehr zugetan war, war ich erleichtert. Also hatte ich ihr doch nicht geschadet. Ich weiß nicht, wie die Gerüchte aufkamen, dass diese Dame die Geliebte des Kronprinzen sei. Es stimmte wohl, dass er sich nach dem Portrait der Dame verzehrt hatte, doch die Dame selbst war vor ihm sicher. Die Gerüchte hielten sich allerdings hartnäckig, verbreitet von den Unterstützern des Prinzen, die allen Gegenbeweisen zum Trotz behaupteten, dass er ein normaler Mann und ein geeigneter Thronfolger sei. Dann flüsterte man sich zu, der Mann der Dame habe sie verstoßen, weil sie dem Kronprinzen bereits ein Kind geboren habe und ihm bald ein zweites schenken würde. Nichts von all dem glaubte ich, doch ich wusste, dass mein verwünschtes Portrait die Gelüste des Prinzen soweit angefacht hatte, dass er gefährlich war. Dann erfuhr ich, dass der Ehemann und die meisten Kinder der Dame unter geheimnisvollen Umständen gestorben seien und dass sie wieder ein Kind erwarte. Die Königin schenkte den Verunglimpfungen keinen Glauben und bot ihr ihren Schutz an. Sie bat sie, für ihre Niederkunft an den Hof zu kommen. Einer Königin schlägt man nichts ab, doch zum Glück für die Dame starb der Kronprinz plötzlich, als sie unterwegs nach Madrid war.

Einige Monate später erhielt ich eine Botschaft, in der man mich um Hilfe bei dem üblichen Problem bat – ein unerwünschtes Mädchen sollte unauffällig entfernt werden. Ich setzte den üblichen Prozess in Gang, damit das Kind an den üblichen Ort gebracht würde, von dem ich nie genau wusste, wo er sich befand. Erst später erfuhr ich, dass das Kind die Tochter der einzigen Frau gewesen war, deren gutes Herz jemals meine Seele berührt hatte, der einzigen Frau, die ich jemals geliebt hatte. Sie musste meine Unterstützung gesucht haben, als sie herausfand, dass ich half, Kinder wegzubringen, und als sie wusste, wie gefährlich die Position ihrer Tochter sein würde, falls sie sterben sollte.

Sie, die arme verleumdete Dame, starb ebenso wie ihr Kind bei der Geburt, als die Unterstützer von Don Balthazar gerade begannen, die Flammen des Gerüchts anzufachen, dass Don Balthazar auf Befehl des Königs getötet wurde, aber ein Kind gezeugt hatte, ein Mädchen, das die rechtmäßige Erbin des spanischen Throns sei. Sie würden sich geschlossen hinter sie stellen und sie im Namen des Märtyrerprinzen zur Königin von Spanien machen. Zwei englische Spione wurden gefangen genommen und gestanden unter Folter, dass sie auf der Suche nach demselben Kind seien. Sie wurden hingerichtet und die Suche nach dem Mädchen verstärkt. Der König befiehlt, dass man sie findet, bevor sie zur Waffe in den Händen von Spaniens Feinden wird.

Ich begriff, was ich getan hatte: Ich hatte einer guten, einer lieben Frau Tod und Verderben gebracht. Mein Talent ließ mich im Stich, meine Portraits atmeten nicht mehr und alles, was ich zu malen versuchte, war flach und leblos und öde. Meine Aufträge versiegten, meine Schulden stiegen. Ich trank so viel, dass ich Tag und Nacht nicht mehr voneinander zu unterscheiden wusste. Ich ergab mich dem Glücksspiel und als ich keinen Erfolg mehr hatte, kehrten mir die Damen den Rücken zu und ich ging zu Prostituierten und suchte die gemeinsten Vergnügungen der Sinne, um zu vergessen, was ich getan hatte.

Die Last meiner Schuld wuchs, bis ich es nicht mehr ertragen konnte. Ich ging zur Beichte und bereute, dass ich eine untadelige Frau und ihre Familie zerstört hatte, bis auf ein einziges Kind. Als Buße erlegte mir der Priester auf, die überlebende Tochter zu suchen, ihre Vergebung zu erlangen und für sie einen Akt der Reue zu vollführen. Ich fing an, nach dem Kloster zu suchen, in das mit meiner Hilfe so viele unerwünschte Mädchen geschickt worden waren. Doch hatte ich den Prozess zwar oft genug in Gang gesetzt, der Ort selbst blieb aber ein streng gehütetes Geheimnis. Ich konnte versuchen, was ich wollte: Dieses Geheimnis war nicht zu durchdringen. Alles, was ich erfahren konnte, war, dass es ein Kloster in den Bergen war, ein Ort der Schwalben. Ich verschenkte meinen ganzen Besitz an die Armen und das, was ich an Geld nicht verschleudert hatte, und behielt nur meine Pinsel, Farben und Leinwände.

Wenn mich Gott zu dem Mädchen geleiten würde, so schwor ich, würde ich ein Meisterwerk zu Seinem Ruhme malen. Zwei Jahre lang bin ich nun als Bettelmönch und Pilger von einem Kloster zum anderen gereist. Doch ich bin krank und zweifelte daran, dass ich sie vor meinem Tod finden und sie mir die Absolution erteilen würde.

Vor einigen Wochen dann sah ich unterwegs große Schwärme von Schwalben, die auf ihrem Vogelzug in die Berge flogen, und die Leute in den Bergen sagten, die würden nach Hause zurückkehren, zum Kloster Las Golondrinas. Zum ersten Mal fühlte ich Hoffnung; vielleicht waren sie gekommen, mir den Weg zu weisen.« Er atmete schwer und der Kopf sank ihm auf die Brust. »Ich bin der elende Tristán Mendoza.«

»Und das Kind, das Ihr sucht?«

Er flüsterte: »María Isabela Vilar de Asunción.«

Was der Mann sagte, stimmte mit Marisols Geschichte überein. »Ja«, sagte die Äbtissin nach einem Augenblick vorsichtig. »Ja, sie ist hier. Aber ich weiß nicht, ob Ihr sie sehen dürft.« Die Äbtissin und ich berieten uns – sollte man es Marisol sagen? Sie ist nicht so widerspenstig, wie sie scheint. Es war jedoch an ihr zu verzeihen, wenn es ihr möglich war, und dem armen Mann sollte man nicht das Recht verwehren, darum zu bitten. Die Äbtissin beschloss, nach ihr zu schicken.

Erhobenen Hauptes betrat Marisol den Raum. Sie rechnete mit einem Tadel, weil sie eine Klosterregel gebrochen hatte, und stieß ein erschrockenes »Oh!« aus, als sie den Mann hinter dem Gitter sah.

Die Äbtissin wies sie an, sich zu setzen, und sagte geradeheraus: »Marisol, dieser Mann gibt an, er sei Tristán Mendoza, der das Verlobungsportrait deiner Mutter gemalt hat.«

»Wenn er es wirklich ist, soll er sich vorsehen«, sagte Marisol unfreundlich. »Josefa hat uns immer gewarnt, dass man dem Maler nicht trauen könne und Frauen in seiner Gegenwart auf ihre Tugend achten sollten.«

Selbst Marisol wand sich unter dem strengen Stirnrunzeln der Äbtissin, wenngleich sie ihr Nachgeben mit einem leisen Schnauben begleitete, um uns zu zeigen, dass es ihr egal war. Der Mann fiel auf die Knie und rief: »Ein Wunder!«

»Was soll das?«, fragte Marisol misstrauisch.

»Meine Gebete wurden erhört. Ich bin gekommen, um meine Schuld zu gestehen und Gnade und Vergebung von Euch zu erbitten, für das Unheil, das ich über Euch und jene gebracht habe, die Ihr liebtet. Ich bin der Mörder Eurer ganzen Familie. Ich habe ihr Blut an meinen Händen, auf meiner Seele.«

Marisol murmelte: »Dieser Bettler ist verrückt. Erlaubt mir zu gehen, Äbtissin.«

»Sei still!«, befahl die Äbtissin.

Der Mann umklammerte das *locutio* und wiederholte seine Geschichte.

Ausnahmsweise blieb Marisol eine Entgegnung schuldig. Sie fiel auf ihrem Stuhl in sich zusammen und sah klein und verletzlich aus. Sie presste die Lippen aufeinander und blickte mich verstört an. Ihr temperamentvoller Trotz war verschwunden. Tränen stiegen ihr in die Augen, während sie sich bemühte, die Wut wieder aufzubauen, die ihr Schutzschild gegen die Welt ist. »Ich wusste nicht, warum man mich von ihr und Josefa wegbrachte, und ich wusste nicht, dass sie gestorben ist. Ich habe beide so sehr gehasst. Und nun sagt Ihr mir … Ich hasse Euch auch, von ganzem Herzen und mit jedem Atemzug.«

Marisol streckte die Hand nach meiner aus. Lange Zeit herrschte Schweigen.

»Marisol, wir haben gelernt, dass wir vergeben sollten, wenn man uns um Vergebung bittet, so wie wir hoffen, dass Gott uns unsere Sünden vergibt …«, begann die Äbtissin freundlich, aber fest. »Es ist zum Wohle unserer eigenen Seele und zum Ruhme Gottes.«

Marisol nickte, während sie ihr Taschentuch in den Händen wrang. »Arme Consuela«, flüsterte sie.

Demütig sagte Tristán Mendoza: »Ich habe geschworen, meine Gabe in Gottes Dienste zu stellen. Lasst es mich nun tun. Ich habe ihrer Mutter mit einem ehrenrührigen Portrait Unrecht getan – darf ich nun ein geistliches Portrait von María Isabela in ihrer Novizinnentracht malen, um ihren Eintritt in das Leben als Nonne zu würdigen? Solche Portraits werden oft von der Familie eines Mädchens in Auftrag gegeben, das ins Kloster geht.«

Das war richtig, ein solches Portrait hatte Sor Serafina mitgebracht, als sie als Novizin zu uns kam. »Voreilig!«, hatte die Äbtissin gemurrt.

Marisol hob den Kopf. In ihren Augen blitzte ein kleiner Funke auf. Die Äbtissin sagte rasch: »*Das* wird nicht möglich sein. Marisol hat keine Berufung.«

Da überraschte Tristán Mendoza uns. Er starrte Marisol eine Weile schweigend an und sagte dann: »Ich kann sehen, dass sie vielleicht nicht berufen ist, doch die Güte ihrer Mutter in ihrem Herzen wird Großes vollbringen. Sie wird selbstlos handeln, auch wenn es ihr Schmerzen bereitet, und wird ihre Stärke zum Guten einsetzen. Sie wird sehr geliebt werden, von einem und von vielen.«

Marisol hob rasch den Blick. »Wirklich? Bin ich hübsch, wie meine Mutter?«

Die Äbtissin schüttelte den Kopf. »Marisol! Hüte dich vor Eitelkeit!«

»Oh bitte«, bettelte Marisol. »Hier im Kloster gibt es keine Spiegel und Josefa sagte, ich sehe meinem Vater ähnlich. Und selbst meine Mutter hat auf ihr Äußeres geachtet. Und diese Novizinnenkittel, die wir tragen müssen, sind so *hässlich*!«

Die Äbtissin seufzte. »Mein Herr, ich danke Euch für Euer Angebot. Darf ich vorschlagen, dass Ihr als Akt der Reue Marisol und ihre innere ... Güte malt, zusammen mit einigen der anderen Mädchen, die hier bei uns sind? Ihr werdet natürlich von dieser Seite des *locutio* aus arbeiten und Sor Beatriz wird als Anstandsdame dabei sein.«

»Sehr gerne, Äbtissin.«

»Danke!«, rief Marisol begeistert.

Dann schickte die Äbtissin Tristán Mendoza zur Unterkunft der Männer und wies Marisol an, an ihre Arbeit zurückzukehren. Ich überlegte laut, warum die Äbtissin es zuließ, dass ein Mann, der sich zu solcher fleischlichen Leidenschaft bekannte, fünf junge Mädchen malte.

»Dafür gibt es mehrere Gründe. Es wird die Mädchen von diesem schrecklichen Besuch der Inquisition ablenken und der Mann sehnt sich danach, sein Unrecht wiedergutzumachen. Wenn es auch nur den geringsten Hinweis auf etwas Ungehöriges gibt, wenn er vorschlägt, das eines der Mädchen sich anderswo im Kloster mit ihm treffen soll, wird er auf der Stelle weggeschickt. Ich glaube nicht, dass er das möchte.

Und außerdem würde ich gerne seine Arbeit sehen. Früher mag er zwar die Moral eines streunenden Katers gehabt haben, doch er steht auch in dem Ruf, ein Meister seines Fachs zu sein. Es ist recht unwahrscheinlich, dass wir hier im Kloster viele Meister sehen werden, und dann habe ich eine weitere Idee, von der ich Euch berichten werde, wenn wir wissen, wie es mit dem Portrait geht.«

Tristán Mendoza machte sich gleich am nächsten Tag an die Arbeit. Er stand früh auf und ging zur Messe, bevor er sich daranmachte, seine Farben zu reiben und zu mischen. Sein Gesicht war schrecklich eingefallen, fast wie eine Totenmaske, doch während er die Farben anrührte, schien ein wenig Leben in seine Miene zurückzukehren. Derweil sahen die Mädchen ihm durch die Gitterstäbe hindurch zu und stellten ihm Fragen. Als er seine Vorbereitungen abgeschlossen hatte, gab er ihnen Anweisungen, sich so oder vielleicht doch anders auf ihrer Seite des *locutio* zu gruppieren. Marisol kniff sich in die Wangen, damit sie etwas lebhafter aussahen, und bauschte ihr Haar. Luz hatte ihre Lieblingspuppe auf dem Schoß, die wie für das Gelübde mit Schleier und Blumenkrone geschmückt war. Sie bestand darauf, zu Esperanzas Füßen zu sitzen. Esperanza hatte sich ein Buch mitgebracht und las, während sie wartete. Sanchia zappelte unruhig hin und her und Pía kämmte ihr Haar, sodass es wie ein silberner Wasserfall über ihren Rücken fiel. Bei ihrem Anblick schnappte Tristán Mendoza hörbar nach Luft. Ich wies ihn scharf zurecht.

Er war nun nicht mehr der jammervolle Büßer. In seiner Stimme schwang ein entschiedener Ton mit und er sagte den Mädchen, sie müssten stillstehen; er müsse schnell arbeiten, weil er so wenig Zeit habe. Am Abend zuvor hatte er seine Leinwand vorbereitet, auf der er nun zu malen begann, während ich an einem Tisch in der Nähe arbeitete.

Eine Woche verging. Dann drehte Tristán Mendoza das unfertige Gemälde so zum *locutio*, dass die Äbtissin und ich es sehen konnten. Die Äbtissin starrte durch die Gitterstäbe und sagte: »Es ist wirklich recht gut! Noch nicht fertig, doch ich bin erstaunt … Seht Euch Luz mit ihrer Puppe an. Er hat ihre liebe Seele genau eingefangen, ebenso wie er Esperanzas Intelligenz zeigt, Marisols Ungeduld, Sanchias Dämonen und Pías Abgekehrtheit von der Welt, so als könnte nichts sie berühren! Nun überlegt Folgendes: Ich habe oft gebetet, Gott möge uns einen Künstler schicken, der in der Lage wäre, unser Evangelium zu malen, vielleicht als allegorischen Bilderzyklus. Bisher hat sich kein Künstler als talentiert genug erwiesen oder nicht als so vertrauenswürdig, dass man ihm unsere Geheimnisse anvertrauen könnte. Doch ich glaube, Leid und Reue haben Mendozas Gabe gebändigt, nicht zerstört. Möglicherweise versteht er die Untiefen der menschlichen Natur, doch auf der Suche nach göttlicher Gnade kann er darüber hinaussehen. Und ich bin mehr und mehr davon überzeugt, dass wir das Evangelium hier in Form von Bildern bewahren sollten, auch wenn wir hoffen, einen Weg zu finden, wie wir die Chronik aus dem Kloster in Sicherheit bringen können.«

Tristán Mendoza sieht schon nicht mehr gar so krank aus und er spricht davon, als Nächstes eine Arbeit für die Kapelle anzufertigen, wenn er mit dem Bild der Mädchen fertig ist. Er hat die Äbtissin gefragt, ob es eine Heilige gibt, die wir zu ehren wünschen. Die Äbtissin hat geantwortet, dass sie einen Plan hat, den sie mit ihm besprechen möchte. Seine Vorahnung, dass ihm nicht viel Zeit bliebe, hat sich als zutreffend erwiesen, jedoch nicht so, wie wir es erwartet hatten, nämlich weil er starb. Bevor das Portrait fertiggestellt war, läutete mitten in der Nacht die Glocke am Tor. Kurz darauf erschien eine schlaftrunkene Beata in meiner Zelle und sagte, die Äbtissin habe einen Boten am *locutio* empfangen und sie wolle mich sofort sprechen. Ich zog mich schnell an und eilte zu den Räumen der Äbtissin.

Die Äbtissin hielt einen offiziellen Brief in die Höhe. »Das Tribunal wird nächste Woche kommen. Alle Anwesenden im Kloster sollen befragt werden – Nonnen, Novizinnen, Beatas, Diener und nun sogar auch Kinder, die älter als vier Jahre sind. Fr. Ramón Jiménez … Man sagt, er könne einen Ketzer riechen und lasse seinen Prüfern mehr oder minder freie Hand in der Wahl der Mittel, wie sie an Auskünfte gelangen.« Ihre Stimme zitterte.

Die Wände des Raumes schienen sich plötzlich um uns zu schließen. Das Kloster, unsere Zuflucht, war zu unserem Gefängnis geworden, zu einer Falle, einem Grab. In meinen Ohren rauschte das Blut und ich hörte kaum, was die Äbtissin als Nächstes sagte.

»Ich sagte ›Bräute‹, Sor Beatriz.« Die Stimme der Äbtissin war barsch, sie war ärgerlich, weil sie etwas zweimal sagen musste. »Nun verstehe ich, was die Gründerin meinte. Esperanza, Marisol, Pía und Sanchia müssen uns verlassen und Ehemänner in der Neuen Welt suchen! Und die Chronik und die Medaille mitnehmen. Macht Euren letzten Eintrag in die Chronik, dann gebt sie Esperanza. Wir können darauf vertrauen, dass sie sie fortsetzen und dieses Kloster in den Anden suchen wird.«

»Dann wird Esperanza unser Evangelium lesen!«

»Natürlich wird sie das, Sor Beatriz! Das ist ja meine Absicht! Wenn sie es liest, wird sie verstehen, warum sie entscheiden muss, ob es sich bei Las Golondrinas in den Kolonien um unsere Mission handelt, und erst dann übergibt sie die Chronik in ihre Obhut. Aber geht nun, ich wünsche, dass Ihr ein paar Worte des Abschieds schreibt …«

Aus der Chronik der Sors Santas de Jesús,
Kloster Las Golondrinas, Andalusien, Spanien,
Juni 1552

Es ist Mitternacht, doch bis auf die Kinder im Waisenhaus schläft niemand. Bei Sonnenuntergang kam ein Bote aus dem Tal herauf, um die Äbtissin zu warnen. Wie Wölfe, die sich an den Schafpferch anschleichen, so nähert sich das Inquisitionstribunal. Bald wird es hier sein …

KAPITEL 20

Aus der Chronik der Sors Santas de Jesús,
aus der Feder von Esperanza,
Juli 1552

Auf See

Auch nach der wochenlangen Reise nach Sevilla erscheint es immer noch unmöglich, dass Marisol, Pía, Sanchia und ich das Kloster gemeinsam mit Sor Emmanuela verlassen haben. Wir befinden uns auf offener See, unterwegs nach Spanischamerika, zu dem Kloster, das unter dem Namen Las Golondrinas de Los Andes bekannt ist. Ich habe den Auftrag herauszufinden, ob es vor vielen Jahren von einer Gruppe von Nonnen des Ordens der Sors Santas de Jesús gegründet wurde. Sor Beatriz und die Äbtissin haben mir eine Liste von Fragen und die Namen der Nonnen mitgegeben und erst, wenn ich mit den Antworten zufrieden bin, darf ich die Chronik und Sor Emmanuela die Medaille aushändigen. Es ist eine große Verantwortung.

Sor Beatriz hat mir von ihrer Tochter, Salomé, erzählt. Entweder lebt sie dort als Nonne oder man weiß von ihrem Tod. Sor Beatriz glaubt, dass die Antwort auf diese Frage die Bestätigung bringen wird, ob es sich tatsächlich um das richtige Kloster handelt. Wir sollen jedoch nicht nur das Kloster finden, sondern auch Ehemänner. Ich weiß nicht, welche Aufgabe schwieriger ist.

Die Äbtissin und Sor Beatriz wünschen außerdem, dass ich einen Bericht über unsere Reise verfasse. Sie begann so:

Eines Nachts kam Sor Emmanuela in die Zelle, in der Marisol, Pía und ich schliefen, und sagte, wir sollten sofort zur Äbtissin kommen. Wir zogen uns rasch an und liefen schnell in das Zimmer der Äbtissin, während Sor Emmanuela in den Schlafsaal der Kinder ging, um Sanchia zu holen. Die Äbtissin, Sor Beatriz und einige andere Nonnen standen am Feuer und begutachteten Papiere auf einem Tisch, die das Zeichen der Inquisition trugen. Pía stockte der Atem und sie griff schweigend nach meiner Hand. »Sie kommen!«, rief Marisol.

»So«, flüsterte ich, »wir sitzen also in der Falle! Sie werden uns einer schrecklichen Befragung unterziehen und wenn sie erfahren, wer wir sind, werden sie die Nonnen dafür bestrafen, dass sie uns versteckt haben!«

»Nein, ihr Mädchen werdet das Kloster sofort verlassen«, sagte die Äbtissin, »bevor sie euch finden.«

»Das Kloster verlassen?«, fragte Pía schwach. »Wenn Ihr uns wegschickt, werden sie uns jagen, bis sie unserer habhaft werden. Wir können uns ebensogut noch heute Nacht von den Klippen stürzen!«

Die Äbtissin entgegnete forsch: »Zum Glück, Pía, haben wir einen besseren Plan ersonnen. Ihr werdet noch heute Nacht nach Sevilla aufbrechen und von dort nach Spanischamerika segeln. Einer der Männer aus dem Dorf ist bereits unterwegs, um eure Überfahrt auf dem nächsten Schiff zu arrangieren, und zwei weitere Männer warten darauf, euch nach Sevilla zu bringen. Ihr müsst los, sobald ihr gepackt habt. Sor Emmanuela wird euch begleiten. Vor Jahren wurde in Spanischamerika von Missionarinnen unseres Ordens ein Kloster gegründet. Las Golondrinas des Andes wird euch Schutz gewähren, bis ihr heiratet, und ich bin sicher, dass sie euch helfen, Ehemänner zu finden. Die spanischen Kolonisten haben großen Bedarf an spanischen Ehefrauen, daher werden sie eure Herkunft weniger gründlich erforschen als Männer hier in Spanien. Wir geben jeder von euch eine Mitgift mit.«

»Aber was wird aus Euch, was wird aus Sor Beatriz? Und aus all den anderen?«

»Das folgt allein der Fügung Gottes. Ich hoffe immer noch, dass irgendjemand am Hof Einfluss auf die Untersuchung durch die Inquisition nehmen kann, auch jetzt noch. Wir haben gerade eine dringende Botschaft an die Königin geschickt und sie inständig gebeten zu helfen, in der Hoffnung, dass wir ihr durch Luz' wunderbares Geschenk in guter Erinnerung sind. Doch wir sind durch unser Gelübde gebunden und werden unsere Pflicht tun, was immer auch geschieht. Und ihr müsst eure Reisevorbereitungen treffen.«

»Sanchia ist erst zehn – sie kann doch sicher noch nicht heiraten.«

»Helft euch gegenseitig, so gut ihr könnt. Die erste von euch, die heiratet, muss sie als ihre Schwester in ihrem Haus aufnehmen und einen Ehemann für sie finden, wenn die Zeit gekommen ist. Nun beeilt euch und packt eure Sachen ... Ah, hier ist Sanchia.«

Sanchia rieb sich die Augen. Ihr lockiges Haar war ungekämmt und ihr Kleid nicht zugeknöpft. Normalerweise hüpft und springt sie ruhelos auf und ab, doch mitten in der Nacht war selbst sie zu schläfrig dafür. »Kind, wach auf und hör mir zu. Du machst eine Reise mit Marisol und Esperanza und Pía.« Sanchias Augen weiteten sich angstvoll. »Sind da Soldaten?«, fragte sie mit zittriger Stimme. »Werden sie uns fesseln?«

»Nein, mein Liebes. Ihr geht auf ein Schiff mit Segeln wie Vogelschwingen und ihr werdet auf dem weiten Meer fahren und ein Abenteuer erleben.«

Wir alle waren wie betäubt durch die plötzliche Wendung der Ereignisse und mich überkam große Traurigkeit bei dem Gedanken, dass ich die liebe Sor Beatriz und die Zuflucht des Klosters verlassen musste. Ich liebe unsere ruhigen Tage im Skriptorium, wo es neue Bücher zu entdecken gab, Briefe zu kopieren oder, und das gefiel mir am besten, Informationen für die Schwestern im Hospital zu finden. Ich hatte mein Versprechen, zu heiraten, das ich meinem Vater gegeben hatte, oft bedauert und gedacht, wie schön, wie nützlich und erfüllend es wäre, im Kloster zu bleiben und hier als Nonne zu leben. Waren das auch die Gedanken meiner Mutter, als sie in das Kloster Regina Coeli eintrat?

Es war allerdings kaum Zeit für solche Überlegungen und die Äbtissin schickte uns in unsere Zelle, damit wir uns für die Reise anzogen und unsere Habseligkeiten zusammenpackten. Sor Beatriz zog mich beiseite und ging mit mir ins Skriptorium, wo diese Chronik aufgeschlagen auf ihrem Tisch lag. Sie sagte mir, dass ich die Chronik an mich nehmen und nicht nur einen Bericht über unsere Reise schreiben, sondern auch alles lesen sollte, was darin stand, auch das Evangelium des Ordens, das in lateinischer Sprache auf den mittleren Seiten des Buches steht. Dann würde ich verstehen, warum ich es mit meinem Leben schützen und sichergehen muss, dass es sicher in die richtigen Hände gelangt. Ich schwor, es so zu tun, wie sie es mir auftrug. Dann sagte sie, ich solle gehen und meine Sachen packen, sie wollte noch einen letzten Eintrag machen.

Ich sah Sor Beatriz ein letztes Mal im Skriptorium, als sie das Paket mit dieser Chronik in meine Arme legte. Sie tat es so voller Kummer und Zärtlichkeit, als sei ich ihr Kind. Inzwischen wussten wir, dass das Tribunal angekommen war, ganz plötzlich in der Dunkelheit. Ihre Pferde und Maultiere und Kutschen und Wagen und Diener lösten einen großen Tumult aus, die Glocke läutete unablässig, verängstigte Beatas und Novizinnen und Dienerinnen liefen umher und auf einmal herrschte überall Lärm und Durcheinander.

Die Äbtissin sagte, dem Maler Tristán Mendoza habe man ein starkes Mittel verabreicht, sodass er wie ein Toter schlafe. Obendrein hätten die Schwestern im Hospital ihn von Kopf bis Fuß bandagiert und ihn unter der Zelle für die Aussätzigen untergebracht, zusammen mit seinen Malutensilien. Das unfertige Portrait von uns Fünfen ist noch nicht trocken; es wurde an einer dunklen Wand im ältesten Teil des Klosters aufgehängt. Vielleicht lassen wir mit diesem Bild ein wenig von uns hier – das ist ein Trost.

Ich hoffe, die Inquisition findet es nicht.

Als Marisol, Pía, Sanchia und ich wieder in ihrem Zimmer versammelt waren, nahm die Äbtissin sich die Medaille ihres Amtes ab und legte sie Sor Emmanuela um den Hals. Die Äbtissin rechnet offenbar mit dem Schlimmsten, sonst würde sie sich nicht davon trennen. Die Schwestern umarmten sich und dann küsste die Äbtissin uns eine nach der anderen, gab uns ihren Segen und öffnete schließlich eine kleine Tür, die hinter einem Wandteppich verborgen war.

Von dem Abtritt, der sich hinter dieser Tür befand, führte ein schmaler dunkler und kaum sichtbarer Gang steil hinunter zu den Kellern, wo die Weinfässer lagern, dann weiter hinunter zu den Abwasserkanälen. Wir tasteten uns vorsichtig die Stufen des engen Ganges hinab, bis wir uns schließlich durch ein schmales Fenster am Fuße des Klosters zwängten, dichte Umhänge überstreiften und zu einem Wagen hasteten, der auf uns wartete. Die Dunkelheit war auf unserer Seite. Die Männer aus dem Dorf hatten bereits unsere Truhen aufgeladen und die Wagenräder gedämpft. Sie halfen uns einzusteigen und dann machten wir uns leise auf den Weg.

Mein Herz blutet für Luz. Ich hatte keine Zeit, mich von ihr zu verabschieden. Was wird sie ohne uns tun? Ohne mich? Und die Äbtissin setzt all ihre Hoffnung darauf, dass Luz vom Tribunal verschont wird, weil sie der Königin ein so schönes Geschenk gemacht hat. Ich mag nicht daran denken, was aus ihnen allen werden wird! In unsere Umhänge gehüllt kauerten wir in dem Wagen und weinten, bis sich am Himmel die Morgenröte zeigte und wir einschliefen.

Wir erwachten schlagartig, als der Wagen anhielt. Wir befürchteten das Schlimmste, doch es war nur der Fahrer, der sagte, wir sollten aussteigen und zu Fuß weitergehen. Einen vollen Wagen zu ziehen ist mühsam für die Maultiere. Die Männer hatten die Anweisung, sich von der Hauptstraße fernzuhalten, und ich konnte einen kaum sichtbaren, mit weißen Steinen markierten Pfad ausmachen, der in den Wald führte.

Unsere Begleiter achteten darauf, dass wir keine Dörfer durchquerten, und wenn sie Schäfer sahen, machten wir einen großen Bogen, damit sie uns nicht entdeckten. Wir schliefen im Freien, deckten uns mit unseren Umhängen zu und ernährten uns von getrockneten Früchten und Hammelfleisch, Mandeln und Käse und tranken das Wasser der Bergquellen. Als wir uns schließlich Sevilla näherten, waren wir froh, wieder im

Wagen fahren und Brot, Öl und ein wenig Wein kaufen zu können. Marisol sah sich alles aufmerksam an und bemerkte, wie interessant doch die Welt außerhalb des Klosters sei.

Mir war unbehaglich zumute. Für mich bedeuteten die vertrauten Straßen und Türme von Sevilla nur Gefahr. Ich erinnerte mich daran, wie María und ich entkommen waren, außer uns vor Erleichterung und Wagemut, und fragte mich, ob mein Vormund sich mein gesamtes Vermögen aneignen konnte oder ob die Inquisition es ihm entrissen hatte. Es verging kein Tag, an dem ich nicht voller Liebe und Dankbarkeit an Don Jaime dachte, der meine Flucht eingefädelt hatte, und dafür betete, dass er in Sicherheit war.

Die Stadt mit ihrem Lärm und ihrem geschäftigen Treiben überwältigte uns. Das Kloster war von Glockenklang, Gebeten und Vogelgezwitscher erfüllt und vom Gemurmel, das aus dem Schulzimmer drang. Am Tag war da die Stille der Bibliothek, bei Nacht hörten wir den Bergwind. Hier am Hafen riefen und fluchten die Matrosen und schrien sich gegenseitig Befehle zu, Soldaten, Priester und Mönche eilten zu zweit oder dritt durch die Gassen, Maultiere brüllten, Peitschen knallten, Lasten wurden auf- oder abgeladen, Segel flatterten im Wind, Männer tranken und grölten und aus den Schatten ertönten schrill die Stimmen von Prostituierten. Immer wieder gaben die anderen Mädchen und auch Sor Emmanuela Ausrufe des Erstaunens von sich, als sie die Schiffe mit ihren hohen Masten sahen, die in den Himmel ragten.

»Seht nur!«, sagte Marisol plötzlich. »Der *Torre del Oro*!« Wir reckten den Hals, um den großen Turm zu sehen, der über den Hafen wacht. Es war ein erstaunlicher Anblick, wie er golden in der Nachmittagssonne strahlte. Marisol sagte, er werde »Goldturm« genannt, weil eine Dame mit goldenem Haar dort von König Pedro dem Grausamen, eingesperrt worden war, weil sie ihn nicht liebte. Sor Emmanuela meinte, das sei Unfug – der Name Goldturm stamme von den gelben Kacheln, die das Licht reflektieren. Hinter ihrem Rücken schnitt Marisol eine Grimasse.

Sor Emmanuela scheuchte uns zwischen den Matrosen so schnell die Laufplanke hoch, dass Marisol stolperte und beinahe in den Fluss gefallen wäre. Sie fluchte leise. Im Bauch des Schiffes, wo es sehr heiß war, sahen wir, dass der Kapitän einen Teil des dunklen Laderaums für uns abgeteilt hatte. Es gab fünf kleine Kojen, die jemand mit ein paar Kissen behaglicher herzurichten versucht hatte. Sie waren nur eine Planke breit und die Kissen füllten alles aus, sodass wir nicht hineinpassten. Sanchia kletterte in die oberste Koje und kicherte, als sie herunterfiel. Bald lachten wir alle, sogar Sor Emmanuela, und überlegten, wie wir uns in dieser Enge am besten einrichten sollten. Dabei beklagten wir vor allem, dass wir keinen Platz für einen Nachttopf hatten.

Dann brachten Träger unsere Truhen und Bündel. Es schien aussichtslos, irgendwo einen Platz für unsere bescheidenen Truhen zu finden, doch schließlich hatten wir sie untergebracht und stapelten unsere Bündel mit Wäsche für die Reise und unseren Gebetbüchern darauf. Sor Emmanuela hängte ein Kruzifix an einen Nagel, der aus der Wand ragte. Über unseren Köpfen hörten wir die Matrosen rufen, dann Schritte und schließlich ein lautes Poltern, das von der Laufplanke stammte, wie Sor Emmanuela uns sagte. Wir konnten spüren, wie das Schiff begann, den Fluss hinunterzutreiben. Wir fuhren los! Trotz des Lufthauchs, der durch die offene Luke kam, ist es sehr heiß in unserem engen Verschlag, und Marisol wäre liebend gern an Deck gegangen, doch Sor Emmanuela erlaubt es nicht. Marisol schmollt.

Wir haben gemeinsam unser Abendgebet gesprochen, haben ein wenig hartes Brot und getrocknetes Fleisch gegessen und versuchen nun, genug Platz zu finden, um uns hinlegen zu können. Doch die Aufregung und die drückende Hitze halten uns wach.

An den heißen hellen Abenden auf See wickelte ich die Chronik aus ihren Lagen aus geölter Wolle und las das Evangelium in lateinischer Sprache. Nun trage ich eine weitere Last gefährlichen Wissens, das, wenn man es logisch betrachtet, jede Rechtfertigung für die Verfolgung von Juden und Muslimen durch die Christen zunichtemacht und das bezeugt, woran wir gemeinsam glauben. Und ich kann dieses Wissen nicht mehr in mir auslöschen. Es brennt in meinen Gedanken wie die Flammen, in die die Inquisition mich werfen würde, die Flammen, die vor so langer Zeit diese armen Leute vor meinen Augen verbrannten.

Das Schiff hebt und senkt sich auf den Wellen und Sor Emmanuela und Pía sind seekrank. Unser Verschlag riecht nach Erbrochenem. In den Ecken dringt Wasser ein, sodass er feucht und überlriechend ist. Sor Emmanuela ging es so schlecht, dass sie Marisol nicht verbieten konnte, an Deck zu gehen, und Sanchia und ich folgten ihr, gierig nach frischer Luft. Die salzige Brise belebte uns und die endlose See ist ein großartiger Anblick, eine Welt aus Wasser, die sich bis zum Himmel erstreckt! Es scheint unmöglich, dass sich dahinter Land befinden soll.

Zuerst beäugten uns die Matrosen misstrauisch, doch mit der Zeit wurden sie freundlicher. Sie versicherten uns, dass es eine ruhige Überfahrt werden würde, und beschrieben das Land, das wir ansteuerten. Sie sagten, dort träfen Menschen aus aller Herren Länder zusammen, levantinische und genuesische Händler, Männer, so schwarz wie die Nacht, mit Turbanen auf dem Kopf, in Seidengewänder gehüllte Chinesen und Granden mit golddurchwirkten Umhängen. Auf den Märkten würden wir seltsame Früchte, Seiden, Gewürze und Fische mit regenbogenfarbenen Schuppen sehen. Die Frauen der Granden würden wir leicht erkennen, weil sie einen schwarzen Schleier vor dem Gesicht trugen und von unverschleierten Dienerinnen begleitet wurden, Mestizo-Frauen in bunten Kleidern.

Die Seeluft tat Marisol gut. Ihre Augen blitzten, ihre Wangen waren rosig und sie flocht ihre Zöpfe auf, um den Wind durch ihr Haar wehen zu lassen. Die Matrosen überboten sich gegenseitig, um sie zum Lachen zu bringen. Ein paar Tage später kam auch Sor Emmanuela an Deck, um in der Sonne den schlimmen Husten und die Erkältung auszukurieren, die sie in dem feuchten Laderaum bekommen hatte. Pía saß schweigend an ihrer Seite und beachtete die Matrosen gar nicht, die fassungslos ihr Haar aus Mondlicht anstarrten.

Der Boden in unserem Verschlag wurde immer nasser und der Saum unserer Tracht trieft, doch draußen war die Luft betörend und der warme Wind blähte die Segel. Wir verbrachten so wenig Zeit wie möglich unter Deck, sondern beteten und aßen an Deck. Es gab hartes, aus gesalzenem Mehl gebackenes Brot, das wir in Olivenöl tunkten, um es aufzuweichen, außerdem hatten wir Oliven und getrocknete Feigen und sauren Wein aus einem Fass an Bord. Die Möwen glitten kreischend über unsere Köpfe hinweg und die Welt war eine endlose Weite aus Wasser und Licht. Wie sehr wünschte ich mir, mein Vater könnte sie sehen.

Eines Tages saßen wir wie üblich an Deck, genossen unser Mahl, sahen zu, wie sich der Horizont hob und senkte und versuchten uns die Ehemänner vorzustellen, die wir finden würden, als Sanchia rief: »Seht mal!« Sie zeigte auf den Horizont, von wo kleine Wolkenfetzen mit großer Geschwindigkeit über den Himmel zogen. Erst legte sich ein schwacher Dunstschleier vor die Sonne, der sich schon bald in eine dunkle Wolkenbank verwandelte. Plötzlich wehte der Wind heftiger und kälter. Die Segel krachten und die See war nicht mehr blaugrün, sondern schwarz, und der Seegang wurde rauer. Nicht nur wir beobachteten diese Veränderung voller Sorge, auch die Matrosen schienen beunruhigt. In barschem Ton erteilte der Kapitän den Männern Befehle, die sie hastig ausführten. Einer der Matrosen schob uns kurzerhand durch die Luke und die Leiter hinunter in den Laderaum, während andere die Segel einholten und sie mit Seilen festzurrten.

Wir hätten uns niemals etwas so Schreckliches vorstellen können wie den Sturm, der wie ein Hieb des Allmächtigen auf uns niederschmetterte. Schon bald schaukelte unser Schiff hin und her, dann bäumte es sich auf, um gleich darauf in riesige Wogen einzutauchen und in einem Halblicht dahinzuschlingern, in dem alles zu verschwinden schien. Eine kalte Welle überspülte das Deck und ergoss sich in unseren Laderaum. Der Matrose schrie, dass wir keine Angst haben sollten und schlug die Luke zu.

Der Sturm schien immer heftiger zu werden. In den Stunden und Tagen, die folgten, verloren wir jedes Gefühl für die Zeit. Zerschunden und benommen klammerten wir uns in der Dunkelheit furchtsam aneinander, das Stampfen des Schiffes ließ uns erbrechen und wir konnten weder trockene Kekse noch das brackige Wasser bei uns behalten. Wir beteten unablässig, fielen zwischendurch in unruhigen Schlaf, nur um beim Aufwachen wieder von Angst und Kälte umgeben zu sein …

Um unsere Knöchel schwappte das Wasser und unsere Habite waren durchgeweicht. Sor Emmanuela konnte nicht aufhören zu husten und klagte über Schmerzen in der Brust. Ein oder zwei Tage später bekam sie Fieber. Abwechselnd saß mal die eine, mal die andere von uns an ihrer Seite; wir versuchten, uns gegen das Schlingern des Schiffes zu stemmen, um sie aufrichten und ihr heißes Gesicht benetzen zu können, so gut es ging. Marisol gelang es, einige Arzneimittel auszupacken, doch sie halfen Sor Emmanuela nicht. Sie rang nach Luft und sagte, sie könne nicht atmen. Es ging ihr zusehends schlechter, sie konnte nicht mehr sprechen und dann tat die arme Sor Emmanuela schließlich den letzten qualvollen Atemzug und starb. Zitternd knieten wir nieder, klammerten uns aneinander, um nicht in unserem rollenden Verschlag herumgeschleudert zu werden, und übergaben Gott ihre Seele. Wir wanden ihr den Rosenkranz um die steif werdenden Finger und da wir kein Leichentuch hatten, wickelten wir den Körper in ihren Umhang. Ich konnte ihr noch die Medaille der Äbtissin abstreifen und legte sie mir selbst um den Hals, damit sie nicht verloren ging.

Marisol kroch zu dem Vorhang, der unsere Schlafgelegenheiten vom Rest des Schiffes abteilt, und rief, dass es Gott gefallen habe, Sor Emmanuela zu sich zu nehmen. Zwei Matrosen, die sich gerade ein paar Augenblicke ausruhen durften, kämpften sich aus ihren Hängematten, stemmten sich gegen die Bewegung des Schiffes und packten den Körper und schwankten damit nach draußen. Wir wussten, dass sie Sor Emmanuela ins Meer warfen. »Wir werden ihr bald folgen!«, rief Marisol zitternd vor Kälte.

Wir horchten angestrengt, ob wir den Aufprall hörten, mit dem der Körper auf dem Wasser aufschlug. Gerade in dem Augenblick, in dem es geschehen sein musste, heulte der Wind noch grauenvoller als zuvor und eine gewaltige Welle traf das Schiff so heftig an der Seite, dass es uns gegen die Wand schleuderte. Wir klammerten uns aneinander und spürten, wie das Schiff in immer furchterregendere Höhen getragen wurde, um gleich darauf mit einer Wucht nach unten zu krachen, die uns auseinanderriss und das Schiff unweigerlich in Stücke hauen musste. Sanchia schrie nach ihrer Mutter. Ich sah meinen Vater vor mir und Pía und Marisol verbargen das Gesicht an der Schulter der anderen. Über dem Wind hörten wir laute Stimmen an Deck, dann einen Knall und Schreie: »Mann über Bord!« Wir sprachen ein Gebet für den Matrosen und für uns selbst und Sanchia begann, auf Hebräisch immer wieder dieselben Worte aufzusagen. Wir sahen einander an und flüsterten »Lebt wohl«, während der Tod mit jedem Ächzen, jedem Knarren der geschundenen, schwächer werdenden Schiffsbalken näher kam.

»Man sagt, Ertrinken geht schnell«, flüsterte Pía. Marisol wimmerte.

Dann war da eine weitere Gestalt bei uns.

»Könnt ihr sie sehen?«, keuchte Sanchia und zeigte mit dem Finger.

Mit Mühe öffnete Pía die Augen. »Ja!«

Marisol starrte, ausnahmsweise sprachlos, auf die Gestalt.

Ich dachte erst, es sei eine Erscheinung aus dem Meer, wie die Kreaturen, die halb Frau, halb Fisch sind und Matrosen locken, sodass ihre Schiffe an den Felsen zerschellen. Doch es war eine Dame mit einem Umhang, genau wie sie in der Chronik beschrieben wird, und ich wusste – im Gegensatz zu den anderen –, wer es war. Die Gründerin war gekommen, um uns in der Stunde unseres Todes beizustehen, Worte des Trostes zu sprechen, bis ich meinen Vater und meine Mutter im Paradies wiedersah.

Ich hatte mich geirrt. Die Gründerin sprach in schroffem Ton: In unserem gegenwärtigen Zustand würden wir den Fischen nicht viel Freude machen und nein, wir würden nicht ertrinken. Der Sturm werde sich bald legen; wir sollten auf Gott vertrauen und alles werde gut. Dann beugte sie sich über mich und sagte, dass die Medaille, die ich gerettet habe, etwas sehr Wertvolles sei, ihr Bruder habe sie ihr vor langer Zeit geschenkt. Ich versuchte, ihr zu antworten, dass ich das wisse, doch sie legte mir den Finger an die Lippen und sagte mit fester

Stimme, ich solle Mut haben und dann würden die Medaille und die Chronik eines Tages dazu beitragen, Frieden in eine unfriedliche Zeit zu bringen, in der Christen, Juden und Muslime einander erneut bekämpfen würden. Kurz darauf war sie verschwunden.

»Sie sagen, dass Ertrinkende seltsame Dinge sehen, kurz bevor sie sterben«, sagte Pía mit schwacher Stimme. Jetzt war nicht die Zeit zu erklären, was wir da gerade gesehen hatten. Stattdessen entgegnete ich mit so viel Überzeugung, wie ich aufbringen konnte: »Sie hat gesagt, dass wir noch nicht ertrinken. Habt Mut, wir müssen nur Mut haben.«

Gegen Abend ließ der Sturm nach und wir spürten, wie die See ruhiger wurde. Der Wind legte sich und der Kapitän rief durch unseren Vorhang: »Der Himmel klart auf und der Ausguck hat in der Ferne einen Vogelschwarm ausgemacht. Das bedeutet, dass wir auf Land zusteuern. Land! Gott ist groß!«

»*Deo gratias*«, anworteten wir automatisch und fielen, die Arme umeinandergelegt, in einen erschöpften Schlaf.

Als wir am nächsten Morgen an Deck stolperten, sahen wir am Horizont eine schmale Linie. Beim Näherkommen erkannten wir die Umrisse von Masten und schließlich den Hafen selbst. Um uns herum erledigten die Matrosen eilig ihre Arbeiten, sie lachten und schlugen sich gegenseitig auf den Rücken und redeten von Rum und Frauen. In langen schmalen Booten kamen Einheimische zu unserem Schiff gerudert und brachten uns seltsame gelbe Früchte, so süß wie Honig, und frisches Wasser, das noch süßer schmeckte. Wir sahen einander an: Blass und dünn blinzelten wir im Tageslicht, als seien wir Wesen aus der Unterwelt. »Wir müssen aussehen wie Meerhexen«, sagte Marisol und zupfte vergeblich an ihrem verschmutzten und zerknitterten Kittel herum. »Die waren schon im sauberen Zustand hässlich genug. So finden wir sicher keine Ehemänner!«

Meine Erleichterung darüber, dass wir nicht tot auf dem Meeresboden lagen, wich der Sorge um praktische Dinge. Was würden wir tun, sobald wir an Land waren? Ich kletterte in unsere Kabine und überschlug, was wir an Geldvorräten hatten. In Sor Emmanuelas Truhe lagen unsere Mitgift, vier Beutel mit *reales*, und eine Geldbörse mit Münzen für unsere alltäglichen Ausgaben. Ich zählte sie gerade nach, als die anderen mir zuriefen, ich solle kommen; die Laufplanke war fast schon heruntergelassen. Ich werde erst weiterschreiben können, wenn wir einen Ort gefunden haben, an dem wir für einige Zeit bleiben. Irgendwo.

KAPITEL 21

Über die Angelegenheit der Heiligen Schwestern Jesu und über die Angelegenheit einer Prüfung des Klosters Las Golondrinas zur Entdeckung von Ketzerei und Feinden des Wahren Glaubens in diesem Kloster

Unter dem Siegel des Heiligen Offiziums der Inquisition

Dies ist der Bericht einer Untersuchung des Klosters des Nonnenordens, der unter dem Namen Las Sors Santas de Jesús bekannt ist, durchgeführt im Sommer des Jahres 1552 A. D., veranlasst durch die Vorlage von Beweisen durch Graf Jaime Defendor del Santo Sepulchro der angab, das fragliche Kloster beherberge heimliche Juden und Muslime, und der behauptete, die Nonnen frönten ketzerischer Ideen, Lasterhaftigkeit und allerlei Werken, die dem Glauben abträglich sind.

Zum Beweis seiner Behauptungen legte er einige Pergamentfetzen vor, die stark beschädigt waren und viele Löcher aufwiesen. Ihre Spur führte unsere Beamten bis zu einer gewissen Dienstmagd des Klosters zurück. Bei ihrer Befragung durch die Inquisition im Laufe ihrer Untersuchung im Jahre 1552 gab das Mädchen zu, die Pergamentfetzen an den Diener des Grafen verkauft zu haben. Alles, was die Folterknechte herausfinden konnten, war, dass die Frauen aus der Familie der Magd seit vielen Jahren dem Kloster gedient hatten, dass ihre Großmutter die Fetzen an sich genommen hatte, als sie das Skriptorium nach einer Rattenplage gesäubert hatte. Weder das Mädchen noch sonst jemand in der Familie konnte lesen, doch das Mädchen beteuerte, die Fetzen stammten aus dem »Buch« des Klosters. Als sie erfuhr, dass ein Unbekannter für Informationen über das Kloster bezahlen würde, verkaufte sie die Fragmente. Das Mädchen starb während der Befragung, bevor man Weiteres in Erfahrung bringen konnte, wenn es überhaupt mehr zu erfahren gab. Die Fragmente ergeben wenig Sinn; sie berichten von Visionen und Missionen, von einer Zaubermedaille und Schwalben. Wenngleich das Skriptorium, die Nonnen und das ganze Kloster genauestens durchsucht und geprüft wurden, fanden wir weder weitere Beweise noch eine solche Medaille, wie sie angeblich existieren soll. Obwohl die Äbtissin und die Schreiberin in der Weise befragt wurden, wie sie von Fr. Ramón Jiménez für das Erzielen von korrekten Informationen und das Aufdecken von Ketzerei empfohlen wird, kamen wir zu dem Schluss, dass sie nicht von ihrer allerheiligsten Schwur und Pflicht abwichen, unsere Fragen wahrheitsgemäß zu beantworten.

Es sind hier besondere Umstände am Werke, sodass wir geneigt sind zu vermuten, dass der werte Graf von den Mächten der Finsternis in die Irre geleitet wurde, um Vedacht und Verleumdung über einen frommen Nonnenorden zu bringen. Er ist ein alter Mann. Der Orden Las Sors Santas de Jesús stand in der Gunst Ihrer verstorbenen Majestät, Königin Isabel, weil er das Kloster in der Zeit der Mauren als Bollwerk des christlichen Glaubens aufrechthielt. Es ist allgemein bekannt, dass Ihre Katholische Majestät im Jahre 1493 eine Pilgerreise zu diesem Kloster unternahm und das Kloster seitdem unter dem besonderen Schutz der weiblichen Mitglieder der königlichen Familie steht.

Ihre Majestät, unsere gegenwärtige Königin, war tief berührt durch das Geschenk eines Altartuches, das eine Waise im Kloster zum Zeichen der Dankbarkeit für die königliche Schirmherrin gefertigt hatte. Ihre Majestät weist darauf hin, dass dieses Geschenk ein beredtes Zeugnis für die Reinheit des Glaubens im Kloster ablegt und uns an die Ehrwürdigkeit des Ordens und sein unbeirrbares Festhalten am christlichen Glauben erinnert, trotz der siebenhundert Jahre maurischer Herrschaft. Irrige Verdächtigungen schwächen die Autorität der Kirche. Ihre Majestät weist darauf hin, dass die Mädchen im Waisenhaus des Klosters durch die Umstände ihrer Geburt eine delikate Angelegenheit seien. Trotz des Makels der Illegitimität verpflichteten sie sich jedoch zu einem heiligen Leben. Aufgrund dieser guten Werke und des Zuredens jener, die uns baten, das Seelenheil der Mädchen und die Verdienste und den Glauben der Nonnen in Betracht zu ziehen, befinden wir, dass eine weitere Prüfung des Klosters Las Golondrinas nicht notwendig ist. Die Nonnen geleiten junge Frauen auf den Pfad der Tugend, abseits der Augen der Welt und mit gebührendem Respekt vor jenen, denen bei allen das Kloster Las Golondrinas betreffenden Angelegenheiten an Zurückhaltung gelegen ist.

Daher kommen wir zu dem Schluss, dass der Hinweis, die Äbtissin habe eine »Vision« gehabt, allein dem labilen Geist und den fantastischen Einbildungen unserer Informantin zuzuschreiben sind. Wie alle Frauen ist sie zu bestimmten Zeiten im Monat für Torheiten anfällig. Zudem muss man Frauen bezüglich ihres Verstandes wie auch alles anderen im Allgemeinen als schwach und minderwertig betrachten. Die Beweisführung weist zudem weitere Unstimmigkeiten auf. Es gibt keinerlei Hinweise darauf, dass auf Gran Canaria ein Missionskloster errichtet wurde, und es ist tatsächlich reine Fantasie, sich vorzustellen, dass ein in der Abgeschiedenheit der andalusischen Berge lebender Nonnenorden ein solches Unterfangen angehen sollte, ohne dass wir davon Kenntnis erhielten.

Wir befinden, dass das uns vorgelegte Dokument eine Fälschung und eine üble Verleumdung ist, mit denen Juden Argwohn gegen christliche Nonnen zu schüren versuchen. Ihre bösen Pläne gegen diese heiligen Frauen wurden vereitelt. Wir konnten nichts Wesentliches feststellen, das dem Glauben schaden könnte, und gelangten zu der Überzeugung, dass eine Prüfung der Kinder im Waisenhaus nicht notwendig sei.

Wenngleich es in frühester Zeit ketzerische Gedanken gegeben haben mag, so finden wir weder in diesen Dokumenten noch im Kloster Las Golondrinas Beweise dafür. Da wir jedoch angewiesen sind, alles zu sammeln, was möglicherweise mit Ketzerei zu tun hat, so unbedeutend es auch sein mag, wird dieses Fragment nun zur sicheren Aufbewahrung in das päpstliche Archiv überführt.

KAPITEL 22

*Aus der Chronik der Sors Santas de Jesús,
aus der Feder von Esperanza, in der Neuen Welt,
Oktober 1552*

Das Herz ist mir so schwer vor Trauer, dass ich die Chronik nicht weiterführen würde, wäre da nicht mein Versprechen an die Äbtissin und Sor Beatriz. Es fühlt sich an, als sei eine halbe Ewigkeit vergangen, seit wir an diesem seltsamen Ort ankamen. Dennoch ist es weniger als einen Monat her, dass sich die Tragödie ereignete. Hätte ich nicht gelobt, unseren weiteren Werdegang aufzuzeichnen, so würde ich nichts mehr schreiben.

Als das Schiff in den Hafen glitt, war die Luft schwer und feucht, über allem hing ein Dunst wie ein grauer Nebel. Am Kai wimmelte es von Menschen. Einheimische Männer mit breiten dunklen Gesichtern waren mit dem Beladen und Entladen von Schiffen beschäftigt und bahnten sich einen Weg zwischen Sklaven und Trägern, Verkäufern von Speisen, Händlern, Chinesen und schwarzhäutigen Frauen mit Turbanen auf dem Kopf, die alle schrien, so laut sie konnten. Wir sahen einheimische Frauen mit flachen Gesichtern und mit Babys auf dem Rücken, Wasserverkäufer mit Eimern an einem Joch, Blumenhändler, Kutschen und Sänften, in denen Damen in Musselinkleidern saßen, die im Wind flatterten. Ihre Diener trabten hinterher und versuchten, Schritt zu halten. Papageien und Affen hockten in Käfigen und schrien, Maultiere und

Pferde hatten ihre liebe Not, sich durch die Menschenmenge zu kämpfen, und über allem hing unverkennbar der Geruch nach Fisch. Esel brüllten, Matrosen riefen in einer Vielzahl von Sprachen einander zu, einheimische Träger versuchten, Kunden zu werben, und in der Stadt läuteten unablässig die Kirchenglocken.

Marisol lächelte. Wie schmerzhaft ist die Erinnerung an diesen Moment!

Als die Laufplanke herabgelassen wurde, bahnte sich der Kapitän durch die Matrosen einen Weg zu uns, strahlend vor Erleichterung, dass die Reise vorüber war. Ich bin mir sicher, dass sein Bart grauer war als zu der Zeit, als wir in Sevilla aufbrachen. »Nun, meine Damen, bitte sehr. Willkommen in Spanischamerika!« Mit einer ausladenden Bewegung, als sei er der Herrscher über das Land, das vor uns lag, verneigte er sich und bedeutete uns, vor ihm die Laufplanke hinunterzugehen.

Wir zögerten. Dann warf Marisol den Kopf zurück. »Also, kommt!«, sagte sie und ging voraus. Wir folgten ihr. Wie voll doch die Welt von Männern ist! Männer begafften uns unverhohlen und da es viel zu heiß für unsere Schleier war, fühlten wir uns wie entblößt und unbehaglich. »Diese Grobiane sind doch wohl nicht die Ehemänner, deretwegen wir hergekommen sind?«, murmelte Marisol, während dunkelhäutige Männer sie anlächelten, ihr zuzwinkerten oder sich vor ihr verbeugten. Wie Marisol es schaffte, nach unserer leidvollen Reise so hübsch auszusehen, war mir ein Rätsel. Ein unverschämter Bursche warf ihr eine Kusshand zu und rief etwas, das wir nicht verstanden, doch es war sicher etwas Dreistes. Pía ging dicht hinter Marisol, sie hielt den Blick gesenkt. Zum Glück hatte sie ihr Haar bedeckt, sonst hätte es einen Tumult gegeben.

Sanchia klammerte sich an Pías Hand und sah sich aufgeregt um. Ich kam als Letzte und inmitten von so viel Betriebsamkeit und Leben und Farben fühlte ich mich sehr wie eine Beata in meinem braunen Gewand und mit den schweren Schuhen.

Schließlich standen wir mit unseren Truhen am Kai und ich holte das Empfehlungsschreiben hervor, das die Äbtissin mir mitgegeben hatte und das wir bei unserer Ankunft vorlegen sollten. »Wir müssen zum Kloster der Heiligen Schwestern Jesu in den Anden«, sagte ich zum Kapitän. »Könnt Ihr uns sagen, wo wir es finden?«

»Ah, so viele Klöster«, antwortete er und wies mit einer Hand in die Richtung, in der die Stadt lag. »Oft sind Klöster einfach unter dem Namen bekannt, den die Leute hier ihnen gegeben haben.« Er schüttelte den Kopf und zuckte mit den Schultern. Ich überlegte gerade, ob ich einen der Priester und Mönche fragen sollte, die sich durch die Menschenmenge drängten, als eine Stimme »Aus dem Weg!« brüllte und wir alle vier von einem großen Wagen zu Boden geschleudert wurden, der mit Früchten beladen war und von einem grob aussehenden, Peitsche schwingenden Mann gelenkt wurde.

Zwei feine Herren in schwarzen Seidenanzügen eilten herbei, gefolgt von ihren Dienern. Sie halfen uns auf die Füße und da ich sah, wie sie unsere heruntergekommene Erscheinung und unsere schäbigen Gewänder betrachteten, die uns als Laienschwestern auswiesen, fand ich es angebracht zu erklären, dass wir zu einem Kloster unterwegs seien. Ob sie das Kloster kannten, das man Las Golondrinas nenne, fragte ich sie.

Der Ältere der beiden, ein würdevoller Mann um die vierzig mit dunklen durchdringenden Augen, stellte sich selbst als Don Miguel Aguilar und den jüngeren als Don Tomás Beltrán vor. Don Miguel war höflich, doch bei dem jüngeren Mann handelte es sich um den frechen Burschen, der Marisol eine Kusshand zugeworfen hatte und der sie nun mit offener Bewunderung anstarrte und ihr zuzwinkerte. Marisol richete ihren verächtlichen Blick auf den Horizont.

»Das Kloster der Schwalben, ja!« Zu meiner Bestürzung zeigte er in die Ferne, wo ich im Dunst nur Berge und weiße Bergspitzen erkennen konnte. Er erklärte, das Kloster befinde sich in einer schönen neuen spanischen Stadt, eine Wochenreise entfernt im Landesinneren. Don Miguel meinte, wenn wir erlaubten, würden sie uns zu einem anderen Kloster in der Nähe des Hafendamms begleiten, wo wir würden bleiben können, während man Vorbereitungen für die Reise traf. Es sei gefährlich für junge Frauen, sich ohne Diener in den Straßen zu bewegen, und wie sie sähen, hätten wir keine.

Natürlich nahmen wir ihre Hilfe an. Sie riefen ihre Kutsche herbei, sorgten dafür, dass unsere Truhen aufgeladen wurden und gaben dem Kutscher Anweisung, zum Kloster La Concepción zu fahren. Don Miguel erklärte, er habe zwei Cousinen, die dort als Nonnen lebten, und als wir am Kloster ankamen, ließ er sie von einer Dienerin zum *locutio* holen.

Seine Cousinen waren zwei freundliche junge Nonnen, die uns herzlich willkommen hießen und meinten, wir müssten bleiben und uns ausruhen. In ein paar Tagen würde uns das Kloster mit Wagen, Fahrern und Wachen ausstatten. Wir fragten, warum es nötig sei, Wachen mitzunehmen, und erfuhren zu unserem Schrecken, dass die Reise gefährlich sei. Reisende würden oft von Banditen, entflohenen Sklaven oder abtrünnigen Einheimischen angegriffen, erzählte man uns.

Ein junges Dienstmädchen brachte uns zu einem Innenhof mit einem Brunnen in der Mitte. Sie zeigte auf das Quartier für Frauen, die das Kloster besuchten; dort gab es Zellen und Zimmer, die je nach Wohlstand und Rang zugeteilt wurden. Reiche Damen bekamen die besten Gemächer, die dunklen, schmalen Zellen waren für die Frauen von geringerem Ansehen bestimmt. Außerdem war da – sie zeigte auf einen vergitterten Teil des Gebäudes – ein Frauengefängnis. Der Innenhof war voll von Frauen, Kindern, Dienerinnen, weiblichen Anverwandten, die zu Besuch kamen, und Schoßhündchen. Im Schatten beim Brunnen übten zwei Mädchen auf einer Laute und einer Gitarre.

Wir bekamen ein schlichtes, weiß getünchtes Zimmer mit vier Schlafstellen und grober Wäsche auf den Betten. Das Dienstmädchen brachte uns Waschwasser mit Rosenblättern und bestand darauf, die Kleider, die wir auf der Reise getragen hatten, in die Wäscherei zu bringen. Als sie sie wegbrachte, zog sie die Nase kraus. Wir wuschen uns und zogen frische Kleider an und dann kehrte das Dienstmädchen zurück, um uns zu einem Teil des Refektoriums zu bringen, wo bereits andere Besucherinnen an langen Tischen Platz genommen hatten. Wir nahmen uns Fisch, kleine flache Kuchen aus grobem gelbem Mehl und seltsame Gemüsearten in einer scharf gewürzten Soße. Die Soße war so feurig, dass wir husteten und nach Atem rangen, doch merkwürdigerweise empfanden wir danach die Luft nicht mehr als so drückend.

Am Tisch saßen zwei ältere Damen, die uns neugierig anstarrten, also wagte ich, sie anzusprechen, und fragte sie, ob sie unsere Retter, Don Miguel und Don Tomás, kannten. Erschrockene Ausrufe und Augenrollen waren die Antwort. Don Miguel Aguilar, so sagten sie dann, sei ein wohlhabender Witwer. Ein sehr stolzer Mann, ein *cacique*. Wir wussten nicht, was sie damit meinten, doch bevor wir fragen konnten, hoben sie warnend den Finger und sagten, wir sollten uns vor Don Tomás Beltrán in Acht nehmen, der Don Miguels Patensohn sei. Don Tomás – und hier wurden ihre Gesichter lang vor Missbilligung – hat einen schrecklichen Ruf. »Ein reicher junger Mann, jedoch lasterhaft und zügellos«, flüsterte eine der Damen. »Er geht in Tavernen und Bordellen ein und aus. Er bringt seine Mutter zur Verzweiflung.«

»Sein Vater ist vor einem halben Jahr gestorben und Tomás ist der älteste Sohn. Er sollte seine Aufgaben als Familienoberhaupt übernehmen«, fügte die andere hinzu, »doch bisher zeigt er keinerlei Neigung, seiner Pflicht nachzukommen. Seine Mutter ist sehr darauf bedacht, dass er heiratet, sie hofft, dass ihn die Ehe sesshafter werden lässt. Und sie ist eine recht entschlossene Dame! Wie man sich erzählt, hat sie eine gute Partie für ihn arrangiert, mit einem Mädchen aus einer spanischen Familie. Nicht gerade hübsch, aber mit einem guten Stammbaum. Don Tomás hat die Pflicht, mit einem legitimen Erben den Fortbestand des Geschlechts zu sichern. Bis jetzt hat er lediglich für Mestizenbastarde gesorgt, und zwar reichlich!« Hier schüttelten beide Damen wieder den Kopf und schnalzten missbilligend mit der Zunge.

Marisol schwieg, doch ich sah ihr an, dass sie dem Gespräch aufmerksam folgte.

Einige Tage später dankten wir den freundlichen Nonnen für ihre Gastfreundschaft und brachen gut erholt auf. Zusammen mit einer Laienschwester des Klosters, einer Frau mittleren Alters, die uns auf unserer Reise begleiten sollte, fuhren wir, von bewaffneten Vorreitern bewacht, in einer gemieteten Kutsche, während unsere Truhen auf einem von

Maultieren gezogenen Karren folgten. Der Weg führte bergan bis zu einem Plateau, wo die Luft trockener und so klar war, dass wir die Berge sehen konnten. Die Wachen erklärten uns, dass diese Straße von den Inkas gebaut worden sei, so wie sie viele andere Straßen angelegt hätten, die ihr gesamtes Königreich durchzogen. Unterwegs sahen wir viele Inkas, Bauern mit breitem, kupferfarbenem Gesicht, das Sonne und Wind verbrannt hatten. Sie führten Lasttiere mit langem Hals bei sich. Ihre Felder befanden sich auf Terrassen, die sich bis weit hinauf in die Berge erstreckten. Als wir noch größere Höhen erreichten, kreisten am klaren blauen Himmel gewaltige Vögel über uns. »*El cóndor*«, sagten unsere Führer und bekreuzigten sich.

Kurz vor Sonnenuntergang am Ende des ersten Reisetages schlugen wir unser Nachtlager auf. Die Wachen zündeten ein Lagerfeuer an. Sobald die Sonne verschwand, wurde es bitterkalt und wir waren schnell bis auf die Knochen durchgefroren. Die Männer gaben uns schwere Decken, die nach Hammelfleisch rochen, und brauten auf dem Feuer ein Getränk, das sie »*chicha*« nannten. Obwohl wir das Gesicht verzogen, weil es so bitter schmeckte, bestanden sie darauf, dass wir es tranken. Danach fühlten wir uns ein wenig benommen und spürten die Kälte nicht mehr. Als wir uns zum Schlafen niederlegten, drang ein gespenstischer Laut an unser Ohr, wie die Musik des Windes. Die Laienschwester, die uns begleitete, erklärte uns, es seien die Flöten der einheimischen Kutscher.

Drei Nachmittage später erreichten wir ein breites Plateau. Durch das Schaukeln der Kutsche waren wir eingenickt, als uns der Schrei eines unserer Bewacher weckte. Wir hörten, wie er seine Peitsche knallen ließ und merkten, dass die Kutsche plötzlich sehr schnell fuhr. »Sieh nur, Marisol, dieser Mann vom Hafen reitet hinter uns her«, rief Sanchia, die sich weit aus dem Fenster der Kutsche lehnte. »Der gut aussehende, der sich vor dir verneigt hat und lachte, als du ihn keines Blickes gewürdigt hast. Er winkt mit dem Hut. Aber ich glaube nicht, dass er uns einholt, dafür fahren wir viel zu schnell.«

»Das reicht, Sanchia! Wage es nicht, zurückzuwinken, sonst setzt es was!« Marisol zog Sanchia in die Kutsche zurück und sah selbst hinaus. »Ich glaube, wir haben ihn abgehängt«, sagte sie und schaute noch lange aus dem Fenster, um sich zu vergewissern.

Am fünften Tag gelangten wir zu einem schmalen Durchgang zwischen zwei Felsen. Die Kutsche hielt an, um den Wagen mit unserem Gepäck passieren zu lassen. Alle Bewacher bis auf einen folgten. Dann schrie der Fahrer plötzlich *»bandidos!«* und als wir hinaussahen, sahen wir eine Gruppe von Reitern mit Tüchern vor dem Gesicht hinter den Felsen auf uns zukommen. Der Mann, der bei uns geblieben war, legte seine Muskete an, doch die Banditen hatten die Kutsche schon erreicht, warfen den Mann zu Boden und rissen von ihren sich aufbäumenden Pferden aus die Kutschentür auf. Sie stießen Sanchia und Pía von den Sitzen, dann zeigte ihr Anführer auf Marisol und winkte sie zu sich. Als sie den Kopf schüttelte, griff er blitzschnell in die Kutsche und zog Marisol hervor, die kreischte, trat und biss. Er warf sie ohne Anstrengung vor sich auf sein Pferd und dann ritt er mit seinen Begleitern davon, während uns Marisols Schreie noch in den Ohren klangen. Unser Bewacher zielte, wagte aber nicht zu schießen, weil er befürchtete, Marisol zu treffen. *»Bandidos!«*, zischte er erbittert und schüttelte den Kopf. »Sehr schlechte Männer.«

Der Überfall hatte nur wenige Augenblicke gedauert. Die Laienschwester stimmte ein Wehgeschrei an und flehte jeden Heiligen einzeln an. Wir drei brachen in Tränen aus, wie betäubt durch das, was geschehen war. Die Wachen, die vorausgeritten waren, kehrten zurück, um nachzusehen, warum wir nicht folgten. Als sie hörten, was geschehen war, fluchten sie und sprachen davon, den Banditen hinterherzureiten – wenngleich ihnen deutlich anzusehen war, dass sie es widerstrebend taten und sicherlich nicht sehr schnell reiten würden.

In den Tagen, die folgten, beteten wir voller Kummer für Marisol und waren ängstlich auf der Hut, für den Fall, dass die Banditen wiederkamen. Die Berge schienen nicht näherzurücken, obwohl wir schon seit Tagen unterwegs waren. Doch schließlich rief Sanchia: »Ich sehe es!« Der Kutscher zeigte auf ein großes Tor mit einem Kreuz darauf, das sich vor dem strahlend blauen Himmel über einer Ansammlung von Gebäuden erhob. »Die Dame und die jungen Damen – da ist es! Das Kloster Las Golondrinas!«

KAPITEL 23

Aus der Chronik der Sors Santas de Jesús,
aus der Feder von Esperanza, in der Neuen Welt,
Herbst 1552

Ich überreichte der Pförtnerin das Schreiben, das die Äbtissin mir mitgegeben hatte, und sie schickte eine Dienerin, die die Oberin von unserer Ankunft unterrichten sollte. Die Laienschwester, die uns auf unserer Reise begleitet hatte, war darauf bedacht, zusammen mit dem Kutscher und den Wachen zurückzukehren, sobald die Maultiere gefressen hatten, doch zwei Beatas kamen heraus und drängten sie, hereinzukommen, ein wenig zu essen und sich auszuruhen. Ein barfüßiges Mädchen brachte uns zu einem großen Innenhof. In der Mitte sahen wir einen Brunnen, der mit gemusterten Kacheln belegt und von tönernen Töpfen umgeben war, in denen Büsche mit rosa- und orangefarbenen Blüten wuchsen. In diesem Innenhof herrschte noch geschäftigeres Treiben als in dem, den wir gleich nach unserer Ankunft gesehen hatten. Dort ging es recht schicklich zu; hier war es jedoch viel voller und lauter. Im Hof wimmelte es von Damen, die mit ihren Dienerinnen umherspazierten, sich gegenseitig etwas zuriefen, stehen blieben und Grüße austauschten, Anweisungen gaben, schimpften oder laut stritten. Kinder hüpften herum und einige Dienstmädchen, die am Brunnen Wäsche schrubbten, unterhielten sich laut und angeregt. Von Zeit zu Zeit tauchten Nonnen und Novizinnen auf, die barfüßige Gruppen von schwatzenden kleinen Mädchen vor sich herscheuchten, um sie von der Kapelle ins Schulzimmer zu geleiten.

Wir wurden in einen großen Raum geführt, in dem es nach der Sonnenhitze angenehm kühl war. An den weißen Wänden hingen große rechteckige Webstücke, sie sahen aus wie Wandteppiche, hatten jedoch bunte Muster anstelle von Bildern. Es gab silberne Kerzenleuchter, so groß wie Sanchia und so dick wie der Arm eines Mannes, mit gewaltigen Bienenwachskerzen darin. An der Wand hing ein großes Kruzifix aus Silber und Gold. Eigentlich hätten wir erleichtert sein sollen, weil wir endlich an unserem Ziel angekommen waren, doch der Gedanke an Marisol ließ uns allen das Herz schwer werden. Eine Dienstmagd mit einem langen geflochtenen Zopf, der ihr über den Rücken hing, brachte uns ein Tablett mit Hibiskuswasser und Keksen. Wir hockten auf der Stuhlkante, nippten an unserem Wasser und fühlten uns staubig und traurig.

»Hört nur!«, sagte Pía pötzlich und legte ihren halb gegessenen Keks beiseite. »Schwalben!« Und dann vernahmen wir alle das vertraute Gezwitscher und Gekratze unter dem Dachvorsprung. »Genau wie in Spanien.« Ich versuchte, etwas Fröhliches und Ermutigendes zu sagen, wie, dass es ein gutes Omen sei, doch die Worte erstarben mir in der Kehle. Ich konnte nur an Marisol denken, der die Banditen schreckliches Leid antaten. Und wir waren irgendwo am Ende der Welt und konnten ihr nicht helfen.

Auf der anderen Seite des *locutio* waren Schritte zu hören und wir erhoben uns und machten einen Knicks vor der Respekt einflößenden Frau, die ein wenig außer Atem zu sein schien. Eine junge Nonnen begleitete sie und wich ihr nicht von der Seite. Die Frau sagte: »Ich bin die Oberin und dies ist Sor Ana. Ich habe den Brief Eurer Äbtissin gelesen. Meine lieben Mädchen, willkommen in Las Golondrinas! Aus Spanien! Welch eine Reise Ihr hinter Euch habt!«

Sor Ana hatte einen Stuhl mit hoher Lehne ans *locutio* geschoben und wisperte: »Bitte setzt Euch, Mutter Oberin.« Auch wir zogen unsere Stühle zu dem Gitter und setzten uns. Ich wusste, dass ich die Medaille und die Chronik nicht erwähnen sollte, bevor ich eine zufriedenstellende Antwort auf die Fragen bekommen hatte, die die Äbtissin und Sor Beatriz mir aufgetragen hatten. Ich erkannte, wie klug ihre Anweisungen waren. Es gab hier so viele Klöster und ich musste mich vergewissern, dass dieses das richtige war.

Nach einer höflichen kleinen Unterhaltung über unsere Gesundheit wandte sich die Oberin geradewegs der heiklen Frage nach dem Zweck unserer Reise zu. »In ihrem Brief erklärt die Äbtissin, dass Ihr Waisen aus guten Familien seid und Euch hier Ehemänner suchen wollt. Um Euretwillen hoffe ich, dass Ihr Männer findet, die diese lange Reise lohnen. Doch warum seid Ihr nur zu dritt? Im Brief ist von vier Mädchen die Rede. Wo ist María Isabela?«

Traurig berichtete ich ihr, was Marisol zugestoßen war.

»Ah!« Die Oberin war schockiert, doch nicht so sehr, wie ich erwartet hatte. Sie schüttelte den Kopf und meinte, die Äbtissin habe recht daran getan, uns nach Spanischamerika zu schicken, wo der mäßigende Einfluss guter Ehefrauen so dringend vonnöten war. Sie würden für Marisol beten. »Und Sor Emmanuela, die hier erwähnt wird – wo ist die Dame, die Euch begleiten sollte?«

»Sor Emmanuela ist leider auf See gestorben. Ich als die Älteste habe dann die Führung übernommen«, antwortete ich.

»Ihr seid uns natürlich willkommen, doch es gibt viele Klöster, die sich näher am Hafen befinden. Ich bin mir sicher, dass Ihr in allen Schutz gefunden hättet. Und alle hätten Euch geholfen, Ehemänner zu finden. Ich möchte gerne wissen, warum Ihr Euch gerade für dieses Kloster entschieden habt.«

Ich fragte, ob ich mit ihr unter vier Augen sprechen dürfe, doch bevor sie antworten konnte, läutete eine Glocke und sie erhob sich. »Vielleicht morgen. Sor Ana, zeigt ihnen die Kapelle. Ich habe zu tun.«

Wir gingen über den überfüllten Innenhof zurück, beteten mit den anderen die Vesper und fanden uns dann im lärmenden Refektorium ein, wo wir ein einfaches Mahl zu uns nahmen, das ebenfalls in scharf gewürzter Soße schwamm. Schnell wurde es Nacht und die Glocke der Kapelle läutete zur Komplet, doch wir waren zu müde. Wir fielen ins Bett und schliefen fest.

Am nächsten Tag folgte ich dem Mädchen mit dem langen Zopf in den Besuchsraum mit seinem *locutio*. Zu meinem Erstaunen steckte sie einen großen Schlüssel in das Schloss des Gitters, öffnete es und führte mich in einen Raum voller dunkler Möbel, in dem die Oberin auf mich wartete. Sie bedeutete mir, mich auf einen der schweren, mit Schnitzereien versehenen Stühle zu setzen.

Die Oberin verschwendete keine Zeit auf Nettigkeiten, sondern sagte: »Nun, Esperanza, sagt mir, warum Ihr mich unter vier Augen sprechen wollt.«

Ich nickte. »Vergebt mir, Mutter Oberin, doch darf ich Euch ein paar Fragen stellen?« Die Oberin hob die Augenbrauen, nickte jedoch.

»Wie lauteten die Namen der Schwestern, die diesen Orden hier gegründet haben?«

»Nun, lasst mich überlegen. Ich glaube, da waren die Oberin María Manuela, Sor Inéz, Sor Fidelia, Sor Anselma, Sor Blanca, Sor Lucía, Sor Emilia und Sor Estefanía.«

Don Miguel war sich so sicher gewesen, dass dies das richtige Kloster war! Ich sah sie an. Die Namen stimmten, doch es waren gebräuchliche spanische Namen – und es waren nicht alle. Sie hatte nur neun genannt, nicht zwölf. Keine Sor Salomé. Oh je, dies war das falsche Kloster! Bei dem Gedanken, erneut aufbrechen zu müssen, fühlte ich mich mutlos und müde.

Die Oberin runzelte die Stirn und fuhr fort: »Zu der Gruppe gehörten drei weitere Frauen. Ich kann mich nicht an die beiden Beatas erinnern, die starben, als ihr Floß beim Überqueren eines Flusses kenterte. Doch dann war da noch eine Novizin, die sich entschied, uns zu verlassen und zu heiraten – die Novizin Salomé.«

Ich setzte mich auf und rief: »Die Novizin Salomé hat *geheiratet?*«

»Sie hatte ihre Profess noch nicht abgelegt und ich versichere Euch, dass sie den Segen des Klosters hatte, als sie heiratete. Es gab gute Gründe für ihre Entscheidung.«

»*Gute Gründe?* Welche denn?« Ich wusste, dass ich nicht so viel Missbilligung in meine Frage legen sollte, schließlich hatte meine Mutter dasselbe getan – doch ich war trotzdem schockiert.

Die Oberin sah über meinen unhöflichen Ton hinweg. »Ich könnte es erklären, doch es ist eine lange Geschichte und wahrscheinlich könnte Doña Salomé Aguilar sie am besten erzählen. Sie ist eine große Gönnerin und eine wichtige Stütze unseres Klosters und hat großzügige Summen für unsere Schule für indianische Mädchen gespendet. Sie trauert um ihren Mann, der vor einem Jahr starb. Inzwischen verlässt sie das Anwesen der Familie nur noch selten, das von ihrem ältesten Sohn geleitet wird, Don Miguel. Außer Don Miguel haben die beiden einen weiteren Sohn, Don Mateo, und eine Tochter, Doña Beatriz. Don Mateo Aguilar ist ein Mann der Kirche, Doña Beatriz hat einen *cacique* geheiratet und hat sieben Kinder. Don Miguel Aguilar ...«

Don Miguel, der Herr am Hafen, der mir aufgeholfen hatte ... er war Salomés Sohn! Ich unterbrach die Oberin und sagte, wir seien Don Miguel bei unserer Ankunft begegnet. Auf ihren erstaunten Blick erklärte ich hastig, dass er uns gemeinsam mit einem anderen Mann zu Hilfe geeilt sei und uns zu einem Kloster gebracht habe, in dem seine Cousinen als Nonnen lebten. *Cacique* hatten die Damen im Kloster ihn genannt. Was bedeutete das?

»Es ist die Bezeichnung für Adelige der Inkas«, sagte die Oberin. »Bei den Inkas ist der Adel ebenso stolz auf seine Reinbürtigkeit, seine *limpieza de sangre*, wie jeder Spanier mit einem weit zurückreichenden christlichen Familiengeschlecht. Normalerweise nehmen Klöster nur reinrassige spanische Mädchen als Nonnen auf, die Töchter der *hidalgos*, doch für die *caciques* werden Ausnahmen gemacht. Einheimische Frauen niederer Stände treten dem Kloster als Dienerinnen bei oder bisweilen als Beatas, doch niemals als Nonnen. Auf Abstammung, Blut und Familienehre wird hier viel Wert gelegt, meine Liebe. Eine Tochter als Nonne ist ein Beweis für die Bedeutung der Familie, für ihre gute Erziehung und ihren Glauben. Ich nehme an, in Spanien ist es auch so, nein?«

Ich nickte.

Die Oberin runzelte die Stirn. »Don Miguels Vater stammte vom letzten Sapa Inka ab. Don Miguel hat sein Blut und seinen Stolz geerbt und brütet über die Ungeheuerlichkeiten der

Konquistadors, über die grausame Behandlung der Indianer. Es gibt Gerüchte, er plane einen Umsturz und unterstütze Rebellengruppen in den Bergen. Das ist eine ernste Angelegenheit; es hat viele Revolten gegen die Spanier gegeben, und das weiß Gott aus gutem Grund, sodass die Landbesitzer, die von Sklaven und Indianern umgeben sind, in ständiger Angst leben. Aufstände werden brutal niedergeschlagen.«

Natürlich überreichte ich der Oberin die Medaille als Geschenk des Klosters in Spanien. Ich war erleichtert, sie dort abliefern zu können, wo sie hingehörte; die Sorge um ihre Sicherheit war eine große Verantwortung. Die Oberin war tief berührt, sie sagte, selbstverständlich wisse sie von der Medaille, doch sie habe nie damit gerechnet, dass sie jemals in den Besitz dieses Klosters gelangen würde. Ich erzählte ihr von Sor Beatriz und der Äbtissin und von der Inquisition. Sie nickte und meinte, die Inquisition sei auch hier eingerichtet worden, aber ... Sie zuckte mit den Schultern. Wie vieles andere wird auch die Inquisition hier nicht so wirksam betrieben wie in Spanien.

Ich berichtete von den regelmäßig eintreffenden Briefen des Heiligen Offiziums und wie sehr sich die Äbtissin darüber geärgert habe, und die Oberin erwiderte, auch sie hätten so ihre Probleme mit den kirchlichen Behörden. Allerdings erfüllten Klöster wie Las Golondrinas viele nützliche Aufgaben, sodass die Kirche nicht auf sie verzichten könne. So nähmen die Schule und das Waisenhaus die beschämend große Zahl an Mestizenmädchen auf, die von spanischen Soldaten und Siedlern gezeugt würden. Sowohl die Regierung als auch die Kirche kämpften beständig dagegen an, dass spanische Männer sich den Verlockungen der einheimischen Frauen hingäben, doch offenkundig ohne großen Erfolg. Daher sei Kirche und Zivilbehörden sehr daran gelegen, den Mädchen christliche Werte nahezubringen, in der Hoffnung, dass sie eines Tages als gute katholische Ehefrauen einen mäßigenden Einfluss haben würden.

Ich hatte noch so viele Fragen an sie, doch eine Nonne kam und rief die Oberin zu einem Notfall oder etwas anderem. Die Oberin hat kaum Zeit, lange irgendwo zu sitzen – das Kloster ist ein aufregender Ort. Von der Chronik sagte ich ihr nichts, da sie erwähnt hatte, dass es in Las Golondrinas keine Schreiberin gab. Einstweilen behalte ich diese letzte Verbindung zu Spanien und zu Sor Beatriz. Ich weiß nicht, ob es klug wäre zu versuchen, einen Brief an das Kloster in Spanien zu schicken. Ich wage nicht daran zu denken, was dort geschehen sein mag.

KAPITEL 24

Aus der Chronik der Sors Santas de Jesús, aus der Feder von Esperanza, im Missionskloster Las Golondrinas de Los Andes, Dezember 1552

Im Kloster wird das Weihnachtsfest auf eine Weise gefeiert, die in Spanien gänzlich unbekannt ist. Die Blumen im Innenhof blühen und viele Frauen sind ins Kloster gekommen. Innerhalb der Klostermauern herrscht heilloses Durcheinander – da werden Süßigkeiten und andere Speisen angepriesen, Spielzeuge verkauft, Kinder laufen umher und Nonnen, die zu Besuch gekommen sind, drängen sich zusammen mit Witwen und Beatas und Anverwandten und Dienerinnen und Bettlerinnen im Innenhof. Außerdem gibt es eine große Anzahl von Frauen der Straße und herausgeputzte Mestizinnen, Geliebte und Konkubinen, die für das Fest plötzlich zu »Büßerinnen« werden, wie man sie hier nennt. Vom frühen Morgen bis zum späten Abend herrscht im Innenhof qualvolles Gedränge! Die Leute schieben und rempeln, kleine Kinder heulen lauthals auf dem Rücken der Mutter oder sie laufen kreuz und quer herum. Manche Frauen verbringen alle Feiertage hier, andere kommen und gehen täglich. Jede Zelle ist belegt und die Dienerinnen und Sklavinnen schlafen, wo immer sie ein freies Plätzchen finden.

Mittendrin findet etwas statt, das *saturanticuy* heißt, der »Kauf der Heiligen«. Es ist eine Art Markt, auf dem kleine Figuren verkauft werden; sie stellen Heilige oder das Jesuskind dar, das die Leute hier *el Niño Jesús* nennen. Alle müssen aufpassen, dass sie nicht auf die Tonfiguren treten, die auf landesüblichen Decken auf dem Boden aufgereiht feilgeboten werden – was bei dieser Enge schwierig genug ist!

Am Tor des Klosters werden kleine Leckereien und ein heißes Getränk an die Armen verteilt. Die Klosterküche, in der es ebenso chaotisch zugeht wie im Innenhof, versorgt Nonnen und Besucherinnen mit immer neuen Ladungen süßer Teigringe, die *picarones* heißen und für diese Gegend typisch sind. Für die wohlhabenden Damen und einige der reicheren Prostituierten, die sie sich leisten können, gibt es kleine würzige Fleischpasteten. Wein und heimischer Branntwein fließen in dieser Zeit in Strömen. Männer stolpern umher oder liegen betrunken und besinnungslos in den Straßen, was der Grund dafür sein mag, dass so viele Frauen hierherkommen, wo Männern der Zutritt verboten ist. Hinter den Klostermauern gibt es Frauen, die musizieren, und alle, selbst die feineren Damen, singen und tanzen dazu.

Der Abend vor dem Weihnachtsfest wird »*Noche Buena*« genannt. Um Mitternacht erklang wildes Glockengeläut und die Fiesta dauerte bis zum Morgengrauen. Wie es scheint, gehen diese ausgelassenen Feiern bis zur Ankunft der drei Könige im Januar weiter. Auch die Schoßhündchen und die Papageien schlafen nicht, ebensowenig wie alle anderen. Die Hunde laufen wie verrückt durch die Menge, bringen die Dienerinnen zum Stolpern und bellen ununterbrochen, während die Papageien krächzen, bis sie erschöpft sind und matt auf ihrer Stange sitzen.

Pía gelingt es, so unnahbar und gelassen wie immer zu sein, doch selbst sie hat viele Pasteten mit Genuss verspeist und sich die Finger geleckt. Sanchia verschwand mit einigen anderen Mädchen ihres Alters und ich sah sie flüchtig, als sie alle zusammen hinter den tanzenden Frauen herumwirbelten und -tänzelten. Ich kauere mich in die am wenigsten bevölkerte Ecke, die ich finden kann, und schreibe nieder, was ich beobachte, weil ich sonst nichts mit mir anzufangen weiß. Ich vermisse Marisol, die an all dem Treiben ihre helle Freude gehabt hätte, und sehne mich nach ein wenig Ruhe und Frieden!

KAPITEL 25

Aus der Chronik der Sors Santas de Jesús, aus der Feder von Esperanza,
im Missionskloster Las Golondrinas de Los Andes,
Mai 1553

Die Oberin hat an Salomé geschrieben, bisher jedoch keine Antwort erhalten. Ich muss mich gedulden. Hier ist es Sitte, dass eine Witwe ein Jahr lang oder manchmal länger keinen Besuch empfängt. Seit Ostern hat die Oberin Anfragen von möglichen Heiratskandidaten für uns bekommen, doch bei der Aussicht auf die Ehe mit einem dieser Männer sinkt mir das Herz. In der Zwischenzeit haben wir drei begonnen, zum Dank für unsere Zelle und unser Essen die Wäsche im Waisenhaus auszubessern, so sehr ich das Nähen auch hasse. Auf diese Weise können wir unsere Mitgift sparen. Die Trockenzeit hat begonnen und die Luft ist frischer. Wir haben einen schattigen Platz im geschäftigen Innenhof, an dem wir besonders gern sitzen und arbeiten. Sanchia murrt, weil wir bereits seit einem halben Jahr hier sind; sie möchte, dass Pía und ich uns beeilen und endlich einen Ehemann finden, sonst würde sie es tun, damit wir das Kloster verlassen können.

Ruhig wie immer weist Pía Sanchia darauf hin, dass sie erst zwölf Jahre alt und noch zu jung ist, um sich über solche Dinge Gedanken zu machen, doch Sanchia, die für ihr Alter recht groß geworden ist, wirft ihre schwarzen Locken zurück und erwidert, dass es hier Mädchen gibt, die mit zwölf verlobt oder gar verheiratet sind. Pías Freundin Zarita, die an den meisten Tagen bei uns sitzt, nickt.

Zarita selbst war eine solche Kindfrau und wartet nun im Kloster auf ihre Scheidung. Für Frauen, die hoffen, von ihren Männern geschieden zu werden, ist es eine Frage des Anstands, dass sie solange im Kloster wohnen, bis das Gericht über ihr Gesuch entscheidet. Diese Verfahren dauern zwar sehr lange, doch normalerweise wird den Gesuchen stattgegeben, und dann heiraten die Frauen einen anderen Mann, der ihnen besser gefällt als der erste. Es kommt vor, dass Männer, deren Frauen sich gerade scheiden lassen, Nachrichten schicken oder selbst ans Tor kommen und versuchen, ihre Frauen entweder durch barsche Befehle oder jammervolles Betteln dazu zu bewegen, nach Hause zurückzukehren. Meist haben sie damit keinen Erfolg.

Zuerst waren wir schockiert, doch inzwischen sind wir an das stete Kommen und Gehen übellauniger Ehefrauen gewöhnt, die oftmals von Kindern, Verwandten, Dienerinnen und Haustieren wie Vögeln oder Hunden begleitet werden. Die wohlhabenderen unter ihnen bringen Haushaltsgegenstände mit, mit denen sie sich ihren Aufenthalt im Kloster so behaglich wie möglich machen: Kerzenleuchter, goldene und silberne Teller, Federmatratzen und viele Kleider, Fächer und Schultertücher. Von Zeit zu Zeit werden wir alle Zeugen wütender Ausbrüche, wenn eine zukünftige Geschiedene Anspruch auf ihren Platz in der Hierarchie der Ehefrauen, Witwen, reumütigen Prostituierten und mittellosen Frauen erhebt, die den Innenhof belagern. Es ist eine Frauenwelt, die wir bisher noch nie gesehen haben, und wir finden sie ausgesprochen unterhaltsam.

Zarita ist sechzehn und ebenso schön wie Pía. Wenn sie die Köpfe zusammenstecken und flüstern und kichern, ist es, als sehe man zwei Blumen nebeneinander, eine helle und eine dunkle. Zarita wurde im Alter von neun Jahren von ihrem Vater verheiratet, der inzwischen gestorben ist. Ihr Bruder besteht auf einer Scheidung, weil er möchte, dass sie seinen Freund heiratet. Wenn man sie fragt, ob sie hofft, mit ihrem Gesuch Erfolg zu haben, zuckt sie die Schultern und seufzt. Zarita ist dem Freund ihres Bruders nicht mehr zugetan als ihrem ersten

Ehemann und würde am liebsten im Kloster bleiben. Pía und sie finden Trost beieinander. Doch am Ende wird sie dem einen oder anderen Mann gehorchen müssen, also hofft sie, dass das Gericht sich nicht beeilt.

Pía ist die Tatsache, dass sie noch unverheiratet ist, vollkommen gleichgültig; sie ist zufrieden, wenn sie ihre Tage mit Zarita verbringen kann. Die Oberin meint, ich müsse als Erste heiraten, da ich die Älteste von uns dreien bin. Sie hat in meinem Namen einige Erkundigungen eingeholt, hat jedoch mehrere Möglichkeiten verworfen. Sie sagt, die grobe Art vieler Männer hier in den Kolonien würde mir nicht gefallen.

Würde ich ihnen gefallen?

Zarita hat einen Spiegel und in einem unbeobachteten Moment sah ich hinein. Ich habe dunkle Augen, eine lange Nase, lange Wimpern und dichte Brauen, die mir einen feierlichen Ausdruck verleihen. Ich probierte ein Lächeln. Meine Zähne sehen sehr weiß aus, wahrscheinlich, weil wir alle von der Sonne ein wenig gebräunt sind. Es fehlt kein einziger Zahn. Ich biss mir auf die Lippen, damit sie etwas Farbe annahmen, und kniff mir in die Wangen. Würde ein Mann ein solches Gesicht mögen? Ich bin nicht schön wie Pía, nicht einmal hübsch wie Sanchia; vielleicht sehe ich meiner Mutter ähnlich.

Ich sagte meinem Spiegelbild, dass ich wünschte, ich bräuchte nicht zu heiraten.

Im Innenhof war Unruhe entstanden und als ich den Spiegel weglegte, sah ich, dass eine gut gekleidete Frau der Grund dafür war. Sie trug einen Schleier, wie es bei verheirateten Frauen üblich ist, und hatte eine Nonne und zwei Novizinnen an ihrer Seite. Zwei Dienstmädchen folgten mit Kissen und einem Sonnenschirm und Schultertüchern. Offenbar war sie eine Dame von einigem Ansehen, sonst hätte sie nicht so viele Leute um sich gehabt, die ihr zu Diensten waren. Die Dienstmädchen schüttelten die Kissen auf und legten sie auf eine Bank, ein Hocker für ihre Füße wurde herbeigeschafft und eine Dienerin kam mit Hibiskuswasser herbeigeeilt. Als sich die Dame niedergelassen hatte, löste sich ein ordentlich gekleidetes Dienstmädchen, eine Mestizin, von der Gruppe und kam quer über den Innenhof auf uns zu. Sie knickste und fragte nach unseren

Namen. Als ich sie ihr nannte, lächelte sie ein wenig und meinte: »Wie meine Herrin sagte ... Bitte kommt mit mir.«

Pía, Sanchia und ich tauschten erstaunte Blicke, legten aber unsere Näharbeiten beiseite, strichen unsere Kleider glatt und folgten dem Dienstmädchen zu der Bank, auf der die feine Dame Hof hielt. Sie schlug ihren Schleier zurück und wir kreischten: »Marisol!«

»Sie ist es!«, rief Sanchia und warf sich Marisol in die Arme.

Ich tat es ihr nach, dann Pía, und dann lachten und weinten und umarmten wir vier uns, bis wir außer Atem waren. Wie immer, wenn es etwas Aufregendes zu sehen gab, unterbrachen alle anderen im Innenhof das, was sie gerade taten, und beäugten uns aufmerksam. Zarita kam heran und gesellte sich zu uns, als wir uns um Marisol herum niederließen.

Sie sah sehr gut aus. Sie sah sogar wunderschön aus. Ihr dunkles Haar lockte sich um ihre Schultern, ihre Wangen waren rosig und ihre Augen leuchteten. An ihren Fingern blitzten Ringe und sie trug eine ganze Reihe von Halsketten. Ihr Gesicht war irgendwie weicher geworden, der zornige und ungeduldige Schatten war verschwunden. Und sie war ganz unverkennbar schwanger. Offenbar war viel geschehen seit dem schrecklichen Tag, an dem sie entführt wurde.

Sie errötete. »Am Ende war es doch nicht so schrecklich. Nein, eigentlich war es sogar ganz romantisch.«

»Marisol!« Wir warteten gespannt. »Nun erzähl schon!«

»Als die Banditen mich wegzerrten, hatte ich große Angst. Aber ich war auch wütend, dass jemand eine Frau auf diese Weise angreifen konnte. Der Mann, der mich gepackt hatte, war sehr stark, doch der Zorn hielt mich aufrecht, und während wir dahingaloppierten, war ich wild entschlossen, mit aller Kraft zu kämpfen, zu treten und zu beißen, sobald wir anhielten. Nur so konnte ich verhindern, dass die Angst mich überwältigte.

Wir ritten und ritten, bis wir schließlich zu einer verlassenen und halb verfallenen Siedlung kamen. Sie bestand aus ein paar leeren Häusern und einer Art Kapelle mit einem Kreuz auf dem Dach. Die Reiter ließen ihre Pferde langsamer gehen und auch wenn ich wusste, dass ich an diesem Ort nicht damit rechnen konnte, dass mir jemand zu Hilfe kam, beschloss ich, bis zum Ende zu kämpfen. Ich sah zu dem Schurken auf, der mich gepackt hatte, und riss ihm das Tuch vom Gesicht – nur um festzustellen, dass es dieser freche Bursche war: Don Tomás Beltrán! Er lachte und sah recht zufrieden mit sich aus.

›Don Tomás!‹, rief ich. ›Wie könnt Ihr es wagen, eine Dame so zu behandeln!‹ Und schlug ihm, so fest ich konnte, ins Gesicht. Er sah mich erstaunt an, packte aber meine Arme, bevor ich noch einmal zuschlagen konnte, und hielt sie umklammert, sodass ich gezwungen war, ihn anzuhören. ›Ich habe ein ehrenhaftes Ansinnen. Ich brauche eine Ehefrau, die ich selbst ausgewählt habe. Während wir hier stehen, arrangiert meine Mutter meine Hochzeit mit einer älteren Frau aus einer guten spanischen Familie, die sehr dick, hässlich und fromm ist und übel riecht. Außerdem ist sie furchtbar herrisch und meine Mutter hofft, dass sie mich dazu bringt, meine Pflichten der Familie gegenüber zu erfüllen. Ihr dagegen ... Ein so hübsches und temperamentvolles Mädchen konnte ich doch nicht in einem Kloster versauern lassen.‹

Was er da sagte, war natürlich unerhört. Aber auch ein wenig schmeichelhaft.« Marisol lächelte. »Dann fuhr er fort: ›Seit dem Tod meines Vaters bin ich wie ein Maulesel mit einem riesigen Anwesen und den Verpflichtungen beladen, die damit einhergehen. Und zu diesen Verpflichtungen gehört auch, dass ich heirate und für Erben sorge. Für legitime Erben, nicht die anderen ... Nun, lassen wir das. Man hat mich nach Hause beordert, um mich offiziell mit diesem fetten Drachen zu verloben, und da mein Pate schwört, dass er mich einsperren und notfalls mit Gewalt nach Hause bringen lässt, wenn ich nicht gehorche, ist es das Beste, Euch auf der Stelle zu heiraten und Euch später den Hof zu machen. Es ist der einzige Ausweg, der mir einfällt, doch ich bilde mir ein, dass das Leben als meine Frau auch sein Gutes hat – wie Ihr seht, bin ich sehr geübt darin, jemandem den Hof zu machen. Ihr werdet die Herrin eines großen Hauses sein und die Königin meines Herzens. Ihr werdet viele Diener und Kleider und reichlich Schmuck und alles haben, was Ihr Euch wünscht. Eure Kinder werden die Erben der Beltráns sein. Und dann ...‹ Er fuhr mit der Hand über mein Mieder und ein Schaudern durchlief mich bei der Vorstellung, wie es sich anfühlen würde, wenn seine Hand weiterglitt. ›Es sei denn, Ihr seid zu heilig, um von fleischlichen Gedanken heimgesucht zu werden … Doch eigentlich glaube ich nicht, dass das der Fall ist. Dafür liebe ich Euch schon jetzt. Wie es der Zufall will‹, fügte er hinzu und zeigte auf das baufällige Gemäuer mit dem Kreuz, ›haben wir auch einen Priester zur Hand. Und hier, zum Zeichen meines guten Glaubens und unserer Verlobung, ist ein Ring.‹ Er verbeugte sich und hielt ihn mir entgegen.

Eine zerlumpte und wirr dreinblickende Gestalt mit der Soutane eines Priesters kam aus der Kirche geschlurft, quäkte wie ein aufgescheuchtes Huhn, hob die Hand zum Segen und murmelte vor sich hin. Dabei schlurfte er im Staub auf und ab, als sei er auf der Suche nach einem saftigen Wurm. Die Situation war lächerlich – eine Entführung, ein wichtigtuerischer Heiratsantrag irgendwo am Ende der Welt und nun dieses menschliche Huhn … Doch der Ring hatte einen sehr großen, von Diamanten eingefassten Smaragd. Und in dieser Wüstensiedlung konnte ich nicht mit Hilfe rechnen.

Ich sagte: ›Und wenn ich Euer großzügiges Angebot ablehne, Don Tomás, dann wird uns dieser Einsiedler oder Vagabund oder Priester oder … dieses Huhn … trotzdem trauen?‹

Er lächelte. ›Oh, ja. Ich werde Euch jetzt heiraten, egal, ob Ihr damit einverstanden seid oder nicht, denn nur so kann ich die Pläne meiner Mutter durchkreuzen. Doch sobald wir verheiratet sind, müsst Ihr Euch der Mühe unterziehen, vor einem kirchlichen Gericht zu beschwören, dass Ihr entführt und gegen Euren Willen verheiratet wurdet. Meine respekteinflößende Mutter – die sehr böse sein wird, das kann ich Euch versprechen – wird Euch bei Eurer Scheidung nach Kräften unterstützen. Allerdings – es kann doch auch sein, dass Ihr, wenn Ihr erst mit mir verheiratet seid, die Aufhebung der Ehe gar nicht mehr wünscht. Wie sonst wollt Ihr das herausfinden?‹

Arrogant, aber sehr gut aussehend. Reich. Und seine Arme, die mich auf seinem Pferd festhielten, waren stark. Als ich ihn ansah, dachte ich, warum nicht annehmen? Die Nonnen würden nur einen älteren und langweiligeren Mann für mich finden. Ich streckte ihm die Hand entgegen und er schob mir den

Ring auf den Finger. ›Lasst dies die kürzeste aller Verlobungen sein‹, sagte er. Der alte Priester führte uns in die stickige kleine Kapelle und traute uns. Dann wünschten uns die Männer, die Tomás begleitet hatten, alles Gute, ließen ein Pferd für mich zurück und ritten in den Sonnenuntergang davon. Don Tomás reichte dem Priester eine Goldmünze, ließ den Alten angesichts dieser Großzügigkeit überrascht blinzelnd stehen, nahm meine Hand und führte mich in eines der kleinen leeren Häuser. Dort packte er etwas zu essen aus, breitete unsere Decken auf dem Boden aus und entzündete ein loderndes Feuer, das unserer Leidenschaft in dieser Nacht in nichts nachstand.

Am nächsten Morgen sagte Tomás, ich sei eine verheiratete Frau, Doña María Isabela Beltrán de Vilar de Asunción, und wenn er mich als seine frisch angetraute Frau nach Hause bringe, würde er darauf bestehen, dass seine Familie mich nicht bei dem Namen meiner Kindheit nenne, sondern mich mit ›Doña María‹ anspreche, so wie es der Gattin des Erben zustehe. Wir würden alle Würde brauchen, die wir gemeinsam aufbringen konnten – wenn ich seine Mutter kennenlernte, würde ich verstehen, was er meinte.

Tomás führte mein Pferd am Zaumzeug, damit es nicht davonlief. Ich hatte noch nie zuvor auf einem Pferd gesessen und es war aufregend, so hoch über der Erde zu sein, auch wenn mir anfangs der Rücken steif wurde und die Beine schmerzten. Wir ritten gemeinsam dahin, als Mann und Frau, und redeten und redeten, stritten uns manchmal, lachten oft, so als könnten wir nie wieder aufhören. Tomás erzählte mir viel über das Land, wie seine Familie mit den Konquistadors gekommen war und ein riesiges Stück davon mit vielen Silberminen und *encomienda*-Rechten zugesprochen bekam.

›Was ist das?‹, fragte ich.

›Das ist es, was die Beltráns reich gemacht hat. Die Einheimischen, die auf diesem Land leben, müssen Zahlungen an uns leisten und einen Teil ihrer Ernte abliefern. Ich glaube, es ist so ähnlich wie das Feudalsystem in einigen Teilen von Europa.‹

›Und was wird hier angebaut und geerntet?‹

›Es gibt eine Art Nuss, die im Boden wächst, nicht an Bäumen wie die Mandeln in Spanien, und außerdem gibt es Wurzeln, die man *mandioca* nennt, eine wunderschöne rötlich-goldene Frucht mit noch wunderschönerem süßem Fruchtfleisch, und eine grüne Frucht, die *aguacate* heißt. Sie ist sehr schmackhaft, wenn man sie schält und mit Salz und Chili würzt. Tomás erzählte mir auch von seiner Familie. Er hat drei jüngere Schwestern, doch da seine Mutter bestimmt hat, dass die beiden jüngeren Mädchen ins Kloster gehen, muss er nur für die Älteste einen Ehemann finden, und sie musste warten, bis Tomás verheiratet war. Er erzählte mir von den Bauern, die das Land seiner Familie bestellen, und wie seine Mutter mit eiserner Hand über sie herrscht, ebenso wie über die Familie und sogar den örtlichen Priester. Außerdem ist sie sehr, sehr fromm.

Ich berichtete ihm ein wenig von mir, hauptsächlich die Dinge, von denen ich dachte, dass sie seine Mutter interessieren würden: dass mein Vater eine Schiffsflotte befehligt hatte, dass meine Mutter ein königliches Mündel war, dass beide tot sind. Von Consuela und meinen Brüdern und den boshaften Gerüchten über den Kronprinzen, die meine Familie zerstört haben, sagte ich nichts. Wir sind hier zwar weit weg von Spanien, aber dennoch gibt es spanische Verwaltungsbeamte – und wer weiß schon, was die Behörden tun, wenn sie solche Informationen bekommen? Mein Leben hatte eine interessante Wendung erfahren und ich wollte nicht, dass sie auf mich aufmerksam wurden.

Schließlich, am achten Tag, zeigte Tomás auf eine Ansammlung von Gebäuden am Horizont. ›Die Hazienda der Beltráns‹, seufzte er. Als wir sehr langsam darauf zuritten, schärfte er mir ein, seiner Mutter nichts von der Entführung zu erzählen. Ihre Ansichten über Etikette sind ebenso starr wie ihre Vorstellung von dem, was ihr alle Welt schuldig ist.

Nachdem wir tagelang unterwegs gewesen waren, konnte ich nicht sonderlich frisch wirken, abgesehen davon, dass ich recht zerwühlt aussah, weil Tomás immer wieder die Pferde anhielt und mich zu sich auf die Decken zog. An einem Bach ließ ich ihn haltmachen und versuchte, so gut es ging, den Staub abzuwaschen und mein Haar glattzustreichen, während Tomás seine Kleidung zurechtzog und sich den Schmutz von der Jacke klopfte. Als wir uns anzogen, sah ich, dass er wieder meine

Brüste musterte, und wollte gerade anmerken, dass dies wohl kaum der richtige Moment sei. Er sagte jedoch nur, ich solle mein Mieder bis oben zuknöpfen und mir mein Schultertuch eng um die Schultern legen. Seine Stimme klang leicht beunruhigt. Danach kamen wir immer langsamer voran. Tomás nutzte den geringsten Anlass, um stehen zu bleiben und mich auf Bäume und Sträucher hinzuweisen, als seien sie das Interessanteste, das die Welt je gesehen hatte. Oder er zeigte mir, wo er als Junge hier eine Schlange und dort einen Puma gesehen habe. Er schwor, er habe die wilde Gestalt der *Llorana* gesehen, die ihre eigenen Kinder umbrachte und nun verdammt ist, durch die Welt zu wandern und sie zu suchen. Dabei schnappt sie sich menschliche Kinder, wann immer sie kann. Tomás sagte, eines Tages habe sie versucht, ihn mitzunehmen, doch er sei um Haaresbreite davongekommen.

Ich erwiderte, wenn es *La Llorana* gelungen wäre, hätte sie ein Kind, das so viel redete wie Tomás, ganz gewiss wieder zurückgebracht. Schließlich sahen wir eine Ansammlung von Gebäuden mit blauen Schlagläden und in der Ferne setzte sich ein Junge in einem Feld in Bewegung und lief auf das Tor eines großen lang gestreckten Hauses zu.

Als wir am Haus ankamen, erwartete uns auf der Veranda eine dicke, schwarz gekleidete Frau mit buschigen Augenbrauen, die aussah wie eine menschliche Gewitterwolke. Drei dunkelhaarige Mädchen, allesamt jünger als Tomás, spähten hinter ihrem breiten Rücken hervor und beäugten uns interessiert. Die Frau streckte den Finger aus und zeigte auf mich. Wie ihr Sohn es wagen könne, vor seiner Mutter und seinen unschuldigen Schwestern seine Hure herzuzeigen. Als Tomás mich als seine Frau vorstellte, sah sie einen Moment lang aus, als habe sie der Schlag getroffen. Dann hob sie die Hände zum Himmel und ließ einen lauten durchdringenden Heulton hören. Sie schlug sich mit dramatischer Geste an die Brust – die ziemlich ausladend war und den Anschein erweckte, als könne sie eine Menge Schläge vertragen, ohne den geringsten Schaden zu nehmen – und rief nacheinander die Jungfrau und jeden Heiligen einzeln an, Zeuge der Prüfungen einer geplagten Mutter zu sein. Währenddessen tätschelten ihre Töchter ihr ohne jeden

Erfolg den Rücken und flüsterten: ›Nicht so laut, Mama!‹ Als sie sich schließlich beruhigte, betrachtete sie mich, als sei ich ein verfaulter Leckerbissen, den einer der Gossenhunde angeschleppt hatte, und setzte zu einer beleidigenden Schmährede an. Es sei ganz offensichtlich, dass ich ein Flittchen von zweifelhafter Geburt und ohne Mitgift sei, das weiß Gott welches Mischlingsblut mitbrachte. Als sei es nicht genug, dass er sich mit den Bäuerinnen einlasse und die halbe Hazienda mit seinen Bastarden bevölkere, nein, nun müsse er auch noch Prostituierte aus diesem Sündenpfuhl von Stadt mitbringen, um seiner Mutter das Herz zu brechen und sie auf ihre alten Tage umzubringen. Gott würde ihn bestrafen! Und diese sogenannte Heirat, zu der er sich habe überreden lassen, würde auf der Stelle gelöst werden.

Eine halbe Stunde lang tobte sie, ohne Tomás auch nur ein einziges Mal zu Wort kommen zu lassen. Sie werde ihn enterben, schwor sie, wenn er sich nicht sofort von mir scheiden lasse. Ich sah sie einfach nur ungerührt an und dachte: ›Diese fette Kröte ist also meine Feindin? Wie viele schlimme Wörter sie doch kennt!‹

Tomás' Familie ist so wohlhabend, dass sie meine Mitgift nicht braucht. Als meine neue Schwiegermutter auf diesen Punkt zu sprechen kam, meldete sich Tomás endlich zu Wort und meinte, er habe gedacht, dass er ihr eine Freude macht, wenn er mit einer echten spanischen Frau mit limpieza de sangre nach Hause komme. Das sei wichtiger als jede Mitgift, hätte sie immer beteuert. Er fügte hinzu, ich sei ein Muster an Frömmigkeit und sei in dem ältesten und heiligsten Kloster von ganz Spanien zur Schule gegangen. Und mit einer Gruppe von Nonnen nach Spanischamerika gereist, die zum Kloster Las Golondrinas unterwegs waren. Unsere Ehe sei mit der Zustimmung der Kirche geschlossen worden und wenn sie sie nicht akzeptiere, werde es einen Skandal geben. Und da er ja nun verheiratet sei, könne es gut sein, dass ein legitimer Erbe der Beltráns im nächsten Jahr das Licht der Welt erblicken werde. Dieser Einwand besänftigte Tomás' Mutter nur teilweise. Sie grollte schlechtgelaunt weiter wie ein großer Vulkan kurz vor dem Ausbruch.

Mir war klar, dass ich in diesem umkämpften Haus auf der Stelle den Platz beanspruchten musste, der mir von Rechts wegen zustand, sonst würde dieser Drachen auf der Veranda mir das Leben zur Hölle machen. Schließlich war Tomás nun der Herr über das Anwesen und als seine frisch angetraute Frau, Mutter seiner zukünftigen Kinder und Herrin über die Hazienda, musste ich beweisen, dass ich hier das Sagen hatte und mich nicht würde umherschubsen lassen. Ich hob den Kopf, so hoch es ging, und sah ihr mit hochmütigem Blick direkt in die Augen – was ihre Töchter und sogar Tomás tunlichst vermieden, wie mir aufgefallen war. Dann blickte ich mich um und rümpfte verächtlich die Nase, so als verströme die Hazienda einen unangenehmen Geruch. ›Das Anwesen ist kleiner, als ich dachte. Viel kleiner. Und die Familie hat längst nicht so gute Manieren, wie man mich glauben ließ. Ich bin enttäuscht.‹ Ich hielt ihren Blick fest, während ich Tomás majestätisch die Hand hinhielt, damit er mir beim Absteigen half. Mit kerzengeradem Rücken schritt ich die Verandatreppe empor und starrte sie kalt an, während ich einen so knapp angedeuteten Knicks machte, dass seine Taktlosigkeit ihr kaum entgehen konnte. ›Doña María Isabela *Beltrán* de Vilar de Asunción, zu Euren Diensten.‹ Dann ging ich schweigend an ihr vorbei ins Haus und hielt den Kopf dabei so hoch, als sei ich tatsächlich die königliche Prinzessin, für die mich manche Leute halten. Bei dieser unverschämten kleinen Vorstellung stockte den drei Mädchen der Atem und meine Schwiegermutter war sprachlos. Ich glaube, sie hatte damit gerechnet, dass ich weine und die Hände ringe und um Vergebung bitte. Seitdem fechten Señora Beltrán und ich einen ständigen Machtkampf aus, den ich normalerweise gewinne. Tomás betrachtet uns beide gleichermaßen ehrfürchtig.«

»Und, Marisol«, rief Sanchia, »wir nennen dich weiterhin Marisol, wenn wir unter uns sind, nicht Doña María Isabela. Du erwartest ein Baby!«

»Ja, selbst Tomás' Mutter freut sich, dass er bald einen *legitimen* Erben haben wird.« Ein Schatten flog über Marisols Gesicht. Ihre Miene veränderte sich flüchtig und ich sah, dass ihr etwas Schmerzen bereitet und dass sie dagegen ankämpft. Ihr großer, mit Smaragden und Diamanten besetzter Ring funkelte und wir alle beugten uns vor, um ihn zu bewundern.

Marisol sagte, sie würde einige Tage bei uns bleiben, weil Tomás in der Nähe etwas Geschäftliches zu erledigen habe. Sie erwiderte die Verbeugungen einiger anderer wohlhabender Frauen, die sie kannte und die ebenfalls im Kloster wohnten. Als Gattin des Don Tomás ist sie offenkundig jemand, vor dem man sich verbeugt.

»Ich muss euch eine Geschichte erzählen«, flüsterte sie uns zu, nachdem sie ihre Verbeugungen gemacht hatte. »Diese Damen dort drüben haben auf eigene Kosten in der Stadt eine besondere Kapelle für reumütige gefallene Frauen errichten lassen. Wie ihr wisst, gibt es in der Stadt viele Bordelle und Prostituierte und Konkubinen, aber« – sie kicherte – »die Männer hier sind bekannt für ihre Großzügigkeit und gefallene Frauen leben oftmals gar nicht schlecht. Also«, und hier kicherte sie noch heftiger und wies mit dem Kopf in die Richtung einer Gruppe fein herausgeputzter junger Frauen, die sich in einer Ecke des Innenhofs Luft zufächelten, »*diese* gefallenen Frauen wollen ihren Lebensstil gar nicht auf Dauer aufgeben. Sie kommen ins Kloster und verbringen hier die Feiertage oder ruhen sich einfach aus. Keine von ihnen wird jedoch einen Fuß in die neue Kapelle setzen, weil sie es peinlich fänden, vor aller Welt zuzugeben, dass sie gefallene Frauen sind. Und so bleibt die neue Kapelle leer.«

Wir alle staunten über den leichten Ton, in dem Marisol von Bordellen und Konkubinen sprach, doch Zarita meinte ganz ungerührt: »Ja, die Männer haben viele Geliebte unter den Mestizinnen und leben ganz offen mit ihnen, als seien sie mit ihnen verheiratet. Die Frauen haben Kinder und sind immer fein gekleidet. Sie gehen auch in die Kirche.« Zarita beugte sich vor und strich Pía eine Haarsträhne hinter das Ohr. Die beiden lächelten einander an.

Auch ich hatte Marisol viel zu erzählen. So berichtete ich ihr, dass Sor Beatriz eine Tochter hatte, die zu den Nonnen gehörte, die die Mission vor über dreißig Jahren gegründet hatten.

»Nein!«, rief Marisol ungläubig. »Meinst du, sie haben sie hierher geschickt, um ihre Existenz geheim zu halten? Ich meine, eine Nonne mit einem Kind? Das kann für Sor Beatriz nicht einfach gewesen sein. Ich frage mich, wer der Vater ist.«

Und so verbrachten wir die folgenden Tage sehr vergnügt. Zwischen den Mahlzeiten und den Gebeten saßen wir schwatzend im Innenhof, spekulierten, wer der Vater von Sor Beatriz' Tochter gewesen sein mochte, und überlegten, was für ein Mensch Salomé wohl war. Ich erzählte den anderen ihre Geschichte und sagte, ich sei fest entschlossen, mit ihr zu sprechen. Schließlich schickte Don Tomás einen Diener, der ausrichten ließ, dass er seine Geschäfte abgeschlossen habe und sie sich auf den Heimweg machen müssten. Als sie sich verabschiedete, meinte Marisol, sie sei reich genug, wir sollten ihre Mitgift unter uns aufteilen. Außerdem versprach sie, bald die Kutsche zu schicken, damit wir sie besuchten, bevor das Baby kam. Die Oberin freute sich mit uns, dass Marisols schreckliche Entführung ein so gutes Ende genommen hatte, auch wenn sie kopfschüttelnd anmerkte, dass Don Tomás skandalöse Manieren habe.

KAPITEL 26

Aus der Chronik der Sors Santas de Jesús,
aus der Feder von Esperanza, auf der Hazienda der Familie Beltrán,
Juli 1553

Marisol hielt Wort. Ein Diener brachte eine Einladung, sie zu besuchen, und die Oberin schickte nach einer Schneiderin, weil unsere Kleider schäbig und am Saum zerschlissen waren. Die Schneiderin, eine verarmte spanische Witwe, sollte für jede von uns drei Kleider machen – eines für den Vormittag, eines für den Nachmittag und für Besuche und eines für Einladungen am Abend. Wir begleiteten sie auf den Markt, wo sie hartnäckig mit den Händlern um Stoff und Spitze handelte. Ein Schuster vermaß unsere Füße, um uns neue Lederschlappen zu machen. Die Oberin meinte, die Schneiderin habe uns einen guten Preis gemacht, doch all unser neues Gepränge brauchte bedenklich viel von unserer Mitgift auf. Die Oberin selbst erstand chinesische Fächer und schenkte sie uns. Alle Damen hätten heutzutage solche Fächer, sagte sie.

Außerdem meinte die Oberin, die Beltráns hätten viele Bekannte unter den örtlichen Landbesitzern und viele von ihnen seien unverheiratet.

Die Kutsche der Beltráns kam, in Begleitung zweier bewaffneter Vorreiter und eines Dienstmädchens, das sich um uns kümmern sollte. Unsere Truhen mit den neuen Kleidern und Fächern wurden auf das Dach geschnallt. In meiner Truhe lag außerdem die Chronik. Ich weiß, dass ich sie eigentlich dem Kloster überlassen sollte, doch noch bringe ich es nicht übers Herz, mich von ihr zu trennen, und außerdem wagte ich nicht, sie in unserer Zelle zurückzulassen, wo sie jeder finden konnte, vor allem, da wir nicht wissen, wie lange wir bei Marisol bleiben werden. Hierzulande scheint man Besuche recht lässig zu handhaben und die Oberin geht davon aus, dass wir über Wochen bei den Beltráns bleiben. Pía und Zarita fiel die Trennung schwer, doch Zarita versicherte Pía, dass Scheidungen immer sehr lange dauern und dass sie noch im Kloster sein werde, wenn Pía wiederkommt. Sie umarmten sich zum Abschied, wie zwei Blumen, die sich in der Abendluft küssen.

Die Reise vom Kloster bis zur Hazienda der Beltráns dauerte vier Tage. Wir sind nun seit zwei Wochen hier und die Oberin hatte recht: Marisol und Tomás haben eine ganze Reihe von Männern eingeladen, mit dem einen oder anderen Vorwand vorbeizuschauen. In der düsteren *sala* mit den schweren Möbeln und frommen Bildern und Kruzifixen, die jedes verfügbare Fleckchen Wand ausfüllen, sitzen wir jeden Nachmittag schweigend da, so als würden wir zur Schau gestellt. Wir nippen an einem Glas Zuckerwasser und halten die Augen züchtig gesenkt. Die prächtige Uhr, die Tomás' Vater für viel Geld aus Spanien mitgebracht hatte, tickt laut im Hintergrund und zeigt die falsche Uhrzeit an. Die Männer trinken von dem feurigen Alkohol, der aus einer einheimischen Pflanze hergestellt wird, stolzieren wie Gockel in der *sala* auf und ab, reden miteinander und begutachten uns, als seien wir Vieh, das zum Verkauf angeboten wird.

Es ist schrecklich!

Die Männer umkreisen Pía wie Wespen eine Honigwabe. Doña Luisa, Tomás' Mutter, beobachtet uns mit Argusaugen und sobald wir auch nur ein Wort mit einem von ihnen wechseln, schürzt sie die Lippen und beklagt sich, wir seien schamlose Flittchen. Vor allem Pía ist Doña Luisa ein Dorn im Auge, vermutlich, weil Tomás' älteste Schwester Rita zwar ebenso alt wie Pía, jedoch längst nicht so schön ist. Doña Luisa achtet genau darauf, dass sie nicht nebeneinander auf dem Sofa sitzen, wenn die Besucher kommen.

Pía steht den Männern vollkommen gleichgültig gegenüber, obwohl sie ihr Gedichte schreiben, ihr Blumen bringen und sie mit liebeskrankem, waidwundem Blick anschmachten. Marisol hebt die Vorzüge dieses Mannes oder jenes Mannes hervor und versucht, einen Funken Interesse zu erzeugen, jedoch ohne Erfolg. Pía vermisst Zarita.

Sanchia ist plötzlich richtig hübsch geworden. Sie ist groß für ihr Alter und recht grazil, ihre Haut ist samtig und ihre Augen blitzen vor Übermut. Sie sieht viel älter aus als dreizehn und gibt sich alle Mühe, mit Pías Verehrern zu flirten. Dieses Kind hätte niemals einen Fächer in die Finger bekommen dürfen – sie hat herausgefunden, wie sie einen Mann einfach dadurch in kürzester Zeit an ihre Seite zitieren kann, dass sie ihm über den Rand des Fächers hinweg einen Blick zuwirft und dabei mit den Wimpern klimpert. Ich finde es beunruhigend zu sehen, dass sie sich nicht als Kind betrachten, und Tomás war gezwungen, mit einigen entflammten jungen Lümmeln ein ernstes Wort zu reden und sie darauf hinzuweisen, dass sie noch nicht im heiratsfähigen Alter ist. Sanchia ist deswegen sehr böse. Sie liebt die Aufmerksamkeit.

Marisol hat angeboten, Sanchia zu sich zu nehmen. Doch so sehr Sanchia Marisol auch mag, so will sie doch nicht an einem Ort leben, an dem es so wenig Abwechslung gibt. Und schon gar nicht an demselben Ort wie die ständig herumkrittelnde Doña Luisa mit ihren Adleraugen! Sie möchte mit Pía und mir ins Kloster zurückkehren und abwarten, was die Zukunft bringt. Sie sagt, sie wird sich ansehen, welche Männer wir heiraten und sich dann entscheiden.

Wir sind nun schon seit einem Monat bei Marisol und hätten eigentlich längst wieder abreisen sollen. Im Haus des Bezirksgouverneurs sollte jedoch ein Ball stattfinden und alle Landbesitzer aus der Gegend mussten mit ihren Frauen und Töchtern daran teilnehmen. Marisols Leibesumfang war inzwischen gewaltig, doch sie setzte sich über Doña Luisas Bedenken hinweg und bestand darauf, uns als Anstandsdame zu begleiten. Zur großen Freude der jüngeren Beltrán-Mädchen wollte sie auch nichts davon hören, dass die beiden zu Hause blieben, wie ihre

Mutter es wollte. Ein gesellschaftlicher Anlass wie dieser ist ein seltenes Vergnügen für die Mädchen.

Am Tag des Balls standen wir sehr früh auf, badeten und kleideten uns an und dann öffnete Marisol die Ledertruhe mit ihren Ketten, Broschen, Armbändern und Ringen und meinte, wir sollten uns für den Abend etwas aussuchen. Tomás gibt ein Vermögen für ihren Schmuck aus! Wir verbrachten den ganzen Vormittag damit, mit dem funkelnden Schatz zu spielen und eingehend zu beratschlagen, was am besten zu unseren neuen Kleidern oder zu unseren Augen passte.

In unserem Zimmer hängt ein großer Spiegel mit einem vergoldeten Rahmen und als wir fertig angekleidet und geschmückt waren, begutachteten wir eine nach der anderen unser Spiegelbild und bestaunten die Verwandlung, die mit uns vorgegangen war. Ich bin hochgewachsen wie mein Vater, doch dank der Geschicklichkeit der Schneiderin überspielt mein neues Kleid meine Größe. Ich finde es sehr hübsch: Es ist aus dunkelblauer Seide und hat ein hellgelbes, mit Spitze besetztes Unterkleid. Mein Haar war zu langen Zöpfen geflochten um den Kopf gewickelt und mit wachsartigen weißen Blüten geschmückt, die himmlisch dufteten. Von Marisol hatte ich mir eine Halskette aus Saphiren und Perlen und Ohrringe ausgeliehen, groß genug für eine Prinzessin. Ich nahm meinen Fächer und übte, ihn zu öffnen, ihn zu schließen, ihn über der unteren Gesichtshälfte halb zu öffnen, sodass nur meine Augen zu sehen sind – so macht Sanchia das. Die junge Frau im Spiegel, die mich über den Rand des Fächers hinweg anstarrte, sieht überhaupt nicht wie eine Beata aus.

Am frühen Nachmittag, als wir schließlich alle acht dicht gedrängt in der Kutsche saßen, konnte selbst die schwarz gekleidete Doña Luisa uns die gute Laune nicht verderben, obwohl sie ununterbrochen predigte, wie sich schickliche junge Damen der Gesellschaft zu benehmen hätten.

Die Fahrt schien endlos, doch schließlich erreichten wir eine prachtvolle und festliche Kulisse. Der Garten war voller hoher, süß duftender Pflanzen, es gab einen Springbrunnen und überall leuchteten Fackeln. Eine Gruppe von Musikern spielte auf, eine andere Gruppe führte lebhafte Bauerntänze und -lieder auf. Wir folgten Marisol und Doña Luisa ins Haus, um der Gattin des Gouverneurs unsere Aufwartung zu machen. Alles war hell erleuchtet und barfüßige Diener in feiner Livree reichten köstliche Getränke. Um uns herum funkelten die Damen in ihrem schönsten Schmuck. Es schien, als redeten alle gleichzeitig. Sanchias Augen blitzten, als sie über den Rand ihres Fächers hinweg flirtete, wenn sie dachte, dass ich nicht hinsah, und selbst Pía lachte über irgendeine Geschichte, die ein junger Mann ihr erzählte.

Als der Ball eröffnet wurde, gab es so wenige unverheiratete Frauen, dass wir für jeden Tanz einen Partner hatten und uns nicht ein einziges Mal hinsetzten. Doña Luisa saß nahe der Tanzfläche bei den anderen Matronen, wo sie ein wachsames Auge auf die Mädchen halten konnten. Immer, wenn es beim Tanzen eine Unterbrechung gab, packte Doña Luisa die arme Rita und hielt ihr einen Vortrag über gutes Benehmen.

Nach einem prächtigen Festmahl, das um Mitternacht serviert wurde, saß ich allein da und wartete darauf, dass Doña Luisa mit Rita zurückkehrte, als ein Herr stehen blieb, sich verneigte und mir einen guten Abend wünschte. Ich blickte auf. »Don Miguel!«, rief ich. Don Miguel Aguilar – nun, da ich wusste, wessen Sohn er war, versuchte ich, in seinem Gesicht Ähnlichkeiten mit Sor Beatriz zu entdecken, doch es gelang mir nicht. Sein indianisches Blut hat seine Züge geformt. Er hat dichte Brauen und stechende dunkle Augen und seine weiße Halskrause hebt die Bräune seiner Haut hervor. Seine schwarze Kleidung war mit zahlreichen Goldketten geschmückt und er sah sehr vornehm aus.

Ich sagte, dass wir ihm Marisols ungewöhnliche Heirat zu verdanken hätten – wenn er nicht gedroht hätte, den widerstrebenden Don Tomás nach Hause zu schleifen und sich von Doña Luisa verloben zu lassen, wäre Don Tomás nicht auf den Gedanken verfallen, Marisol zu entführen. Don Miguel entspannte sich ein wenig und sagte lächelnd, dass man in der Kolonie eben anders freite als in Spanien. »Offensichtlich«, antwortete ich lachend, »doch Marisol ist trotz allem sehr glücklich.«

Don Miguel ist ein ernster Mann, eindringlich und stolz. Es überraschte mich, dass er sich neben mich setzte, doch er ist eben auch sehr höflich. Ich war ihm dankbar, dass er mich nicht allein, ohne meine Freundinnen, sitzen ließ. Als ich ihn bat, mir mehr über sein Land zu erzählen, tat er es mit großer Leidenschaft. Dabei konnte ich bald erkennen, dass ihn die Art erzürnt, wie die Spanier mit den Einheimischen umspringen – so wie es die Damen erzählt hatten, denen wir an unserem ersten Abend in Spanischamerika begegnet waren. Er schilderte ausführlich, wie arme Seelen, Sklaven und Bauern, gezwungen werden, in den Silberminen zu arbeiten, und berichtete von Massakern und Überfällen durch die Spanier. Es ist schockierend, solche Geschichten zu hören; wahrscheinlich sah er, wie erschrocken ich war, denn plötzlich verstummte er.

Dann sagte ich, die Oberin habe seiner Mutter einen Brief geschrieben und angefragt, ob ich sie besuchen und ihr meine Aufwartung machen dürfte, wenn ihre Trauerzeit vorüber sei, weil ich ihr Botschaften von den Nonnen in Spanien überbringen wollte. Er antwortete, sie werde mich sicher gerne empfangen. Ich fragte mich, ob er wusste, dass er Sor Beatriz' Enkel ist, und ob Salomé ihm je von den Umständen ihrer Geburt erzählt hatte. Die meisten feinen spanischen Damen sprechen und handeln mit übertriebenem Anstand, also hat Salomé vielleicht nichts gesagt.

Dann unterbrach Doña Luisa uns. Sie schob Rita in Don Miguels Richtung und drängte mich aus dem Weg. Don Miguel erhob sich, verneigte sich und empfahl sich mit höflichem Gemurmel. Doña Luisa schnaubte mißbilligend. »Er sollte wieder heiraten«, sagte sie und sah Don Miguel nach. »Er ist zwar ein halber Inka, doch sein Vater war ein Prinz. Eine gute spanische Ehefrau würde diesem Unfug um die Einheimischen bald ein Ende bereiten. Du hättest ruhig etwas sagen können, Rita, um ihn auf dich aufmerksam zu machen! Steh doch nicht herum wie ein Esel! Schließlich hat er Esperanza mit reichlich Aufmerksamkeit bedacht, als sie mit ihm sprach!«

Die arme Rita ist ihrer Mutter hilflos ausgeliefert, lässt sich Tag und Nacht von ihr herumschubsen und hätte sogar den Teufel höchstpersönlich mit Kusshand genommen, solange er sie von zu Hause wegbrachte. »Ja, Mama.« Sie seufzte.

Rita und Don Miguel? Das wäre eine ganz und gar unglückliche Verbindung, dachte ich. Don Miguel strahlt einen unterdrückten Zorn und eine kaum gebändigte Kraft aus, die eins zu sein scheint mit diesem Land, mit den gewaltigen Bergen, dem strahlenden Licht, dem mächtigen Plateau. Er ist stolz darauf, dass sein Vater ein Nachfahr des indianischen Herrschers war. Die Sonnengötter auf Erden, so wurden sie genannt. Eine heidnische Gottheit und eine grausame dazu, wenn es stimmte, was man sich über sie erzählte. Die gutmütige, bescheidene Rita einem solchen Mann zur Frau zu geben wäre so, als würde man sie opfern, so wie die Inkas früher Jungfrauen opferten, wie es heißt.

Als erneut zum Tanz aufgespielt wurde, zerrte Doña Luisa Rita mit sich. Plötzlich kam Pía mit einem ängstlichen Ausdruck in ihrem sonst so ruhigen Gesicht auf mich zugeeilt. »Sanchia ist verschwunden«, flüsterte sie. Ein paar junge Männer drückten sich in der Nähe herum, warteten darauf, Pía zum Tanz aufzufordern, und starrten sie derweil an wie eine Herde liebeskranker Lamas. Sie beachtete sie gar nicht.

»Sanchia hat getanzt und als Doña Luisa versuchte, einen Tanzpartner für Rita zu finden, und gerade nicht aufpasste, verschwanden Sanchia und ihr Partner auf die Veranda. Und jetzt kann ich sie nicht mehr finden.«

Pía und ich schlichen uns unauffällig davon, damit die Schar der Verehrer nichts merkte, und machten uns auf die Suche nach Sanchia. Vielleicht war sie ebenfalls entführt worden – ein willigeres Opfer konnte man sich kaum vorstellen. Möge Gott ihrem Entführer beistehen! Schließlich fanden wir sie hinter den Ställen bei den Musikern und ihren Tanzmädchen. Ihr Gesicht war erhitzt, sie hatte die Röcke gerafft und sagte, sie habe die Lieder und Tänze der Einheimischen gelernt.

Für den Rest der Nacht ließen wir sie nicht mehr aus den Augen.

Inzwischen ist es September geworden und wir wissen, dass wir eigentlich ins Kloster zurückkehren sollten, doch nun hat uns die Nachricht erreicht, dass die Pocken ausgebrochen sind. Marisol möchte uns gern bei sich haben und lässt uns nicht ziehen, bevor die Gefahr vorüber ist. Sie ist mittlerweile derart rund und gewaltig, dass sie sich kaum noch rühren kann. Tomás liest ihr jeden Wunsch von den Augen ab und selbst Doña Luisas Murren ist ein wenig leiser geworden. Rita soll die Patin des Babys sein und Don Miguel der Pate – das hat Doña Luisa sich ausgedacht. Sie hofft, dass sie auf diese Weise zueinander finden.

Marisol fürchtet die bevorstehende Tortur. Sie denkt daran, wie es ihrer Mutter erging. Und auch wenn ich ihr nichts davon sage, so denke auch ich an meine Mutter und daran, dass sie bei meiner Geburt gestorben ist. Ich habe Angst um meine Freundin. Pía und ich sprechen eine Novena für Marisol.

Das Leben auf der Hazienda ist sehr ruhig geworden, da wir immer damit rechnen, dass das Baby kommt. Es gibt nur wenige Besucher und daher hat Sanchia Tomás überredet, nach den Musikern und den Tanzmädchen zu schicken, mit denen sie sich angefreundet hat, damit sie uns in der *sala* unterhalten. Sie sind in den Unterkünften für die Dienstboten untergebracht – sehr zu Doña Luisas Ärger. Marisol jedoch genießt die Abwechslung, die sie uns abends nach dem Essen bieten, und so hat sie sich Doña Luisas Anweisung widersetzt, sie hinauszuwerfen. Sanchia tanzt inzwischen ebenso gut wie die Tanzmädchen, wie sie bei jeder sich bietenden Gelegenheit unter Beweis stellt.

Pía macht sich Sorgen um Zarita. Wir bekommen hier nur selten Nachricht und wissen lediglich, dass die Epidemie sehr schlimm war und viele gestorben sind.

Seit zwei Tagen schreit Marisol in ihrem abgedunkelten Zimmer. Ich sitze bei ihr und tupfe ihr mit einem Schwamm das Gesicht ab und halte ihre Hände, bis ich es nicht mehr ertragen kann! Tomás wandert ruhelos zwischen dem Haus und den Ställen hin und her, er kann keinen Moment still sitzen. Auf dem Anwesen sieht man viele Kinder, die eindeutig seine sind. Wie oft war er schon für diese Qualen verantwortlich? Ich beginne Tomás zu hassen. Und alle anderen Männer. Doña Luisa sagt, die einheimischen Frauen und die Bäuerinnen spürten den Schmerz nicht so wie die vornehmen Damen. Bei den Mahlzeiten unterhält sie uns mit Schilderungen *ihrer* Geburten – was Marisol durchmache, sei nichts dagegen, betont sie.

Marisol hat einen Sohn *und* eine Tochter bekommen, beide sind gesund. *Deo gratias!* Sie selbst war jedoch erschreckend blass und schwach und nach der Geburt blutete sie heftig und bekam Fieber. Nichts von dem, was in den Medizinbüchern gestanden hatte und woran ich mich erinnerte, schien zu helfen und ich war der Verzweiflung nahe, als eine der Dienerinnen, eine Einheimische, sich mit einer Wundauflage und einem fürchterlich stinkenden Kräutertrank ins Zimmer drängte. Sie blieb hartnäckig an Marisols Seite und sorgte dafür, dass sie den ganzen Tag lang immer wieder ein wenig davon trank. Wenn sie nicht gewesen wäre, wäre Marisol gewiss gestorben. Doña Luisa hatte einen Priester ins Haus beordert, um ihn zur Taufe und für die letzte Salbung zur Stelle zu haben. Tomás hat dunkle Ringe unter den Augen und sieht plötzlich viel älter aus. Die Babys wurden Mariana und Teo Jesús getauft. Als Doña Luisa Marisol sagte, welche Namen sie für sie ausgesucht hatte, öffnete Marisol einen Moment lang die Augen und schloss sie wieder, zu schwach, um etwas dagegen zu sagen.

Doña Luisa hat eine Amme für die Babys gefunden. Wir sitzen bei Marisol und füttern sie mit Brühe. Ihre Blässe und ihre Teilnahmslosigkeit beunruhigen uns, obwohl es ihr allmählich ein wenig besser geht, so hoffen wir zumindest. Ich hörte Tomás' jüngere Schwestern flüstern, sie seien froh, dass sie Nonnen werden und die Qualen der Niederkunft nicht würden ertragen müssen.

Einen Monat nach der Geburt kann Marisol endlich aufstehen und auf der Veranda sitzen. Die Zwillinge sind groß und kräftig und gedeihen dank der Milch ihrer Amme. Sanchia, Pía, Rita und ich gehen abwechselnd mit ihnen auf und ab, während Doña Luisa schimpft, dass wir sie verwöhnen. Don Miguel hat seinen neuen Patenkindern einen Besuch abgestattet und beiden einen kleinen goldenen Becher mitgebracht. Er und Tomás sind einen Tag lang zur Jagd ausgeritten, was Tomás guttat. Marisol hat sich inzwischen soweit erholt, dass sie mit ihrer Schwiegermutter darüber streitet, wann die Babys gefüttert werden sollen, und Doña Luisas Anweisungen, was die Köchin zum Abendessen zubereiten soll, auf den Kopf stellt.

Es ist Zeit, dass wir ins Kloster zurückkehren.

KAPITEL 27

Aus der Chronik der Sors Santas de Jesús, aus der Feder von Esperanza, im Missionskloster Las Golondrinas de Los Andes, Oktober 1553

Wir hatten gehört, dass die Pockenepidemie abgeklungen sei. Doch als wir durch das Tor gingen, versammelte sich im Innenhof ein Trauerzug um eine Totenbahre. Das letzte Opfer, sagte die Pförtnerin, eine der Damen, die auf ihre Scheidung warteten.

»Welche Dame?«, fragte Pía zögernd.

»Eine junge«, sagte die Pförtnerin. »Die Epidemie war schwächer geworden. Es hatte keine neuen Fälle gegeben, doch plötzlich wurde sie krank, und es gefiel Gott, sie den Menschen aus der Hand zu nehmen. Nun bekommen sie weder ihr Bruder, noch ihr Ehemann noch ihr künftiger Ehemann.«

»Nein! Nicht Zarita!« Pía unterdrückte einen Schrei und bevor wir sie aufhalten konnten, sprang sie aus der Kutsche und lief auf die Totenbahre zu. Wie eine Irre schob sie den erschrockenen Priester und die Schwestern beiseite, die sich um die Bahre versammelt hatten, zerrte das Leichentuch weg und rief: »Wer ist es? Wer?« Dann hallte ein schrecklicher Schrei durch den Innenhof. »Zarita! Zarita! Nein, nein, nein! Ich war nicht hier ... ich wusste nicht ... komm zurück! Verlass mich nicht! Lebe weiter, Zarita! Oh Zarita!«

Sanchia und ich versuchten, die Rasende wegzuziehen, und konnten dabei nicht verhindern, dass unser Blick auf das schreckliche tote Ding auf der Bahre fiel. Die arme Zarita, im Leben so wunderschön, war fürchterlich aufgequollen und entstellt und begann zu faulen, so grotesk es auch scheinen mochte.

Zusammen mit zwei Beatas mussten wir all unsere Kraft aufbieten, um Pía wegzuzerren und in unsere Zelle zu bringen. Dort brach sie hysterisch schluchzend zusammen. Sanchia und ich saßen die ganze Nacht bei ihr und versuchten, sie zu trösten, doch Pía weinte, schrie und stöhnte »Zarita!« wie eine Besessene. Irgendwann im Laufe der Nacht schlief erst Sanchia ein und dann ich, erschöpft von der Reise und von unserer Trauer um Zarita und unsere Sorge um die arme Pía.

Am nächsten Morgen erwachten Sanchia und ich, als wir das Geräusch einer Schere hörten. Wir rieben uns den Schlaf aus den Augen und sahen Pía vollkommen nackt dastehen. Ihr silbriges Haar bedeckte ihre Füße. Sie hatte es sich so dicht an der Kopfhaut abgeschnitten, wie es nur ging. An einigen Stellen blutete ihr Kopf. Die Augen waren in ihre Höhlen gesunken, ein seltsames Licht leuchtete in ihnen. »Alles Fleisch verrottet, alle Schönheit vergeht, selbst Zarita. Nur die Seele bleibt und die Dinge der Seele. Gott hat mir die Augen geöffnet und mir meine Berufung aufgezeigt. Ich muss sofort zur Oberin gehen und es ihr sagen.«

Sanchia und ich tauschten einen erschrockenen Blick. »Ja, wir sollten sofort zur Oberin gehen«, pflichtete Sanchia ihr bei und schob ihre Füße in die Schuhe, während ich schnell die Schere versteckte. »Aber zieh dir bitte erst dein Hemd an, ja?«

Die Oberin bestand darauf, dass wir sie mit Pía allein ließen. Wir standen unschlüssig vor der Tür, hörten die gemessene Stimme der Oberin und Pías wehklagende Entgegnungen, ein unheimlicher Laut, der immer eindringlicher wurde und sich schließlich zum Kreischen einer Irren steigerte. Sanchia stürzte davon, um Hilfe zu holen, und kehrte mit vier kräftigen Beatas aus dem Hospital zurück. Die Oberin rief sie herein und gemeinsam packten sie die sich windende, tretende und Zähne fletschende Pía und brachten sie weg. Pías schrille Schreie voller Seelenqual folgten uns, bis wir uns die Ohren zuhielten und weinend in unser Zimmer liefen.

Später erfuhren wir, dass es Pía irgendwie gelungen war, der Oberin die Medaille mit der Schwalbe vom Hals zu reißen. Wir können sie nirgendwo finden. Sanchia und ich besuchen sie jeden Tag. Sie drückt ihr Gesicht an das Gitter und flüstert heiser, dass sie eine religiöse Einsiedlerin sei und für uns alle bete. Die Schwestern im Hospital berichten, Pía liege ununterbrochen auf den Knien und wolle nichts essen, nur ein wenig Wasser trinken. In diesem Kloster tragen die Nonnen keinen Dornengürtel – er wird als maßlos abgelehnt. Dennoch ist es Pía irgendwie gelungen, sich einen solchen Gürtel zu beschaffen, und nun trägt sie ihn um die Taille geschlungen unter ihrem Hemd, das inzwischen blutbefleckt ist. Pía beharrt darauf, dass ihr, wenn sie den Gürtel trägt, Engel erscheinen, die wie Zarita aussehen. Zu anderen Zeiten, so sagt sie, kommen Dämonen in ihre Zelle und quälen sie. Sie schreit ihre Gebete heraus und hat die Schwestern gebissen, die sie versorgen.

In unserem Kummer über Pía hatte ich Salomé ganz vergessen. Eine Dienerin kam und brachte eine Einladung an Sanchia und mich, sie zu besuchen. Vermutlich haben wir das Don Miguel zu verdanken. Mir widerstrebte es, die Einladung anzunehmen, doch die Oberin sagte, wir müssten hinfahren. Salomé sei eine große Wohltäterin des Klosters und es sei unhöflich, eine Einladung abzulehnen, um die man sich zunächst bemüht habe. Ich gestehe, dass es eine Erleichterung sein wird, das Kloster hinter uns zu lassen. Es ist ein trister Ort, voller Trauer um jene, die an der Epidemie gestorben sind, während jene, die sich ansteckten und überlebten, schreckliche Narben davongetragen haben – eine stete Mahnung, so sagt die Oberin, sich gegen Eitelkeit zu verwahren.

Eine Kutsche mit einem Gespann aus schönen weißen Maultieren und mit dem Wappen der Familie Aguilar geschmückt kam, um uns abzuholen. Ein Kutscher, zwei Lakaien, ein Dienstmädchen, eine bewaffnete Wache und die Witwe eines spanischen Kapitäns als Anstandsdame sollten uns begleiten. Wieder packten Sanchia und ich unsere Kleider ein, doch das Herz war uns so schwer, dass wir keine Freude an unseren feinen Sachen hatten.

KAPITEL 28

Aus der Chronik der Sors Santas de Jesús,
aus der Feder von Esperanza, auf der Hazienda der Sonne und des Mondes,
Januar 1554

Salomés Zuhause, die Hazienda der Sonne und des Mondes, liegt eine Dreitagesreise entfernt. So wie Salomé und ihr Mann vereinigt das Haus zwei Welten in sich, die spanische und die einheimische. Es steht auf den Ruinen eines Inka-Palastes und Salomé erzählte mir, dass dies einer von vielen Palästen im Besitz der Familie ihres Mannes war. Nachdem er bei einem schweren Erdbeben zerstört wurde, verwendete man die Steine, um ihn in einem spanisch anmutenden Stil wieder aufzubauen, um einen Innenhof mit einem Springbrunnen herum. Salomé ist keine feine spanische Dame wie die Gattinnen der Kolonisten; sie ist eine gut aussehende, nachdenkliche Frau, die mit dem Haus und der Landschaft um sie herum eins zu sein scheint.

Neben dem Tor steht eine Familienkapelle mit einem steinernen Altar, einem gleißenden, aus Gold und Silber gefertigten Altarschrein und hölzernen Standbildern, die Heilige mit dem typischen Gesicht der Einheimischen darstellen. Das Haus selbst ist groß und niedrig gebaut. Überall sieht man wollene Webstücke in herrlichen Farben, die unseren Wandteppichen ähnlich sind und die mir schon im Kloster aufgefallen waren, irdene Töpfe und andere Zeugnisse einheimischer Kunst, ebenso wie silberne Kerzenleuchter und das schwere geschnitzte Mobiliar, das man hier häufig antrifft. Ihr Haus ist ruhig, bequem und gut geführt. Ihre Sklaven und Dienstboten erledigen ihre Arbeit leise, ohne die hochfahrende Art, die ich andernorts beobachtet habe. Die Räume des Hauses gehen ineinander über, sie rahmen einen gekachelten Innenhof mit einem Springbrunnen und vielen Blumen ein. Als wir den Hof bewunderten, erzählte Salomé, einst habe es einen Garten ganz aus Gold und Silber gegeben, mit Blumen aus Edelsteinen. Doch sie selbst, so fügte sie lächelnd hinzu, zieht lebendige Dinge vor und kümmert sich eigenhändig um den Garten.

Sie hat nichts von der modischen Kolonialdame an sich. Über einem einfachen langen Baumwollkleid trägt Salomé eine Art Tunika aus feiner Wolle, wie man sie häufig bei den Einheimischen sieht. Es steht ihr sehr gut. Ihr Haar ist inzwischen fast grau und ihre traurigen Augen sind schön und tief. In ihrem Aussehen und ihrem Wesen ähnelt sie Sor Beatriz sehr. Was sie sagt, ist klug und wohlbedacht, wie bei Sor Beatriz.

In einem der Räume befindet sich eine kleine Bibliothek mit einem wunderbaren Blick auf die Berge. Sie verbringt einen guten Teil des Tages dort, liest, betet und schreibt Briefe an ihre Tochter, Beatriz, und ihren Sohn, Fr. Mateo, in denen sie ihnen die Neuigkeiten der Hazienda mitteilt, die Geburten, die Todesfälle und die Eheschließungen der Diener, Sklaven und einheimischen Arbeiter auf dem Anwesen, über die Ernte und das Vieh und über ihren Garten. Die Bibliothek hatte ihr Mann für sie eingerichtet. Sie trägt ihre Witwenschaft mit stoischer Würde und spricht nicht über ihre Trauer, doch es ist auch nicht nötig. Die Trauer umgibt sie.

Sie hieß Sanchia und mich herzlich willkommen. Am Morgen nach unserer Ankunft, ging Sanchia hinaus, um sich ein aufregendes Spektakel im Garten anzusehen, wo die Gärtner versuchten, eine große Giftschlange zu fangen. An den meisten Tagen kümmerte sich Salomé um ihren Haushalt und gab Anweisungen für die Mahlzeiten, dann zog sie mich in ihr Arbeitszimmer, wo wir bis zur Essenszeit saßen und uns unterhielten, während Sanchia draußen ausritt oder die Umgebung erkundete. Wir sprachen zwanglos über viele Dinge.

Ich erzählte ihr, dass ich sehr überrascht war, als ich erfuhr, dass Sor Beatriz eine Tochter hatte, und berichtete ihr alles über ihre Mutter und das Kloster. Ich schilderte, wie freundlich Sor Beatriz zu mir gewesen ist, wie sie mich als ihre Helferin angeleitet hat. »Es scheint, als hättet Ihr meinen Platz eingenommen«, sagte Salomé. »Das freut mich. Und die Inquisition? Wir erfahren hier nicht viel. Ist es inzwischen wirklich so schlimm, wie die Leute sagen?«

Ich erwiderte, das sei es. Als sie hörte, dass ein Tribunal gerade zu der Zeit in Las Golondrinas eingetroffen war, als wir abreisten, war sie beunruhigt. Ich sagte ihr allerdings nicht, warum der Äbtissin so sehr daran gelegen war, dass das Tribunal uns nicht fand.

Es dauerte lange, bis ich Salomé alle Neuigkeiten aus dem Kloster erzählt hatte. Bevor die Konquistadors kamen, hatte sie keine Briefe nach Spanien schicken und keine aus Spanien empfangen können, und danach hatte sie oftmals an das Kloster geschrieben, jedoch nie eine Antwort erhalten. Ich versicherte ihr, dass kein Brief das Kloster je erreicht habe und die Nonnen erst, als Sor Serafina die Geschichten ihrer Brüder über die Kolonien wiederholte, erkannten, dass die Missionarinnen nicht ertrunken oder Piraten zum Opfer gefallen waren. Einmal fragte Salomé: »Ich nehme nicht an, dass meine Mutter Euch von meinem Vater erzählt hat? Nein? Auch zu mir hat sie nie über ihn gesprochen. Ich vermute, sie hatte ihre Gründe, weshalb sie dieses Geheimnis für sich behielt.«

Sie sah so in sich gekehrt und traurig aus, dass ich rasch das Thema wechselte und ihr von Don Tomás und der Entführung unserer Freundin berichtete. Das brachte Salomé zum Lachen. Sie meinte, das sehe Tomás ähnlich. Als einziger Sohn der Familie sei er schrecklich verwöhnt worden, bis er glaubte, in allem seinen Kopf durchsetzen zu können. Don Miguel war sein Pate geworden, als Don Miguel selbst erst sechzehn Jahre alt war. Seitdem hatte er Tomás aus manch einer schwierigen Lage befreit, hatte immer wieder wutentbrannte Ehemänner und Väter besänftigen müssen und hofft nun, dass sich Tomás eine Zeitlang mit nur einer Frau zufriedengeben wird. Salomé tätschelte mir begütigend die Hand und versicherte mir, dass Marisol vermutlich genau wisse, was sie will. Und soweit sie gehört hatte, betrachtete Doña Luisa die Geburt der Zwillinge als ein persönliches Kompliment – Zwillinge kamen in ihrer Familie öfter vor. Von der armen Rita, die endlich auch verheiratet war, erwartet man nun natürlich ebenfalls Zwillinge.

An einem anderen Tag erzählte ich Salomé von Pía.

Ich erwachte jeden Tag mit der Hoffnung, dass Don Miguel auf der Hazienda erscheinen würde, doch von ihm war nichts zu sehen. Salomé sagte, er habe einen ganzen Flügel des Hauses für sich, doch die Familiengeschäfte führten ihn oft über lange Wochen in andere Teile des Landes. Es war offensichtlich, dass sie nur ungern über seine Abwesenheit sprach. Ich verstand, was sie nicht sagen wollte. Don Miguel lebt mit seiner Geliebten zusammen, und wahrscheinlich auch mit den gemeinsamen Kindern, wie es hier üblich ist. Ich erwähnte Don Miguel nicht mehr. Es war Zeit, dass sie mir ihre Geschichte erzählte. Es gab so vieles, das ich gerne wissen wollte. Es dauerte fast eine ganze Woche, bis sie mir alles berichtet hatte, und ich zeichnete auf, was sie sagte.

Ich verließ Spanien vor über dreißig Jahren, um eine Mission in Gran Canaria aufzubauen – mir erschien es wie ein Abenteuer! Die Äbtissin hatte von der Kirche die Erlaubnis erwirkt, Missionarinnen zu schicken, die dort ein Kloster und eine Schule für einheimische Frauen und Mädchen gründen sollten. Ich vermute, dass die Kirchenbehörden zustimmten, weil muslimische Händler in Gran Canaria begonnen hatten, Moscheen zu bauen, und die Kirche und Spanien wollten verhindern, dass die Muslime die Oberhand gewannen.

Ich wünschte mir so sehr, bei diesem Unterfangen dabei zu sein, und meine Bitten wurden erhört, als die Äbtissin mich auswählte. Meine Mutter und ich weinten beim Abschied, doch wir rechneten damit, dass sie mit einer zweiten Gruppe von Nonnen nachkommen würde, wenn die Mission aufgebaut war. Ich weiß noch, wie aufregend die Reise nach Sevilla mir erschien. Die Welt außerhalb des Klosters war riesig! Berge und Täler, Bauernhöfe, Dörfer und Bauern, Burgen, die Flüsse und Ebenen – und dann Sevilla selbst! Sor María Manuela, die unsere Gruppe leitete, musste uns ständig ermahnen, unseren Schleier zu senken.

Anfangs erschienen uns das Schiff und das Meer wunderbar. Es war angenehm, übers Wasser zu fliegen und die Seeluft im Gesicht zu spüren, wenngleich die Matrosen auf den Horizont zeigten und sagten, dass dort das Meer des Nebels und der Dunkelheit sei, wo die Dschinn wohnen und über Schiffe herfallen, die in ihre Richtung getrieben werden. Doch sie versicherten uns, die Reise nach Gran Canaria werde kaum zehn Tage dauern und wir hätten nichts zu befürchten. Doch am darauffolgenden Morgen wurde der Himmel dunkel und plötzlich brach ein schrecklicher Sturm mit Blitzen und kreischendem Wind los. Wir wurden im Laderaum eingeschlossen, als die Wogen über das Deck krachten.

Diese furchtbare Zeit ist mir in deutlicher Erinnerung. Im Laderaum war es dunkel und wir wussten bald nicht mehr, ob es Tag war oder Nacht, während die Wellen das Schiff erzittern ließen. Wir alle wurden seekrank, Meerwasser sickerte in unseren Verschlag und alles um uns herum war übelriechend und kalt. Das Schlimmste war die Gewissheit, dass wir in das böse Meer des Nebels und der Dunkelheit getrieben wurden, dessen Gefahren die Matrosen uns geschildert hatten. Während die elenden Stunden, dann die Tage vergingen, dachte ich an meine Mutter und betete, sie möge sich keine Vorwürfe machen, weil sie mir die Reise erlaubt hatte. Wir wussten, dass wir Gran Canaria niemals erreichen würden, und versuchten, uns gegenseitig angesichts des nahen Todes Mut zuzusprechen. Dann legte sich der Sturm ebenso schnell, wie er aufgezogen war, und der Kapitän warf die Luke auf und rief: »Schwestern! Der Sturm ist vorüber und Gran Canaria liegt vor uns!«

Es erschien uns wie ein Wunder, als Luft und Sonnenschein in unseren Verschlag strömten. Wir kletterten an Deck und sahen Land vor uns und die Matrosen warfen sich zu Boden, wie die Muslime es tun. Nach der Rettung aus höchster Not gaben sie alle Versuche auf, sich als Christen auszugeben. Auch wir knieten nieder und sagten Dank. Als wir fertig waren, fiel uns auf, dass der Kapitän immer verwirrter aussah, je näher wir dem Land kamen. Das war ganz gewiss nicht der geschäftige Hafen, den die Matrosen uns beschrieben hatten. Nachdem wir in einer menschenleeren Bucht vor Anker gegangen waren, versuchte er mithilfe seiner Seekarten herauszufinden, wohin es uns verschlagen hatte. Die Matrosen begutachteten den Schaden, den der Sturm angerichtet hatte, und fanden frisches Wasser an Land. An jenem Abend hatten wir reichlich zu essen: Fische, die wir über dem Feuer rösteten, und fremdartig aussehende Früchte, die am Rande des Waldes wuchsen. Nach ein paar Tagen waren wir alle wieder zu Kräften gekommen und der Kapitän und einige ältere Matrosen saßen bis spät in die Nacht da und versuchten, mithilfe der Sterne herauszufinden, wo wir waren.

Dann tauchten eines Nachmittags plötzlich bemalte Männer aus dem Wald auf und griffen uns mit Pfeil und Bogen an. Dabei wurde der Kapitän schwer verletzt. Wir eilten zum Schiff zurück und segelten so dicht wie möglich an der Küste entlang. Uns Nonnen kam nun die Aufgabe zu, nach Felsen unter Wasser Ausschau zu halten.

Nachdem wir dem Tod auf See entgangen waren, sah es nun so aus, als sollten wir mit dem Land in greifbarer Nähe sterben, auch wenn niemand wusste, welches Land es war. Einige sagten, es sei Indien, andere glaubten, wir seien in China. Immer wieder trafen wir auf feindselige Eingeborene, die uns vertrieben, sobald wir versuchten zu ankern. Die Wunde des Kapitäns begann zu eitern, er bekam Fieber und verlor immer wieder das Bewusstsein. Wir hatten unsere Arzneien und behandelten ihn, so gut wir konnten, doch der arme Kapitän starb schließlich unter furchtbaren Qualen. Als die Matrosen seinen Leichnam am nächsten Tag über Bord geworfen hatten, brach ein Streit aus: Die einen sagten, wir sollten weiterfahren, die anderen wollten lieber umkehren. Die Antwort wurde uns aus der Hand genommen, als wir feststellten, dass wir uns einer Meerenge näherten, und beschlossen kehrtzumachen. In dem Moment, als das Schiff wendete, tauchte in der Richtung, in die wir umkehren wollten, plötzlich ein großer Wasserstrudel auf. Der Ausguck schlug Alarm und befahl, das Schiff sofort erneut zu wenden – es war eine Falle des Teufels, um Schiff und Besatzung geradewegs in die Hölle zu zerren. Die Matrosen rannten zu den Tauen und zogen mit aller Kraft, um die Segel zu wechseln. Gerade noch rechtzeitig änderte unser Schiff den Kurs und fuhr mit solcher Geschwindigkeit wieder auf die Meerenge zu, dass uns keine andere Wahl blieb, als hindurchzufahren.

Langsam segelten wir an einer anderen Küste entlang, bis wir im Morgengrauen erwachten, weil das Schiff auf einen unter Wasser liegenden Felsen auflief und Wasser durch ein Loch im Rumpf strömte. Wir alle schöpften Wasser, so gut wir konnten. Bis zum Nachmittag blieben wir an Bord, um zu sehen, ob unsere Anwesenheit Eingeborene auf den Plan gerufen hatte. Es war schon viele Tage her, dass wir mehr als ein paar Bissen Fisch gegessen hatten, außerdem brauchten wir Frischwasser und waren müde vom Wasserschöpfen.

Unter den Bäumen am Ende des Strandes fanden wir einen Bach. Die Bäume waren von Kletterpflanzen umrankt und die Luft war erfüllt von Schatten und Stille, von den Rufen von Vögeln, wie wir sie noch nie gesehen hatten, und von dem Geraschel von Tieren, die sich durchs Unterholz bewegten. Obwohl wir niemanden zu Gesicht bekamen, spürten wir in der Nähe des Baches, dass wir nicht allein waren, daher tranken wir hastig, füllten unsere Häute mit Wasser und kehrten eilig auf das Schiff zurück. Die Matrosen waren damit beschäftigt, Feuerholz aufzuschichten und Fische zu fangen, und überlegten, wie man am besten die Risse in den Segeln und das Loch im Rumpf flicken könnte. Der Schaden war größer, als sie vermutet hatten, und sie waren besorgt, weil die Reparatur Tage dauern würde. Sie luden unsere Bündel und Truhen aus und wir breiteten den angeschimmelten Inhalt aus, damit er an der Sonne trocknen und lüften konnte. Jenseits der Küste erhob sich ein schneebedeckter Berg hinter dem anderen in den strahlend blauen Himmel. Wären wir nicht so verängstigt und hungrig gewesen und hätten wir gewusst, wo wir waren, so wäre es ein atemberaubender Anblick gewesen, doch inzwischen fühlten wir uns alle recht mutlos.

Die Sonne ging allmählich unter und wir Frauen liefen hastig hin und her und sammelten Feuerholz am Waldrand. Wir bemerkten nicht, dass sich die Krieger näherten. Als wir aufblickten, hatten sie uns schon eingekreist.

Es waren stattliche, große und muskulöse Männer mit dunklem Haar und tiefbrauner Haut, bartlos. Sie trugen eine Art Uniform oder Livree: einheitliche Tuniken und Stoffbahnen, die sie zu einem Turban um den Kopf gewickelt hatten, wie es die Muslime tun. Der Anführer war der größte in der Gruppe. Er sah gut aus mit seinen scharf geschnittenen Zügen und einem Helm, der an einen Tierkopf mit gebleckten Zähnen erinnerte. Der Feuerschein flackerte über die bronzefarbene Haut der Männer, ihre Schilde und Speere mit goldenen Spitzen und die großen goldenen Scheiben, die wie Sonnen an den Ohren des Anführers hingen. Sie boten einen furchterregenden Anblick, doch sie starrten uns einfach nur an und machten keine Anstalten, uns anzugreifen oder zu verletzen. Stattdessen wiesen sie auf das Schiff und schienen etwas zu beratschlagen. Wenn der Anführer uns ansah, wie wir da kauerten, spürte ich jedoch Zurückhaltung und Höflichkeit. Seine Augen waren dunkel und tief und seine Brust war breit. Sor María Manuela stieß mich schließlich an und herrschte mich an: »Starrt ihn nicht so an, Salomé! Und macht den Mund zu!«

Der Anführer und seine Männer umstellten die verschreckten Matrosen, die versuchten, Zeichen zu machen und zu zeigen, woher wir gekommen waren. Der Anführer wies mit dem Finger auf uns und die Matrosen schüttelten den Kopf und beteuerten wild gestikulierend, dass wir nicht ihre Frauen seien. Einer der Matrosen zeigte erst auf uns und dann in den Himmel, immer wieder. »Kniet nieder und betet, zeigt ihnen, was Nonnen normalerweise machen«, rief einer von ihnen uns zu. Also falteten wir mit übertriebener Frömmigkeit die Hände und neigten den Kopf. Wieder zeigte ein Matrose in den Himmel.

Auch die Eingeborenen zeigten nach oben, direkt auf die untergehende Sonne. Die Matrosen nickten und zeigten erst auf uns und dann auf die Sonne. Sie zeigten auf sich, dann auf die anderen Männer und schüttelten den Kopf. Mit den Händen deuteten sie kleine Menschen an – vermutlich Kinder –, zeigten dann wieder auf uns und schüttelten erneut den Kopf. Die Eingeborenen sahen verwirrt aus und wenn wir nicht solche Angst gehabt hätten, wäre es alles zum Lachen gewesen. Schließlich zeigte einer der Matrosen auf seinen Hosenlatz und machte eine derbe Pumpbewegung mit den Hüften, schüttelte dann den Kopf und zeigte auf uns. Der Anführer hielt erschrocken die Luft an, erteilte dann in barschem Ton einen Befehl und die Krieger verschwanden – zu unserer großen Erleichterung.

Am Strand zündeten die Matrosen in einiger Entfernung von ihrem Lager ein Feuer an und richteten einen Schlafplatz für uns her. Auf den ersten Blick waren uns die Seeleute viel rauer erschienen als die wenigen Männer, die wir im Kloster zu Gesicht bekommen hatten – zumeist Priester, Pilger und Bettler –, sodass wir in ihrer Gegenwart auf der Hut waren, doch als wir sie besser kennenlernten, erfuhren wir, dass die meisten von ihnen aus *converso*-Familien stammten und prahlten, dass Muslime die besten Matrosen seien. Sie beteuerten, dass es eine Sache der Ehre sei, uns als ihre Schwestern zu betrachten.

In jener Nacht hörten wir, wie sie gemeinsam überlegten, was zu tun sei, wenn sie die Schäden am Schiff behoben hatten. Sollten sie weitersegeln, in der Hoffnung, irgendwann an einen bekannten Ort zu gelangen? Oder wäre es besser, umzukehren und sich erneut den Gefahren des Meeres des Nebels und der Finsternis auszusetzen? Und war es für die Frauen sicherer, zurückzubleiben, während sie nach der besten Passage suchten, und uns später abzuholen? Oder sollten wir unser Glück mit ihnen versuchen und gleich mitfahren? Alle stimmten überein, dass sie uns nicht allein zurücklassen konnten, und beschlossen, drei Männer auszulosen, die mit uns hierbleiben sollten.

Während sie debattierten, kauerten wir uns zusammen, um uns gegenseitig zu wärmen, und führten unsere eigene Diskussion. Auf dem Schiff waren schon jetzt kaum genügend Männer. Es wäre nicht recht, einige von ihnen unseretwegen hierzubehalten und dadurch ihre Chancen zu schmälern, sicher zu ihren Familien zurückzukehren. Schließlich kamen wir überein, dass sie uns zurücklassen sollten. Sor María Manuela meinte, die Eingeborenen hätten uns nichts getan und vielleicht würden sie uns unter ihren Schutz stellen. Die anderen drei Nonnen pflichteten ihr bei: Wir sollten auf Gott vertrauen und bleiben. Eine nach der anderen sagten auch die Beatas, dass sie sich der Entscheidung der Nonnen beugen würden und dass die Novizinnen es ihnen gleichtun sollten. Die anderen Novizinnen weinten jedoch und wollten zurückkehren. Ich war bereit, dem Anführer zu vertrauen.

Schließlich verstummten wir. Mein Buch hatte ich immer bei mir, außerdem eine Schreibfeder und einen Tintenkuchen, den ich in ein Stück Stoff gewickelt in der Tasche meines Habits aufbewahrte. Ich drückte das Buch an die Brust, faltete meine Hände in die Ärmel meiner Tracht und versuchte, an etwas anderes zu denken als an das schöne Gesicht des Anführers, seine muskulösen Arme und die breiten Schultern. Die Matrosen schliefen irgendwann ein und wir drehten uns mit dem Rücken zum Feuer und setzten unsere Wache fort. Der Hunger lässt uns die Kälte besonders deutlich spüren. In der letzten Zeit hatten wir so wenig gegessen, dass sich unsere Zähne lockerten.

Und dann blickten wir auf und sahen, dass wir umzingelt waren. Vollkommen lautlos hatte sich eine schweigende Gruppe eingeborener Frauen in einfachen Tuniken um uns herum aufgebaut und starrte uns neugierig an. Wie die Männer waren auch sie groß, gut aussehend und dunkelhaarig. Ihre bronzefarbene Haut schimmerte im Schein des Feuers, sie hielten sich sehr gerade, ihr Blick war gelassen und ruhig. Sie waren nicht bewaffnet, trugen aber Umhänge über dem Arm. Sie packten unsere Hände, zogen uns hoch und hüllten uns in die Umhänge. Sie waren aus einem herrlichen Material gefertigt, wunderbar weich und warm.

Dann legten uns die Frauen den Arm um die Schultern und zogen uns von unserem Lager weg. Wir waren von Kälte und Müdigkeit zu benommen, sodass wir erst nach den Matrosen riefen, als es zu spät war. Da hatten uns die Frauen bereits in den Wald geführt. Wir kamen zu einem niedrigen Gebäude aus Stein, dessen Eingang von großen Fackeln erleuchtet wurde. Es schien ein Palast der Eingeborenen zu sein. Im Innern brannten viele Feuer, ihr Licht spiegelte sich funkelnd in den zahlreichen Gegenständen aus Gold und Silber, die im Raum verteilt waren. An den Wänden hingen bunt gemusterte Webteppiche und auch die niedrigen Sitzbänke in einem inneren Raum, in den wir uns setzten, waren mit diesen Stoffen bedeckt. Ihre

Wärme an unseren schmerzenden Gliedmaßen zu spüren tat beinahe weh.

Sie brachten uns Schüsseln mit Grütze, in der lederartige Streifen schwammen. Es war jedoch getrocknetes Fleisch, ähnlich wie Hammelfleisch – ungewöhnlich, aber köstlich. Allerdings mussten wir daran saugen, statt es zu kauen, um unsere armen Zähne zu schonen. Wir bekamen süße stärkehaltige Früchte in leuchtenden Farben und silberne Schalen mit einem warmen bitteren Getränk gereicht, von dem uns ein wenig schwindelig wurde, das uns aber zugleich auch belebte. »*Chicha*«, murmelten die Frauen. Wir wussten nicht, ob dies der Name ihres Volksstammes oder eine Art Willkommensgruß war – später erfuhren wir, dass es das Wort für das Getränk ist, das in dieser Gegend sehr gern getrunken wird.

Wir wussten nicht, ob wir uns angesichts dieser aufmerksamen Fürsorge freuen oder ängstigen sollten. Schließlich wurden wir in einen Raum mit Liegen geführt, auf denen sich fein gewebte Decken türmten, ähnlich wie die Umhänge, die die Frauen uns gegeben hatten. Diese sollten unser Nachtlager sein. Wir fielen sofort in tiefen Schlaf. Solche Pracht bei den Eingeborenen! Das Letzte, woran ich mich erinnerte, war der Gedanke, welch ein Glück es war, dass ich das Buch mit den Armen umklammert hielt, als die Eingeborenenfrauen auftauchten. Ich hielt es immer noch an meine Brust gepresst, als ich einschlief.

Am nächsten Tag wussten wir nicht recht, ob wir Gefangene oder Gäste waren. Wir versuchten, uns mit Zeichen zu verständigen, doch die einzige Reaktion der Frauen war, auf den Himmel zu zeigen. Daraufhin nickten wir heftig, zeigten ebenfalls auf den Himmel und dann auf uns. Auf diese Weise wollten wir ihnen sagen, dass wir Gott dienten, der im Himmel lebte. Die Frauen nickten wieder und sagten etwas in ihrer Sprache. In der darauffolgenden Woche ließen wir uns umsorgen, die meiste Zeit schliefen wir.

Nach einer Woche waren wir erholt und wollen unbedingt zu den Matrosen zurückkehren. Überdachte Sänften erschienen; die Männer, die sie trugen, wandten furchtsam den Blick ab, während man uns hineinsetzte und es uns bequem machte. Sie hoben die Sänften auf die Schultern, doch wir merkten schon bald, dass wir keineswegs den Weg zu den Matrosen einschlugen, sondern auf die Berge zugingen! Tagelang waren wir unterwegs. Nachts machten wir in Häusern halt, vergleichbar mit *refugios*, den Herbergen für Pilger in Spanien. Die Frauen, die hinter unseren Sänften hergingen, eilten voraus, um ein Feuer anzuzünden, das Essen vorzubereiten und das Nachtlager zu richten. Wir erreichten die Ausläufer der Berge mit ihren schneebedeckten Spitzen und sahen an den Hängen terrassenförmig angelegte Obst- und Gemüsegärten, wie wir sie schon aus Andalusien kannten. Wir kamen an seltsamen Tieren mit langen Hälsen vorbei, die uns mit menschlich anmutenden Augen anstarrten. Inzwischen waren wir sehr besorgt und ängstlich.

Schließlich erspähten wir Gebäude in der Ferne. Als wir die Ausläufer einer Ansiedlung erreichten, die uns wie eine Stadt der Eingeborenen erschien, kam uns eine Prozession singender Frauen entgegen. Sie waren feiner gekleidet als die Frauen, die uns begleiteten. Als wir ausstiegen, wurde der Gesang lauter, und dann wurden wir in ein Gebäude geführt, das auf den ersten Blick aussah, als sei es aus einem einzigen gewaltigen Stein gefertigt. Bei näherer Betrachtung stellten wir jedoch fest, dass es aus Steinblöcken zusammengefügt war, die so perfekt behauen waren, dass sie nahtlos aufeinanderpassten. Im Innern des Gebäudes sahen wir dieselben prachtvollen Wandbehänge, die wir bereits in dem ersten Haus bewundert hatten, und überall stand kunstvoller goldener und silberner Zierrat. Wie zuvor wurden wir auch hier von vielen Frauen umsorgt. Dann kam eine hochgewachsene, wunderschöne Frau mit zwei hübschen grazilen Mädchen, die ihr sehr ähnlich sahen. Die Kinder waren vielleicht acht und zehn Jahre alt. Alle drei waren fein gekleidet und trugen viele goldene Schmuckstücke und Federn.

Wir vermuteten, dass uns hier eine ranghohe Dame ihre Aufwartung machte – möglicherweise eine Königin oder Prinzessin. Diese elegante Dame hielt eine sehr lange Ansprache und auch wenn wir nichts davon verstanden, so war doch klar, dass es gütige und freundliche Worte waren. Sie machte eine Handbewegung, in der sie den Palast und die Ornamente einschloss. Dann zog sie sich gemeinsam mit ihren Töchtern würdevoll zurück und alle eingeborenen Frauen und Sklavinnen warfen sich auf den Boden, als sie vorübergingen. Unsere Verbeugungen schienen im Vergleich dazu kaum ehrerbietig genug.

An jenem Abend sprachen wir, nachdem wir ein sehr großes und köstliches Festmahl genossen hatten, unsere Gebete und legten uns zum Schlafen auf unsere Liegen. Die ganze Nacht hindurch hörten wir die anderen seufzen und sich unruhig hin- und herwälzen. Uns war unbehaglich zumute und wir machten uns große Sorgen um die armen Matrosen.

Dann sandte Gott uns ein Zeichen. Am nächsten Morgen hatten wir gerade unsere Gebete gesprochen, als wir ein vertrautes Tschilpen hörten. »*Golondrinas!*«, riefen wir erfreut. Wir gingen dem Gezwitscher nach und entdeckten einen Garten, in dem die lieben, vertrauten Vögel zwischen Pflanzen mit glänzenden Blättern und schillernden Blüten umherhüpften. Solche Pflanzen hatten wir noch nie gesehen. Sie waren üppig und glitzerten seltsam. Eine Novizin beugte sich hinunter, um eine Blume zu pflücken und zog ihre Hand mit einem Aufschrei zurück: Der Garten bestand aus Silber, Gold und Edelsteinen!

»Hier gibt es für euch nichts zu fressen«, sagte Sor María Manuela munter zu den Schwalben. »Wir müssen Brotkrumen für euch streuen. Und hier, so glaube ich, lehrt Gott uns eine Lektion, Schwestern – wenn diese Vögel sich nicht von Gold und Juwelen ernähren können, so können wir Gottes Arbeit nicht tun, wenn wir uns dem Luxus und der Bequemlichkeit hingeben. Gott muss uns statt nach Gran Canaria an diesen Ort geleitet haben, um hier unsere Mission zu errichten. Wir müssen zu einem Lebensstil zurückkehren, wie er für Nonnen angemessen ist, müssen die Sprache der Eingeborenen lernen und uns hier nützlich machen.«

Ihre entschlossenen Worte erinnerten uns an unsere Pflichten. Unsere ersten Versuche, bei den Arbeiten im Haushalt zu helfen, wurden von unseren Dienerinnen und Sklavinnen empört zurückgewiesen. Sie waren scheinbar sehr bemüht, uns unsere Wünsche zu erfüllen, versuchten aber trotzdem zu verhindern, dass wir irgendwo mit Hand anlegten, und sei es bei den leichtesten Aufgaben. Zu ihrem Entsetzen blieben wir jedoch hartnäckig und in den Tagen, die folgten, fragten wir nach den Namen für das, was uns umgab, während wir Seite an Seite arbeiteten: Wie lautete das Wort für Frauen, Wasser, Essen und Tiere, Kleidung, waschen, schlafen, Sonnenlicht oder Regen in der Sprache, die man Quechua nannte, wie wir später erfuhren. Das wichtigste Wort in dieser Sprache schien »*Inka*« zu sein und es bezeichnet das Land, die Leute und ihren König, was alles eins ist.

Wir hatten unsere Habseligkeiten zum Trocknen am Strand liegen lassen und hatten keine Hoffnung, dass wir sie je wiedersehen würden, doch eines Tages trugen zu unserer Freude die Dienerinnen unsere Truhen herein. Wir waren überrascht zu sehen, dass unsere Habite, Hemden, Schuhe und Messbücher und Rosenkränze ebenso vollständig waren wie die Truhe mit Arzneimitteln, Federkielen und Tinte und dem Buch über Kräuter und der medizinischen Abhandlung. Sor María Manuelas Kruzifix hängten wir in unserem Hauptraum auf und hatten das Gefühl, dass wir ein wenig angekommen waren. Wir dankten den Frauen und versuchten, ihnen unsere Erleichterung zu schildern, dass unsere Sachen nicht gestohlen worden waren. Die einheimischen Frauen konnten nicht verstehen, was »gestohlen« bedeutete. Als es uns endlich gelungen war, es zu erklären, waren sie entsetzt und beteuerten, dass im »Land der vier Teile«, wie sie das Reich nennen, niemand etwas an sich nehmen würde, was ihm nicht gehört.

Die Dienerinnen staunten immer wieder über unsere Unwissenheit. Nach und nach erfuhren wir, dass die Inkas viele Götter anbeten, von denen die Sonne an erster Stelle stand. Der Herrscher über die Eingeborenen war der *Sapa Inka*. Sie glaubten, er sei der allmächtige Sohn des Sonnengottes und verehrten ihn über alle Maßen. Die Novizinnen spotteten über diesen heidnischen Aberglauben, doch eine der Beatas bemerkte: »Denkt daran, wie schnell die Kälte einsetzt, sobald die Sonne untergegangen ist, selbst an einem heißen Tag. Es ist nicht verwunderlich, dass sich ihre Religion der Sonne zuwendet und dass die Welt ohne sie so kalt und dunkel wäre wie die Nächte, die wir am Strand verbracht haben.«

Es dauerte jedoch eine ganze Weile, bis unsere Gespräche mit den Frauen uns verstehen ließen, warum wir hier auf so ungewöhnliche Weise aufgenommen wurden und wie wir Gott an diesem Ort am besten dienen konnten.

Wir erfuhren, dass die einheimischen Nonnen, die Jungfrauen der Sonne, von Kindheit an der Sonne geweiht waren. Jene von edler Geburt führten ein Leben in strenger Abgeschiedenheit in ihren prachtvollen Häusern zwischen dem Königspalast und einem großen Tempel, so wie Klöster oft in der Nähe einer Kirche zu finden sind. Jedes Jahr gab es eine prunkvolle Zeremonie zu Ehren der Sonne, bei denen religiöse Prozessionen vom *Sapa Inka* selbst geleitet wurden. Nach den Umzügen gab es Festessen, Tänze und Opferrituale. Die Jungfrauen der Sonne widmeten ihr Leben der Herstellung von exquisiten Stoffen für die königlichen Roben und des Honigweins, der bei zeremoniellen Anlässen getrunken wird. Sie lebten ausschließlich mit anderen Frauen zusammen, wurden von jungfräulichen Dienerinnen versorgt und durften nie einen Mann sehen oder das Haus verlassen. Ihr ganzes Leben lang gehörten sie dem *Sapa Inka*, ihrem Herrscher und der Sonne in Menschengestalt. Der *Sapa Inka* war der einzige Mann, der diese Jungfrauen von Angesicht zu Angesicht sehen durfte, doch es war nicht üblich, dass er dieses Privileg ausübte.

Für alle anderen Männern galt, dass es eine Beleidigung der Sonne darstellte, wenn sie eine Jungfrau ansahen. Dieses Vergehen wurde grausam bestraft: Die Jungfrau wurde lebendig begraben, der Mann, der sich dieser Untat schuldig gemacht hatte, wurde gehängt, seine Familie und Nachbarn getötet, all sein Vieh geschlachtet, sein Dorf dem Erdboden gleichgemacht und seine Felder zerstört.

Das Reich ist in verschiedene Regionen aufgeteilt und es gibt manche Gebiete, in denen diese Regeln nicht so streng gehandhabt wurden. Dort gibt es weniger hochstehende Häuser mit Jungfrauen, die ebenfalls von Männern getrennt leben und für die königliche Familie der Inkas arbeiten, unter denen sich der *Sapa Inka* jedoch von Zeit zu Zeit Konkubinen aussucht oder die er seinen Verbündeten als Ehefrauen oder Konkubinen gibt. Normalerweise leisten diese geringeren Jungfrauen eine

Zeitlang ihre Dienste und kehren dann in ihre Familien zurück. Sie werden mit großer Ehrerbietung behandelt und oft heiraten sie auch.

Wir schienen irgendwo zwischen diese beiden Kategorien von Jungfrauen zu passen. Bei unserer ersten Begegnung mit den Kriegern am Strand schien der Matrose ihnen mit seiner rüden Geste nicht nur mitzuteilen, dass wir Jungfrauen des Sonnengottes seien, sondern auch, dass er es war, der uns auf großen Flügeln über das Wasser in das Land der vier Teile entsandt hatte, mit übermenschlichen Bewachern, die die Gestalt gewöhnlicher Männer hatten. Der Anführer hatte die Frauen angewiesen, uns so zu empfangen, wie es den Dienerinnen der Sonne zustand, und seinen Kriegern befohlen, die Matrosen am Leben zu lassen. Vielmehr hatte er ihnen Verpflegung geschickt und Sklaven, die das Schiff reparierten, sodass die Matrosen davonsegeln konnten. Wir beteten, dass sie sicher nach Hause zurückkehrten.

Uns begegnete man mit Neugier und Ehrerbietung und wir hofften, dass man uns nicht als potenzielle Konkubinen betrachtete. Die gut aussehende Frau, die uns nach unserer Ankunft mit ihren Töchtern besucht hatte, war nicht die Königin, sondern die Ehefrau des Anführers. In beider Adern floss das Blut der Inka-Könige und diese Frauen, so wollte es der Brauch, hielten eine enge Verbindung zu den Jungfrauen der Sonne, so wie die spanische Königin die Beschützerin von Las Golondrinas ist.

Trotz aller Gastfreundschaft, die man uns entgegenbrachte, mussten wir nach und nach erkennen, dass dies ein grausames Land ist. Bei den großen Zeremonien werden viele Menschen geopfert, vor allem Kriegsgefangene, und in Zeiten von Hungersnot oder anderen Beschwernissen suchten die einheimischen Priester in den Familien des Adels die schönsten Kinder aus, um sie in die Berge zu bringen, zu salben und zu segnen und sie dann zu opfern, damit sie als Boten der Menschen in der Ebene vor die Götter traten.

Sor María Manuela kam zu der Überzeugung, dass Gott uns mit der Absicht hierhergeschickt hatte, diesen Bräuchen ein Ende zu setzen. Wir wussten, dass wir unsere Tugendhaftigkeit unter Beweis stellen mussten, bevor wir darauf hoffen konnten, Einfluss auf die Einheimischen ausüben zu können. Sie befahl den Frauen, die uns bedienten, auf die täglich aufgefahrenen Bankette mit goldenem Essgeschirr zu verzichten. Sie bestand darauf, dass wir wie die Bauern Maisbrei mit Gemüse und Früchten zu uns nehmen würden. Der goldene und silberne Zierrat und die kostbaren Teller und Becher verschwanden und stattdessen aßen wir aus einfachen tönernen Schalen. Die wunderschönen Wandbehänge behielten wir jedoch, weil sie halfen, die Räume warmzuhalten. Wir machten uns neue Wimpel aus schlichten Stoffen, die die Einheimischen herstellten, und flickten unsere Habite. Unsere Tage verliefen geordnet und absichtsvoll.

Unsere Vorliebe für eine einfache Lebensweise fand Zustimmung. Der nächste Schritt war, durch unsere Dienerinnen die Auffassung zu verbreiten, unsere Jungfrauen sollten Gott nicht dadurch dienen, dass sie Stoffe webten, sondern Unterricht gaben, den Kranken halfen und den Armen, Waisen und Krüppeln zur Seite standen, Arzneien und Heilmittel mischten und Mädchen darin unterwiesen, andere Menschen zu unterstützen. Wie wir verstanden, wurde unser ungewöhnliches Verhalten als Jungfrauen geduldet, weil der Sonnengott uns gewisse Freiheiten einräumte, die er einheimischen Jungfrauen nicht gewährte.

Dies ermutigte uns, den nächsten Schritt zu tun, den wir für notwendig hielten, wenn wir nicht gegen unseren Willen eingesperrt bleiben wollten. Wir ließen die Frau des Anführers wissen, dass es üblich sei, unsere Jungfrauen unter die Menschen gehen zu lassen, weil Gott uns schützte und die Blicke eines Mannes keinen Schaden anrichten konnten. Wir baten sie, bei den Priestern für uns zu sprechen. Nach einiger Zeit bekamen wir die Nachricht, dass wir bisher unsere Tugend unter Beweis gestellt hätten und daher unsere Bräuche respektiert würden, auch wenn sie den Inkas fremd seien. Nach und nach wagten wir, das Gebäude vorsichtig zu verlassen.

Einen unserer Räume richteten wir als Kapelle ein. Wir schmückten ihn mit den schönsten Wandbehängen aus dem ganzen Haus, stellten einen gemeißelten Steinblock aus dem Garten als Altar auf und hängten ein Kruzifix auf. Eine herrliche Schale aus gehämmertem Silber, die Einheimische gefertigt hatten, wurde unser Weihwasserbecken. Als Kerzen benutzten wir die Fackeln, wie sie die Leute hier verwenden. Sor María Manuela nahm wie eine Äbtissin die Beichte ab. Die Einheimischen nannten sie *mamakuna*, welches die Bezeichnung für die Novizinnenmeisterin ihrer Jungfrauen ist. Wir beschlossen, dass sie im Jahre des Herrn 1526 ganz förmlich als die erste Oberin der Heiligen Schwestern Jesu im Land der vier Teile geweiht werden sollte. Es war der erste Gottesdienst, den wir in unserer kleinen Kapelle abhielten, und die Damen des Königshauses, zu denen auch die Frau und die Töchter des Anführers gehörten, wurden dazu eingeladen.

Mit ihren prunkvollen Roben mit Schleppe und mit ihrem Schmuck und ihren Federn waren die Inka-Damen wie für einen wichtigen zeremoniellen Anlass gekleidet. Sie betrachteten alles aufmerksam und hörten genau zu, offenkundig erfreut zu sehen, dass unsere Jungfrauen auch Zeremonien hatten. Wir trugen neue Habite und sangen die Psalmen und Hymnen und sprachen die Gebete der Weihe. Unseren Besucherinnen schien der Chorgesang zu gefallen, obwohl es sie verwunderte, dass wir keine Instrumente hatten und nicht tanzten, wie es bei ihren Ritualen üblich ist. Als der Augenblick kam, Sor María Manuela zu weihen, versammelten wir uns alle um sie und legten ihr nacheinander die Hände auf den Kopf. Nun ist sie offiziell unsere Oberin.

Danach zogen sich die Königin und die anderen Damen zurück, an unserem einfachen Festmahl nahmen sie nicht teil. Wir alle waren jedoch sehr zufrieden, weil wir unsere Anwesenheit an diesem Ort mit einem offiziellen Schritt gefestigt hatten. Zwei Räume hatten wir als Hospital hergerichtet und bald kamen die Fälle zu uns, die die Geduld oder das Wissen der örtlichen Ärzte überstiegen. Meist waren es missgestaltete Kinder oder Kinder von schwachem Verstand, ein paar Lahme und mehrere kinderlose ältere Witwen. In einem Land, indem alle für das Wohl der anderen zu sorgen hatten, trafen unsere Bemühungen auf Zustimmung.

Dennoch gingen wir vorsichtig vor und maßen unsere Worte und Taten an der geordneten Art und Weise, wie die Dinge hier geregelt wurden, bevor die Spanier kamen. Die Lebensweise der Menschen erinnerte uns an die Bienen, die die Nonnen in Spanien hielten, mit ihren Arbeiterinnen und der Bienenkönigin. Bauern beackerten ihre Felder für den *Sapa Inka*. Die örtlichen Behörden sorgten dafür, dass jede Familie ihr Auskommen hatte, und wenn eine Familie krank wurde oder nicht arbeiten konnte, kümmerten sich andere um ihre Felder, bis sie wieder gesund waren. Behörden wurden bestraft, wenn es in ihrem Zuständigkeitsbereich Familien gab, die hungrig oder unbekleidet oder unversorgt waren. Junge Paare bekamen das, was sie zum Heiraten brauchten. Unsere Hilfe für die chronisch Kranken, die Lahmen oder die Alten oder die, die zu schwach waren, um arbeiten zu können, war eine Beitrag zum Wohle aller, wenngleich wir alles vermeiden mussten, was als Versuch verstanden werden konnte, die Macht der Priester zu untergraben.

Zwei Jahre später konnten wir mit unseren Fortschritten zufrieden sein. Wir hatten einen Kräutergarten angelegt und begonnen, die Medizin der Eingeborenen und die üblichen Krankheiten zu erforschen, um unsere Vorräte an Arzneien zu erweitern. Wir hatten einen Raum als Schulzimmer hergerichtet, besaßen eine kleine Ziegenherde, ein paar Enten und hatten sogar angefangen, die Erde für einen Gemüsegarten umzugraben, als entgeisterte Frauen aus dem Ort kamen und darauf bestanden, uns diese Arbeit abzunehmen. Sie säten Kürbisse und Mais aus und pflanzten eine knolliges Gemüse, das man »*la papa*«, Kartoffel, nennt und das köstlich schmeckt, wenn man es auf den Kohlen röstet. Die Schwalben bauten Nester am Dach und sangen uns von Spanien.

Wir versuchten, die einheimischen Adeligen zu überreden, ihre Töchter in unsere Schule zu schicken, doch nur bei den beiden Mädchen des Anführers hatten wir Erfolg, weil ihr Vater wollte, dass sie unsere Sprache lesen und schreiben lernten. Die beiden waren entzückende Kinder, sie waren hübsch, lernten schnell und hatten ein liebes Wesen. Mit einem kompliziert geknoteten Stück Schnur konnten sie sehr rasch rechnen und wir lehrten sie mithilfe von Heiligengeschichten, Spanisch zu lesen und zu schreiben. Vor allem die Geschichten über die Märtyrer gefielen ihnen, je gruseliger, desto besser.

In einer Nische im Schulzimmer bewahrten wir die sechs kostbaren Bücher auf, die wir aus Spanien mitgebracht hatten: drei Messbücher, die auf unserer Reise über das Meer nur ein paar Seiten eingebüßt hatten, ansonsten aber intakt waren, ein illuminiertes Gebetbuch, eines über das Destillieren von Kräutern und ein weiteres über die Behandlung von Krankheiten. Mit dem Buch über die Kräuter lehrte ich die Kinder Latein.

Nachdem wir zwar Sor María Manuela geweiht hatten, stand eine Zeremonie, bei der wir die Profess ablegen sollten, für uns vier Novizinnen noch aus. Mein Herz wurde schwer, wenn ich daran dachte, dass ich erwartet hatte, mein Gelübde im Beisein meiner Mutter abzulegen, doch daran ließ sich nichts ändern. Wir hatten bereits mit den Vorbereitungen begonnen und warteten nur noch auf die Rückkehr von zwei der Beatas. Sie waren in ein weit entfernt liegendes Dorf gereist, wo eine bestimmte Krankheit, die die Ärzte dort nicht verstanden, viele Menschen getötet hatte und die gesamte Bewohnerschaft so sehr schwächte, dass sie ihre Felder nicht bebauen konnten.

Wir schlugen in unseren Büchern nach und vermuteten, dass es etwas war, was der ständige Regen und die Kälte um diese Jahreszeit hervorriefen. Zu unserer Überraschung hatte man uns sogar erlaubt, eine unserer Kräuterarzneien anzuwenden. Es war ein sicheres Zeichen, dass wir unter den Einheimischen inzwischen ein gewisses Vertrauen genossen. Die Beatas nahmen also die Arznei und reisten ab.

Unsere Weihe fand jedoch nicht so statt, wie wir es erhofft hatten. Die beiden Beatas ertranken auf dem Rückweg ins Kloster, als ihr Floß kenterte. Es war ein schrecklicher Schlag für unsere kleine Gemeinschaft und nach freudigem Feiern stand uns nun nicht mehr der Sinn. Wir gedachten ihrer in unseren Gebeten und hofften, dass unsere kleiner werdende Gruppe durch einheimische Mädchen wachsen würde, die sich berufen fühlten. Zu den beiden Töchtern des Anführers gesellten sich nun fünf weitere adelige Mädchen. Seien sie nun adelig oder nicht: Im Schulzimmer herrschte großes Gekicher und nachdem wir nun zwei Paar Hände verloren hatten, hatten wir mehr zu tun als je zuvor.

Den Gottesdienst, bei dem wir die Profess ablegen sollten, verschoben wir immer wieder auf einen späteren Zeitpunkt. Auf den Tod der beiden Beatas folgte eine weitere Katastrophe, eine schlimme Hungersnot. Ein ganzes Jahr lang blieb der Regen aus und es war entsetzlich, mitansehen zu müssen, wie der unreife Mais verdorrte. Die Knollen, die ein wichtiges Nahrungsmittel darstellen, verfaulten und das Wild verschwand. Die Lagerhäuser leerten sich und die Leute litten Hunger. Sie teilten untereinander auf, was sie an Essbarem finden konnten, doch viele starben. Dann kam ein weiteres schlimmes Jahr. Alle wurden dünn und schwach. Kinder mit aufgetriebenen Bäuchen hingen apathisch in Tuchschlingen auf dem Rücken ihrer Mütter. Tiere verendeten auf den Straßen, weil sie nichts zu fressen fanden.

Dann hörten und sahen wir, wie sich Prozessionen von Priestern auf den Weg in die Berge machten. Unsere Dienerinnen bestätigten, dass sie Kinder auswählten, um sie zu opfern und die Götter anzuflehen, die Hungersnot zu beenden.

Vor der Hungersnot hatten wir vorsichtig versucht, die Priester und die Männer in den öffentlichen Ämtern von diesem fürchterlichen Brauch abzubringen. Statt die Mädchen den Göttern zu opfern, so hatten wir angeführt, wäre es von größerem Nutzen, sie uns zu geben, um beim Himmel Fürsprache für die Menschen zu halten. Obwohl die Priester uns im Allgemeinen wohlgesonnen sind, wurden sie ärgerlich, als wir diesen Vorschlag machten. Sie warnten uns, dass unsere Dreistigkeit die Götter weiter erzürnen würde. Es war furchtbar, abzuwarten und nichts tun zu können.

Dann kam die Frau des Anführers, um uns die Nachricht zu bringen – und uns zu überzeugen, dass es eine Ehre sei –, dass die Priester die Töchter des Anführers als Opfer auserwählt hatten. Die arme Mutter! Die Mädchen sollten uns auf dem Weg in die Berge einen letzten Besuch abstatten dürfen und sie bat uns, ihnen Beistand zu gewähren, sie stärken für das, was vor ihnen lag. So wollte es der Brauch ihres Landes und ihres Gottes. Als sie sah, wie wir ihre Nachricht aufnahmen, brach sie, die stolze Frau, beinahe zusammen. Sie und der Anführer hatten keine weiteren Kinder.

Traurig warteten wir auf den Abschiedsbesuch dieser beiden lieben Kinder. Er kam nur allzu bald. Es war ein langer trockener Tag, wir arbeiteten im Garten und versuchten, die Rüsselkäfer auszumerzen, die das Wenige wegfraßen, das die Trockenheit uns gelassen hatte. Dabei hielten wir immer ein Auge auf die Straße. Wir warteten. Es herrschte eine unnatürliche Stille an diesem Tag, selbst das Gezwitscher der Schwalben war verstummt. Uns allen war unbehaglich zumute. Dann hörten wir in der Ferne die fürchterlichen Trommeln und wussten, dass die Priester und die Töchter des Anführers ihren Gang in die Berge angetreten hatten. Mit wehenden Bannern kam die Prozession in Sicht, die beiden Mädchen in der Mitte. In der unnatürlichen Stille klangen die Trommeln und Gesänge schrill und grausam, als wollten sie den Satan persönlich willkommen heißen.

Vor unserem Haus verstummte der Gesang und die beiden Mädchen entfernten sich von der Prozession und kamen auf uns zu. Lächelnd umarmten sie uns eine nach der anderen. Ihre Augen leuchteten und sie schienen wie in Trance zu sein. Wir wussten, dass sie einen besonderen Trank bekommen hatten, der die Opfer auf das Kommende vorbereitete. Die Trauer überwältigte uns beinahe angesichts dieses furchtbaren Abschieds, doch wir versuchten den Wunsch der Mutter zu erfüllen. Die Inkas lieben Blumen und trotz der Dürre hatten wir ein paar finden können, die wir den Mädchen geben wollten, wenn der Augenblick gekommen war.

Oberin María Manuela wandte sich um, um sie aus einem Tontopf mit Wasser zu nehmen. Sie hob sie gerade heraus, als der Topf ganz von allein zu beben begann. Als sie erschreckt aufschrie und zurückwich, fiel er zu Boden und zersprang, und plötzlich fing der Boden an zu beben und ein fernes Grollen durchbrach die Stille, das bald zu einem schrecklichen Getöse anschwoll. Die Erde wogte so gewaltig auf und ab, dass wir durch den Garten geschleudert wurden und die Prozession sich in alle Winde zerstreute. Priester und Zuschauer schrien, als sich Felsbrocken aus den Bergen über uns lösten und ins Tal polterten.

Wir packten die benommenen Mädchen und rannten auf unser Haus zu. In dem Augenblick, als wir uns ins Innere flüchteten, hob sich der Boden aufs Neue und bebte heftig, dann folgte das Prasseln von kleinen Steinen, dann ohrenbetäubendes Getöse, als erst Felsgeröll aus den Höhen herunterkrachte und dann Lawinen aus Erde und Gestein. Die völlig verängstigten Dienerinnen schoben sich nach uns in unsere kleine Kapelle, in die wir die Mädchen gezerrt hatten und wo wir uns auf den Knien um die Oberin María Manuela scharten und beteten. Die Oberin hielt ihr Kruzifix in die Höhe, damit wir alle im Moment unseres Todes die Augen darauf gerichtet halten konnten. Draußen donnerten Erdmassen zu Boden und wir wussten, dass Menschen und Tiere eingeschlossen, erdrückt und begraben wurden. Unser Haus zitterte und bebte und wir rechneten jeden Augenblick damit, dass uns dasselbe Schicksal ereilen würde. Ein Teil des Daches brach ein, Trümmer wurden gegen die Wände geschleudert. Dann beruhigte sich der Boden unter uns, doch gerade, als wir uns langsam umsahen und kaum glauben konnten, dass wir noch lebten, gab es einen weiteren Stoß, der neue Erdrutsche auslöste.

So ging es die ganze lange und schreckliche Nacht hindurch, sodass wir nicht wagten, unseren Unterschlupf zu verlassen und zu sehen, wo wir helfen könnten. Wir blieben dicht gedrängt in der Kapelle, die Mädchen zwischen uns, und die Dienerinnen beteten zu ihren Göttern, wir zu unserem.

Als wir uns am nächsten Morgen hinauswagten, bot sich uns ein entsetzlicher Anblick. Häuser und leere Getreidespeicher und Ställe und Felder – ganze Dörfer waren verschwunden, unter Tonnen von Erde und Geröll begraben. Wir sahen Leichen oder Teile von Leichen und Tieren und Stofffetzen, die Reste der Banner, die die Priester am Vortag getragen hatten. So gut es ging, suchten wir nach Überlebenden, doch wir waren nicht stark genug, um viel ausrichten zu können. Einen Tag später kam eine Gruppe von Soldaten, um die Rettungsarbeiten fortzusetzen, doch sie kamen nur langsam voran, und die wenigen, die lebend unter den Trümmern hervorgezogen werden konnten, starben meist an ihren schweren Verletzungen. Wir erfuhren, dass selbst der große Tempel und das Haus der Jungfrauen der Sonne zerstört worden war und viele dabei gestorben waren.

Unsere Dienerinnen und Sklavinnen, die sich mit uns in die Kapelle gedrängt hatten, schilderten, wie wir die Nacht verbracht hatten, und schnell sprach es sich herum, dass es die Kraft unserer Gebete und der Schutz unseres Gottes gewesen sei, der uns gerettet habe. Eine Woche nach dem Erdbeben begann es zu regnen und die Felder, die nicht verschüttet waren, erholten sich ein wenig. Wir brachten die Verletzten in unser Krankenhaus und achteten darauf, dass niemand die Töchter des Anführers zu Gesicht bekam. Zu unserer großen Erleichterung kehrten die Priester nicht zurück, um sie zu holen. Dennoch waren sie für die »Ehre des Opfers« auserwählt, wie es die Leute hier nennen, und wir überlegten sehr besorgt, was aus ihnen werden würde.

Einige Wochen später kam der Anführer selbst zu uns. Er war eine Art Vizekönig in dieser Region und hatte das Ausmaß der Schäden beurteilt. Wir gingen, um ihn zu empfangen, und waren fest entschlossen, dagegen zu sprechen, dass er die Mädchen zu den Priestern zurückbrachte, um sie opfern zu lassen.

Er begrüßte die Oberin, die er *mamakuna* nannte, und beglückwünschte uns, weil die Gunst unserer Götter unseren Tod verhindert habe. Voller Würde sprach er davon, dass die Priester seine Töchter für das Opfer auserwählt hatten, dass die Götter jedoch anders entschieden hätten. Wir atmeten ein wenig auf. Ich warf ihm einen raschen Blick zu und erkannte, dass Krieger und Prinzen zwar die schrecklichsten und blutigsten Qualen erlitten, ohne Schmerz oder Schwäche zu zeigen, dass ihm seine Töchter aber lieb und teuer waren. Nur die grausame Disziplin, die die Gepflogenheiten seines Landes und seine Stellung als Mitglied der königlichen Familie ihm abverlangten, verhinderte, dass er zeigte, wie erleichtert er war.

Die Verletzlichkeit, auf die ich hinter der Fassade des stolzen Kriegers einen flüchtigen Blick erhascht hatte, berührte mich. Sie bewegte mich so sehr, dass ich mich zwingen musste, den Kopf gesenkt zu halten und ihm nicht in die Augen zu sehen. Er war verheiratet und ein Heide und Angehöriger eines Volkes, das die abstoßendsten Grausamkeiten verübte, doch seine Gegenwart brachte mich aus der Fassung. Ich starrte angestrengt auf den Boden, als würde sich zu meinen Füßen ein Wunder ereignen. Trotzdem schweiften meine Augen irgendwie ganz von allein vom Boden auf seine Beine, die kräftig und bloß unter seiner Tunika hervorsahen. Ich zwang mich, um seiner Frau willen froh zu sein, dass seine Kinder verschont geblieben waren.

Und auch er sprach gerade von seiner Frau: Sie und alle seine Konkubinen seien bei dem Erdbeben ums Leben gekommen! Wir waren entsetzt und sprachen ihm unser Beileid aus, ihr Tod erfüllte uns mit Trauer, vor allem um seine elegante und gütige Frau.

Dann sagte er etwas, das mir das Blut zu Kopf schießen und mein Herz wie wild schlagen ließ. Da unsere Götter uns verschont hätten, während so viele andere umgekommen seien, sei er gekommen, um sich aus unserer Mitte eine Konkubine auszusuchen, wie es das Vorrecht eines Prinzen aus königlicher Familie sei. Dabei sah er mich direkt an und sein dunkler Blick bohrte sich wie ein Speer in mein Herz. Eine Konkubine? Aber seine Frau war tot – und ich hatte eine Idee.

Die Oberin antwortete ihm so taktvoll wie möglich, jedoch mit unnachgiebiger Bestimmtheit, dass seine königlichen Vorrechte sich nicht auf unsere Gemeinschaft ausdehnten. »*Unsere* Jungfrauen ...«, setzte sie an – und ich wusste, was sie als Nächstes sagen würde: »... müssten eher den Tod wählen.« Bevor sie also fortfahren konnte, sprang ich an ihre Seite und flüsterte ihr hastig ins Ohr, dass ich mein Gelübde noch nicht abgelegt habe und das Noviziat abbrechen könnte, wenn die Wahl des Anführers auf mich fallen sollte.

»Ganz sicher nicht, Salomé! Hat die Lust Euch den Verstand geraubt?«, zischte sie.

»Nein, Mutter Oberin, wartet«, bat ich sie. »Vielleicht hat Gott uns diese Möglichkeit geschickt, das zu erwirken, was wir nicht anders erreichen können. Ich glaube, der Anführer handelt – eine von uns für seine Töchter. Ihr, die *mamakuna*, müsst ebenfalls handeln, um den Wert dessen herauszustellen, was er haben will.« Die Oberin starrte mich derart entgeistert an, dass ich rasch fortfuhr: »Erst könntet Ihr sagen, dass christliche Jungfrauen niemals Konkubinen werden. Ihr Gott erlaubt ihnen den Status als Ehefrau, vorausgesetzt, sie werden einem

Mann nach unseren Gesetzen und Ritualen übergeben – und nur, wenn es keine weitere Ehefrau oder Konkubinen gibt. Und ein Mann, der eine unserer Jungfrauen haben will, muss sich an unseren Brauch halten, ihr einen Wunsch zu erfüllen, sonst ... ähm, sonst trifft ihn der Zorn unseres mächtigen Gottes.«

Die Oberin fuhr mich an: »Salomé, Ihr redet Unfug!«

»Nein, Mutter Oberin. Wenn der Anführer zustimmt, dass seine Töchter bei uns bleiben dürfen, folgen die Priester möglicherweise seinem Beispiel und schicken Mädchen künftig zu uns, um hier als Fürsprecher vor Gott zu wirken, statt sie zu opfern. Und einer guten christlichen Ehefrau gelingt es vielleicht, ihren Mann zu überzeugen, dass weitere Ehefrauen und Konkubinen ... unnötig sind.« Ich errötete, als ich das sagte.

Die Oberin sah mich an, als sei ich des Teufels, dann seufzte sie und wandte sich wieder dem Anführer zu, um ihre Bedingungen zu erläutern. Er nickte und tat nun nicht mehr so, als wüsste er nicht, welche von uns er haben wollte. Er zeigte auf mich und fragte mich nach meinem Wunsch. Seine Ehre geböte, dass er ihn erfülle. Als die Oberin ihm sagte, er solle die Opferkinder uns überlassen, sah er uns schockiert an, so als sei er in eine Falle gelockt und betrogen worden. Ich hielt den Atem an. Die Macht seiner Religion und seine Pflichten als königlicher Prinz lagen in heftigem Widerstreit mit seinen Neigungen und noch mehr mit seinem Ehrgefühl, das ihm nicht erlauben würde, sein Wort zurückzunehmen. Doch nur einen Augenblick lang. Dann nickte er und streckte mir seine Hand entgegen. Ich trat vor und ergriff sie.

An diesem Tag setzte heftiger Regen ein, als habe der Himmel seine Zustimmung zu unserem Bund gegeben, obwohl es Monate dauern würde, bis die hastig ausgebrachte Saat Früchte trug. Die Hungersnot war noch nicht vorüber. Würde es weitere Menschenopfer geben? Die Antwort kam einige Wochen später, als drei wunderschöne Mädchen, alle unterschiedlich alt, ins Haus gebracht wurden, nachdem die einheimischen Priester sie mit undurchdringlicher Miene bei uns abgeliefert hatten.

Der Anführer und ich wurden einen Monat nach dem Erdbeben getraut, natürlich von der Oberin – schließlich gab es sonst niemanden, der eine christliche Trauung hätte vornehmen können. Ein großer Teil der Zeremonie bestand aus langen Gebeten, in denen sie den Segen des Himmels für unsere Ehe beschwor. Sonst gab es nichts zu tun. Ich hatte ein einfaches Leinenkleid an, das die Schwestern schnell zusammengenäht hatten, und darüber trug ich, wie es bei einheimischen Hochzeiten üblich war, ein Hochzeitsgeschenk vom Anführer: eine aus feiner Wolle gewebte Tunika mit prachtvollen Stickereien, wie sie für diese Gegend typisch sind. An den Schultern wurde sie von goldenen Schlangen mit Smaragdaugen gehalten. Mein Haar war lang geworden und ich hatte es gewaschen und gebürstet, sodass es mir über den Rücken fiel, und eine rote Blüte darin befestigt. Ich spürte, dass mein Gesicht vor Glück glühte und wusste, dass meine Augen vor Freude strahlten. Ich hoffte, der Anführer würde es gutheißen.

Unsere Hochzeitsgesellschaft war groß: Wer reisen konnte, hatte sich auf den Weg gemacht und schaute nun zu. Die Schwestern sangen jeden Psalm und jede Hymne in ihrem Repertoire – bei den Inkas gelten Zeremonien ohne Musik nicht als offiziell und sie dauern manchmal tagelang – und schließlich segnete die Oberin uns. Und dann war es Zeit für den Teil der Trauung, der nach dem Inka-Zeremoniell vollzogen wurde. Der Anführer bestand darauf, weil er meinte, das Volk würde mich sonst nicht als seine Frau anerkennen. Er beugte sich nieder und zog mir neue Sandalen aus Vicuña-Wolle an, die mit Goldfäden durchwirkt waren. Ich legte ihm eine neue Tunika über die Schultern, die ich aus feiner weicher Wolle gewebt hatte. Ein Mitglied der königlichen Familie legte unsere Hände ineinander, zum Zeichen, dass wir eins waren.

Er führte mich zu der Hazienda der Sonne und des Mondes, die bei dem Erdbeben großen Schaden genommen hatte. Diener trugen meine Habseligkeiten; darunter war auch ein Kruzifix, das nach dem Wunsch meines Mannes in unserem Heim hängen sollte. Auf unserer Hazienda erwartete uns ein weiteres karges Hochzeitsmahl – Maisbier und ein wenig Gemüse in der würzigen Soße, die es zu allem gibt. Ich konnte nichts essen. Der Schritt, zu dem ich mich entschlossen hatte, war gewagt, ich war sehr aufgeregt, aber auch sehr glücklich in meiner

Hochzeitsnacht. Und ich wünschte mir, meine Mutter hätte uns ihren Segen geben können.

Salomés Miene war weich geworden, während sie erzählte – selbst jetzt noch wärmt die Erinnerung an ihre Hochzeit mit dem Anführer ihr Herz. Sie bekam bald nacheinander drei Kinder, die Jungen, Miguel und Mateo, und ein Mädchen, das sie ihrer Mutter zu Ehren Beatriz nannte. Sie sorgte dafür, dass alle drei sofort getauft wurden, und zwar mit so viel Zeremoniell und Gesang wie möglich, um sie dem mächtigen christlichen Gott zu überantworten. Die Jüngste, Beatriz, war acht Jahre alt, als die Steinmetze und Arbeiter mit ihren Reparaturen an der Hazienda fertig waren. Salomé sagte stolz, dass ihr Mann darauf bestanden habe, die Häuser der Bauern, die Terrassen für die Felder und die Straßen instand setzen zu lassen, bevor sein eigenes Haus wieder hergerichtet wurde. Sie lobte ihn als einen gerechten Mann, seinem Volk und dem *Sapa Inka* verpflichtet, furchtlos und gut zu ihr und den Kindern. Er betrachtete sie als ebenbürtige Gefährtin, suchte ihren Rat und auch ihre Fürsprache bei dem christlichen Gott. Die Töchter des Anführers durchliefen das Noviziat und legten zwei Jahre später als die ersten einheimischen Nonnen ihr Gelübde ab. Der Anführer und Salomé nahmen an ihrem Professgottesdienst teil und zu Salomés Genugtuung nahm die Oberin sie beiseite und sagte ihr, sie sei klug gewesen, ihrem Herzen zu folgen.

Salomé folgte dem Beispiel der ersten Frau des Anführers und brachte den Nonnen Lebensmittel und Decken, die die Dienerinnen gewebt hatten. Oft half sie in der Schule, im Hospital und im Waisenhaus, in dem nach dem Erdbeben viele Kinder aufgenommen wurden. Während Waisenjungen zu Soldaten ausgebildet wurden, war es bald gang und gäbe, dass elternlose Mädchen zu den Nonnen gebracht wurden. Von Zeit zu Zeit ließen die Priester besonders schöne Mädchen am Tor zurück, wenn sie die Götter besänftigen wollten. Später wurden diese Mädchen Nonnen, so wie es in Spanien auch üblich war. Für die Kinder, die geopfert werden sollten, gab es keine andere Wahl – waren sie einmal auserwählt, konnten sie nicht länger unter den gewöhnlichen Menschen leben.

Dann kam Salomé zum Ende ihrer Geschichte und beschrieb die Nacht, die ihr Leben und das ihres Mannes für immer verändern sollte. Ein Läufer hatte eine wichtige Botschaft für den Anführer und seine Soldaten gebracht: Sie sollten so schnell wie möglich in die Hauptstadt kommen. Menschen mit Panzern aus Metall und seltsame Tiere, die Feuer atmeten, waren auf großen Schwingen über das Meer geflogen, und am Himmel hatten Zeichen und Omen vor den Fremden gewarnt, die auf dem Weg in die Hauptstadt viele Einheimische brutal behandelt und hingeschlachtet hatten. Der Bote sagte, der Name ihrer Anführer sei Francisco Pizarro, und Salomé bekam Angst. Es war ein spanischer Name.

Die Abscheu war ihr deutlich anzusehen, als sie die Ereignisse schilderte, die folgten, so als sei sie inzwischen mehr Inka als Spanierin. Der *Sapa Inka*, Atahualpa – ein Herrscher, der so mächtig war, dass niemand wagte, ihn direkt anzusehen – wurde in eine Falle gelockt, gefangen genommen und hingerichtet, erwürgt – eine »Gnade«, da er in seiner letzten Stunde seinem Glauben abschwor und sich taufen ließ. Sonst wäre er auf dem Scheiterhaufen gestorben. Sein Tod verbreitete furchtbare Angst unter den Inka. Sie glaubten, dass sich die Sonne nun zurückziehen und die Welt so dunkel und kalt werden würde, dass es das Ende bedeutete. Als die Sonne weiterhin jeden Morgen aufging, bröckelte der Widerstand gegen die furchterregenden Invasoren. Die Ernte war reichlich, ein Zeichen also, dass die Götter die brutalen Eindringlinge guthießen.

Die Spanier beanspruchten das Land der vier Teile für Spanien und zogen plündernd, brandschatzend und mordend durch das Reich. Die Nonnen schickten Boten zu den Jungfrauen der Sonne, um ihnen den Schutz eines christlichen Klosters anzubieten. Doch der Bote fand das, was das Erdbeben von dem Gebäude übrig gelassen hatte, leer. Die Jungfrauen waren verschwunden, als Beute verschleppt. Ein Bischof schickte Sklaven, die aus den umherliegenden Trümmern des Hauses der Jungfrauen der Sonne ein christliches Kloster bauen sollten, und die Heiligen Schwestern Jesu, die in ihrem ursprünglichen Haus inzwischen recht beengt lebten, ergriffen die Gelegenheit beim Schopfe und zogen zusammen mit den Kindern in das neu errichete Kloster.

Salomé verabscheute die Spanier und hatte Angst um ihren Mann. Sie überredete ihn, sich um des Landes willen taufen zu lassen, denn die spanischen Eroberer hielten es für vorteilhaft, ein Mitglied der königlichen Familie der Inka, das zugleich ein Konvertit war, als Gouverneur der Region einzusetzen. Er war in seiner Rolle als Gouverneur in einer entfernt gelegenen Provinz unterwegs, als er im letzten Jahr starb. Salomé klammert sich an den indianischen Teil ihres Lebens und hat wenig mit den spanischen Kolonisten zu tun.

Mir schien, dass Salomé die Möglichkeit begrüßte, ihre Geschichte zu erzählen, doch ich sah, dass sie schnell ermüdet, und so hielten wir es für das Beste abzureisen, nachdem sie ihren Bericht beendet hatte. Fast hatte es den Anschein, als sei ihr daran gelegen, uns bald aus dem Haus zu haben, und eine Bemerkung, die sie zufällig machte, ließ mich vermuten, dass es etwas mit der erwarteten Rückkehr von Don Miguel zu tun hatte. Ich versuchte, die Enttäuschung darüber, dass ich Don Miguel nicht sehen würde, aus meinen Gedanken zu verdrängen.

KAPITEL 29

Aus der Chronik der Sors Santas de Jesús, aus der Feder von Esperanza, im Missionskloster Las Golondrinas de Los Andes, März 1554

Als wir ins Kloster zurückkehrten, erfuhren wir, dass Pía ruhiger geworden ist, sich aber weigert, ihre Zelle zu verlassen, selbst wenn die Beatas die Tür offen lassen und versuchen, sie herauszulocken. Sie schläft nicht, wegen der Kämpfe, die Engel und Dämonen um ihre Seele austragen. Sie ist so dünn, dass ihre Haut durchscheinend aussieht. Sanchia und mir kommen die Tränen, wenn wir sie sehen.

Bisher habe ich noch nicht an die Äbtissin und Sor Beatriz geschrieben. Wir können nicht wissen, ob Briefe ihr Ziel erreichen oder ob ein Brief von mir das Kloster in Gefahr bringt oder ob sie mir antworten können. Ich wüsste so gern, ob Luz in Sicherheit ist. Ihr Taschentuch habe ich immer noch.

Um jedoch zur Sache zu kommen ... Die Oberin bestellte mich in ihr Arbeitszimmer, um mit mir über meine Zukunft zu sprechen. Nach unserem Besuch bei Marisol hatte es zum Zweck der Einleitung von Heiratsverhandlungen weitere Anfragen wegen Sanchia, Pía und mir gegeben, vor allem wegen Pía. Ihr Zustand ließ es nicht zu, dass sie heiratete, und ich wollte nicht, dass wir drei getrennt wurden, also bemühte ich mich, das Thema zu umgehen.

Als wir jedoch von unserem Besuch bei Salomé zurückkamen, berichtete mir die Oberin, ein Mann habe sich ganz besonders nach mir erkundigt. Einen Moment lang verspürte ich die irrwitzige Hoffnung, es könne Don Miguel gewesen sein, doch die Oberin sagte: »Don Héctor Santiago. Er ist sechzig Jahre alt und war noch nie verheiratet, sodass Ihr Euch nicht um Stiefkinder kümmern müsstet. Er ist ein entfernter Cousin der Beltráns. Er nimmt es mit der Wahl seiner Ehefrau sehr genau: Solange sie Spanierin ist, kann er sich damit abfinden, wenn sie keine Mitgift hat, vorausgesetzt, sie sieht nicht allzu hübsch aus, ist fromm, bescheiden, unterwürfig, still, hat keinen Bedarf an feinen Kleidern und ist in der Lage, Kinder zu bekommen. Vorzugsweise ein einfaches Mädchen, das allenfalls sein Gebetbuch lesen kann.«

Ich versuchte, dem Namen einen der hochnäsigen Landbesitzer zuzuordnen, die uns bei den Beltráns begutachtet hatten. Als mir einfiel, wer es war, wurde mir das Herz schwer. »Oh. Ich erinnere mich an ihn, Mutter Oberin – ein kleiner Mann mit verkniffener Miene und spitzer Nase, der Ähnlichkeit mit einem Zwerghuhn hat. Er ist eingebildet und stinkt aus dem Mund, weil seine Zähne verfault sind.«

»Er ist sehr reich – die Familie besitzt viele Silberminen«, sagte die Oberin streng. Diese Nachricht machte ihn sogar noch weniger sympathisch. Ich wusste von Don Miguel, wie die Einheimischen in den Minen als Sklaven zu Tode geschunden werden.

»Sein Großvater war einer von Pizarros Generälen. Natürlich wird die Familie mehr über Euren Hintergrund wissen wollen, bevor sie ein förmliches Angebot macht, doch ich gehe davon aus, dass es da keinerlei Hindernisse gibt?«

Das wird ja immer schlimmer, dachte ich.

Bisher hatte ich der Oberin so wenig wie möglich über meine Familie erzählt, sie wusste nur, dass meine Mutter bei meiner Geburt gestorben war und dass mein Vater ein Gelehrter war. Nun jedoch gab ich ihr zu verstehen, dass ich Don Héctors Vorstellungen kaum weniger entsprechen könne, da ich zu Hause eine sehr umfassende Schulbildung genossen hatte.

Die Oberin machte eine wegwerfende Handbewegung, so als wollte sie sagen: »Das spielt doch keine Rolle.« Sie ist sehr darauf bedacht, unsere Zukunft zu regeln, und ich bin mir sicher, dass sie Don Héctor diese Information im bestmöglichen Licht präsentieren wird. Sie meinte, ich solle sein Angebot eingehend überdenken. Der bloße Gedanke lässt mich schaudern, andererseits gäbe eine Ehe mir die Möglichkeit, ein anderes Versprechen einzuhalten – Sanchia ein Zuhause zu geben, bevor sie in ernsthafte Schwierigkeiten gerät.

Sanchia wird immer ruheloser und tut Dinge, die mich sehr beunruhigen. Von Zeit zu Zeit schlüpft sie aus dem Kloster, um sich umherreisenden Schauspielern, Musikern und Tänzern anzuschließen, die auf Podesten auf den Plätzen der Stadt und in dem neuen Theater auftreten. Was Sanchia tut, ist gefährlich. Es sind zu viele Männer, zu viele Abenteurer und Trunkenbolde in den Straßen unterwegs, die denken, dass sie jede Frau und jedes Mädchen haben könnten, wann immer ihnen der Sinn danach steht. Vor allem mit den Tanzmädchen hat Sanchia sich angefreundet. Sie beteuert, dass die Aufführungen einen religiösen Hintergrund haben, es seien Moralitäten, die die Einheimischen belehren und zum Christentum bekehren sollen. Dennoch ziehen diese Auftritte allerlei zügelloses Volk an.

Außerdem spricht Sanchia neuerdings viel von ihrer Familie; es sind schmerzliche Erinnerungen, die sie oft genug zum Weinen bringen, doch sie sagt, da sie nun allmählich erwachsen wird, sei es ihre Pflicht, sich an sie zu erinnern, so schrecklich es auch sein mag. »Sonst sterben sie noch einmal, Esperanza. Ich weiß, dass sie eines furchtbaren Todes gestorben sind, weil sie Juden waren. Ich will auch Jüdin sein.« Ich ermahnte sie, leise zu sprechen, und erinnerte sie daran, dass wir bei allem, was wir sagen, vorsichtig sein müssen.

»Ach, Esperanza, du mit deinen tugendhaften Belehrungen! Du hast doch selbst deine Geheimnisse. Jeder, der ein Geheimnis hat, erkennt, wenn ein anderer etwas zu verbergen hat«, gab Sanchia zurück.

Da hatte sie wohl recht.

Zusätzlich zu ihren neu erworbenen schauspielerischen Fähigkeiten hat Sanchia erstaunlicherweise eine wissbegierige Ader in sich entdeckt. Und eine gefährliche obendrein! Bei einem ihrer unerlaubten Streifzüge hat sie ein gedrucktes Altes Testament auf Spanisch erstanden, bei einem Buchverkäufer, einem Mestizen, von dem man sagt, dass er mit verbotener Ware handelt. Es ist ein sehr schönes Buch. Sanchia hat dafür ihre halbe Mitgift ausgegeben – ohne mein Wissen – und liest eifrig darin. Sie hat mir erzählt, dass es das Werk italienischer Juden sei. Ich warnte sie, dass die Kirche diese Bibeln in den romanischen Sprachen verboten habe, doch ich kann sie nicht zur Vernunft bringen, obwohl ich ihr sagte, sie habe ja keine Ahnung, wie gefährlich diese Bücher seien. »Oh doch, das habe ich«, erwiderte Sanchia. Sie hob ihren Rock und zog einen ihrer Strümpfe herunter. Die rotblauen Narben sind schrecklich. »Die erinnern mich daran, dass ich einen Weg finden muss, die Tochter meiner Eltern zu sein. Das ist der Grund, weshalb der Allmächtige mich am Leben ließ. Ich weiß noch nicht, wie ich es anstelle, aber mir wird schon etwas einfallen. Und bis dahin erkunde ich die Geschichte meines Volkes.«

Währenddessen drängt Don Héctor auf eine Antwort. Die Oberin wird allmählich ungeduldig, weil ich mich nicht entscheide, und wenn es nach mir ginge, würde ich meine Antwort bis zum Sankt-Nimmerleinstag hinausschieben, doch in der vergangenen Nacht wurde Sanchia beinahe von einem Nachtwächter erwischt. Heute habe ich zugestimmt, Don Héctor zu heiraten, unter der Bedingung, dass er meine Schwester bei uns leben lässt. Er antwortete, er sei bereit, Sanchia aufzunehmen, vorausgesetzt, sie ist eine gottesfürchtige und gehorsame junge Frau. Zum Glück weiß er nichts über Sanchia, sonst würde er meine Bitte ablehnen. Ich habe keine Ahnung, wie es nach unserer Hochzeit werden soll, wenn beide unter einem Dach leben.

Ich habe Sanchia angewiesen, die Bibel in ihrer Matratze zu verstecken. Ich erzählte ihr, dass ich mich entschieden habe, Don Héctor zu heiraten, und dass sie mich in mein neues Heim begleiten müsse. Entgeistert sah sie mich an. »Nicht den mit dem übelriechenden Atem! Er stinkt wie ein verrotteter Fisch! Schauderhaft! Und alt ist er, wie ein vertrockneter Käfer. Stell dir diese verdorrten kleinen Käferfinger vor, wie sie über deinen ganzen Körper krabbeln! Selbst Doña Luisa hat

Rita nicht in seine Richtung geschubst. Esperanza, das kannst du nicht tun!«

Aber ich muss. Meine Mitgift ist beinahe aufgebraucht und ich weiß nicht, was ich sonst tun soll.

Ich darf jetzt nicht an Don Miguel denken, aber ach, ich wünschte, er wäre bei Salomé gewesen, als wir sie besuchten.

Das Aufgebot für die Hochzeit ist bestellt. Sanchia, dieses schreckliche Mädchen, ist schon wieder verschwunden! Ich muss mir alles Mögliche ausdenken, um ihre Abwesenheit zu verbergen, was eine zusätzliche Last bedeutet. Mein Hochzeitstag rückt näher, viel zu schnell. Ich sollte meine Brautausstattung herrichten, doch das Herz ist mir zu schwer und meine Hände sind zu unwillig für diese Arbeit. Die Oberin hat mich ermahnt, ein Nachthemd ganz oben in meine Truhe zu packen. Meine Hochzeitsnacht werde ich nie und nimmer überleben!

Ich ging zu Pía, um ihr von meiner Hochzeit zu erzählen. Sie antwortete mit verträumter Stimme, dass sie mit einem himmlischen Bräutigam vermählt sei. Um sie wenigstens manchmal zum Essen zu bewegen, sagen ihr die Beatas, die sich um sie kümmern, es sei himmlisches Manna. Sie zeigte auf den Wasserkrug in ihrer Zelle und flüsterte, darin seien Gottes Tränen. Auf jeden Fall scheint sie ruhig zu sein.

Ich bitte Gott um Kraft und rufe mir in Erinnerung, dass ich zumindest das Versprechen einlöse, das ich meinem Vater gegeben habe. Sanchia und ich haben kaum eine andere Wahl. Wir können nicht für immer im Kloster bleiben, ohne uns in irgendeiner Form für das religiöse Leben zu entscheiden. Unser Geld ist fast aufgebraucht. Keine von uns kann Nonne werden, ein solcher Schritt ginge mit zu vielen Täuschungen und einem Verrat an dem einher, was wir sind.

Ich hoffe, Sanchia kehrt rechtzeitig zu meiner Hochzeit wieder. Ich brauche wenigstens diese eine Freundin an meiner Seite.

KAPITEL 30

*Aus der Chronik der Sors Santas de Jesús, aus der Feder von Esperanza,
im Missionskloster Las Golondrinas de Los Andes,
Ende Oktober 1554*

Die Nacht, bevor meine Hochzeit mit Don Héctor stattfinden sollte, verbrachte ich schlaflos und elend in meinem Zimmer und der Morgen graute nur allzu bald. Sanchia war nicht wieder aufgetaucht und Don Héctors Kutsche wartete vor dem Tor des Klosters. Die Oberin hatte mir zur Hochzeit einen Blumenkranz und ein neues Kleid geschenkt und als ich mich anzog, wünschte ich von ganzem Herzen, es sei mein Leichentuch. Meine Truhe stand fertig gepackt am Tor, darin lag meine karge Aussteuer und auch diese Chronik, meine Freundin und Vertraute, hatte ich hineingelegt. Ich fragte mich, ob ich es jemals wieder übers Herz bringen würde, sie aufzuschlagen.

Plötzlich entstand außerhalb der Klostermauern großer Tumult und die Kutsche der Aguilars hielt am Tor, umgeben von einer großen Schar von Vorreitern. Nonnen und selbst die Oberin stürzten hinaus, um unsere Gönnerin zu begrüßen, die durch das Tor trat und zu meiner Überraschung verlangte, mit mir sprechen zu dürfen. Ich lief zu ihr und sie flehte mich an, sofort mit ihr zur Hazienda der Sonne und des Mondes zurückzukehren. Den Grund würde sie mir unterwegs erklären.

Die Oberin wandte aufgeregt ein, dass ich gleich getraut werden solle, wies auf meine Truhe, die am Tor bereitstand und darauf wartete, in Don Héctors Kutsche geladen zu werden. Diese Neuigkeit schien Salomé zu überraschen. Sie warf mir einen durchdringenden Blick zu und hob leicht die Augenbrauen, als wollte sie fragen, ob es das sei, was ich mir wünschte. Ich schüttelte den Kopf. »Dann kommt, ich bitte Euch«, sagte Salomé. Ihr Kutscher riss den Schlag auf, sie zog mich hinein und befahl den beiden Dienerinnen in ihrer Begleitung, meine Truhe zu holen. Vor der Kapelle erhob Don Héctor wütend Einspruch, während die Dienerinnen meine Truhe auf Salomés Kutsche festzurrten. Er schüttelte die Faust, als wir davonfuhren. Vor Erleichterung über meine Rettung brach ich in Tränen aus.

Dann hörte ich ein Kichern und als ich aufsah, fiel mein Blick auf Sanchia, den Schelm.

Ich war so froh, sie lebendig und unverletzt zu sehen, und so wütend, weil sie mir solche Sorgen bereitet hatte, dass ich sie heftig schüttelte. Wo um alles in der Welt war sie gewesen, wollte ich wissen.

Sanchia war meine Retterin! Sie war aus dem Kloster geschlüpft und hatte sich bis zu Salomé durchgeschlagen. Den größten Teil des Weges hatte sie mit ihren Freunden, den reisenden Schauspielern, zurückgelegt, den Rest der Strecke allein. Welch eine gefährliche Reise für ein junges Mädchen – allein auf einer Straße, an der immer wieder Banditen lauerten! Ich wagte gar nicht daran zu denken, was ihr alles hätte zustoßen können. Abgesehen davon, dass sie die Vorstellung mit Abscheu erfüllte, Don Héctor würde mein künftiger Ehemann sein, sagte Sanchia, sie würde sich eher lebendig begraben lassen, denn als seine Schwägerin in sein Haus zu ziehen. Sie hatte Salomé um Hilfe gebeten. »Ich wollte dir keine Sorgen bereiten, Esperanza, und du hättest sicher einen Weg gefunden, mich aufzuhalten. Und nun gibt es einen guten Grund, weshalb du mit uns kommen solltest.« Mehr sagte sie mir nicht und es war mir auch beinahe egal. Meine Rettung vor Don Héctor war im Augenblick das Wichtigste.

Salomé war still und gereizt. Sie befahl dem Kutscher, die Nacht hindurch weiterzufahren, und als wir anhielten, um die Pferde zu wechseln, wartete sie ungeduldig darauf, dass es weiterging. Wir brauchten weniger als zwei Tage für die Reise und ich beobachtete besorgt, wie ängstlich sie wurde, als wir uns der Hazienda näherten. Ein Diener kam eilig herbei, um die Kutschentür zu öffnen und flüsterte etwas in eindringlichem Ton. Salomé wandte sich zu mir und sagte knapp: »Gott sei Dank, er lebt noch! Don Miguel braucht Eure Hilfe.«

Mein Herz schlug höher. »Natürlich«, sagte ich.

Salomé führte uns in den Teil des Hauses, in dem Don Miguel lebte. »Hier«, sagte Salomé über ihre Schulter, als wir ein Schlafgemach betraten. Auf beiden Seiten des Bettes brannten Kerzen, in dem ein Mensch lag, dessen zerschlagenes, entstelltes Gesicht ich nicht erkannte. Er stöhnte. Die indianische Dienerin, die an Don Miguels Seite gesessen hatte, glitt aus dem Raum. »Sanchia sagt, dass Ihr Euch in medizinischen Dingen auskennt, dass Ihr etwas wisst, was ich nicht weiß. Bitte, helft ihm, wenn Ihr könnt.«

Wenn jemals jemand so ausgesehen hatte, als würde er seine Verletzungen nicht überleben, dann war es Don Miguel. Salomé schlug die Decke zurück, um mir eine klaffende eiternde Wunde in seiner Seite zu zeigen. Sie hatte eine unheilvolle Farbe. Außerdem sah ich, dass er viele Knochenbrüche erlitten hatte – einige waren schrecklich angeschwollen und sein ganzer Körper war zerschunden. Entsetzt sah ich Salomé an. »Was ist geschehen?«

»Miguel ist der Sohn seines Vaters und die Art, wie die Spanier sein Volk behandeln, erregte seinen Zorn und den seiner Cousins. Einige der indianischen Prinzen, seine Cousins, stellten in den Bergen eine Armee zusammen und erhoben sich gegen die Spanier. Sie töteten einen spanischen Gouverneur und viele seiner Soldaten, doch am Ende schlugen die Spanier den Aufstand brutal nieder. Diejenigen, die sie ergreifen konnten, warfen sie von einem hohen Felsvorsprung und nur weil Miguel schwer verwundet war und an einer Stelle stürzte, an der die Spanier ihn nicht sehen konnten, entging er demselben Schicksal. Einer seiner Cousins schaffte es, ihn an einen dunklen Ort zu schleifen, bevor er entdeckt und hingerichtet wurde.«

Hilflos starrte ich ihn an, mein Kopf war wie leergefegt.

»Esperanza!« Nun war es an Sanchia, mich zu schütteln. »Ich habe Salomé erzählt, dass du alte Medizinbücher gelesen hast.

Zusammen mit deinem Vater, du hast es mir selbst erzählt. Dir muss doch etwas einfallen! Denk nach!«

Ich schloss die Augen und dachte angestrengt nach ... die herrlichen maurischen Texte, die den Flammen übergeben worden waren ... Ibn Sina der Perser und sein Buch der Heilung. In Gedanken schlug ich es auf, sah die arabischen Wörter auf der Seite ... die Stimme meines Vaters, die laut vorlas ... die Verbindung zwischen Körper und Geist ... das Arzneibuch ... die vorsichtige Behandlung ... Ich hatte kein Buch. Ich musste mein Gedächtnis anstrengen.

Ich bat um Wasser und schickte Salomé und Sanchia, saubere Tücher und Kräuter, Asche und glatte Holzspane zu holen. Ich sagte: »Gott ist groß«, und bat den Geist meiner Mutter, meine Hand zu führen. Dann machte ich mich daran, den Mann zu retten, den ich liebte.

Holzspane für die gebrochenen Knochen, nicht zu stramm – es bestand die Gefahr, dass das Fleisch faulte. Salben der Einheimischen auf die Wunden, bevor sie leicht verbunden werden, sodass noch Luft durchkommt ... aromatische Tinkturen auf einem Schwamm unter Don Miguels Nase, kühle Kompressen gegen das Fieber.

Vier lange Tage und Nächte saßen wir an seinem Bett und sein Fieber ließ nicht nach, sondern wurde schlimmer. Überall hatte er Holzschienen, die ich ständig kontrollierte, damit sie nicht durch Schwellungen zu eng wurden. Ich wechselte die Verbände und tupfte ihm das Gesicht ab. Wir bereiteten Aufgüsse zu und träufelten sie ihm in den Mund, um die Schmerzen zu lindern. Ich kniete an seiner Seite und sprach ihm ins Ohr, flehte ihn an, seine ganze Willenskraft aufzubieten und wieder gesund zu werden. Am fünften Tag wurde er ruhiger und ich befürchtete, er würde sterben. Am sechsten Tag öffnete er die Augen, als ich seine Verbände wechselte. Am siebten Tag schien das Fieber zu sinken. Am neunten Tag trank er ein wenig Brühe und ich fiel an seiner Seite in erschöpften Schlaf.

Als ich erwachte, hatte Don Miguel die Augen geöffnet und sah mich an. Ich hielt seinen dunklen Blick gefangen und seine Miene veränderte sich. Er lächelte. Ich streckte eine

Hand aus und berührte seine Wange. Sie fühlte sich nicht mehr fiebrig, sondern kühl an. Er wandte den Kopf und küsste meine Hand.

Wir sahen einander tief in die Augen und ich war mir meines Schicksals ebenso sicher wie Salomé, als sie den Anführer sah.

Auf ihre würdevolle Weise ist Salomé erfreut. Freundlich sagt sie, dass ich ihr als Schützling ihrer Mutter jetzt schon ans Herz gewachsen sei. Unsere Hochzeit wird noch lange nicht stattfinden können, erst nach Ostern. Don Miguel muss sich weiter erholen. Es darf sich nicht herumsprechen, dass er verwundet wurde. Doch es geht ihm von Tag zu Tag besser. Gott ist groß.

Salomés jüngerer Sohn, Fr. Mateo, wird die Trauung vollziehen und ihre Tochter Beatriz und ihre große Familie werden dabei sein. Bis es soweit ist, lerne ich weben. Ich möchte Don Miguel mit dem traditionellen Geschenk einer Braut an ihren Bräutigam überraschen, eine edle Tunika, die ich selbst gewebt habe. Sanchia zieht mich ständig auf und sagt, mein Webstück sei krumm. Ich fürchte, sie hat recht.

Der Tag ist gekommen und wir sind verheiratet. Fr. Mateo ist ein sehr liebenswürdiger Priester und Doña Beatriz ist anmutig und wunderschön, wie ihre Mutter. Als Fr. Mateo fertig war, vollzog Don Miguel den Hochzeitsritus der Inka und zog mir neue Sandalen an. Er spürt immer noch die Nachwirkungen seiner Verletzungen und beugte sich ein wenig steif hinunter, doch als seine Hände meine Füße berührten, durchlief mich ein Schauder, und als ich hinunterblickte, sah ich, dass er lächelte. Er war überrascht und erfreut, als ich ihm den Umhang reichte, den ich gewebt hatte, obwohl ich ihm sagte, jeder andere indianische Ehemann hätte ihn mitsamt der Braut, die ihn so ungeschickt gefertigt hatte, voller Verachtung zurückgewiesen. Fr. Mateo legte unsere Hände ineinander, wie es die Inka tun, um zu zeigen, dass die Trauung vollzogen wurde. Einen Augenblick lang standen wir schweigend da. Salomé dachte an den Anführer, ich dachte an meinen Vater. Doch als ich aufblickte, sah ich, dass Don Miguel nur an mich dachte.

Dann sagte eines von Beatriz' Kindern, dass es Hunger habe, und wir setzten uns zu einem großen Festmahl nieder, von dem ich kaum einen Bissen essen konnte, weil ich an die kommende Nacht dachte. Ich war sehr glücklich und wünschte mir nur, mein Vater wüsste es. Vielleicht weiß er es. Gott ist groß.

KAPITEL 31

Aus der Chronik der Sors Santas de Jesús, aus der Feder von Doña Esperanza Aguilar, auf der Hazienda der Sonne und des Mondes, März 1555

Ich erwarte ein Kind und habe Angst, weil ich an meine Mutter und an Marisol denke. Salomé kümmert sich sehr um mich und Don Miguel erlaubt mir kaum, mich zu rühren. Früher erschien er mir fast furchteinflößend. Nun sehe ich nur Würde und leidenschaftlichen Stolz, den er sich bemüht, unter Kontrolle zu halten. Ich bete, dass er nicht in die Berge zurückkehrt, wo der Geist des Widerstandes gegen die Spanier fortbesteht, wie man sich erzählt. Eine Geliebte wäre sehr viel weniger riskant – fast würde ich sagen, dass es die bessere Wahl wäre.

Auf den Tag genau ein Jahr nach unserer Hochzeit habe ich eine Tochter bekommen. *Deo gratias*, die Geburt war leichter, als ich zu hoffen gewagt hatte, und es geht uns gut. Das Baby hat den Namen María Caterina erhalten, nach meiner Mutter. Don Miguel vergöttert sie und erzählt ihr Geschichten, so klein sie auch sein mag – wie der Gott Wiraqucha aus einem See emporstieg und die Sonne und die Sterne erschuf, wie er die Inkas erschuf, auf dass sie die Herren seien, wie der flötespielende Hirte der weißen Lamas sich in die Tochter der Sonne verliebte. Bis zum Hals eingewickelt starrt María Caterina ihn mit Augen an, die ebenso dunkel und ruhig sind wie seine. Salomé lacht über ihn und sagt, die Inkas seien viel strenger zu ihren Kindern, als er es jemals sein wird. Don Miguel sagt, später sei immer noch Zeit für Strenge.

Sanchia ist vernarrt in das Baby und tanzt mit ihm herum und singt und summt dabei, bis Salomé und ich befürchten, dass ihm übel wird. Sanchia scheint hier glücklich zu sein und Salomé und Marisol versuchen sich mit Briefen und Boten als Ehestifter, doch Sanchia scheint es nicht zu interessieren.

Auf der Hazienda der Sonne und des Mondes,
Dezember 1557

Ich habe wenig Zeit, um in meiner geliebten Chronik zu schreiben. Salomé ist müde und kann hier immer weniger tun, also habe ich ihre Rolle als Schutzherrin des Waisenhauses des Klosters und der Schule für indianische Mädchen übernommen. Ich habe Marisol geschrieben, dass sie auf ihrem Anwesen eine ähnliche Schule errichten sollte. Sie und ich, wir wissen beide, was alle wissen – dass Don Tomás der Vater vieler Kinder dort ist, von denen nach seiner Hochzeit ebenso viele geboren wurden wie vorher. Welche Gefühle Marisol auch immer haben mag, so ist es doch ihre Pflicht, dafür zu sorgen, dass sie genug zu essen und anzuziehen haben und dass sie lesen lernen und ihre Gebete sagen können. Mit dem Kloster, dem Haushalt, María Caterina, Don Miguel und Sanchia sind die Tage vorbei, bevor ich merke, dass sie begonnen haben.

Don Miguel überschreibt einen Teil seines Anwesens auf María Caterina, um zu verhindern, dass spanischen Siedler sich immer mehr Inka-Land aneignen.

Sanchia ist verschwunden! Sie hatte Don Miguel in die Stadt begleitet, um einige Dinge zu besorgen, und verschwand! Don Miguel ist außer sich vor Sorge, dass sie möglicherweise entführt wurde, und hat alles und jeden in Bewegung gesetzt, um sie zu finden. Als er erschöpft wiederkam, erzählte ich ihm von der Nachricht, die sie auf ihrem Bett zurückgelassen hatte. Darin stand, dass sie nicht vergessen habe, was sie ihren Eltern schuldig sei. Sanchias Altes Testament ist ebenso verschwunden, zusammen mit ihrem besten Schultertuch, einigen silberen Haarkämmen und meinem chinesischen Fächer. Ich habe Angst um sie. Außerdem erwarte ich unser nächstes Kind.

Auf der Hazienda der Sonne und des Mondes,
Oktober 1560

Es ist nun fast drei Jahre her, dass Sanchia uns verlassen hat. Don Miguel hat überall nach ihr gesucht und immer, wenn er in die Stadt reist, fragt er im Kloster nach, ob sie Nachricht von ihr haben. Bis jetzt hat niemand von ihr gehört. Er bringt auch Nachricht von Pía, doch auch das ist nicht erfreulicher. Sie verlässt ihre Zelle nicht, betet Tag und Nacht, geißelt ihr Fleisch und isst und trinkt fast nichts, nur ein wenig Brot und Obst. Unser Jüngster, José, wächst und gedeiht; ich erwarte unser drittes Kind und bin elend und krank.

Auf der Hazienda der Sonne und des Mondes,
April 1561

Isabelita wurde nach Weihnachten geboren, viel früher als wir erwartet hatten. Es war eine lange und schwierige Geburt. Isabelita geht es nicht gut, sie gedeiht nicht so, wie wir es bei unseren anderen Kindern gesehen haben. Sie ist apathisch und schwach und weint nur selten. Sie sieht mich mit großen leidenden Augen an. Ich liebe sie umso mehr, so klein und so süß wie sie ist, doch meine Liebe hilft ihr nicht. Ich trage sie ständig im Arm und versuche, sie dazu zu bewegen, ein wenig zu trinken. Es bricht mir das Herz, ihr trauriges kleines Weinen zu hören und zu sehen, wie sich ihre kleinen Hände öffnen und schließen, so als stecke all ihre Lebenskraft in diesen winzigen Fingerchen, die sich an das Leben klammern. Ich halte sie ganz dicht an meinem Herzen, als könnte sein Schlagen sie am Leben erhalten. Don Miguel ist gealtert, sein Haar ist weiß. Salomé sagt, er ähnelt seinem Vater immer mehr. Salomé selbst ist krank, sie ist hager geworden und hat Schmerzen, doch sie versucht, sie zu verbergen. Ich tue für sie, was ich kann, doch sie kann kaum essen oder trinken oder aufstehen.

Solange ich die Tränen zurückhalten kann, werden Isabelita und Salomé leben.

Und nun kommt zu allem hinzu, dass ich die Hazienda verlassen muss. Ich habe eine Nachricht aus dem Kloster bekommen, dass Pía im Sterben liegt und mich gebeten hat zu kommen. Sie schreiben, dass sie eine Krankheit hat, die sie von innen auffrisst, dass sie schrecklich leidet, ohne je zu klagen. Salomé besteht darauf, dass ich fahre. Ich fürchte, die Reise wird Isabelita umbringen, doch ich wage nicht, sie bei einem Kindermädchen zu lassen. Was, wenn ich sie nie wiedersähe?

KAPITEL 32

Aus der Chronik der Sors Santas de Jesús, aus der Feder von Doña Esperanza Aguilar, im Missionskloster Las Golondrinas de Los Andes, April 1561

Ein Wunder ist geschehen. Ich möchte diese Worte immer und immer wieder schreiben. Ein Wunder.

Als wir im Kloster ankamen, führte mich eine Novizin zu Pías Zelle. Ich trug Isabelita bei mir – ich halte sie immer eng an mich gedrückt, damit der Tod sie meinen Armen nicht entreißen kann. Ich hatte vergessen, wie eng und dunkel Pías Zelle ist, nur mit einem schmalen vergitterten Fenster. Es war Vormittag, doch auf beiden Seiten ihres Bettes brannten Kerzen. Pías Gesicht war so weiß wie das Laken, das sie bedeckte, und ihr Rosenkranz war um ihre Finger geschlungen. Einen Moment lang dachte ich, sie sei bereits gestorben, doch dann bedeutete sie den Nonnen, die auf beiden Seiten des Bettes beteten, uns allein zu lassen. An ihren Augen konnte ich sehen, dass sie mich erkannte.

Ich beugte mich zu ihr hinunter und küsste sie und sie betrachtete Isabelita, die in meinen Armen lag, apathisch wie immer. »Oh Pía«, sagte ich. Ich konnte die Tränen nicht mehr aufhalten.

Pía streckte die Hand aus und berührte meine tränennasse Wange. Dann entwand sie mit Mühe den Rosenkranz von den dürren Fingern ihrer rechten Hand. Mit dem Rosenkranz verflochten war eine goldene Kette und am Ende der Kette hing die Medaille der Äbtissin!

»Du hast sie der Oberin abgenommen, an dem Tag, als du ... Zarita ... Oh, Pía, hast du sie seitdem bei dir gehabt?«

»Die Oberin wünscht, dass ich sie um den Hals trage, wenn ich begraben werde«, flüsterte Pía. »Aber es gibt eine bessere Verwendung für diese Kette.« Ein Hauch ihres alten heiteren, weltfernen Lächelns huschte über ihr Gesicht. Mit schwachen Fingern streifte sie die Kette über Isabelitas Kopf und sagte: »Ein Geschenk für dich, Kleines.«

Isabelitas Augen öffneten sich mühsam, dann wandte sie den Kopf und betrachtete Pía neugierig. Pía lächelte sie an und beide hielten den Blick der anderen für einen langen Moment gefangen. Und dann ... tat mein Baby etwas, das mich zutiefst erschreckte. Isabelita krümmte den Rücken und trat heftig mit ihren kleinen Füßen. Sie wedelte mit den Armen, warf den Kopf zurück und begann zu schreien. Welch ein Laut von diesem kleinen Bündel Mensch! Ich hatte Angst, sie könnte einen Anfall haben, und wiegte sie und versuchte, sie zu beruhigen. Ihre blassen Wangen wurden rosig, dann war ihr ganzes Gesicht rot vor lauter Schreien. Wäre es eines meiner anderen Kinder gewesen, hätte ich gesagt, dass sie entrüstet war, weil sie nicht schnell genug zu trinken bekam.

»Füttere sie«, flüsterte Pía, »füttere sie jetzt gleich. Nun wird alles gut.« Sie schloss die Augen, doch das Lächeln verharrte auf ihrem Gesicht. »Lebt wohl. Die Dämonen sind verschwunden. Ich habe sie bezwungen. Füttere sie.«

Ich legte das Baby an meine Brust und zu meiner Überraschung und Freude sog Isabelita gierig, lächelte mich an und schlief ein, während ihr Milch aus dem rosigen kleinen Mund lief. Als ich aufsah, war Pía tot.

In jener Nacht war mir nicht einmal der von ständigem Schrecken begleitete Halbschlaf vergönnt, der alles war, was ich seit Isabelitas Geburt an Nachtruhe hatte. Staunen und Trauer hielten mich wach und das Baby selbst. Isabelita wachte oft auf und wollte gefüttert werden. Bei der Trauermesse, die drei Tage später stattfand, war sie ruhig, aber wach, hob den Kopf von meiner Schulter und sieht sich aufmerksam um. Ich hob sie hoch, damit sie Pías Sarg sehen konnte und der Weihrauch ließ sie niesen. Dabei trampelte sie und ruderte mit den Armen und kreischte ärgerlich. Dann trank sie noch einmal, bis ich keine Milch mehr hatte, und in jener Nacht schliefen wir beide tief und fest, sie und ich, zum ersten Mal seit ihrer Geburt.

Wir schliefen so fest, dass ich zu Tode erschrak, als ich erwachte und das pfeifende Geräusch nicht hörte, das ihr Atem beim Schlafen macht, oder die traurigen kleinen Klagelaute, die sie macht, wenn sie wach ist. Hatte ich mich getäuscht? Ging es ihr doch nicht besser? War sie in der Nacht gestorben? Nein, sie lag neben mir auf dem Bett und nuckelte zufrieden an ihrem Daumen. Die Medaille hatte sie immer noch um den Hals. Sie sah mich an, ihr Daumen rutschte ihr aus dem breit grinsenden Mund und dann gluckste sie, wedelte mit den Armen und trat mit den Füßen.

Zu Hause trinkt sie gut und lächelt und kräht entzückt, wenn sie ihre Schwester und ihren Bruder sieht. Sie kaut auf allem, was sie greifen kann, lacht, wenn jemand ihren Blick auffängt, und hat sich zu einem rundlichen frechen Äffchen entwickelt. Wenn Don Miguel Isabelita ansieht und lächelt, sehe ich, wie tief die Furchen in seinem Gesicht geworden sind, wie Felsspalten.

Auf der Hazienda der Sonne und des Mondes, September 1563

Isabelita tröstet uns. Salomé ist tot. Die Hazienda der Sonne und des Mondes fühlt sich leer an. Ich kann nicht mehr schreiben.

KAPITEL 33

Aus der Chronik der Sors Santas de Jesús, aus der Feder von Doña Isabelita Beltrán de Aguilar, auf der Hazienda der Sonne und des Mondes, 1597 A. D.

Ich hoffe, dass meine liebe Mutter, Esperanza, es für richtig und angemessen halten würde, dass der letzte Eintrag in diese Chronik von derselben Isabelita niedergeschrieben wird, der Pías Medaille vor so langer Zeit das Leben gerettet hat. Meine Mutter hatte die Chronik seit diesem Ereignis nicht mehr weitergeführt, doch nun soll die Chronik die Hazienda der Sonne und des Mondes verlassen, und ich werde erklären, wohin sie reist und warum.

Ich werde mit dem Brief beginnen, den meine Mutter vor einem halben Jahr von La Flor erhielt. Natürlich hat jedermann von La Flor gehört, von der legendären Verführerin, die so viele Jahre lang kreuz und quer durch Neu-Spanien tanzte und sang und unzählige gebrochene Herzen zurückließ. Ihre Laufbahn endete in Mexiko-Stadt mit einem gigantischen Skandal, als zwei wohlbekannte Verehrer sich eines Nachts ihretwegen vor der Oper duellierten, in der sie auftrat, und sich gegenseitig zu Krüppeln machten. Doch erst als meine Mutter ihren Brief aus Mexiko erhielt, erfuhr ich, das La Flor ein und dieselbe Person ist, die meine Mutter liebevoll »Sanchia« nannte. Sanchia/La Flor schrieb, dass sie meine Eltern vielmals um Vergebung bitten müsse, dass sie hoffe, sie könnten sich in dieser Welt noch einmal sehen, sodass sie ihre Entschuldigungen persönlich vorbringen könne, und dass sie uns einen Besuch abstatten werde, falls sie dies erlaubten.

In ihrem Brief fragte sie, ob meine Mutter immer noch diese Chronik führe. Wenn dem so sei, würde sie gerne ihre Erinnerung auffrischen, bevor sie »nach Hause« fahre. Meine Mutter sagte, Sanchia/La Flor sei immer schon ruhelos gewesen. Mit »zu Hause« meinte sie Spanien, wohin sie mit einem der Schiffe ihres Mannes reisen wird.

Um nicht wegen liederlicher Moral ins Gefängnis geworfen zu werden, heiratete La Flor einen ihrer Verehrer, einen Witwer und wohlhabenden Kaufmann namens Váez Sobremonte, der ein paar Jahre später starb. Er war einer der »Neuen Christen«, denen man mit so viel Misstrauen begegnet, ein Jude also. Man sagt, dass es jenseits von Mexiko-Stadt ganze Siedlungen dieser Neuen Christen gibt, die heimlich ihre Religion praktizieren. Dort ließen sich die Sobremontes nieder. Meine Mutter schrieb Sanchia, dass wir sie mit großem Vergnügen willkommen heißen würden, dass sie die Chronik seit vielen Jahren nicht mehr aufgeschlagen habe und wie gut es sein würde, gemeinsam darin zu lesen.

Dann wollte sie mir die Chronik zeigen, von der Sanchia in ihrem Brief schrieb, und ging zu einer silberbeschlagenen Ledertruhe in ihrem Zimmer. Ich hatte noch nie gesehen, wie sie sie öffnete, doch sie tat es nun und hob den einzigen Gegenstand heraus, der darin war: ein Seidenbeutel, der in einer Hülle aus rauherer Wolle eingeschlagen war. Er enthielt dieses Buch und eine Medaille an einer langen Kette, die in ein sehr altes und wunderschön gesticktes Taschentuch gewickelt war. Sie nahm die Medaille heraus und hielt sich das Taschentuch an die Wange. »Luz«, flüsterte sie. Dann streifte sie mir die Medaille über den Kopf.

»Isabelita, du warst Pías Wunder«, sagte sie zu mir. »Und als Salomé starb, verlor ich so vieles aus den Augen. Ich war so sehr damit beschäftigt, sie zu pflegen und mich um euch Kinder zu kümmern, im Kloster zu helfen ... Es passierte so viel auf einmal, dass ich eines Tages sogar fürchtete, ich hätte die Medaille verloren. Ich stellte alles auf den Kopf und als ich sie schließlich fand, legte ich sie zur sicheren Aufbewahrung zu der Chronik.«

Das überraschte mich nicht. In diesem Haus verschwanden ständig Dinge, tauchten wieder auf und verschwanden wieder. Meine Mutter, Esperanza, hatte neun überlebende Kinder und das Haus war immer zum Bersten voll mit Babys, Cousinen und Cousins, Kindermädchen, Tieren, Dienstboten und zahllosen Besuchern und ihren Kindern. Meine Mutter nahm es mit unserer Schulbildung sehr genau und weigerte sich, uns Hauslehrern zu überlassen, sondern unterrichtete uns selbst. So hatte sie wenig Zeit für die Angelegenheiten des Haushalts und ich kann gut verstehen, dass sie etwas, das sie aufbewahren wollte, sicher verstaute.

Meine Mutter tippte mit dem Finger gegen die Medaille und sagte: »Die sollte eigentlich in den Besitz des Klosters übergehen und ich überreichte sie der Oberin kurz nach unserer Ankunft aus Spanien. Doch dann nahm Pía sie an sich und gab sie dir und sagte, du sollest sie behalten. Wer weiß, vielleicht rettet sie eines Tages ein weiteres Kind.« Dann saßen wir in dem alten Schulzimmer und sie las noch einmal die wohlbekannten Geschichten. Die von meiner Urgroßmutter in Spanien, der Schreiberin, die diese Aufzeichnungen begann, ihren eigenen Bericht über die Reise nach Spanischamerika, die Geschichte meiner Großmutter Salomé.

Als meine Mutter so Seite um Seite umblätterte, wurde sie nachdenklich. »Ich habe meine Pflicht vernachlässigt. Ich habe das Versprechen nicht eingelöst, das ich der Äbtissin des Klosters in Spanien gegeben habe. Ich muss es tun, bevor es zu spät ist.« Sie reichte mir die Chronik und nahm mir das Versprechen ab, dafür zu sorgen, dass Sanchia sie der Oberin des Klosters Las Golondrinas de Los Andes gibt. Ich wandte ein, dass sie es Sanchia selbst auftragen könne, doch sie schüttelte den Kopf.

Ich glaube, sie hatte eine Vorahnung. Einen Monat, bevor Sanchia kam, starb meine Mutter im Schlaf. Sanchia verbrachte die ersten Stunden ihres Besuchs an ihrem Grab. Sie kehrte mit roten Augen zurück und ließ mich die Teile der Chronik vorlesen, die von den vier Mädchen erzählten. Dann bestand sie darauf, dass ich dieses letzte Kapitel schrieb, bevor sie sie dem Kloster bringt, wie meine Mutter es gewünscht hatte.

Die alte Freundin meiner Mutter hat sich als tröstende Ablenkung für meinen Mann, Teo Jesús Beltrán, und meinen trauernden Vater erwiesen. Sanchia hat nun nichts mehr von einer Verführerin an sich, sie ist einfach eine alte Frau, die unablässig von der Vergangenheit erzählt, über die Enkel ihres Mannes, die Wohltätigkeiten, die sie unterstützt, und was sie in Spanien vorfinden wird.

Váez Sobremontes Witwe hat herrlichen Schmuck, der ihre Trauerkleidung ziert, elegante Gewänder aus Seide mit schwarzer belgischer Spitze. Sie kam in einer gut gefederten und bequem gepolsterten Kutsche mit einem Wappen auf der Tür. Außerdem brachte sie viele Wagen voller Dinge mit, die sie nach Spanien mitnehmen will. Sie braucht ein großes Schiff, um alles transportieren zu können. Neben ihren persönlichen Dingen hat sie mehrere Gemälde im Gepäck, die sie für viel Geld in Auftrag gegeben hat, außerdem ein Bild von Marisol, das Marisols Ehemann, Don Tomás, malen ließ, aus Anlass des fünfundzwanzigjährigen Bestehens der Mädchenschule, die sie auf der Hazienda der Beltráns einrichtete. Der arme Don Tomás ist nicht er selbst, seit Marisol starb, dennoch kann Teo Jesús nicht verstehen, wie Sanchia ihn überredet hat, sich von dem Bild zu trennen. Sanchia hat auch ein Bild ihres Mannes Sobremonte bei sich; er ist ein intelligent aussehender Mann mit klaren Gesichtszügen und er trägt eine flache Mütze und eine Art Schal mit Fransen. Wenn sie auf Reisen geht, nimmt sie dieses Gemälde immer mit.

Sanchia sprach von ihrer Absicht, die Zelle zu besuchen, in der Pía lebte und sich für mein Leben einsetzte. Seit ihrem Tod steht die Zelle leer und man sagt, dass die Nonnen nachts Stimmen in der Zelle hören, dass dort Geister ein- und ausgehen, eine Dame in einem dunklen Umhang und zwei wunderschöne junge Frauen, eine mit silbernem Haar, eine mit dunklem. Der Bischof weiß nicht, wie er dagegen vorgehen soll, fürchtet aber, er könne den Unwillen der Einheimischen erregen, die Pía als Heilige betrachten.

Sanchia wollte auch etwas über uns erfahren. Ich erzählte ihr, dass wir alle verheiratet sind und eigene Familien haben. Meine älteste Schwester María Caterina hat einen unserer *cacique*-Cousins geheiratet, ich bin mit Marisols Sohn Teo Jesús verheiratet und unsere Brüder haben sich *caciques* zu Ehefrauen genommen, die in Las Golondrinas zur Schule gegangen sind. Meine anderen Schwestern sind mit spanischen Männern verheiratet, zwei von ihnen sind im Kindbett gestorben. Alle zusammen haben wir viele Kinder und einige Enkelkinder. Mein Vater sieht mit Zufriedenheit, wie wir immer mehr werden, er sagt, es tröstet ihn, dass durch seine Kinder Inka in diesem Land sein werden, bis sich Erde und Sonne vereinigen.

Im Morgengrauen will Sanchia aufbrechen und ich habe beschlossen, ihr ein weiteres Gemälde auf ihre Reise nach Spanien mitzugeben. Am Abend half mir Teo Jesús, in der *sala* ein Portrait von der Wand zu nehmen. Es zeigt unsere jüngste Tochter, María Salomé, die im Alter von sechzehn Jahren auf eigenen Wunsch in das Kloster Las Golondrinas de Los Andes eintrat – vielleicht sollte man besser sagen: auf eigene Forderung, denn sie ist ein willensstarkes Mädchen, das vom Wesen her ihrer furchterregenden Großmutter Doña Luisa Beltrán ähnelt. Ich finde, es ist ein schönes Portrait. María Salomé trägt eine hübsche neue Tunika, die auf unserer Hazienda zu diesem Zweck gewebt wurde. Sie bestand darauf, all ihren Schmuck zu tragen, und dazu noch einige Stücke von mir und ihren Schwestern. Ihr Gesichtsausdruck spricht Bände. Sie ist eine achtunggebietende Nonne, trotz ihres jungen Alters. Wir hatten eigentlich vor, dem Kloster dieses Bild zu überreichen, wie es hier üblich ist, doch da es Sanchia egal ist, wieviel Gepäck sie auf ihre Reise mitnimmt, möchten Teo Jesús und ich es nach Spanien in das Kloster zurückschicken, wo unsere Mütter Schutz fanden.

Nun werde ich diese Chronik für immer schließen. Sie wird endlich die Reise in das Kloster Las Golondrinas de Los Andes antreten, wo sie hingehört. Ich widme diesen letzten Eintrag dem Gedenken an meine Mutter, Esperanza, und ihren Eltern, mit einem Gebet, das ich immer von ihr hörte: »Gott ist groß.«

KAPITEL 34

Kloster Las Golondrinas, Spanien,
April 2000

Nachdem sie Almira hereingelassen hatte, konnte Menina sich noch die Schuhe von den Füßen streifen, bevor sie erschöpft auf ihr Bett sank. Doch obwohl sie in ihrem ganzen Leben noch nie so müde gewesen war, schlief sie schlecht. Alle paar Minuten wachte sie auf, weil sie sich vorstellte, wie die Männer, die Almira suchten, über die Mauer geklettert kamen. Im ersten Tageslicht stand sie rasch auf und sah nach, doch Almira lag immer noch schnarchend da, wie eine Kugel zusammengerollt.

Menina war zu aufgeregt, um wieder einschlafen zu können. Angespannt saß sie auf der Bettkante und horchte auf Gewehrschüsse, doch bis auf die Schwalben war alles still. Sie putzte sich die Zähne und machte sich dann auf den Weg, um Sor Teresa daran zu hindern, das Tor zur Kapelle aufzuschließen. Sie erwischte sie, als sie gerade den Gang hinuntereilte. Wie zu erwarten war, war Sor Teresa empört und überschüttete Menina mit einem spanischen Wortschwall. Ob sie denn nicht wisse, dass heute Karfreitag sei?

»Es ist ja nicht meine Idee«, versuchte Menina immer wieder, sie zu unterbrechen. »Alejandro sagt, dass es sein muss. Wir müssen ihm vertrauen ... Da ist eine Polizeiaktion im Gange, sie ist sehr gefährlich. Gefährlich für ihn und für viele

Leute, wenn wir nicht tun, was er sagt. Es geht um ganz üble Männer. Bitte.«

Schließlich beruhigte sich Sor Teresa so weit, dass sie aufnahm, was Menina sagte. »Gefährlich für Alejandro?«

»Ja, und auch für viele andere Leute. Es sind Verbrecher, wahrscheinlich mit Pistolen. Alejandro hat auch eine und dann werden da noch andere Polizisten mit Pistolen sein …«

Verzweifelt rief Sor Teresa: »Nein! Pistolen sind böse! Leute hatten Pistolen im Bürgerkrieg, sehr, sehr schlimm!«

»Alejandro braucht Ihre Hilfe. Sie müssen ihm dadurch helfen, dass Sie das Tor nicht öffnen, auf gar keinen Fall. Er will, dass das Tor zum Kloster geschlossen und verriegelt bleibt.« Menina versuchte es mit einer anderen Masche. »Wenn das Tor zugesperrt ist und er sich keine Sorgen um Sie und die anderen Nonnen machen muss, dann ist die Gefahr für ihn nicht so groß. Sie wollen doch nicht, dass er erschossen wird, während er sich um die Nonnen sorgt und sich nicht auf seine Arbeit konzentriert, oder?«

»Ist für die Polizei, was er da macht? Nicht aus einem anderen Grund, nicht weil die Verbrecher ihm Geld bezahlen?«

Aha! Sor Teresa hatte sich also tatsächlich Sorgen gemacht, dass er die Hand aufhielt!

»Nein, das ist es nicht, überhaupt nicht. Er wird Ihnen das alles erzählen. Es ist eine lange Geschichte und Alejandro ist sehr mutig. Aber erst muss er die Verbrecher fangen.«

»Wann können wir das Tor wieder öffnen?«

»Er wird es uns sagen, wenn es sicher ist.«

»Alejandro ist ein guter Mann. Er kümmert sich um Leute, er hilft uns hier im Kloster, er hilft Ihnen, darum will ich nicht an ihn und an sein vieles Geld denken, an seine Prostituierten. Oder dass er stirbt, wegen der Männer mit den Pistolen.«

Menina seufzte. »Ich hätte nie gedacht, dass ich Ihnen in diesem Punkt beipflichte, aber ich möchte es auch nicht.«

»Alejandro mag Sie.«

»Da wäre ich mir nicht so sicher, aber das macht keinen Unter–«

»Doch, ich sage Ihnen ja, dass ich mit den Ohren sehe, höre was Leute denken, wenn sie reden. Ich höre Alejandro, wenn er sagt, er will mit Ihnen sprechen. Er ist nervös, wie ein Junge. Ich glaube, er kämmt sich und richtet seine Uniform.«

»Ich glaube nicht, dass er …«

»Er ist einsam. So viele Freundinnen, aber ist einsam. Er war verliebt in amerikanisches Mädchen. In Kalifornien. Sie war *novia*. Aber sie kam nicht hierher. Also heiratet er nicht und er verschwendet sein Leben an schlechte Mädchen.«

Menina konnte Sor Teresa nicht darüber aufklären, was es mit den Freundinnen tatsächlich auf sich hatte. »Das geht mich alles wirklich nichts an.«

»Er sollte heiraten. Gesetzter werden. Kinder haben.«

»Und wahrscheinlich haben Sie ihm das schon oft gesagt. Ich bin sicher, dass er heiraten und Kinder haben wird, wenn er die richtige Frau trifft, aber wie gesagt: Das geht mich alles nichts an.«

»Sie sind nicht verheiratet!«

»Nein …«

»Warum nicht?«

»Sor Teresa, das ist …«

»Etwas Schlimmes macht Sie unglücklich. Vor zwei Tagen haben Sie geweint.«

»Ich bin *nicht* unglücklich!« Menina war selbst entsetzt über ihren barschen Ton. Nun schnauzte sie schon eine Nonne an! Sie konnte sich gerade noch zurückhalten, bevor sie Sor Teresa zurechtwies, dass sie das alles nichts angehe.

Sor Teresa zuckte mit den Schultern und wechselte das Thema. »Also gut, ich öffne das Tor heute nicht. Ich sage den anderen. Sor Clara ist krank und hat ein bisschen Fieber. Ist windig in der *sala grande*, hat sie sich erkältet.« Menina überkam ein schrecklich schlechtes Gewissen, nachdem Sor Teresa diesen letzten Schuss abgefeuert hatte. Wenn Sor Clara erkältet war, dann war das Meninas Schuld. Und wenn sich daraus eine Lungenentzündung entwickelte? Sie brauchte einen Arzt, wahrscheinlich sollte sie Antibiotika nehmen … Also war *sie* jetzt für die Nonnen verantwortlich? Menina ließ sich gegen die Wand sacken und rieb sich die Schläfen. Sie bekam Kopfschmerzen.

Die ganze Zeit über horchte sie und wartete, dass etwas passierte, aber alles blieb still. In der Küche fand sie einen Apfel zum Frühstück. Almira würde ihn nicht essen können, nicht mit ihren kaputten Zähnen. Unruhig ging sie durch die Korridore auf und ab, während sie ihn aß. Dann holte sie sich aus dem Refektorium das letzte Stück altbackenes Brot. Sollten die Hühner doch nach Würmern suchen. Sie war so nervös, dass sie beschloss, sich weitere Bilder anzusehen.

Im Besuchsraum mit seinem *locutio* zog sie den schweren teppichartigen Vorhang von dem zerbrochenen Fenster weg und sah sich um. An der Wand, an der das Portrait des Mädchens hing, das ins Kloster ging, befand sich ein weiteres Portrait, das eine gut gekleidete Frau mittleren Alters zeigte und noch eines von einem Mann mit einem schwarzen Umhang um die Schultern und einer Kippah auf dem Kopf. Er trug eine Kette mit einem Edelstein um den Hals. Die Bilder hingen über der Truhe, an der sie sich an ihrem ersten Tag im Kloster gestoßen hatte.

Unter dem Bild mit der Frau war ein angelaufenes Metallschild angebracht. Menina hauchte es an und rieb mit ihrem Ärmel darüber, bis sie den Namen »Doña María Isabela Beltrán« und irgendetwas über eine Schule erkennen konnte. Das Portrait war ein Geschenk von ... Doña Sanchia de Sobremonte. Wie das Bild der angehenden Nonne hatte auch der Malstil dieses Bildes etwas Primitives an sich und trotzdem war es eine fesselnde Darstellung. Die Dame hatte ein lebhaftes Gesicht mit ausdrucksstarken dunklen Augen und unter einer Mantilla aus schwarzer Spitze quoll eine braune Haarpracht hervor, die an den Schläfen grau zu werden begann. Es sah aus, als wäre das Haar am Morgen ordentlich frisiert worden und hätte sich im Laufe des Tages aus den Kämmen gelöst, die es zurückhielten. Die Frau trug viele Armbänder, hatte Perlen um den Hals und an ihrem Ohr baumelte ein Diamantohrring. Ihr hochgeschlossenes züchtiges Kleid war schwarz mit einer Schaumkrone aus weißer Spitze an den Rändern. In der Hand hielt sie ein zartes weißes Taschentuch, ein Buch und eine Reitgerte, und etwas an ihrer Haltung vermittelte den Eindruck, als hätte sie nur kurz innegehalten und dem Maler den Kopf zugewandt. Das Portrait einer reichen und viel beschäftigten Frau, die sich hastig, wenn auch aufwendig zurechtgemacht hatte und ungeduldig darauf wartete, dass sie sich wieder ihren Erledigungen zuwenden konnte.

Menina rieb an dem Schildchen unter dem Mann mit der Kippah. »Váez Sobremonte, Geschenk seiner Witwe.« Wer waren all diese Leute und warum waren ihre Portraits hier im Kloster?

»Aha! Hier sind Sie, wie ich dachte«, unterbrach Sor Teresa ihre Gedanken.

Menina wandte sich zu ihr um und bat: »Sor Teresa, es wäre so hilfreich, wenn Sie wüssten, wo die Inventarliste der Bilder sein könnte.«

»Ist natürlich irgendwo … Viele Dinge im Kloster sind irgendwo.«

»Ganz sicher. Aber gibt es vielleicht ein Büro oder so etwas?«

Sor Teresas Antwort ging in Donnergrollen unter und Menina sah, dass es dunkel geworden war. »Ist Sturm«, sagte Sor Teresa. »Großer Sturm in den Bergen.« Auf einen weiteren Donnerschlag folgte ein greller Blitz und Menina wusste, dass sie besser zu Almira zurückging, die sicher in Panik ausbrechen würde, wenn sie feststellte, dass Menina weg war – und Menina wollte Almiras Anwesenheit nicht erklären müssen, falls die Nonnen sie möglicherweise durch die Flure geistern sahen. Sie war froh, das Sor Teresa nicht sehen konnte, wie sie sich zwei halb heruntergebrannte Kerzen und eine Handvoll Streichhölzer nahm.

Als sie in dem Gang ankam, in dem ihre Zimmer lagen, fand sie Almira weinend und nahezu hysterisch auf- und abgehen.

»Alles in Ordnung«, sagte Menina tröstend. Almira umklammerte ihre Hand und sagte immer wieder etwas, das Menina jedoch nicht verstehen konnte. »Mach dir keine Sorgen«, meinte Menina und legte ihr den Arm um die bebenden Schultern. »Alles wird gut. Wir müssen noch ein bisschen warten. Die Polizei wird sie schnappen und dann musst du keine Angst mehr haben.« Hoffte sie jedenfalls.

Das Mittagessen bestand aus Brot und wässriger Linsensuppe. Menina gab Almira die Hälfte ab und schob sich ihren Anteil am Brot in die Tasche. Für später – falls sie der Versuchung widerstehen konnte, es gleich aufzuessen. Wie Sor Teresa ihr gesagt hatte, fasteten die Nonnen an Karfreitag und Karsamstag und tranken bis Ostern nur ein wenig Wasser. Sie sagte es so, dass Menina auf der Stelle ein schlechtes Gewissen bekam, in einer Zeit wie dieser überhaupt an Essen zu denken. Inzwischen konnte sie allerdings kaum noch an etwas anderes denken.

Almira ließ sie nicht mehr aus den Augen und Menina war frustriert und gelangweilt. Wenigstens legte sich der Sturm und der Himmel klarte auf. Gemeinsam gingen sie in den nassen Pilgergarten und setzten sich in die Sonne. Almira schien es hier zu gefallen, doch es war langweilig, dazusitzen und sich anzuhören, wie sie an den Nägeln kaute. Schließlich ging Menina in ihr Zimmer zurück und holte das alte Buch. Sie würde es noch einmal mit dem spanischen Teil versuchen ...

Die Schrift war spindelig, aber sehr ordentlich, und obwohl die Tinte verblasst war, war sie noch gut lesbar.

Ich, Sor Beatriz von den Heiligen Schwestern Jesu, Dienerin Gottes und Schreiberin des Klosters Las Golondrinas, mache nun meinen letzten Eintrag in dieser Chronik, die ich über vierzig Jahre lang geführt habe.

Die spanischen Wörter, die sie nicht verstand, überlas sie einfach. Als es zu dunkel zum Lesen wurde, blickte Menina überrascht auf. In Gedanken war sie Tausende von Meilen entfernt in einer Zeit, die vier Jahrhunderte zurücklag, verloren in den Geschichten von Esperanza und Sanchia und Pía und Marisol und Luz. Und obwohl Menina es kaum glauben konnte, weil es wie ein allzu seltsamer Zufall aussah, schien es, als seien alle in einem Kloster in Spanien gewesen, das Las Golondrinas hieß. Wenn sie sich nicht sehr täuschte, war es genau dieses Kloster, in dem sie selbst gerade saß. Und wenn sie es richtig verstand, hatte es ein Portrait der fünf Mädchen gegeben, das Tristán Mendoza gemalt hatte. Konnte es noch irgendwo im Kloster sein? Was war mit den Mädchen geschehen?

All das war so interessant, dass es Menina von der Gegenwart ablenkte, doch als Almira sie am Arm rüttelte und sich den Bauch rieb, wurde sie mit einem Ruck zurückgeholt. Sie aßen die letzten Bissen von dem, was Alejandro zum Abendessen gebracht hatte. Inzwischen war es kalt, fettig und wenig appetitlich, doch Almira schien es zu schmecken. Schließlich ging sie in ihre Zelle zurück und schlief ein, während Menina zu aufgedreht war, um schlafen zu können. Sie wälzte sich hin und her, dachte über die Chronik nach und lauschte auf Pistolenschüsse und Polizeihubschrauber, doch nichts geschah. Und sie hatte Hunger. Im Morgengrauen des Karsamstags hatte sie eine Idee – vielleicht hing das Portrait der fünf Mädchen in der *sala de las niñas*. Sie stand auf und ging durch das stille Kloster in die Küche, wo sie im Hühnerkorb einen trockenen *polvorón* und etwas altbackenes Brot fand.

Sie wagte nicht, sich lange aufzuhalten. Ein rascher Blick auf die Bilderrahmen in der *sala de las niñas* überzeugte sie davon, dass das, was sie suchte, wahrscheinlich nicht hier war. Allmählich wurde es heller im Raum und ihr Blick fiel auf ein Bild, das offenbar von der Wand auf den Boden gerutscht war. Sie hob es auf und fuhr mit dem Finger darüber. Die Schwalben, kein Zweifel. Dieses Bild war in einem besseren Zustand als die anderen in ähnlichen Rahmen. Trotz der Schmutzschicht konnte sie die Komposition des Bildes erkennen. Dann setzte sie sich überrascht auf. Der Rahmen hatte sie in die Irre geführt. Auf dem Bild waren tatsächlich Kinder zu sehen, aus diesem Grund hing es auch in der *sala de las niñas*. Doch es waren nicht die fünf Mädchen.

Es waren kleine Jungen, die am Rande eines Flusses spielten. Auf den ersten Blick sahen sie aus wie das Jesuskind und Johannes der Täufer und ein paar Engel. Je länger sie es betrachtete, desto größer wurden allerdings ihre Zweifel. Keines der Kinder hatte einen Heiligenschein. Sie schienen einfach nur – nun, sie spielten einfach im Matsch. Ganz gewöhnliche Kinder, die an einem Fluss im Schlamm spielten. Und das war das Beunruhigende an allen fünf Gemälden in ihren Silberrahmen: Zuerst sahen sie aus, als seien sie Darstellungen christlicher Motive, doch je genauer man sie ansah, desto mehr schien sich dieser erste Eindruck zu zerstreuen. Menina konnte hier keine einzige Anspielung auf die Bibel oder ein religiöses Thema ausmachen. Es hing aber doch in einem Kloster, also musste da etwas sein.

Bei eingehenderer Betrachtung fielen ihr einige Details auf, die überhaupt nicht zu passen schienen – ein bleicher Kinderfuß ragte in einem merkwürdigen Winkel aus dem Wasser, so als würde das Kind ertrinken. Und einer der Jungen hielt einen Matschklumpen in der Hand, während ein kleines Mädchen, das vor ihm saß, von einem Halbkreis von ... ja, es waren tatsächlich weitere Matschklumpen, die es umgaben. Und über den Köpfen der Jungen flogen Schwalben mit ihren typischen gegabelten Schwänzen. Sie hatte keine Zeit, nach der Signatur zu suchen, doch vielleicht handelte es sich um den sechsten Tristán Mendoza, den Sor Clara erwähnt hatte.

Das Bild bezog sich auf keine biblische Geschichte oder Legende, die sie kannte. Sie sah auf die Uhr und hastete zurück, um nach Almira zu sehen und ihr den trockenen *polvorón* zu geben.

Im Pilgergarten aßen Menina und Almira die letzten Schokoladenfische und tranken Wasser aus der Quelle. Almira fing wieder an, an ihren Nägeln zu kauen. Dabei summte sie tonlos vor sich hin.

Menina wandte sich wieder dem alten Buch zu. Die vier Mädchen verließen das Kloster unmittelbar, bevor die Inquisition dort eintraf, und dann war da noch die Rede von einem Evangelium. Moment mal, das Evangelium war in die Chronik kopiert worden. Das musste der lateinische Teil in der Mitte sein. Es schien wichtig zu sein. Wenn sie es richtig verstand, hatten sie es vor der Inquisition verstecken wollen. Sie holte ihr kleines lateinisch-englisches Wörterbuch aus ihrem Rucksack und schlug das Buch dort auf, wo der lateinische Text in Abschnitte oder kurze Kapitel unterteilt zu sein schien.

Auf einem ihrer Notizblöcke schrieb sie auf, was sie entziffern konnte. Das Latein war nicht so schwierig wie die Reden Ciceros oder die Aeneis. Dies war Kirchenlatein, es war schlichter und gradliniger. Sie konnte den Text einigermaßen wörtlich übersetzen und vielleicht war es das, was der Verfasser beabsichtigt hatte. Stunden vergingen und die Schatten wurden lang. Ihre Augen taten weh. Sogar ihre Gehirnwindungen schienen wehzutun. Sie machte weiter und schrieb alles auf, kam aber zu dem Schluss, dass ihre Lateinkenntnisse ein wenig eingerostet waren. Es schien sich um eine seltsame Geschichte über Jesus als Kind zu handeln. Sie ergab überhaupt keinen Sinn. Wer um alles in der Welt hatte das geschrieben? Dann überlegte sie, ob das Gemälde in der *sala de las niñas* möglicherweise dieselbe Geschichte erzählte.

Sie schrieb auf, was sie konnte. Die Dämmerung brach herein und sie gingen hinein. Almira hatte ihre Matratze und Decken in Meninas Zimmer geschleppt, legte sich hin und begann zu schnarchen. Ein Abendessen tauchte nicht auf und die erste dicke Kirchenkerze brannte herunter. Menina wusste, dass sie nicht würde schlafen können, daher zündete sie die zweite Kerze an und arbeitete weiter. Zwischendurch ging sie ins Badezimmer und spritzte sich eiskaltes Wasser ins Gesicht.

Sie war so in ihre Arbeit vertieft, dass sie gar nicht merkte, wie die Glocke die Stunden schlug, und auch den entfernten Knall nicht wahrnahm, der Almira die Augen öffnen und einen Schrei ausstoßen ließ. Dann hörte sie etwas wie eine Explosion und das Geratter von Gewehrfeuer, gefolgt von Reifenquietschen und Sirenen, Schreien und dem Getöse eines Hubschraubers. Noch mehr Gewehrsalven. Almira schrie, Menina und sie klammerten sich aneinander, als der furchterregende Lärm näherkam und Menina dachte, die dunklen Gänge seien voller bewaffneter Männer, die es irgendwie über die Klostermauer geschafft hatten. Die Glocke am Tor begann, eindringlich zu läuten, so als würde jemand heftig am Seil ziehen.

Menina befreite sich aus Almiras Umklammerung und rannte zum Tor. Was, wenn die Verbrecherbande hier einzubrechen versuchte? Hier gab es kein Entrinnen, sie könnte bestenfalls versuchen, das Tor zu verbarrikadieren. Almira folgte ihr hysterisch plappernd und stolperte über die losen Bodenkacheln. Menina erreichte das Tor. Jemand hämmerte wie verrückt dagegen, während im Hintergrund wieder Schüsse zu hören waren. »Wer ist da?«, rief sie und zu ihrer Erleichterung schrie Hauptmann Fernández Galán: »Machen Sie das Tor auf! Sofort!«

Menina schob den schweren Riegel hoch und öffnete. Vor dem Tor stand eine völlig verängstigte Gruppe junger Frauen, die zwei blutüberströmte Frauen stützten. Hinter ihnen gab ein bewaffneter Hauptmann Fernández Galán einer Polizeisanitäterin mit einem Erste-Hilfe-Koffer Zeichen, während er die Frauen durch das Tor scheuchte.

»Der Fahrer hat versucht, die Mädchen im Laster zu erschießen; drei sind gestorben, doch diese hier konnten wir retten. Kümmern Sie sich um sie, bis ich zurück bin.« Eine Frau, die aus einer Wunde an der Schulter blutete, brach zusammen und die Sanitäterin beugte sich über sie. Almira begann zu kreischen und klammerte sich an Alejandros Jacke, doch er schubste sie kurzentschlossen hinter das Tor und verschwand.

Menina zog alle hinter die Mauer und verriegelte das Tor. Um die beiden Verletzten herum sanken die anderen Frauen schluchzend und wehklagend auf die Knie. Die Sanitäterin gab der ersten eine Spritze und wandte sich dann der zweiten zu, die offenkundig einen Schock hatte und am ganzen Körper zitterte.

Dann tauchte Sor Teresa auf. Sie war fuchsteufelswild und verlangte auf der Stelle Aufklärung, warum ein derart unheiliger Lärm den Frieden der Osternacht störe. Die älteren Nonnen seien überzeugt, dass die Falangisten zurückgekehrt seien. Menina sprang auf und sagte ihr, dass es mit der Polizeiaktion zu tun habe, von der sie ihr erzählt hatte. Rasch fügte sie hinzu, dass einige Frauen bei der Aktion verletzt worden seien und dass Alejandro wiederkommen und alles erklären werde. Sor Teresa rang verzweifelt die Hände. Menina legte ihr die Arme um die schmalen Schultern und versicherte ihr, alles werde gut. Am besten solle sie nun gehen und den anderen Nonnen erklären, was los war. Und vielleicht ein Gebet für die verletzten Frauen und für Alejandro sprechen.

Die nächsten Stunden vergingen in einem heillosen Durcheinander aus Tränen, Lärm und blutdurchtränkten Mullbinden. Die beiden verletzten Frauen lagen still da, sie hatten ein Beruhigungsmittel bekommen und waren verbunden worden. Die Polizeisanitäterin sagte, sie habe alles getan, was sie unter diesen Umständen für sie tun könne, und versicherte allen, dass sie unter Polizeischutz in eine sichere Unterkunft gebracht würden, sobald der Weg frei sei. Die beiden Verletzten werde man ins Krankenhaus bringen und dort von der Polizei bewachen lassen. »Wird Hauptmann Fernández Galán auch ins Krankenhaus fahren oder kommt er hierher?«, fragte Menina vorsichtig. »Ich meine, er sollte mit seiner Tante reden.«

»Oh, ich glaube, er kommt hierher, sobald er kann«, antwortete die müde Sanitäterin und grinste. »Achten Sie darauf, dass diese beiden hier sich nicht rühren. Sie müssten soweit okay sein. Ich muss wieder los, falls jemand Hilfe braucht.«

Menina ließ sie hinaus und verriegelte das Tor hinter ihr.

Menina und Almira richteten Schlafplätze für alle her. Es waren ungefähr zwei Dutzend Frauen und sie beschlossen, ihre Matratzen in den Gängen auszubreiten und sich dort dicht gedrängt hinzulegen. Niemand wollte allein sein. Im Morgengrauen hieß die Glocke der Kapelle den Ostersonntag willkommen und an Schlaf war nicht mehr zu denken. Menina, die nun schon die zweite schlaflose Nacht hinter sich hatte, glaubte, ihr Kopf würde explodieren.

Dann erschien Sor Teresa wieder. Diesmal scheuchte sie alle in die Küche, wo dicke heiße Schokolade in angeschlagenen, wild durcheinandergewürfelten Bechern und gebratene und gezuckerte *churros* zum Tunken auf sie warteten. In die verweinten Gesichter der geretteten Frauen kehrte etwas Farbe zurück. Menina fiel auf, dass sich in der Küche wunderbar duftende Speisen türmten – offenbar hatte das Dorf für das österliche Festmahl der Nonnen gesorgt.

Dann läutete wieder die Glocke am Tor. Sanitäter mit Tragbahren kamen, um die beiden Verletzten abzuholen, und schließlich erschien die versprochene Polizeieskorte, um die anderen Frauen in ihre sichere Unterkunft zu bringen. Menina nahm Almira fest in den Arm und sagte ihr immer wieder, dass sie nun in Sicherheit sei und sich keine Sorgen mehr machen solle, dann kehrte sie in ihre Zelle zurück und sank auf ihr Bett. Sie war vollkommen erledigt. Sie wusste nicht mehr, was es mit dem Stapel Notizen auf der offenen Chronik auf sich hatte. Sie wusste nicht, welcher Tag es war. Und es war ihr vollkommen egal.

Sie schlief tief und fest, bis sich das unerbittliche Läuten der Glocke in ihr Bewusstsein bohrte. Zunächst ignorierte sie es, doch es war eine sehr laute Glocke. Sie läutete und läutete, bis Menina schließlich widerstrebend ein Auge öffnete. Dann schloss sie es wieder. Sollte die Glocke doch läuten. Und das tat sie auch, bis Menina das Gefühl hatte, die Glocke befinde sich genau zwischen ihren Ohren. Verärgert musste sie einsehen, dass sie sie nur zum Schweigen bringen konnte, wenn sie nachsah, wer da läutete. Die Nonnen machten offenbar keinerlei Anstalten, sich darum zu kümmern.

Sie quälte sich aus dem Bett und schleppte sich zum Tor. Sie schob den Riegel hoch und war fest entschlossen, dem Störenfried ordentlich die Meinung zu sagen. Es war Hauptmann Fernández Galán, grau vor Erschöpfung. So müde sie war, so war sie doch erleichtert, dass er unverletzt war. »Haben Sie alle erwischt?«

»Ja. Ich wollte Sie wissen lassen, dass wir sie alle lebendig geschnappt haben – bis auf einen Idioten, der meinte, er müsste sich den Weg freischießen. Er ist tot. Es gibt keine Worte, die schlimm genug sind für diese Leute. Tut mir nicht leid. Die anderen, sie versuchen, mit uns zu handeln, uns Namen zu geben. Aber Sie? Ist alles in Ordnung?«

»Ich bin nur müde. Aber Sie müssen noch viel müder sein.«

»Das macht nichts. Was ich jetzt sagen wollte, ist, wenn ich meinen Bericht geschrieben und alles erledigt habe, kommen Sie dann mit mir ins Dorf? Immer in diesem Dorf ist Ostern ein Fest, in der Bar machen sie Fiesta, Lammbraten ... Das ganze Dorf ist da, ist sehr schön. Um danke zu sagen, bevor Sie abreisen?«

»Oh! Sehr gerne, wenn Sor Teresa mich gehen lässt. Ich verhungere bald! Und ich hatte beinahe vergessen, dass ich morgen abreise. Der Bus kommt doch ganz bestimmt, oder?«

»Ja, ja, er wird da sein.« Er seufzte. »Überlassen Sie Sor Teresa mir; der Besitzer der Bar schickt immer Essen von Fiesta an das Kloster.«

»Und ich muss Ihnen erzählen, was ich gefunden habe.«

»Dann sehen wir uns in zwei Stunden.« Er wandte sich zum Gehen und sie sah ihm nach, als er durch die Terrassenfelder hinabstieg, durch die sie ihm vor weniger als einer Woche voller Misstrauen gefolgt war. Es war keine Verabredung, er war einfach nur höflich. Und sie musste ihm tatsächlich erzählen, was es mit den Gemälden auf sich hatte. Nein, eine Verabredung war es nicht.

Trotzdem sollte sie sich besser ein wenig frisch machen.

KAPITEL 35

Kloster Las Golondrinas, Spanien,
April 2000

Menina benutzte den letzten Rest an Seife und Shampoo, um sich im eisigen Wasser aus der Pumpe abzuschrubben. Zum Schluss konnte sie ihre Hände und Füße vor Kälte kaum noch spüren, doch wenigstens war sie einigermaßen sauber. Sie bürstete den Staub aus ihren Kleidern, wischte ihre Schuhe blank und versuchte, ihr zerknittertes Sweartshirt glattzustreichen. Ohne Spiegel konnte sie nicht beurteilen, ob sie nun tatsächlich besser aussah. Wahrscheinlich nicht. Auf jeden Fall roch sie besser.

Sie traf sich mit Alejandro am Tor. Dort hatten er und ein anderer Mann einen riesigen Korb mit Speisen für Sor Teresa abgeliefert, die das Café im Dorf den Nonnen für die Osterfeierlichkeiten schickte. Menina trug himmlisch duftende, mit Folie abgedeckte Schüsseln und Platten in die Klosterküche. Sor Teresa rieb sich zufrieden die Hände. Schließlich machten sich Menina und Alejandro auf den Weg hinunter ins Dorf. Noch bevor sie die Plaza erreicht hatten, stieg ihnen der betörende Duft von Kräutern und Lammfleisch in die Nase, das über einem Kohlenfeuer röstete. Auf dem Platz drängten sich die Leute. Zu Ostern waren die Familien zusammengekommen, sie saßen an alten Holztischen und redeten alle gleichzeitig. Kinder liefen umher und von Zeit zu Zeit unterbrach eine der alten schwarzgekleideten Frauen, die plaudernd am Brunnen saßen, ihren Schwatz, um ein Kind mit schriller Stimme zu ermahnen.

Immer wieder erhoben sich Männer und schlugen Alejandro auf die Schulter und schüttelten ihm die Hand. »Sie sind ein Held«, meinte Menina, als er sich wieder einmal von einer Schar Gratulanten löste.

»Nein, nur ein Polizist, der seine Arbeit tut.«

»Für diese Mädchen sind Sie ein Held«, beharrte Menina. »Sie haben sie und wer weiß wie viele andere vor der Hölle auf Erden bewahrt.«

»Und Sie haben dabei geholfen. Almira sagte, Sie seien so mutig gewesen. Sie wird Sie nie vergessen.« Alejandro rückte einen Stuhl für sie zurecht.

»Almira ist diejenige, die Mut gezeigt hat«, sagte Menina bewegt. Die Leute an den Nachbartischen sprachen Alejandro an, viele betrachteten seine Begleiterin mit unverhohlener Neugier, doch alles, was Menina im Augenblick interessierte, war das Essen. Bald stand ein Teller mit etwas Frittiertem auf ihrem Tisch, dann folgten kleine Schälchen mit Mandeln, Oliven, Garnelen, mit salzigem Käse gefüllte Paprika, dünne Scheiben dunkelroten Schinkens und eine Karaffe mit Rotwein. Menina gab sich alle Mühe, damenhaft und langsam zu essen, doch sie war so hungrig, dass es ihr schwerfiel. Und ehe sie sichs versah, hatte sie die letzten Bissen vom Schinken verschlungen. Die anderen kleinen Teller und Schüsseln waren leer. Sie blickte auf und sah, dass Alejandro sie amüsiert betrachtete. Sie wurde rot. »Tut mir leid«, murmelte sie. »Das meiste habe ich wohl aufgegessen. Es war so lecker, dass ich mich nicht beherrschen konnte.«

»Nein, ist gut. Ich sehe, Sie mögen spanisches Essen«, sagte er mit breitem Grinsen. Er war in der Zwischenzeit immer wieder aufgestanden, um Leute zu begrüßen, die an ihrem Tisch stehenblieben. Sie alle wollten ihm gratulieren, fragten nach seiner Familie und wünschten ihm ein frohes Osterfest, schnalzten bestürzt mit der Zunge, als sie erfuhren, dass seine Brüder und Schwestern mit ihren Familien nicht über die Feiertage nach Hause gekommen waren. Alejandro meinte entschieden, er habe ihnen gesagt, dass sie dieses Jahr nicht kommen sollten, und alle nickten wissend und sagten: »Die Polizeioperation. *El Sting.*« Eine Frau fragte Alejandro, ob seine Schwester ihm immer noch Schokoladenfische schicke.

Sie alle betrachteten Menina mit großem Interesse. Vermutlich fragten sie sich, wie Alejandro an jemanden wie sie geraten war, dachte Menina. So unordentlich, wie sie aussah, konnte sie wohl kaum mit seinen schicken Freundinnen mithalten. Alejandro stellte sie als Kunststudentin vor und fügte hinzu, dass sie im Kloster arbeite und auf der Suche nach Gemälden sei, die die Nonnen verkaufen könnten. Als diese Information von Tisch zu Tisch weitergereicht wurde, breitete sich zustimmendes Gemurmel aus. Alle schienen zu wissen, dass sie im Kloster wohnte, und bald stellte sie fest, dass die meisten älteren Leute die eine oder andere Geschichte über Las Golondrinas oder den Bürgerkrieg zu erzählen hatten. Und wie Alejandro ihr sagte, gab es viele Dorfbewohner, die eine Verbindung zum Kloster hatten: Hier war einer, der Holz für die Nonnen hackte, dort waren andere, die ihnen Essen brachten oder *polvorónes* kauften. Manche hatten sogar noch Angehörige unter den Nonnen.

Einige Leute erzählten Menina, es sei ein Skandal, dass der Bischof das Kloster schließen wolle. Schließlich sei es Teil der Geschichte dieser Gegend, schon seit der Zeit vor der *Reconquista*. Ob Menina wisse, dass dieses Dorf einst zu einem großen Anwesen einer wohlhabenden maurischen Familie hier im Tal gehört habe? Sie wiesen auf einige der Umsitzenden: Sie seien Nachfahren dieser Familie. »Selbst Alejandro, seine Vorfahren lebten früher in diesem Tal, müssen Mauren gewesen sein vor langer Zeit.« Die Zuhörer nickten einmütig.

»Ah, ja, das stimmt«, meinte Alejandro. »Aus der Familie meiner Mutter.« Vom Nachbartisch beugte sich ein älterer Mann herüber. Wisse Menina denn, was die *Reconquista* sei?

Sie redeten über die *Reconquista*, als sei es gestern gewesen. Genau so, wie die Älteren in Georgia über den Amerikanischen Bürgerkrieg sprachen – oder die »jüngste Unannehmlichkeit«, wie einige alte Damen in Laurel Run ihn bezeichneten. Als Menina nickte und sagte, sie wisse von der *Reconquista*, das sei um das Jahr 1492 gewesen, oder?, da schien ihre Antwort von Tisch zu Tisch zu wandern. Wieder nickten die Leute zustimmend und ein älterer Mann an einem der Nachbartische legte Messer und Gabel nieder und schob seinen Stuhl näher an ihren, um ihr zu sagen, dass bei all dem Ärger, den es in der heutigen Welt zwischen Juden und Moslems und Christen gebe, Menina doch wissen sollte, dass es eine Zeit in Andalusien gegeben habe, zu der die Mauren und die Christen und die Juden friedlich zusammenlebten. Menina entgegnete, dass sie gerade eine alte Chronik des Klosters lese, in der genau dasselbe stehe.

Eine alte Dame, eine der Großmütter, meinte, was immer die Leute auch gegen die katholische Kirche sagen mochten: Das Kloster sei etwas Gutes und Heiliges.

Das sei vermutlich auch der Grund, weshalb die Kirche es schließen wolle, erwiderte der alte Mann barsch. Brüllendes Gelächter war die Antwort.

Auch Menina lachte. Sie fühlte sich wohl. Der Wirt brachte noch mehr Wein, dann Lamm und Artischocken und Reis. Die Schatten wurden länger und Teller mit kleinen Kuchen wurden aufgetischt. Irgendjemand begann, Gitarre zu spielen. Alejandro schob Meninas Stuhl so, dass sie den Gitarristen sehen konnte. »Ich glaube, nun ist besser, Nachtisch langsam zu essen«, meinte er lachend.

»Ja, ich weiß, das war zu viel. Aber es hat alles so gut geschmeckt!«, antwortete Menina. Ihr Hosenbund kniff ein wenig. Eine magere Katze wand sich um ihre Knöchel und sie gab ihr einen Bissen Lammfleisch. Alejandros Stuhl stand plötzlich neben ihrem, sodass sie nebeneinander saßen, den Musikern und den Leuten zusahen, die temperamentvolle Lieder sangen. Menina konnte nicht alles verstehen, doch die Lieder waren offenbar sehr lustig. Zwischendurch sprangen hier ein alter Mann oder dort eine Großmutter von ihrem Stuhl auf und tanzten ein paar Schritte Flamenco, begleitet vom Applaus der Zuschauer.

Die Dunkelheit brach herein. In den Orangenbäumen erstrahlten kleine Lichter. Kaffee wurde serviert und wieder abgeräumt, zusammen mit kleinen Gläsern mit einem feurigen, Brandy-ähnlichen Schnaps, der Menina beim bloßen Schnuppern den Atem raubte. Noch mehr Teller mit kleinen süßen Happen. Noch mehr Kaffee. Alejandros Arm lag beiläufig auf ihrer Stuhllehne, ohne ihre Schultern wirklich zu berühren. Menina dachte, dass sie gerne bis in alle Ewigkeit so dasitzen wollte. Es fühlte sich friedlich und sicher an. Sie fühlte sich gut.

Irgendjemand zündete ein Feuer an. »Ich denke gerade etwas und ich sage jetzt einfach, was ich denke«, meinte Alejandro und sah Menina dabei nicht an. »Ich bin froh, dass Sie den Bus verpasst haben. Fahren Sie morgen noch nicht ab. Bleiben Sie noch eine Weile. Bis zu Ihrem Rückflug haben Sie noch zwei Wochen Zeit. Ich weiß, Sie werden bald nach Amerika zurückkehren wollen, aber vielleicht können Sie noch bleiben.« Menina rückte ein wenig ab. Was genau meinte er? Wo sollte sie bleiben – bei ihm?

Alejandro sah Überraschung und Unruhe in ihren Augen und fügte rasch hinzu: »Sor Teresa sagt, es ist gut, einen jungen Menschen im Kloster zu haben. Vor allem eine gut erzogene junge Frau, die respektvoll ist. Dort haben Sie jede Menge Anstandsdamen und hier«, er wies einer ausholenden Handbewegung auf die Menge der feiernden Dofbewohner, »sind noch viel mehr. Das Dorf ist sehr altmodisch. Alle diese Leute werden jede Ihrer Bewegungen beobachten, genauso, wie sie mich beobachten, und es wird das wichtigste Gesprächsthema sein, bis Sie abreisen. Hier sind Sie also sicher.« Er lächelte.

»Das kann ich mir gut vorstellen! Aber ...« Noch vor ein paar Tagen wollte sie nichts lieber als auf der Stelle von hier verschwinden. Doch nun hatte sie die Gemälde gefunden und was sie in der Chronik gelesen hatte, machte sie neugierig, und nun wollte sie auch den Rest lesen, um zu sehen, ob alles tatsächlich so zusammengehörte, wie sie vermutete. Außerdem wollte sie gerne hier sei, wenn Professor Lennox kam. Aber – und das war nicht zu übersehen – Alejandro klang so, als gebe es für ihn auch noch einen anderen Grund. Er drängte nicht, er fragte nur. Lotete aus, wie die Dinge standen. Sie hatte gedacht, dass sie nie wieder etwas mit einem Mann zu tun haben wollte. Und sie war sich nicht sicher, ob sich daran jemals etwas ändern würde. Noch nicht. Aber ... wollte sie wirklich durchs Leben gehen und sich fragen, ob sie wegen einer schlechten Erfahrung so feige gewesen war, dass sie die Chance auf eine gute Erfahrung verpasst hatte?

Die Entscheidung lag bei ihr. Menina beschloss, sich vorsichtig vorzuwagen. »Vielleicht sollte ich noch ein bisschen bleiben, wenn Sie wirklich meinen, dass Sor Teresa nichts dagegen hat?«

Er schüttelte den Kopf. »Glauben Sie mir, sie hat bestimmt nichts dagegen.«

Menina fügte hastig hinzu: »Ich meine, ich habe Ihnen schließlich noch gar nichts über die Gemälde erzählt, die ich gefunden habe. Oder was in der Chronik steht. Sie erwähnten etwas von den ›alten Geschichten über das Kloster‹ und ich frage mich, ob sie vielleicht tatsächlich in der Chronik stehen, möglicherweise ist das der Grund, warum die Nonnen sie mir zusammen mit der Medaille gegeben haben ... Oh, das ist eine lange Geschichte, das erkläre ich Ihnen ein andermal. Ich bin zu müde und zu satt, um noch etwas Vernünftiges zustandezubringen, und Sie sind wahrscheinlich zu müde, um zuzuhören. Außerdem haben Sie mir noch nichts über diese Leute von der *cofradia* erzählt oder wie immer Sie sie genannt haben, die nach mir gesucht haben ... Also, wenn ich einen klareren Kopf habe, müssen wir noch ein paar Dinge besprechen, bevor ich wieder abreise. Es gibt noch mehr Busse.«

»Ja, wir haben noch nicht alles besprochen«, sagte er.

»Aber wenn ich bleibe, muss ich meine Eltern anrufen. Gleich morgen, okay?«

»Natürlich, jetzt ist das kein Problem mehr. Um ein Telefon mit einer guten Verbindung zu finden, müssen wir hinunter ins Tal fahren. Das machen wir gleich morgen früh. Und dann können wir dort zu Mittag essen. Doch nun bringe ich Sie ins Kloster zurück, Sie haben Recht, ich bin wirklich müde.« Alejandro nahm ihre Hand und zog sie von ihrem Stuhl hoch und sie erklommen die Terrassen, immer noch Hand in Hand. Menina merkte es erst, als er ihre Hand losließ. Das Klostertor stand einen Spalt offen. Sie gähnten beide, als sie einander eine gute Nacht wünschten und ihrer Wege gingen.

Am nächsten Morgen fuhren sie – sehr schnell – die lange, gewundene Bergstraße hinunter, bis sie zu einem Café am Straßenrand kamen, das ein zuverlässiges Telefon hatte, wie Alejandro sagte. Er sprach mit der Telefonvermittlung und als die Walkers schließlich am Apparat waren, wandte er sich ab und wollte davongehen. Menina hielt ihn zurück: »Es könnte sein, dass ich Ihre Hilfe brauche.«

Später saßen sie bei einer Tasse Kaffee zusammen. Nach dem ergreifenden Gespräch mit ihren Eltern waren Meninas Augen immer noch rot gerändert. Virgil und Sarah-Lynn waren außer sich gewesen vor Sorge. Sie berichteten, die spanische Polizei habe ihnen nicht viel sagen können, und man habe sie angewiesen, sich zur Verfügung zu halten, falls Menina sich bei ihnen melden würde. Nun würden sie den nächsten Flug nach Spanien nehmen. Menina versicherte ihnen immer wieder, dass mit ihr alles in Ordnung sei, doch das, sagten ihre Eltern, würden sie erst glauben, wenn sie sie mit eigenen Augen sähen.

Und gerade, als sie auflegen wollte, meinte Sarah-Lynn noch, sie würden Theo Bescheid sagen, wo sie sei. Er habe sich mehr Sorgen gemacht als alle anderen – die Zeitungen hatten Wind davon bekommen, dass seine Verlobte verschwunden war, und die Bonners wurden von Reportern belagert, die wissen wollten, ob sie entführt worden sei und ob die Kidnapper ein hohes Lösegeld forderten.

Oh nein!, dachte Menina. Mit fester Stimme sagte sie ihren Eltern, dass sie nicht mit Reportern reden und Theo nicht wissen lassen sollten, wo sie war. Sie wolle ihn nie wiedersehen. Von nun an ginge ihn nichts von dem an, was sie tat. Als Sarah-Lynn sie tränenreich drängte, sich genau zu überlegen, was sie wegwerfen würde, entgegnete Menina: »Mama, ich denke an das, was ich bekomme, wenn ich zu meinem eigenen Leben zurückkehre. Es ist etwas wirklich Interessantes passiert – ich habe ein paar alte Gemälde gefunden, das ist sehr aufregend, eine große Sache. Ich muss herausfinden, wie es weitergeht. Wenn ich Theo heiraten würde, könnte ich das nicht tun. Ich würde sein Leben leben, nicht meins. Und außerdem liebe ich ihn nicht. Und ich glaube auch nicht, dass er mich liebt, überhaupt nicht. Wirklich, Mama, es ist mir inzwischen egal, was die Leute sagen! Sollen sie doch das sagen, was sie sagen wollen, und dann vergessen wir die ganze Sache. Es tut mir leid, wenn dich das alles unglücklich macht, aber ich habe meine Entscheidung getroffen.« Menina zitterte. Ihre Mutter war überzeugt, dass sie Theo heiraten sollte, und es war das erste Mal, dass sie sich für das einsetzte, was sie wollte. So entschieden war sie ihrer Mutter noch nie entgegengetreten. »Ich sage es noch einmal, Mama: Ich will keine letzte Chance, es mir anders zu überlegen.«

Da hatte Alejandro die Hand nach dem Hörer ausgestreckt und sich als der örtliche Polizeihauptmann vorgestellt. Er versicherte ihnen, dass es Menina gutgehe und dass er sich freue, sie und ihren Mann in ein paar Tagen am Flughafen abzuholen. Sie sollten nur Bescheid sagen, wann sie ankommen würden. Und er wünsche ihnen einen angenehmen Flug. Dann legte er auf. Menina stiegen die Tränen in die Augen und plötzlich fühlte sie sich gar nicht mehr so entschlossen wie im Gespräch mit ihrer Mutter. Sie ging zur Damentoilette und badete ihre Augen in kaltem Wasser. Als sie an den Tisch zurückkehrte, sagte sie: »Wenn ich mit meinen Eltern rede, habe ich wieder das Gefühl, zwölf Jahre alt zu sein und irgendeinen Unfug anzurichten.«

»Aber Sie sind keine Zwölfjährige – Sie sind eine erwachsene Frau. Ihnen ist etwas Schreckliches passiert, aber Sie hatten trotzdem die Kraft, anderen zu helfen, denen man ebenfalls schreckliche Dinge angetan hatte. Und dass ihnen diese Dinge passierten, war auch nicht ihre Schuld, genau wie bei Ihnen. Sie helfen den Nonnen, weil Sie ein gutes Herz haben. Aber anstatt zu denken ›Ich bin stark, ich bin gut, ich bin klug und kann viele Dinge tun‹, lassen Sie andere für sich entscheiden, weil Sie es ihnen recht machen wollen. Doch im Leben müssen Sie Verantwortung für das übernehmen, was Sie tun. Wenn Sie Zweifel wegen Theo haben, wenn es Ihnen leid tut, dass Sie sagen, Sie wollen ihn nicht ... dann sollten Sie zu ihm zurückkehren.«

Auf gar keinen Fall! Menina hob den Kopf, sah ihm in die Augen und erwiderte mit fester Stimme: »Ich habe es genau so gemeint, wie ich es gesagt habe. Mit Theo bin ich fertig. Und auch wenn Sie sagen, ich soll mir keine Vorwürfe machen wegen ... wegen ... Ich habe mich durch seinen Namen und seine Herkunft mitreißen lassen, durch das, was meine Mutter und andere Leute von ihm und seiner Familie dachten. Ich habe nicht gesehen, dass er und seine Familie nur eine nette, vorzeigbare hispanische Ehefrau wollten, die die hispanischen Wähler anlockt. Jemanden, über den sie bestimmen können. Ich glaube, ich war zu dumm, um das zu sehen. Nein, ich war nicht dumm, ich hoffte einfach nur … dass alles so war, wie die Leute es sagten.«

Sie holte tief Luft. »Wenn ich Theo geheiratet hätte, wäre es früher oder später schlecht ausgegangen. Und es wäre schlimmer geworden als jetzt, wahrscheinlich hätten auch Kinder mit dringesteckt. Was er getan hat, hat mir gezeigt, wie verabscheuungswürdig er ist. Aber was mir in meinem Elend am meisten geholfen hat, ist, dass Sie gesagt haben, es sei nicht meine Schuld und es sei gut, wütend zu sein. Und ich war so wütend auf Theo! Nun, Sie haben ja gehört, was ich gesagt habe! Und als Sie mich dann gebeten haben, Almira zu helfen, und mir schilderten, wie es jungen Frauen ergeht, die Frauenhändlern in die Hände fallen, wurde mir klar, dass Sie wussten, was Sie sagten, dass es darum geht, die Wut nicht gegen den Falschen zu richten. An diesem Punkt begann ich zu denken, dass ich vielleicht keine Schuld an der Vergewaltigung hatte, so wie Sie gesagt hatten. Die Art, wie ich die Dinge betrachtete, hat sich dadurch geändert.«

Menina brachte ein schmerzvolles Lächeln zustande. »Und wissen Sie, was mir auch noch geholfen hat? Die Tatsache, dass Sie mich nicht leiden konnten, dass Sie mich für dumm hielten, weil ich mir meine Tasche hatte stehlen lassen, dass Sie mich eine Prostituierte nannten. Wenn Sie eine derart schlechte Meinung von mir hatten und trotzdem dachten, dass es nicht meine Schuld war, nun, dann konnte ich Ihrer Aussage vertrauen.«

»Es tut mir leid. Ich war gemein, aber ich machte mir Sorgen um Almira und die ganze Operation. Ich konnte sie nicht aufs Spiel setzen. Aber ich habe meine Worte nicht gut gewählt.« Alejandro streckte ihr seine Hand entgegen, mit der Handfläche nach oben. Menina zögerte, dann legte sie ihre Hand in seine. Sie saßen da, sahen einander an und hielten diesen Augenblick fest. Keiner von beiden sagte ein Wort, denn sie wussten, wie wichtig es war, dass sie ihre nächsten Worte sehr sorgfältig wählten.

Dann hörten sie ein Räuspern. Der Zauber war gebrochen. »Alejandro?«, sagte ein Mann. »Entschuldige, wenn ich störe, aber du sagtest, ich solle herkommen und ... Ah, ist das die junge Dame? *Encantado, señorita!* In Wirklichkeit sehen Sie sogar noch schöner aus als auf dem Vermisstenfoto.«

»Ernesto! Ich habe Menina von dir erzählt.« Alejandro sprang auf und umarmte einen kleinen unscheinbaren Mann mit grauem Haar, einer Tabakspfeife in einer Hand und einer Zeitung unter dem Arm. Sie setzten sich und tauschten Nettigkeiten aus, während Alejandro Kaffee bestellte. Alejandro bat Menina, alles von Anfang an zu erzählen. Ernesto zündete seine Pfeife an und lehnte sich zurück, um zuzuhören.

»Am besten fange ich hiermit an.« Sie legte den Samtbeutel auf den Tisch. »Ernesto, Alejandro sagt, er hat Ihnen von meiner Medaille erzählt und davon, wie sie in meine Hände gelangt ist.« Dann zog sie das Buch zusammen mit zwei Notizblöcken aus dem Beutel. »Ich habe Alejandro erzählt, dass die Nonnen in dem Kloster, in dem ich adoptiert wurde, mir außerdem ein altes Buch mitgegeben haben. Sehen Sie: eine Schwalbe auf der Medaille, eine Schwalbe auf dem Bucheinband – man kann sie gerade noch erkennen. Bisher habe ich noch nie wirklich versucht, das Buch zu lesen, ich habe höchstens einen schnellen Blick hineingeworfen. Es ist eine alte Chronik und für eine Sechzehnjährige ist so etwas alles andere als interessant, das können Sie sich sicher vorstellen. Ich habe es aus Amerika mitgebracht, weil ich es den Leuten im Prado geben wollte, schließlich ist es alt und auf Spanisch, und ich hoffte, dass sie mir im Gegenzug bei meinen Nachforschungen über die Medaille helfen würden. Aber seit ich im Kloster bin und nichts anderes zu lesen habe, habe ich mich eingehender damit beschäftigt. Und das Seltsame ist, dass die Chronik und diese Medaille vermutlich tatsächlich von Las Golondrinas stammen und vor langer Zeit an den Ort in Südamerika gelangten, an dem ich gerettet wurde. Wahrscheinlich sollte beides vor der Inquisition versteckt werden. Der größte Teil der Chronik ist in Spanisch verfasst, in altmodischer Schrift, und ich habe bestimmt nicht alles genau verstanden, aber das Wichtigste habe ich begriffen.

Allerdings wird immer wieder ein ›Evangelium‹ erwähnt und irgendwann habe ich mich gefragt, was wohl aus diesem Evangelium geworden ist. Ein Teil der Chronik ist in lateinischer Sprache und während ich im Kloster festsaß, habe ich es mir angesehen. Und dann kam mir der Gedanke, dass dieser lateinische Teil das Evangelium sein muss. Und ich glaube, dass die Nonnen mir das Buch mitgegeben haben, weil im Evangelium erzählt wird, woher die Medaille stammt.«

Ernesto warf ihr einen Handkuss zu. »*Hermosa e inteligente!*«, rief er. Schön und intelligent.

»Du bist und bleibst ein Frauenheld, Ernesto«, murmelte Alejandro.

»Hören Sie, das ist noch nicht alles. Ich habe den Eindruck, dass das Evangelium aus dem Römischen Spanien stammt und zwar aus der Frühzeit des Christentums. In der Chronik heißt es allerdings, dass es erneut abgeschrieben wurde, also ist es vielleicht eine Fassung in vereinfachtem Latein. Ich habe die Geschichte immer und immer wieder gelesen, weil sie so seltsam klang und ich sie richtig übersetzen wollte. Darin steht, dass Jesus eine Schwester namens Salomé hatte und dass sie nach Spanien kam und den Orden gründete, der das Kloster dort oben aufbaute.« Sie zeigte in die Richtung, in der sie Las Golondrinas vermutete. »Sie sah aus wie Jesus, jedenfalls sagten Augenzeugen das, und sie verhielt sich auch wie Jesus. Und diese Medaille« – sie hob sie in die Höhe – »gehörte ihr. Jesus hatte sie ihr gegeben. Man könnte das Evangelium, wenn man es als Ganzes betrachtet, so verstehen, dass Frauen Gott ebenso nahe sind, wie Jesus es war. Und ich vermute, das Evangelium räumt auch mit der These auf, dass Maria die Jungfrau war, als die die katholische Kirche sie darstellt – und es zeigt, dass sie es auch gar nicht zu sein brauchte.«

Ernestos Miene zeigte inzwischen blankes Entsetzen. Er legte seine Hand schützend auf Meninas. »Meine Liebe, Sie haben hervorragende Arbeit geleistet, aber Sie verstehen nicht, welche Bedeutung dieses Evangelium hat, das Sie da gefunden haben. Die katholische Kirche sagt, dass die Jungfrau Maria die Verbindung zwischen Gott und den Menschen darstellt, dass sie die ewig jungfäuliche Mutter Gottes ist … Das ist die

Doktrin, auf die sich die Bischöfe bei einer theologischen Konferenz einigten, die Kaiser Konstantin im vierten Jahrhundert einberief. Das Konzil von Nicäa, das war's. Wer wusste nach all dieser Zeit schon, wie es wirklich gewesen war. Aber dadurch, dass sie daraus eine Frage des Glaubens machten, konnte kein Zweifel mehr aufkommen. Wenn es Beweise dafür gibt, dass Jesus eine Schwester hatte, dass die Kirche nicht recht hatte, dann war die Jungfrau Maria nicht die ewige Jungfrau. Ich bin mir sicher, dass man früher jeden, der solche Dinge behauptet hat, der Ketzerei beschuldigt hätte.«

Ernesto schüttelte den Kopf und fuhr fort: »Ich bin ein alter Republikaner und gläubig bin ich auch nicht, aber das ist eine ernste Angelegenheit! Die beiden, die nach Ihnen gesucht haben, das Plakat, auf dem Sie als vermisst beschrieben werden … Jetzt weiß ich, was dahintersteckt! Sie wollen dieses Buch und diese Medaille und sie würden alles tun, um zu verhindern, dass der Inhalt des Evangeliums bekannt wird. Allerdings verstehe ich nicht, wie sie wissen können, dass Menina die Chronik und die Medaille hat.«

»Das kann ich Ihnen sagen«, meinte Menina. »In der Zeitung war ein Bericht über mich, als ich mich verlobt hatte. Und darin war ein Bild von meiner Medaille und der Chronik zu sehen und es wurde auch kurz erläutert, warum ich diese Dinge habe.«

Beiden Männern war ihre Sorge anzusehen. Beunruhigt blickte Menina zu Alejandro hinüber. Er hatte sein Leben für die albanischen Mädchen riskiert und der grimmige Ausdruck in seinen Augen machte ihr klar, dass er dasselbe auch für sie tun würde. »Ich habe meine Pistole«, meinte er. »Ich werde sehen, was wir an Polizeischutz organisieren können …«

Was habe ich da angerichtet? Einen Moment lang fragte sich die alte Menina, das gute Mädchen, verzagt, ob dieses neue Problem ihre Schuld sei – doch die neue Menina befahl der alten Menina, den Mund zu halten und nachzudenken. Und schon wusste sie, was zu tun war: Becky anrufen.

Menina schob ihren Stuhl zurück und sagte entschieden: »Pistolen und Polizeischutz werden nicht nötig sein, meine Herren. Ich weiß genau, was wir tun sollten. Auf keinen Fall sollten wir die Geschichte unter den Teppich kehren, sondern vielmehr so viel wie möglich davon veröffentlichen. Alejandro, bitte helfen Sie mir noch einmal bei einem Telefonat nach Amerika. Meine beste Freundin ist ... Journalistin und wäre sicher ganz wild darauf, eine so große Sache in die Finger zu bekommen. Und ich bin ihr etwas schuldig; ohne sie wäre ich gar nicht nach Spanien gekommen. Und Ernesto könnte Kontakt mit Professor Lennox aufnehmen.« Sie zog die Visitenkarte von Professor Lennox aus der Hosentasche. »Sie ist Expertin für spanische Kunst des sechzehnten Jahrhunderts und hat die Reise organisiert, an der ich eigentlich teilnehmen wollte. Ich habe keinen besonders guten Eindruck hinterlassen, aber ich bin mir sicher, dass Sie mit Ihrem Charme sie überreden könnten, hierherzukommen und sich anzusehen, was ich im Kloster gefunden habe. Übrigens ist sie sehr attraktiv.« Ernesto nahm die Karte und sagte, es werde ihm ein Vergnügen sein.

»Und ich arbeite weiter an der Übersetzung des Evangeliums. Aber ich hätte liebend gern einen richtigen Tisch und einen Stuhl.«

»Das wird sich machen lassen«, sagte Alejandro.

An den darauffolgenden beiden Tagen, bevor ihre Eltern und Becky nach Spanien kommen sollten, ging Menina den Hügel hinunter zur Polizeiwache. Sie hatte die Chronik, ihre Wörterbücher und die Notizblöcke bei sich. Es war wunderbar, endlich einen Schreibtisch und eine vernünftige Lampe zu haben und nicht mehr zusammengekrümmt auf einer Steinmauer zu hocken und im Schein einer Kerze zu lesen und zu schreiben. Sie prüfte und überarbeitete ihre Übersetzung und schrieb verschiedene Versionen in Langschrift auf, während Alejandro einen ausführlichen Bericht über die Operation am Wochenende abfasste. Und schließlich tauchten ein paar Fernsprechtechniker auf und reparierten die Telefonleitungen. Alejandro sprach mit Interpol und mit Ernesto und Menina telefonierte mit ihren Eltern und mit Becky.

Am Ende des zweiten Tages kam Ernesto zum Abendessen und beim Kaffee las Menina ihm und Alejandro vor, was sie an diesem Tag bearbeitet hatte:

Die erste Geschichte des Evangeliums unserer Gründerin Salomé, wie sie Salomé unserer Schreiberin erzählte

An einem heißen Nachmittag in Judäa führte Jesus, Sohn von Joseph, dem Zimmermann, und seiner Frau, Maryam, seine jüngere Schwester Salomé zu einer Gruppe von Jungen, die sich lachend und planschend an den Ufern eines Flusses vergnügten. Die Jungen verstummten, als Jesus Salomé ans Ufer setzte und in den Fluss watete, um zu ihnen zu gelangen. Niemand wagte, ihn nasszuspritzen oder mit ihm zu raufen. Die Rabbis im Tempel nannten ihn ein seltsames Wunderkind, einen Jungen, der das Alphabet kannte, ohne dass man es ihn gelehrt hätte, der das Recht kannte und ohne jede Scheu die Rabbis unterwies, wo doch die Rabbis ihn hätten unterweisen sollen. Kinder, die man zum Wasserholen zum Brunnen schickte, berichteten, dass Jesus das Wasser, nach dem seine Mutter ihn geschickt hatte, in einem Tuch statt in einem Krug nach Hause trug. Spielgefährten, die ihn verärgerten, erlitten Unfälle – er hatte einen Jungen verflucht, der ihn zu Boden gestoßen hatte, und die Hand des Jungen verdorrte. Ein Kind, das ihn verhöhnt hatte, wie Kinder es eben tun, fiel tot um. Man erzählte sich, dass ein Nachbar sich aus Versehen mit einer Axt den Fuß vom Bein getrennt hatte. Da nahm Jesus den zuckenden Fuß und setzte ihn wieder an das Bein, während der Mann entsetzt seine blutige Axt ansah. Manche sagten, dass er einen Mann wieder lebendig gemacht hatte, der von einem hohen Dach auf den Kopf gefallen war, wenngleich diejenigen, die nicht zugegen waren, es bestritten und behaupteten, dass der verletzte Mann nur bewusstlos und nicht tot war. Zeugen sagten jedoch, dass das Dach sehr hoch gewesen und der Kopf des Mannes zerschlagen war und ihm Blut aus den Ohren rann, bevor Jesus kam. Nun stand er auf, schüttelte sich und ging davon. Wenn man ihn nach diesen Dingen fragte, zuckte Jesus nur mit den Schultern und sagte: »Es war Gottes Wille, dass diese Dinge geschahen.«

Die Leute flüsterten einander zu, dass der Junge ein Zauberer sei oder ein Dämon, und Eltern befahlen ihren Kindern, einen großen Bogen um ihn zu machen. Und so fragten die Jungen Jesus nicht, ob er bei ihrem Spiel dabei sein wollte. Jesus zuckte mit den Schultern und ging allein den Fluss hinunter, um Elritzen zu suchen.

Auch Salomé zog ihre Sandalen aus, doch das Wasser war tief, daher blieb sie am Ufer sitzen und tauchte nur ihre staubigen Füße in den Fluss.

»Was machst du da?«, fragte sie den Jungen, der ihr am nächsten stand. Er türmte nassen Lehm zu einem kleinen Hügel auf.

»Mädchen gehören ins Haus. Geh nach Hause!«, murmelte er.

»Eine Festung«, sagte ein anderer Junge. Mit der Hand schöpfte er Lehm auf und formte daraus eine Mauer um die Festung. »Eine, die den Römern widersteht.« Dabei blickte er über die Schulter. »In der Festung warten Judas Makkabäus und seine Armee darauf, dass die Feinde Israels näherkommen, und dann stürmen sie hervor und töten sie, bis zum letzten Mann. Der Boden wird von ihrem Blut getränkt sein.« Bei dem Wort »Blut« warf er so heftig mit dem Lehm um sich, dass Salomé davon bespritzt wurde. Sie wischte sich das Gesicht mit dem Arm ab, doch sie wusste, dass sie sich besser nicht beschwerte.

»Tod den Römern. Mögen sie ihre Kinder begraben«, sagte der Junge, der die Festung baute, laut und spuckte verächtlich aus. Jesus richtete sich auf und betrachtete den Jungen stirnrunzelnd. Die anderen unterbrachen ihr Spiel und hielten den Atem an, bis Jesus zu seinen Elritzen zurückkehrte.

Zwei ältere Jungen kamen dazu und sagten den Freunden, die die Festung bauten, dass sie ruhig sein sollten. Einer von ihnen rutschte aus und fiel. Dabei zerstörte er die Wände der Festung. Die anderen Jungen begannen, wütend zu schreien, und schon bald war ein Streit entbrannt, wer Schuld habe. Sie begannen zu raufen und rutschten und schoben sich gegenseitig auf dem schlammigen Ufer hin und her. Dabei zerstörten sie auch das, was von der Festung noch stand, und stießen Salomé ins Wasser. Sie versuchte, ihnen auszuweichen, doch die Jungen stießen sie immer wieder um. Ihr Kopf geriet unter Wasser. Sie hustete und hatte große Angst und versuchte, festen Halt in dem Flussbett zu finden, doch es war zu schlüpfrig und sie konnte sich nicht aufrichten. Dann traf sie der Fuß eines Jungen im Magen und sie spürte, wie die Jungen über ihr waren, egal, wie verzweifelt sie versuchte, sie wegzuschieben. Sie war unter Wasser gefangen. Als sie ihren Bruder zu Hilfe rufen wollte, strömte ihr lehmiges Wasser in den Mund und die Nase und sie bekam keine Luft. Das Geschrei der Jungen wurde leiser. Außer einem Blubbern gab es kein Geräusch.

Als Salomé die Augen öffnete, lag sie am Ufer. Sie bekam immer noch keine Luft. Ihr Brustkorb schmerzte und Jesus schüttelte sie. Schließlich wandte sie den Kopf und erbrach schmutziges Wasser. Die Jungen standen voller Entsetzen in einiger Entfernung, nur der Gedanke, was mit ihnen und ihren Familien geschehen würde, wenn sie Jesus nicht besänftigten, hielt sie davon ab, wegzulaufen.

»Weine nicht«, sagte Jesus zu Salomé und beachtete die Jungen gar nicht. Er setzte sie auf und klopfte ihr auf den Rücken.

»Ist mit Salomé alles in Ordnung?«, rief einer der Jungen besorgt. »Wir haben sie nicht gesehen.«

»Es tut uns leid!«, brummte ein anderer mürrisch. »Entschuldigt euch«, zischte er den andern zu.

»Tut uns leid, tut uns leid. Es war ein Unfall, Salomé«, murmelten sie. Sie ließen Jesus nicht aus den Augen. »Kleine Mädchen sollten zu Hause bei ihren Müttern und Schwestern bleiben«, sagte der Mutigste unter ihnen, auch wenn er es nicht sehr laut sagte. »Dort gehören Mädchen und Frauen hin. Dann fallen sie auch nicht ins Wasser ... «

»Dummes Mädchen!«, knurrte ein anderer.

Jesus ignorierte sie. Salomé rieb sich mit den Fäusten die Augen. Sie hustete wieder, um noch mehr Schlamm aus ihrer Kehle herauszubekommen.

»Sieh mal.« Jesus nahm etwas nassen Lehm vom Ufer und formte ihn mit den Händen. »Schau, eine Schwalbe!«, meinte er. Salomé sah ihn zweifelnd an. Es sah wie eine Lehmkugel aus.

Jesus setzte die Kugel auf den Boden. »Komm, wir machen noch mehr.«

Er setzte einen Kreis aus Lehmkugeln um Salomé herum und gab ihr eine Kugel in die Hand.

»Und sieh mal, was jetzt geschieht!« Jesus klatschte in die Hände und Salomé spürte, wie der kühle Lehm in ihrer Hand warm und weich und federleicht wurde und dann zu tschilpen und mit den Flügeln zu flattern begann. Sie kreischte vor Vergnügen und staunte: »Du hast einen Vogel gemacht!«

»Nein, ich habe nur den Lehm geformt, ein Vogel ist es durch Jehovas Willen«, sagte Jesus und die Schwalbe flog von Salomés Hand und erhob sich in die Luft. Wieder klatschte Jesus in die Hände und auch die restlichen Lehmklumpen begannen, mit den Flügeln zu schlagen und zu tschilpen. Sie hüpften auf dem Ufer um Salomé herum, bevor

auch sie sich in die Luft erhoben. »Alles, was geschieht, geschieht, weil Jehova es so will, Salomé.«

Die Jungen sahen ihnen zu, wie festgewachsen standen sie da. Zuerst waren sie sehr erschrocken über das, was sie getan hatten. Salomé hatte mit offenem Mund und geöffneten Augen im Wasser gelegen, als sie sie schließlich unter ihren Füßen entdeckten. Sie zogen ihren Körper ans Ufer und wussten, dass sie tot war. Jesus wandte sich von den Elritzen ab und kam mit lautem Platschen zu ihnen gelaufen. Als er die Jungen beiseite schob, reichte ein einziger Blick in sein Gesicht und sie wussten, dass ihnen schreckliche Rache drohte. Nun war das ertrunkene Mädchen lebendig und lachte und Schwalben aus Lehm flogen um sie herum. Plötzlich stieben die Jungen auseinander. Sie rannten davon, nach Hause. Der Junge Jesus, so hörte man sie erschreckt rufen, habe eine Schwester, die ebenfalls der Hexerei verfallen sei.

Menina las Alejandro und Ernesto die Geschichte vor, während sie im Café auf ihr Abendessen warteten. »Dazu gibt es auch ein Gemälde, in der *sala de las niñas*«, sagte Menina.

»Serafina Lennox wird aus dem Staunen nicht mehr herauskommen«, brummte Ernesto, als ihr Essen kam.

»Und es geht noch weiter«, sagte Menina.

»Nun spann uns nicht auf die Folter!«, rief Ernesto.

»Wartet, bis ich gegessen habe!«, lachte Menina.

Die zweite Geschichte des Evangeliums unserer Gründerin Salomé, von unserer ersten Äbtissin, die von gesegnetem Gedächtnis war und die diese Dinge erlebte und sie später unserer ersten Schreiberin diktierte

An der Küste Hispaniens, im Jahre des Herrn 37

Zwei römische Zenturios standen in einer Taverne und sahen zu, wie das Kaufmannsschiff sich zwischen die Fischerboote im Hafen schob und den Anker auswarf. Es gehörte einem Kaufmann aus Palästina, Joseph mit Namen, aus Arimathäa, der mehrere Male im Jahr hierher kam und Vorräte aufnahm, bevor er nach Britannien segelte, wo er Gewürze und Wein gegen Zinn und Blei aus den britannischen Minen tauschte.

Bisweilen erstanden die Zenturios ein hübsches Band oder ein paar billige silberne Armreifen von ihm, um sie Flavia zum Geschenk zu machen, der jüngsten der Huren im Hafen. Sie liebte solches Flitterzeug. Mit ihren vierzehn Jahren bevorzugte Flavia die jüngeren Soldaten, die um ihre Gunst wetteiferten, doch wenn ältere Männer ihr Geschenke machten, bevorzugte sie sie.

Josephs Schiff machte in Ufernähe fest. Eine Gruppe von Frauen und ihre Habseligkeiten wurden grob vom Schiff gestoßen und von Matrosen durch das flache Wasser an Land gezerrt. Ihre Röcke und Umhänge waren nass und schwer, sodass sie nur mühsam vorankamen. »Neue Huren.« Die Zenturios blickten sich an und lächelten. »Wenn eine darunter ist, die schöner ist als sie selbst, kratzt Flavia ihr die Augen aus.«

Die jüngeren unter den Frauen kreischten und stolperten, die älteren flehten. Auf dem Schiff standen bärtige Männer mit verschränkten Armen und geschürzten Lippen und sahen zu. Nur die letzte Frau, die von zwei Matrosen grob gepackt und an Land getragen wurde, bettelte nicht, noch protestierte oder weinte sie. Sie spuckte um sich und wehrte sich.

Sie trat die Matrosen, die sie hart auf dem Boden absetzten. Sie hatte ein hübsches Gesicht, von der levantinischen Sonne gebräunt, mit dunklen Augen und dichten Brauen, die über der Wurzel ihrer langen Nase zusammenstießen. Als sie den Kopf zurückwarf, fiel ihr Schleier herunter. Ein Schwall schwarzer Haare, die ihr fast bis zur Taille reichten, ergoss sich über ihren Rücken. Sie hob die Faust und schüttelte sie gegen die Männer auf dem Schiff. Mit klarer Stimme rief sie: »Schande über dich, Joseph! Schande über euch alle, dass ihr Frauen so behandelt! Wir sind mit euch gefahren und haben dieselbe Mühsal erlitten. Wir haben die Herzen derjenigen erweicht, die euch wegen eurer Überheblichkeit und eures kleinlichen Gezänks verprügelt hätten. Und uns nun mit Lügen hierher zu locken ... zu sagen, dass man uns in Britannien braucht ... Betrüger, elendes Aas! Mögen eure Segel verrotten und eure Ladung verderben und die Winde euch auf dem Meer festhalten, bis ihr bereut.« Ein Matrose warf ihr einen kleinen Beutel mit Münzen vor die Füße und hastete dann außer Reichweite ihrer Fäuste, doch sie beachtete ihn gar nicht.

Joseph beugte sich über die Reling und rief: »Nun seid ihr euch selbst überlassen, Frauen! Wir haben euch gewarnt: Nehmt euch vor

Salomé in Acht!« Auch er schüttelte die Faust. »Sie hat euch in die Irre geleitet, weg vom Gesetz und von den Pflichten einer jüdischen Frau, die Heim und Familie ihr auferlegen. War Moses etwa eine Frau? Waren die Propheten Frauen? Kann eine Frau die Thora studieren? Es steht geschrieben, dass die Synagoge und das Studierhaus den Männern vorbehalten sind. Die Stimme einer Frau im Tempel ist wie das Schreien eines Esels. Ihr sprecht von einer Gemeinschaft gelehrter Frauen, pah! Bleibt dort, bis ihr wieder bei Sinnen seid!«

Ein Windhauch ließ das lange Haar der Frau, die Salomé genannt wurde, um ihren Kopf wehen, als sie etwas erwiderte. Ihr Umhang bauschte sich hinter ihr und sie rief voller Wut und schüttelte die Faust, als die Matrosen die Anker lichteten, die Segel setzten und sich wieder dem Mittelmeer zuwandten. Salomé stampfte verärgert mit dem Fuß auf. »Ein zänkisches Weibsbild!«, knurrte der erste Zenturion. »Nein, eher eine Hexe oder eine Zauberin. Der Wind trägt ihnen ihren Fluch nach ... Siehst du die Wolke am Horizont? Hat sie einen Sturm heraufbeschworen, damit sie in der Kantabrischen See untergehen?«

Doch die Wolke bestand nur aus Vögeln, die aus Afrika zurückkehrten, nachdem der Winter nun vorbei war. Sie flogen tief, ihr Ziel war Hispania. Als sie über das Schiff hinwegflogen, lag es einen Moment lang im Schatten.

Am Ufer hob Salomé ihren Schleier auf und warf ihn sich über den Kopf. Sie sammelte die Münzen vom Boden und wandte sich den anderen Frauen zu. »Kommt, habt Mut! Es muss Gottes Wille sein. Wir werden hingehen und unseren Bruder Titus und unsere Schwester Octavia suchen. Es ist gut, wieder an Land zu sein. Wir werden froh sein, andere Gesellschaft zu haben als diese hochnäsigen Dummköpfe. Kommt.« Sie begann, die Frauen hochzuziehen.

Ein junges Mädchen mit bemalten Augen und Ringellocken trat aus der Tür der Taverne. Sie schlenderte gemächlich zum Strand hinunter, um die Frauen eingehend zu betrachten. Als sie mit dem Finger auf sie zeigte, klimperten die billigen Armreifen an ihrem Handgelenk. Mit schriller Stimme rief sie, dass es nicht der Mühe wert sei, auch nur einer von ihnen die Augen auszukratzen.

»Kind«, sagte Salomé.

»Flavia«, sagte das Mädchen. Sie wies auf die Medaille, die Salomé um den Hals trug. »Hübsch«, meinte sie und beugte sich vor, um frech

mit dem Fingernagel dagegenzuschnippen. »Verkauf sie an einen dieser Burschen – sie werden sie mir geben.« Sie zeigte auf die Zenturios. Dann ging sie mit aufreizendem Hüftschwung in die Taverne zurück, der an die beiden Männer keineswegs verschwendet war.

Ein Jahr später sahen dieselben Zenturios zu, wie Jospeh und seine Männer das Schiff erneut in den Hafen lenkten. Titus, der Mann von Octavia, der Diakonisse, nahm ihn in Empfang. »Willkommen«, begrüßte Titus ihn mit finsterer Miene. Eine kleine Menschenmenge versammelte sich, um zu sehen, was als Nächstes geschah.

»Sei gegrüßt, Titus! Haben unsere Frauen ihre Lektion gelernt? Bleiben schön bescheiden zu Hause, ja? Haha!«

Titus starrte Joseph an. »Du alter Narr! Alle Frauen hier, auch Octavia, meine Frau, und meine Töchter, sind in die Berge gezogen. Sie ... sie haben eine Gemeinschaft der Frauen gegründet, ohne Männer, in den Bergen ... Ich gebe dir die Schuld, dass du diese Frau hergebracht hast, Schwester hin oder her ...« Titus' Stimme überschlug sich fast vor Wut.

»Sprichst du von Salomé?«, fragte einer der Neuankömmlinge vorsichtig.

»Wer sonst würde solchen Ärger machen, du Idiot! Die Frauen waren keine zwei Tage hier und schon begann sie zu predigen. Die Prostituierte Flavia war der Auslöser. Salomé fand sie; sie weinte und beklagte sich, dass einer der Zenturios grob mit ihr umgesprungen sei. Das ist ja nichts Ungewöhnliches für diese Mädchen, dazu sind sie da. Aber Salomé war wütend und sie wurde noch wütender, als Flavia ihr sagte, dass sie ein Kind erwartete. Sie begann gegen die zu predigen, die Frauen schlecht behandeln, indem sie sie verkaufen. Die Huren arbeiteten nicht mehr, stattdessen kamen sie zusammen, um ihr zuzuhören. Und als sie fertig war, bestand Salomé darauf, dass Flavia das Sabbatmahl in meinem Haus einnahm – man stelle sich das vor! Octavia lehnte sich gegen mich auf und hieß sie willkommen!«

»Warum hast du Octavia nicht befohlen, die Hure wegzuschicken, statt ihr zu erlauben, das Sabbatmahl zu besudeln? Ist sie denn nicht deine Frau, die zu tun hat, was du ihr sagst? Ist es nicht dein Haus?«, fragte einer der Männer.

Titus trat verlegen von einem Fuß auf den anderen. »Du hast ja keine Ahnung, wie sie sind, wenn sie sich etwas in den Kopf gesetzt haben. Eine oder zwei kannst du mit Schlägen gefügig machen, aber wenn es so viele sind ...« Er zuckte mit den Schultern. »Aber das ist noch nicht alles. Salomé wurde gefragt, ob sie die Kräfte ihres Bruders hat. Sie sagte, dass ihr Bruder Jesus ein Prophet sei, der keine besonderen Kräfte habe. Er und sie seien ganz gewöhnliche Juden, Diener Gottes, die Gottes Willen auf Erden zu erfüllen suchen. Und da riefen die Frauen, dass sie ebenfalls Dienerinnen Gottes seien. Stellt euch das vor! Sogar die Huren! Und sie sagten, sie würden nicht länger den Männern dienen, sondern Gott.«

Es dauerte nur ein paar Tage, da drohte der Anführer des römischen Lagers, die gesamte jüdische Gemeinschaft zu bestrafen, wenn sie Salomé nicht zum Schweigen brächten. Die Huren weigerten sich zu arbeiten und wollten getauft werden und der Hurenmeister hatte alle Hände voll zu tun, ihnen Gehorsam einzuprügeln.

Joseph starrte ihn entgeistert an. »Wo sind die Frauen jetzt?«

»Dort.« Er zeigte auf die Berge. »Die meisten Frauen sind weg – unsere Ehefrauen, unsere Töchter, Schwestern und die Huren. Sie sagen, sie wollen in den Bergen leben, wie die Essäer – keine Ehemänner, keine Kinder – eine religiöse Gemeinschaft. Die nur aus Frauen besteht!«

»In den Bergen? Die Essäer lebten in der Wüste!«

»Das tut nichts zur Sache. Egal, wo sie sind – es ist gegen das Gesetz, gegen die Natur. Selbst Octavia ist weg. Sie sagt, sie werden Frauen brauchen, die lesen und schreiben können, so wie sie. Ihre Eltern sind schuld – warum sollte ein Mädchen das Lesen und Schreiben lernen? Der Anführer des Lagers hat Soldaten geschickt, um sie zurückzubringen und Salomé in Fesseln zu legen.«

»Sind sie schon wieder hier?«

»Nein. Es ist nämlich noch etwas anderes geschehen.«

Menina, Alejandro und Ernesto waren inzwischen bei Kaffee und Nachtisch angelangt. Der Besitzer des Cafés hatte ihnen Teller mit kleinen süßen Kuchen hingestellt, die noch von den Osterfeiern übrig waren, und der Tisch war übersät mit Krümeln. »Ich kann es kaum abwarten, bis Sie die Bilder sehen«, sagte Menina, während sie die Kuchenkrümel mit der Fingerspitze auftupfte. »Auf einem Bild ist die Szene mit den Frauen am Strand dargestellt – das Seltsame daran ist, dass in einer Ecke eine Wolke zu sehen ist, die wie ein Fleck oder wie Schimmel aussieht. Zuerst nimmt man sie kaum wahr, aber irgendwann kann man den Blick nicht mehr abwenden, so als sei sie das Wichtigste an dem ganzen Bild. Außerdem gibt es ein Portrait von Flavia – natürlich so, wie Tristán Mendoza sie sich vorstellte«, sagte Menina. »Ich vermute, es war seine letzte Gelegenheit, eine verführerische Frau zu malen, und er hat sich geradezu darauf gestürzt. Und nachdem ich das hier gelesen habe, glaube ich, dass eines der Bilder das Sabbatmahl zeigt, zu dem Flavia eingeladen wurde. So, hier ist der letzte Teil …«

Die dritte Geschichte des Evangeliums unserer Gründerin Salomé, von unserer ersten Äbtissin, die von gesegnetem Gedächtnis war und die diese Dinge mit eigenen Augen sah und sie unserer Schreiberin Octavia diktierte

Ich, Flavia, verließ die Stadt, sobald mir die Flucht gelang, und machte mich auf die Suche nach den anderen Frauen. Der Kommandant hatte mich eingesperrt, damit ich mich nicht den anderen Huren anschloss, und weil die anderen Huren weg waren, wurde ich so gnadenlos von den Soldaten benutzt, dass ich dachte, ich muss sterben. Doch als Gott mir einen Weg zeigte, fand ich die Kraft zu fliehen, um meines Kindes willen. Und durch Seine Gnade war es mir möglich, die anderen zu finden und mich ihnen anzuschließen. Wir alle hatten Angst, vor unseren Ehemännern und Vätern und den Soldaten und dem Hurenmeister.

Jeden Abend versammelte Salomé uns um sich und wiederholte die Lehren ihres Bruders über ein gutes Leben, durch den Dienst an Gott und durch Gemeinschaft und Güte füreinander. Gibt es Hoffnung auf ein Leben jenseits der Grausamkeit von Männern? Ihre Worte sind wie Wärme und Sonnenlicht. Und der Gedanke, dass Frauen ganz allein in die Berge ziehen, um dort zu leben! Weit weg von Männern! Mein Herz wird leicht, obwohl unser Leben hart wird, wenn wir überhaupt überleben. Wir folgten den Schwalben und fanden eine alte Straße, die von weißen Steinen gesäumt war. Die Leute, die dort wohnten, zeigten auf einen Berg und sagten, dass dort Höhlen seien, wo eine Gruppe von karthagischen Frauen lebte. Mit Salomés Vorrat an römischen Münzen kauften wir Brot und

Getreide, geflochtene Körbe, um Fische zu fangen, und sogar Ziegen, bis wir eine kleine Herde zusammenhatten. Einige Frauen wurden müde und in den kleinen Siedlungen, durch die wir wanderten, gab es Männer, die Ehefrauen brauchten und sie überredeten, nicht weiterzugehen. Doch die meisten von uns gingen weiter.

Nach Wochen des Wanderns, in denen wir uns von wilden Früchten und Fischen ernährten, die wir in den Bergflüssen fingen, erreichten wir müde und mit wunden Füßen die Stelle, wo die Höhlen waren. Wir trafen keine Menschenseele an, fanden aber Terrassen mit verwilderten Olivenbäumen voller Früchte, außerdem eine beschädigte Ölpresse und weitere Terrassen, auf denen Weinranken und wilde Bohnen wuchsen. Es gab auch eine Fläche, die von einem Steinwall umfriedet war, mit den Resten von Ställen, in denen wohl Ziegen gehalten worden waren, und Obstbäume und viele Bergquellen mit frischem Wasser. Wir fanden alte Kämme, einige angestoßene Töpfe und Wasserkrüge, scharfe knöcherne Werkzeuge, einige zerfetzte Decken und einen kleinen Steinaltar mit einer Göttin und einer Inschrift, die selbst Octavia nicht entziffern kann. Wir trieben die Ziegen in die Umfriedung und bauten Hindernisse gegen Wölfe auf, dann machten wir uns daran, uns in den Höhlen eine Heimstatt herzurichten. Wir alle arbeiteten hart, denn der Winter stand bevor. Wir sammelten Feuerholz, trockneten Früchte und Fisch und wilde Bohnen, die wir zu einer Paste zerrieben, aus der wir Brot machten, wir setzten die Presse, so gut es ging, instand und schnürten uns eine nach der anderen in das Geschirr, um Öl herzustellen. Aus der Ziegenmilch machten wir Käse, wir sammelten wilde Kräuter, um sie in der Sonne zu trocknen, und eine unserer Frauen fand Bienenstöcke und konnte die Waben herausholen. Wir alle sehnen uns nach Salz, doch es gibt keins. Dennoch ist unser einfaches Lager so, dass wir darin leben können. Wenn andere hier überlebt haben, werden wir vielleicht auch überleben. Salomé leitet uns jeden Morgen und Abend im Gebet.

Eines Tages gegen Ende des Sommers, als die Abende kälter wurden und wir es eilig hatten, vor dem Winter so viel Feuerholz wie möglich zu sammeln, kam ein Junge aus einem der Dörfer am Fuß des Berges zu uns herauf. Er brachte entsetzliche Nachrichten mit – eine Gruppe von Zenturios war auf dem Weg zu uns. Viele von uns weinten und ich schwor, dass ich nicht weglaufen würde, lieber würde ich mich von der Klippe stürzen. Salomé sagte, wir müssten auf Gott vertrauen und uns vor allem nicht von unseren Aufgaben ablenken lassen.

Obwohl wir jeden Augenblick mit den Zenturios rechneten, kamen sie nicht, und wir vermuteten voller Erleichterung, dass sie umgekehrt waren. So machten wir uns ihretwegen keine Sorgen mehr. Eines Tages blieb Salomé in unserem Lager, während wir anderen höher in den Berg stiegen, um nach einem Sturm abgebrochene Äste zu sammeln. Bald hörten wir von unten wütende Stimmen und wir ließen unsere Holzbündel fallen und machten uns hastig auf den Weg zurück ins Lager. Zu unserem Entsetzen mussten wir von oben mitansehen, wie römische Soldaten über unser Lager herfielen und sich die ersten von ihnen Salomé näherten. Einer packte ihr Kleid und riss es ihr von den Schultern, ein anderer riss ihr das Unterkleid vom Leib. Sie wand sich hin und her und versuchte zu fliehen, sie war nackt, nur die Medaille trug sie noch um den Hals. Die Soldaten versperrten ihr den Weg und verspotteten sie, um ihre Angst zu schüren und den Augenblick der Rache hinauszuzögern. Wir hörten Rufe wie »Erteilt erst dieser Hexe eine Lektion und dann den anderen« und dann drängten sie sich immer dichter um sie. Wir liefen und stolperten den Berg hinunter und schrien »Nein!«, als Salomé über uns hinweg in den Himmel blickte. Dann kamen die Schwalben. Ihre schrillen Rufe wurden lauter und lauter und ein riesiger dunkler Schwarm von Vögeln fiel über die Soldaten her und pickte nach ihren Augen und ihren Helmen. Die Soldaten schlugen mit ihren Schwertern um sich und verwundeten sich gegenseitig und hieben viele Vögel entzwei.

Dann war ein tiefes Grollen im Berg zu hören, er schwankte unter unseren Füßen und ein entsetzliches Dröhnen wie die Donnerstimme Gottes warf uns und die Soldaten zu Boden. Im Felsen hinter Salomé öffnete sich ein Spalt. Vom Berg regnete es Felsbrocken; Salomé zog den Kopf ein und schlüpfte in die Spalte. Die Erde bebte noch einmal und der Spalt schloss sich hinter ihr. Die Soldaten, die noch am Leben waren, schrien, der Berg werde von einer Göttin beherrscht. Sie flohen und zerrten die Verwundeten mit sich.

Zitternd und weinend stiegen wir herab und besahen die Stelle, an der Salomé verschwunden war. Der Boden war mit Blut und den Leichen von Männern und Schwalben übersät und dort sah ich etwas glitzern. Ich hob es auf. Salomés Medaille. Ich streifte sie mir über den Kopf. »Wir gehen nicht zurück«, schwor ich. »Salomé ist hier ... Hier werden wir bleiben.« Am nächsten Tag flogen die Schwalben davon. Und dort, wo Salomé in den Berg gegangen war, entsprang eine Quelle.

Der Cafébesitzer hatte sich gähnend verabschiedet und war nach Hause gegangen. Mitternacht war längst vorbei und er ließ die Schlüssel und eine offene Flasche Wein auf dem Tisch zurück. Alejandro dankte ihm leise und sagte, er werde abschließen und ihm den Schlüsselbund in den Briefkasten werfen.

»Auch zum dritten Evangelium gibt es ein Bild«, sagte Menina. »Wenn man die sechs Gemälde von Tristán Mendoza in eine Reihe stellt, hat man einen religiösen Bilderzyklus. Das alles klingt so unwahrscheinlich, dass ich immer wieder denke, ich könnte das alles vielleicht ganz falsch verstanden haben. Ich werde wirklich froh sein, wenn jemand anderes sich das ansieht.«

»Aber wenn Sie an den Anfang der Chronik zurückgehen, dann war es das, was die Nonnen sich erhofft hatten: dass jemand die Chronik und die Medaille ins Kloster zurückbringt und sich alles zusammenfügt. Allerdings glaube ich – obwohl ich mir nicht sicher bin –, dass Tristán Mendoza den Zyklus gemalt haben muss, nachdem die vier Mädchen das Kloster verlassen hatten. Denn in der Zeit zwischen seiner Ankunft im Kloster und der Abreise der vier Mädchen, hat er ein Portrait der fünf gemalt, die hier waren. Also ist es vielleicht noch irgendwo im Kloster.«

Im Café herrschte Schweigen. Ernesto nahm seine Brille ab und rieb sich die Augen. »In dieser Chronik haben Sie ohne Zweifel unglaublich wichtige Dinge entdeckt. Die Gemälde, der Schlüssel zu ihrer Bedeutung, die Geschichte des Klosters ...«

»Und vielleicht auch ein wenig von meiner eigenen Geschichte. Nachdem ich die Chronik gelesen habe, vermute ich, dass die Medaille lange Zeit im Besitz meiner leiblichen Familie war und möglicherweise sogar mit einem anderen Wunder verknüpft ist. Und ich habe das seltsame Gefühl, dass diese Verknüpfung vielleicht der Grund war, weshalb ich all das finden und zusammenfügen sollte.«

»Sie sind ... Ich kann keine Worte finden, um Ihnen zu sagen, was Sie sind«, sagte Alejandro. »Keine Worte, die ausdrücken, was Sie getan haben.« Diesmal griff er über den Tisch hinweg nach ihrer Hand und scherte sich nicht darum, ob Ernesto es sah.

»Ich habe das Gefühl, dass das erst der Anfang ist«, sagte Menina. Sie sah ihn lächend an. »Ich denke ... um es mit dem Dichter zu sagen: ›Das Beste kommt erst noch.‹«

KAPITEL 36

Kloster Las Golondrinas, Unesco-Weltkulturerbestätte,
Tristán-Mendoza-Stiftung und Museum,
Leitung: Menina Walker de Fernández und Alejandro Fernández Galán,
Juni 2013

Becky hatte als Erste begriffen, dass das tatsächlich »erst der Anfang« war. Was Menina entdeckt hatte, war ein riesiges Projekt, das nur darauf wartete, angestoßen zu werden. Menina hatte sie angerufen und ihr gesagt, sie müsse alles stehen und liegen lassen und sofort nach Spanien kommen und die Geschichte ihres Lebens schreiben, und als sie ankam, erlaubte Sor Teresa ihr, im Kloster zu wohnen. Sie bekam eine Pilgerzelle neben der von Menina. Widerstrebend ließ sich Sor Teresa erweichen, das Tor aufzuschließen, damit Becky und Menina zum Essen ins Café gehen konnten. »Aber keine Männer«, wies sie Becky ebenso streng an, wie sie es zuvor bei Menina getan hatte. Becky folgte ihrer Freundin durch das Kloster und war außer sich vor Begeisterung, weil sie die Möglichkeit hatte, einen Exklusivbericht zu landen. Sie stellte sich eine Artikelserie in einer Zeitung vor und dann vielleicht ein Buch. »Oh, Kind des Lichts! Wenn irgendwelche männlichen Reporter davon Wind bekommen, haben sie eben Pech gehabt! Sie bekommen keinen Zutritt zum Kloster!«, rief sie schadenfroh. Es dauerte keinen Tag, da hatte sie eine Serie an die *New York Times* verkauft.

»Wahrscheinlich ist das erst der Anfang. Ich meine, sieh dir dieses Gemäuer an. Zuerst wollte ich nichts weiter, als den Nonnen ein bisschen helfen«, sagte Menina. »Und nun frage ich mich, wie ich alles unter einen Hut bringen kann – es lässt mir keine Ruhe.«

»Das Kloster ist in einem grässlichen Zustand. Interessant, aber ziemlich heruntergekommen. Und dieses Badezimmer ist wirklich übel«, sagte Becky. »Gut, dass Alejandro deine Eltern bei sich untergebracht hat, sein Haus ist toll. Man merkt sofort, dass es alt ist, aber er hat viel daran gemacht und es ist richtig komfortabel. Für einen Mann hat er einen guten Geschmack. Und er hat gesagt, dass wir jederzeit zum Duschen kommen können.« Sie sah Menina von der Seite an und versuchte abzuschätzen, wie ihre Freundin zu dem gut aussehenden Polizeihauptmann stand. Sie fand, er war ein Macho, aber er war trotzdem in Ordnung. Er gab Menina Raum. Becky war sich ziemlich sicher, dass sich zwischen den beiden etwas anbahnte.

Als Serafina Lennox zum ersten Mal ins Kloster kam und sah, was Menina entdeckt hatte, war sie sprachlos und begann derart nach Luft zu schnappen, dass sie sich hinsetzen musste. Menina brachte ihr ein Glas Wasser und versicherte ihr, das sei erst der Anfang.

Für Menina und Alejandro wurde die Wendung »Das ist erst der Anfang« zu einer Art Mantra. Im Laufe der Jahre ging sie solchen Aussagen voran wie »Das ist vielleicht eine verrückte Idee, aber wie wäre es, wenn wir ein Museum aus dem Kloster machen?« über »Wie sollen wir jemals so viel Geld aufbringen?« und »Lass es uns versuchen« und bis hin zu »Lieber Himmel, was haben wir uns bloß dabei gedacht?«

Menina und Alejandro sagten es, als Fachleute kamen und sich die Chronik und die Medaille ansahen. Sie sagten es, als Menina laut überlegte, ob es möglich wäre, den Bilderzyklus von Mendoza zusammen mit der Chronik und der Medaille zu behalten und auszustellen und im Kloster eine Galerie und einen Laden einzurichten, in dem man Kopien der Medaille und der Chronik und Drucke der Bilder kaufen konnte. Sie sagten es hoffnungsvoll zu Gruppen von Architekten und Umweltschützern und Denkmalschützern, die sich in Scharen durch das Kloster schoben und den Kopf schüttelten, weil sie es für ein Ding der Unmöglichkeit hielten, ein so altes, so geschichtsträchtiges und riesiges Gebäude zu restaurieren und zu reparieren.

Sie hatten es zu Versicherungen und Museen und wohltätigen Stiftungen gesagt. Sie sagten es mit zunehmend heiserer Stimme, wenn sie Vorträge hielten, Kontakte knüpften und offiziellen Stellen auf der Suche nach Fördergeldern die Türen einrannten. Und als sie Sor Teresa erklärten, dass zuallererst neue Wohnquartiere für die Nonnen und Unterkünfte für ein Pflegeteam von Laienschwestern eingerichtet werden sollten. Sor Teresa konterte mit Ausrufen und Warnungen und einer Flut von Ratschlägen, sodass Menina es Alejandro überließ, seiner Tante klarzumachen, dass dies »erst der Anfang« sei.

Sie sagten es, als die ersten vorsichtigen Spendenaufrufe Früchte trugen, und sie beschrieben damit den Zustand permanenter Umwälzungen, der dann kam: Spendenaktionen, Besuche von diversen Würdenträgern, Bauarbeiten, Reparaturen, Renovierungen. Alejandro sagte es, als er Menina fragte, ob sie ihn heiraten würde. Nur als Menina, die gegen jede Art der Empfängnisverhütung immun zu sein schien, ihm mitteilte, dass sie ihr fünftes Kind erwartete, sahen sie sich an und sagten wie aus einem Munde: »Sag es nicht! Sag nicht, dass das erst der Anfang ist!« Und wenn sich seine Frau die Haare raufte, weil sich wieder einmal irgendeine Krise anbahnte, nahm Alejandro sie in den Arm und erinnerte sie daran, dass das Beste erst noch kommen würde.

Und als der Vorschlag kam, dass Alejandro, der als eine Art Lokalmatador galt, seit er mitgeholfen hatte, den Schmugglerring zu zerschlagen und die Frauen vor den Menschenhändlern zu retten, sich als Kandidat für die Wahl des spanischen Parlaments, der *Cortes Generales*, aufstellen lassen sollte, saßen sie bis spät in die Nacht zusammen und diskutierten darüber. Menina sah, dass ihr Mann Gefallen an der Idee fand. »Ich nehme an, das ist erst der Anfang – wieder einmal«, sagte sie. »Es wird bestimmt interessant! Aber du bist der richtige Mann für diese Aufgabe.« Und dann sagte sie ihm, dass sie auch eine Neuigkeit für ihn habe: Baby Nummer sechs war unterwegs.

Heute war eine der seltenen Gelegenheiten, bei denen Menina Zeit hatte, über etwas nachzudenken, das länger als fünf Minuten zurücklag. Als sie an diese Unterhaltung dachte, lächelte sie. Sie mussten wahnsinnig gewesen sein, dass sie sich vorstellten, sie könnten noch mehr in ihr Leben hineinpacken, aber irgendwie schien es zu funktionieren. Inzwischen gelang es Menina ganz gut, in aller Ruhe mitten im Chaos zu leben und sich nur um die wichtigsten Dinge zu kümmern. Mittlerweile hatte sie reichlich Übung darin. Und wenn etwas für Schwangerschaften sprach, dann war es die Tatsache, dass man sich gelegentlich hinsetzen konnte.

Heute saß Menina in einem leichten pinkfarbenen Umstandskleid, mit einer dicken Perlenkette um den Hals und Espadrilles an den Füßen unter einem riesigen Sonnenschirm, der sie vor der glühenden Mittagssonne schützte, und zog Bilanz. Sie sah zu, wie ihre Eltern in dem alten, von Mauern umgebenen Pilgergarten mit vier ihrer Töchter – Pía, Esperanza, Marisol und Luz – im Kreis tanzten. Die einjährige Sanchia lag in ihrem Buggy und hielt vor dem Mittagessen ein Schläfchen.

Heute hatte sie das Haus voll mit den Menschen, die sie am meisten liebte, und der, der noch fehlte, ihr Mann, war bereits unterwegs, um rechtzeitig zum Mittagessen mit seiner Familie zu Hause zu sein. Es versprach, eine lebhafte und typisch spanische Mahlzeit zu werden. Der Tisch war in der Laube gedeckt, sie hatte zwei wichtige Termine auf den nächsten Tag verschoben, und ihre Mitarbeiterin, Almira, kümmerte sich um das Essen. Und so hatte sie Zeit, sich auf das zu konzentrieren, was im Moment das Wichtigste war: Becky, die sie seit Jahren nicht gesehen hatte.

Als Becky am Abend zuvor hereingekommen war, hatte Menina alle Mühe, sich ihr Entsetzen nicht anmerken zu lassen. Sarah-Lynn war weniger zurückhaltend: »Was um alles in der Welt ist diesem Kind zugestoßen?«, fragte sie ihre Tochter flüsternd, sobald Becky aus dem Zimmer gegangen war. Von weitem, fand Menina, sah Becky aus wie immer. Aus der Nähe betrachtet sah man die feinen Runzeln, die die heiße irakische Sonne in ihr Gesicht gebrannt hatte. Unter den Augen hatte sie dunkle Schatten, ihre Wangenknochen traten hervor, die

Fingernägel waren weit heruntergekaut. Becky neigte dazu, ärgerlich mit ihrer Krücke nach Dingen zu schlagen. Am liebsten hätte Menina die Freundin in den Arm genommen und geweint, doch sie wusste, dass das ein schrecklicher Fehler wäre. Also lächelte sie und tat so, als sei alles in bester Ordnung. Derweil überlegte sie fieberhaft, wie sie Becky in ihrer Not helfen könnte. Vor Jahren hatte das Kloster ihr geholfen, über eine Vergewaltigung hinwegzukommen. Vielleicht würde es Becky guttun, einfach hier zu sein. Menina nahm sich vor, ruhig zu bleiben und ihr Zeit zu lassen. Vorausgesetzt, Becky explodierte nicht.

Becky hatte eine Reihe ausgezeichneter Artikel über das Kloster, die Gemälde und die geplante Galerie geschrieben und hatte Menina und Alejandro damit geholfen, ihr gewaltiges Vorhaben anzustoßen. Doch dann hatte ihre schier unstillbare Abenteuerlust sie buchstäblich von einem Krieg zum anderen getrieben. Nachdem sie ihre Ausbildung als Journalistin beendet hatte, war es ihr irgendwie gelungen, sich einen Presseausweis zu erschwindeln, mit dem sie erst nach Afghanistan und dann in den Irak gelangte. Sie berichtete mitten aus der Kriegshölle, wurde süchtig nach dem Adrenalinstoß der Gefahr und nach dem wahnwitzigen Hochgefühl, das das Leben am Rande des Todes mit sich brachte und das allem, von Beziehungen bis zum kalten Bier, eine unglaubliche Intensität verlieh.

Als Menina sie vorsichtig fragte, wie es ihr gehe, hatte Becky barsch erwidert, dass die psychologische Beratung, die ihre Zeitung ihr aufgenötigt hatte, nichts bewirkt hatte und dass sie nicht darüber reden wollte, okay?

Nun saß sie Menina gegenüber in einem Liegestuhl, hatte bereits eine halbe Flasche Wein hinuntergeschüttet und wackelte unablässig mit dem rechten Fuß. Ihr linkes Bein ruhte, durch eine Beinschiene zur Reglosigkeit verurteilt, auf dem Stuhl, ihre Krücken lagen in Reichweite auf dem Boden. »Es ist so friedlich hier«, murmelte Becky, nur um gleich darauf mit gehetztem Gesichtsausdruck zusammenzuzucken, weil irgendwo im Kloster Gerüststangen scheppernd aufeinanderfielen, Flaschenzüge rasselten oder die Arbeiter sich über ein laut plärrendes Radio hinweg etwas zuriefen.

Menina biss sich auf die Zunge, um nicht mit dem herauszuplatzen, was sie dachte: dass die Zeitung zum Glück so klug gewesen war, Becky einen weiteren Einsatz im Irak zu verweigern. Sie hatte unbedingt hinfahren wollen. Irakische Frauen mit ihren schrecklichen Geschichten, die sie nur einer Frau erzählen würden, waren ihre Spezialität. Daran hatte sie gearbeitet, als die Bombe detonierte und das Café voller Witwen und Kinder in die Luft jagte, die sie gerade interviewte. Die Tatsache, dass sie überlebt hatte, machte ihr zu schaffen.

Menina schlug einen leichten Plauderton an, während sie überlegte, ob sie Becky sagen sollte, dass Hendrik zum Mittagessen kommen würde. Eigentlich war es als Überraschung geplant, doch Überraschungen waren vermutlich das Letzte, was Becky gebrauchen konnte.

»Erinnerst du dich an den Architekten von der UNESCO, Hendrik? Schwede, Brillenträger, groß, sieht aus wie eine Eule? Lieber Kerl, du fandest ihn ganz nett.«

Becky nickte und sagte etwas, das wie »Mmmf« oder »dieser verheiratete Typ« klang, je nachdem, wie genau man hinhörte.

»Er kommt zum Mittagessen und ich wollte dir sagen, dass er geschi…«

»Was immer es zum Mittagessen gibt, es riecht fantastisch. Ich komme um vor Hunger.« Nach diesem geschickten Themenwechsel schob sich Becky die letzten Oliven in den Mund und machte sich über einen Teller mit kleinen Artischocken her.

»Almira hat es zubereitet – es dauert ungefähr zwölf Stunden. Lamm mit Kräuterfüllung.«

»Es ist viel zu lange her, dass wir uns gesehen haben.« Beckys Fuß zappelte und wippte, als habe er einen eigenen Willen. »Ich vermisse unsere Treffen in Paris oder Venedig, so wie wir es gemacht haben, als du gerade geheiratet hattest.«

»Ja, ich auch, aber in den letzten acht Jahren hatte ich die meiste Zeit einen Umfang wie ein Elefant und hätte in kein Flugzeug gepasst.« Menina gab ihrem Bauch einen leichten Klaps. »Nett vom Propheten, dass er diesmal zum Berg gekommen ist. Ach, übrigens, wie geht es deiner Mutter?« Das schien eine ungefährliche Frage zu sein, neutraler Boden.

Becky holte tief Luft und versuchte zu grinsen. »Sie meint, Erzieherin im Kindergarten zu sein, wäre so viel *damenhafter* gewesen – nun ja, du kannst es dir ja vorstellen. Sie war total aus dem Häuschen, als ich ihr sagte, dass ich diesmal eine Geschichte über dich und die Stiftung schreibe. Sie denkt immer noch, dass du einen positiven Einfluss auf mich hast.«

»Wir freuen uns natürlich, dass du hier bist, aber als du vorgestern anriefst, habe ich nicht ganz mitbekommen, was es mit diesem Interview auf sich hat. Die Telefonverbindungen sind nicht so toll und meine Konzentrationsfähigkeit ist auch nicht die beste.«

»Vordergründig ist es einer dieser ›Wie kommt eine moderne Frau mit der politischen Karriere ihres Partners zurecht, wie kriegt sie ihre eigene Karriere und die Familie unter einen Hut‹-Artikel. Ich weiß, ich weiß – würg! Zum Kotzen. Aber ich musste es so hinbiegen, dass die Zeitung zustimmt. Worüber ich wirklich schreiben will – um an die religiösen Konflikte seit dem 11. September anzuknüpfen – sind die religionsübergreifenden Konferenzen hier. Ich weiß, dass du die Politik außen vor lassen willst, aber, Kind des Lichts, wenn ich als Kriegskorrespondentin etwas gelernt habe, dann ist es die Tatsache, dass man Politik und Religion nicht voneinander trennen kann. Und deshalb bettle ich schon so lange, dass ich eine Geschichte über euch und die Stiftung schreiben darf, weil ich über Krieg berichtet habe. Und mir ist klargeworden, dass ich über jemanden berichten muss, der versucht, einen Frieden anzuzetteln.«

»Mir ist alles recht, solange ich sitzenbleiben und die Füße hochlegen kann.«

»Okay, wie wär's, wenn wir jetzt ein bisschen arbeiten?« Becky machte sich an ihrem Aufnahmegerät zu schaffen und verwünschte es, dann schlug sie fluchend mit der Faust darauf. Menina zuckte zusammen.

Ein rotes Lämpchen leuchtete. Becky bellte »Test« ins Mikrofon und als sie zurückspulte und auf »Abspielen« drückte, wiederholte das Gerät »Test«.

»Na, endlich! Fang einfach damit an, was dich auf den Gedanken mit den religionsübergreifenden Konferenzen gebracht hat. Bearbeiten können wir es dann später.« Sie drückte auf einen Knopf, stellte das Mikrofon zwischen sie und Menina sagte das, was sie schon so oft gesagt hatte.

»Nun, vor dem 11. September waren hier schon Leute aus unterschiedlichen religiösen Gruppen zusammengekommen, weil sie den Ort mit seiner besonderen Geschichte als etwas betrachteten, was sie alle gemeinsam hatten. Aber nach dem 11. September kam uns eine andere Idee. Hier ist so viel Platz, der gar nicht genutzt wird. Wenn wir die finanzielle Unterstützung auftreiben könnten, wäre es doch eine gute Sache, den Bilderzyklus von Mendoza als den Mittelpunkt eines religionsübergreifenden Zentrums zu nehmen. Wenn man sich die Parallelen ansieht, ergibt es durchaus einen Sinn: religiöse Intoleranz heute und religiöse Intoleranz im sechzehnten Jahrhundert. Die Menschen sind immer noch ebenso anti-muslimisch, anti-semitisch und anti-christlich, anti-katholisch und anti-protestantisch wie eh und je. Die UNESCO hat das Kloster dann schließlich zur Weltkulturerbestätte erklärt und wir konnten die erste religionsübergreifende Konferenz abhalten, ungefähr zu der Zeit, als du in den Irak gegangen bist. Es hat sich herumgesprochen und mehr und mehr Gruppen nehmen Kontakt zu uns auf. Unser Konferenzzentrum ist neutraler Boden, für alle.

Deine Formulierung ›einen Frieden anzetteln‹ gefällt mir sehr gut. Das ist genau das, was wir gerne machen würden, und dafür brauchen wir noch mehr finanzielle Unterstützung. Mit den ersten Fördermitteln wurden grundlegende Dinge finanziert – wir mussten Wände abstützten, Leitungen erneuern und neu legen und neue Unterkünfte für die Nonnen bauen. Immer wieder kracht irgendetwas ein und es tauchen auch immer wieder neue historische Gegenstände auf. Letztens hat jemand den Kamm einer Dame aus der Römerzeit gefunden. Mittlerweile ist auch der Raum fertig, in dem die Medaille ausgestellt wird – um diese Vitrine aufzukriegen, bräuchte es schon eine Atombombe! Es gibt Vergrößerungsgläser und Spiegel, man kann sie also wirklich genau ansehen. Dasselbe gilt für die Chronik. Die Sicherheitsvorkehrungen würden dem Pentagon alle Ehre machen und sie kosten eine Menge Geld. Im Shop kann man Übersetzungen von der Chronik und dem Evangelium kaufen, außerdem Nachbildungen der Medaille und Reproduktionen der Gemälde. Die Einkünfte aus dem Shop kommen den Nonnen zugute, die noch übrig sind. Wir haben Krankenpflegerinnen und eine Ärztin, die ebenfalls Nonnen sind und im Kloster leben, und so können wir ihren Wunsch erfüllen, im Kloster zu bleiben, auch wenn sie medizinische Hilfe brauchen.«

Becky rutschte ungeduldig in ihrem Liegestuhl hin und her und schaltete das Gerät aus.

»Und Sor Teresa?«

»Sie sieht ziemlich gebrechlich aus, aber sie ist nicht kleinzukriegen. Sie lässt es sich nicht nehmen, jeden Tag im Morgengrauen aufzustehen und *polvorónes* für das Café zu machen. Und sie weigert sich, sich an den Augen operieren zu lassen – sie meint, es sei Gottes Wille, dass sie nicht sehen kann, und zum Ausgleich scheint Gott ihr immer wieder neue Kraft zu geben. Die Kinder glauben, sie hat Zauberkräfte, weil sie ihnen gesagt hat, dass sie mit den Ohren sehen kann. So mürrisch sie auch sein mag, die Kinder lieben sie. An den meisten Tagen nehme ich sie für einen kurzen Besuch mit zu ihr.« Menina seufzte. »Sie hat immer ein paar gute Ratschläge zur Kindererziehung parat.«

»Das glaube ich gerne! Ich gehe nachher mal zu ihr«, meinte Becky. »Und jetzt muss ich noch ein paar Worte über die wunderbare Menina Walker de Fernández schreiben.« Sie schaltete ihr Gerät wieder ein. »Die Leute interessieren sich immer dafür, wie die Ehefrauen von vielbeschäftigten Politikern es schaffen, mit Beruf und Familie zurechtzukommen, wenn so viele zusätzliche Anforderungen an sie gestellt werden. Du weißt schon: Sie müssen immer blendend aussehen, bestens informiert sein und ihren Mann unterstützen, wo es nur geht. Für dich ist dieses Unternehmen ein Vollzeitjob, Menina – wie schaffst du das alles?«

Menina stöhnte. »Ich habe keine Ahnung, denn bis jetzt habe ich noch nie alles geschafft, was ich mir für einen Tag vorgenommen habe. Ich halte es eher mit dem Chaos. Ständig gibt es Streit zwischen Handwerkern und Architekten und dann wollen sie, dass ich irgendwelche Pläne begutachte oder zwischen ihnen vermittle. Oder sie richten ausgerechnet in dem Moment ein riesiges Durcheinander an, wenn sich eine wichtige Delegation angekündigt hat und wir ein gutes Bild abgeben wollen.

Die Nonnen besuche ich jeden Tag, um zu sehen, ob sie etwas brauchen. Und dann habe ich ja auch noch fünf Kinder und ein sechstes, das jeden Augenblick kommen kann, außerdem muss ich die Korrespondenz erledigen oder Kontakte herstellen oder Vortragende für Konferenzen organisieren. Wenn wir zum Mittagessen keine Pause machen und keine Siesta anschließen würden, würde ich einfach zusammenbrechen. Und wenn ich Almira nicht als Mitarbeiterin hätte, würde ich aufgeben. Sie ist diejenige, die alles geschafft kriegt.«

»Aber du hältst Vorträge und all diese Dinge, du bist das Gesicht des Instituts. Wie schaffst du es, so gut auszusehen?«

»Zum Glück sind die Leute nachsichtiger, wenn man schwanger ist. Alejandro und ich werden einfach immer wieder vom Lauf der Dinge überrumpelt. Und Alejandro lacht und sagt, eine große Familie ist doch normal, und ich habe mir immer eine große Familie gewünscht. Ist wahrscheinlich typisch für adoptierte Kinder. Aber er hat versprochen, sich nach dem nächsten Kind einen Knoten reinmachen zu lassen – ziemlich unmännlich für einen Spanier. Himmel, schreib das bloß nicht!« Menina beugte sich vor und schaltete das Gerät aus. »Ohne Mamas Hilfe würde ich aussehen wie etwas, das es durchs Fliegengitter geschafft hat. Mein Dad weigert sich inzwischen, mit ihr einkaufen zu gehen. Er sagt, er sitzt nur noch auf dem Bänkchen für die Ehemänner.«

»Ich mache auch ein paar Fotos von den Kindern, sie sind hinreißend.«

»Sie sollten sowieso nicht so lange in der Sonne sein. Mädels, kommt und gebt Mommy einen dicken Kuss und trinkt ein Glas Saft«, rief sie.

Vier kleine dunkeläugige Mädchen, sieben, sechs, fünf und fast vier Jahre alt, alle in dem gleichen gesmokten Sommerkleid, kamen über den Hof gerannt, gefolgt von ihrer Großmutter.

Becky richtete ihre Kamera auf die Kinder. »Da haben Sie aber alle Hände voll zu tun, Mrs Walker.« Die kleinen Mädchen und Becky überboten sich gegenseitig im Grimassenschneiden, während Becky Fotos schoss.

»Ja, das stimmt, Schätzchen. Es ist ein Segen, so viele zu haben.«

Sie hörten, wie ein Wagen über den neu angelegten Schotterweg durch die Klostertore fuhr. Menina schloss die Augen und lächelte glücklich. Aus dem Auto stieg ein dunkeläugiger Mann in Blazer und offenem Hemd, der viel zu schnell gefahren war, um nach Hause zu kommen. In der Hand hielt er einen großen Blumenstrauß für seine Frau.

Alejandro stand am Fuß der Treppe, die zum alten Pilgergarten hinaufführte. Auch er lächelte, als er seine Töchter auf der Terrasse lachen hörte, wo Menina und ihre Mutter und ihre Freundin auf ihn warteten und sein Schwiegervater eines der Kinder anwies, »nicht so wild« zu sein. Er wusste, dass es Lamm zum Mittagessen geben würde und dass seine Schwiegermutter den Tisch in der Weinlaube mit ihrem Hochzeitsgeschirr gedeckt hatte und dass sie nach einem beschaulichen Mittagessen mit der Familie und der besten Freundin seiner Frau Siesta halten würden. Schwangerschaften steigerten Meninas Lust auf Sex, und dann würde sie in Alejandros Armen schlafen und sie würden beide die Tritte des Babys spüren. Sie würden die Nonnen in ihrem Teil des Klosters besuchen und sich anhören, welche Ratschläge Sor Teresa heute auf Lager hatte. Und keiner von beiden würde dieses Leben gegen ein anderes eintauschen wollen.

Alejandro war auf der Hälfte der Treppe, als tief im Innern des Klosters ein schrecklicher dumpfer Knall wie von einer Explosion zu hören war, gefolgt von dem polternden Geräusch herabstürzender Ziegelsteine. Er fluchte, ließ die Blumen fallen und stürzte, zwei Stufen auf einmal nehmend, die Treppe hinauf. »Menina!«, rief er.

Auf der obersten Treppenstufe stieß er fast mit Becky zusammen, die auf ihren Krücken an ihm vorbei hastig auf die Explosion zuhumpelte. Sie sah nicht nur verstört aus, sie sah gefährlich aus. Ihr Gesicht war kreidebleich und sie kreischte etwas Unverständliches. Alejandro zählte rasch seine Kinder, stellte erleichtert fest, dass ihnen nichts fehlte, und reichte Menina die Hand, die sich mit besorgter Miene aus ihrem Stuhl mühte. Er legte seine Arme um sie. »Gott sei Dank!«

»Alles in Ordnung, Schatz, das war keine Bombe. Hendrik hatte mich vorgewarnt, dass sie unten in den alten Pilgerquartieren eine Wand niederreißen würden und dass es ziemlich laut werden könnte. Aber Becky ist ganz schön nervös – ich wusste gar nicht, dass sie so schwer verletzt worden ist. Ich glaube, sie hat einen posttraumatischen Schock und sie braucht Hilfe. Wir müssen sie aufhalten, bevor sie mit ihrer Krücke auf Hendrik losgeht.« Sie zog ihren Mann mit sich auf die Staubwolke zu, die aus dem Kloster hervorquoll. »Sie versucht schon viel zu lange, sich zusammenzureißen und allein damit klarzukommen. Sie braucht professionelle Hilfe und Ruhe und Frieden. Ich war so froh, als ich hörte, dass sie herkommt, weil ich dachte, es würde ihr helfen, hierzusein. Aber hör nur, wie sie den armen Hendrik anschreit! Verstehst du, was ich meine? Und ich habe ihn eingeladen, mit uns zu Mittag zu essen, weil Becky ihn mochte, als sie sich das erste Mal getroffen haben. Aber damals war er noch verheiratet. Bisher hatte ich noch keine Gelegenheit, ihr zu sagen, dass er inzwischen geschieden ist. Ich hatte gehofft, dass eine Begegnung mit ihm sie daran erinnern würde, dass es auch nette Männer gibt ... Ich bin eine Idiotin.«

Alejandro hielt seine schwangere Frau fest im Arm und murmelte: »*Ich* dachte, es wäre eine Bombe. Es wundert mich gar nicht, dass Becky das auch dachte. Aber Hendrik und Becky? Eis und Feuer.«

Hustend und den Staub mit den Händen beiseite wedelnd bahnten sich Menina und Alejandro vorsichtig einen Weg über die Mauerreste ins Innere des Klosters, wo sie Becky inzwischen schrill und hysterisch kreischen hörten. Plötzlich verstummte sie.

»Meinst du, Hendrik ist noch am Leben?«

Alejandro blinzelte durch das staubige Dämmerlicht, dann stupste er Menina an. »Vielleicht hattest du recht.« Am Ende eines langen dunklen Ganges hatte ein großer blonder Mann mit Brille seine Arme schützend um eine kleine Frau gelegt, deren Haare so sehr von der Sonne ausgebleicht waren, dass sie weiß aussahen. Die Frau verbarg ihr Gesicht an seiner Schulter und er flüsterte ihr mit leiser Stimme besänftigende Worte ins Ohr, während er sie behutsam hin und her wiegte. »Wir gehen zurück und lassen sie in Ruhe«, schlug Alejandro vor.

»Oh!«, erwiderte Menina nur. Sie blieb stehen und rang nach Luft. »Oh, Alejandro«, sagte sie und stützte sich auf den Arm ihres Mannes, »ich glaube, das war eine Wehe. Nur eine kleine.«

»Na, gut, dass ich zu Hause bin! Ich dachte, das Baby sollte erst in zwei Wochen kommen.«

»Babys sind nicht besonders pünktlich. Aber wahrscheinlich ist es noch nicht so weit, nur ein falscher Alarm.«

»Papa?«

Ihre Vierjährige stand im Eingang, ihre Silhouette zeichnete sich dunkel vor dem hellen Sonnenlicht ab.

»Warte dort, Marisol, hier drinnen ist es zu dreckig. Und zu gefährlich für dich. Mommy und ich kommen nach draußen.«

Marisol stampfte mit dem Fuß auf. »Beeilt euch! Ich muss euch was erzählen. Da war eine Dame im Garten. Sie kam nach dem großen Knall und sagte mir, ich sollte mich nicht fürchten. Sie hatte ein langes Kleid an und es wehte im Wind, und ich habe ihr mein neues Dreirad gezeigt und mit der Klingel geklingelt. Und sie hat mich angelächelt und ›Schhhh‹ gemacht. Also war ich ganz leise. Dann hat sie mir ein Schwalbennest gezeigt, das in den Weinranken versteckt ist. Da lagen kleine Eier drin. Sie hat mich gefragt, ob sie mir ein Geheimnis verraten soll. Und wisst ihr was? Tante Becky heiratet und dann wohnt sie hier. Dann hat die Dame gesagt, dass sie auch hier wohnt. Sie war weg, aber sie ist wiedergekommen. Ich hab's Granma erzählt, aber Granma sagte, die Dame war nicht richtig da. Aber sie war da, Mommy, sie war wirklich da!«

Menina starrte ihre Tochter an. Dann beugte sie sich mühsam hinunter und drückte sie. »Marisol! Oh Süße …« Sie blickte zu Alejandro hoch. »Salomé?«, formten ihre Lippen. Er zuckte die Schultern.

Plötzlich hörten sie ein Schniefen und langsame Schritte hinter sich. Ein Mann räusperte sich. Hendrik sah sie durch seine Hornbrille feierlich an. »Vorsichtig«, sagte er. Er trug etwas Großes, Rechteckiges, das mit alten Stofffetzen umwickelt zu sein schien. Becky, die verweint und vollkommen erledigt aussah, kam hinter ihm hergehumpelt. »Ich habe Becky gerade erzählt, dass wir etwas gefunden haben. Es war in der Wand versteckt, die wir eingerissen haben. Ich glaube, das ist ein sehr interessanter Fund. Kommt, wir sehen es uns an.« Alejandro half ihm beim Tragen.

In der Küche räumte Almira hastig den großen Holztisch frei und Hendrik legte den Gegenstand darauf. Menina sagte: »Das sieht wie ein Gemälde aus. Hinter der Wand? So, als hätte es jemand dort versteckt?«

Wieder spürte sie ein untrügliches Zeichen. Der Weg zur Entbindungsklinik im Tal war weit, doch erst musste sie wissen, was es war, das Hendrik da gefunden hatte. Vorsichtig hob sie die Stofffetzen ab und blies den Staub weg. Darunter konnten sie den schwachen Umriss einer Gruppe von Menschen erkennen. »Was um alles in der Welt ... Gebt mir ein Stück Brot.« Almira reichte ihr den Brotkorb, den sie schon für das Mittagessen gefüllt hatte. Alle drängten sich erwartungsvoll um Menina, als sie erst hier, dann da ein wenig Schmutz abtupfte. Selbst Becky sah neugierig zu.

Der Umriss von fünf Köpfen kam zum Vorschein.

»Oh!« War das schon wieder eine Wehe? Menina versuchte, sie zu ignorieren; sie musste wissen, ob es das war, was sie hoffte – das fehlende Puzzlestück. Sie nahm sich ein neues Brotstück und arbeitete so rasch wie möglich, bis auch die anderen die Menschen auf dem Bild sehen konnten. »Esperanza darf auf Grandpas Schultern sitzen. Ich will auch gucken! Heb mich hoch, Papa!«, forderte Marisol. Alejandro hob sie auf seine Schultern und plötzlich kreischte sie und zeigte mit dem Finger auf eine Gestalt am rechten Rand des Gemäldes. »Mama! Das bist du!«

»Sie hat recht!«, rief Becky. Hendrik beugte sich über ihre Schulter.

»Ja, das stimmt«, pflichtete Virgil ihr bei. Almira starrte mit großen Augen auf das Bild. Hastig bekreuzigte sie sich. Die Ähnlichkeit war unverkennbar.

»Das ist Esperanza«, sagte Menina. »Und ... das sind die anderen.« Nacheinander nannte sie ihre Namen: Sanchia, Marisol, Pía mit ihrem silbrigen Haar, hell wie Mondlicht, und die Zwergin Luz.

»Aber das ist *mein* Name!«, protestierte Esperanza auf Virgils Schultern.

»Ja, das ist dein Name. Und die Esperanza auf dem Bild ist wahrscheinlich deine Ur-Ur-Ur- … ich weiß nicht, wie viele Ur-Großmutter. Wenn du älter bist, siehst du ihr vielleicht ähnlich. Wenn ihr alt genug seid, erzähle ich euch alles über sie.« Über diese Mädchen und über Isabela, die sich später Sor Beatriz nannte, und über Salomé und den Inka-Herrscher, wie Esperanza Salomés Sohn Don Miguel geheiratet hatte … alles, was sie über ihre Vorfahren wusste. Und sie würde ihnen sagen, dass sie trotzdem die Tochter der Walkers war.

Eine weitere Wehe unterbrach ihre Gedanken. Sie war stärker als die vorangegangenen. Wahrscheinlich war es Zeit, loszufahren.

»Ich würde gerne noch zu Mittag essen«, sagte sie, »aber dieses Baby wird auf diesem Tisch geboren, wenn wir nicht sofort ins Krankenhaus fahren, Alejandro!« Auf einen Moment der Fassungslosigkeit folgte hektische Aktivität. Almira rannte zum Telefon und rief das Krankenhaus an, Sarah-Lynn sagte Virgil, wo Meninas Koffer zu finden war, und die kleinen Mädchen fingen an, auf und ab zu hüpfen. Alejandro suchte seine Hosentaschen verzweifelt nach seinen Autoschlüsseln ab und Sarah-Lynn scheuchte alle kreuz und quer durch die Küche.

»Die Autoschlüssel liegen auf dem Küchentisch«, meinte Menina und ergriff Alejandros Arm. »Doch bevor wir gehen, sollten wir noch sagen, wie wir sie nennen wollen. Genauer gesagt hat der Name uns ja ausgesucht, vorhin, als Marisol im Garten war.« Fragend sah sie Alejandro an. Er nickte.

Alle riefen: »Wie soll sie heißen? Du kannst nicht gehen, ohne es uns zu sagen!«

»Sie soll natürlich Salomé heißen«, sagte Menina und streichelte ihren Bauch. »Salomé ist endlich nach Hause gekommen.«

DANKSAGUNG

Unabhängig davon, wie schwierig, befriedigend, frustrierend, erfreulich oder beschwerlich es sein mag, ein Manuskript zu verfassen, oder wie sehr ein Autor sich zum Schreiben getrieben fühlen mag, ist das Schreiben zuerst eine Tätigkeit, die man allein ausführt. Um dieses Manuskript jedoch in ein Buch zu verwandeln, bedarf es der gemeinsamen Anstrengung einer ganzen Reihe von Leuten. Ich bin so vielen Menschen dankbar, die mitgeholfen haben, *Das Zeichen der Schwalbe* (im Original: *The Sisterhood*) ins Bücherregal zu bringen. Sie alle haben dem Buch und seiner Autorin ihre ganze Aufmerksamkeit und professionelle Erfahrung zuteilwerden lassen.

Zuallererst möchte ich meiner Agentin, Jane Dystel von der Agentur Dystel und Goderich, dafür danken, dass mir immer mit Rat und Tat, Zeit und Ideen zur Seite stand und mit ihrer Erfahrung und ihrer Professionalität dazu beigetragen hat, dass die Verwandlung vom Manuskript zum Buch für alle Beteiligten reibungslos verlief. Und angesichts meiner äußerst optimistischen Einstellung zu Abgabeterminen war es besonders hilfreich, dass Jane viel besser abschätzen konnte, wie lange es realistischerweise dauert, bis ein Manuskript fertig ist. Ich bin Jane und ihrer Partnerin, Miriam Goderich, nicht nur für all die Zeit dankbar, die sie auf das Manuskript verwandt haben, sondern auch für ihre umsichtige Hilfestellung bei redaktionellen Fragen. Ich muss zugeben, dass sie meistens recht hatten.

Ein guter Lektor versteht ein Buch oft besser als sein Verfasser, er hat ein Gespür dafür, wie sein Lektorat die bestmögliche Version des Textes hervorbringt. Bei Charlotte Herscher und ihrem Vorlektorat war das ganz bestimmt der Fall. Es war ein Vergnügen, mit Charlotte zusammenzuarbeiten, und ihr aufmerksamer und klarer Blick und ihre zielsichere Professionalität haben bei diesem langen und komplexen Text Wunder gewirkt. Schon ihre ersten einfühlsamen Kommentare zeigten mir, dass ich ihrem Rat vertrauen konnte. Die Manuskriptbearbeitung von *The Sisterhood* war für uns beide ein großes Projekt und ich bin dankbar für die Art und Weise, wie sie das Buch verwandelt hat.

Amazon Publishing zeigte sich gewohnt autorenfreundlich und die Zusammenarbeit war wieder einmal sehr erfreulich. Für einen Autor verläuft bei Amazon Publishing alles in perfekt organisierten Bahnen, ohne die geringste Störung. Chefredakteur Terry Goodman verschickte charmante E-Mails, die jeden Autor bezaubern, achtete darauf, dass der Zeitplan eingehalten wurde, und sorgte dafür, dass all das, was passieren sollte, tatsächlich passierte. Jessica Poore und Nikki Sprinkle, die für die Zusammenarbeit mit den Autoren zuständig sind, hätten hilfreicher nicht sein können und waren immer zur Stelle, wenn ich Fragen hatte. Dank gebührt auch Katie Parker für ihre abschließende Manuskriptbearbeitung, die die endgültige Version des Textes glättete und letzte Ungereimtheiten ausmerzte.

Und schließlich möchte ich meiner Familie für ihre Unterstützung danken: Roger, Cass, Michelle, Niels, Bo und Poppy, die meine Anstrengungen bestaunten – ob zu Recht oder Unrecht sei dahingestellt. Mein Dank gilt vor allem meinem Mann, Roger Low, der versteht, dass ich beim Schreiben ein Maß an Ruhe und Ungestörtheit brauche, das ihm zufolge nicht so sehr dem »Zimmer für sich allein« von Virginia Woolf entspricht, sondern eher der »Schließzeit« im Gefängnis. In unserem Haushalt ist das nur möglich, weil Roger zusätzlich zu allem, was er sonst noch macht, durchaus in der Lage ist, in häuslichen Krisen aller Art die Stellung zu halten. Das Beste von allem ist, dass ich, wenn ich mit dem Schreiben fertig bin, meine imaginäre Welt mit ihren fiktionalen Bewohnern hinter mir lassen und in meine lebendige und liebevolle reale Welt eintauchen kann.

3024903R00258

Printed in Germany
by Amazon Distribution
GmbH, Leipzig